JEAN-CHRISTOPHE

Tome III

Paru dans Le Livre de Poche :

COLAS BREUGNON.
JEAN-CHRISTOPHE, T. I.
JEAN-CHRISTOPHE, T. II.
L'ÂME ENCHANTÉE (3 tomes).

ROMAIN ROLLAND

Jean-Christophe

Tome III

ALBIN MICHEL

LES AMIES

En dépit du succès qui se dessinait hors de France, la situation matérielle des deux amis était lente à s'améliorer. Périodiquement revenaient des moments difficiles, où l'on était obligé de se serrer le ventre. On se dédommageait, en mangeant double ration, quand on avait de l'argent. Mais c'était, à la longue, un régime exténuant.

Pour le moment, ils étaient dans la période des vaches maigres. Christophe avait passé la moitié de la nuit à achever un travail insipide de transcription musicale pour Hecht; il ne s'était couché qu'à l'aube, et il dormait à poings fermés, afin de rattraper le temps perdu. Olivier était sorti de bonne heure : il avait un cours à faire, à l'autre bout de Paris. Vers huit heures, le concierge, qui montait les lettres, sonna. D'habitude, il n'insistait pas, et glissait les papiers sous la porte. Il continua de frapper, ce matin-là. Christophe, mal éveillé, alla ouvrir, en bougonnant; il n'écouta point ce que le concierge, souriant et prolixe, lui disait, à propos d'un article de journal, il prit les lettres sans les regarder, poussa la porte sans la fermer, se recoucha, et se rendormit de plus belle.

Une heure après, il était de nouveau réveillé en sursaut par des pas dans sa chambre; et il avait la stupéfaction de voir, au pied de son lit, une figure inconnue, qui le saluait gravement. Un journaliste, trouvant la porte ouverte, était entré sans façons. Christophe, furieux, sauta du lit :

« Qu'est-ce que vous venez foutre ici? »

Il avait empoigné son oreiller pour le jeter sur l'intrus, qui esquissa un mouvement de retraite. Ils s'expliquèrent.

Un reporter de *La Nation* désirait interviewer M. Krafft, au sujet de l'article paru dans *Le Grand Journal.*

« Quel article?

— Il ne l'avait pas lu? » Le reporter s'offrait à lui en donner connaissance.

Christophe se recoucha. S'il n'avait été engourdi par le sommeil, il eût mis l'homme à la porte; mais il trouva moins fatiguant de le laisser parler. Il s'enfonça dans le lit, ferma les yeux, et feignit de dormir. Il eût fini par jouer son rôle, au naturel. Mais l'autre était tenace, et lisait, d'une voix forte, le début de l'article. Dès les premières lignes, Christophe ouvrit l'oreille. On y parlait de M. Krafft comme du premier génie musical de l'époque. Oubliant son personnage de dormeur, Christophe jura d'étonnement, et, se dressant sur son séant, il dit :

« Ils sont fous. Qu'est-ce qui les a pris? »

Le reporter en profita pour interrompre sa lecture et lui poser une série de questions, auxquelles Christophe répondit, sans réfléchir. Il avait pris l'article, et contemplait avec stupéfaction son portrait qui s'étalait, en première page; mais il n'eut pas le temps de lire : car un second journaliste venait d'entrer dans la chambre. Cette fois, Christophe se fâcha, tout de bon. Il les somma de vider la place : ce qu'ils ne firent point, avant d'avoir relevé rapidement la disposition des meubles dans la chambre, les photographies aux murs, et la physionomie de l'original, qui, riant et furieux, les poussait par les épaules, et les escorta, en chemise, jusqu'à la porte, qu'il verrouilla derrière eux.

Mais il était dit qu'on ne le laisserait pas tranquille, ce jour-là. Il n'avait pas fini sa toilette qu'on frappait de nouveau à la porte, d'une façon convenue que savaient seuls quelques intimes. Christophe ouvrit, et se trouva en présence d'un troisième inconnu, qu'il se mettait en devoir d'expulser rondement, quand l'autre, en protestant, excipa de son titre d'auteur de l'article. Le moyen d'expulser qui vous traite de génie! Christophe, maussade, dut subir les effusions de son admirateur. Il s'étonnait de cette notoriété soudaine qui lui tombait des nues, et il se demandait s'il avait, sans s'en douter, la veille, fait jouer quelque chef-d'œuvre. Il n'eut pas le temps de s'informer. Le journaliste était venu pour l'enlever, de gré ou de force, et le conduire, séance tenante, aux bureaux du journal, où le directeur, le grand Arsène Gamache lui-même, voulait le voir : l'auto attendait, en bas. Christophe essaya de se défendre; mais, naïf et sensible, malgré lui, aux protestations d'amitié, il finit par se laisser faire.

Dix minutes plus tard, il était présenté au potentat, devant qui tout tremblait. Un robuste gaillard, d'une cinquantaine d'années, petit et râblé, grosse tête ronde, aux cheveux gris, taillés en brosse, la face rouge, la parole impérieuse, l'accent lourd et emphatique, avec des accès de volubilité caillouteuse. Il s'était imposé à Paris par son énorme « autogobisme ». Homme d'affaires et manieur d'hommes, égoïste, naïf et roué, passionné, plein de lui, il assimilait ses affaires à celles de la France, et même de l'humanité. Son intérêt, la prospérité de son journal, et la *salus publica* lui semblaient du même ordre et étroitement associés. Il n'avait point de doute que qui lui faisait tort faisait tort à la France; et, pour écraser un adversaire personnel, il eût de bonne foi bouleversé l'Etat. Au reste, il n'était pas incapable de générosité. Idéaliste, comme on l'est après dîner, il aimait, à la façon de Dieu le père, à faire de temps en temps sortir de la poussière quelque pauvre bougre, afin que se manifestât la grandeur de son pouvoir, qui de rien faisait une gloire, qui faisait des ministres, qui aurait pu, s'il eût voulu, faire des rois, et les défaire. Sa compétence était universelle. Il faisait aussi des génies, s'il lui plaisait.

Ce jour-là, il venait de « faire » Christophe.

*

C'était Olivier qui avait, sans y penser, attaché le grelot. Olivier, qui ne faisait aucune démarche pour lui-même, qui avait horreur de la réclame, et fuyait les journalistes comme la peste, se croyait tenu à d'autres devoirs, quand il s'agissait de son ami. Il était comme ces tendres mamans, honnêtes petites bourgeoises, épouses irréprochables, qui vendraient leur corps pour acheter un passe-droit en faveur de leur garnement de fils.

Ecrivant dans des revues, et se trouvant en contact avec nombre de critiques et de dilettantes, Olivier ne laissait pas une occasion de parler de Christophe; et depuis quelque temps, il avait la surprise de voir qu'il était écouté. Il saisissait autour de lui un mouvement de curiosité, une rumeur mystérieuse, qui se propageait dans les cercles littéraires et mondains. Quelle en était l'origine? Etaient-ce quelques échos de journaux, à la suite des exécutions récentes d'œuvres de Christophe, en Angleterre et en Allemagne? Il ne semblait pas qu'il y eût une cause précise. C'était un de ces phénomènes bien connus des esprits aux aguets, qui hument l'air de Paris, et mieux que l'Observatoire météorologique de la tour Saint-Jacques, savent, un jour à l'avance, le vent qui se prépare, et ce qu'il apportera demain. Dans cette grande ville nerveuse, où passent des frissons électriques, il y a des courants invisibles de gloire. une célébrité latente, qui précède l'autre, ce bruit vague de salons, ce *Nescio quid majus nascitur Iliade,* qui, à un moment donné, éclate en un article-réclame, le grossier coup de trompette qui fait pénétrer dans les plus durs tympans le nom de l'idole nouvelle. Il arrive d'ailleurs que cette fanfare fasse fuir des premiers et des meilleurs amis de l'homme qu'elle célèbre. Ils en sont pourtant responsables.

Ainsi, Olivier avait sa part dans l'article du *Grand Journal.* Il avait profité de l'intérêt qui se manifestait pour Christophe, et il avait eu soin de le réchauffer par d'adroites informations. Il s'était gardé de mettre Christophe directement en rapports avec les journalistes; il craignait quelque incartade. Mais sur la demande du *Grand Journal,* il avait eu la rouerie de faire rencontrer, à la table d'un café, Christophe avec un reporter, sans qu'il se doutât de rien. Toutes ces précautions irritaient la curiosité et rendaient Christophe plus intéressant. Olivier n'avait jamais eu affaire encore avec la publicité; il n'avait pas calculé qu'il mettait en branle une machine formidable, qu'on ne pouvait plus, une fois lancée, diriger ni modérer.

Il fut anéanti, quand il lut, en se rendant à son cours, l'article du *Grand Journal.* Il n'avait pas prévu le coup de massue. Il comptait que le journal attendrait, pour écrire, d'avoir réuni toutes les informations, et de connaître mieux ce dont il voulait parler. C'était trop de naïveté. Si un journal se donne la peine de découvrir une gloire nouvelle, c'est pour lui, bien entendu, et afin d'enlever aux confrères l'honneur de la découverte. Il lui faut donc se presser, quitte à ne rien comprendre à ce qu'il loue. Mais il est rare que l'auteur s'en plaigne : quand on l'admire, il est toujours assez compris.

Le Grand Journal, après avoir débité des histoires absurdes sur la misère de Christophe, qu'il représentait comme une victime du despotisme allemand, un apôtre de la liberté, contraint de fuir l'Allemagne impériale et de se réfugier en France, asile des âmes libres — (beau prétexte à des tirades chauvines!) — faisait un éloge écrasant de son génie, dont il ne connaissait rien — rien que quelques plates mélodies, qui dataient des débuts de Christophe en Allemagne, et que Christophe, honteux, eût voulu anéantir. Mais si l'auteur de l'article ignorait l'œuvre de Christophe, il se rattrapait sur ses intentions — sur celles qu'il lui prêtait. Deux ou trois mots, recueillis çà et là de la bouche de Christophe ou d'Olivier, voire même de quelque Goujart qui se disait bien informé, lui avaient suffi pour construire l'image d'un Jean-Christophe, « génie républicain — le grand musicien de la démocratie ». Il profitait de l'occasion pour médire des musiciens français contemporains, surtout des plus originaux et des plus indépendants, qui se souciaient fort peu de la démocratie. Il n'exceptait qu'un ou deux compositeurs, dont les opinions électorales lui semblaient excellentes. Il était fâcheux que leur musique le fût beaucoup moins. Mais c'était là un détail. Au reste, leur éloge, et même celui de Christophe, avaient moins d'importance que la critique des autres. A Paris, quand on lit un article qui fait l'éloge d'un homme, il est toujours prudent de se demander :

« De qui médit-on? »

Olivier rougissait de honte, à mesure qu'il parcourait le journal, et il se disait :

« J'ai bien travaillé! »

Il eut peine à faire son cours. Aussitôt délivré, il courut à la maison. Quelle fut sa consternation, quand il apprit que Christophe était déjà sorti avec les journalistes! Il l'attendit pour déjeuner. Christophe ne revint pas. D'heure en heure, Olivier, plus inquiet, pensait :

« Que de sottises ils lui font dire! »

Vers trois heures, Christophe rentra, tout guilleret. Il avait déjeuné avec Arsène Gamache, et sa tête était un peu brouillée par le champagne qu'il avait bu. Il ne comprit rien aux inquiétudes d'Olivier, qui lui demandait anxieusement ce qu'il avait dit et fait.

« Ce que j'ai fait? Un fameux déjeuner. Il y avait longtemps que je n'avais aussi bien mangé. »

Il lui raconta le menu.

« Et des vins... J'en ai absorbé de toutes les couleurs. »

Olivier l'interrompit, pour lui parler des convives.

« Les convives?... Je ne sais pas. Il y avait Gamache, un homme tout rond, franc comme l'or; Clodomir, l'auteur de l'article, un garçon charmant; trois ou quatre journalistes que je ne connais pas, très gais, tous bons et charmants pour moi, la crème des braves gens. »

Olivier n'avait pas l'air convaincu. Christophe était étonné de son peu d'enthousiasme.

« Est-ce que tu n'as pas lu l'article?

— Si. Justement. Et toi, est-ce que tu l'as bien lu?

— Oui... C'est-à-dire, j'ai jeté un coup d'œil. Je n'ai pas eu le temps.

— Eh bien, lis donc un peu. »

Christophe lut. Aux premières lignes, il s'esclaffa.

« Ah! l'imbécile! » fit-il.

Il se tordait de rire.

« Bah! continua-t-il, tous les critiques se valent. Ils ne connaissent rien. »

Mais à mesure qu'il lisait, il commençait à se fâcher : c'était trop bête, on le rendait ridicule. Qu'on voulût faire de lui « un musicien républicain », cela n'avait aucun sens... Enfin, passons sur cette calembredaine!... Mais qu'on opposât son art « républicain » à « l'art de sacristie » des maîtres venus avant, — (lui qui se nourrissait de l'âme de ces grands hommes), — c'était trop...

« Bougres de crétins! Ils vont me faire passer pour un idiot!... »

Et puis, quelle raison d'éreinter, à son sujet, des musiciens français de talent, qu'il aimait plus ou moins — (et plutôt moins que plus) — mais qui savaient leur métier et y faisaient honneur? Et — le pire — on lui prêtait des sentiments odieux à l'égard de son pays!... Non, cela ne pouvait se supporter...

« Je m'en vais leur écrire », dit Christophe.

Olivier s'interposa.

« Non, pas maintenant! Tu es trop excité. Demain, à tête reposée... »

Christophe s'obstina. Quand il avait quelque chose à

dire, il ne pouvait attendre. Il promit seulement à Olivier de lui montrer sa lettre. Ce ne fut pas inutile. La lettre dûment revisée, où il s'attachait surtout à rectifier les opinions qu'on lui attribuait sur l'Allemagne, Christophe courut la mettre à la poste.

« Comme cela, dit-il en revenant, il n'y a que demi-mal, la lettre paraîtra demain. »

Olivier secoua la tête, d'un air de doute. Puis, toujours préoccupé, il demanda à Christophe, en le regardant bien dans les yeux :

« Christophe, tu n'as rien dit d'imprudent, au dîner?

— Mais non, fit Christophe en riant.

— Bien sûr?

— Oui, poltron. »

Olivier fut un peu rassuré. Mais Christophe ne l'était guère. Il venait de se rappeler qu'il avait parlé, à tort et à travers. Tout de suite, il s'était mis à l'aise. Pas un instant, il n'avait songé à se défier des gens : ils lui semblaient si cordiaux, si bien disposés pour lui! Et en vérité, ils l'étaient. On est toujours bien disposé pour ceux à qui l'on a fait du bien. Et Christophe témoignait une joie si franche qu'elle se communiquait aux autres. Son affectueux sans-façon, ses boutades joviales, son énorme appétit, et la rapidité avec laquelle les liquides disparaissaient, sans l'émouvoir, dans son gosier, n'étaient pas pour déplaire à Arsène Gamache, solide à table, lui aussi, rude, rustaud et sanguin, plein de mépris pour les gens qui ne se portaient pas bien, pour ceux qui n'osent pas manger ni boire, pour les petits claqués parisiens. Il jugeait d'un homme à table. Il apprécia Christophe. Séance tenante, il lui proposa de faire monter son *Gargantua*, en opéra, à l'Opéra. — (Le comble de l'art, pour ces bourgeois français, était alors de mettre sur la scène *La Damnation de Faust*, ou les *Neuf Symphonies*.) — Christophe, que cette idée burlesque fit éclater de rire, eut beaucoup de peine à l'empêcher de téléphoner ses ordres à la direction de l'Opéra, ou au ministère des Beaux-Arts : (à en croire Gamache, il semblait que tous ces gens fussent à son service). — Et cette proposition lui rappelant l'étrange déguisement qu'on avait fait naguère de son poème symphonique : *David*, il se laissa aller à raconter l'histoire de la représentation, organisée par le député Roussin pour les débuts de sa belle amie[1]. Gamache, qui n'aimait point Roussin, fut enchanté, et Christophe, mis en verve par les vins généreux et la sympathie de l'auditoire, se lança dans d'autres histoires indiscrètes, dont ceux qui les écoutaient ne perdirent rien. Seul Christophe les avait oubliées en sortant de table. Et voici qu'à la question d'Olivier, elles lui revenaient à l'esprit. Il sentait un petit frisson lui courir le long de l'échine. Car il ne se faisait pas d'illusion; il avait suffisamment d'expérience, pour se douter de ce qui allait se passer; à présent que sa griserie était passée, il le voyait aussi nettement que si c'était déjà fait : ses indiscrétions déformées, publiées en échos de gazette médisante; ses boutades artistiques changées en armes de guerre. Quant à sa lettre de rectification, il savait, aussi bien qu'Olivier, à quoi s'en tenir là-dessus : répondre à un journaliste, c'est perdre son encre; un journaliste a toujours le dernier mot.

Tout se passa, de point en point, comme Christophe l'avait prévu. Les indiscrétions parurent, et la lettre de rectification ne parut pas. Gamache se contenta de lui faire dire qu'il reconnaissait là sa générosité de cœur, que de tels scrupules l'honoraient; mais il garda jalousement le secret de ces scrupules; et les opinions fausses, attribuées à Christophe, continuèrent de se répandre, soulevant des critiques acerbes dans les journaux parisiens, puis de là en Allemagne, où l'on s'indigna qu'un artiste allemand s'exprimât avec aussi peu de dignité sur le compte de son pays.

Christophe crut très habile de profiter de l'interview que lui faisait subir le reporter d'un autre journal, pour protester de son amour pour le *Deutsches Reich,* où l'on était, disait-il, pour le moins aussi libre qu'en République française. — Il parlait au représentant d'un journal conservateur, qui lui prêta sur-le-champ des déclarations antirépublicaines.

« De mieux en mieux! dit Christophe. Ah çà, qu'est-ce que ma musique a à faire avec la politique?

— C'est l'habitude chez nous, dit Olivier. Regarde les batailles qui se livrent sur le dos de Beethoven. Les uns font de lui un Jacobin, les autres un calotin, ceux-là un Père Duchesne, ceux-ci un valet de prince.

1. *La Foire sur la Place.*

— Ah! comme il leur flanquerait à tous son pied au cul!

— Eh bien, fais de même. »

Christophe en avait bien envie. Mais il était trop bon garçon avec ceux qui étaient aimables pour lui. Olivier n'était jamais rassuré, quand il le laissait seul. Car on venait toujours l'interviewer; et Christophe avait beau promettre de se surveiller : il ne pouvait s'empêcher d'être expansif. Il disait tout ce qui lui passait par la tête. Il arrivait des journalistes femelles, qui se disaient ses amies et le faisaient causer de ses aventures sentimentales. D'autres se servaient de lui pour dire du mal de tel ou tel. Quand Olivier rentrait, il trouvait Christophe tout penaud.

« Encore quelque bêtise? demandait-il.

— Toujours, disait Christophe atterré.

— Tu es donc incorrigible!

— Je suis bon à enfermer... Mais cette fois, je te jure, c'est la dernière.

— Oui, oui, jusqu'à la prochaine...

— Non, cette fois, c'est fini. »

Le lendemain, Christophe triomphant dit à Olivier :

« Il en est venu encore un. Je l'ai fichu à la porte.

— Il ne faut pas exagérer, dit Olivier. Sois prudent avec eux. « Cet animal est très méchant... » Il vous attaque, quand on se défend... Il leur est si facile de se venger! Ils tirent parti des moindres mots qu'on dit. »

Christophe se passa la main sur le front :

« Ah! bon Dieu!

— Qu'est-ce qu'il y a encore?

— C'est que je lui ai dit, en fermant la porte...

— Quoi donc?

— Le mot de l'Empereur.

— De l'empereur.

— Oui, enfin, si ce n'est lui, c'est donc quelqu'un des siens...

— Malheureux! tu vas le voir en première page du journal! »

Christophe frémit. Mais ce qu'il vit, le lendemain, ce fut une description de son appartement, où le journaliste n'était pas entré, et une conversation qu'il n'avait pas tenue.

Les informations s'embellissaient en se propageant. Dans les journaux étrangers, elles s'agrémentaient de contresens. Des articles français ayant raconté que Christophe, dans sa misère, transposait de la musique pour guitare, Christophe apprit d'un journal anglais qu'il avait joué de la guitare dans les cours.

Il ne lisait point que des éloges. Tant s'en faut! Il suffisait que Christophe eût été patronné par *Le Grand Journal*, pour qu'il fût aussitôt pris à partie par les autres journaux. Il n'était pas de leur dignité d'admettre qu'un confrère pût découvrir un génie qu'ils avaient ignoré. Ils en faisaient des gorges chaudes. Goujart, vexé qu'on lui eût coupé l'herbe sous le pied, écrivait un article pour remettre, disait-il, les choses au point. Il parlait familièrement de son vieil ami Christophe, dont il avait guidé les premiers pas à Paris : c'était un musicien bien doué, certainement; mais — (il pouvait le dire, puisqu'ils étaient amis) — insuffisamment instruit, sans originalité, d'un orgueil extravagant; on lui rendait le plus mauvais service en flattant cet orgueil, d'une façon ridicule, alors qu'il eût eu besoin d'un Mentor avisé, savant, judicieux, bienveillant et sévère : (tout le portrait de Goujart). — Les musiciens riaient jaune. Ils affectaient un mépris écrasant pour un artiste qui jouissait de l'appui des journaux; et, jouant le dégoût du *servum pecus*, ils refusaient les présents d'Artaxerxès, qui ne les leur offrait point. Les uns flétrissaient Christophe; les autres l'accablaient sous le poids de leur commisération. Certains s'en prenaient à Olivier — (c'étaient de ses confrères). — Ils lui gardaient rancune de son intransigeance et de la façon dont il les tenait à l'écart — plus, à vrai dire, par goût de la solitude, que par dédain pour eux. Mais ce que les hommes pardonnent le moins c'est qu'on puisse se passer d'eux. Quelques-uns n'étaient pas loin de laisser entendre qu'il trouvait son profit personnel aux articles du *Grand Journal*. Il en était qui prenaient la défense de Christophe contre lui; ils montraient des mines navrées de l'inconscience d'Olivier, qui jetait un artiste délicat, rêveur, insuffisamment armé contre la vie — Christophe! — dans le vacarme de la Foire sur la Place, où fatalement il se perdrait. On ruinait, disaient-ils, l'avenir de cet homme, dont, à défaut de génie, le travail opiniâtre méritait un meilleur sort, et, qu'on grisait avec un encens de mauvaise qualité. C'était une grande pitié! Ne pouvait-on le laisser dans son ombre travailler patiemment?

Olivier aurait eu beau jeu à leur répondre :

« Pour travailler, il faut manger. Qui lui donnera du pain? »

Mais cela ne les eût pas interloqués. Ils eussent répondu, avec leur splendide sérénité :

« C'est un détail. Il faut souffrir. »

Naturellement, c'étaient des gens du monde, qui professaient ces théories stoïques. Tel, ce millionnaire, répliquant à un naïf, qui lui demandait son secours pour un artiste dans la misère :

« Mais, monsieur, Mozart est mort de misère! »

Ils eussent trouvé de mauvais goût qu'Olivier leur dît que Mozart n'eût pas demandé mieux que de vivre, et que Christophe y était résolu.

*

Christophe était excédé de ces cancans de portières. Il se demandait s'ils dureraient toujours. — Mais après quinze jours, ce fut fini. Les journaux ne parlèrent plus de lui. Seulement, il était connu. Quand on prononçait son nom, chacun disait, non pas :

« L'auteur de *David* ou de *Gargantua?* »

mais :

« Ah! oui, l'homme du *Grand Journal!...* »

C'était la célébrité.

Olivier s'en aperçut, au nombre de lettres que recevait Christophe, et qu'il recevait lui-même, par ricochet : offres de librettistes, propositions d'entrepreneurs de concerts, protestations d'amis de la dernière heure qui avaient été souvent des ennemis de la première, invitations de femmes. On lui demandait aussi son avis, pour des enquêtes de journaux : sur la dépopulation de la France, sur l'art idéaliste, sur le corset des femmes, sur le nu au théâtre — s'il ne croyait pas que l'Allemagne était en décadence, que la musique était finie, etc. Ils en riaient ensemble. Mais, tout en se moquant, ne voilà-t-il pas que Christophe, ce Huron, acceptait les invitations à dîner! Olivier n'en croyait pas ses yeux.

« Toi? disait-il.

— Moi. Parfaitement, répondait Christophe, goguenard. Tu croyais qu'il n'y avait que toi pour aller voir les madames? A mon tour, mon petit! Je veux m'amuser!

— T'amuser? Mon pauvre vieux! »

La vérité était que Christophe depuis si longtemps vivait enfermé chez lui qu'il était pris soudain d'un besoin violent d'en sortir. Et puis, il éprouvait une joie naïve à humer la gloire nouvelle. Il s'ennuya d'ailleurs copieusement dans ces soirées, et trouva le monde idiot. Mais quand il rentrait, malignement il disait le contraire à Olivier. Il allait chez les gens; mais il n'y retournait pas; il trouvait des prétextes saugrenus, d'un sans-gêne effarant, pour esquiver leurs réinvitations. Olivier en était scandalisé. Christophe riait aux éclats. Il n'allait pas dans les salons pour cultiver sa renommée, mais pour renouveler sa provision de vie, son musée de regards, de gestes, de timbres de voix, tout ce matériel de formes, de sons et de couleurs, dont l'artiste a besoin d'enrichir périodiquement sa palette. Un musicien ne se nourrit pas seulement de musique. Une inflexion de la parole humaine, le rythme d'un geste, l'harmonie d'un sourire, lui suggèrent plus de musique que la symphonie d'un confrère. Mais il faut ajouter que cette musique des visages et des âmes est aussi fade et peu variée, dans les salons, que la musique des musiciens. Chacun a sa manière, et s'y fige. Le sourire d'une jolie femme est aussi stéréotypé, dans sa grâce étudiée, qu'une mélodie parisienne. Les hommes sont encore plus insipides que les femmes. Sous l'influence débilitante du monde, les énergies s'émoussent, les caractères originaux s'atténuent et s'effacent, avec une rapidité effrayante. Christophe était frappé du nombre de morts et de mourants qu'il rencontrait parmi les artistes : tel ce jeune musicien, plein de sève et de génie, que le succès avait annulé; il ne pensait plus qu'à renifler les flagorneries dont on l'asphyxiait, à jouir, et à dormir. Ce qu'il deviendrait, vingt ans plus tard, on le voyait, à l'autre coin du salon, sous la forme de ce vieux maître pommadé, riche, célèbre, membre de toutes les Académies, arrivé au faîte, n'ayant plus, semblait-il, rien à craindre et rien à ménager, qui s'aplatissait devant tous, peureux devant l'opinion, le pouvoir et la presse, n'osant dire ce qu'il pensait, et d'ailleurs ne pensant plus, n'existant plus, s'exhibant, âne chargé de ses propres reliques.

Derrière chacun de ces artistes et de ces gens d'esprit, qui avaient été grands ou qui auraient pu l'être, on pouvait être sûr qu'il y avait une femme qui les rongeait.

Elles étaient toutes dangereuses, celles qui étaient sottes, et celles qui ne l'étaient point; celles qui aimaient, et celles qui s'aimaient; les meilleures étaient les pires : car elles étouffaient d'autant plus sûrement l'artiste sous l'éteignoir de leur affection malavisée, qui de bonne foi s'appliquait à domestiquer le génie, à le niveler, élaguer, ratisser, parfumer, jusqu'à ce qu'il fût à la mesure de leur sensibilité, de leur petite vanité, de leur médiocrité, et de celle de leur monde.

Bien que Christophe ne fît que passer dans ce monde, il en vit assez pour sentir le danger. Plus d'une cherchait à l'accaparer pour son salon, pour son service; et Christophe n'avait pas été sans happer à demi l'hameçon des sourires prometteurs. Sans son robuste bon sens et l'exemple inquiétant des transformations opérées autour d'elles par les modernes Circés, il n'eût pas échappé. Mais il ne tint pas à grossir le troupeau de ces belles gardeuses de dindons. Le risque eût été plus grand pour lui, si elles avaient été moins nombreuses à le poursuivre. A présent que tous étaient convaincus qu'ils avaient un génie parmi eux, suivant leur habitude, ils s'évertuaient à l'étouffer. Ces gens-là n'ont qu'une idée, quand ils voient une fleur : la mettre en pot — un oiseau : le mettre en cage — un homme libre : en faire un valet.

Christophe, un moment troublé, se ressaisit aussitôt, et les envoya tous promener.

*

Le destin est ironique. Il laisse passer les insouciants à travers les mailles de son filet; mais ce qu'il se garde bien de manquer, ce sont ceux qui se méfient, les prudents, les avertis. Ce ne fut pas Christophe qui fut pris dans la nasse parisienne, ce fut Olivier.

Il avait bénéficié du succès de son ami : la renommée de Christophe avait rejailli sur lui. Il était plus connu maintenant, pour avoir été l'homme qui avait découvert Christophe, que pour tout ce qu'il avait écrit depuis six ans. Il reçut donc sa part des invitations adressées à Christophe; et il l'accompagna, dans l'intention de le surveiller discrètement. Sans doute était-il trop absorbé par cette tâche, pour se surveiller lui-même. L'amour passa, et le prit.

C'était une blonde adolescente, maigre et charmante, aux fins cheveux ondulants comme de petits flots autour du front étroit et limpide, de fins sourcils sur des paupières un peu lourdes, les yeux d'un bleu de pervenche, un nez délicat aux narines palpitantes, les tempes légèrement creusées, le menton capricieux, une bouche spirituelle et voluptueuse, aux coins relevés, le sourire « parmesanesque » d'un petit faune pur. Elle avait le cou long et frêle, le corps d'une maigreur élégante, quelque chose d'heureux et de soucieux, dans sa jeune figure qu'enveloppait l'énigme inquiétante du printemps qui s'éveille, — *Frühlingserwachen.* — Elle se nommait Jacqueline Langeais.

Elle n'avait pas vingt ans. Elle était de famille catholique, riche, distinguée, d'esprit libre. Son père, ingénieur intelligent, inventif et débrouillard, ouvert aux idées nouvelles, avait fait sa fortune grâce à son travail, ses relations politiques et son mariage. Mariage d'amour et d'argent — (le seul vrai mariage d'amour pour ces gens-là) — avec une jolie femme, très parisienne, du monde de la finance. L'argent était resté; l'amour était parti. Il s'en était conservé pourtant quelques étincelles : car il avait été vif, de part et d'autre; mais ils ne se piquaient pas d'une fidélité exagérée. Chacun allait à ses affaires et à ses plaisirs; et ils s'entendaient ensemble, en bons camarades égoïstes, sans scrupules, et prudents.

Leur fille était entre eux un lien, tout en faisant l'objet d'une rivalité sourde : car ils l'aimaient jalousement. Chacun se retrouvait en elle, avec ses défauts préférés, qu'idéalisait la grâce de l'enfance; et il cherchait sournoisement à la dérober à l'autre. L'enfant n'avait pas manqué de le sentir, avec la candeur rouée de ces petits êtres qui n'ont que trop de tendance à croire que l'univers gravite autour d'eux; et elle en tira parti. Elle provoquait entre eux une surenchère d'affection. Il n'était pas un caprice qu'elle ne fût certaine de voir favoriser par l'un, si l'autre le refusait; et l'autre était si vexé d'avoir été distancé qu'aussitôt il offrait encore plus que le premier n'avait accordé. Elle avait été indignement gâtée; et il était heureux que sa nature n'eût rien de mauvais — si ce n'est l'égoïsme commun à presque tous les enfants, mais qui, chez les enfants trop choyés et trop riches, prend des formes maladives qu'il doit à l'absence d'obstacles.

M. et Mme Langeais, qui l'adoraient, se seraient pourtant bien gardés de lui rien sacrifier de leurs convenances personnelles. Ils laissaient l'enfant seule, une grande partie du jour. Le temps ne lui manquait point pour songer. Précoce et vite avertie par les propos imprudents tenus en sa présence, — (car on ne se gênait guère) — quand elle avait six ans, elle racontait à ses poupées de petites histoires d'amour, dont les personnages étaient le mari, la femme et l'amant. Il va de soi qu'elle n'y entendait pas malice. Du jour où elle entrevit sous les mots l'ombre d'un sentiment, ce fut fini pour les poupées : elle garda ses histoires pour elle. Elle avait un fonds de sensualité innocente, qui résonnait dans le lointain comme des cloches invisibles, là-bas, de l'autre côté de l'horizon. Par moments, le vent lui en apportait des bouffées; cela sortait on ne savait d'où, on en était enveloppé, on se sentait rougir, la respiration vous manquait, de peur et de plaisir. On n'y comprenait rien. Et puis, cela disparaissait, comme cela était venu. Rien ne s'entendait plus. A peine un bourdonnement, une résonance imperceptible, diluée dans l'air bleu. On savait seulement que c'était là-bas, de l'autre côté de la montagne, et que là-bas il fallait aller, aller le plus vite possible : là-bas était le bonheur. Ah! Pourvu qu'on arrivât!...

En attendant qu'on y fût parvenu, on se faisait d'étranges idées sur ce qu'on trouverait. Car la grande affaire, pour l'intelligence de cette petite fille, était de le deviner. Elle avait une amie de son âge, Simone Adam, avec qui elle s'entretenait de ces graves sujets. Chacune apportait ses lumières, son expérience de douze ans, les conversations entendues et les lectures butinées en cachette. Dressées sur la pointe des pieds, et s'accrochant aux pierres, les deux fillettes s'évertuaient à voir par-dessus le vieux mur qui leur cachait l'avenir. Mais elles avaient beau faire, et prétendre qu'elles voyaient à travers les fissures : elles ne voyaient rien du tout. Elles étaient un mélange de candeur, de polissonnerie poétique, et d'ironie parisienne. Elles disaient des choses énormes sans s'en douter; et de choses toutes simples elles se faisaient des mondes. Jacqueline, qui furetait partout sans que personne y trouvât à redire, fourrait son petit nez dans tous les livres de son père. Heureusement, elle était protégée contre les mauvaises rencontres par son innocence même et son instinct de petite fille très propre; il suffisait d'une scène ou d'un mot un peu crus pour la dégoûter; tout de suite, elle laissait le livre, et passait au milieu des compagnies infâmes, comme une chatte effarouchée parmi les flaques d'eau sale — sans une éclaboussure.

Les romans l'attiraient peu : ils étaient trop précis et trop secs. Ce qui lui faisait battre le cœur d'émoi et d'espérance, c'étaient les livres des poètes, ceux qui parlaient d'amour, bien entendu. Ils se rapprochaient un peu de sa mentalité de petite fille. Ils ne voyaient pas les choses, ils les imaginaient, à travers le prisme du désir ou du regret; ils avaient l'air de regarder, comme elle, par les fentes du vieux mur. Mais ils savaient bien plus de choses, ils savaient toutes les choses qu'il s'agissait de savoir, et ils les enveloppaient de mots très doux et mystérieux, qu'il fallait démailloter avec d'infinies précautions, pour trouver... pour trouver... Ah! l'on ne trouvait rien, mais l'on était toujours sur le point de trouver...

Les deux curieuses ne se lassaient point. Elles se répétaient, à mi-voix, avec un petit frisson, des vers d'Alfred de Musset ou de Sully Prudhomme, où elles imaginaient des abîmes de perversité; elles les copiaient; elles s'interrogeaient sur le sens caché de passages, qui parfois n'en avaient pas. Ces petites bonnes femmes de treize ans, innocentes et effrontées, qui ne savaient rien de l'amour, discutaient, moitié rieuses, moitié sérieuses, sur l'amour et la volupté; et elles griffonnaient sur leur buvard, en classe, sous l'œil paterne du professeur — un vieux papa très doux et très poli — des vers comme ceux qu'il saisit un jour et dont il fut suffoqué :

Laissez, oh! laissez-moi vous tenir enlacées,
Boire dans vos baisers des amours insensées
Goutte à goutte et longtemps!...

Elles suivaient les cours d'une institution richement achalandée, dont les professeurs étaient des maîtres de l'Université. Elles y trouvèrent l'emploi de leurs aspirations sentimentales. Presque toutes ces petites filles étaient amoureuses de leurs professeurs. Il suffisait qu'ils fussent jeunes et pas trop mal tournés, pour faire des ravages dans les cœurs. Elles travaillaient comme des anges, pour se faire bien voir de leur sultan. C'étaient des pleurs, quand, aux compositions, on était mal classée par lui. S'il faisait des éloges, on rougissait, on pâlissait, on lui décochait des œillades reconnaissantes et coquettes. Et s'il vous appelait à part pour donner des conseils ou faire des compliments, c'était le paradis. Il n'était pas besoin d'être un aigle pour leur plaire. A la leçon de gymnastique, quand le professeur prenait Jacqueline dans ses bras pour la suspendre au trapèze, elle en avait une petite fièvre. Et quelle émulation enragée! Quels transports de jalousie! Quels coups d'œil humbles et enjôleurs au maître, pour tâcher de le reprendre à une insolente rivale! Au cours, lorsqu'il ouvrait la bouche pour parler, les plumes et les crayons se précipitaient pour le suivre. Elles ne cherchaient pas à comprendre, la grande affaire était de ne pas perdre une syllabe. Et tandis qu'elles écrivaient, écrivaient, sans que leur regard curieux cessât de détailler furtivement la figure et les gestes de l'idole, Jacqueline et Simone se demandaient tout bas :

« Crois-tu qu'il serait bien, avec une cravate à pois bleus? »

Puis, ce fut un idéal de chromos, de livres de vers romanesques et mondains, de gravures de modes poétiques — des amours pour des acteurs, des virtuoses, des auteurs morts ou vivants, Mounet-Sully, Samain, Debussy — les regards échangés avec des jeunes gens inconnus, au concert, dans un salon, dans la rue, et les passionnettes aussitôt ébauchées, en idée — un besoin perpétuel de s'éprendre, d'être occupée d'un amour, d'un prétexte à aimer. Jacqueline et Simone se confiaient tout : preuve évidente qu'elles ne sentaient pas grand-chose; c'était même le meilleur moyen pour n'avoir jamais un sentiment profond. En revanche, cela tournait à l'état de maladie chronique, dont elles étaient les premières à se moquer, mais qu'elles cultivaient amoureusement. Elles s'exaltaient l'une l'autre. Simone, romanesque et prudente, imaginait plus d'extravagances. Mais Jacqueline, sincère et ardente, était plus près de les réaliser. Vingt fois, elle faillit commettre les pires sottises... Toutefois, elle ne les commit point. C'est le cas ordinaire chez les adolescents : il y a des heures où ces pauvres petites bêtes affolées — (que nous avons tous été) — sont à deux doigts de se jeter, ceux-ci dans le suicide, celles-là dans les bras du premier venu. Seulement, grâce à Dieu, presque tous en restent là. Jacqueline écrivit dix brouillons de lettres passionnées à des gens, qu'à peine connaissait-elle de vue; mais elle n'envoya rien, sauf une lettre enthousiaste, qu'elle ne signa point, à un critique laid, vulgaire, égoïste, de cœur sec et d'esprit rétréci. Elle s'en était éprise, pour trois lignes où elle avait découvert des trésors de sensibilité. Elle s'enflamma aussi pour un grand acteur : il habitait près de chez elle; chaque fois qu'elle passait devant la porte, elle se disait :

« Si j'entrais! »

Et une fois, elle eut la hardiesse de monter à son étage. Une fois là, elle prit la fuite. De quoi lui eût-elle parlé? Elle ne l'aimait point. Et elle le savait bien. Il y avait, pour moitié, dans ses folies, une duperie volontaire. Et pour l'autre moitié, c'était l'éternel et délicieux et stupide besoin d'aimer. Comme Jacqueline était d'une race très intelligente, elle n'en ignorait rien. Cela ne l'empêchait point d'être folle. Un fou qui se connaît en vaut deux.

Elle allait beaucoup dans le monde. Elle était entourée de jeunes gens qui subissaient son charme et dont plus d'un l'aimaient. Elle n'en aimait aucun, et flirtait avec tous. Elle ne se souciait pas du mal qu'elle pouvait faire. Une jolie fille se fait un jeu cruel de l'amour. Il lui semble tout naturel qu'on l'aime, et elle ne se croit tenue à rien qu'envers celui qu'elle aime; volontiers, elle croirait que qui l'aime est déjà bien assez heureux. Il faut dire, pour son excuse, qu'elle ne se doute point de ce qu'est l'amour, quoiqu'elle y pense toute la journée. On se figure qu'une jeune fille du monde, élevée en serre chaude, est plus précoce qu'une fille des champs; et c'est tout le contraire. Les lectures, les conversations, ont bien créé chez elle une hantise de l'amour, qui, dans sa vie inoccupée, frise souvent la manie; il arrive même parfois qu'elle ait lu la pièce d'avance et en sache par cœur tous les mots. Aussi, ne la sent-elle point. En amour comme en art, il ne faut pas lire ce que les autres ont dit, il faut dire ce qu'on sent; et qui se presse de parler avant d'avoir rien à dire, risque fort de ne dire jamais rien.

Jacqueline, comme la plupart des jeunes filles, vivait donc au milieu de cette poussière de sentiments vécus par d'autres, qui, tout en la maintenant dans une petite fièvre perpétuelle, les mains brûlantes, la gorge sèche et les yeux irrités, l'empêchait de voir les choses. Elle croyait les connaître. Ce n'était pas la bonne volonté qui lui manquait. Elle lisait et elle écoutait. Elle avait beaucoup appris de-ci, de-là, par bribes, dans la conversation et dans les livres. Elle tâchait même de lire en soi. Elle valait mieux que le milieu où elle vivait. Elle était plus vraie.

*

Une femme eut — trop peu de temps — sur elle une influence bienfaisante. Une sœur de son père, qui ne s'était point mariée. De quarante à cinquante ans, les traits réguliers, mais tristes et sans beauté, Marthe Langeais était toujours vêtue de noir; elle avait dans ses gestes une distinction étriquée; elle parlait à peine, d'une voix presque basse. Elle eût passé inaperçue, sans le regard clair de ses yeux gris et le bon sourire de sa bouche mélancolique.

On ne la voyait chez les Langeais qu'à de certains jours, quand ils étaient seuls. Langeais avait pour elle un respect, mêlé d'ennui. Mme Langeais ne cachait point à son mari le peu de plaisir qu'elle trouvait à ces visites. Ils s'obligeaient pourtant, par devoir de convenance, à la recevoir régulièrement à dîner, un soir par semaine; et ils ne lui montraient pas trop que c'était un devoir. Langeais parlait de lui, ce qui l'intéressait toujours. Mme Langeais pensait à autre chose, souriant par habitude, et répondait au petit bonheur. Tout se passait très bien, avec beaucoup de politesse. Cela ne manquait même point d'effusions affectueuses, quand la tante, qui était discrète, prenait congé plus tôt qu'on ne l'eût espéré; et le charmant sourire de Mme Langeais se faisait plus rayonnant, les jours où elle avait en tête des souvenirs particulièrement agréables. La tante Marthe voyait tout : peu de choses échappaient à son regard; et elle en remarquait beaucoup dans la maison de son frère, qui la choquaient ou l'attristaient. Mais elle n'en montrait rien : à quoi cela eût-il servi? Elle aimait son frère, elle avait été fière de son intelligence et de ses succès, ainsi que le reste de la famille, qui n'avait pas cru trop payer de sa gêne le triomphe du fils aîné. Elle, du moins, avait gardé son jugement. Aussi intelligente que lui, et mieux trempée moralement, plus virile — (comme le sont tant de femmes de France, si supérieures aux hommes) — elle voyait clair en lui; et quand il demandait son avis, elle le disait franchement. Mais il y avait beau temps que Langeais ne le demandait plus! Il trouvait plus prudent de ne pas savoir, ou — (car il savait autant qu'elle) — de fermer les yeux. Elle, par orgueil, se repliait à l'écart. Personne ne s'inquiétait de sa vie intérieure. Il était plus commode de l'ignorer. Elle vivait seule, sortait peu, et n'avait qu'un petit nombre d'amis qui n'étaient pas très intimes. Il lui eût été facile de tirer parti des relations de son frère, et de ses propres talents : elle ne le faisait point. Elle avait écrit dans une des grandes revues parisiennes deux ou trois articles, des portraits historiques et littéraires dont le style sobre, juste, frappant, avait été remarqué. Elle en resta là. Elle aurait pu nouer des amitiés intéressantes avec des hommes distingués, qui lui avaient témoigné de l'intérêt, et qu'elle eût été peut-être bien aise de connaître. Elle ne répondit pas à leurs avances. Il lui arrivait, ayant retenu sa place à un spectacle où l'on jouait de belles œuvres qu'elle aimait, de ne pas y aller; et, pouvant faire un voyage qui l'attirait, de rester chez elle. Sa nature était un curieux amalgame de stoïcisme et de neurasthénie. Celle-ci n'effleurait en rien l'intégrité de sa pensée. Sa vie était atteinte, mais non pas son esprit. Une peine ancienne, qu'elle était seule à savoir, l'avait marquée au cœur. Et plus profonde encore, plus inconnue — inconnue même d'elle — était la marque du destin, le mal intérieur qui déjà la rongeait. — Cependant, les Langeais ne voyaient d'elle que son clair regard, qui parfois les gênait.

Jacqueline ne prêtait guère attention à la tante, quand elle était insouciante et heureuse — ce qui fut d'abord son état ordinaire. Mais quand elle arriva à l'âge où se fait dans le corps et dans l'âme un travail inquiétant qui livre à des angoisses, des dégoûts, des terreurs, des tristesses éperdues, dans ces moments de vertige absurde et atroce, qui ne durent pas heureusement, mais où l'on se sent mourir — l'enfant qui se noyait et qui n'osait pas crier : « Au secours! » vit seule, à côté d'elle, la tante Marthe qui lui tendait la main. Ah! que les autres étaient loin! Étrangers, son père et sa mère, avec leur égoïsme affectueux, trop satisfait de soi pour songer aux petits chagrins d'une poupée de quatorze ans! Mais la tante les devinait, et elle y compatissait. Elle ne disait rien. Elle souriait, simplement; par-dessus la table, elle échangeait avec Jacqueline un regard de bonté. Jacqueline sentait que sa tante comprenait, et elle venait se réfugier auprès d'elle. Marthe mettait sa main sur la tête de Jacqueline, et la caressait, sans parler.

La fillette se confiait. Elle allait faire visite à sa grande amie, quand son cœur était gonflé. A quelque moment qu'elle vînt, elle était sûre de trouver les mêmes yeux indulgents, qui verseraient en elle un peu de leur tranquillité. Elle ne parlait guère à la tante de ses passionnettes imaginaires : elle en aurait eu honte; elle sentait que ce n'était point vrai. Mais elle disait ses inquiétudes vagues et profondes, plus réelles, seules réelles.

« Tante, soupirait-elle parfois, je voudrais tant être heureuse!

— Pauvre petite! » disait Marthe, en souriant.

Jacqueline appuyait sa tête contre les genoux de la tante, et, baisant les mains qui la caressaient :

« Est-ce que je serai heureuse? Tante, dis-moi, est-ce que je serai heureuse?

— Je ne sais pas, ma chérie. Cela dépend un peu de toi... On peut toujours être heureux, quand on veut. »

Jacqueline était incrédule.

« Est-ce que tu es heureuse, toi? »

Marthe souriait, mélancoliquement.

« Oui.

— Non? vrai? tu es heureuse?

— Est-ce que tu ne le crois pas?

— Si. Mais... »

Jacqueline s'arrêtait.

« Quoi donc?

— Moi, je voudrais être heureuse, mais pas de la même façon que toi.

— Pauvre petite! Je l'espère aussi, dit Marthe.

— Non, continuait Jacqueline, en secouant la tête avec décision, moi, d'abord, je ne pourrais pas.

— Moi non plus, je n'aurais pas cru que je pourrais. La vie vous apprend à pouvoir bien des choses.

— Oh! mais je ne veux pas apprendre, protestait Jacqueline, inquiète. Je veux être heureuse comme je veux, moi.

— Tu serais bien embarrassée, si on te demandait comment!

— Je sais très bien ce que je veux. »

Elle voulait beaucoup de choses. Mais quand il s'agissait de les dire, elle n'en trouvait plus qu'une, qui revenait toujours, comme un refrain :

« D'abord, je voudrais qu'on m'aime. »

Marthe cousait, en silence. Après un moment, elle dit :

« Et à quoi cela te servira-t-il, si tu n'aimes pas? »

Jacqueline, interloquée, s'exclama :

« Mais, tante, bien sûr que je ne parle que de ce que j'aime! Le reste, ça ne compte pas.

— Et si tu n'aimais rien?

— Quelle idée! On aime toujours, toujours. »

Marthe secouait la tête d'un air de doute.

« On n'aime pas, dit-elle. On veut aimer. Aimer est une grâce de Dieu, la plus grande. Prie-le qu'il te la fasse.

— Et si on ne m'aime pas?

— Même si on ne t'aime pas. Tu seras encore plus heureuse. »

La figure de Jacqueline s'allongea; elle prit une mine boudeuse :

« Je ne veux pas, dit-elle. Cela ne me ferait aucun plaisir. »

Marthe rit affectueusement, regarda Jacqueline, soupira, puis se remit à son ouvrage.

« Pauvre petite! fit-elle encore.

— Mais pourquoi dis-tu toujours : pauvre petite? demanda Jacqueline, pas très rassurée. Je ne veux pas être une pauvre petite. Je veux tant, tant être heureuse!

— C'est bien pour cela que je dis : « Pauvre petite! »

Jacqueline boudait un peu. Mais cela ne durait pas longtemps. Le bon rire de Marthe la désarmait. Elle l'embrassait, en feignant d'être fâchée. Au fond, on ne laisse pas, à cet âge, d'être secrètement flatté des présages mélancoliques pour plus tard, beaucoup plus tard. De loin, le malheur s'auréole de poésie; et l'on ne craint rien tant que la médiocrité de la vie.

Jacqueline ne s'apercevait point que le visage de la tante devenait toujours plus blême. Elle remarquait bien que Marthe sortait de moins en moins; mais elle l'attribuait à sa manie casanière, dont elle se moquait. Une ou deux fois, en venant faire visite, elle croisa le médecin qui sortait. Elle avait demandé à sa tante :

« Est-ce que tu es malade? »

Marthe répondait :

« Ce n'est rien. »

Mais voici qu'elle cessait même de venir au dîner hebdomadaire chez les Langeais. Jacqueline, indignée, alla lui en faire des reproches amers.

« Ma chérie, disait doucement Marthe, je suis un peu fatiguée. »

Mais Jacqueline ne voulait rien entendre. Mauvais prétexte!

« Belle fatigue, de venir chez nous, deux heures par semaine! Tu ne m'aimes pas. Tu n'aimes que le coin de ton feu. »

Mais quand elle raconta chez elle, toute fière, son algarade, Langeais la tança vertement :

« Laisse ta tante tranquille! Tu ne sais donc pas que la pauvre femme est très malade! »

Jacqueline pâlit; et, d'une voix tremblante, elle demanda ce qu'avait la tante. On ne voulait pas le lui dire. A la fin, elle réussit à savoir que Marthe se mourait d'un cancer à l'intestin; il y en avait pour quelques mois.

Jacqueline eut des jours d'épouvante. Elle se rassurait un peu, quand elle voyait la tante. Marthe, par bonheur, ne souffrait pas trop. Elle gardait son sourire tranquille, qui, sur son visage diaphane, paraissait le reflet d'une lampe intérieure. Jacqueline se disait :

« Non, ce n'est pas possible, ils se sont trompés, elle ne serait pas si calme... »

Elle reprenait le récit de ses petites confidences, auxquelles Marthe prêtait encore plus d'intérêt qu'avant. Seulement, parfois, au milieu de la conversation, la tante sortait de la chambre, sans trahir qu'elle souffrît; et elle ne reparaissait que lorsque la crise était passée et ses traits rassérénés. Elle ne voulait point d'allusion à son état, elle essayait de le cacher; peut-être avait-elle besoin de n'y pas trop penser : le mal, dont elle se savait rongée, lui faisait horreur, elle en détournait son esprit; tout son effort était de ne plus troubler la paix de ses derniers mois. Le dénouement fut plus prompt qu'on ne pensait. Bientôt elle ne reçut plus personne que Jacqueline. Puis, les visites de Jacqueline durent devenir plus brèves. Puis, vint le jour de la séparation. Marthe, étendue dans son lit, d'où elle ne sortait plus depuis des semaines, prit congé tendrement de sa petite amie, avec des mots très doux et consolants. Et puis, elle s'enferma, pour mourir.

Jacqueline passa par des mois de désespoir. La mort de Marthe coïncidait avec les pires heures de cette détresse morale, contre laquelle Marthe était la seule à la défendre. Elle se trouva dans un abandon indicible. Elle aurait eu besoin d'une foi, qui la soutînt. Il semblait que ce soutien n'aurait pas dû lui manquer : on lui avait fait pratiquer ses devoirs religieux; sa mère les pratiquait exactement aussi. Mais, voilà justement : sa mère les pratiquait; mais la tante Marthe ne les pratiquait pas. Et le moyen de ne pas faire la comparaison! Les yeux d'enfant saisissent bien des mensonges, que les plus âgés ne pensent plus à remarquer; ils notent bien des faiblesses et des contradictions. Jacqueline observait que sa mère et ceux qui disaient croire avaient aussi peur de la mort que s'ils n'avaient pas cru. Non, ce n'était pas là un soutien suffisant... Par là-dessus, des expériences personnelles, des révoltes, des répugnances, un confesseur maladroit qui l'avait blessée... Elle continuait de pratiquer, mais sans foi, comme on fait des visites, parce qu'on est bien élevée. La religion, comme le monde, lui paraissait néant. Son seul recours était le souvenir de la morte, dont elle s'enveloppait. Elle avait beaucoup à se reprocher envers celle que, naguère, son égoïsme juvénile négligeait et qu'aujourd'hui il appelait en vain. Elle idéalisait sa figure; et le grand exemple que Marthe lui avait laissé d'une vie profonde et recueillie lui faisait prendre en dégoût la vie du monde, sans sérieux, et sans vérité. Elle n'en voyait plus que les hypocrisies; et ces aimables compromissions, qui, en d'autres temps, l'eussent amusée, la révoltaient. Elle avait une hyperesthésie morale : tout la faisait souffrir; sa conscience était à nu. Ses yeux s'ouvrirent sur certains faits, qui avaient échappé jusque-là à son insouciance. Un d'entre eux la blessa jusqu'au sang.

Elle était, un après-midi, dans le salon de sa mère. Mme Langeais avait une visite — un peintre à la mode, bellâtre et prétentieux, habitué de la maison, mais non pas très intime. Jacqueline crut sentir que sa présence gênait les deux autres; d'autant plus, elle resta. Mme Langeais, légèrement énervée, la tête engourdie par un peu de migraine, ou par un de ces cachets contre la migraine que les dames d'aujourd'hui croquent comme des bonbons et qui achèvent de vider leur petit cerveau, ne surveillait pas trop ce qu'elle disait. Au cours de la conversation, elle appela étourdiment le visiteur :

« Mon chéri... »

Elle s'en aperçut aussitôt. Il ne broncha pas plus qu'elle; et ils poursuivirent leur causerie cérémonieuse. Jacqueline, qui était occupée à servir le thé, faillit, dans son saisissement, laisser glisser une tasse. Elle eut l'impression que, derrière son dos, ils échangeaient un sourire d'intelligence. Elle se retourna, et saisit leurs regards complices, qui sur-le-champ se voilèrent. — Sa découverte la bouleversa. Cette jeune fille, librement élevée, qui avait souvent entendu parler et qui parlait elle-même en riant d'intrigues de ce genre, éprouva une souffrance intolérable, quand elle vit que sa mère... Sa mère, non, ce n'était pas la même chose!... Avec son exagération ordinaire, elle passa d'un extrême à l'autre. Elle n'avait rien soupçonné jusque-là. Dès lors, elle soupçonna tout. Elle s'acharnait à interpréter tel et tel détail dans la conduite passée de sa mère. Et sans doute, la légèreté de Mme Langeais ne prêtait que trop à ces suppositions; mais Jacqueline y ajoutait. Elle eût voulu se rapprocher de son père, qui avait toujours été plus près d'elle, et dont l'intelligence avait pour elle beaucoup d'attrait. Elle eût voulu l'aimer davantage, le plaindre. Mais Langeais ne semblait avoir aucun besoin d'être plaint; et l'esprit surexcité de la jeune fille fut traversé de ce soupçon, plus affreux encore que le premier — que son père n'ignorait rien, mais qu'il trouvait plus commode de ne rien savoir, et que pourvu qu'il agît lui-même à sa guise, le reste lui était indifférent.

Alors, Jacqueline se sentit perdue. Elle n'osait pas les mépriser. Elle les aimait. Mais elle ne pouvait plus vivre là. Son amitié pour Simone Adam ne lui était d'aucun secours. Elle jugeait avec sévérité les faiblesses de son ancienne compagne. Elle ne s'épargnait pas, elle souffrait de ce qu'elle voyait en elle de laid et de médiocre; elle s'accrochait désespérément au souvenir de Marthe. Mais ce souvenir même s'effaçait; elle sentait que le flot des jours le recouvrirait, en laverait l'empreinte. Et alors, tout serait fini; elle serait pareille aux autres, noyée dans le bourbier... Oh! sortir à tout prix de ce monde! Sauvez-moi! Sauvez-moi!...

*

En ces jours de délaissement fiévreux, de dégoût passionné, et d'attente mystique, où elle tendait les mains vers un Sauveur inconnu, Jacqueline rencontra Olivier.

Mme Langeais n'avait pas manqué d'inviter Christophe, qui était, cet hiver, le musicien à la mode. Christophe était venu, et, suivant son habitude, il ne s'était pas mis en frais. Mme Langeais ne l'en avait pas moins trouvé charmant : il pouvait tout se permettre, pendant qu'il était à la mode; on le trouverait toujours charmant; c'était l'affaire de quelques mois... — Jacqueline se montra moins charmée; le seul fait que Christophe fût loué par certaines gens suffisait à la mettre en défiance. Au reste, la brusquerie de Christophe, sa façon de parler fort, sa gaieté, la blessaient. Dans son état d'esprit, la joie de vivre lui semblait grossière; elle cherchait le clair-obscur mélancolique de l'âme, et elle se figurait qu'elle l'aimait. Il faisait trop jour en Christophe. Mais comme elle causait avec lui, il parla d'Olivier : il éprouvait le besoin d'associer son ami à tout ce qui lui arrivait d'heureux. Il en parla si bien que Jacqueline, troublée par la vision d'une âme qui s'accordait avec sa propre pensée, le fit aussi inviter. Olivier n'accepta pas tout de suite : ce qui permit à Christophe et à Jacqueline d'achever de lui à loisir un portrait imaginaire, auquel il fallut bien qu'il ressemblât, lorsque enfin il se décida à venir.

Il vint, mais ne parla guère. Il n'avait pas besoin de parler. Ses yeux intelligents, son sourire, la finesse de ses manières, la tranquillité qui l'enveloppait et qu'il rayonnait, devaient séduire Jacqueline. Christophe, par contraste, faisait valoir Olivier. Elle n'en montrait rien, par peur du sentiment qui naissait; elle continuait de ne causer qu'avec Christophe : mais c'était d'Olivier. Christophe, trop heureux de parler de son ami, ne s'apercevait pas du plaisir que Jacqueline trouvait à ce sujet d'entretien. Il parlait aussi de lui-même, et elle l'écoutait avec complaisance, bien que cela ne l'intéressât nullement; puis, sans en avoir l'air, elle ramenait la conversation à des épisodes de sa vie où se trouvait Olivier.

Les gentillesses de Jacqueline étaient dangereuses pour un homme qui ne se méfiait point. Sans y penser, Christophe s'éprenait d'elle; il trouvait du plaisir à revenir; il soignait sa toilette; et un sentiment, qu'il connaissait bien, recommençait de mêler sa langueur riante à tout ce qu'il songeait. Olivier s'était épris aussi, et dès les premiers jours; il se croyait négligé, et souffrait en silence. Christophe augmentait son mal, en lui racontant joyeusement ses entretiens avec Jacqueline. L'idée ne venait pas à Olivier qu'il pût plaire à Jacqueline. Bien qu'à vivre auprès de Christophe, il eût acquis plus d'optimisme, il se défiait de lui; il se voyait avec des yeux trop véridiques, il ne pouvait croire qu'il serait jamais aimé : qui donc serait digne de l'être, si c'était pour ses mérites, et non pour ceux du magique et indulgent amour?

Un soir qu'il était invité chez les Langeais, il sentit qu'il serait trop malheureux, en revoyant l'indifférente Jacqueline; et, prétextant la fatigue, il dit à Christophe d'aller sans lui. Christophe, qui ne soupçonnait rien, s'en alla tout joyeux. Dans son naïf égoïsme, il ne pensait qu'au plaisir d'avoir Jacqueline à lui tout seul. Il n'eut pas lieu de s'en réjouir longtemps. A la nouvelle qu'Olivier ne viendrait point, Jacqueline prit aussitôt un air maussade, irrité, ennuyé, déconcerté; elle n'éprouvait plus aucun désir de plaire; elle n'écoutait pas Christophe, répondait au hasard; et il la vit, avec humiliation, étouffer un bâillement énervé. Elle avait envie de pleurer. Brusquement elle sortit au milieu de la soirée : et elle ne reparut point.

Christophe s'en retourna, déconfit. Le long du chemin, il cherchait à s'expliquer ce brusque revirement; quelques lueurs de la vérité commençaient à lui apparaître. A la maison, Olivier l'attendait; il demanda, d'un air qu'il tâchait de rendre indifférent, des nouvelles de la soirée. Christophe lui raconta sa déconvenue. A mesure qu'il parlait, il voyait le visage d'Olivier s'éclairer.

« Et cette fatigue? dit-il. Pourquoi ne t'es-tu pas couché?

— Oh! je vais mieux, fit Olivier, je ne suis plus las du tout.

— Oui, je crois, dit Christophe narquois, que cela t'a fait beaucoup de bien de ne pas venir. »

Il le regarda affectueusement, malicieusement, s'en alla dans sa chambre, et là, quand il fut seul, il se mit à rire, rire tout bas, jusqu'aux larmes :

« La mâtine! pensait-il. Elle se moquait de moi! Lui aussi me trompait. Comme ils cachaient leur jeu! »

A partir de ce moment, il arracha de son cœur toute pensée personnelle, à l'égard de Jacqueline; et, comme une brave mère poule qui couve jalousement son œuf, il couva le roman des deux petits amants. Sans avoir l'air de connaître leur secret à tous deux, et sans le livrer, de l'un à l'autre, il les aida, à leur insu.

Il crut de son devoir, gravement, d'étudier le caractère de Jacqueline, pour voir si Olivier pourrait être heureux avec elle. Et comme il était maladroit, il agaçait Jacqueline par les questions saugrenues qu'il lui posait, sur ses goûts, sur sa moralité...

« Voilà un imbécile! De quoi se mêle-t-il? » pensait Jacqueline furieuse, en lui tournant le dos.

Et Olivier s'épanouissait de voir que Jacqueline ne faisait plus attention à Christophe. Et Christophe s'épanouissait de voir qu'Olivier était heureux. Sa joie s'étalait même, d'une façon beaucoup plus bruyante que celle d'Olivier. Et comme elle ne s'expliquait point, Jacqueline, qui ne se doutait pas que Christophe voyait plus clair dans leur amour qu'elle n'y voyait elle-même, le trouvait insupportable; elle ne pouvait comprendre qu'Olivier se fût entiché d'un ami aussi vulgaire et aussi encombrant. Le bon Christophe la devinait; il trouvait un plaisir malicieux à la faire enrager; puis, il se retirait à l'écart, prétextant des travaux, pour refuser les invitations des Langeais et laisser seuls ensemble Jacqueline et Olivier.

Il n'était pas sans inquiétudes cependant pour l'avenir. Il s'attribuait une grande responsabilité dans le mariage qui se préparait; et il se tourmentait : car il voyait assez juste en Jacqueline, et il redoutait bien des choses : sa richesse d'abord, son éducation, son milieu, et surtout sa faiblesse. Il se rappelait son ancienne amie Colette.

Sans doute, Jacqueline était plus vraie, plus franche, plus passionnée; il y avait dans ce petit être une ardente aspiration vers une vie courageuse, un désir presque héroïque...

« Mais ce n'est pas tout de désirer, pensait Christophe, qui se souvenait d'une polissonnerie de l'ami Diderot; il faut avoir les reins solides. »

Il voulait avertir Olivier du danger. Mais quand il voyait Olivier revenir de chez Jacqueline, les yeux baignés de joie, il n'avait plus le courage de parler. Il pensait :

« Les pauvres petits sont heureux. Ne troublons par leur bonheur. »

Peu à peu, son affection pour Olivier lui fit partager la confiance de son ami. Il se rassurait; il finit par croire que Jacqueline était telle qu'Olivier la voyait et qu'elle voulait se voir elle-même. Elle avait si bonne volonté! Elle aimait Olivier pour tout ce qu'il avait de différent d'elle et de son monde : parce qu'il était pauvre, parce qu'il était intransigeant dans ses idées morales, parce qu'il était maladroit dans le monde. Elle aimait d'une façon si pure et si entière qu'elle eût voulu être pauvre comme lui, et presque, par moments,... oui, presque devenir laide, afin d'être plus sûre d'être aimée pour elle-même, pour l'amour dont son cœur était plein et dont il avait faim... Ah! certains jours, quand il était là, elle se sentait pâlir, et ses mains tremblaient. Elle affectait de railler son émotion, elle feignait de s'occuper d'autre chose, de le regarder à peine; elle parlait avec ironie. Mais soudain, elle s'interrompait; elle se sauvait dans sa chambre; et là, toute porte close, le rideau baissé sur la fenêtre, elle restait assise, les genoux serrés, les coudes rentrés contre son ventre, les bras en croix sur la poitrine, comprimant les battements de son cœur; elle restait ainsi, ramassée sur elle-même, sans un souffle; elle n'osait pas bouger, de peur qu'au moindre geste le bonheur ne s'enfuie. Sur son corps, en silence, elle étreignait l'amour.

Maintenant, Christophe se passionnait pour le succès d'Olivier. Il s'occupait de lui maternellement, surveillait sa toilette, prétendait lui donner des conseils sur la façon de s'habiller, lui faisait — (comment!) — ses nœuds de cravate. Olivier, patient, se laissait faire, quitte à renouer sa cravate, dans l'escalier, lorsque Christophe n'était plus là. Il souriait, mais il était touché de cette grande affection. Intimidé par son amour, il n'était pas sûr de lui, et demandait volontiers conseil à Christophe; il lui contait ses visites. Christophe, aussi ému que lui, passait quelquefois des heures, la nuit, à chercher les moyens d'aplanir le chemin à l'amour de son ami.

*

Ce fut dans le parc de la villa des Langeais aux environs de Paris, en un petit pays sur la lisière de la forêt de l'Isle-Adam, qu'Olivier et Jacqueline eurent l'entretien qui décida de leur vie.

Christophe accompagnait son ami; mais il avait trouvé un harmonium dans la maison; et il se mit à jouer, laissant les amoureux se promener en paix. — A vrai dire, ils ne le souhaitaient point. Ils craignaient d'être seuls. Jacqueline était silencieuse et un peu hostile. Déjà, à la dernière visite, Olivier avait senti un changement dans ses manières, une froideur subite, des regards qui paraissaient étrangers, durs, presque ennemis. Il en avait été glacé. Il n'osait s'expliquer avec elle : il craignait trop de recevoir de celle qu'il aimait une parole cruelle. Il trembla de voir Christophe s'éloigner : il lui semblait que sa présence le garantissait seule du coup qui allait le frapper.

Jacqueline n'aimait pas moins Olivier. Elle l'aimait beaucoup plus. C'était ce qui la rendait hostile. Cet amour, avec lequel naguère elle avait joué, qu'elle avait tant appelé, il était là, devant elle; elle le voyait s'ouvrir devant ses pas comme un gouffre, et elle se rejetait en arrière, effrayée, elle ne comprenait plus; elle se demandait :

« Mais pourquoi? pourquoi? Qu'est-ce que cela veut dire? »

Alors, elle regardait Olivier, de ce regard qui le faisait souffrir, et elle pensait :

« Qui est cet homme? »

Et elle ne savait pas.

« Pourquoi est-ce que je l'aime? »

Elle ne savait pas.

« Est-ce que je l'aime? »

Elle ne savait pas... Elle ne savait pas; mais elle savait

que pourtant elle était éprise; l'amour la tenait; elle allait se perdre en lui, se perdre tout entière, sa volonté, son indépendance, son égoïsme, ses rêves d'avenir, tout englouti dans ce monstre. Et elle se raidissait avec colère; elle éprouvait, par moments, pour Olivier, un sentiment presque haineux.

Ils allèrent jusqu'à l'extrémité du parc, dans le jardin potager, que séparait des pelouses un rideau de grands arbres. Ils marchaient à petits pas, au milieu des allées, que bordaient des buissons de groseilliers aux grappes rouges et blondes, et des plates-bandes de fraises, dont l'haleine emplissait l'air. On était au mois de juin; mais des orages avaient refroidi le temps. Le ciel était gris, la lumière à demi éteinte; les nuages bas se mouvaient pesamment, tout d'une masse, charriés par le vent. De ce grand vent lointain, rien n'arrivait sur la terre : pas une feuille ne remuait. Une grande mélancolie enveloppait les choses, et leur cœur. Et du fond du jardin, de la villa invisible, aux fenêtres entrouvertes, vinrent les sons de l'harmonium, qui disait la fugue en *mi bémol mineur* de Jean-Sébastien Bach. Ils s'assirent côte à côte sur la margelle d'un puits, tout pâles, sans parler. Olivier vit des larmes couler sur les joues de Jacqueline.

« Vous pleurez? » murmura-t-il, les lèvres tremblantes.

Ses larmes coulèrent.

Il lui prit la main. Elle pencha sa tête blonde sur l'épaule d'Olivier. Elle n'essayait plus de lutter : elle était vaincue; et c'était un tel soulagement! Ils pleurèrent tout bas, écoutant la musique, sous le dais mouvant des nuées lourdes, dont le vol silencieux semblait raser la cime des arbres. Ils pensaient à tout ce qu'ils avaient souffert — qui sait? peut-être aussi à ce qu'ils souffriraient plus tard. Il est des minutes où la musique fait surgir toute la mélancolie tissée autour de la destinée d'un être...

Après un moment, Jacqueline essuya ses yeux et regarda Olivier. Et brusquement, ils s'embrassèrent. O bonheur ineffable! Religieux bonheur! Si doux et si profond qu'il en est douloureux!...

Jacqueline demanda :

« Votre sœur vous ressemblait?»

Olivier eut un saisissement. Il dit :

« Pourquoi me parlez-vous d'elle? Vous la connaissiez donc? »

Elle dit :

« Christophe m'a raconté... Vous avez bien souffert? »

Olivier inclina la tête, trop ému pour répondre.

« J'ai bien souffert aussi », dit-elle.

Elle parla de l'amie disparue, de la chère Marthe; elle dit, le cœur gonflé, comme elle avait pleuré, pleuré à en mourir.

« Vous m'aiderez? dit-elle, d'une voix suppliante, vous m'aiderez à vivre, à être bonne, à lui ressembler un peu? La pauvre Marthe, vous l'aimerez, vous aussi?

— Nous les aimerons toutes deux, comme toutes deux elles s'aiment.

— Je voudrais qu'elles fussent là!

— Elles sont là. »

Ils restèrent serrés l'un contre l'autre; ils sentaient battre leur cœur. Une petite pluie fine tombait, tombait. Jacqueline frissonna.

« Rentrons », dit-elle.

Sous les arbres, il faisait presque nuit. Olivier baisa la chevelure mouillée de Jacqueline; elle releva la tête vers lui, et il sentit sur ses lèvres, pour la première fois, les lèvres amoureuses, ces lèvres de petite fille, fiévreuses, un peu gercées. Ils furent sur le point de défaillir.

Tout près de la maison, ils s'arrêtèrent encore :

« Comme nous étions seuls, avant! » dit-il.

Il avait déjà oublié Christophe.

Ils se souvinrent de lui. La musique s'était tue. Ils rentrèrent. Christophe, accoudé sur l'harmonium, la tête entre ses mains, rêvait, lui aussi, à beaucoup de choses du passé. Quand il entendit la porte s'ouvrir, il s'éveilla de sa rêverie, et leur montra son visage affectueux, qu'illuminait un sourire grave et tendre. Il lut dans leurs yeux ce qui s'était passé, leur serra la main à tous deux, et dit :

« Asseyez-vous là. Je vais vous jouer quelque chose. »

Ils s'assirent, et il joua, au piano, tout ce qu'il avait

dans le cœur, tout son amour pour eux. Quand ce fut fini, ils restèrent, tous les trois, sans parler. Puis, il se leva, et il les regarda. Il avait l'air si bon, et tellement plus âgé et plus fort qu'eux! Pour la première fois, elle eut conscience de ce qu'il était. Il les serra dans ses bras et dit à Jacqueline :

« Vous l'aimerez bien, n'est-ce pas? Vous vous aimerez bien? »

Ils furent pénétrés de reconnaissance. Mais tout de suite après, il détourna l'entretien, rit, alla à la fenêtre, et sauta dans le jardin.

*

Les jours suivants, il engagea Olivier à faire sa demande aux parents de Jacqueline. Olivier n'osait point, par crainte du refus qu'il prévoyait. Christophe le pressa aussi de se mettre en quête d'une situation. A supposer qu'il fût agréé par les Langeais, il ne pouvait accepter la fortune de Jacqueline s'il ne se trouvait lui-même en état de gagner son pain. Olivier pensait comme lui, sans partager sa défiance injurieuse, un peu comique, à l'égard des mariages riches. C'était une idée ancrée dans la tête de Christophe, que la richesse tue l'âme. Volontiers, il eût répété cette boutade d'un sage gueux à une riche oiselle, qui s'inquiétait de l'au-delà :

« Quoi, madame, vous avez des millions, et vous voudriez encore, par-dessus le marché, avoir une âme immortelle? »

« Méfie-toi de la femme, disait-il à Olivier — mi-plaisant, mi-sérieux —, méfie-toi de la femme, mais vingt fois plus de la femme riche! La femme aime l'art, peut-être, mais elle étouffe l'artiste. La femme riche empoisonne l'un et l'autre. La richesse est une maladie. Et la femme la supporte encore plus mal que l'homme. Tout riche est un être anormal... Tu ris? Tu te moques de moi? Quoi! Est-ce qu'un riche sait ce que c'est que la vie? Est-ce qu'il reste en communion avec la rude réalité? Est-ce qu'il sent sur sa face le souffle fauve de la misère, l'odeur du pain à gagner, de la terre à remuer? Est-ce qu'il peut comprendre, est-ce qu'il voit seulement les êtres et les choses?... Quand j'étais petit garçon, il m'est arrivé une ou deux fois d'être emmené en promenade dans le landau du grand-duc. La voiture passait au milieu de prairies dont je connaissais chaque brin d'herbe, parmi des bois où je galopinais seul et que j'adorais. Eh bien, je ne voyais plus rien! Tous ces chers paysages étaient devenus pour moi aussi raidis, aussi empesés que les imbéciles qui me promenaient. Entre les prairies et mon cœur, ne s'était pas seulement interposé le rideau de ces âmes gourmées. Il suffisait de ces quatre planches sous mes pieds, de cette estrade ambulante au-dessus de la nature. Pour sentir que la terre est ma mère, il me faut avoir les pieds enfoncés dans son ventre, comme le nouveau-né qui sort à la lumière. La richesse tranche le lien qui unit l'homme à la terre, et qui relie entre eux tous les fils de la terre. Et alors, comment voudrais-tu être encore un artiste? L'artiste est la voix de la terre. Un riche ne peut pas être un grand artiste. Il lui faudrait, pour l'être, mille fois plus de génie, dans des conditions aussi disgraciées. Même s'il y parvient, il est toujours un fruit de serre. Le grand Goethe a beau faire : son âme a des membres atrophiés, il lui manque des organes essentiels, que la richesse a tués. Toi qui n'as pas la sève d'un Goethe, tu serais dévoré par la richesse, surtout par la femme riche, que Goethe a du moins évitée. L'homme seul peut encore réagir contre le fléau. Il a en lui une brutalité native, un humus amassé d'instincts âpres et salutaires qui l'attachent à la terre. Mais la femme est livrée au poison, et elle le communique aux autres. Elle se plaît à la puanteur parfumée de la richesse. Une femme qui reste saine de cœur, au milieu de la fortune, est un prodige, autant qu'un millionnaire qui a du génie... Et puis, je n'aime pas les monstres. Qui a plus que sa part pour vivre est un monstre — un cancer humain qui ronge les autres hommes. »

Olivier riait :

« Je ne puis pourtant pas cesser d'aimer Jacqueline, parce qu'elle n'est pas pauvre, ni l'obliger à l'être, pour l'amour de moi.

— Eh bien, si tu ne peux pas la sauver, au moins sauve-toi toi-même! Et c'est encore la meilleure façon de la sauver. Garde-toi pur. Travaille. »

Olivier n'avait pas besoin que Christophe lui communiquât ses scrupules. Plus encore que lui, il avait l'âme chatouilleuse. Non qu'il prît au sérieux les boutades de Christophe contre l'argent : il avait été riche lui-même, il ne détestait point la richesse, et il trouvait qu'elle allait bien à la jolie figure de Jacqueline. Mais il lui était insupportable qu'on pût mêler à l'idée de son amour un soupçon d'intérêt. Il demanda à rentrer dans l'Université. Il ne pouvait plus espérer, pour l'instant, qu'un poste médiocre dans un lycée de province. C'était là un triste cadeau de noce à offrir à Jacqueline. Il lui en parla timidement. Jacqueline eut d'abord quelque peine à admettre ses raisons : elle les attribuait à un amour-propre exagéré, que Christophe lui avait mis en tête, et qu'elle trouvait ridicule : n'est-il pas naturel, quand on aime, d'accepter du même cœur la fortune et l'infortune de l'aimé, et n'est-ce pas un sentiment mesquin, de se refuser à lui devoir un bienfait, qui lui ferait tant de joie?... Néanmoins, elle se rallia au projet d'Olivier : ce qu'il avait d'austère et de peu plaisant fut justement ce qui la décida; elle y trouvait une occasion de satisfaire son appétit d'héroïsme moral. Dans l'état de révolte orgueilleuse contre son milieu, que son deuil avait provoquée et que son amour exaltait, elle avait fini par nier tout ce qui dans sa nature était en contradiction avec cette ardeur mystique; elle tendait son être, comme un arc, vers un idéal de vie très pure, difficile, et rayonnante de bonheur... Les obstacles, la médiocrité de sa condition à venir, tout lui était joie. Que ce serait beau!....

Mme Langeais était trop occupée d'elle-même pour prêter grande attention à ce qui se passait autour d'elle. Depuis peu, elle ne songeait plus qu'à sa santé; elle occupait son temps à soigner des maladies imaginaires, essayer d'un médecin, puis d'un autre : chacun à tour de rôle était le Sauveur; il y en avait pour quinze jours; puis, c'était le tour du suivant. Elle restait des mois, au loin dans des maisons de santé fort coûteuses, où elle exécutait avec dévotion des prescriptions puériles. Elle avait oublié sa fille et son mari.

M. Langeais, moins indifférent, commençait à soupçonner l'intrigue. Sa jalousie paternelle l'avertissait. Il avait pour Jacqueline cette affection énigmatique, que bien des pères éprouvent pour leurs filles, mais qu'ils n'avouent guère, cette curiosité mystérieuse, voluptueuse, quasi sacrée, de revivre en des êtres de son sang, qui sont soi, et qui sont femmes. Il y a, dans ces secrets du cœur, des ombres et des lueurs qu'il est sain d'ignorer. Jusqu'alors, il s'était amusé de voir sa fille rendre amoureux les petits jeunes gens : il l'aimait ainsi, coquette, romanesque, et pourtant avisée — (comme il était). — Mais quand il vit que l'aventure menaçait de devenir sérieuse, il s'inquiéta. Il commença par se moquer d'Olivier devant Jacqueline, puis il le critiqua avec une certaine âpreté. Jacqueline en rit d'abord, et dit :

« N'en dis pas tant de mal, papa : cela te gênerait plus tard, si je voulais l'épouser. »

M. Langeais poussa les hauts cris; la traita de folle. Bon moyen pour qu'elle le devînt tout à fait! Il déclara qu'elle n'épouserait jamais Olivier. Elle déclara qu'elle l'épouserait. Le voile se déchira. Il découvrit qu'il ne comptait plus pour elle. Son égoïsme paternel en fut indigné. Il jura qu'Olivier et Christophe ne remettraient plus les pieds chez lui. Jacqueline s'exaspéra; et un beau matin, Olivier, ouvrant sa porte, vit entrer en coup de vent la jeune fille, pâle et décidée, qui lui dit :

« Enlevez-moi! Mes parents ne veulent pas. Moi, je veux. Compromettez-moi. »

Olivier, effaré, mais touché, n'essayait pas de discuter. Heureusement, Christophe était là. Il était le moins raisonnable, à l'ordinaire. Il les raisonna. Il montra quel scandale s'ensuivrait, et comme ils en souffriraient. Jacqueline, mordant sa lèvre avec colère, dit :

« Eh bien, nous nous tuerons après! »

Loin d'effrayer Olivier, ce fut une raison pour le décider. Christophe n'eut pas de peine à obtenir des deux fous quelque patience : avant d'en venir aux moyens désespérés, il fallait essayer des autres : que Jacqueline rentrât chez elle; lui, irait voir M. Langeais et plaider leur cause.

Singulier avocat! Aux premiers mots qu'il dit, M. Langeais faillit le mettre à la porte; puis, le ridicule de la situation le frappa, et il s'en amusa. Peu à peu, le sérieux de son interlocuteur, son honnêteté, sa conviction s'imposaient; toutefois, il n'en voulait pas convenir, et continuait à lui décocher des remarques ironiques. Christophe feignait de ne pas entendre; mais, à certaines flèches plus cuisantes, il s'arrêtait, il se hérissait en silence; puis il reprenait. A un moment, il posa son poing sur la table, qu'il martela, et dit :

« Je vous prie de croire que la visite que je fais ne m'amuse guère : je dois me faire violence pour ne pas relever certaines de vos paroles; mais j'estime que j'ai le devoir de vous parler; et je parle. Oubliez-moi, comme je m'oublie, et pesez ce que je dis. »

M. Langeais écouta; et quand il entendit parler du projet de suicide, il haussa les épaules, et fit semblant de rire; mais il fut remué. Il était trop intelligent pour traiter de plaisanterie une pareille menace; il savait qu'il faut compter avec l'insanité des filles amoureuses. Jadis, une de ses maîtresses, une fille rieuse et douillette, qu'il jugeait incapable d'exécuter sa forfanterie, s'était tiré sous ses yeux un coup de revolver; elle n'en était pas morte sur-le-champ; il revoyait la scène... Non, l'on n'est sûr de rien avec ces folles. Il eut un serrement de cœur... « Elle le veut? Eh bien, soit, tant pis pour elle, la sotte!... » Certes, il aurait pu user de diplomatie, feindre de consentir, gagner du temps, détacher doucement Jacqueline d'Olivier. Mais pour cela, il eût fallu se donner plus de peine qu'il ne pouvait ou ne voulait. Et puis, il était faible; et le seul fait qu'il eût dit violemment : « Non! » à Jacqueline, l'inclinait maintenant à dire : « Oui. » Après tout, que sait-on de la vie? Cette petite avait peut-être raison. La grande affaire, c'est de s'aimer. M. Langeais n'ignorait pas qu'Olivier était un garçon sérieux, qui avait peut-être du talent... Il donna son consentement.

Le soir avant le mariage, les deux amis veillèrent ensemble, une partie de la nuit. Ils ne voulaient rien perdre de ces dernières heures d'un cher passé. — Mais c'était du passé, déjà. Comme ces tristes adieux, sur le quai d'une gare, quand l'attente se prolonge avant le départ du train : on s'obstine à rester, à regarder, à parler. Mais le cœur n'est plus là; l'ami est déjà parti... Christophe essayait de causer. Il s'arrêta, au milieu d'une phrase, voyant les yeux distraits d'Olivier, et dit, avec un sourire :

« Tu es déjà loin! »

Olivier s'excusa, confus. Il était triste de se laisser distraire de ces derniers instants d'intimité. Mais Christophe lui serra la main :

« Va, ne te contrains pas. Je suis heureux. Rêve, mon petit. »

Ils restèrent à la fenêtre, accoudés l'un près de l'autre,

regardant le jardin dans la nuit. Après quelque temps, Christophe dit à Olivier :

« Tu te sauves de moi? Tu crois que tu vas m'échapper? Tu penses à ta Jacqueline. Mais je vais bien t'attraper. Moi aussi, je pense à elle.

— Mon pauvre vieux, dit Olivier, et moi qui pensais à toi! Et même... »

Il s'arrêta.

Christophe acheva sa phrase, en riant :

« ...Et même qui me donnais tant de mal pour cela!... »

Christophe s'était fait beau, presque élégant, pour la cérémonie. Il n'y avait pas de mariage religieux : ni Olivier, indifférent, ni Jacqueline, révoltée, n'en avaient voulu. Christophe avait écrit pour la mairie un morceau symphonique; mais au dernier moment, il y renonça, après s'être rendu compte de ce qu'est un mariage civil : il trouvait cette cérémonie ridicule. Il faut, pour y croire, être bien dépourvu de foi et de liberté tout ensemble. Quand un vrai catholique se donne la peine de devenir libre penseur, ce n'est pas pour faire d'un fonctionnaire de l'état civil un prêtre. Entre Dieu et la libre conscience, il n'est aucune place pour une religion de l'Etat. L'Etat enregistre, il ne lui appartient pas d'unir.

Le mariage d'Olivier et de Jacqueline n'était point fait pour inspirer à Christophe le regret de sa détermination. Olivier écoutait, d'un air détaché, ironique, le maire qui flagornait lourdement le jeune couple, la famille riche et les témoins décorés. Jacqueline n'écoutait pas; et furtivement elle tirait la langue à Simone Adam, qui l'épiait; elle avait parié avec elle que « cela ne lui ferait rien du tout » de se marier, et elle était en train de gagner : à peine si elle songeait que c'était elle qui se mariait; cette pensée l'amusait. Les autres posaient pour la galerie; et la galerie lorgnait. M. Langeais paradait; si sincère que fût son affection pour sa fille, sa principale préoccupation était de noter les gens, et de se demander s'il n'avait pas fait d'oublis dans sa liste de faire-part. Seul, Christophe était ému; il était à lui seul, les parents, les mariés et le maire; il couvait des yeux Olivier, qui ne le regardait point.

Le soir, le jeune couple partit pour l'Italie. Christophe et M. Langeais les accompagnèrent à la gare. Ils les voyaient joyeux, sans regrets, ne cachant point leur impatience d'être déjà partis. Olivier avait l'air d'un adolescent, et Jacqueline d'une petite fille... Tendre mélancolie de ces départs! Le père est triste de voir sa petite emmenée par un étranger, et pour quoi!... et pour toujours loin de lui. Mais eux n'éprouvent qu'un sentiment de délivrance enivrée. La vie n'a plus d'entraves; plus rien ne les arrête; ils se croient arrivés au faîte : on peut mourir maintenant, on a tout, on ne craint rien... Ensuite, on voit que ce n'était qu'une étape. Le route reprend, et tourne autour de la montagne; et bien peu arrivent à la seconde étape...

Le train les emporta dans la nuit. Christophe et M. Langeais revinrent ensemble. Christophe dit, avec malice :

« Nous voici veufs! »

M. Langeais se mit à rire. Ils se dirent au revoir, et chacun alla de son côté. Ils avaient de la peine. Mais c'était un mélange de tristesse et de douceur. Seul, dans sa chambre, Christophe pensait :

« Le meilleur de moi-même est heureux. »

Rien ne fut changé à la chambre d'Olivier. Il avait été convenu entre les deux amis que jusqu'au retour d'Olivier et à sa nouvelle installation, ses meubles et ses souvenirs resteraient chez Christophe. Il était encore présent. Christophe considéra le portrait d'Antoinette, il le plaça sur sa table, et il lui dit :

« Petite! es-tu contente? »

*

Il écrivait souvent — un peu trop — à Olivier. Il en recevait peu de lettres, distraites, et peu à peu lointaines d'esprit. Il en était déçu; mais il se persuadait que cela devait être ainsi; il n'avait pas d'inquiétude pour l'avenir de leur amitié.

La solitude ne lui pesait point. Loin de là : il n'en avait pas assez, pour son goût. Il commençait à souffrir de la protection du *Grand Journal*. Arsène Gamache avait une tendance à croire qu'il possédait un droit de propriété sur les gloires qu'il s'était donné la peine de découvrir : il lui semblait naturel que ces gloires fussent associées à la sienne, comme Louis XIV groupait autour de son trône

Molière, Le Brun, et Lulli. Christophe trouvait que l'auteur de l'*Hymne* à *Ægir* n'était pas plus impérialement encombrant pour l'art que son patron du *Grand Journal*. Car le journaliste, qui ne s'y connaissait pas plus que l'empereur, n'en avait pas moins que lui des opinions arrêtées sur l'art; ce qu'il n'aimait point, il n'en tolérait point l'existence : il le décrétait mauvais et pernicieux; et il le ruinait, dans l'intérêt public. Spectacle grotesque et redoutable que celui de ces brasseurs d'affaires, mal dégrossis, sans culture, qui prétendaient, par l'argent et la presse, régner non seulement sur la politique, mais sur l'esprit, et lui offraient une niche avec un collier et la pâtée, ou pouvaient, sur son refus, lancer sur lui les milliers d'imbéciles dont ils avaient fait leur meute! — Christophe n'était pas homme à se laisser morigéner. Il trouva fort mauvais qu'un âne se permît de lui dire ce qu'il devait faire, en musique; et il lui donna à entendre que l'art exigeait plus de préparation que la politique. Il déclina aussi, sans précautions oratoires, l'offre de mettre en musique un inepte livret, dont l'auteur était un des premiers commis du journal, et que le patron recommandait. Cela jeta un premier froid dans ses relations avec Gamache.

Christophe n'en fut point fâché. A peine sorti de l'obscurité, il aspirait à y rentrer. Il se trouvait « *exposé à ce grand jour, où l'on se perd dans les autres* ». Trop de gens s'occupaient de lui. Il méditait ces paroles de Goethe :

« *Lorsqu'un écrivain s'est fait remarquer pour un ouvrage de mérite, le public cherche à l'empêcher d'en produire un second... Le talent qui se recueille est malgré lui traîné dans le tumulte du monde, parce que chacun croit qu'il pourra s'en approprier une parcelle.* »

Il ferma sa porte et, dans sa maison, se rapprocha de quelques vieux amis. Il revit le ménage des Arnaud, qu'il avait un peu négligés. Mme Arnaud, qui vivait seule une partie de la journée, avait du temps pour songer au chagrin des autres. Elle pensait au vide qu'avait dû faire chez Christophe le départ d'Olivier; et elle surmonta sa timidité pour l'inviter à dîner. Si elle eût osé, elle lui eût offert de venir de temps en temps faire la revue de son ménage; mais la hardiesse lui manqua; et ce fut mieux sans doute : car Christophe n'aimait point qu'on s'occupât de lui. Mais il accepta l'invitation à dîner, et il prit l'habitude de venir régulièrement le soir, chez les Arnaud.

Il trouva le petit ménage toujours aussi uni, dans la même atmosphère de tendresse endolorie, plus grise encore qu'auparavant. Arnaud passait par une période de dépression morale, causée par l'usure de sa vie de professeur — cette vie de labeur lassant, qui se répète chaque jour, identique à la veille, comme une roue qui tourne sur place, sans s'arrêter jamais, sans avancer jamais. Malgré sa patience, le brave homme traversait une crise de découragement. Il s'affectait de certaines injustices, il trouvait son dévouement inutile. Mme Arnaud le réconfortait, avec de bonnes paroles; elle semblait toujours aussi paisible : mais elle s'étiolait. Christophe, devant elle, félicitait Arnaud d'avoir une femme aussi raisonnable.

« Oui, disait Arnaud, c'est une bonne petite; rien ne la trouble. Elle a de la chance : et moi aussi. Si elle avait souffert de notre vie, je crois que j'aurais été perdu. »

Mme Arnaud rougissait, se taisait. Puis, de sa voix posée, elle parlait d'autre chose. — Les visites de Christophe produisaient leur bienfait ordinaire; elles portaient la lumière; et lui, de son côté, avait plaisir à se réchauffer à ces cœurs excellents.

Une autre amie lui vint. Ou plutôt, il l'alla chercher : car, tout en désirant le connaître, elle n'eût pas fait l'effort de venir le trouver. Vingt-cinq ans, musicienne, premier prix de piano au Conservatoire : elle se nommait Cécile Fleury. Courte de taille, assez trapue, elle avait les sourcils épais, de beaux yeux larges, au regard humide, le nez petit et gros, au bout relevé, un peu rouge, en bec de canard, des lèvres grosses, bonnes et tendres, le menton énergique, solide, gras, le front point haut, mais large. Les cheveux roulés sur la nuque en chignon abondant. Des bras forts, et des mains de pianiste, grandes, au pouce écarté, aux bouts carrés. De l'ensemble de sa personne se dégageait une impression de sève lourde, de santé rustique. Elle vivait avec sa mère, qu'elle chérissait : bonne femme, qui ne s'intéressait nullement à la musique, mais qui en parlait, à force d'en entendre parler, et qui était au courant de tout ce qui se passait dans Musicopolis. Elle avait une vie médiocre, donnait des leçons tout le jour, et parfois des concerts dont personne ne rendait compte. Elle rentrait tard, à pied, ou par l'omnibus, exténuée, de bonne humeur; et elle faisait vaillamment ses gammes et ses chapeaux, causant beaucoup, aimant rire, et chantant pour un rien.

Elle n'avait pas été gâtée par la vie. Elle savait le prix d'un peu de bien-être qu'on a gagné par ses propres efforts la joie des petits plaisirs, des petits progrès imperceptibles dans sa situation ou dans son talent. Oui, si seulement elle gagnait vingt francs de plus, ce mois-ci, que le mois précédent, ou si elle réussissait enfin ce passage de Chopin, qu'elle s'évertuait à jouer depuis des semaines — elle était contente. Son travail, qui n'était pas excessif, répondait exactement à ses aptitudes et la soulageait comme une hygiène raisonnable. Jouer, chanter, donner des leçons lui procurait une agréable sensation d'activité satisfaite normale et régulière, en même temps qu'une aisance moyenne et un succès tranquille. Elle avait un solide appétit, mangeait bien, dormait bien, et n'était jamais malade.

D'esprit droit, sensé, modeste, parfaitement équilibré, elle ne se tourmentait de rien : car elle vivait dans le moment présent, sans se soucier de ce qu'il y avait avant et de ce qu'il y aurait après. Et comme elle était bien portante, comme sa vie semblait à l'abri des surprises du sort, elle se trouvait presque toujours heureuse. Elle avait plaisir à étudier son piano, comme à faire son ménage, ou à en causer, ou à ne rien faire. Elle savait vivre, non pas au jour le jour — (elle était économe et prévoyante) — mais minute par minute. Nul idéalisme ne la travaillait; ou, si elle en avait un, il était bourgois, tranquillement diffus dans tous ses actes et toutes ses pensées; il consistait à aimer paisiblement ce qu'elle faisait, quoi qu'elle fît. Elle allait à l'église, le dimanche; mais le sentiment religieux ne tenait presque aucune place dans sa vie. Elle admirait les exaltés, comme Christophe, qui ont une foi ou un génie; mais elle ne les enviait pas : qu'est-ce qu'elle aurait pu faire de leur inquiétude et de leur génie?

Comment donc pouvait-elle sentir leur musique? Elle aurait eu peine à l'expliquer. Mais ce qu'elle savait, c'est qu'elle la sentait. Sa supériorité sur les autres virtuoses était dans son robuste équilibre physique et moral; en cette abondance de vie, sans passions personnelles, les passions étrangères trouvaient un sol riche où fleurir. Elle n'en était point troublée. Ces terribles passions, qui avaient rongé l'artiste, elle les traduisait dans toute leur énergie, sans être atteinte par leur poison; elle n'en ressentait que la force, et la bonne fatigue qui suivait. Quand c'était fini, elle était en sueur, épuisée; elle souriait tranquillement : elle était contente.

Christophe, qui l'entendit un soir, fut frappé par son jeu. Il alla lui serrer la main, après le concert. Elle en fut reconnaissante : il y avait peu de monde au concert, et elle n'était pas blasée sur les compliments. Comme elle n'avait eu ni l'habileté de s'enrôler dans une coterie musicale, ni la rouerie d'enrôler à sa suite une troupe d'adorateurs, comme elle ne cherchait à se singulariser, ni par quelque exagération de technique, ni par une interprétation fantaisiste des œuvres consacrées, ni en s'arrogeant la propriété exclusive de tel ou tel grand maître, de Jean-Sébastien Bach ou de Beethoven, comme elle n'avait point de théorie sur ce qu'elle jouait, mais se contentait de jouer tout bonnement ce qu'elle sentait — nul ne faisait attention à elle, et les critiques l'ignoraient : car personne ne leur avait dit qu'elle jouait bien; et ils ne l'eussent pas trouvé, d'eux-mêmes.

Christophe revit souvent Cécile. Cette forte et calme fille l'attirait comme une énigme. Elle était vigoureuse et apathique. Dans son indignation qu'elle ne fût pas plus connue, il lui proposa de faire parler d'elle par ses amis du *Grand Journal*. Mais quoiqu'elle fût bien aise qu'on la louât, elle le pria de ne faire aucune démarche. Elle ne voulait pas lutter, se donner de peine, exciter de jalousies; elle voulait rester en paix. On ne parlait pas d'elle : tant mieux! Elle était sans envie et la première à s'extasier sur la technique des autres virtuoses. Ni ambition, ni désirs. Elle était bien trop paresseuse d'esprit! Quand elle n'était pas occupée d'un objet immédiat et précis, elle ne faisait rien, rien : elle ne rêvait même pas; la nuit, dans son lit, elle dormait, ou ne pensait à rien.Elle n'avait pas cette hantise maladive du mariage, qui empoisonne la vie des filles qui tremblent de coiffer Sainte-Catherine. Quand on lui demandait si elle n'aimerait pas à avoir un bon mari :

« Tiens donc! disait-elle, pourquoi pas cinquante mille livres de rentes? Il faut prendre ce qu'on a. Si on vous l'offre, tant mieux! Sinon, on s'en passera. Ce n'est pas une raison parce qu'on n'a pas de gâteau, pour ne pas trouver bon le bon pain. Surtout quand on en a mangé longtemps qui était dur!

« — Et encore, disait la mère, il y a bien des gens qui « n'en mangent pas tous les jours! »

Cécile avait des raisons pour se méfier des hommes. Son père, mort depuis quelques années, était faible et paresseux; il avait fait beaucoup de tort à sa femme et aux siens. Elle avait aussi un frère qui avait mal tourné; on ne savait trop ce qu'il devenait; de loin en loin, il reparaissait pour demander de l'argent; on le craignait, on avait honte, on avait peur de ce qu'on pourrait apprendre sur lui, d'un jour à l'autre; et pourtant, on l'aimait. Christophe le rencontra, une fois. Il était chez Cécile : on sonna; la mère alla ouvrir. Une conversation s'éleva dans la pièce à côté, avec des éclats de voix. Cécile, qui semblait troublée, sortit à son tour, et laissa Christophe seul. La discussion continuait, et la voix étrangère se faisait menaçante; Christophe crut de son devoir d'intervenir : il ouvrit la porte. Il eut à peine le temps d'entrevoir un homme jeune et un peu contrefait, qui lui tournait le dos : Cécile se jeta vers Christophe, et le supplia de rentrer. Elle rentra avec lui; ils s'assirent en silence. Dans la chambre voisine, le visiteur cria encore, pendant quelques minutes, puis partit, en faisant claquer la porte. Alors, Cécile eut un soupir, et elle dit à Christophe :

« Oui... c'est mon frère. »

Christophe comprit :

« Ah! dit-il... Moi aussi, j'en ai un... »

Cécile lui prit la main, avec une commisération affectueuse :

« Vous aussi?

— Oui, fit-il... Ce sont les joies de la famille. »

Cécile rit; et ils changèrent d'entretien. Non, les joies de la famille n'avaient rien d'enchanteur pour elle, et l'idée du mariage ne la fascinait point : les hommes ne valaient pas cher. Elle trouvait des avantages à sa vie indépendante : sa mère avait assez longtemps soupiré après cette liberté; elle n'avait pas envie de la perdre. Le seul rêve éveillé qu'elle s'amusât de faire, c'était — un jour, plus tard, Dieu sait quand! — de vivre à la campagne. Mais elle ne prenait pas la peine d'imaginer les détails de cette vie : elle trouvait fatigant de penser à quelque chose d'aussi peu certain; il valait mieux dormir, — ou faire sa tâche...

En attendant qu'elle eût son château en Espagne, elle louait pendant l'été, dans la banlieue de Paris, une maisonnette qu'elle occupait seule avec sa mère. C'était à vingt minutes, par le train. L'habitation était assez loin de la gare isolée, au milieu de terrains vagues, que l'on nommait des champs; et Cécile revenait souvent tard, dans la nuit. Mais elle n'avait pas peur; elle ne croyait pas au danger. Elle avait bien un revolver; mais elle l'oubliait toujours à la maison. D'ailleurs, c'était à peine si elle eût su s'en servir.

Au cours de ses visites, Christophe la faisait jouer. Il s'amusait de voir sa pénétration des œuvres musicales, surtout quand il l'avait mise, d'un mot, sur le chemin du sentiment à exprimer. Il s'était aperçu qu'elle avait une voix admirable : elle ne s'en doutait point. Il l'obligea à s'exercer : il lui fit chanter de vieux *lieder* allemands, ou sa propre musique; elle y prenait plaisir, et faisait des progrès, qui la surprenaient autant que lui. Elle était merveilleusement douée. L'étincelle musicale était tombée, par prodige, sur cette fille de petits bourgeois parisiens, dénués de sentiment artistique. Philomèle — (il la nommait ainsi) — causait parfois de musique, mais toujours d'une façon pratique; jamais sentimentale : elle ne semblait s'intéresser qu'à la technique du chant et du piano. Le plus souvent, quand elle était avec Christophe, et qu'ils ne jouaient pas de musique, ils parlaient des sujets les plus bourgeois : ménage, cuisine, vie domestique. Et Christophe, qui n'eût pu supporter, une minute, ces conversations avec une bourgeoise, les tenait tout naturellement avec Philomèle.

Ils passaient ainsi des soirées, en tête-à-tête, et s'aimaient sincèrement, d'une affection calme, presque froide. Un soir qu'il était venu dîner et qu'il s'était attardé à causer, plus que d'habitude, un violent orage éclata. Quand il voulut partir, pour rejoindre le dernier train, la pluie, le vent faisaient rage; elle lui dit :

« Mais ne vous en allez pas! Vous partirez demain matin. »

Il s'installa dans le petit salon, sur un lit improvisé. Une mince cloison le séparait de la chambre à coucher de Cécile; les portes ne fermaient pas. Il entendait, de son lit, les craquements de l'autre lit et le souffle tranquille de la jeune femme. Au bout de cinq minutes, elle était endormie; et il ne tarda pas à faire de même, sans que l'ombre d'une pensée trouble les effleurât.

Dans le même temps, lui venaient d'autres amis inconnus que commençait de lui attirer la lecture de ses œuvres. La plupart vivaient loin de Paris, ou à l'écart, et ne le rencontreraient jamais. Le succès, même grossier, a ceci de bon : il fait connaître l'artiste de milliers de braves gens, qu'il n'eût jamais atteints sans les stupides articles des journaux. Christophe entra en relations avec quelques-uns d'entre eux. C'étaient des jeunes gens isolés, menant une vie difficile, aspirant de tout leur être à un idéal dont ils n'étaient pas sûrs : ils buvaient avidement l'âme fraternelle de Christophe. C'étaient de petites gens de province : après avoir lu ses *lieder*, ils lui écrivaient, comme le vieux Schulz, se sentaient unis à lui. C'étaient des artistes pauvres — un compositeur, entre autres — qui ne pouvaient arriver, non seulement au succès, mais à s'exprimer eux-mêmes : ils étaient tous heureux que leur pensée se réalisât par Christophe. Et les plus chers de tous peut-être — ceux qui lui écrivaient sans dire leur nom : plus libres ainsi de parler, ils épanchaient naïvement leur confiance dans le frère aîné, qui leur était un appui. Christophe avait gros cœur de penser qu'il ne connaîtrait jamais ces charmantes âmes qu'il aurait eu tant de joie à aimer; et il baisait telle de ces lettres inconnues, comme celui qui l'avait écrite baisait les *lieder* de Christophe; et chacun, de son côté, pensait :

« Chères pages, que vous me faites du bien! »

Ainsi se formait autour de lui, suivant le rythme habituel de l'univers, cette petite famille du génie, qui se nourrit de lui et qui le nourrit, qui peu à peu s'étend, et finit par former une grande âme collective dont il est le foyer, comme un monde lumineux, une planète morale qui gravite dans l'espace, mêlant son chœur fraternel à l'harmonie des sphères.

A mesure que des liens mystérieux se tissaient entre Christophe et ses amis invisibles, une révolution se faisait dans sa pensée artistique; elle devenait plus large et plus humaine. Il ne voulait plus d'une musique qui fût un monologue, une parole pour soi seul, encore moins une construction savante pour les seules gens du métier. Il voulait qu'elle fût une communion avec les hommes. Il n'est d'art vital que celui qui s'unit aux autres. Jean-Sébastien Bach, dans ses pires heures d'isolement, était relié au reste de l'humanité par la foi religieuse, qu'il exprimait dans son art. Haendel et Mozart, par la force des choses, écrivaient pour un public, et non pas pour eux seuls. Beethoven lui-même dut compter avec la foule. Cela est salutaire. Il est bon que l'humanité rappelle au génie :

« Qu'y a-t-il pour moi dans ton art? S'il n'y a rien, va-t'en! »

A cette contrainte, le génie gagne, le premier. Certes, il est de grands artistes qui n'expriment que soi. Mais les plus grands de tous sont ceux dont le cœur bat pour tous. Qui veut voir Dieu vivant, face à face, doit le chercher, non dans le firmament désert de sa pensée, mais dans l'amour des hommes.

Les artistes d'alors étaient loin de cet amour. Ils n'écrivaient que pour une élite vaniteuse, anarchiste, déracinée de la vie sociale, et qui mettait sa gloire à ne point partager les passions du reste des hommes, ou qui s'en faisait un jeu. La belle gloire de s'amputer de la vie, pour ne pas ressembler aux autres! Que la mort les prenne donc! Nous, allons aux vivants, buvons aux mamelles de la terre, au plus sacré de nos races, à leur amour de la famille et du sol. Au siècle le plus libre, le jeune prince de la Renaissance italienne, Raphaël, glorifiait la maternité dans ses Madones transtévérines. Qui nous fera aujourd'hui, en musique, une *Madone à la chaise?* Qui nous fera une musique pour toutes les heures de la vie? Vous n'avez rien, vous n'avez rien en France. Quand vous voulez donner des chants à votre peuple, vous en êtes réduits à démarquer la musique des maîtres allemands du passé. Tout est à faire, ou à refaire, dans votre art, de la base à la cime...

Christophe correspondait avec Olivier, à présent installé dans une ville de province. Il tâchait de maintenir, par lettres, leur féconde collaboration de naguère. Il eût voulu de lui de beaux textes poétiques, associés aux pensées et aux actes de tous les jours, comme ceux qui font la substance des vieux *lieder* allemands de jadis. De cours fragments des Livres saints ou des poèmes hindous, des odelettes religieuses ou morales, de petits tableaux de la nature, les émotions amoureuses ou familiales, la poésie des matins et des soirs et des nuits, pour les cœurs simples et sains. Quatre ou six vers pour un *lied*, c'est assez : les expressions les plus simples, pas de développement savant, pas d'harmonies raffinées. Qu'ai-je à faire de vos virtuosités d'esthète? Aimez ma vie, aidez-moi à l'aimer! Ecrivez-moi les *Heures de France*, mes *Grandes et Petites Heures*. Et cherchons la phrase mélodique la plus claire. Evitons, comme la peste, ce langage artistique, qui n'est plus que l'idiome d'une caste, comme l'est devenue la musique de tant de musiciens d'aujourd'hui. Il faut avoir le courage de parler en homme, non en « artiste ». Vois ce qu'ont fait nos pères. C'est du retour au langage musical de tous qu'est sorti l'art des classiques de la fin du dix-huitième siècle. Les phrases mélodiques de Gluck, des créateurs de la symphonie, des premiers maîtres du *lied*, sont communes et bourgeoises parfois, comparées aux phrases raffinées ou savantes de Jean-Sébastien Bach et de Rameau. C'est ce fond de terroir qui a fait la saveur et la popularité immense des grands classiques. Ils sont partis des formes musicales les plus simples, du *lied*, du *Singspiel;* ces petites fleurs de la vie quotidienne ont imprégné l'enfance d'un Mozart ou d'un Weber. — Faites de même! Ecrivez des chants pour tous les hommes. Là-dessus, vous élèverez ensuite des symphonies. A quoi sert de brûler les étapes? On ne commence pas la pyramide par le faîte. Vos symphonies actuelles sont des têtes sans corps. O beaux esprits, incarnez-vous! Il faut des générations patientes de musiciens qui fraternisent avec leur peuple. On ne bâtit pas un art musical en un jour.

Christophe ne limitait pas ses principes à la musique : il engageait Olivier à les appliquer à la littérature :

« Les écrivains d'aujourd'hui s'évertuent, disait-il, à décrire des raretés humaines, ou bien des types qui n'existent que dans des groupes anormaux, en marge de la grande société des hommes agissants et sains. Puisqu'ils se sont mis d'eux-mêmes à la porte de la vie, laisse-les et va où sont les hommes. Aux hommes de tous les jours, montre la vie de tous les jours : elle est plus profonde et plus vaste que la mer. Le moindre d'entre nous porte en lui l'infini. L'infini est en chaque homme qui a la simplicité d'être un homme, dans l'amant, dans l'ami, dans la femme qui paie de ses douleurs la radieuse gloire du jour de l'enfantement, dans celui qui se sacrifie obscurément et dont nul ne saura rien; il est le flot de vie, qui coule de l'un à l'autre, de l'autre à l'un... Ecris la simple vie d'un de ces hommes simples, écris la tranquille épopée des jours qui se succèdent, tous semblables et divers, tous fils d'une même mère, depuis le premier jour du monde. Ecris-la simplement. Ne t'inquiète point des recherches subtiles où s'énerve la force des artistes d'aujourd'hui. Tu parles à tous : use du langage de tous. Il n'est de mots ni nobles, ni vulgaires; il n'est que ceux qui disent ou ne disent pas exactement ce qu'ils ont à dire. Sois tout entier dans tout ce que tu fais : pense ce que tu penses, et sens ce que tu sens. Que le rythme de ton cœur emporte tes écrits! Le style, c'est l'âme. »

Olivier approuvait Christophe; mais il répondait, avec quelque ironie :

« Une telle œuvre pourrait être belle; mais elle ne parviendrait jamais à ceux qui pourraient la lire. La critique l'étoufferait en route.

— Voilà bien mon petit bourgeois français! répliquait Christophe. Il s'inquiète de ce que la critique pensera de son livre!... Les critiques, mon garçon, ne sont là que pour enregistrer la victoire ou la défaite. Sois seulement vainqueur!... Je me suis passé d'eux! Apprends à t'en passer aussi... »

Mais Olivier avait appris à se passer de bien autre chose! Il se passait de l'art, et de Christophe. En ce moment, il ne pensait plus qu'à Jacqueline.

*

Leur égoïsme d'amour avait fait le vide autour d'eux; il brûlait avec imprévoyance toutes ses ressources à venir.

Ivresse des premiers temps, où les êtres mêlés ne songent, uniquement, qu'à s'absorber l'un l'autre... De toutes les parcelles de leurs corps et de leurs âmes, ils se touchent, ils se goûtent, ils cherchent à se pénétrer. Ils sont à eux seuls un univers sans lois, un chaos amoureux, où les éléments confondus ne savent pas encore ce qui les distingue entre eux et s'efforcent l'un l'autre de se dévorer goulûment. Tout les ravit dans l'autre : l'autre, c'est encore soi. Qu'ont-ils à faire du monde? Comme l'Androgyne antique, endormi dans son rêve d'harmonieuse volupté, leurs yeux sont clos au monde, le monde est tout en eux.

O jours, ô nuits, qui forment un même tissu de rêves, heures qui fuient comme de beaux nuages blancs et dont rien ne surnage que, dans l'œil ébloui, un lumineux sillage, souffle tiède qui nous baigne d'une langueur de printemps, chaleur dorée des corps, treille d'amour ensoleillée, chaste impudeur, étreintes folles, soupirs et rires, heureuses larmes, que reste-t-il de vous, poussière de bonheur? A peine si le cœur peut se souvenir de vous : car lorsque vous étiez, le temps n'existait pas.

Journées toutes semblables... Aube douce... De l'abîme du sommeil, les deux corps enlacés surgissent à la fois; les têtes souriantes, dont l'haleine se mêle, ouvrent les yeux ensemble, se revoient et se baisent... Juvénile fraîcheur des heures matinales, air virginal où s'apaise la fièvre des corps brûlants... Voluptueuse torpeur des jours interminables, au fond desquels bourdonne la volupté des nuits.. Après-midi d'été, rêveries dans les champs, sur les prés veloutés, sous les bruissantes étoffes de longs peupliers blancs... Rêveries des beaux soirs, quand on revient ensemble, bras et mains enlacés, sous le ciel lumineux, vers le lit amoureux. Le vent fait frissonner les branches des buissons. Dans le lac clair du ciel flotte le duvet blanc de la lune d'argent. Une étoile tombe et meurt — une secousse au cœur... un monde soufflé sans bruit. Sur la route, auprès d'eux, passent de rares ombres, rapides et muettes. Les cloches de la ville sonnent la fête du lendemain. Un instant, ils s'arrêtent, elle se serre contre lui, ils restent sans parler... Ah! que la vie reste ainsi, immobile, comme cet instant!... Elle soupire, et dit :

« Pourquoi est-ce que je vous aime tant?... »

Après quelques semaines de voyage en Italie, ils s'étaient installés dans une ville de l'ouest de la France, où Olivier avait été nommé professeur. Ils ne voyaient presque personne. Ils ne s'intéressaient à rien. Lorsqu'ils étaient forcés de faire des visites, cette scandaleuse indifférence s'étalait avec un sans-gêne qui blessait les uns, qui faisait sourire les autres. Toutes les paroles glissaient sur eux, sans les atteindre. Ils avaient cette gravité impertinente des jeunes mariés, qui ont l'air de vous dire :

« Vous autres, vous ne savez rien... »

Sur le joli minois absorbé, un peu boudeur, de Jacqueline, dans les yeux heureux et distraits d'Olivier, on pouvait lire :

« Si vous saviez comme vous nous ennuyez!... Quand est-ce que nous serons seuls? »

Même au milieu des autres, ils ne se gênaient pas pour l'être. On surprenait leurs regards qui se parlaient pardessus la conversation. Ils n'avaient pas besoin de se regarder pour se voir; et ils souriaient : car ils savaient qu'ils pensaient aux mêmes choses en même temps. Lorsqu'ils se retrouvaient seuls, après quelque contrainte mondaine, ils poussaient des cris de joie et faisaient mille folies d'enfants. Ils avaient huit ans. Ils bêtifiaient en parlant. Ils se nommaient de petits noms drolatiques. Elle l'appelait Olive, Olivet, Olifant, Fanny, Mami, Mime, Minaud, Quinaud, Kaunitz, Cosima, Cobourg, Panot, Nacot, Ponette, Naquet, et Canot. Elle jouait à la petite fille. Mais elle voulait être tout à la fois pour lui, tous les amours mêlés : mère, sœur, femme, amoureuse, maîtresse.

Elle ne se contentait pas de partager ses plaisirs; comme elle se l'était promis, elle partageait ses travaux : c'était aussi un jeu. Pendant les premiers temps, elle y apporta l'ardeur amusée d'une femme pour qui le travail était quelque chose de nouveau : on eût dit qu'elle prenait plaisir aux tâches les plus ingrates, des copies dans les bibliothèques, des traductions de livres insipides : cela faisait partie de son plan de vie, très pure et très sérieuse, tout entière consacrée à de nobles pensers et labeurs en commun. Et cela fut très bien, tant que l'amour les illumina : car elle ne songeait qu'à lui, et non à ce qu'elle faisait. Le curieux, c'était que tout ce qu'elle faisait ainsi était bien fait. Son esprit se jouait sans effort dans des lectures abstraites qu'elle eût eu peine à suivre, à d'autres moments de sa vie; son être était soulevé au-dessus de terre par l'amour; elle ne s'en apercevait pas : telle une somnambule qui marche sur les toits, elle poursuivait tranquillement, sans rien voir, son rêve grave et riant...

Et puis, elle commença de voir les toits; et cela ne l'inquiéta point; mais elle se demanda ce qu'elle faisait dessus, et elle rentra chez elle. Le travail l'ennuya. Elle se persuada que son amour en était gêné. Sans doute parce que son amour était déjà moins vif. Mais il n'en paraissait rien. Ils ne pouvaient plus se passer un instant l'un de l'autre. Ils se murèrent du monde, ils condamnèrent leur porte, ils n'acceptèrent plus aucune invitation. Ils étaient jaloux de l'affection des autres, de leurs occupations même, de tout ce qui les distrayait de leur amour. La correspondance avec Christophe s'espaça. Jacqueline ne l'aimait pas : il était un rival, il représentait toute une part du passé d'Olivier, où elle n'était point; et plus il avait tenu de place dans la vie d'Olivier, plus elle cherchait, d'instinct, à la lui voler. Sans calcul de sa part, elle détachait sourdement Olivier de l'ami; elle ironisait les manières de Christophe, sa figure, ses façons d'écrire, ses projets artistiques; elle n'y mettait aucune méchanceté, aucune rouerie : la bonne nature s'en chargeait pour elle. Olivier s'amusait de ses remarques; il n'y voyait pas malice; il croyait aimer toujours autant Christophe; mais ce n'était plus que sa personne qu'il aimait : ce qui est peu en amitié; il ne s'apercevait pas que peu à peu il cessait de le comprendre, il se désintéressait de sa pensée, de cet idéalisme héroïque, en qui ils avaient été unis... L'amour est pour un jeune cœur une douceur trop forte; auprès de lui, quelle autre foi peut tenir? Le corps de la bien-aimée, son âme que l'on cueille sur cette chair sacrée, sont toute science et toute foi. De quel sourire de pitié on regarde ce qu'adorent les autres, ce que soi-même jadis on adora! De la puissante vie et de son âpre effort, on ne voit plus que la fleur d'un instant, que l'on croit immortelle... L'amour absorbait Olivier. Au début, son bonheur avait encore la force de s'exprimer en de gracieuses poésies. Puis, cela même lui sembla vain : temps volé à l'amour! Et Jacqueline, comme lui, s'acharnait à détruire toute autre raison de vivre, à tuer l'arbre de vie sans le support duquel meurt le lierre d'amour. Ainsi, ils s'annihilèrent tous deux dans le bonheur.

Hélas! on s'accoutume si vite au bonheur! Quand le bonheur égoïste est le seul but à la vie, la vie est bientôt sans but. Il devient une habitude, une intoxication, on ne peut plus s'en passer. Et comme il faut bien qu'on s'en passe!... Le bonheur est un moment du rythme universel, un des pôles entre lesquels oscille le balancier de la vie : pour arrêter le balancier, il faudrait le briser...

Ils connurent « *cet ennui du bien-être, qui fait extravaguer la sensibilité* ». Les douces heures se ralentirent, s'alanguirent, étiolées, comme des fleurs sans eau. Le ciel était toujours aussi bleu; mais ce n'était plus l'air léger du matin. Tout était immobile; la nature se taisait. Ils étaient seuls, comme ils l'avaient désiré. — Et leur cœur se serra.

Un sentiment indéfinissable de vide, un vague ennui non sans charme, leur apparut. Ils ne savaient ce que c'était; ils étaient obscurément inquiets. Ils devenaient impressionnables, d'une façon maladive. Leurs nerfs, tendus aux écoutes du silence, frémissaient comme des feuilles au moindre choc imprévu de la vie. Jacqueline avait des larmes, sans raison de pleurer; et bien qu'elle voulût le croire, ce n'était plus l'amour seul qui les faisait couler. Au sortir des années ardentes et tourmentées qui avaient précédé le mariage, l'arrêt brusque de ses efforts devant le but atteint — atteint et dépassé — l'inutilité subite de toute action nouvelle — et peut-être de toute action passée — la jetaient dans un désarroi, qu'elle ne pouvait s'expliquer et qui l'atterrait. Elle n'en convenait point; elle l'attribuait à une fatigue nerveuse, elle affectait d'en rire; mais son rire n'était pas moins inquiet que ses larmes. Bravement, elle essaya de se remettre au travail. Dès les premières tentatives, elle ne comprit même plus comment elle avait été capable de s'intéresser à des tâches aussi stupides : elle les écarta avec dégoût. Elle fit un effort pour renouer des relations sociales; elle ne réussit pas davantage; le pli était pris, elle avait perdu l'habitude des gens et des paroles médiocres auxquelles la vie oblige : elle les trouva grotesques; et elle se rejeta dans son isolement à deux, cherchant à se persuader, par ses épreuves malheureuses, qu'il n'y avait décidément de bon que l'amour. Et, pendant quelque temps, elle sembla en effet plus amoureuse que jamais. Mais c'était qu'elle voulait l'être.

Olivier, moins passionné et plus riche de tendresse, était davantage à l'abri de ces transes; il n'en ressentait, pour sa part, qu'un frisson vague et intermittent. D'ailleurs, son amour était préservé, dans une certaine mesure, par la gêne de ses occupations journalières, de son métier qu'il n'aimait point. Mais comme il avait une sensibilité fine et que tous les mouvements qui se passaient dans le cœur qu'il aimait se propageaient dans le sien, l'inquiétude cachée de Jacqueline se communiquait à lui.

Un bel après-midi, ils se promenaient dans la campagne. Ils s'étaient réjouis à l'avance de cette promenade. Tout était riant. Mais dès les premiers pas, un manteau de tristesse morne et lasse tomba sur eux; ils se sentirent glacés. Impossible de parler. Ils se forçaient pourtant; mais chaque mot qu'ils disaient faisait sonner le néant. Ils achevèrent leur promenade, comme des automates, sans rien voir ni sentir. Ils rentrèrent, le cœur serré. C'était le crépuscule; l'appartement était vide, noir et froid. Ils n'allumèrent pas tout de suite, pour ne pas se voir eux-mêmes. Jacqueline entra dans sa chambre, et, au lieu d'enlever son chapeau, son manteau, elle s'assit, muette, auprès de la fenêtre. Olivier, dans la pièce voisine, restait appuyé sur la table. La porte était ouverte entre les deux chambres; ils étaient si près l'un de l'autre qu'ils auraient pu entendre leur souffle. Et dans les demi-ténèbres, tous deux, amèrement, en silence, pleurèrent. Ils appuyaient leur main sur leur bouche, pour qu'on n'entendît rien. A la fin, Olivier angoissé dit :

« Jacqueline... »

Jacqueline, dévorant ses larmes, dit :

« Quoi?

— Est-ce que tu ne viens pas?

— Je viens. »

Elle se déshabilla, alla baigner ses yeux. Il alluma la lampe. Après quelques minutes, elle rentra dans la chambre. Ils ne se regardaient point. Ils savaient qu'ils avaient pleuré. Et ils ne pouvaient se consoler : car ils savaient pourquoi.

Vint un moment où ils ne purent plus se cacher leur trouble. Et comme ils ne voulaient pas s'en avouer la cause, ils en cherchèrent une autre, et n'eurent point de peine à la trouver. Ils accusèrent l'ennui de la vie de province. Ce leur fut un soulagement. M. Langeais, mis au courant par sa fille, ne fut pas trop surpris qu'elle commençât à se fatiguer de l'héroïsme. Il usa de ses amitiés politiques et obtint la nomination de son gendre à Paris.

Quand la bonne nouvelle arriva, Jacqueline sauta de joie et recouvra tout son bonheur passé. Maintenant qu'ils allaient le quitter, le pays ennuyeux leur parut amical; ils y avaient semé tant de souvenirs d'amour! Ils occupèrent les dernières journées à en rechercher les traces.

Une tendre mélancolie s'exhalait de ce pèlerinage. Ces calmes horizons les avaient vus heureux. Une voix intérieure leur murmurait :

« Tu sais ce que tu laisses. Sais-tu ce que tu vas trouver? »

Jacqueline pleura, la veille de son départ. Olivier lui demanda pourquoi. Elle ne voulait pas parler. Ils prirent une feuille de papier, et s'écrivirent, comme ils avaient coutume, quand le son des paroles leur faisait peur :

« Mon cher petit Olivier...

— Ma chère petite Jacqueline...

— Ça m'ennuie m'en aller.

— M'en aller d'où?

— D'où nous nous sommes aimés.

— M'en aller où?

— Où nous serons plus vieux.

— Où nous serons tous deux.

— Mais jamais tant s'aimant.

— Toujours plus.

— Qui le sait?

— Moi, je sais.

— Moi, je veux. »

Alors, ils firent deux ronds en bas du papier, pour dire qu'ils s'embrassaient. Et puis, elle essuya ses larmes, rit, et elle l'habilla en mignon Henri III, en l'affublant de sa toque et de sa pèlerine blanche, au collet relevé, comme une fraise.

*

A Paris, ils retrouvèrent ceux qu'ils avaient quittés. A la nouvelle de l'arrivée d'Olivier, Christophe accourut tout joyeux. Olivier avait autant de joie que lui à le revoir. Mais, dès les premiers regards, ils éprouvèrent une gêne inattendue. Ils essayèrent de réagir. En vain. Olivier était très affectueux; mais il y avait en lui quelque chose de changé; et Christophe le sentait. Un ami qui se marie a beau faire : ce n'est plus l'ami d'autrefois. A l'âme d'homme est toujours mélangée maintenant l'âme de femme. Christophe la flairait partout chez Olivier : dans les lueurs insaisissables de son regard, dans de légers plis de ses lèvres qu'il ne connaissait pas, dans des inflexions nouvelles de sa voix et de sa pensée. Olivier n'en avait pas conscience; mais il s'étonnait de revoir Christophe si différent de celui qu'il avait laissé. Il n'allait pas jusqu'à penser que c'était Christophe qui avait changé; il reconnaissait que le changement venait de lui-même : ce lui semblait une évolution normale, due à l'âge; et il était surpris de ne pas trouver le même progrès chez Christophe; il lui reprochait de s'être immobilisé dans des pensées, qui naguère lui étaient chères, et qui lui paraissaient aujourd'hui naïves et démodées. C'est qu'elles n'étaient plus à la mode de l'âme étrangère qui, sans qu'il s'en doutât, s'était installée en lui. Ce sentiment était plus net, lorsque Jacqueline assistait à l'entretien : alors s'interposait entre les yeux d'Olivier et Christophe un voile d'ironie. Cependant, ils tâchaient de se cacher leurs impressions. Christophe continuait de venir. Jacqueline lui décochait innocemment quelques petites flèches malignes et barbelées. Il se laissait faire. Mais quand il rentrait chez lui, il était triste.

Les premiers mois passés à Paris furent un temps assez heureux pour Jacqueline, et par suite pour Olivier. D'abord, elle fut occupée de leur installation; ils avaient trouvé dans une vieille rue de Passy un aimable petit appartement qui donnait sur un carré de jardin. Le choix des meubles et des papiers fut un jeu de quelques semaines. Jacqueline y dépensait une somme d'énergie, et presque de passion, exagérée : il semblait que son bonheur éternel dépendît d'une nuance de tenture ou du profil de quelque vieux bahut. Puis elle refit connaissance avec son père, sa mère, ses amis. Comme elle les avait totalement oubliés durant son année d'amour, ce fut une véritable découverte : d'autant que si son âme s'était mêlée à celle d'Olivier, un peu de celle d'Olivier s'était mêlée à la sienne, et qu'elle revoyait ses anciennes connaissances avec des yeux nouveaux. Elles lui parurent avoir beaucoup gagné. Olivier n'y perdit pas trop, d'abord. Ils se faisaient valoir mutuellement. Le recueillement moral, le clair-obscur poétique de son compagnon, faisaient trouver à Jacqueline plus d'agrément dans ces gens du monde qui ne pensent qu'à jouir, briller et plaire; et les défauts séduisants, mais dangereux de ce monde, qu'elle connaissait d'autant mieux qu'elle y appartenait, lui faisaient apprécier la sécurité du cœur de son ami.

Elle s'amusait beaucoup à ces comparaisons, et aimait à les prolonger, pour justifier son choix. — Elle les prolongeait si bien qu'à de certains moments elle ne savait plus pourquoi elle avait fait ce choix. Ces moments ne duraient point, par bonheur. Même, comme elle en avait remords, elle n'était jamais aussi tendre avec Olivier, qu'après. Moyennant quoi, elle recommençait. Quand elle en eut pris l'habitude, elle cessa de s'en amuser; et la comparaison devint plus agressive : au lieu de se compléter, les deux mondes opposés se firent la guerre. Elle se demanda pourquoi Olivier ne possédait pas les qualités, voire un peu les défauts, qu'elle goûtait à présent chez ses amis parisiens. Elle ne le lui disait point; mais Olivier sentait le regard de la petite compagne qui l'observait sans indulgence : il en était inquiet et mortifié.

Néanmoins, il n'avait pas encore perdu sur Jacqueline l'ascendant que l'amour lui donnait; et le jeune ménage eût continué assez longtemps sa vie d'intimité tendre et laborieuse, sans les circonstances qui vinrent en modifier les conditions matérielles et rompirent son fragile équilibre.

Quivi trovammo Pluto il gran nemico...

Une sœur de Mme Langeais vint à mourir. Elle était veuve d'un riche industriel, et n'avait point d'enfants. Tout son bien passa aux Langeais. La fortune de Jacqueline en fut plus que doublée. Quand l'héritage arriva, Olivier se souvint des paroles de Christophe sur l'argent, et dit :

« Nous étions bien sans cela, peut-être sera-ce un mal. »

Jacqueline se moqua de lui :

« Bêta! dit-elle. Comme si cela pouvait jamais faire du mal! D'abord, nous ne changerons rien à notre vie. »

La vie resta en effet la même, en apparence. Si bien la même qu'après un certain temps on entendait Jacqueline se plaindre de n'être pas assez riche : preuve évidente qu'il y avait quelque chose de changé. Et de fait, bien que leurs revenus eussent triplé, tout était dépensé, sans qu'ils sussent à quoi. C'était à se demander comment ils avaient pu faire auparavant. L'argent fuyait, absorbé par mille frais nouveaux, qui semblaient aussitôt habituels ou indispensables. Jacqueline avait fait connaissance avec les grands tailleurs; elle avait congédié la couturière familiale, qui venait à la journée et qu'on connaissait depuis l'enfance. Où était le temps des petites toques de quatre sous, qu'on fabriquait avec un rien, et qui étaient jolies — de ces robes dont l'élégance n'était pas impeccable, mais qui étaient éclairées de son reflet gracieux, qui étaient un peu d'elle-même? Le doux charme d'intimité qui rayonnait de tout ce qui l'entourait, s'effaçait chaque jour. Sa poésie s'était fondue. Elle devenait banale.

On changea d'appartement. Celui qu'on avait eu tant de peine et de plaisir à installer sembla étroit et laid. Au lieu des modestes petites chambres, toutes rayonnantes d'âme, aux fenêtres desquelles un arbre ami balançait sa silhouette gracile, on prit un appartement vaste, confortable, bien distribué, que l'on n'aimait pas, que l'on ne pouvait aimer, où l'on mourait d'ennui. Aux vieux objets familiers on substitua des meubles, des tentures, qui étaient des étrangers. Il n'y eut plus nulle part de place pour le souvenir. Les premières années de vie commune furent balayées de la pensée... Grand malheur pour deux êtres unis, quand se brisent les liens qui les rattachent à leur passé d'amour! L'image de ce passé est une sauvegarde contre les découragements et les hostilités, qui succèdent fatalement aux premières tendresses... La facilité des dépenses avait rapproché Jacqueline, à Paris et en voyage, — (car maintenant qu'ils étaient riches, ils voyageaient souvent) — d'une classe de gens riches et inutiles, dont la société lui inspirait une sorte de mépris pour le reste des hommes, pour ceux qui travaillent. Avec son merveilleux pouvoir d'adaptation, elle s'assimilait sur-le-champ ces âmes stériles et gangrenées. Impossible de réagir. Aussitôt, elle se cabrait, irritée, traitant de « bassesse bourgeoise » l'idée qu'on pût — qu'on dût — être heureux par le devoir domestique et dans *l'aurea mediocritas*. Elle avait perdu jusqu'à la compréhension des heures passées, où dans l'amour elle s'était généreusement donnée.

Olivier n'était pas assez fort pour lutter. Lui aussi avait changé. Il avait laissé son professorat, il n'avait plus de tâche obligée. Il écrivait seulement; et l'équilibre de sa vie en était modifié. Jusque-là, il avait souffert de ne pouvoir être tout à l'art. Maintenant, il était tout à l'art et il se sentait perdu dans le monde des nuées. L'art qui n'a pas pour contrepoids un métier, pour support une forte vie pratique, l'art qui ne sent point dans sa chair l'aiguillon de la tâche journalière, l'art qui n'a point besoin de gagner son pain, perd le meilleur de sa force et de sa réalité. Il est la fleur du luxe. Il n'est plus — (ce qu'il est chez les plus grands des artistes) — le fruit sacré de la peine humaine... Olivier connaissait le désœuvrement : « A quoi bon?... » Rien ne le pressait plus : il laissait rêver sa plume, il flânait, il était désorienté. Il avait perdu contact avec ceux de sa classe, qui creusaient patiemment, durement, leur sillon. Il était tombé dans un monde différent, où il était mal à l'aise, et qui pourtant ne lui déplaisait pas. Faible, aimable et curieux, il observait complaisamment ce monde non sans grâce, mais sans consistance; il ne s'apercevait pas qu'il se laissait teinter par lui : sa foi n'était plus aussi sûre.

La transformation était moins rapide chez lui que chez Jacqueline. La femme a le redoutable privilège de pouvoir changer tout d'un coup tout entière. Ces morts et ces renouvellements instantanés de l'être terrifient ceux qui l'aiment. Il est pourtant naturel, pour un être plein de vie que ne tient pas en bride la volonté, de ne plus être demain ce qu'il fut aujourd'hui. Telle une eau qui s'écoule. Qui l'aime doit la suivre, ou bien doit être fleuve et l'emporter dans son cours. Dans les deux cas, il faut changer. Epreuve dangereuse : on ne connaît vraiment l'amour qu'après l'y avoir soumis. Et son harmonie est si délicate, dans les premières années de vie commune, qu'il suffit souvent de la plus légère altération en l'un des deux amants, pour tout détruire. Combien plus, un changement brusque de fortune ou de milieu! Il faut être bien fort — ou bien indifférent — pour y résister.

Jacqueline et Olivier n'étaient ni indifférents, ni forts. Ils se voyaient l'un l'autre dans une lumière nouvelle; et le visage ami leur devenait étranger. Aux heures où ils faisaient cette triste découverte, ils se cachaient l'un de l'autre, par une pitié d'amour; car ils s'aimaient toujours. Olivier avait le refuge de son travail, dont l'exercice régulier lui procurait le calme. Jacqueline n'avait rien. Elle ne faisait rien. Elle restait indéfiniment au lit, ou à sa toilette, assise pendant des heures, à demi dévêtue, immobile, absorbée; et une sourde tristesse goutte à goutte s'amassait, comme une brume glaciale. Elle était incapable de faire diversion à l'idée fixe de l'amour... L'amour! la plus divine des choses humaines, quand il est un don de soi. La plus sotte et la plus décevante, quand il est une chasse au bonheur... Impossible à Jacqueline de concevoir un autre but à la vie. Dans des moments de bonne volonté, elle essaya de s'intéresser aux autres, à leurs misères : elle n'y parvint point. Les souffrances des autres lui causaient une répulsion invincible; ses nerfs n'en supportaient pas le spectacle ni la pensée. Pour tranquilliser sa conscience, elle avait fait deux ou trois fois quelque chose qui ressemblait à du bien : le résultat avait été médiocre.

« Voyez donc, disait-elle à Christophe. Quand on veut faire le bien, on fait le mal. Il vaut mieux s'abstenir. Je n'ai pas la vocation. »

Christophe la regardait : et il pensait à une de ses amies de rencontre, une grisette égoïste, immorale, incapable d'affection vraie, mais qui, dès qu'elle voyait souffrir, se sentait des entrailles de mère pour l'indifférent de la veille ou pour un inconnu. Les soins les plus répugnants ne la rebutaient point : elle éprouvait même un singulier plaisir à ceux qui demandaient le plus d'abnégation. Elle ne s'en rendait pas compte : il semblait qu'elle y trouvât l'emploi de toute sa force d'idéal obscure, inexprimée; son âme, atrophiée dans le reste de sa vie, respirait, à ces rares instants; d'adoucir un peu de souffrance, elle ressentait un bien-être; et sa joie alors était presque déplacée. — La bonté de cette femme, qui était égoïste, l'égoïsme de Jacqueline, qui pourtant était bonne : ni vice, ni vertu; hygiène pour toutes deux. Mais l'une se portait mieux.

Jacqueline était écrasée par l'idée de la souffrance. Elle eût préféré la mort à la douleur physique. Elle eût préféré la mort à la perte d'une des sources de sa joie : sa beauté ou sa jeunesse. Qu'elle n'eût pas tout le bonheur auquel elle croyait avoir droit — (car elle croyait au bonheur, c'était chez elle une source de foi, entière et absurde, une foi religieuse) — que d'autres eussent plus de bonheur, cela lui paraissait la plus horrible des injustices. Le bonheur n'était pas seulement la foi, il était la vertu. Etre malheureux lui semblait une infirmité. Toute sa vie s'orientait peu à peu d'après ce principe. Son vrai caractère avait surgi des voiles idéalistes, dont vierge elle s'enveloppait avec une pudeur craintive. Par réaction contre cet idéalisme passé, elle regardait les choses d'un regard net et cru. Elle ne les estimait que dans la mesure où elles s'accordaient avec l'opinion du monde et avec la commodité de la vie. Elle en était venue à l'état d'esprit de sa mère : elle allait à l'église, et pratiquait avec une ponctualité indifférente. Elle ne se tourmentait plus de savoir si cela était vrai : elle avait d'autres tourments plus positifs; et elle pensait avec une pitié ironique à ses révoltes mystiques d'enfant. — Son esprit positif d'aujourd'hui n'était pas plus réel que son idéalisme d'hier. Elle se forçait. Elle n'était ni ange, ni bête. Elle était une pauvre femme qui s'ennuie.

Elle s'ennuyait, s'ennuyait... elle s'ennuyait d'autant plus qu'elle ne pouvait se donner comme excuse qu'elle n'était pas aimée, ou qu'elle ne pouvait souffrir Olivier. Sa vie lui paraissait bloquée, murée, sans avenir, elle aspirait à un bonheur nouveau, sans cesse renouvelé — rêve enfantin que ne légitimait point la médiocrité de son aptitude au bonheur. Elle était comme tant d'autres femmes, tant de ménages désœuvrés, qui ont toutes les raisons d'être heureux, et qui ne cessent de se torturer. On en voit qui sont riches, qui ont de beaux enfants, une bonne santé, qui sont intelligents et capables de sentir les belles choses, qui possèdent tous les moyens d'agir, de faire du bien, d'enrichir leur vie et celle des autres. Et ils passent leur temps à gémir qu'ils ne s'aiment pas, qu'ils en aiment d'autres, ou qu'ils n'en aiment pas d'autres — perpétuellement occupés d'eux-mêmes, de leurs rapports sentimentaux ou sexuels, de leurs prétendus droits au bonheur, de leurs égoïsmes contradictoires, et discutant, discutant, discutant, jouant la comédie du grand amour, la comédie de la grande souffrance, et finissant par y croire... Qui leur dira :

« Vous n'êtes aucunement intéressants. Il est indécent de se plaindre, quand on a tant de moyens de bonheur! »

Qui leur arrachera leur fortune, leur santé, tous ces dons merveilleux, dont ils sont indignes! Qui remettra sous le joug de la misère et de la peine véritable ces esclaves incapables d'être libres, que leur liberté affole!

S'ils avaient à gagner durement leur pain, ils seraient contents de le manger. Et s'ils voyaient en face le visage terrible de la souffrance, ils n'oseraient plus en jouer la comédie révoltante...

Mais, au bout du compte, ils souffrent. Ils sont des malades. Comment ne pas les plaindre? — La pauvre Jacqueline était aussi innocente de se détacher d'Olivier qu'Olivier l'était de ne pas la tenir attachée. Elle était ce que la nature l'avait faite. Elle ne savait pas que le mariage est un défi à la nature, et que, quand on a jeté le gant à la nature, il faut s'attendre à ce qu'elle le relève, et s'apprêter à soutenir vaillamment le combat qu'on a provoqué. Elle s'apercevait qu'elle s'était trompée. Elle en était irritée contre elle-même; et cette déception se tournait en hostilité contre tout ce qu'elle avait aimé, contre la foi d'Olivier, qui avait été aussi la sienne. Une femme intelligente a, plus qu'un homme, par éclairs, l'intuition des choses éternelles; mais il lui est plus difficile de s'y maintenir. L'homme qui a conçu ces pensées, les nourrit de sa vie. La femme en nourrit sa vie; elle les absorbe, elle ne les crée point. Constamment, il faut jeter dans son esprit et dans son cœur un nouvel aliment : ils ne se suffisent pas. Faute de croire et d'aimer, elle détruit — à moins qu'elle n'ait reçu cette grâce du Ciel : le calme, vertu suprême.

Jacqueline avait cru passionnément, naguère, à l'union conjugale, fondée sur une foi commune, au bonheur de lutter, de peiner et d'édifier ensemble. Mais cette foi, elle n'y avait cru que lorsque le soleil de l'amour la dorait; à mesure que le soleil tombait, la foi lui apparaissait comme une montagne aride, sombre, dressée sur le ciel vide; et Jacqueline se sentait sans force, pour poursuivre la route : à quoi bon atteindre au sommet? Qu'y avait-il de l'autre côté? Quelle immense duperie!... Jacqueline ne pouvait plus comprendre comment Olivier continuait de se laisser duper par ces chimères qui dévoraient la vie; et elle se disait qu'il n'était ni très intelligent, ni très vivant. Elle étouffait dans son atmosphère, irrespirable pour elle; et l'instinct de conservation la poussait, pour se défendre, à attaquer. Elle travaillait à réduire en poussière les croyances ennemies de celui qu'elle aimait encore; elle usait de toutes ses armes d'ironie et de volupté; elle l'enlaçait des lianes de ses désirs et de ses menus soucis; elle aspirait à faire de lui un reflet d'elle-même,... d'elle-même qui ne savait plus ce qu'elle voulait, ce qu'elle était! Elle se trouvait humiliée de ce qu'Olivier ne réussît point; et il ne lui importait plus que ce fût à tort ou à raison : car elle en venait à croire qu'en fin de compte ce qui distingue le raté de l'homme de talent, c'est le succès. Olivier sentait peser sur lui ces doutes, et il en perdait le meilleur de ses forces. Cependant, il luttait de son mieux, comme tant d'autres ont lutté et lutteront, vainement pour la plupart, dans cette lutte inégale où l'instinct égoïste de la femme s'appuie, contre l'égoïsme intellectuel de l'homme, sur la faiblesse de l'homme, sur ses déceptions et sur son sens commun, qui est le nom dont il couvre l'usure de la vie et sa propre lâcheté. — Du moins, Jacqueline et Olivier étaient supérieurs à la plupart des combattants. Car Olivier n'eût jamais trahi son idéal, comme ces milliers d'hommes qui se laissent entraîner par les sollicitations de leur paresse, de leur vanité et de leur amour mêlés, à renier leur âme éternelle. Et s'il l'eût fait, Jacqueline l'eût méprisé. Mais, dans son aveuglement, elle s'acharnait à détruire cette force d'Olivier, qui était aussi la sienne, leur sauvegarde à tous deux; et par une stratégie instinctive, elle minait les amitiés sur lesquelles cette force s'appuyait.

Depuis l'héritage, Christophe était dépaysé dans la compagnie du jeune ménage. L'affectation de snobisme et d'esprit pratique un peu plat, que Jacqueline malignement exagérait, dans ses conversations avec lui, arrivait à ses fins. Il se révoltait parfois, et disait des choses dures qui étaient mal prises. Elles n'eussent pourtant jamais amené une brouille entre les deux amis : ils étaient trop attachés l'un à l'autre. Pour rien au monde, Olivier n'eût voulu sacrifier Christophe. Mais il ne pouvait l'imposer à Jacqueline; et faible par amour, il était incapable de lui faire de la peine. Christophe, qui vit ce qui se passait en lui, lui facilita le choix, en se retirant de lui-même. Il avait compris qu'il ne pouvait rendre aucun service à Olivier, en restant : il lui nuisait plutôt. Il trouva des prétextes pour s'éloigner de lui; et la faiblesse d'Olivier accepta ces mauvaises raisons; mais il devinait le sacrifice de Christophe, et il était déchiré de remords.

Christophe ne lui en voulait pas. Il pensait qu'on n'a

pas tort de dire que la femme est la moitié de l'homme. Car un homme marié n'est plus qu'une moitié d'homme.

•

Il tâcha de réorganiser sa vie, en se passant d'Olivier. Mais il avait beau se persuader que la séparation ne serait que momentanée : malgré son optimisme, il eut de tristes heures. Il avait perdu l'habitude d'être seul. Certes, il l'avait été pendant le séjour d'Olivier en province; mais alors, il pouvait se faire illusion; il se disait que l'ami était loin, mais qu'il reviendrait. Maintenant, l'ami était revenu, et il était plus loin que jamais. Cette affection, qui avait rempli sa vie pendant plusieurs années, lui manquait tout d'un coup : c'était comme s'il avait perdu le meilleur de ses raisons d'agir. Depuis qu'il aimait Olivier, il avait pris l'habitude de l'associer à tout ce qu'il pensait. Le travail ne pouvait suffire à combler le vide : car Christophe s'était accoutumé à mêler au travail l'image de l'ami. Et maintenant que l'ami se désintéressait de lui, Christophe était comme quelqu'un qui a perdu son équilibre : afin de le rétablir, il cherchait une autre affection.

Celles de Mme Arnaud et de Philomèle lui restaient. Mais, en ce moment, ces tranquilles amies ne pouvaient lui suffire.

Cependant, les deux femmes semblaient deviner le chagrin de Christophe, et elles sympathisaient en secret avec lui. Christophe fut bien surpris, un soir, de voir entrer chez lui Mme Arnaud. Elle ne s'était jamais hasardée encore à lui faire visite. Elle paraissait agitée. Christophe n'y prit pas garde; il attribua ce trouble à sa timidité. Elle s'assit, et elle ne disait rien. Christophe, pour la mettre à l'aise, fit les honneurs de son appartement; on causa d'Olivier, dont les souvenirs remplissaient la chambre. Christophe en parlait gaiement, sans rien qui décelât ce qui s'était passé. Mais Mme Arnaud ne put s'empêcher de le regarder avec un peu de pitié et de lui dire :

« Vous ne vous voyez presque plus? »

Il pensa qu'elle était venue pour le consoler; et il en eut de l'impatience : car il n'aimait point qu'on se mêlât de ses affaires. Il répondit :

« Quand il nous plaît. »

Elle rougit, et dit :

« Oh! ce n'était pas une question indiscrète! »

Il regretta sa brusquerie, et il lui prit les mains :

« Pardon, dit-il. J'ai toujours peur qu'on ne l'attaque. Pauvre petit! Il en souffre autant que moi... Non, nous ne nous voyons plus.

— Et il ne vous écrit pas?

— Non, fit Christophe, un peu honteux...

— Comme la vie est triste! » dit Mme Arnaud, après un moment.

Christophe releva la tête.

« Non, la vie n'est pas triste, dit-il. Elle a des heures tristes. »

Mme Arnaud reprit, avec une amertume voilée :

« On s'est aimé, on ne s'aime plus. A quoi cela a-t-il servi?

— On s'est aimé. »

Elle dit encore :

« Vous vous êtes sacrifié à lui. Si du moins votre sacrifice servait à celui qu'on aime! Mais il n'en est pas plus heureux!

— Je ne me suis pas sacrifié, dit Christophe avec colère. Et si je me sacrifie, c'est que cela me fait plaisir. Il n'y a pas à discuter. On fait ce qu'on doit faire. Si on ne le faisait pas, c'est pour le coup qu'on serait malheureux! Rien de stupide comme ce mot de sacrifice! Je ne sais quels clergymen, avec leur pauvreté de cœur, y ont mêlé une idée de tristesse protestante, morose et engoncée. Il semble que pour qu'un sacrifice soit bon, il faut qu'il soit embêtant... Au diable! Si un sacrifice est une tristesse pour vous, non une joie, ne le faites pas, vous n'en êtes pas digne. Ce n'est pas pour le roi de Prusse qu'on se sacrifie, c'est pour soi. Si vous ne sentez pas le bonheur qu'il y a à vous donner, allez vous promener! Vous ne méritez pas de vivre. »

Mme Arnaud écoutait Christophe, sans oser le regarder. Brusquement, elle se leva, et dit :

« Adieu. »

Alors, il pensa qu'elle était venue pour lui confier quelque chose; et il dit :

« Oh! pardon, je suis un égoïste, je ne parle que de moi. Restez encore, voulez-vous? »

Elle dit :

« Non, je ne peux pas... Merci... »

Elle partit.

Ils restèrent quelque temps, sans se voir. Elle ne lui donnait plus signe de vie; et il n'allait pas chez elle, non plus que chez Philomèle. Il les aimait bien; mais il craignait de s'entretenir des choses qui l'attristaient. Et puis, leur existence calme, médiocre, leur air trop raréfié, ne lui convenaient pas, pour l'instant. Il avait besoin de voir des figures nouvelles; il lui fallait se ressaisir à un intérêt, à un amour nouveau.

*

Pour sortir de soi, il se mit à fréquenter le théâtre, qu'il avait négligé depuis longtemps. Le théâtre lui semblait d'ailleurs une école intéressante pour le musicien qui veut observer et noter les accents des passions.

Ce n'était pas qu'il eût plus de sympathie pour les pièces françaises qu'au début de son séjour à Paris. Sans parler de son peu de goût pour leurs éternels sujets, fades et brutaux, de psycho-physiologie amoureuse, la langue théâtrale des Français lui semblait archifausse, surtout dans le drame poétique. Ni leur prose, ni leurs vers ne répondaient à la langue vivante du peuple, à son génie. La prose était un langage fabriqué, de chroniqueur mondain chez les meilleurs, de feuilletoniste vulgaire chez les pires. La poésie donnait raison à la boutade de Goethe :

« *La poésie est bonne pour ceux qui n'ont rien à dire.* »

Elle était une prose prolixe et contournée; les images cherchées, qu'on y avait greffées, sans aucun besoin du cœur, produisaient sur tout être sincère l'effet d'un mensonge. Christophe ne faisait pas plus de cas de ces drames poétiques que des opéras italiens hurleurs et doucereux, aux vocalises empanachées. Les acteurs l'intéressaient beaucoup plus que les pièces. Aussi bien, les auteurs s'appliquaient-ils à les imiter. « *On ne pouvait se flatter qu'une pièce serait jouée avec quelque succès, si l'on n'avait eu l'attention de modeler ses caractères sur les vices des comédiens.* » La situation n'avait guère changé depuis le temps où Diderot écrivait ces lignes. Les mimes étaient devenus les modèles de l'art. Aussitôt que l'un d'eux arrivait au succès, il avait son théâtre, ses auteurs tailleurs complaisants, et ses pièces faites sur mesure.

Parmi ces grands mannequins des modes littéraires, Françoise Oudon attirait Christophe. On s'en était entiché, à Paris, depuis un an ou deux. Elle aussi avait ses fournisseurs de rôles; toutefois, elle ne jouait point que les œuvres fabriquées pour elle; son répertoire assez mêlé allait d'Ibsen à Sardou, de Gabriele d'Annunzio à Dumas fils, de Bernard Shaw à Henry Bataille. Même elle se hasardait parfois dans les royales avenues de l'hexamètre classique, et sur le torrent d'images de Shakespeare. Mais elle y était moins à l'aise. Quoi qu'elle jouât, elle se jouait elle-même, elle seule, toujours. C'était sa faiblesse et sa force. Tant que l'attention publique ne s'était pas occupée de sa personne, son jeu n'avait eu aucun succès. Du jour où elle piqua la curiosité, tout ce qu'elle joua parut merveilleux. En vérité, elle valait la peine qu'on oubliât, en la voyant, les piètres œuvres, qu'elle embellissait de sa vie. L'énigme de ce corps de femme, que modelait une âme inconnue, était pour Christophe plus émouvante que les pièces qu'elle jouait.

Elle avait un beau profil, net et tragique. Non pas d'un dessin accentué à la romaine. Ses lignes délicates, parisiennes à la Jean Goujon, semblaient autant d'un jeune garçon que d'une femme. Le nez court, mais bien fait. Une belle bouche aux lèvres minces, d'un pli un peu amer. Des joues intelligentes, d'une maigreur juvénile, qui avait quelque chose de touchant, le reflet d'une souffrance intérieure. Le menton volontaire. Le teint blême. Un de ces visages habitués à l'impassibilité, mais transparents en dépit d'eux-mêmes, où l'âme est répandue partout sous la peau. Des cheveux et des sourcils très fins, des yeux changeants, gris, ambrés, capables de prendre des reflets verdâtres ou dorés, des yeux de chatte. Elle tenait aussi de la chatte par une torpeur apparente, un demi-sommeil, les yeux ouverts, aux aguets, toujours défiante, avec de brusques détentes nerveuses, une cruauté cachée. Moins grande qu'elle ne semblait, elle était une fausse maigre, avec de belles épaules, des bras harmonieux, des mains longues et flexibles. Correcte dans sa façon de s'habiller, de se coiffer, d'un goût sobre, sans rien du laisser-aller bohème ni de l'élégance exagérée de certaines artistes — en ceci encore très chatte, aristocratique d'instinct, quoique sortie du ruisseau. Et une sauvagerie irréductible, au fond.

Elle devait avoir un peu moins de trente ans. Christophe avait entendu parler d'elle chez Gamache, avec une admiration brutale, comme d'une fille très libre, intelligente et hardie, d'une énergie de fer, brûlée d'ambition, mais âpre, fantasque, déroutante, violente, qui avait roulé très bas avant d'en arriver à sa gloire présente, et qui se vengeait, depuis.

Un jour que Christophe prenait le chemin de fer, pour aller voir Philomèle à Meudon, en ouvrant la porte de son compartiment il trouva la comédienne installée. Elle semblait dans un état d'agitation et de souffrance; l'apparition de Christophe lui fut désagréable. Elle lui tourna le dos, regardant obstinément par la vitre opposée. Mais Christophe, frappé de l'altération de ses traits, ne cessait de la fixer, avec une compassion naïve et gênante. Impatientée, elle lui lança un regard furieux, qu'il ne comprit pas. A la station suivante, elle descendit, et remonta dans une autre voiture. Alors seulement, il pensa — un peu tard — qu'il l'avait fait fuir; et il en fut mortifié.

Quelques jours après, à une station sur la même ligne, revenant à Paris, et attendant le train, il était assis sur l'unique banc du quai. Elle parut, et vint s'asseoir à côté de lui. Il voulut se lever. Elle dit :

« Restez. »

Ils étaient seuls. Il s'excusa de l'avoir forcée à changer de compartiment, l'autre jour; il dit que s'il avait pu se douter qu'il la gênait, il serait descendu. Elle répondit, avec un sourire ironique :

« C'est vrai, vous étiez insupportable, avec votre insistance à me dévisager. »

Il dit :

« Pardon; je ne pouvais pas m'empêcher... Vous aviez l'air de souffrir.

— Eh bien, et puis après? dit-elle.

— C'est plus fort que moi. Si vous voyiez quelqu'un se noyer, est-ce que vous ne lui tendriez pas la main?

— Moi? Pas du tout, dit-elle. Je lui enfoncerais la tête sous l'eau, pour que ce fût plus vite fini. »

Elle dit cela, avec un mélange d'amertume et d'humour; et comme il la regardait, d'un air interdit, elle rit.

Le train arriva. Tout était plein, sauf la dernière voiture. Elle monta. L'employé les pressait. Christophe, qui ne tenait pas à renouveler la scène de l'autre jour, voulut chercher un autre compartiment. Elle lui dit :

« Montez. »

Il entra. Elle dit :

« Aujourd'hui, cela m'est égal. »

Ils causèrent. Avec un grand sérieux, Christophe cherchait à lui démontrer qu'il n'était pas permis de se désintéresser des autres, et qu'on pourrait se faire tant de bien mutuellement, en s'aidant, en se consolant...

« Les consolations, dit-elle, ça ne prend pas sur moi... »

Et comme Christophe insistait :

« Oui, dit-elle encore, avec son sourire impertinent; consolateur, c'est un rôle avantageux pour celui qui le joue. »

Il fut un moment avant de comprendre. Quand il comprit, quand il s'imagina qu'elle le soupçonnait de chercher son propre intérêt, alors qu'il ne pensait qu'à elle, il se leva indigné, ouvrit la portière, et voulut sortir, bien que le train fût en marche. Elle l'empêcha, non sans peine. Il se rassit furieux et referma la portière, juste au moment où le train passait sous un tunnel.

« Voyez, dit-elle, vous auriez pu être tué.

— Je m'en fous. »

Il ne voulait plus lui parler.

« Le monde est trop bête, dit-il. On se fait souffrir, on souffre; et quand on veut venir en aide à quelqu'un, il vous soupçonne. C'est dégoûtant. Tous ces gens-là ne sont pas humains. »

Elle tâcha de le calmer, en riant. Elle lui posa sa main gantée sur la main; elle lui parla gentiment, en l'appelant par son nom.

« Comment, vous me connaissez? dit-il.

— Comme si tout le monde ne se connaissait pas à Paris! Vous êtes du bateau, vous aussi. Mais j'ai eu tort de vous parler comme j'ai fait. Vous êtes un bon garçon, vous, je vois ça. Allons, calmez-vous. Tope! Faisons la paix! »

Ils se donnèrent la main, et causèrent amicalement. Elle dit :

« Ce n'est pas ma faute, voyez-vous. J'ai tant fait d'expériences avec les gens que cela m'a rendue défiante.

— Ils m'ont bien souvent déçu, moi aussi, dit Christophe. Mais je leur fais toujours crédit.

— Je vois bien, vous devez être né gobe-mouches. »

Il se mit à rire :

« Oui, j'en ai avalé pas mal, dans ma vie; mais cela ne me gêne pas. J'ai bon estomac. J'avale aussi de plus grosses bêtes, la vache enragée, la misère, et, au besoin, les misérables qui s'attaquent à moi. Je ne m'en porte que mieux.

— Vous avez de la veine, dit-elle, vous êtes homme, vous.

— Et vous, vous êtes femme.

— Ce n'est pas grand-chose.

— C'est très beau, dit-il, et ça peut être si bon! »

Elle rit :

« *Ça!* dit-elle. Mais qu'est-ce que le monde en fait, de *ça?*

— Il faut se défendre.

— Alors, elle ne dure pas longtemps, la bonté.

— C'est qu'on n'en a pas beaucoup.

— Peut-être bien. Et puis, il ne faut pas trop souffrir. Il y a un *trop* qui dessèche l'âme. »

Il fut sur le point de s'apitoyer sur elle. Puis, il se souvint de l'accueil qu'elle lui avait fait tout à l'heure...

« Vous allez encore parler du rôle avantageux de consolateur...

— Non, dit-elle, je ne le dirai plus. Je sens que vous êtes bon, que vous êtes sincère. Merci. Seulement, ne me dites rien. Vous ne pouvez pas savoir... Je vous remercie. »

Ils arrivaient à Paris. Ils se quittèrent, sans se donner leur adresse, ni s'inviter à venir.

Un ou deux mois plus tard, elle vint sonner à la porte de Christophe.

« Je viens vous trouver. J'ai besoin de causer un peu avec vous. J'ai pensé à vous quelquefois, depuis notre rencontre. »

Elle s'installa.

« Un instant seulement. Je ne vous dérangerai pas longtemps. »

Il commençait de lui parler. Elle dit :

« Une minute, voulez-vous? »

Ils se turent. Puis, elle dit en souriant :

« Je n'en pouvais plus. Maintenant, cela va mieux. »

Il voulut l'interroger.

« Non, dit-elle, pas cela! »

Elle regarda autour d'elle, vit et jugea divers objets, aperçut la photographie de Louisa.

« C'est la maman? dit-elle.

— Oui. »

Elle la prit, et la regarda avec sympathie.

« La bonne vieille! dit-elle. Vous avez de la chance!

— Hélas! elle est morte!

— Cela ne fait rien, vous l'avez eue tout de même.

— Eh bien, et vous? »

Mais elle écarta ce sujet, d'un froncement de sourcils. Elle ne voulait pas qu'il la questionnât sur elle.

« Non, parlez-moi de vous. Racontez-moi... Quelque chose de votre vie...

— Qu'est-ce que cela peut vous faire?

— Allez tout de même... »

Il ne voulait pas parler; mais il ne put s'empêcher de répondre à ses questions : car elle savait très bien l'interroger. Et juste, il raconta certaines choses qui lui faisaient de la peine, l'histoire de son amitié, Olivier qui s'était séparé de lui. Elle l'écoutait, avec un sourire compatissant et ironique... Brusquement, elle demanda :

« Quelle heure est-il? Ah! mon Dieu! Il y a deux heures que je suis ici!... Pardon... Ah! comme cela m'a reposée!... »

Elle ajouta :

« Je voudrais pouvoir revenir... Pas souvent... Quelquefois... Cela me ferait du bien. Mais je ne voudrais pas vous ennuyer, vous faire perdre votre temps... Rien qu'une minute, de loin en loin...

— J'irai chez vous, dit Christophe.

— Non, non, pas chez moi. Chez vous, j'aime mieux... »

Mais elle ne vint plus, de longtemps.

Un soir, il apprit par hasard qu'elle était gravement malade, qu'elle ne jouait plus, depuis des semaines. Il alla chez elle, malgré sa défense. On ne recevait pas; mais quand on sut son nom, on le rappela sur l'escalier. Elle était au lit, elle allait mieux, elle avait eu une pneumonie, elle était assez changée; mais elle avait toujours son air ironique et son regard aigu, qui ne désarmait point. Pourtant, elle montra un réel plaisir à voir Christophe. Elle le fit asseoir près du lit. Elle parla d'elle-même, avec un détachement railleur, et dit qu'elle avait failli mourir. Il se montra ému. Alors, elle le persifla. Il lui reprocha de ne lui avoir rien fait dire :

« Vous faire dire quelque chose? Pour que vous veniez? Jamais de la vie!

— Je parie que vous n'avez même pas pensé à moi.

— Et vous avez gagné, lui dit-elle, avec un sourire moqueur, un peu triste. Je n'y ai pas pensé une minute, pendant que j'étais malade. Seulement aujourd'hui, précisément. Ne vous attristez pas, allez! Quand je suis malade, je ne pense à personne, je ne demande qu'une chose aux gens, c'est qu'ils me fichent la paix. Je me mets le nez contre le mur, et j'attends, je veux être seule, je veux crever seule, comme un rat.

— C'est pourtant dur de souffrir seule.

— Je suis habituée. J'ai été malheureuse, pendant des années. Personne ne m'est jamais venu en aide. Maintenant, le pli est pris... Et puis, c'est mieux ainsi. Personne ne peut rien pour vous. Du bruit dans la chambre, des attentions importunes, des jérémiades hypocrites... Non. J'aime mieux mourir seule.

— Vous êtes bien résignée!

— Résignée? Je ne sais pas seulement ce que ce mot veut dire. Non, je serre les dents, et je hais le mal qui me fait souffrir. »

Il lui demanda si on ne venait pas la voir, si personne ne s'occupait d'elle. Elle dit que ses camarades de théâtre étaient d'assez bonnes gens — des imbéciles — mais serviables, compatissants (d'une façon superficielle).

« Mais c'est moi, je vous dis, qui ne veux pas les voir. Je suis une mauvaise coucheuse.

— Je m'en contenterais », dit-il.

Elle le regarda avec pitié.

« Vous aussi! Vous allez parler comme les autres? »

Il dit :

« Pardon, pardon... Bon Dieu! Voilà que je deviens parisien! Je suis honteux... Je vous jure que je n'ai pas seulement réfléchi à ce que je disais... »

Il se cacha la figure dans les draps. Elle rit franchement, et lui donna une tape sur la tête :

« Ah! ce mot-là, il n'est pas parisien! A la bonne

heure! Je vous reconnais. Allons, montrez votre tête. Ne pleurez pas dans mes draps.

— C'est pardonné?

— C'est pardonné. Mais n'y revenez plus. »

Elle causa encore un peu avec lui, l'interrogea sur ce qu'il faisait, puis fut fatiguée, ennuyée, le renvoya.

Il était convenu qu'il reviendrait la voir, la semaine suivante. Mais au moment de partir, il reçut d'elle un télégramme, lui disant de ne pas venir : elle était dans un de ses mauvais jours. — Puis, le surlendemain, elle le redemanda. Il vint. Il la trouva convalescente, assise près de la fenêtre, à demi étendue. C'était le premier printemps, le ciel ensoleillé, les jeunes pousses des arbres. Elle était plus affectueuse et plus douce qu'il ne l'avait encore vue. Elle dit que, l'autre jour, elle ne pouvait voir personne : elle l'eût détesté, comme les autres hommes.

« Et aujourd'hui?

— Aujourd'hui, je me sens toute jeune, toute neuve, et j'ai de l'affection pour tout ce que je sens de jeune et de neuf autour de moi — comme vous.

— Je ne suis pourtant plus tout jeune et tout neuf.

— Vous le serez jusqu'à votre mort. »

Ils parlèrent de ce qu'il avait fait depuis qu'ils ne s'étaient vus, du théâtre, où elle allait reprendre son service bientôt; et, à ce sujet, elle lui dit ce qu'elle pensait du théâtre, qui la dégoûtait, mais qui la tenait.

Elle ne voulut plus qu'il revînt; elle promit de reprendre ses visites chez lui. Mais elle s'inquiétait de le déranger. Il lui dit quand elle aurait plus de chances de ne pas troubler son travail. Ils convinrent d'un signe de passe. Elle frapperait à la porte, d'une certaine façon : il ouvrirait, ou n'ouvrirait pas, selon qu'il en aurait envie...

Elle n'abusa point de la permission. Mais une fois qu'elle se rendait à une soirée mondaine où elle devait dire des vers, au dernier instant cela l'ennuya : en route, elle téléphona qu'elle ne pouvait pas venir; et elle se fit conduire chez Christophe. Elle avait simplement l'intention de lui dire bonsoir en passant. Mais il se trouva, ce soir-là, qu'elle se confia à lui; elle lui raconta sa vie, depuis l'enfance.

Triste enfance! Un père de rencontre, qu'elle n'avait pas connu. Une mère, qui tenait une auberge mal famée, dans un faubourg d'une ville du nord de la France; les rouliers y venaient boire, couchaient avec la patronne, et la brutalisaient. Un d'eux l'épousa, parce qu'elle avait quelques sous; il la battait, se soûlait. Françoise avait une sœur plus âgée, qui était servante dans l'auberge; elle s'épuisait à la tâche; le patron en fit sa maîtresse, sous les yeux de la mère; elle était phtisique; elle mourut. Françoise grandit au milieu des coups et des ignominies. C'était une enfant blême, bilieuse, concentrée, avec une petite âme ardente et sauvage. Elle voyait sa mère et sa sœur pleurer, souffrir, se résigner, s'avilir, mourir. Et elle avait la volonté enragée de ne pas se résigner, d'échapper au milieu infâme; elle était une révoltée; à certaines injustices, elle avait des crises de nerfs; elle griffait, elle mordait, quand on la tapait. Une fois, elle essaya de se pendre. Elle n'y arriva pas : à peine avait-elle commencé qu'elle ne voulait plus, elle avait peur d'y trop bien réussir; et, tandis qu'étouffant déjà, elle se hâtait de dénouer la corde avec ses doigts crispés, se convulsait en elle un furieux désir de vivre. Et puisqu'elle ne pouvait pas s'évader par la mort — (Christophe souriait tristement, se rappelant des épreuves semblables) —, elle se jura de vaincre, de devenir libre, riche, et de fouler aux pieds tous ceux qui l'opprimaient. Elle s'était fait ce serment dans son taudis, un soir qu'elle entendait dans la chambre à côté les jurons de l'homme, les cris de la mère qu'il battait, et les pleurs de la sœur violentée. Qu'elle se sentait misérable! Et pourtant son serment la soulagea. Elle serrait les dents, et pensait :

« Je vous écraserai tous. »

Dans cette enfance sombre, un seul point lumineux :

Un jour, un des gamins avec qui elle polissonnait dans le ruisseau, le fils du concierge du théâtre, la fit entrer, bien que ce fût défendu, à une répétition. Ils se glissèrent tout au fond de la salle, dans le noir. Elle fut saisie du mystère de la scène, resplendissante dans ces ténèbres, des choses magnifiques et incompréhensibles qu'on disait, et de l'air de reine de l'actrice — qui jouait en effet une reine dans un mélo romantique. Elle était glacée d'émotion; et son cœur battait très fort... « Voilà

voilà ce qu'il fallait être!... Oh! si elle était ainsi!... » — Quand ce fut fini, elle voulut à tout prix voir la représentation du soir. Elle laissa sortir son camarade, elle feignit de le suivre; et puis, elle retourna se cacher dans le théâtre; elle se tapit sous une banquette; elle y resta trois heures, étouffant dans la poussière; et quand la représentation allait commencer et que le public arrivait, quand elle allait sortir de sa cachette, elle eut la mortification d'être saisie, expulsée ignominieusement, au milieu des risées, et reconduite chez elle, où elle fut fessée. Cette nuit-là, elle serait morte, si elle n'avait su maintenant ce qu'elle ferait plus tard, pour dominer ces canailles et pour se venger d'eux.

Son plan fut fait. Elle se plaça comme servante dans l'*Hôtel et Café du Théâtre,* où descendaient des acteurs. Elle savait à peine lire et écrire; et elle n'avait rien lu, elle n'avait rien à lire. Elle voulut apprendre; elle y mit une énergie endiablée. Elle chipait des livres dans la chambre des clients; elle les lisait, la nuit au clair de lune, ou à l'aube, pour ne pas dépenser de chandelle. Grâce au désordre des acteurs, ses larcins passaient inaperçus : ou bien les possesseurs se contentaient de maugréer. D'ailleurs, elle leur rendait leurs livres après les avoir lus; — mais elle ne les rendait pas intacts : elle arrachait les pages qui lui plaisaient. Elle avait soin, en rapportant les volumes, de les glisser sous le lit. ou sous un meuble, de façon à faire croire qu'ils n'étaient pas sortis de la chambre. Elle se colla l'oreille aux portes, pour écouter les acteurs, qui répétaient leurs rôles. Et seule, dans le corridor, en balayant, elle imitait à mi-voix leurs intonations, et elle faisait des gestes. Quand on la surprenait, on se moquait d'elle et on l'injuriait. Elle se taisait rageusement. — Ce genre d'éducation aurait pu continuer longtemps si elle n'avait eu l'imprudence, une fois, de voler un rôle, dans la chambre d'un acteur. L'acteur tempêta. Personne n'était entré chez lui, que la servante : il l'accusa. Elle nia effrontément : il menaça de la faire fouiller; elle se jeta à ses pieds, elle lui avoua tout, et aussi les autres vols, et les feuilles déchirées : tout le pot aux roses. Il sacra d'une façon terrible; mais il était moins méchant qu'il n'en avait l'air. Il demanda pourquoi elle avait fait cela. Lorsqu'elle dit qu'elle voudrait devenir actrice, il rit très fort. Il l'interrogea; elle lui récita des pages entières qu'elle avait apprises par cœur; il en fut frappé, il dit :

« Ecoute, veux-tu que je te donne des leçons? »

Elle fut transportée, elle lui baisa les mains.

« Ah! dit-elle à Christophe, comme je l'aurais aimé! »

Mais tout de suite, il ajouta :

« Seulement, ma petite, tu sais, rien pour rien... »

Elle était vierge, elle avait toujours été d'une pudeur farouche contre les attaques dont on la poursuivait. Cette chasteté sauvage, ce dégoût des actes malpropres, de la sensualité ignoble, sans amour, elle les avait toujours eus, depuis l'enfance, par écœurement des tristes spectacles qui l'entouraient dans sa maison; elle les avait encore... Ah! la malheureuse! elle avait été bien punie!... Quelle dérision du sort!...

« Alors, demanda Christophe, vous avez consenti?

— Ah! dit-elle, je me serais jetée dans le feu, pour sortir de là. Il menaçait de me faire arrêter comme voleuse. Je n'avais pas le choix. — C'est ainsi que j'ai été initiée à l'art... et à la vie.

— Le misérable! dit Christophe.

— Oui, je l'ai haï. Mais depuis, j'en ai tant vu, qu'il ne me semble plus un des pires. Du moins, lui, il m'a tenu parole. Il m'a appris ce qu'il savait — (pas grand-chose!) — de son métier d'acteur. Il m'a fait entrer dans la troupe. J'y ai été d'abord domestique de tout le monde. Je jouais des bouts de rôle. Puis, un soir que la soubrette était malade, on s'est risqué à me confier son rôle. Ensuite, j'ai continué. On me trouvait impossible, burlesque, baroque. J'étais laide, alors. Je le suis restée, jusqu'au jour où l'on m'a décrétée supérieurement, idéalement femme... « *la* Femme »... Les imbéciles! — Quant au jeu, on le jugeait incorrect, extravagant. Le public ne me goûtait pas. Les camarades se moquaient de moi. On me gardait, parce que je rendais service malgré tout, et que je ne coûtais pas cher. Non seulement je ne coûtais pas cher, mais je payais. Chaque progrès, chaque avancement, pas à pas, je l'ai payé, de mon corps. Camarades, directeur, impresario, amis de l'impresario... »

Elle se tut, blême, les lèvres serrées, le regard sec; mais on sentait que son âme pleurait des larmes de sang. En un éclair, elle revivait toutes ces hontes passées et cette volonté dévorante de vaincre qui l'avait soutenue, d'autant plus dévorante à chaque saleté nouvelle qu'il lui fallait endurer. Elle eût souhaité de mourir; mais ç'eût été trop abominable de succomber au milieu des humiliations. Se suicider avant, soit! Ou après la victoire. Mais pas quand on s'est avili, sans en avoir eu le prix...

Elle se taisait. Christophe marchait avec colère dans la chambre; il aurait voulu assommer ces hommes, qui avaient torturé, qui avaient souillé cette femme. Puis, il la regarda avec pitié; et, debout auprès d'elle, il lui prit la tête, les tempes entre ses mains, les serra affectueusement, et dit :

« Pauvre petit! »

Elle fit un geste pour l'écarter. Il dit :

« N'ayez pas peur de moi. Je vous aime bien. »

Alors, des larmes coulèrent sur les joues pâles de Françoise. Il s'agenouilla près d'elle et baisa

la lunga man d'ogni bellezza piena...

les belles mains longues, sur lesquelles deux larmes étaient tombées.

Ensuite, il se rassit. Elle s'était ressaisie, et reprit avec calme la suite de son récit :

Un auteur enfin l'avait lancée. Il avait découvert en cette étrange créature un démon, un génie — mieux encore pour lui, « un type dramatique, une femme nouvelle, représentative de l'époque ». Naturellement, il l'avait prise, après tant d'autres. Et elle s'était laissé prendre par lui, comme par tant d'autres, sans amour, et même avec le contraire de l'amour. Mais il avait fait sa gloire; et elle avait fait la sienne.

« Et maintenant, dit Christophe, les autres ne peuvent plus rien contre vous; c'est vous qui faites d'eux ce que vous voulez.

— Vous croyez cela », dit-elle amèrement.

Alors, elle lui raconta cette autre dérision du sort — la passion qu'elle avait pour un drôle, qu'elle méprisait : un littérateur qui l'avait exploitée, qui lui avait arraché ses plus douloureux secrets, qui en avait fait de la littérature, et puis, qui l'avait lâchée.

« Je le méprise, dit-elle, comme la boue de mes souliers; et je tremble de fureur quand je pense que je l'aime, qu'il suffirait qu'il me fît signe pour que je coure à lui, pour que je m'humilie devant ce misérable. Mais qu'y puis-je? J'ai un cœur qui n'aime jamais ce que veut mon esprit. Et tour à tour, il me faut sacrifier, humilier l'un ou l'autre. J'ai un cœur. J'ai un corps. Et ils crient, ils crient, ils veulent leur part de bonheur. Et je n'ai pas de frein pour les tenir, je ne crois à rien, je suis libre... Libre? Esclave de mon cœur et de mon corps, qui veulent malgré moi, souvent, presque toujours. Ils m'emportent, et j'ai honte. Mais qu'y puis-je?... »

Elle se tut, remuant machinalement les cendres du feu avec la pincette.

« J'ai lu, dit-elle, que les acteurs ne sentent rien. Et, en vérité, ceux que je vois sont de grands enfants vaniteux, qui ne sont guère tourmentés que de petites questions d'amour-propre. Je ne sais pas si ce sont eux qui ne sont pas de vrais comédiens, ou si c'est moi. Je crois bien que c'est moi. En tout cas, je paie pour les autres. »

Elle s'arrêta de parler. Il était trois heures de la nuit. Elle se leva pour partir. Christophe lui dit d'attendre au matin, pour rentrer; il lui proposa de s'étendre sur son lit. Elle préféra rester dans le fauteuil près du feu éteint, continuant de causer, dans le silence de la maison.

« Vous serez fatiguée demain.

— J'ai l'habitude. Mais vous... Que faites-vous demain?

— Je suis libre. Une leçon vers onze heures... Et puis, je suis solide.

— Raison de plus pour solidement dormir.

— Oui, je dors comme une masse. Pas de peine qui y résiste. Je suis furieux parfois de si bien dormir. Tant d'heures perdues!... Je suis enchanté de me venger du sommeil, pour une fois, de lui voler une nuit. »

Ils continuèrent de causer, à mi-voix, avec de longs silences. Et Christophe s'endormit. Françoise sourit, lui appuya la tête, pour qu'il ne tombât point. Elle rêvassait, assise près de la fenêtre, et regardant le jardin obscur, qui bientôt s'éclaira. Vers sept heures, elle éveilla doucement Christophe, et lui dit au revoir.

Dans le cours du mois, elle revint, à des heures où Christophe était sorti : elle trouva porte close. Christophe lui remit une clef de l'appartement, afin qu'elle pût entrer, quand elle voudrait. Plus d'une fois en effet, elle vint lorsque Christophe n'était pas là. Elle laissait un petit bouquet de violettes, ou quelques mots sur une feuille de papier, un griffonnage, un croquis, une caricature — comme signe de son passage.

Et, un soir, au sortir du théâtre, elle vint chez Christophe, pour renouveler leur bonne causerie. Elle le trouva au travail; ils causèrent. Dès les premiers mots, ils sentirent qu'ils n'étaient ni l'un ni l'autre dans les dispositions bienfaisantes de la dernière fois. Elle voulut repartir; mais il était trop tard. Non que Christophe l'en empêchât. C'était sa volonté à elle qui ne le lui permettait plus. Ils restèrent donc, sentant le désir qui montait.

Et ils se prirent.

*

A la suite de cette nuit, elle disparut, pour des semaines. Lui, en qui cette nuit avait rallumé une ardeur sensuelle, qui depuis des mois dormait, il ne put se passer d'elle. Elle lui avait fait défense de venir dans sa maison; il alla au théâtre. Il était aux dernières places, caché; et il était brûlé d'amour et d'émotion; il frissonnait jusqu'aux moelles; la fièvre tragique qu'elle mettait à ses rôles le consumait avec elle. Il finit par lui écrire :

« Mon amie, vous m'en voulez donc? Pardonnez-moi, si je vous ai déplu. »

Au reçu de cet humble mot, elle accourut chez lui, elle se jeta dans ses bras.

« Ç'eût été mieux de rester bons amis, simplement. Mais puisque c'était impossible, inutile de résister à l'inévitable. Advienne que pourra! »

Ils mêlèrent leur vie. Chacun d'eux conservait pourtant son appartement et sa liberté. Françoise eût été incapable de se plier à une cohabitation régulière avec Christophe. D'ailleurs, sa situation ne s'y prêtait guère. Elle venait chez Christophe, passait avec lui une partie des journées et des nuits; mais chaque jour, elle retournait chez elle, et elle y passait aussi des nuits.

Pendant les mois de vacances, où le théâtre était fermé, ils louèrent ensemble une maison, aux environs de Paris, du côté de Gif. Ils y vécurent des jours heureux, malgré quelques voiles de tristesse. Jours de confiance et de travail. Ils avaient une belle chambre claire, haut perchée, avec un large horizon libre, au-dessus des champs. La nuit, par les carreaux, ils voyaient, de leur lit, les ombres étranges des nuages passer sur le ciel d'un clarté mate et sombre. Dans les bras l'un de l'autre, à demi endormis, ils entendaient les grillons ivres de joie chanter, les pluies d'orage tomber; l'haleine de la terre d'automne — chèvrefeuille, clématite, glycine, herbe fauchée — pénétrait la maison et leurs corps. Silence de la nuit. Sommeil à deux. Silence. Très loin, les aboiements des chiens. Chants des coqs. L'aube point. L'angélus grêle tinte au clocher lointain, dans le petit jour gris et froid, qui fait frissonner les corps dans la tiédeur du nid et les fait se serrer plus amoureusement. Réveil des cris d'oiseaux dans la treille agrippée au mur. Christophe ouvre les yeux, retient son souffle, et, le cœur attendri, regarde auprès de lui le cher visage las de l'amie endormie, et sa pâleur d'amour...

Leur amour n'était point une passion égoïste. C'était une amitié profonde, où le corps voulait aussi sa part. Ils ne se gênaient pas. Chacun travaillait, de son côté. Le génie de Christophe, sa bonté, sa trempe morale, étaient chers à Françoise. Elle se sentait son aînée en certaines choses, et elle en avait un plaisir maternel. Elle regrettait de ne rien comprendre à ce qu'il jouait : elle était fermée à la musique, sauf à de rares moments où elle était prise d'une émotion sauvage, qui tenait moins à la musique qu'aux passions qui l'imprégnaient alors, elle et tout ce qui l'entourait, le paysage, les gens, les couleurs et les sons. Mais elle n'en sentait pas moins le génie de Christophe au travers de cette langue mystérieuse qu'elle ne comprenait pas. C'était comme si elle voyait jouer un grand acteur, en une langue étrangère. Son génie propre en était ravivé. Et Christophe, quand il créait une œuvre, projetait ses pensées, incarnait ses passions dans cette femme, sous cette forme adorée; et il les voyait plus belles qu'elles n'étaient en lui. Richesse inappréciable que l'intimité d'une telle âme, si féminine, faible, bonne, cruelle et géniale par éclairs. Elle lui apprit beaucoup sur la vie et les hommes — sur les femmes, qu'il connaissait bien mal, et qu'elle jugeait avec une clairvoyance aiguë. Surtout, il lui dut de comprendre mieux le théâtre; elle le fit pénétrer dans l'esprit de cet art admirable, le plus parfait des arts, le plus sobre, le plus plein. Elle lui révéla cet instrument magique du rêve humain; elle lui apprit qu'il ne fallait pas écrire pour soi seul, comme c'était sa tendance — (la tendance de trop d'artistes, qui, à l'exemple de Beethoven, se refusent à écrire « *pour un sacré violon, lorsque l'Esprit leur parle* »). — Un grand poète dramatique ne rougit pas de travailler pour une scène précise, et d'adapter sa pensée aux acteurs dont il dispose; il ne croit pas se rapetisser ainsi : car il sait que s'il est beau de rêver, il est grand de réaliser. Le théâtre, comme la fresque, c'est l'art à sa juste place — l'art vivant.

Les pensées que Françoise exprimait ainsi s'accordaient avec celles de Christophe, qui tendait, à ce moment de sa carrière, vers un art collectif, en communion avec les autres hommes. L'expérience de Françoise lui faisait saisir la collaboration mystérieuse qui se tresse entre le public et l'acteur. Si réaliste que fût Françoise, et dénuée d'illusions, elle percevait ce pouvoir de suggestion réciproque, ces ondes de sympathie qui relient l'acteur à la foule, ce silence puissant des milliers d'âmes d'où jaillit la voix de l'interprète unique. Certes, elle ne le ressentait que par lueurs intermittentes, rarissimes, jamais renouvelées pour une même pièce, aux mêmes endroits. Le reste du temps, c'était le métier sans âme, le mécanisme intelligent et froid. Mais ce qui compte, c'est l'exception — l'éclair, qui, l'espace d'une seconde, illumine le gouffre, l'âme commune aux millions d'êtres dont la force s'exprime en un seul.

C'était cette âme commune, que devait incarner le grand artiste. Son idéal était le vivant objectivisme de l'aède, qui se dépouille de soi, pour vêtir les passions collectives qui soufflent sur le monde. Françoise en éprouvait d'autant plus le besoin qu'elle était incapable de ce désintéressement : car elle se jouait toujours elle-même. — La floraison désordonnée du lyrisme individuel a, depuis un siècle et demi, quelque chose de maladif. La grandeur morale consiste à beaucoup sentir et à beaucoup dominer, à être sobre de discours et chaste avec sa pensée, à ne la point étaler, à parler d'un regard, d'une parole profonde, sans exagérations d'enfant, sans effusions de femme, pour ceux qui savent comprendre à demi-mot, pour les hommes. La musique moderne qui parle tant de soi et fait à tout venant ses confidences indiscrètes est un manque de pudeur et un manque de goût. Elle ressemble à ces malades qui ne se lassent point de parler de leurs maladies aux autres, avec des détails répugnants et risibles. Françoise, qui n'était pas musicienne, n'était pas loin de voir un signe de décadence dans le développement de la musique aux dépens de la poésie, comme un polype qui la dévore. Christophe protestait; mais à la réflexion, il se demandait s'il n'y avait pas là quelque chose de vrai. Les premiers *lieder* écrits sur des poésies de Goethe étaient sobres et exacts; bientôt Schubert y mêle sa sentimentalité romanesque; Schumann, ses langueurs de petite demoiselle; et, jusqu'à Hugo Wolf, le mouvement s'accentue vers une déclamation appuyée, des analyses indécentes, une prétention de ne plus laisser un seul recoin de son âme sans lumière. Tout voile est déchiré sur les mystères du cœur. Ce qui était dit sobrement par un Sophocle drapé du Latran, est hurlé par des Ménades impudiques, qui montrent leur nudité.

Christophe avait un peu honte de cet art, dont il se sentait lui-même contaminé; et, sans vouloir revenir au passé — (désir absurde et contre nature) — il se retrempait dans l'âme des maîtres qui avaient eu la discrétion hautaine de leur pensée et le sens d'un grand art collectif : il relisait Hændel, qui, dédaigneux du piétisme larmoyant de sa race, écrivait ses *Anthems* colossaux et ses oratorios épiques, chants des peuples pour les peuples. Le difficile était de trouver des sujets d'inspiration qui pussent, comme la Bible au temps de Hændel, éveiller des émotions communes chez les peuples d'aujourd'hui. L'Europe d'aujourd'hui n'avait plus un livre commun : pas un poème, pas une prière, pas un acte de foi qui fût le bien de tous. O honte qui devrait écraser tous les écrivains, les artistes, les penseurs d'aujourd'hui! Pas un n'a écrit, pas un n'a pensé pour tous. Le seul Beethoven a laissé quelques pages d'un nouvel Evangile consolateur; mais les musiciens seuls peuvent le lire, et la plupart des hommes ne l'entendront jamais. Wagner a tenté d'élever sur la colline de Bayreuth un art religieux, qui relie tous les hommes. Mais sa grande âme était trop marquée de toutes les tares de la musique et de la pensée décadentes de son temps : sur la colline sacrée, ce ne sont pas les pêcheurs de Galilée qui sont venus, ce sont les pharisiens.

Christophe sentait bien ce qu'il fallait faire; mais il lui manquait un poète, il devait se suffire à lui-même, se restreindre à la seule musique. Et la musique, quoi qu'on dise, n'est pas une langue universelle : il faut l'arc des mots pour faire pénétrer la flèche des sons dans l'esprit de tous.

Christophe projetait d'écrire une suite de symphonies, inspirées de la vie quotidienne. Il concevait une Symphonie Domestique, à sa façon, qui n'était pas celle de Richard Strauss. Il n'y matérialisait pas en un tableau cinématographique la vie de famille, au moyen d'un alphabet conventionnel, où des thèmes musicaux expriment, par la volonté de l'auteur, des personnages divers. Jeu docte et enfantin du grand contrepuntiste!... Il ne cherchait pas à décrire des personnages ou des actions, mais à dire des émotions, qui fussent connues de chacun, et où chacun pût trouver un écho de son âme propre. Le premier morceau exprimait le grave et naïf bonheur d'un jeune couple amoureux, sa tendre sensualité, sa confiance dans l'avenir. Le second morceau était une élégie sur la mort d'un enfant. Christophe avait fui avec dégoût toute recherche réaliste dans l'expression de la douleur; les figures individuelles disparaissaient; il n'y avait qu'une grande misère — la vôtre, la mienne, celle de tout homme, en face d'un malheur qui est ou peut être le lot de tous. L'âme atterrée par le deuil se relevait peu à peu, par un douloureux effort, pour offrir sa peine en sacrifice. Elle reprenait courageusement son chemin, dans le morceau suivant qui s'enchaînait au second — une fugue volontaire, dont le dessin intrépide et le rythme obstiné finissaient par s'emparer de l'être, et menaient, au milieu des luttes et des larmes, à une marche puissante, pleine d'une foi indomptable. Le dernier morceau peignait le soir de la vie. Les thèmes du commencement reparaissaient avec leur confiance touchante et leur tendresse qui ne pouvait vieillir, mais plus mûrs, un peu meurtris, émergeant des ombres de la douleur, couronnés de lumière, et poussant vers le ciel, comme une riche floraison, un hymne de religieux amour à la vie infinie.

Christophe cherchait aussi dans les livres du passé de grands sujets simples et humains, parlant au cœur de tous. Il en choisissait deux : *Joseph* et *Niobé*. Mais là, Christophe se heurtait à la question périlleuse de l'union de la poésie et de la musique. Ses conversations avec Françoise le ramenaient aux projets, esquissés autrefois avec

Corinne[1], d'une forme de drame musical tenant le milieu entre l'opéra récitatif et le drame parlé — l'art de la parole libre unie à la musique libre —, art dont ne se doute presque aucun artiste d'aujourd'hui, et que nie la critique routinière, imbue de tradition wagnérienne. Œuvre neuve : car il ne s'agit pas de marcher dans les traces de Beethoven, de Weber, de Schumann, de Bizet, quoiqu'ils aient pratiqué le mélodrame avec génie; il ne s'agit pas de plaquer une déclamation quelconque sur une musique quelconque et de produire, coûte que coûte, avec des tremolos, de grossiers effets sur des publics grossiers; il s'agit de créer un genre nouveau, où des voix musicales se marient à des instruments apparentés à ces voix, et mêlent discrètement à leurs stances harmonieuses l'écho des rêveries et des plaintes de la musique. Une telle forme ne saurait s'appliquer qu'à un ordre limité de sujets, à des moments de l'âme, intimes et recueillis, afin d'en évoquer le parfum poétique. Nul art qui doive être plus discret et plus aristocratique. Il est donc naturel qu'il ait peu de chances de fleurir dans une époque qui, en dépit des prétentions des artistes, sent la vulgarité foncière de parvenus.

Peut-être Christophe n'était-il pas mieux fait que les autres pour cet art; ses qualités mêmes, sa force plébéienne, y faisaient obstacle. Il ne pouvait que le concevoir, et en réaliser quelques ébauches avec l'aide de Françoise.

Il mit ainsi en musique des pages de la Bible, presque littéralement transcrites — la scène immortelle où Joseph se fait reconnaître par ses frères, et, après tant d'épreuves, n'en pouvant plus d'émotion et de tendresse, murmure tout bas ces mots qui ont arraché des larmes au vieux Tolstoy :

« *Je ne peux plus... Ecoutez, je suis Joseph : mon père vit-il encore? Je suis votre frère, votre frère perdu... Je suis Joseph...* »

1. *La Révolte.*

Cette belle et libre union ne pouvait durer. Ils avaient ensemble des moments de plénitude puissante; mais ils étaient trop différents. Et tous deux, violents, se heurtaient fréquemment. Ces heurts n'étaient jamais vulgaires : car Christophe avait le respect de Françoise. Et Françoise, qui pouvait être cruelle, était bonne pour ceux qui étaient bons envers elle; pour rien au monde, elle n'eût voulu leur faire de mal. L'un et l'autre avaient d'ailleurs un fond de joyeuse humeur. Elle se moquait d'elle-même. Elle ne s'en rongeait pas moins : car l'ancienne passion la tenait toujours; elle ne pouvait supporter cet état humiliant, ni surtout que Christophe le soupçonnât.

Christophe, qui la voyait, silencieuse et crispée, s'absorber des jours entiers dans sa mélancolie, s'étonnait qu'elle ne fût pas heureuse. Elle était parvenue au but; elle était une grande artiste, admirée, adulée...

« Oui, disait-elle; si j'étais une de ces fameuses comédiennes, qui ont des âmes de boutiquières, et qui font du théâtre, comme elles feraient des affaires. Celles-là sont contentes, quand elles ont « réalisé » une belle situation, un riche mariage bourgeois, — et — le *nec plus ultra* — décroché la croix des braves. Moi, je voulais plus. Quand on n'est pas un sot, le succès paraît encore plus vide que l'insuccès. Tu dois bien le savoir!

— Je le sais, dit Christophe. Ah! mon Dieu! ce n'était pas ainsi que je me figurais la gloire, lorsque j'étais enfant. De quelle ardeur je la désirais! Qu'elle me semblait lumineuse! Je l'adorais de loin, comme quelque chose de religieux... N'importe! Il y a dans le succès une vertu divine : c'est le bien qu'il permet de faire.

— Quel bien? On est vainqueur. Mais à quoi bon? Rien n'est changé. Théâtres, concerts, tout est toujours le même. Ce n'est qu'une mode nouvelle qui succède à une autre mode. Ils ne vous comprennent pas, ou seulement en courant; et déjà, ils pensent à autre chose... Toi-même, comprends-tu les autres artistes? En tout cas, tu n'en es pas compris. Comme ils sont loin de toi, ceux que tu aimes le mieux! Souviens-toi de ton Tolstoy... »

Christophe lui avait écrit; il s'était enthousiasmé pour

ses livres; il voulait mettre en musique un de ses contes populaires, il lui en avait demandé l'autorisation, il lui avait envoyé ses *lieder*. Tolstoy n'avait pas répondu, pas plus que Goethe à Schubert et à Berlioz, qui lui envoyaient leurs chefs-d'œuvre. Il s'était fait jouer la musique de Christophe; et elle l'avait irrité : il n'y comprenait rien. Il traitait Beethoven de décadent, et Shakespeare de charlatan. En revanche, il s'engouait de petits maîtres mignards, des musiques de clavecin qui charmaient le Roi-Perruque; et il regardait *La Confession d'une Femme de chambre* comme un livre chrétien...

« Les grands hommes n'ont pas besoin de nous, dit Christophe. C'est aux autres qu'il faut penser.

— Qui? Le public bourgeois, ces ombres qui vous masquent la vie? Jouer, écrire pour ces gens? Perdre sa vie pour eux! Quelle amertume!

— Bah! dit Christophe. Je les vois comme toi; et cela ne m'attriste pas. Ils ne sont pas si mauvais!

— Brave optimiste allemand! Maître Pangloss!

— Ils sont des hommes, comme moi. Pourquoi ne me comprendraient-ils pas?... — Et quand ils ne me comprendraient pas, vais-je m'en désoler? Sur ces milliers de gens, il s'en trouvera toujours un ou deux, qui seront avec moi : cela me suffit, il ne faut qu'une lucarne pour respirer l'air du dehors... Pense à ces naïfs spectateurs, à ces adolescents, à ces vieilles âmes candides, que ta beauté tragique soulève au-dessus de leurs jours médiocres. Souviens-toi de toi-même, quand tu étais enfant! N'est-il pas bon de faire aux autres — quand ce ne serait qu'à un — le bonheur et le bien qu'un autre vous fit jadis?

— Tu crois qu'il y en a vraiment un? J'ai fini par en douter... Les meilleurs de ceux qui nous aiment, comment nous aiment-ils? Comment nous voient-ils? Savent-ils voir seulement? Ils nous admirent, en nous humiliant; ils ont autant de plaisir à voir jouer n'importe quelle cabotine; ils nous mettent au rang de sots que l'on méprise. Tous ceux qui ont le succès sont égaux, à leurs yeux.

— Et pourtant, ce sont les plus grands de tous qui restent les plus grands, pour la postérité.

— Simple effet de recul! Les montagnes s'élèvent, à mesure qu'on s'éloigne. On voit mieux leur hauteur; mais on en est plus loin... Et qui nous dit, d'ailleurs, que ce sont les plus grands? Est-ce que tu connais les autres, ceux qui ont disparu?

— Au diable! dit Christophe. Quand bien même personne ne sentirait ce que je suis, je le suis. J'ai ma musique, je l'aime, j'y crois; elle est plus vraie que tout.

— Tu es libre dans ton art, tu peux faire ce que tu veux. Mais moi, que puis-je? Je suis forcée de jouer ce qu'on m'impose, et de le ressasser jusqu'à l'écœurement. Nous n'en sommes pas tout à fait arrivés, en France, à l'état de bête de somme de ces acteurs américains, qui jouent dix mille fois *Rip* ou *Robert-Macaire,* qui, vingt-cinq ans de leur vie, tournent la meule d'un rôle inepte. Mais nous sommes sur le chemin. Misérables théâtres! Le public ne supporte le génie qu'à des doses infinitésimales, rasé, rogné, épilé, frotté des onguents à la mode... Un « génie à la mode! » est-ce que ce n'est pas crevant?... Quel gâchage de forces! Vois ce qu'ils ont fait d'un Mounet. Qu'a-t-il eu à jouer, dans sa vie? Deux ou trois rôles qui valent la peine de vivre : un Œdipe, un Polyeucte. Le reste, quelle niaiserie! Et penser à tout ce qu'il y aurait eu, pour lui, de grand et de glorieux à faire!... Ce n'est pas mieux, hors de France. Qu'ont-ils fait d'une Duse? A quoi s'est consumée sa vie? A quels rôles inutiles!

— Votre vrai rôle, dit Christophe, est d'imposer au monde les fortes œuvres d'art.

— On s'épuise en vain. Et cela n'en vaut pas la peine. Dès qu'une de ces fortes œuvres touche la scène, elle perd sa grande poésie, elle devient mensongère. Le souffle du public la flétrit. Public de villes étouffées, dans ses terriers puants, il ne sait plus ce que c'est que le plein air, la nature, la saine poésie : il lui faut une poésie fardée, comme nos museaux. ...Ah! et puis... et puis... quand même on y réussirait!... Non, cela ne remplit pas la vie, cela ne remplit pas ma vie...

— Tu penses encore à lui.

— A qui?

— Tu le sais. A ce drôle.

— Oui.

— Et si tu l'avais, cet homme, et s'il t'aimait, avoue, tu ne serais pas heureuse, tu trouverais moyen encore de te tourmenter.

— C'est vrai... Ah! qu'est-ce que j'ai donc? J'ai eu trop à lutter, je me suis trop rongée, je ne peux plus retrouver le calme, j'ai en moi une inquiétude, une fièvre...

— Elle devait être en toi, même avant tes épreuves.

— C'est possible... Oui, déjà, quand j'étais petite fille... Elle me dévorait.

— Qu'est-ce que tu voudrais donc?

— Est-ce que je sais? Plus que je ne suis.

— Je connais cela, dit Christophe. J'étais ainsi, adolescent.

— Oui, mais tu es devenu homme. Moi, je resterai une éternelle adolescente. Je suis un être incomplet.

— Personne n'est complet. Le bonheur est de connaître ses limites et de les aimer.

— Je ne peux plus. J'en suis sortie. La vie m'a forcée, fourbue, estropiée. Il me semble pourtant que j'aurais pu être une femme normale et saine et belle tout de même, sans être comme le troupeau.

— Tu peux l'être encore. Je te vois si bien, ainsi!

— Dis-moi comment tu me vois. »

Il la décrivit, dans des conditions où elle se fût développée d'une façon naturelle et harmonieuse, où elle eût été heureuse, aimante et aimée. Elle éprouvait une douceur à l'entendre. Mais après, elle dit :

« Non, c'est impossible maintenant.

— Eh bien, fit-il, il faut se dire alors, comme le bon vieux Hændel, quand il devint aveugle :

What e-ver is is right
(Tout ce qui est est bien.)

Et il alla le lui chanter, au piano. Elle l'embrassa, son cher fou optimiste. Il lui faisait du bien. Mais elle lui faisait du mal : elle le craignait, du moins. Elle avait des crises de désespoir, et elle ne pouvait les lui cacher; l'amour la rendait faible. La nuit, quand ils étaient dans le lit, et qu'elle dévorait son angoisse en silence, il la devinait, et il suppliait l'amie proche et lointaine de partager avec lui le poids qui l'écrasait; alors, elle ne pouvait résister, elle se livrait, en pleurant dans ses bras; et il passait ensuite des heures à la consoler, bonnement, sans se fâcher. Mais cette inquiétude perpétuelle ne laissait point de l'assommer, à la longue. Françoise tremblait que sa fièvre ne finît par se communiquer à lui. Elle l'aimait trop pour supporter l'idée qu'il souffrît, par elle. On lui offrit un engagement en Amérique; elle accepta, pour se forcer à partir. Elle le quitta, humilié. Elle ne l'était pas moins. Ne pas pouvoir être heureux l'un par l'autre!

« Mon pauvre vieux, lui dit-elle, en souriant tristement, tendrement. Sommes-nous assez maladroits! Nous ne retrouverons jamais une occasion aussi belle, une pareille amitié. Mais il n'y a pas moyen, il n'y a pas moyen. Nous sommes trop bêtes!... »

Ils se regardèrent, penauds et attristés. Ils rirent pour ne pas pleurer, s'embrassèrent, et se séparèrent, les larmes aux yeux. Jamais ils ne s'étaient aimés autant qu'en se séparant.

Et après qu'elle fut partie, il revint à l'art, son vieux compagnon... O paix du ciel étoilé!...

*

Peu de temps après, Christophe reçut une lettre de Jacqueline. C'était la troisième fois qu'elle lui écrivait; et le ton était fort différent de celui auquel elle l'avait accoutumé. Elle lui disait son regret de ne plus le voir, et l'invitait gentiment à revenir, s'il ne voulait pas contrister deux amis qui l'aimaient. Christophe fut ravi, mais non pas trop étonné. Il pensait bien que les dispositions injustes de Jacqueline à son égard ne dureraient pas toujours. Il aimait à se répéter un mot railleur du vieux grand-père :

« Tôt ou tard, il vient de bons moments aux femmes; il ne faut que la patience de les attendre. »

Il retourna donc chez Olivier, et fut accueilli avec joie. Jacqueline se montra pleine d'attentions; elle évitait le ton ironique qui lui était naturel, prenait garde de rien dire qui pût blesser Christophe, témoignait de l'intérêt pour ce qu'il faisait, et parlait avec intelligence de sujets sérieux. Christophe la crut transformée. Elle ne l'était que pour lui plaire. Jacqueline avait entendu parler des amours de Christophe avec l'actrice à la mode, dont le récit avait défrayé les bavardages parisiens; et Christophe lui était apparu sous un jour nouveau; elle se prit de curiosité pour lui. Lorsqu'elle le revit, elle le trouva beaucoup plus sympathique. Ses défauts même ne lui semblèrent pas sans attrait. Elle s'aperçut que Christophe avait du génie, et qu'il valait la peine de s'en faire aimer.

La situation du jeune ménage ne s'était pas améliorée; elle avait même empiré. Jacqueline mourait d'ennui... Combien la femme est seule! Hors l'enfant, rien ne la tient; et l'enfant ne suffit pas à la tenir toujours : car lorsqu'elle est vraiment femme, et non pas seulement femelle, lorsqu'elle a une âme riche et une vie exigeante, elle est faite pour tant de choses, qu'elle ne peut accomplir seule, si on ne lui vient en aide!... L'homme est beaucoup moins seul, même quand il l'est le plus : son monologue suffit à peupler son désert; et quand il est seul à deux, il s'en accommode mieux, car il le remarque moins, il monologue toujours. Et il ne se doute pas que le son de cette voix qui continue imperturbablement de parler dans le désert, rend le silence plus terrible et le désert plus atroce pour celle qui est auprès de lui, et pour qui toute parole est morte que l'amour ne vivifie point. Il ne le remarque pas; il n'a pas, comme la femme, mis sur l'amour sa vie entière comme enjeu : sa vie est ailleurs occupée... Qui occupera la vie de la femme et son désir immense, ces myriades ardentes de forces qui depuis quarante siècles que dure l'humanité se brûlent inutiles, offertes en holocauste à deux seules idoles : l'amour éphémère et la maternité, cette sublime duperie, qui est refusée à des milliers d'entre les femmes, et ne remplit jamais que quelques années de la vie des autres?

Jacqueline se désespérait. Elle avait des secondes d'effroi, qui la transperçaient comme des épées. Elle pensait :

« Pourquoi est-ce que je vis? Pourquoi est-ce que je suis née? »

Et son cœur se tordait d'angoisse.

« Mon Dieu, je vais mourir! Mon Dieu, je vais mourir! »

Cette pensée la hantait, la poursuivait la nuit. Elle rêvait qu'elle disait :

« Nous sommes en 1889.

— Non, lui répondait-on. En 1909. »

Elle se désolait d'avoir vingt ans de plus qu'elle ne croyait.

« Cela va être fini, et je n'ai pas vécu! Qu'ai-je fait de ces vingt ans? Qu'ai-je fait de ma vie? »

Elle rêvait qu'elle était *quatre* petites filles. Elles étaient toutes quatre couchées dans la même chambre, en des lits séparés. Toutes quatre avaient la même taille, et la même figure; mais l'une avait huit ans, l'autre quinze, l'autre vingt, l'autre trente. Il y avait une épidémie. Trois étaient déjà mortes. La quatrième se regardait dans la glace; et elle était saisie d'épouvante; elle se voyait le nez pincé, les traits tirés... elle allait mourir aussi — et alors ce serait fini...

« ...Qu'ai-je fait de ma vie?... »

Elle se réveillait en larmes; et le cauchemar ne s'effaçait point avec le jour, le cauchemar était le jour. Qu'avait-elle fait de sa vie? Qui la lui avait volée?... Elle se prenait à haïr Olivier, complice innocent — (innocent! qu'importe, si le mal est le même!) — complice de la loi aveugle qui l'écrasait. Elle se le reprochait après, car elle était bonne; mais elle souffrait trop; et cet être lié contre elle, qui étouffait sa vie, bien qu'il souffrît aussi, elle ne pouvait s'empêcher de le faire souffrir davantage, afin de se venger. Ensuite, elle était plus accablée, elle se détestait; et elle sentait que si elle ne trouvait pas un moyen de se sauver, elle ferait plus de mal encore. Ce moyen, elle le cherchait, à tâtons, autour d'elle; elle se raccrochait à tout, comme quelqu'un qui se noie; elle essayait de s'intéresser à quelque chose, une œuvre, un être, qui fût en quelque sorte sa chose, son œuvre, son être. Elle tâchait de reprendre un travail intellectuel, elle apprenait des langues étrangères, elle commençait un article, une nouvelle, elle se mettait à peindre, à composer... En vain : elle se décourageait, dès le premier jour. C'était trop difficile. Et puis, « des livres, des œuvres d'art! Qu'est-ce que cela? Je ne sais pas si je les aime, je ne sais pas si cela existe... » — Certains jours, elle causait avec animation, elle riait avec Olivier, elle semblait se passionner pour ce qu'ils disaient, elle cherchait à s'étourdir... En vain : brusquement, l'agitation tombait, le cœur se glaçait, elle se cachait, sans larmes, sans souffle, atterrée. — Elle avait réussi en partie son œuvre avec Olivier. Il devenait sceptique, il se mondanisait. Elle ne lui en savait aucun gré; elle le trouvait faible comme elle. Presque tous les soirs, ils sortaient; elle promenait à travers les salons parisiens son ennui angoissé, que nul ne devinait sous l'ironie de son sourire toujours armé. Elle cherchait qui l'aimât, et la soutînt au-dessus du gouffre... En vain, en vain, en vain. A son appel désespéré, rien ne répondait. Le silence.

Elle n'aimait point Christophe; elle ne pouvait souffrir ses manières rudes, sa franchise blessante, surtout son indifférence. Elle ne l'aimait point; mais elle avait le sentiment que lui, du moins, il était fort — un roc au-dessus de la mort. Et elle voulait s'agripper à ce roc, à ce nageur dont la tête dominait les flots, ou le noyer avec elle...

Et puis, ce n'était plus assez d'avoir séparé son mari de ses amis : il fallait les lui prendre. Les femmes les plus honnêtes ont parfois un instinct qui les pousse à tenter jusqu'où va leur pouvoir, et à aller au-delà. Dans cet abus de pouvoir, leur faiblesse se prouve sa force. Et quand la femme est égoïste et vaine, elle trouve un plaisir mauvais à voler au mari l'amitié de ses amis. La tâche est bien aisée : il suffit de quelques œillades. Il n'est guère d'homme, honnête ou non, qui n'ait la faiblesse de mordre à l'hameçon. Si ami que soit l'ami, il pourra bien éviter l'action, mais en pensée toujours il trompera l'ami. Et si celui-ci s'en aperçoit, c'est fini de leur amitié : ils ne se regardent plus avec les mêmes yeux. — La femme qui joue à ce jeu dangereux, en reste là, le plus souvent, elle n'en demande pas plus : elle les tient tous les deux, désunis, à sa merci.

Christophe remarquait les gentillesses de Jacqueline; elles ne le surprenaient point. Quand il avait de l'affection pour quelqu'un, il avait une tendance naïve à trouver naturel d'en être aimé aussi sans arrière-pensée. Il répondait joyeusement aux avances de la jeune femme; il la trouvait charmante; il s'amusait de tout son cœur, avec elle; et il la jugeait si favorablement qu'il n'était pas loin de croire qu'Olivier était bien maladroit s'il ne réussissait pas à être heureux.

Il les accompagna dans une tournée de quelques jours qu'ils firent en automobile; et il fut leur hôte dans une maison de campagne que les Langeais avaient en Bourgogne — une vieille maison de famille, que l'on gardait à cause de ses souvenirs, mais où l'on n'allait guère. Elle était isolée au milieu des vignes et des bois; l'intérieur était délabré, les fenêtres mal jointes; on y respirait une odeur de moisi, de fruits mûrs, d'ombre fraîche et d'arbres à résine chauffés par le soleil. A vivre avec Jacqueline, côte à côte, pendant une suite de jours, Christophe se laissait peu à peu envahir par un sentiment insinuant et doux, qui ne l'inquiétait point; il éprouvait une jouissance innocente, mais nullement immatérielle, à la voir, à l'entendre, à frôler ce joli corps, et à boire le souffle de sa bouche. Olivier, un peu soucieux, se taisait. Il ne soupçonnait point; mais une inquiétude vague l'oppressait, qu'il eût rougi de s'avouer; pour s'en punir, il les laissait seuls ensemble, souvent. Jacqueline lisait en lui, et elle était touchée; elle avait envie de lui dire :

« Va, ne t'afflige pas, m'ami. C'est encore toi que j'aime le mieux. »

Mais elle ne le disait point; et ils se laissaient aller tous trois à l'aventure : Christophe ne se doutant de rien, Jacqueline ne sachant pas ce qu'elle voulait au juste, et s'en remettant au hasard de le lui faire savoir. Olivier seul, prévoyant, pressentant, mais par pudeur d'amour-propre et d'amour, ne voulant pas y penser. Lorsque la volonté se tait, l'instinct parle; en l'absence de l'âme, le corps va son chemin.

Un soir, après dîner, la nuit leur sembla si belle — nuit sans lune, étoilée — qu'ils voulurent se promener dans le jardin. Olivier et Christophe sortirent de la maison. Jacqueline monta dans sa chambre, pour prendre un châle. Elle ne redescendait point. Christophe, pestant contre les éternelles lenteurs des femmes, rentra pour la chercher. — (Depuis quelque temps, sans qu'il y prît garde, c'était lui qui jouait le mari.) — Il l'entendit qui venait. La pièce où il était entré avait ses volets clos; et l'on ne voyait rien.

« Allons! arrivez donc, madame-qui-n'en-finit-jamais, cria gaiement Christophe. Vous usez les miroirs, à force de vous y regarder. »

Elle ne répondit pas. Elle s'était arrêtée. Christophe eut l'impression qu'elle était dans la chambre; mais elle ne bougeait point.

« Où êtes-vous? » dit-il.

Elle ne répondit pas. Christophe se tut aussi : il allait en tâtonnant dans l'ombre; et un trouble le prit. Il s'arrêta, le cœur battant. Il entendit tout près le souffle léger de Jacqueline. Il fit encore un pas et s'arrêta de nouveau. Elle était près de lui, il le savait, mais il ne pouvait plus avancer. Quelques secondes de silence. Brusquement, deux mains qui saisissent les siennes et l'attirent, une bouche sur sa bouche. Il l'étreignit. Sans un mot, immobiles. — Leurs bouches se déprirent, s'arrachèrent l'une à l'autre. Jacqueline sortit de la chambre. Christophe, frémissant, la suivit. Ses jambes tremblaient. Il resta un instant appuyé au mur, attendant que le battement de son sang s'apaisât. Enfin, il les rejoignit. Jacqueline causait tranquillement avec Olivier. Ils marchaient, de quelques pas en avant. Christophe les suivait, écrasé. Olivier s'arrêta pour l'attendre. Christophe s'arrêta aussi. Olivier l'appela amicalement. Christophe ne répondit pas. Olivier, connaissant l'humeur de son ami et les silences capricieux où il se verrouillait parfois à triple tour, n'insista point et continua sa marche avec Jacqueline. Et Christophe, machinalement, continuait de les suivre, à dix pas, comme un chien. Quand ils s'arrêtaient, il s'arrêtait. Quand ils marchaient, il marchait. Ainsi, ils firent le tour du jardin, et rentrèrent. Christophe remonta dans sa chambre, et s'enferma. Il n'alluma point. Il ne se coucha point. Il ne pensait point. Vers le milieu de la nuit, le sommeil le prit, assis, les bras, la tête appuyés sur la table. Il s'éveilla, une heure après. Il alluma sa bougie, rassembla fiévreusement ses papiers, ses effets, et sa valise, se jeta sur son lit, et dormit jusqu'à l'aube. Alors, il descendit avec son bagage, et partit. On l'attendit, toute la matinée. On le chercha, tout le jour. Jacqueline, cachant sous l'indifférence un frémissement de colère, affecta avec une ironie insultante de compter son argenterie. Le lendemain soir seulement, Olivier reçut une lettre de Christophe :

« *Mon bon vieux, ne m'en veux pas d'être parti comme un fou. Fou, je le suis, tu le sais. Qu'y faire? Je suis ce que je suis. Merci de ton affectueuse hospitalité. C'était bien bon. Mais vois-tu, je ne suis pas fait pour la vie avec les autres. Pour la vie même, je ne sais pas trop si je suis fait. Je suis fait pour rester dans mon coin, et aimer les gens — de loin : c'est plus prudent. Quand je les vois de trop près, je deviens misanthrope. Et c'est ce que je ne veux pas être. Je veux aimer les hommes, je veux vous aimer tous. Oh! comme je voudrais vous faire du bien à tous! Si je pouvais faire que vous fussiez — que tu fusses heureux! Avec quelle joie je donnerais en échange tout le bonheur que je puis avoir!... Mais cela m'est interdit. On ne peut que montrer le chemin aux autres. On ne peut pas faire leur chemin, à leur place. Chacun doit se sauver soi-même. Sauvez-vous! Sauve-toi! Je t'aime bien.*

CHRISTOPHE.

« *Mes respects à Madame Jeannin.* »

« Mme Jeannin » lut la lettre, les lèvres serrées, avec un sourire de mépris, et dit sèchement :

« Eh bien, suis son conseil! Sauve-toi. »

Mais au moment où Olivier tendait la main pour reprendre la lettre, Jacqueline froissa le papier, le jeta par terre; et deux grosses larmes jaillirent de ses yeux. Olivier lui saisit la main :

« Qu'as-tu? demandait-il, ému.

— Laisse-moi! » cria-t-elle, avec colère.

Elle sortit. Sur le seuil de la porte, elle cria :

« Egoïstes! »

*

Christophe avait fini par se faire des ennemis de ses protecteurs du *Grand Journal*. C'était facile à prévoir. Christophe avait reçu du Ciel cette vertu célébrée par Goethe : « *la non-reconnaissance.* »

« *La répugnance à se montrer reconnaissant,* écrivait Goethe ironiquement, *est rare et ne se manifeste que chez des hommes remarquables qui, sortis des classes les plus pauvres, ont été à chaque pas forcés d'accepter des secours presque toujours empoisonnés par la grossièreté du bienfaiteur...* »

Christophe ne pensait pas qu'il fût obligé de s'avilir, pour un service rendu, ni — ce qui était le même pour lui — d'abdiquer sa liberté. Il ne prêtait pas ses bienfaits à tant pour cent, il les donnait. Ses bienfaiteurs l'entendaient un peu différemment. Ils furent choqués, dans le sentiment moral très élevé qu'ils avaient des devoirs de leurs débiteurs, que Christophe refusât d'écrire la musique d'un hymne stupide, pour une fête-réclame organisée par le journal. Ils lui firent sentir l'inconvenance de sa conduite. Christophe les envoya promener. Il acheva de les exaspérer, par le démenti brutal qu'il infligea, peu après, à des assertions que le journal lui avait prêtées.

Alors, commença une campagne contre lui. On usa de toutes armes. On ressortit une fois de plus l'arsenal aux chicanes de la vieille machine de guerre, qui a servi tour à tour à tous les impuissants contre tous les créateurs, et qui n'a jamais tué personne, mais dont l'effet est immanquable sur les imbéciles : on l'inculpa de plagiat. On alla découper dans son œuvre et dans celle de collègues obscurs des passages artificieusement choisis et maquillés; et l'on prouva qu'il avait volé ses inspirations à d'autres. On l'accusa d'avoir voulu étouffer de jeunes artistes. Encore s'il n'avait eu affaire qu'à ceux dont le métier est d'aboyer, à ces critiques nabots qui grimpent sur les épaules du grand homme, et qui crient :

« Je suis plus grand que toi! »

Mais non, les hommes de talent s'attaquent entre eux : chacun cherche à se rendre insupportable à ses confrères; et pourtant, comme dit l'autre, le monde est assez vaste pour que chacun puisse travailler en paix; et chacun a déjà dans son propre talent un ennemi assez rude.

Il se trouva en Allemagne des artistes jaloux, pour fournir des armes à ses ennemis, au besoin pour en inventer. Il s'en trouva en France. Les nationalistes de la presse musicale — dont plusieurs étaient des étrangers — lui jetèrent sa race à la tête comme une insulte. Le succès de Christophe avait beaucoup grandi; et, la mode s'en mêlant, on concevait qu'il irritât, par ses exagérations, même des hommes sans parti pris — à plus forte raison, les autres. Christophe avait maintenant, dans le public des concerts, parmi les gens du monde et les écrivains des jeunes revues, d'enthousiastes partisans qui, quoi qu'il fît, s'extasiaient, déclarant volontiers que la musique n'existait pas avant lui. Certains expliquaient ses œuvres, et y trouvaient des intentions philosophiques, dont il était ébahi. D'autres y voyaient une révolution musicale, l'assaut donné aux traditions, que Christophe respectait. Ce n'eût servi de rien qu'il protestât. Ils lui eussent démontré qu'il ne savait pas ce qu'il avait écrit. Ils s'admiraient, en l'admirant. Aussi, la campagne contre Christophe rencontra-t-elle de vives sympathies parmi ses confrères, qu'exaspérait ce « battage », dont il était innocent. Ils n'avaient pas besoin de ces raisons, pour n'aimer pas sa musique : la plupart éprouvaient, à son égard, l'irritation naturelle de celui qui n'a point d'idées et les exprime sans peine, selon les formules apprises, contre celui qui est bourré d'idées et s'en sert avec quelque gaucherie, selon le désordre apparent de sa fantaisie créatrice. Que de fois le reproche de ne pas savoir écrire lui avait été lancé par des scribes, pour qui le style consistait en des recettes de cénacle, des moules de cuisine, où la pensée était jetée! Les meilleurs amis de Christophe, qui ne cherchaient pas à le comprendre, et qui seuls le comprenaient parce qu'ils l'aimaient, simplement, pour le bien qu'il leur faisait, étaient des auditeurs obscurs qui n'avaient pas voix au chapitre. L'unique qui eût pu vigoureusement répondre, au nom de Christophe — Olivier, était séparé de lui et semblait l'oublier. Christophe se trouvait donc livré à des adversaires et à des admirateurs qui rivalisaient à qui lui nuirait le plus. Dégoûté, il ne répondait point. Quand il lisait les arrêts que prononçait sur lui, du haut d'un grand journal, un de ces critiques présomptueux qui régentent l'art avec l'insolence que donnent l'ignorance et l'impunité, il haussait les épaules, disant :

« Juge-moi. Je te juge. Rendez-vous dans cent ans! »

Mais en attendant, les médisances allaient leur train; et le public, suivant l'habitude, accueillait bouche bée les accusations les plus niaises et les plus ignominieuses.

Comme s'il ne trouvait point que la situation fût assez difficile, Christophe choisit ce moment pour se brouiller avec son éditeur. Il n'avait pourtant pas à se plaindre de Hecht, qui lui publiait régulièrement ses nouvelles œuvres, et qui était honnête en affaires. Il est vrai que cette honnêteté ne l'empêchait point de conclure des traités désavantageux pour Christophe; mais, ces traités, il les tenait. Il ne les tenait que trop bien. Un jour, Christophe eut la surprise de voir son septuor arrangé en quatuor, et une suite de pièces pour piano à deux mains gauchement transcrites à quatre mains, sans qu'on l'eût avisé. Il courut chez Hecht, et, lui mettant sous le nez les pièces du délit, il dit :

« Connaissez-vous cela?

— Sans doute, dit Hecht.

— Et vous avez osé... vous avez osé tripatouiller mes œuvres sans me demander la permission!...

— Quelle permission? dit Hecht avec calme. Vos œuvres sont à moi.

— A moi aussi, je suppose!

— Non », fit Hecht doucement.

Christophe bondit.

« Mes œuvres ne sont pas à moi?

— Elles ne sont plus à vous. Vous me les avez vendues.

— Vous vous moquez de moi! Je vous ai vendu le papier. Faites-en de l'argent, si vous voulez. Mais ce qui est écrit dessus, c'est mon sang, c'est à moi.

— Vous m'avez tout vendu. En échange de l'œuvre que voici, je vous ai alloué une somme de trois cents francs, payable jusqu'à due concurrence, à raison de trente centimes par exemplaire vendu de l'édition originale. Moyennant quoi, vous m'avez cédé, sans aucune restriction ni réserve, tous vos droits sur votre œuvre.

— Même celui de la détruire? »

Hecht haussa les épaules, sonna, et dit à un employé : « Apportez-moi le dossier de M. Krafft. »

Il lut posément à Christophe le texte du traité, que Christophe avait signé sans le lire — duquel il résultait, selon la règle ordinaire des traités que souscrivaient alors les éditeurs de musique — « *que M. Hecht était subrogé dans tous les droits, moyens et actions, de l'auteur et avait, à l'exclusion de tout autre, le droit d'éditer, publier, graver, imprimer, traduire, louer, vendre à son profit, sous telle forme qu'il lui plaisait, faire exécuter dans les concerts, cafés-concerts, bals, théâtres, etc. l'œuvre dite, publier tout arrangement de l'œuvre pour quelque instrument et même avec paroles, ainsi que d'en changer le titre*... etc., etc.[1] ».

« Vous voyez, lui dit-il, que je suis fort modéré.

1. Copie textuelle.

— Evidemment, dit Christophe, je dois vous remercier. Vous auriez pu faire de mon septuor une chanson de café-concert. »

Il se tut, consterné, la tête entre les mains.

« J'ai vendu mon âme, répétait-il.

— Soyez sûr, dit Hecht ironiquement, que je n'en abuserai pas.

— Et votre République, fit Christophe, autorise ces trafics! Vous dites que l'homme est libre. Et vous vendez la pensée à l'encan.

— Vous avez touché le prix, dit Hecht.

— Trente deniers, oui, fit Christophe. Reprenez-les. »

Il fouillait dans ses poches pour rendre à Hecht les trois cents francs. Mais il ne les avait pas. Hecht sourit légèrement, avec un peu de dédain. Ce sourire enragea Christophe.

« Je veux mes œuvres, dit-il, je vous les rachète.

— Vous n'en avez aucun droit, dit Hecht. Mais comme je ne tiens nullement à retenir les gens de force, je consens à vous les rendre — si vous êtes en mesure de me rembourser les indemnités dues.

— Je le serai, dit Christophe, dussé-je me vendre moi-même. »

Il accepta, sans discuter, les conditions que Hecht lui soumit quinze jours plus tard. Par une folie insigne, il rachetait les éditions de ses œuvres, à des prix cinq fois supérieurs à ce que ses œuvres lui avaient rapporté, quoique nullement exagérés : car ils étaient scrupuleusement calculés d'après les bénéfices réels que les œuvres apportaient à Hecht. Christophe était incapable de payer; et Hecht y comptait bien. Hecht ne tenait pas à accabler Christophe, qu'il estimait comme artiste et comme homme, plus qu'aucun autre des jeunes musiciens; mais il voulait lui donner une leçon : car il n'admettait point qu'on se révoltât contre ce qui était son droit. Il n'avait pas fait ces règlements, ils étaient ceux du temps; il les trouvait donc équitables. Il était d'ailleurs sincèrement convaincu qu'ils étaient pour le bien de l'auteur, comme de l'éditeur, qui sait mieux que l'auteur les moyens de répandre l'œuvre, et ne s'arrête point comme lui à des scrupules d'ordre sentimental, respectables, mais contraires à son véritable intérêt. Il était décidé à faire réussir Christophe; mais c'était à sa façon, et à condition que Christophe lui fût livré, pieds et poings liés. Il voulut lui faire sentir qu'on ne pouvait se dégager si facilement de ses services. Ils firent un marché conditionnel : si, dans un délai de six mois, Christophe ne réussissait pas à s'acquitter, les œuvres restaient en toute propriété à Hecht. Il était à prévoir que Christophe ne pourrait trouver le quart de la somme demandée.

Il s'entêta pourtant, donnant congé de son appartement plein de souvenirs pour lui, afin d'en prendre un autre moins coûteux — vendant divers objets, dont aucun, à sa surprise, n'avait de valeur — s'endettant, recourant à l'obligeance de Mooch, malheureusement fort dépourvu alors et malade, cloué chez lui par des rhumatismes — cherchant un autre éditeur, et partout se heurtant à des conditions aussi léonines que celles de Hecht, ou même à des refus.

C'était le temps où les attaques contre lui étaient le plus vives dans la presse musicale. Un des principaux journaux parisiens était particulièrement acharné; quelqu'un de ses rédacteurs, qui ne signait point de son nom, l'avait pris comme tête de Turc : pas de semaine qu'il ne parût dans les *Echos* quelque note perfide pour le rendre ridicule. Le critique musical achevait l'œuvre de son confrère masqué : le moindre prétexte lui était bon pour exprimer son animosité. Ce n'étaient encore que les premières escarmouches : il promettait d'y revenir, et de procéder sous peu à une exécution en règle. Ils ne se pressaient point, sachant qu'aucune accusation précise ne vaut pour le public une suite d'insinuations obstinément répétées. Ils jouaient avec Christophe, comme le chat avec la souris. Christophe, à qui les articles étaient envoyés, les méprisait, mais ne laissait pas d'en souffrir. Cependant, il se taisait; et, au lieu de répondre — (l'aurait-il pu, même s'il l'avait voulu?) — il s'obstinait dans sa lutte d'amour-propre inutile et disproportionnée avec son éditeur. Il y perdait son temps, ses forces, son argent, et ses seules armes, puisque de gaieté de cœur, il prétendait renoncer à la publicité que Hecht faisait à sa musique.

Brusquement, tout changea. L'article annoncé dans le journal ne parut point. Les insinuations se turent. La campagne s'arrêta net. Bien plus : deux ou trois semaines après, le critique du journal publiait, d'une façon incidente, quelques lignes élogieuses qui semblaient attester que la paix était faite. Un grand éditeur de Leipzig écrivit à Christophe pour lui offrir de publier ses œuvres; et le traité fut conclu à des conditions avantageuses. Une lettre flatteuse, qui portait le cachet de l'ambassade d'Autriche, exprima à Christophe le désir qu'on avait d'introduire certaines de ses compositions sur les programmes des soirées de gala, données à l'ambassade. Philomèle, que patronnait Christophe, fut priée de se faire entendre à une de ces soirées; et aussitôt après, elle fut partout demandée dans les salons aristocratiques de la colonie allemande et italienne de Paris. Christophe lui-même, qui ne put se dispenser de venir à un des concerts, trouva le meilleur accueil auprès de l'ambassadeur. Cependant, quelques mots d'entretien lui montrèrent que son hôte, assez peu musicien, ne connaissait rien de ses œuvres. D'où venait donc cet intérêt subit? Une invisible main semblait veiller sur lui, écarter les obstacles, lui aplanir la route. Christophe s'informa. L'ambassadeur fit allusion à deux amis de Christophe, le comte et la comtesse Bérény, qui avaient une grande sympathie pour lui. Christophe ignorait jusqu'à leur nom; et le soir qu'il vint à l'ambassade, il n'eut pas l'occasion de leur être présenté. Il n'insista pas pour les connaître. Il traversait une période de dégoût des hommes, où il faisait aussi peu fond sur ses amis que sur ses ennemis : amis et ennemis étaient également incertains : un souffle les changeait; il fallait apprendre à s'en passer, et dire, comme ce vieux homme du XVIIe siècle :

« *Dieu m'a donné des amis; il me les a ôtés. Ils m'ont laissé. Je les laisse, et n'en fais point mention.* »

Depuis qu'il avait quitté la maison d'Olivier, Olivier ne lui avait plus donné signe de vie; tout semblait fini entre eux. Christophe ne tenait pas à faire des amitiés nouvelles. Il se représentait le comte et la comtesse de Bérény, à l'image de tant de snobs qui se disaient ses amis; et il ne fit rien pour les rencontrer. Il les eût plutôt fuis.

C'était Paris tout entier qu'il eût voulu fuir. Il avait besoin de se réfugier, pour quelques semaines, dans une solitude amie. S'il avait pu se retremper, quelques jours, seulement quelques jours, dans son pays natal! Peu à peu, cette pensée devenait un désir maladif. Il voulait revoir son fleuve, son ciel, la terre de ses morts. Il fallait qu'il les revît. Il ne le pouvait point, sans risquer sa liberté : il était toujours sous le coup de l'arrêt lancé contre lui, lors de sa fuite d'Allemagne. Mais il se sentait prêt à toutes les folies pour rentrer, ne fût-ce qu'un seul jour.

Par bonheur, il en parla à un de ses nouveaux protecteurs. Comme un jeune attaché à l'ambassade d'Allemagne, rencontré à la soirée où l'on donnait ses œuvres, lui disait que son pays était fier d'un musicien tel que lui, Christophe répondit amèrement :

« Il est si fier de moi qu'il me laissera mourir à sa porte, sans m'ouvrir. »

Le jeune diplomate se fit expliquer la situation; et, quelques jours après, il revint voir Christophe, et lui dit :

« On s'intéresse à vous en haut lieu. Un très grand personnage, qui a seul pouvoir pour suspendre les effets du jugement qui pèse sur vous, a été mis au courant de votre situation; et il daigne en être touché. Je ne sais pas comment votre musique a pu lui plaire : car — entre nous — il n'a pas le goût fort bon; mais il est intelligent, et il a le cœur généreux. Sans qu'il soit possible de lever, pour le moment, l'arrêt rendu contre vous, on consent à fermer les yeux, si vous voulez passer quarante-huit heures dans votre ville, pour revoir les vôtres. Voici un passeport. Vous le ferez viser, à l'arrivée et au départ. Soyez prudent, et n'attirez pas l'attention. »

*

Christophe revit encore une fois sa terre. Il passa les deux jours qui lui étaient accordés, ne s'entretenant qu'avec elle et ceux qui étaient en elle. Il vit la tombe de sa mère. L'herbe y poussait; mais des fleurs y avaient été déposées récemment. Côte à côte dormaient le père et le grand-père. Il s'assit à leurs pieds. La tombe était adossée au mur d'enceinte. Un châtaignier qui poussait de l'autre côté, dans le chemin creux, l'ombrageait. Pardessus le mur bas, on voyait les moissons dorées, où le vent tiède faisait passer des ondulations molles; le soleil régnait sur la terre assoupie; on entendait le cri des cailles dans les blés, et sur les tombes la douce houle des cyprès. Christophe était seul et rêvait. Son cœur était calme. Assis, les mains jointes autour du genou, et le dos appuyé au mur, il regardait le ciel. Ses yeux se fermèrent, un moment. Comme tout était simple! Il se sentait chez lui, parmi les siens. Il se tenait auprès d'eux, la main dans la main. Les heures s'écoulaient. Vers le soir, des pas firent crier le sable des allées. Le gardien passa, regarda Christophe assis. Christophe lui demanda qui avait mis les fleurs. L'homme répondit que la fermière de Buir passait, une ou deux fois par an.

« Lorchen? » dit Christophe.

Ils causèrent.

« Vous êtes le fils? dit l'homme.

— Elle en avait trois, dit Christophe.

— Je parle de celui de Hambourg. Les autres ont mal tourné. »

Christophe, la tête un peu renversée en arrière, immobile, se taisait. Le soleil descendait.

« Je vais fermer », dit le gardien.

Christophe se leva, et fit lentement avec lui le tour du cimetière. Le gardien faisait les honneurs de chez lui. Christophe s'arrêtait pour lire les noms inscrits. Que de gens de sa connaissance il retrouvait là, réunis! Le vieux Euler — son gendre —, plus loin, des camarades d'enfance, de petites filles avec qui il avait joué — et là, un nom qui lui remua le cœur : Ada... Paix sur tous...

Les flammes du couchant ceinturaient le tranquille horizon. Christophe sortit. Il se promena longtemps encore dans les champs. Les étoiles s'allumaient...

Le lendemain, il revint, et, de nouveau, passa l'après-midi à sa place de la veille. Mais le beau calme silencieux de la veille s'était animé. Son cœur chantait un hymne insouciant et heureux. Assis sur la margelle de la tombe, il écrivit sur ses genoux, au crayon, dans un carnet de notes, le chant qu'il entendait. Le jour ainsi passa. Il lui semblait qu'il travaillait dans sa petite chambre d'autrefois, et que la maman était là, de l'autre côté de la cloison. Quand il eut fini et qu'il fallut partir — il était déjà à quelques pas de la tombe — il se ravisa, il revint, il enfouit le carnet dans l'herbe, sous le lierre. Quelques gouttes de pluie commençaient à tomber. Christophe pensa :

« Il sera vite effacé. Tant mieux!... Pour toi seule. Pour nul autre. »

Il revit aussi le fleuve, les rues familières, où tant de choses étaient changées. Aux portes de la ville, sur les promenades des anciens bastions, un petit bois d'acacias qu'il avait vu planter avait conquis la place, étouffait les vieux arbres. En longeant le mur qui bordait le jardin des de Kerich, il reconnut la borne sur laquelle il grimpait, lorsqu'il était gamin, pour regarder dans le parc et il fut étonné de voir comme la rue, le mur, le jardin étaient devenus petits. Devant la grille d'entrée, il s'arrêta un moment. Il continuait son chemin, quand une voiture passa. Machinalement, il leva les yeux; et ses yeux rencontrèrent ceux d'une jeune dame, fraîche, grasse, réjouie, qui l'examinait curieusement. Elle fit une exclamation de surprise. A son geste, la voiture s'arrêta. Elle dit :

« Monsieur Krafft! »

Il s'arrêta.

Elle dit en riant :

« Minna... »

Il courut à elle, presque aussi troublé qu'au jour de la première rencontre[1]. Elle était avec un monsieur, grand, gros, chauve, aux moustaches relevées d'un air vainqueur, qu'elle présenta : « *Herr Reichsgerichtsrat* von Brombach », — son mari. Elle voulut que Christophe entrât à la maison. Il cherchait à s'excuser. Mais Minna s'exclamait :

« Non, non, il devait venir, venir dîner. »

Elle parlait très fort et très vite, et, sans attendre les questions, déjà racontait sa vie. Christophe, abasourdi par sa volubilité et par son bruit, n'entendait qu'à moitié, et il la regardait. C'était là sa petite Minna! Elle était florissante, robuste, rembourrée de toutes parts, une jolie peau, un teint de rose, mais les traits élargis, particulièrement le nez solide et bien nourri. Les gestes, les manières, les gentillesses étaient restées les mêmes; mais le volume avait changé.

Cependant, elle ne cessait de parler : elle racontait à Christophe les histoires de son passé, ses histoires intimes, la façon dont elle avait aimé son mari et dont son mari l'avait aimée. Christophe était gêné. Elle avait un optimisme sans critique, qui lui faisait trouver parfait

1. *Le Matin.*

et supérieur aux autres — (du moins quand elle était en présence des autres) — sa ville, sa maison, sa famille, son mari et elle-même. Elle disait de son mari et devant lui qu'il était « l'homme le plus grandiose qu'elle eût jamais vu », qu'il y avait en lui « une force surhumaine ». « L'homme le plus grandiose » tapotait en riant les joues de Minna, et déclarait à Christophe qu'elle était « une femme hautement éminente ». Il semblait que M. le *Reichsgerichtsrat* fût au courant de la situation de Christophe, et qu'il ne sût au juste s'il devait le traiter avec égards ou sans égards, vu sa condamnation d'une part, et, de l'autre, vu l'auguste protection qui le couvrait; il prit le parti de mélanger les deux manières. Pour Minna, elle parlait toujours. Quand elle eut abondamment parlé d'elle à Christophe, elle parla de lui; elle le harcela de questions aussi intimes que l'avaient été les réponses aux questions supposées, qu'il ne lui avait point faites. Elle était ravie de revoir Christophe; elle ne connaissait rien de sa musique; mais elle savait qu'il était connu; elle était flattée qu'il l'eût aimée — (et qu'elle l'eût refusé). — Elle le lui rappela, en plaisantant, sans beaucoup de délicatesse. Elle lui demanda un autographe pour son album. Elle l'interrogea avec insistance sur Paris. Elle manifesta pour cette ville autant de curiosité que de mépris. Elle prétendait la connaître, ayant vu les Folies-Bergère, l'Opéra, Montmartre et Saint-Cloud. D'après elle, les Parisiennes étaient des cocottes, de mauvaises mères, qui avaient le moins possible d'enfants et ne s'en occupaient point, les laissant au logis pour aller au théâtre ou dans les lieux de plaisir. Elle n'admettait point qu'on la contredît. Au cours de la soirée, elle voulut que Christophe jouât un morceau de piano. Elle le trouva charmant. Mais au fond, elle admirait autant le jeu de son mari.

Christophe eut le plaisir de revoir la mère de Minna, Mme de Kerich. Il avait conservé pour elle une secrète tendresse, parce qu'elle avait été bonne pour lui. Elle n'avait rien perdu de sa bonté, et elle était plus naturelle que Minna; mais elle témoignait toujours à Christophe cette petite ironie affectueuse qui l'irritait jadis. Elle en était restée au point où il l'avait laissée; elle aimait les mêmes choses; et il ne lui semblait pas admissible qu'on pût faire mieux, ni autrement; elle opposait le Jean-

Christophe d'autrefois au Jean-Christophe d'aujourd'hui; et elle préférait le premier.

Autour d'elle, personne n'avait changé d'esprit, que Christophe. L'immobilité de la petite ville, son étroitesse d'horizon, lui étaient pénibles. Ses hôtes passèrent une partie de la soirée à l'entretenir de commérages sur le compte de gens qu'il ne connaissait pas. Ils étaient à l'affût des ridicules de leurs voisins, et ils décrétaient ridicule tout ce qui différait d'eux. Cette curiosité malveillante, perpétuellement occupée de riens, finissait par causer à Christophe un malaise insupportable. Il essaya de parler de sa vie, à l'étranger. Mais tout de suite, il se heurta à l'impossibilité de leur faire sentir cette civilisation française, dont il avait souffert, et qui lui devenait chère, en ce moment qu'il la représentait dans son propre pays — ce libre esprit latin, dont la première loi est l'intelligence : comprendre le plus possible, au risque de faire bon marché de la « moralité ». Il retrouvait chez ses hôtes, et surtout chez Minna, cet esprit orgueilleux, qui l'avait blessé autrefois, mais dont il avait perdu le souvenir — orgueilleux par faiblesse autant que par vertu, — cette honnêteté sans charité, fière de sa vertu, et méprisante des défaillances qu'elle ne pouvait pas connaître, le culte du comme-il-faut, le dédain scandalisé des supériorités « irrégulières ». Minna avait une assurance tranquille et sentencieuse d'avoir toujours raison. Aucune nuance dans sa façon de juger les autres. Elle ne se souciait pas de les comprendre, elle n'était occupée que d'elle-même. Son égoïsme se badigeonnait d'une vague teinture métaphysique. Il était constamment question de son « moi », du développement de son « moi ». Elle était peut-être une bonne femme, et capable d'aimer. Mais elle s'aimait trop. Surtout elle se respectait trop. Elle avait l'air de dire perpétuellement le *Pater* et l'*Ave* devant son « moi ». On avait le sentiment qu'elle eût cessé totalement d'aimer, et pour toujours, l'homme qu'elle aimait le mieux, s'il eût manqué un seul instant — (l'aurait-il regretté mille fois, par la suite), — au respect dû envers la dignité de son « moi »... Au diable ton « moi »! Pense donc un peu au « toi »!...

Cependant, Christophe ne la voyait pas avec des yeux sévères. Lui qui était si irritable à l'ordinaire, il l'écoutait parler avec une patience archangélique. Il se défendait de la juger. Il l'entourait, comme d'une auréole, du religieux souvenir de son enfance; et il s'obstinait à rechercher en elle l'image de la petite Minna. Il n'était pas impossible de la reconnaître en certains de ses gestes; le timbre de sa voix avait certaines sonorités qui réveillaient des échos émouvants. Il s'absorbait en eux, se taisant, n'écoutant pas les paroles qu'elle disait, ayant l'air d'écouter, ne cessant de lui témoigner un respect attendri. Mais il avait du mal à concentrer son esprit : elle faisait trop de bruit, elle l'empêchait d'entendre Minna. A la fin, il se leva, un peu las :

« Pauvre petite Minna! Ils voudraient me faire croire que tu es là, dans cette belle grosse personne, qui crie fort et qui m'ennuie. Mais je sais bien que non. Allons-nous-en, Minna. Qu'avons-nous à faire de ces gens? »

Il s'en alla, leur laissant croire qu'il reviendrait le lendemain. S'il avait dit qu'il repartait, le soir, ils ne l'eussent point lâché jusqu'à l'heure du train. Dès les premiers pas dans la nuit, il retrouva l'impression de bien-être qu'il avait, avant d'avoir rencontré la voiture. Le souvenir de la soirée importune s'effaça, comme d'un coup d'éponge : il n'en resta plus rien; la voix du Rhin noya tout. Il allait sur le bord, du côté de la maison où il était né. Il n'eut pas de peine à la reconnaître. Les volets étaient fermés; on dormait. Christophe s'arrêta au milieu de la route; il lui sembla que s'il frappait à la porte, les fantômes connus lui ouvriraient. Il pénétra dans le pré, autour de la maison, près du fleuve, à l'endroit où il allait causer jadis avec Gottfried, le soir. Il s'assit. Et les jours passés survécurent. Et la chère petite fille qui avait bu avec lui le rêve du premier amour était ressuscitée. Ils revivaient ensemble la jeune tendresse, et ses douces larmes et ses espoirs infinis. Et il se dit, avec un sourire de bonhomie :

« La vie ne m'a rien appris. J'ai beau savoir... j'ai beau savoir... J'ai toujours les mêmes illusions.

« Qu'il est bon d'aimer et de croire intarissablement! Tout ce qui touche l'amour est sauvé de la mort.

« Minna, qui es avec moi, — avec moi, pas avec *l'autre*,... Minna, qui ne vieilliras jamais!... »

La lune, voilée, sortit des nuages, et sur le dos du fleuve fit luire des écailles d'argent. Christophe eut l'impression que le fleuve ne passait pas jadis aussi près du tertre où il était assis. Il s'approcha. Oui, il y avait là, naguère, au-delà de ce poirier, une langue de sable, une petite pente gazonnée, où il avait joué bien des fois. Le fleuve les avait rongées; il avançait, léchant les racines du poirier. Christophe eut un serrement de cœur. Il revint vers la gare. De ce côté, un nouveau quartier — maisons pauvres, chantiers en construction, grandes cheminées d'usines — commençait à s'élever. Christophe songea au bois d'acacias qu'il avait vu, dans l'après-midi, et il pensa :

« Là aussi, le fleuve ronge... »

La vieille ville, endormie dans l'ombre, avec tout ce qu'elle renfermait, vivants et morts, lui fut plus chère encore : car il la sentit menacée...

Hostis habet muros...

Vite, sauvons les nôtres! La mort guette tout ce que nous aimons. Hâtons-nous de graver le visage qui passe, sur le bronze éternel. Arrachons aux flammes le trésor de la patrie, avant que l'incendie dévore le palais de Priam...

Christophe monta dans le train, qui partit, comme un homme qui fuit devant l'inondation. Mais pareil à ceux-là qui sauvaient du naufrage de leur ville les dieux de la cité, Christophe emportait en lui l'étincelle d'amour qui avait jailli de sa terre, et l'âme sacrée du passé.

*

Jacqueline et Olivier s'étaient rapprochés, pour un temps. Jacqueline avait perdu son père. Cette mort l'avait profondément remuée. En présence du malheur véritable, elle sentait la misérable niaiserie des autres douleurs; et la tendresse que lui témoignait Olivier ranima son affection pour lui. Elle se trouvait ramenée de quelques années en arrière, aux tristes jours qui avaient suivi la mort de la tante Marthe, et qui avaient été suivis des jours bénis d'amour. Elle se disait qu'elle était ingrate envers la vie et qu'il fallait lui savoir gré de ne pas vous prendre le peu qu'elle vous avait donné. Ce peu, dont le prix lui était révélé, elle le serrait jalousement contre elle. Un éloignement momentané de Paris, que le médecin avait prescrit pour la distraire de son deuil, un voyage qu'elle fit avec Olivier, une sorte de pèlerinage aux lieux où ils s'étaient aimés pendant la première année de leur mariage, acheva de l'attendrir. Dans la mélancolie de retrouver, au détour du chemin, la chère figure de l'amour, qu'on croyait disparu, et de la voir passer, et de savoir qu'elle disparaîtrait de nouveau — pour combien de temps? pour toujours, peut-être? — ils l'étreignaient avec une passion désespérée...

« Reste, reste avec nous! »

Mais ils savaient bien qu'ils allaient la perdre.

Quand Jacqueline revint à Paris, elle sentait tressaillir dans son corps une petite vie nouvelle, allumée par l'amour. Mais l'amour était déjà passé. Le fardeau qui s'appesantissait en elle ne la rattachait pas à Olivier. Elle n'en éprouvait point la joie qu'elle attendait. Elle s'interrogeait avec inquiétude. Naguère, quand elle se tourmentait, souvent elle avait pensé que la venue d'un petit enfant serait le salut pour elle. Le petit enfant était là, le salut n'était pas venu. Cette plante humaine qui enfonçait ses racines dans sa chair, elle la sentait avec effroi pousser, boire son sang. Elle restait des journées, absorbée, écoutant, le regard perdu, tout son être aspiré par l'être inconnu qui avait pris possession d'elle. C'était un bourdonnement vague, doux, endormant, angoissant. Elle se réveillait en sursaut de cette torpeur — moite de sueur, frissonnante, avec un éclair de révolte. Elle se débattait contre le filet où la nature l'avait prise. Elle voulait vivre, elle voulait être libre, il lui semblait que la nature l'avait dupée. Puis, elle avait honte de ses pensées, elle se trouvait monstrueuse, elle se demandait si elle était donc plus mauvaise, ou autrement faite que les autres femmes. Et peu à peu, elle s'apaisait de nouveau, engourdie comme un arbre, dans la sève et le rêve du fruit vivant qui mûrissait en ses entrailles. Qu'allait-il être?...

Lorsqu'elle entendit son premier cri à la lumière, lorsqu'elle vit ce petit corps pitoyable et touchant, tout son cœur se fondit. Elle connut, en une minute d'éblouissement, cette glorieuse joie de la maternité, la plus puissante qui soit au monde : avoir créé de sa souffrance un être de sa chair, un homme. Et la grande vague d'amour qui remue l'univers l'étreignit de la tête aux pieds, la roula, la souleva jusqu'aux cieux... O Dieu, la femme qui crée est ton égale; et tu ne connais pas une joie pareille à la sienne : car tu n'as pas souffert...

Puis, la vague retomba; et l'âme retoucha le fond.

Olivier, tremblant d'émotion, se penchait sur l'enfant; et, souriant à Jacqueline, il tâchait de comprendre quel lien de vie mystérieux il y avait entre eux deux et cet être misérable encore à peine humain. Tendrement, avec un peu de dégoût, il effleura de ses lèvres cette petite tête jaune et ridée. Jacqueline le regardait : jalousement, elle le repoussa; elle saisit l'enfant, et le serra contre son sein, elle le couvrit de baisers. L'enfant cria, elle le rendit; et, la tête tournée contre le mur, elle pleura. Olivier vint vers elle, l'embrassa, but ses larmes; elle l'embrassa aussi, et se força à sourire; puis, elle demanda qu'on la laissât se reposer, avec l'enfant près d'elle... Hélas! qu'y faire, lorsque l'amour est mort? L'homme, qui livre à l'intelligence plus de la moitié de soi-même, ne perd jamais un sentiment fort, sans en conserver dans son cerveau une trace, une idée. Il peut ne plus aimer, il ne peut pas oublier qu'il a aimé. Mais la femme qui a aimé, sans raison, tout entière, et qui cesse d'aimer, sans raison, tout entière, qu'y peut-elle? Vouloir? Se faire illusion? Et quand elle est trop faible pour vouloir, trop vraie pour se faire illusion?...

Jacqueline, accoudée sur son lit, regardait l'enfant avec une tendre pitié. Qu'était-il? Quel qu'il fût, il n'était pas d'elle tout entier. Il était aussi « l'autre ». Et « l'autre », elle ne l'aimait plus. Pauvre petit! Cher petit! Elle s'irritait contre cet être qui voulait la rattacher à un passé mort; et, se penchant sur lui, elle l'embrassait, elle l'embrassait...

*

Le grand malheur des femmes d'aujourd'hui, c'est qu'elles sont trop libres, et pas assez. Plus libres, elles chercheraient des liens, elles y trouveraient un charme et une sécurité. Moins libres, elles se résigneraient à des liens qu'elles sauraient ne pouvoir briser; et elles souffriraient moins. Mais le pire est d'avoir des liens qui ne vous lient pas, et des devoirs dont on peut s'affranchir.

Si Jacqueline avait cru que sa petite maison lui était assignée pour toute la durée de sa vie, elle l'eût trouvée moins incommode et moins étroite, elle se fût ingéniée à la rendre confortable; elle eût fini, comme elle avait commencé : par l'aimer. Mais elle savait qu'elle en pouvait sortir; et elle y étouffait. Elle pouvait se révolter : elle en arriva à croire qu'elle le devait.

Les moralistes d'à présent sont d'étranges animaux. Tout leur être s'est atrophié, au profit des facultés d'observation. Ils ne cherchent plus qu'à voir la vie; à peine à la comprendre, nullement à la vouloir. Quand ils ont reconnu dans la nature humaine et noté ce qui est, leur tâche leur paraît accomplie, ils disent :

« Cela est. »

Ils n'essaient point de le changer. Il semble qu'à leurs yeux le seul fait d'exister soit une vertu morale. Toutes les faiblesses se sont trouvées, du coup, investies d'une sorte de droit divin. Le monde se démocratise. Autrefois, le roi seul était irresponsable. Aujourd'hui, ce sont tous les hommes, et, de préférence, la canaille. Les admirables conseillers! Avec beaucoup de peine et un soin scrupuleux, ils s'appliquent à démontrer aux faibles à quel point ils sont faibles, et que, de par la nature, il en a été décrété ainsi, de toute éternité. Que reste-t-il aux faibles, qu'à se croiser les bras? Bien heureux quand ils ne s'admirent point! A force de s'entendre répéter qu'elle est une enfant malade, la femme s'enorgueillit de l'être. On cultive ses lâchetés, on les fait s'épanouir. Qui s'amuserait à conter complaisamment aux enfants qu'il est un âge dans l'adolescence où l'âme qui n'a pas encore trouvé son équilibre est capable des crimes, du suicide, des pires dépravations physiques et morales, et qui les excuserait — sur-le-champ, les crimes naîtraient. L'homme même, il suffit de lui répéter qu'il n'est point libre, pour qu'il ne le soit plus et se livre à la bête. Dites à la femme qu'elle est responsable, maîtresse de son corps et de sa volonté — et elle le sera. Mais lâches que vous êtes, vous vous gardez bien de le dire : car vous avez intérêt à ce qu'elle ne le sache point!...

Le triste milieu où se trouvait Jacqueline acheva de l'égarer. Depuis qu'elle s'était détachée d'Olivier, elle était rentrée dans le monde qu'elle méprisait quand elle était jeune fille. Autour d'elle et de ses amies mariées, s'était formée une petite société de jeunes hommes et de jeunes femmes riches, élégants, désœuvrés, intelligents et veules. Il y régnait une liberté absolue de pensée et de propos, que tempérait seulement, en l'assaisonnant, l'esprit. Volontiers ils eussent pris la devise de l'abbaye Rabelaisienne :

FAIS CE QUE VOULDRAS.

Mais ils se vantaient un peu : car ils ne voulaient pas grand-chose; c'étaient les énervés de Thélème. Ils professaient avec complaisance la liberté des instincts; mais ces instincts chez eux étaient fort effacés; et leur dévergondage restait surtout cérébral. Ils jouissaient de se sentir fondre dans la grande piscine fade et voluptueuse de la civilisation, ce tiède bain de boue, où se liquéfient les énergies humaines, les rudes puissances vitales, l'animalité primitive et ses floraisons de foi, de volonté, de passions et de devoirs. Dans cette pensée gélatineuse, le joli corps de Jacqueline se baignait. Olivier ne pouvait l'en empêcher. Il était, lui aussi, touché par la maladie du temps; il ne se croyait pas le droit d'entraver la liberté de celle qu'il aimait, il ne voulait rien obtenir, si ce n'était par l'amour. Et Jacqueline ne lui en savait aucun gré, puisque sa liberté était pour elle un droit.

Le pire était qu'elle apportait dans ce monde amphibie un cœur entier qui répugnait à toute équivoque : quand elle croyait, elle se donnait; sa petite âme ardente et généreuse, dans son égoïsme même, brûlait tous ses vaisseaux; et, de sa vie en commun avec Olivier, elle avait conservé une intransigeance morale, qu'elle était prête à appliquer jusque dans l'immoralité.

Ses nouveaux amis étaient bien trop prudents pour se montrer aux autres comme ils étaient. S'ils affichaient, en théorie, une liberté complète à l'égard des préjugés de la morale et de la société, ils s'arrangeaient, dans la pratique, de façon à ne rompre en visière avec aucun qui leur fût avantageux; ils se servaient de la morale et de la société, en les trahissant, comme des domestiques infidèles qui volent leurs maîtres. Ils se volaient même les uns les autres, par habitude et par désœuvrement. Il en était plus d'un parmi ces maris, qui savait que sa femme avait des amants. Ces femmes n'ignoraient point que leurs maris avaient des maîtresses. Ils s'en accommodaient. Le scandale ne commence que lorsqu'on fait du bruit. Ces bons ménages reposaient sur une entente tacite entre associés — entre complices. Mais Jacqueline, plus franche, jouait bon jeu, bon argent. D'abord, être sincère. Et puis, être sincère. Et encore, et toujours, être sincère. La sincérité était aussi une des vertus que prônait la pensée du temps. Mais c'est ici qu'on voit que tout est sain pour les sains, et que tout est corruption pour les cœurs corrompus. Qu'il est laid parfois d'être sincère! C'est un péché pour les médiocres de vouloir lire au fond d'eux-mêmes. Ils y lisent leur médiocrité; et l'amour-propre y trouve encore son compte.

Jacqueline passait son temps à s'étudier dans son miroir; elle y voyait des choses qu'elle eût mieux fait de ne jamais voir : car, après les avoir vues, elle n'avait plus la force d'en détacher les yeux; et, au lieu de les combattre, elle les regardait grossir : elles devenaient énormes, elles finissaient par s'emparer de ses yeux et de sa pensée.

L'enfant ne suffisait pas à remplir sa vie. Elle n'avait pu l'allaiter; le petit dépérissait. Il avait fallu prendre une nourrice. Gros chagrin, d'abord... Ce fut bientôt une soulagement. Le petit se portait maintenant à merveille; il poussait vigoureusement, comme un brave petit gars, qui ne donnait point de tracas, passait son temps à dormir, et criait à peine la nuit. La nourrice — une robuste Nivernaise qui n'en était pas à son premier nourrisson et qui, à chaque fois, se prenait pour lui d'une affection animale, jalouse et encombrante — semblait la véritable mère. Quand Jacqueline exprimait un avis, l'autre n'en faisait qu'à sa tête; et si Jacqueline essayait de discuter, elle finissait par s'apercevoir qu'elle n'y connaissait rien. Elle ne s'était jamais bien remise, depuis la naissance de l'enfant : un commencement de phlébite l'avait abattue; obligée pendant des semaines à l'immobilité, elle se rongeait; sa pensée fiévreuse ressassait indéfiniment la même plainte monotone et hallucinée : « Elle n'avait pas vécu, elle n'avait pas vécu et maintenant sa vie était finie... » Car son imagination était frappée : elle se croyait estropiée pour toujours; et une rancune sourde, âcre, inavouée, montait en elle contre la cause innocente de son mal, contre l'enfant. C'est là un sentiment moins rare qu'on ne croit; mais on jette un voile dessus; celles même qui l'éprouvent ont honte d'en convenir, dans le secret de leur cœur. Jacqueline se condamnait; un combat se livrait entre son égoïsme et l'amour maternel. Quand elle voyait l'enfant qui dormait comme un bienheureux, elle était attendrie; mais aussitôt après, elle pensait avec amertume :

« Il m'a tuée. »

Et elle ne pouvait refouler une révolte irritée contre le sommeil indifférent de cet être dont elle avait acheté le bonheur, au prix de sa souffrance. Mais après qu'elle fut guérie, quand l'enfant fut plus grand, ce sentiment d'hostilité persista obscurément. Comme elle en avait honte, elle le reportait contre Olivier. Elle continuait de se croire malade; et le souci perpétuel de sa santé, ses inquiétudes, qu'entretenaient les médecins, en cultivant son oisiveté qui en était la source — (séparation de l'enfant, inaction forcée, isolement absolu, semaines de néant à rester étendue, à se faire gaver au lit, comme une bête à l'engrais) — achevèrent de concentrer ses préoccupations sur elle. Etranges cures modernes de la neurasthénie, qui substituent à une maladie du moi une autre maladie, l'hypertrophie du moi! Que ne pratiquez-vous une saignée à leur égoïsme, ou, par quelque réactif normal, que ne ramenez-vous leur sang, s'ils n'en ont pas de trop, de leur tête à leur cœur!

Jacqueline sortit de là, physiquement plus forte, engraissée, rajeunie — moralement plus malade que jamais. Son isolement de quelques mois avait brisé les derniers liens de pensée qui la rattachaient à Olivier. Tant qu'elle était demeurée près de lui, elle subissait encore l'ascendant de cette nature idéaliste, qui, malgré ses faiblesses, restait constante dans sa foi; elle se débattait en vain contre l'esclavage où la tenait un esprit plus ferme que le sien, contre ce regard qui la pénétrait, qui la forçait à se condamner parfois, quelque dépit qu'elle en eût. Mais dès que le hasard l'eut séparée de cet homme — qu'elle ne sentit plus peser sur elle son amour clairvoyant — qu'elle fut libre —, aussitôt succéda à la confiance amicale qui subsistait entre eux, une rancune de s'être ainsi livrée, une haine d'avoir porté si longtemps le joug d'une affection qu'elle ne ressentait plus... Qui dira les rancunes implacables, qui couvent dans le cœur d'un être qu'on aime et dont on se croit aimé? Du jour au lendemain, tout est changé. Elle aimait, la veille, elle le semblait, elle le croyait. Elle n'aime plus. Celui qu'elle a aimé est rayé de sa pensée. Il s'aperçoit tout à coup qu'il n'est plus rien pour elle; et il ne comprend pas : il n'a rien vu du long travail qui se faisait en elle; il ne s'est point douté de l'hostilité secrète qui s'amassait contre lui; il ne veut pas sentir les raisons de cette vengeance et de cette haine. Raisons souvent multiples, lointaines et obscures — certaines, ensevelies sous les voiles de l'alcôve —, d'autres, d'amour-propre blessé, secrets du cœur aperçus et jugés, — d'autres... qu'en sait-elle, elle-même? Il est telle offense cachée, qu'on lui fit sans le savoir, et qu'elle ne pardonnera jamais. Jamais on ne parviendra à la connaître, et elle-même ne la connaît plus bien; mais l'offense est inscrite dans sa chair : jamais sa chair n'oubliera.

Contre cet effrayant courant de désaffection, il eût fallu pour lutter être un autre homme qu'Olivier — plus près de la nature, plus simple et plus souple à la fois, ne s'embarrassant pas de scrupules sentimentaux, riche d'instincts, et capable, au besoin, d'actes que sa raison eût désavoués. Il était vaincu d'avance, découragé : trop lucide, il reconnaissait depuis longtemps en Jacqueline une hérédité plus forte que la volonté, l'âme de la mère; il la voyait tomber, comme une pierre, au fond de sa race; et, faible et maladroit, tous les efforts qu'il tentait accéléraient la chute. Il se contraignait au calme. Elle, par un calcul inconscient, tâchait de l'en faire sortir, de lui faire dire des choses violentes, brutales, grossières, afin de se donner des raisons de le mépriser. S'il cédait à la colère, elle le méprisait. S'il en avait honte ensuite et prenait un air humilié, elle le méprisait encore plus. Et s'il ne cédait pas à la colère, s'il ne voulait pas céder — alors elle le haïssait. Et le pire de tout : ce silence où ils se muraient, des jours, l'un en face de l'autre. Silence asphyxiant, affolant, où les plus doux des êtres finissent par devenir enragés, où ils sentent par moments un désir de faire du mal, de crier, de faire crier. Silence, noir silence, où l'amour achève de se désagréger, où les êtres, comme des mondes, chacun sur son orbite, s'enfoncent dans la nuit... Ils en étaient venus à un point, où tout ce qu'ils faisaient, même pour se rapprocher, était une cause d'éloignement. Leur vie était intolérable. Un hasard précipita les événements.

Depuis un an, Cécile Fleury venait souvent chez les Jeannin. Olivier l'avait rencontrée chez Christophe; puis, Jacqueline l'invita; et Cécile continua de les voir, même après que Christophe s'était séparé d'eux. Jacqueline avait été bonne pour elle : bien qu'elle ne fût guère musicienne et qu'elle trouvât Cécile un peu commune, elle goûtait le charme de son chant et son influence apaisante. Olivier avait plaisir à faire de la musique avec elle. Peu à peu, elle était devenue une amie de la maison. Elle inspirait confiance : quand elle entrait dans le salon des Jeannin, avc ses yeux francs, son air de santé, son bon rire un peu gros qui faisait du bien à entendre, c'était comme un rayon de soleil qui pénétrait au milieu du brouillard. Le cœur d'Olivier et de Jacqueline en éprouvait un soulagement. Lorsqu'elle partait, ils avaient envie de lui dire :

« Restez, restez encore, j'ai froid! »

Pendant l'absence de Jacqueline, Olivier avait vu Cécile plus souvent; et il ne put lui cacher un peu de ses chagrins. Il le fit avec l'abandon irréfléchi d'une âme faible et tendre qui étouffe, qui a besoin de se confier, et qui se livre. Cécile en fut touchée; elle lui versa le baume de ses paroles maternelles. Elle les plaignait tous deux. Mais soit qu'elle sentît plus que lui la gêne de ces confidences, soit pour quelque autre raison, elle trouva des prétextes pour venir moins souvent. Sans doute, il lui semblait qu'elle n'agissait pas loyalement envers Jacqueline, elle n'avait pas le droit de connaître ces secrets. Olivier interpréta ainsi son éloignement; et il l'approuva : car il se reprochait d'avoir parlé. Mais l'éloignement lui fit sentir ce que Cécile était devenue pour lui. Il s'était habitué à partager ses pensées avec elle; elle seule le délivrerait de la peine qui l'oppressait. Il était trop expert à lire dans ses sentiments pour douter du nom qu'il fallait donner à celui-ci. Il n'en eût rien dit à Cécile. Mais il ne résista pas au besoin d'écrire pour lui ce qu'il sentait. Il était revenu depuis peu à la dangereuse habitude de s'entretenir sur le papier avec sa pensée. Il s'en était guéri pendant ses années d'amour; mais à présent qu'il se retrouvait seul, la manie héréditaire l'avait repris : c'était un soulagement lorsqu'il souffrait, et une nécessité d'artiste qui s'analyse. Ainsi, il se décrivait, il écrivait ses peines, comme s'il les disait à Cécile — plus librement, puisqu'elle ne les lirait jamais.

Et le hasard voulut que ses pages tombassent sous les yeux de Jacqueline. C'était un jour où elle se sentait plus près d'Olivier qu'elle ne l'avait été depuis des années. En rangeant son armoire; elle avait relu les vieilles lettres d'amour qu'il lui envoyait; elle en avait été émue jusqu'à pleurer. Assise à l'ombre de l'armoire, sans pouvoir achever le rangement, elle avait revécu tout son passé; et elle avait un remords douloureux de l'avoir détruit. Elle songeait au chagrin d'Olivier; jamais elle n'avait pu, de sang-froid, en envisager la pensée; elle pouvait l'oublier; mais elle ne pouvait supporter l'idée qu'il souffrît pour elle. Elle avait le cœur déchiré. Elle eût voulu se jeter dans ses bras, lui dire :

« Ah! Olivier, Olivier, qu'est-ce que nous avons fait? Nous sommes fous, nous sommes fous! Ne nous faisons plus souffrir! »

S'il était rentré, à ce moment!...

Et ce fut à ce moment, justement qu'elle trouva ces lettres... Tout fut fini. — Pensa-t-elle qu'Olivier l'avait réellement trompée? Peut-être. Mais qu'importe? La trahison pour elle n'était pas tant dans l'acte, que dans la volonté. Elle eût pardonné plus aisément à celui qu'elle aimait d'avoir une maîtresse, que d'avoir en secret donné son cœur à une autre. Et elle avait raison.

« La belle affaire! diront certains... — (Les pauvres êtres qui ne souffrent d'une trahison d'amour, que si elle est consommée... Quand le cœur reste fidèle, les vilenies du corps sont peu de chose. Quand le cœur a trahi, le reste n'est plus rien)... »

Jacqueline ne pensa pas une minute à reconquérir Olivier. Trop tard! Elle ne l'aimait plus assez. Ou peut-être qu'elle l'aimait trop... Non, ce n'était pas de la jalousie! C'était toute sa confiance qui s'écroulait, tout ce qui lui restait secrètement de foi et d'espoir en lui. Elle ne se disait pas qu'elle en avait fait fi, qu'elle l'avait découragé, poussé à cet amour, que cet amour était innocent, et que l'on n'est pas le maître, enfin, d'aimer ou de n'aimer point. Il ne lui venait pas à l'idée de comparer à cet entraînement sentimental son flirt avec Christophe : Christophe, elle ne l'aimait point, il ne comptait point. Dans son exagération passionnée, elle pensa qu'Olivier lui mentait, et qu'elle n'était plus rien pour lui. Le dernier appui lui manquait au moment où elle tendait la main pour le saisir... Tout était fini.

Olivier ne sut jamais ce qu'elle avait souffert, en cette journée. Mais quand il la revit, il eut l'impression, lui aussi, que tout était fini.

A partir de ce moment, ils ne se parlèrent plus, sinon quand ils étaient devant les autres. Ils s'observaient, comme deux bêtes traquées, qui sont sur leurs gardes, et qui ont peur. Jeremias Gotthelf décrit, avec une bonhomie impitoyable, la situation sinistre d'un mari et d'une femme qui ne s'aiment plus et se surveillent mutuellement, chacun épiant la santé de l'autre, guettant les apparences de maladie, ne songeant nullement à hâter la mort de l'autre, ni même à la souhaiter, mais se laissant aller à l'espérance d'un accident imprévu, et se flattant d'être le plus robuste des deux. Il y avait des minutes où Jacqueline et Olivier s'imaginaient que l'autre avait cette pensée. Et ni l'un ni l'autre ne l'avait; mais c'était déjà trop de la prêter à l'autre, comme Jacqueline, qui, la nuit, dans des secondes d'insomnie hallucinée, se disait que l'autre était le plus fort, l'usait peu à peu, et bientôt triompherait... Délire monstrueux d'une imagination et d'un cœur affolés! — Et penser que, du meilleur d'eux-mêmes, tout au fond, ils s'aimaient!...

Olivier, succombant sous le poids, n'essaya plus de lutter; se tenant à l'écart, il laissa le gouvernail de l'âme de Jacqueline. Abandonnée à elle-même, sans pilote, elle eut le vertige de sa liberté; il lui fallait un maître contre qui se révolter : si elle n'en avait point, il lui fallait en créer. Alors elle fut la proie de l'idée fixe. Jusque-là, quoi qu'elle souffrît, elle n'avait jamais conçu la pensée de quitter Olivier. A partir de ce moment, elle se crut dégagée de tout lien. Elle voulait aimer, avant qu'il fût trop tard : (car elle, si jeune encore, elle se croyait déjà vieille.) — Elle aima, elle connut ces passions imaginaires et dévorantes qui s'attachent au premier objet rencontré, à une figure entrevue, à une réputation, parfois même à un nom, et qui, après l'avoir agrippé, ne peuvent plus lâcher prise, qui persuadent au cœur qu'il ne saurait se passer de l'objet qu'il a choisi, qui le ravagent tout entier, qui font le vide absolu dans tout ce qui le remplissait du passé : ses autres affections, ses idées morales, ses souvenirs, son orgueil de soi et son respect des autres. Et lorsque l'idée fixe, n'ayant plus rien qui l'alimente, meurt à son tour, après avoir tout brûlé, une nature nouvelle surgit des ruines, une nature sans bonté, sans pitié, sans jeunesse, sans illusions, qui ne pense plus qu'à ronger la vie, comme l'herbe qui ronge les monuments détruits!

Cette fois, comme à l'ordinaire, l'idée fixe s'attacha à l'être le plus décevant pour le cœur. La pauvre Jacqueline s'éprit d'un homme à bonnes fortunes, un écrivain parisien, qui n'était pas beau, qui n'était pas jeune, qui était lourd, rougeaud, fripé, les dents gâtées, d'une sécheresse de cœur effroyable, et dont le mérite principal était d'être à la mode et d'avoir rendu malheureuse un grand nombre de femmes. Elle n'avait même pas l'excuse d'ignorer son égoïsme : car, dans son art, il en faisait parade. Il savait ce qu'il faisait : l'égoïsme enchâssé dans l'art est le miroir aux alouettes, le flambeau qui fascine les faibles. Autour de Jacqueline, plus d'une s'était laissé prendre : tout dernièrement, une jeune femme de ses amies, nouvellement mariée, qu'il avait sans grand-peine pervertie, puis plaquée. Elles n'en mouraient point, encore que leur dépit fût maladroit à se cacher, pour la joie de la galerie. La plus cruellement atteinte était bien trop soucieuse de son intérêt et de ses devoirs mondains pour ne pas maintenir ses désordres dans les limites du sens commun. Elles ne faisaient point d'esclandre. Qu'elles trompassent leur mari et leurs amies, ou qu'elles fussent trompées et souffrissent, c'était en silence. Elles étaient les héroïnes du qu'en-dira-t-on.

Mais Jacqueline était une folle : non seulement elle était capable de faire ce qu'elle disait, mais de dire ce qu'elle faisait. Elle apportait à ses folies une absence de calculs, un désintéressement absolu. Elle avait ce dangereux mérite d'être toujours franche avec elle-même et de ne pas reculer devant les conséquences de ses actes. Elle valait mieux que les autres de son monde : c'est pourquoi elle faisait pis. Quand elle aima, quand elle conçut l'idée de l'adultère, elle s'y jeta à corps perdu, avec une franchise désespérée.

*

Mme Arnaud était seule chez elle, et tricotait, avec la tranquillité fiévreuse que Pénélope devait mettre à son fameux ouvrage. Comme Pénélope, elle attendait son mari. M. Arnaud passait des journées entières hors de chez lui. Il avait classe, le matin et le soir. En général, il revenait déjeuner, bien qu'il traînât la jambe et que le lycée fût à l'autre bout de Paris : il s'obligeait à cette longue course, moins par affection, ou par économie, que par habitude. Mais certains jours, il était retenu par des répétitions; ou bien il profitait de ce qu'il était dans le quartier, pour travailler dans une bibliothèque. Lucile Arnaud demeurait seule dans l'appartement vide. A l'exception de la femme de ménage qui venait, de huit à dix heures, faire le gros ouvrage, et des fournisseurs qui, le matin, cherchaient et apportaient les commandes, personne ne sonnait à la porte. Dans la maison, elle ne connaissait plus personne. Christophe avait déménagé, et de nouveaux venus s'étaient installés dans le jardin aux lilas. Céline Chabran avait épousé André Elsberger. Elie Elsberger était parti avec sa famille; on l'avait chargé, en Espagne, de l'exploitation d'une mine. Le vieux Weil avait perdu sa femme, et n'habitait presque jamais son appartement de Paris. Seuls, Christophe et son amie Cécile avaient conservé leurs relations avec Lucile Arnaud; mais ils habitaient loin, et, pris par un labeur fatigant, ils restaient des semaines sans venir la voir. Elle ne devait compter que sur elle.

Elle ne s'ennuyait point. Il lui suffisait de peu pour nourrir son intérêt. La moindre tâche journalière. Une toute petite plante, dont elle nettoyait avec des soins maternels le plumage grêle, chaque matin. Son tranquille chat gris, qui avait fini par prendre un peu de ses manières, comme font les animaux domestiques qu'on aime bien : il passait la journée, comme elle, au coin du feu ou sur sa table auprès de la lampe, surveillant ses doigts qui travaillaient, et parfois levant vers elle ses étranges prunelles qui l'observaient un moment, puis s'éteignaient, indifférentes. Les meubles même lui tenaient compagnie. Chacun d'eux était une figure familière. Elle avait un plaisir enfantin à leur faire la toilette, à essuyer doucement la poussière qui s'était attachée à leurs flancs, à les replacer avec mille égards dans leur coin habituel. Elle tenait avec eux un entretien silencieux. Elle souriait au beau meuble ancien, le seul qu'elle possédât, un fin bureau à cylindre Louis XVI. Elle éprouvait, chaque jour, la même joie à le voir. Elle n'était pas moins occupée à faire la revue de son linge : elle passait des heures debout sur une chaise, la tête et les bras enfoncés dans la grande armoire paysanne, regardant et rangeant, tandis que le chat, intrigué, des heures la regardait.

Mais le bonheur était quand, les affaires finies, après

avoir déjeuné seule, Dieu sait comment — (elle n'avait pas grand appétit), — après avoir fait dehors les courses indispensables, sa journée terminée, elle rentrait vers quatre heures, et s'installait à sa fenêtre, ou près du feu, avec son ouvrage et son minet. Parfois, elle trouvait un prétexte pour ne pas sortir du tout; elle était heureuse quand elle pouvait rester enfermée, surtout l'hiver, lorsqu'il neigeait. Elle avait horreur du froid, du vent, de la boue, de la pluie, étant elle aussi une petite chatte très propre, délicate et douillette. Elle eût mieux aimé ne pas manger que sortir pour chercher son déjeuner, quand par hasard les fournisseurs l'oubliaient. En ce cas, elle grignotait une tablette de chocolat, ou un fruit du buffet. Elle se gardait bien de le dire à Arnaud. C'étaient là ses escapades. Alors, pendant ces journées de lumière à demi éteinte, et quelquefois aussi pendant de beaux jours ensoleillés — (au-dehors, le ciel bleu resplendissait, le bruit de la rue bourdonnait autour de l'appartement dans le silence et l'ombre : c'était comme un mirage qui enveloppait l'âme), installée dans son coin préféré, son tabouret sous les pieds, son tricot dans les mains, elle s'absorbait, immobile, tandis que ses doigts marchaient. Elle avait près d'elle un de ses livres aimés. Un de ces humbles volumes à couverture rouge, une traduction de romans anglais. Elle lisait très peu, à peine un chapitre par jour; et le volume, sur ses genoux, restait longtemps ouvert à la même page, ou même ne s'ouvrait point; elle le connaissait déjà; elle le rêvait. Ainsi, les longs romans de Dickens et de Thackeray se prolongeaient pendant des semaines, dont sa rêverie faisait des années. Ils la berçaient de leur tendresse. Les gens d'aujourd'hui, qui lisent vite et mal, ne savent plus la force merveilleuse qui rayonne des livres que l'on boit lentement. Mme Arnaud n'avait aucun doute que la vie de ces êtres de romans ne fût aussi réelle que la sienne. Il en était à qui elle eût voulu se dévouer; la tendre jalouse Lady Castlewood, l'amoureuse silencieuse, au cœur maternel et virginal, lui était une sœur; le petit Dombey était son cher petit garçon; elle était Dora, la femme-enfant, qui va mourir; elle tendait les bras vers ces âmes d'enfants, qui traversent le monde avec des yeux braves et purs; autour d'elle passait un cortège d'aimables gueux et d'originaux inoffensifs, poursuivant leurs chimères ridicules et touchantes — et, à leur tête, l'affectueux génie du bon Dickens, riant et pleurant à ses rêves. A ces moments, quand elle regardait par la fenêtre, elle reconnaissait parmi les passants telle silhouette chérie ou redoutée du monde imaginaire. Derrière les murs des maisons, elle devinait les mêmes vies. Si elle n'aimait pas à sortir, c'est qu'elle avait peur de ce monde, plein de mystères. Elle apercevait autour d'elle des drames qui se cachent, des comédies qui se jouent. Ce n'était pas toujours une illusion. Dans son isolement, elle était parvenue à ce don d'intuition mystique, qui fait voir dans les regards qui passent bien des secrets de leur vie d'hier et de demain, qu'ils ignorent souvent. Elle mêlait à ces visions véridiques des souvenirs romanesques, qui les déformaient. Elle se sentait noyée dans cet immense univers. Il lui fallait rentrer chez elle, pour reprendre pied.

Mais qu'avait-elle besoin de lire ou de voir les autres? Elle n'avait qu'à regarder en elle. Cette existence pâle, éteinte — vue du dehors — comme elle s'illuminait, du dedans! Quelle vie pleine! Que de souvenirs, de trésors, dont nul ne soupçonnait l'existence!... Avaient-ils jamais eu quelque réalité? — Sans doute, ils étaient réels, puisqu'ils l'étaient pour elle... O pauvres vies, que transfigure la baguette magique du rêve!

Mme Arnaud remontait le cours des années, jusqu'à sa petite enfance; chacune des grêles fleurettes de ses espoirs évanouis refleurissait en silence... Premier amour d'enfant pour une jeune fille, dont le charme l'avait fascinée dès le premier regard; elle l'aimait, comme on aime d'amour quand on est infiniment pur; elle mourait d'émotion, à se sentir touchée par elle; elle eût voulu baiser ses pieds, être sa fille, se marier avec elle : l'idole s'était mariée, n'avait pas été heureuse, avait eu un enfant qui était mort, était morte... Autre amour, vers douze ans, pour une fillette de son âge qui la tyrannisait, une blondine endiablée, rieuse, autoritaire, qui s'amusait à la faire pleurer et qui ensuite la couvrait de baisers; elles formaient ensemble mille projets romanesques pour l'avenir : celle-là s'était faite carmélite, brusquement, sans que l'on sût pourquoi; on la disait heureuse... Puis, une grande passion pour un homme beaucoup plus âgé. De cette passion, personne n'avait rien su, pas même celui qui en était l'objet. Elle y avait dépensé une ardeur de dévouement, des trésors de tendresse... Puis, une autre passion : on l'aimait, cette fois. Mais par une timidité singulière, une défiance de soi, elle n'avait pas osé croire qu'on l'aimât, laissé voir qu'elle aimait. Et le bonheur avait passé, sans qu'elle l'eût saisi... Puis... Mais que sert de conter aux autres ce qui n'a de sens que pour soi! Tant de menus faits, qui avaient pris une signification profonde? une attention d'ami; un gentil mot d'Olivier, dit sans qu'il y prît garde; les bonnes visites de Christophe et le monde enchanté qu'évoquait sa musique; un regard d'inconnu : oui, même, chez cette excellente femme, honnête et pure, des infidélités involontaires de pensée qui la troublaient et dont elle rougissait, qu'elle écartait faiblement, et qui lui faisaient tout de même — étant si innocentes — un peu de soleil au cœur... Elle aimait bien son mari quoiqu'il ne fût pas tout à fait celui qu'elle rêvait. Mais il était bon; et un jour qu'il lui avait dit :

« Ma chère femme, tu ne sais pas tout ce que tu es pour moi. Tu es toute ma vie... » son cœur s'était fondu; et, ce jour-là, elle s'était sentie unie à lui, tout entière, pour toujours. Chaque année les avait attachés plus étroitement l'un à l'autre. Ils avaient fait de beaux rêves ensemble. Rêves de travaux, de voyages, d'enfants. Qu'en était-il advenu?... Hélas!... Mme Arnaud les rêvait encore. Il y avait un petit enfant, auquel elle avait si souvent, si profondément songé, qu'elle le connaissait presque comme s'il était là. Elle y avait travaillé, des années, sans cesse l'embellissant de ce qu'elle voyait de plus beau, de ce qu'elle aimait de plus cher... Silence!...

C'était tout. C'étaient des mondes. Combien de tragédies ignorées, même des plus intimes, au fond des vies les plus calmes, les plus médiocres en apparence! Et la plus tragique : *qu'il ne se passe rien* dans ces vies d'espoirs, qui crient désespérément vers ce qui est leur droit, leur bien promis par la nature, et refusé — qui se dévorent dans une angoisse passionnée — et qui n'en montrent rien au-dehors!

Mme Arnaud, pour son bonheur, n'était pas occupée que d'elle-même. Sa vie ne remplissait qu'une part de ses rêveries. Elle vivait aussi la vie de ceux qu'elle connaissait, ou qu'elle avait connus, elle se mettait à leur place, elle pensait à Christophe, à son amie Cécile. Elle y pensait aujourd'hui. Les deux femmes s'étaient prises d'affection l'une pour l'autre. Chose curieuse, des deux c'était la robuste Cécile qui avait besoin de s'appuyer sur la fragile Mme Arnaud. Au fond, cette grande fille joyeuse et bien portante était moins forte qu'elle n'en avait l'air. Elle passait par une crise. Les cœurs les plus tranquilles ne sont pas à l'abri des surprises. Un sentiment très tendre s'était insinué en elle; elle ne voulait point le reconnaître d'abord; mais il avait grandi jusqu'à ce qu'elle fût forcée d'en convenir : elle aimait Olivier. Les manières douces et affectueuses du jeune homme, le charme un peu féminin de sa personne, ce qu'il avait de faible et de livré, tout de suite l'avaient attirée : (une nature maternelle aime qui a besoin d'elle). — Ce qu'elle avait ensuite appris des chagrins du ménage lui avait inspiré pour Olivier une pitié dangereuse. Sans doute, ces raisons n'eussent pas suffi. Qui peut dire pourquoi un être s'éprend d'un autre? Ni l'un ni l'autre n'y est pour rien, souvent; c'est l'heure : elle livre par surprise un cœur qui n'est point sur ses gardes à la première affection qui se trouve sur son chemin. — Dès le moment qu'elle ne put en douter, Cécile s'efforça courageusement d'arracher l'aiguillon d'un amour qu'elle jugeait coupable et absurde; elle se fit souffrir longtemps, et elle ne guérit point. Personne ne s'en fût douté : elle mettait sa vaillance à avoir l'air heureuse. Mme Arnaud était seule à savoir ce qu'il lui en coûtait. Cécile venait poser sa tête à la nuque robuste sur la mince poitrine de Mme Arnaud. Elle versait quelques larmes en silence, elle l'embrassait, et puis elle s'en allait en riant. Elle avait une adoration pour cette frêle amie en qui elle sentait une énergie morale et une foi supérieure à la sienne. Elle ne se confiait pas. Mais Mme Arnaud savait deviner à demi-mot. Le monde lui semblait un malentendu mélancolique. Impossible de le résoudre. On ne peut que l'aimer, avoir pitié, rêver.

Et quand la ruche des rêves bourdonnait trop en elle, quand la tête lui tournait, elle allait à son piano, et laissait ses mains frôler les touches, au hasard, à voix basse, pour envelopper de la lumière apaisée des sons le mirage de la vie...

Mais la brave petite femme n'oubliait pas l'heure des devoirs journaliers; et quand Arnaud rentrait, il trouvait la lampe allumée, le souper prêt, et la figure pâlotte et souriante de sa femme qui l'attendait. Et il ne se doutait point des voyages qu'elle avait faits.

Le difficile avait été de maintenir ensemble, sans heurts, les deux vies : la vie quotidienne, et l'autre, la grande vie de l'esprit, aux horizons lointains. Ce ne fut pas toujours aisé. Heureusement, Arnaud vivait, lui aussi, une vie en partie imaginaire, dans les livres, les œuvres d'art, dont le feu éternel entretenait la flamme tremblante de son âme. Mais il était, ces dernières années, de plus en plus préoccupé par les petits tracas de sa profession, les injustices, les passe-droits, les ennuis avec ses collègues ou avec ses élèves; il était aigri; il commençait à parler de politique, à déblatérer contre le gouvernement et contre les juifs; il rendait Dreyfus responsable de ses mécomptes universitaires. Son humeur chagrine se communiqua un peu à Mme Arnaud. Elle approchait de la quarantaine. Elle passait par un âge, où sa force vitale était troublée, cherchait son équilibre. Il se fit dans sa pensée de grandes déchirures. Pendant un temps, ils perdirent l'un et l'autre toute raison d'exister : car ils n'avaient plus où attacher leur toile d'araignée. Si faible que soit le support de réalité, il en faut un au rêve. Tout support leur manquait. Ils ne trouvaient plus à s'appuyer l'un sur l'autre. Au lieu de l'aider, il s'accrochait à elle. Et elle se rendait compte qu'elle ne suffisait pas à le soutenir : alors elle ne pouvait plus se soutenir elle-même. Seul, un miracle était capable de la sauver. Elle l'appelait...

Il vint des profondeurs de l'âme. Mme Arnaud sentit sourdre de son cœur solitaire le besoin sublime et absurde de créer malgré tout, malgré tout de tisser sa toile à travers l'espace, pour la joie de tisser, s'en remettant au vent au souffle de Dieu, de la porter là où elle devait aller. Et le souffle de Dieu la rattacha à la vie, lui trouva des appuis invisibles. Alors, le mari et la femme recommencèrent tous deux de filer patiemment la magnifique et vaine toile de leurs songes, faite du plus pur de leur sang.

*

Mme Arnaud était seule chez elle... Le soir venait.

La sonnette de la porte retentit. Mme Arnaud, réveillée de sa songerie avant l'heure habituelle, tressaillit. Elle rangea soigneusement son ouvrage, et alla ouvrir. Christophe entra. Il était très ému. Elle lui prit affectueusement les mains.

« Qu'avez-vous, mon ami? demanda-t-elle.
— Ah! dit-il, Olivier est revenu.
— Revenu?
— Ce matin, il est arrivé, il m'a dit : « Christophe, « viens à mon secours! » Je l'ai embrassé. Il pleurait. Il m'a dit : « Je n'ai plus que toi. Elle est partie. »
Mme Arnaud, saisie, joignit les mains, et dit :
« Les malheureux!
— Elle est partie, répéta Christophe. Partie avec son amant.
— Et son enfant? demanda Mme Arnaud.
— Mari, enfant, elle a tout laissé.
— La malheureuse! redit Mme Arnaud.
— Il l'aimait, dit Christophe, il l'aimait uniquement. Il ne se relèvera pas de ce coup. Il me répète : « Christophe, « elle m'a trahi... ma meilleure amie m'a trahi. » J'ai beau lui dire : « Puisqu'elle t'a trahi, c'est qu'elle n'est pas « ton amie! Elle est ton ennemie. Oublie-la, ou tue-la! »
— Oh! Christophe, que dites-vous! c'est horrible!
— Oui, je sais, cela vous paraît une barbarie préhistorique : tuer! Il faut entendre votre joli monde parisien protester contre les instincts de brute qui poussent le mâle à tuer sa femelle qui le trompe, et prêcher l'indulgente raison! Les bons apôtres! Il est beau de voir s'indigner contre le retour à l'animalité ce troupeau de chiens mêlés. Après avoir outragé la vie, après lui avoir enlevé tout son prix, ils l'entourent d'un culte religieux... Quoi! cette vie sans cœur et sans honneur, cette matière, un battement de sang dans un morceau de chair, voilà ce qui leur semble digne de respect! Ils n'ont pas assez d'égards pour cette viande de boucherie, c'est un crime d'y toucher. Tuez l'âme, si vous voulez, mais le corps est sacré...
— Les assassins de l'âme sont les pires assassins; mais le crime n'excuse pas le crime, et vous le savez bien.
— Je le sais, mon amie. Vous avez raison. Je ne pense pas ce que je dis... Qui sait! Je le ferais, peut-être.
— Non, vous vous calomniez. Vous êtes bon.
— Quand la passion me tient, je suis cruel comme les autres. Voyez comme je viens de m'emporter!... Mais lorsqu'on voit pleurer un ami qu'on aime, comment ne pas haïr qui le fait pleurer? Et sera-t-on jamais trop sévère

pour une misérable qui abandonne son enfant pour courir après un amant?

— Ne parlez pas ainsi, Christophe. Vous ne savez pas.

— Quoi! vous la défendez?

— Je la plains.

— Je plains ceux qui souffrent. Je ne plains pas ceux qui font souffrir.

— Eh! croyez-vous qu'elle n'ait pas souffert, elle aussi? Croyez-vous que ce soit de gaieté de cœur qu'elle ait abandonné son enfant, et détruit sa vie? Car sa vie aussi est détruite. Je la connais bien peu, Christophe. Je ne l'ai vue que deux fois, et seulement en passant; elle ne m'a rien dit d'amical, elle n'avait pas de sympathie pour moi. Et pourtant, je la connais mieux que vous. Je suis sûre qu'elle n'est pas mauvaise. Pauvre petite! Je devine ce qui a pu se passer en elle...

— Vous, mon amie, dont la vie est si digne, si raisonnable!...

— Moi, Chritophe. Oui, vous ne savez pas, vous êtes bon, mais vous êtes un homme, un homme dur, comme tous les hommes, malgré votre bonté — un homme durement fermé à tout ce qui n'est pas vous. Vous ne vous doutez pas de celles qui vivent auprès de vous. Vous les aimez, à votre façon, mais vous ne vous inquiétez pas de les comprendre. Vous êtes si facilement satisfaits de vous-mêmes! Vous êtes persuadés que vous nous connaissez... Hélas! Si vous saviez quelle souffrance c'est parfois pour nous de voir, non que vous ne nous aimez point, mais comment vous nous aimez, et que voilà ce que nous sommes pour ceux qui nous aiment le mieux! Il y a des moments, Christophe, où nous nous enfonçons les ongles dans la paume pour ne pas croire : « Oh! ne nous aimez pas, ne nous aimez pas! « Tout, plutôt que de nous aimer ainsi! »... Connaissez-vous cette parole d'un poète : « Même dans sa maison, au mi- « lieu de ses enfants, la femme, entourée d'honneurs « simulés, endure un mépris mille fois plus lourd que les « pires misères »? Pensez à cela, Christophe...

— Ce que vous me dites me bouleverse. Je ne comprends pas bien. Mais ce que j'entrevois... Alors, vous-même...

— J'ai connu ces tourments.

— Est-ce possible?... N'importe! Vous ne me ferez pas croire que vous eussiez jamais agi comme cette femme.

— Je n'ai pas d'enfant, Christophe. Je ne sais pas ce que j'aurais fait, à sa place.

— Non, cela ne se peut pas, j'ai foi en vous, je vous respecte trop, je jure que cela ne se peut pas.

— Ne jurez pas! J'ai été bien près de faire comme elle... J'ai de la peine de détruire la bonne idée que vous avez de moi. Mais il faut que vous appreniez un peu à nous connaître, si vous ne voulez pas être injuste. — Oui, j'ai été à deux doigts d'une folie pareille. Et si je ne l'ai point faite, vous y êtes pour quelque chose. Il y a de cela deux ans. J'étais dans une période de tristesse qui me rongeait. Je me disais que je ne servais à rien, que personne ne tenait à moi, que personne n'avait besoin de moi, que mon mari aurait pu se passer de moi, que c'était pour rien que j'avais vécu... J'étais sur le point de me sauver, de faire Dieu sait quoi! Je suis montée chez vous... Est-ce que vous vous souvenez?... Vous n'avez pas compris pourquoi je venais. Je venais vous faire mes adieux... Et puis, je ne sais pas ce qui s'est passé, je ne sais pas ce que vous m'avez dit, je ne me rappelle plus exactement... Mais je sais qu'il y a certains mots de vous... (vous ne vous doutiez pas...)... ils m'ont été une lumière... Il suffisait de la moindre chose, à ce moment, pour me perdre ou me sauver... Quand je suis sortie de chez vous, je suis rentrée chez moi, je me suis enfermée, j'ai pleuré tout le jour... Et après, c'était bien : la crise était passée.

— Et aujourd'hui, demanda Christophe, vous le regrettez?

— Aujourd'hui? dit-elle. Ah! si j'avais fait cette folie, je serais au fond de la Seine. Je n'aurais pu supporter cette honte, et le mal que j'aurais fait à mon pauvre homme.

— Alors, vous êtes heureuse?

— Oui, autant qu'on peut être heureux, en cette vie. C'est une chose si rare, d'être deux qui se comprennent, qui s'estiment, qui savent qu'ils sont sûrs l'un de l'autre, non par une simple croyance d'amour qui est souvent une illusion, mais par l'expérience d'années passées ensemble, d'années grises, médiocres, même avec — surtout avec le souvenir de ces dangers que l'on a surmontés. A mesure que l'on vieillit, cela devient meilleur. »

Elle se tut, et brusquement rougit.

« Mon Dieu, comment ai-je pu raconter?... Qu'est-ce

que j'ai fait?... Oubliez, Christophe, je vous en prie! Personne ne doit savoir...

— Ne craignez rien, dit Christophe, en lui serrant la main. C'est une chose sacrée. »

Mme Arnaud, malheureuse d'avoir parlé, se détourna un moment. Puis, elle dit :

« Je n'aurais pas dû vous raconter... Mais, voyez-vous, c'était pour vous montrer que même dans les ménages les plus unis, même chez les femmes... que vous estimez, Christophe... il y a de ces heures, non pas seulement d'aberration, comme vous dites, mais de souffrance réelle, intolérable, qui peuvent conduire à des folies et détruire toute une vie, voire deux. Il ne faut pas être trop sévère. On se fait bien souffrir, même quand on s'aime le mieux.

— Faut-il donc vivre seuls, chacun de son côté?

— C'est encore pis pour nous. La vie de la femme qui doit vivre seule, lutter comme l'homme (et souvent contre l'homme), est quelque chose d'affreux, dans une société qui n'est pas faite à cette idée, et qui y est, en grande partie, hostile... »

Elle resta silencieuse, le corps légèrement penché en avant, les yeux fixés sur la flamme du foyer; puis, elle reprit doucement, de sa voix un peu voilée, qui hésitait par instants, s'arrêtait, puis continuait son chemin :

« Pourtant, ce n'est pas notre faute : quand une femme vit ainsi, ce n'est pas par caprice, c'est qu'elle y est forcée; elle doit gagner son pain et apprendre à se passer de l'homme, puisqu'il ne veut pas d'elle quand elle est pauvre. Elle est condamnée à la solitude, sans en avoir aucun des bénéfices : car, dans notre pays, elle ne peut, comme l'homme, jouir de son indépendance, le plus innocemment, sans éveiller le scandale : tout lui est interdit. — J'ai une petite amie, professeur dans un lycée de province. Elle serait enfermée dans une geôle sans air qu'elle ne serait pas plus seule et plus étouffée. La bourgeoisie ferme ses portes à ces femmes qui s'efforcent de vivre en travaillant; elle affiche pour elles un dédain soupçonneux; la malveillance guette leurs moindres démarches. Leurs collègues du lycée de garçons les tiennent à l'écart, soit parce qu'ils ont peur des cancans de la ville, soit par hostilité secrète, ou par sauvagerie, l'habitude du café, des conversations débraillées, la fatigue après le travail du jour, le dégoût, par satiété, des femmes intellectuelles. Elles-mêmes, elles ne peuvent plus se supporter, surtout si elles sont forcées de loger ensemble, au collège. La directrice est souvent la moins capable de comprendre les jeunes âmes affectueuses, que découragent les premières années de ce métier aride et cette solitude inhumaine; elle les laisse agoniser en secret, sans chercher à les aider; elle trouve qu'elles sont des orgueilleuses. Nul ne s'intéresse à elles. Leur manque de fortune et de relations les empêche de se marier. La quantité de leurs heures de travail les empêche de se créer une vie intellectuelle qui les attache et les console. Quand une telle existence n'est pas soutenue par un sentiment religieux ou moral exceptionnel — (je dirai même, anormal, maladif : car il n'est pas naturel de se sacrifier totalement) — c'est une mort vivante... — A défaut du travail de l'esprit, la charité offre-t-elle plus de ressources aux femmes? Que de déboires elle réserve à celles qui ont une âme trop sincère pour se satisfaire de la charité officielle ou mondaine, des parlotes philanthropiques, de ce mélange odieux de frivolité, de bienfaisance et de bureaucratie, de cette façon de jouer avec la misère, entre deux flirts, en papotant! Quand l'une d'elles, écœurée, a l'incroyable audace de se risquer seule au milieu de cette misère qu'elle ne connaît que par ouï-dire, quelle vision pour elle! presque impossible à supporter! C'est un enfer. Que peut-elle pour y venir en aide? Elle est noyée dans cet océan d'infortunes. Elle lutte cependant, elle s'efforce de sauver quelques-uns de ces malheureux, elle s'épuise pour eux, elle se noie avec eux. Trop heureuse, si elle a réussi à en sauver un ou deux! Mais elle, qui la sauvera? Qui s'inquiète de la sauver? Car elle souffre, elle aussi, de la souffrance des autres et de la sienne; à mesure qu'elle donne sa foi, elle en a moins pour elle; toutes ces misères s'accrochent à elle; et elle n'a rien à quoi se tenir. Personne ne lui tend la main. Et parfois, on lui jette la pierre... Vous avez connu, Christophe, cette femme admirable[1] qui s'était donnée à l'œuvre de charité la plus humble et la plus méritoire : elle recueillait chez elle les prostituées des rues qui viennent d'accoucher, les malheureuses filles dont l'Assistance publique ne veut pas, ou qui ont peur de l'Assistance publique; elle s'ef-

1. Clara van Ende.

forçait de les guérir physiquement et moralement, de les garder avec leurs enfants, de réveiller chez elles le sentiment maternel, de leur refaire un foyer, une vie de travail honnête. Elle n'avait pas trop de toutes ses forces pour cette tâche sombre, pleine de déboires et d'amertume — (on en sauve si peu, si peu veulent être sauvées! Et tous ces petits enfants qui meurent! Ces innocents, condamnés en naissant!...) — Cette femme qui avait pris sur elle toute la douleur des autres, cette innocente qui expiait volontairement le crime de l'égoïsme humain — comment croyez-vous qu'on la jugeât, Christophe? La malveillance publique l'accusait de gagner de l'argent avec son œuvre, et même avec ses protégées. Elle dut quitter le quartier, partir, découragée... — Jamais vous n'imaginerez assez la cruauté de la lutte qu'ont à livrer les femmes indépendantes contre la société d'aujourd'hui, conservatrice et sans cœur, qui est moribonde, et qui dépense le peu d'énergie qui lui reste à empêcher les autres de vivre.

— Ma pauvre amie, ce n'est pas le lot seulement des femmes. Nous connaissons tous ces luttes. Je connais aussi le refuge.

— Lequel?

— L'art.

— Bon pour vous, non pour nous. Et même parmi les hommes, combien sont-ils, ceux qui peuvent en profiter?

— Voyez notre amie Cécile. Elle est heureuse.

— Qu'en savez-vous? Ah! que vous avez vite fait de juger! Parce qu'elle est vaillante, parce qu'elle ne s'attarde pas sur ce qui l'attriste, parce qu'elle le cache aux autres, vous dites qu'elle est heureuse! Oui, elle est heureuse d'être bien portante et de pouvoir lutter. Mais vous ne savez pas ses luttes. Croyez-vous qu'elle était faite pour cette vie décevante de l'art? L'art! Quand on pense qu'il y a de pauvres femmes qui aspirent à la gloire d'écrire, ou de jouer, ou de chanter, comme au faîte du bonheur! Faut-il qu'elles soient dénuées de tout, qu'elles ne sachent plus à quelle affection se prendre!... L'art! qu'avons-nous à faire de l'art, si nous n'avons tout le reste, avec? Il n'y a qu'une chose au monde qui peut faire oublier tout le reste; c'est un cher petit enfant.

— Et quand on l'a, vous voyez qu'il ne suffit même pas.

— Oui, pas toujours... Les femmes ne sont pas très heureuses. Il est difficile d'être une femme. Beaucoup plus que d'être un homme. Vous ne vous en doutez pas assez. Vous, vous pouvez vous absorber en une passion d'esprit, en une activité. Vous vous mutilez, mais vous en êtes plus heureux. Une femme saine ne le peut pas sans souffrance. Il est inhumain d'étouffer une partie de soi-même. Nous, quand nous sommes heureuses d'une façon, nous regrettons l'autre façon. Nous avons plusieurs âmes. Vous, vous n'en avez qu'une, plus vigoureuse, souvent brutale, et même monstrueuse. Je vous admire. Mais ne soyez pas trop égoïstes! Vous l'êtes beaucoup, sans vous en douter. Vous nous faites bien du mal, sans vous en douter.

— Que faire? Ce n'est pas notre faute.

— Non, ce n'est pas votre faute, mon bon Christophe. Ce n'est ni votre faute, ni la nôtre. Au bout du compte, voyez-vous, c'est que la vie n'est pas du tout une chose simple. On dit qu'il n'y a rien qu'à vivre d'une façon naturelle. Mais qu'est-ce qui est naturel?

— C'est vrai. Rien n'est naturel dans notre vie. Le célibat n'est pas naturel. Le mariage ne l'est pas non plus. Et l'union libre livre les faibles à la rapacité des forts. Notre société même n'est pas une chose naturelle; nous l'avons fabriquée. On dit que l'homme est un animal sociable. Quelle bêtise! Il a bien fallu qu'il le devînt, pour vivre. Il s'est fait sociable pour son utilité, sa défense, son plaisir, sa grandeur. Cette nécessité l'a amené à souscrire certains pactes. Mais la nature regimbe et se venge de la contrainte. La nature n'a pas été faite pour nous. Nous tâchons de la réduire. C'est une lutte : il n'est pas étonnant que nous soyons souvent battus. Comment sortir de là? — En étant forts.

— En étant bons.

— Oh! Dieu! être bon, arracher son corset d'égoïsme, respirer, aimer la vie, la lumière, son humble tâche, le petit coin du sol où l'on enfonce ses racines! Ce qu'on ne peut avoir en horizons, s'efforcer de l'avoir en profondeur et en hauteur. Comme un arbre à l'étroit qui monte vers le soleil!

— Oui. Et d'abord, s'aimer les uns les autres. Si l'homme voulait sentir davantage qu'il est le frère de la femme, et non pas seulement sa proie, ou qu'elle doit être la sienne! S'ils voulaient, tous les deux, dépouiller leur orgueil et penser, chacun, un peu moins à soi, et un peu plus à l'autre!... Nous sommes faibles : aidons-nous. Ne disons pas à celui qui est tombé : « Je ne te « connais plus. » Mais : « Courage, ami. Nous sortirons « de là. »

*

Ils se turent, assis devant le foyer, le petit minet entre eux, tous trois immobiles, absorbés, et regardant le feu. La flamme, près de s'éteindre, caressait de son battement d'aile le fin visage de Mme Arnaud, que rosissait une exaltation intérieure qui ne lui était pas coutumière. Elle s'étonnait de s'être ainsi livrée. Jamais elle n'en avait tant dit. Jamais plus elle n'en dirait tant.

Elle posa sa main sur celle de Christophe, et dit :

« Que faites-vous de l'enfant? »

C'était à cela qu'elle pensait, depuis le commencement. Elle parlait, elle parlait, elle était une autre femme, elle était comme grisée. Mais à cela seul elle pensait. Dès les premiers mots de Christophe, elle s'était bâti un roman dans son cœur. Elle pensait à l'enfant que la mère avait laissé, au bonheur de l'élever, de tresser autour de cette petite âme ses rêves et son amour. Et elle se disait :

« Non, c'est mal, je ne dois pas me réjouir de ce qui est le malheur des autres. »

Mais c'était plus fort qu'elle. Elle parlait, elle parlait, et son cœur silencieux était baigné d'espoir.

Christophe dit :

« Oui, sans doute, nous y avons pensé. Le pauvre petit! Ni Olivier, ni moi ne sommes capables de l'élever. Il faut les soins d'une femme. J'avais songé qu'une amie voudrait bien nous aider... »

Mme Arnaud respirait à peine.

Christophe dit :

« Je voulais vous en parler. Et puis, Cécile est venue justement, tout à l'heure. Quand elle a su la chose, quand elle a vu l'enfant, elle était si émue, elle a montré tant de joie, elle m'a dit : « Christophe... »

Le sang de Mme Arnaud s'arrêta; elle n'entendit pas la suite; tout se brouilla devant ses yeux. Elle avait envie de crier :

« Non, non, donnez-le-moi!... »

Christophe parlait. Elle n'entendait pas ce qu'il disait.

Mais elle fit effort sur elle-même. Elle pensa aux confidences de Cécile. Elle pensa :

« Elle en a plus besoin que moi. Moi, j'ai mon cher Arnaud... et puis toutes mes choses... Et puis, je suis plus vieille... »

Et elle sourit, et dit :

« C'est bien. »

Mais la flamme du foyer s'était éteinte; et aussi la roseur du visage. Et sur le cher visage las, il n'y avait plus que l'expression habituelle de bonté résignée.

* .

« Mon amie m'a trahi. »

Sous cette pensée, Olivier succombait. En vain, Christophe le secouait rudement, par affection.

« Que veux-tu? disait-il. Une trahison d'ami, c'est une épreuve journalière, comme la maladie, la pauvreté, la lutte avec les sots. Il faut être armé contre elle. Si on ne peut y résister, c'est qu'on n'est qu'un pauvre homme.

— Ah! c'est tout ce que je suis. Je n'y mets pas d'orgueil... Un pauvre homme, oui, qui a besoin de tendresse et qui meurt, s'il ne l'a plus.

— Ta vie n'est pas finie : il y a d'autres êtres à aimer.

— Je ne crois plus à aucun. Il n'y a pas d'amis.

— Olivier!

— Pardon. Je ne doute pas de toi. Quoiqu'il y ait des moments où je doute de tout... de moi... Mais toi, tu es fort, tu n'as besoin de personne, tu peux te passer de moi.

— Elle s'en passe encore mieux.

— Tu es cruel, Christophe.

— Mon cher petit, je te brutalise; mais c'est pour que tu te révoltes. Que diable! c'est honteux de sacrifier ceux qui t'aiment, et ta vie, à quelqu'un qui se moque de toi.

— Que m'importe ceux qui m'aiment! C'est elle que j'aime.

— Travaille! Ce qui t'intéressait autrefois...

— ...ne m'intéresse plus. Je suis las. Il me semble que je suis sorti de la vie. Tout m'apparaît loin, loin... Je vois, mais je ne comprends plus... Penser qu'il y a des hommes qui ne se lassent point de recommencer, chaque jour, leur mécanisme d'horloge, leur tâche insipide, leurs discussions de journaux, leur pauvre chasse au plaisir, des hommes qui se passionnent pour ou contre un ministère, un livre, une cabotine... Ah! que je me sens vieux! Je n'ai ni haine, ni rancune, contre qui que ce soit : tout m'ennuie. Je sens qu'il n'y a rien... Écrire? Pourquoi écrire? Qui vous comprend? Je n'écrivais que pour un être; tout ce que j'étais, je l'étais pour lui... Il n'y a rien. Je suis fatigué, Christophe, fatigué. Je voudrais dormir.

— Eh bien, dors, mon petit! Je te veillerai. »

Mais c'était ce qu'Olivier pouvait le moins. Ah! si celui qui souffre pouvait dormir des mois, jusqu'à ce que sa peine s'efface de son être renouvelé, jusqu'à ce qu'il soit un autre! Mais nul ne peut lui faire ce don; et il n'en voudrait pas. La pire souffrance lui serait d'être privé de sa souffrance. Olivier était comme un fiévreux, qui se nourrit de sa fièvre. Une véritable fièvre, dont les accès reparaissaient, aux mêmes heures, surtout le soir, à partir du moment où la lumière tombe. Et le reste du temps, elle le laissait brisé, intoxiqué par l'amour, rongé par le souvenir, ressassant la même pensée, pareil à un idiot qui remâche la même bouchée sans pouvoir l'avaler, toutes les forces du cerveau pompées par la seule idée fixe.

Il n'avait pas la ressource, comme Christophe, de maudire son mal, en calomniant de bonne foi celle qui en était la cause. Plus clairvoyant et plus juste, il savait qu'il avait sa part de responsabilité et qu'il n'était pas le seul à souffrir : Jacqueline aussi était victime; elle était sa victime. Elle s'était livrée à lui : qu'en avait-il fait? S'il n'était pas de force à la rendre heureuse, pourquoi l'avait-il liée à lui? Elle était dans son droit, en rompant les liens qui la meurtrissaient.

« Ce n'est pas sa faute, pensait-il. C'est la mienne. Je l'ai mal aimée. Pourtant, je l'aimais bien. Mais je n'ai pas su l'aimer, puisque je n'ai pas su me faire aimer. »

Ainsi, il s'accusait; et peut-être avait-il raison. Mais il ne sert pas à grand-chose de faire le procès du passé : cela n'empêcherait point de le recommencer, si c'était à recommencer; et cela empêche de vivre. L'homme fort est celui qui oublie le mal qu'on lui a fait — et aussi, hélas! celui qu'il a fait, dès l'instant qu'il s'est rendu compte qu'il ne peut le réparer. Mais l'on n'est pas fort par raison, on l'est par passion. L'amour et la passion sont deux parents éloignés; rarement ils vont ensemble. Olivier aimait; il n'était fort que contre lui-même. Dans l'état de passivité où il était tombé, il offrait prise à tous les maux. Influenza, bronchite, pneumonie s'abattirent sur lui. Il fut malade, une partie de l'été. Christophe, aidé de Mme Arnaud, le soigna avec dévouement; et ils réussirent à enrayer la maladie. Mais contre le mal moral, ils étaient impuissants; et ils sentaient peu à peu la fatigue déprimante de cette tristesse perpétuelle et le besoin de la fuir.

Le malheur fait tomber dans une étrange solitude. Les hommes en ont une horreur instinctive. On dirait qu'ils ont peur qu'il ne soit contagieux : à tout le moins, il ennuie; on se sauve de lui. Qu'il est peu d'êtres qui vous pardonnent de souffrir! C'est toujours la vieille histoire des amis de Job. Eliphaz de Theman accuse Job d'impatience. Baldad de Suli soutient que les malheurs de Job sont la peine de ses péchés. Sophar de Naamath le taxe de présomption. « *Et à la fin, Elin fils de Barachel de Buz, de la famille de Ram, entra dans une grande colère, et se fâcha contre Job, parce que Job assurait qu'il était juste devant Dieu.* » — Peu de gens vraiment tristes. Beaucoup d'appelés, peu d'élus. Olivier était de ceux-ci. Comme disait un misanthrope, « il paraissait se complaire à être maltraité. On ne gagne rien à ce personnage d'homme malheureux : on se fait détester. »

Olivier ne pouvait parler de ce qu'il sentait à personne, même à ses plus intimes. Il s'apercevait que cela les assommait. Même son cher Christophe était impatienté de cette peine tenace. Il se savait trop maladroit à y porter remède. Pour dire la vérité, cet homme au cœur généreux, qui avait fait pour son compte l'épreuve de la souffrance, ne parvenait pas à sentir la souffrance d'Olivier. Telle est l'infirmité de la nature humaine! Soyez bon, pitoyable, intelligent, ayez souffert mille morts : vous ne sentirez pas la douleur de votre ami qui a mal aux dents. Si la maladie se prolonge, on est tenté de trouver que le malade exagère ses plaintes. Combien plus, lorsque le mal est invisible, au fond de l'âme! Celui qui n'est pas en cause trouve irritant que l'autre se fasse tant de bile pour un sentiment qui ne lui importe guère. Et enfin, l'on se dit, pour mettre sa conscience en repos :

« Qu'y puis-je? Toutes les raisons ne servent de rien. »

Toutes les raisons, cela est vrai. On ne peut faire du bien qu'en aimant celui qui souffre, en l'aimant bêtement, sans chercher à le convaincre, sans chercher à le guérir, en l'aimant et en le plaignant. L'amour est le seul baume aux blessures de l'amour. Mais l'amour n'est pas inépuisable, même chez ceux qui aiment le mieux; ils n'en ont qu'une provision limitée. Quand les amis ont dit ou écrit une fois tout ce qu'ils ont pu trouver de paroles d'affection, quand à leurs propres yeux ils ont fait leur devoir, ils se retirent prudemment, ils font le vide autour du patient, ainsi que d'un coupable. Et comme ils ne sont pas sans une honte secrète de l'aider aussi peu, ils l'aident de moins en moins; ils cherchent à se faire oublier, à oublier eux-mêmes. Et si le malheur importun s'obstine, si un écho indiscret pénètre jusqu'à leur retraite, ils en viennent à juger sévèrement cet homme sans courage, qui supporte mal l'épreuve. Soyez sûrs que s'il succombe, il se trouvera au fond de leur pitié sincère cette sentence dédaigneuse :

« Le pauvre diable! J'avais de lui une meilleure opinion. »

Dans cet égoïsme universel, quel ineffable bien peut faire une simple parole de tendresse, une attention délicate, un regard qui a pitié et qui vous aime! On sent alors le prix de la bonté. Et que tout le reste est pauvre, à côté!... Elle rapprochait Olivier de Mme Arnaud, plus que de son Christophe. Cependant Christophe s'obligeait à une patience méritoire; il lui cachait, par affection, ce qu'il pensait de lui. Mais Olivier, avec l'acuité de son regard que la souffrance affinait, apercevait le combat qui se livrait en son ami, et combien sa tristesse lui était à charge. C'était assez pour l'écarter à son tour de Christophe, et lui souffler l'envie de lui crier :

« Va-t'en! »

Ainsi, le malheur sépare souvent les cœurs qui s'aiment. Comme le vanneur trie le grain, il range d'un côté ce qui veut vivre, de l'autre ce qui veut mourir. Terrible loi de vie, plus forte que l'amour! La mère qui voit mourir son fils, l'ami qui voit son ami se noyer — s'ils ne peuvent les sauver, n'en continuent pas moins de se sauver soi-même, ils ne meurent pas avec eux. Et pourtant, ils les aiment mille fois mieux que leur vie...

Malgré son grand amour, Christophe était obligé de fuir Olivier. Il était trop fort, il se portait trop bien, il étouffait dans cette peine sans air. Qu'il était honteux de lui! Il enrageait de ne pouvoir rien pour son ami; et comme il avait besoin de se venger sur quelqu'un, il en voulait à Jacqueline. En dépit des paroles clairvoyantes de Mme Arnaud, il continuait de la juger durement, comme il sied à une âme jeune, violente et entière, qui n'a pas encore assez appris de la vie, pour n'être pas impitoyable envers ses faiblesses.

Il allait voir Cécile et l'enfant qui lui avait été confié. Cécile était transfigurée par sa maternité d'emprunt; elle paraissait toute jeune, heureuse, affinée, attendrie. Le départ de Jacqueline n'avait pas fait naître en elle un espoir inavoué de bonheur. Elle savait que le souvenir de Jacqueline éloignait d'elle Olivier plus encore que Jacqueline présente. D'ailleurs, le souffle qui l'avait troublée était passé : c'était un moment de crise, que la vue de l'égarement de Jacqueline avait contribué à dissiper; elle était rentrée dans son calme habituel, et elle ne comprenait plus très bien ce qui l'en avait fait sortir. Le meilleur de son besoin d'aimer trouvait à se satisfaire dans l'amour de l'enfant. Avec le merveilleux pouvoir d'illusion — d'intuition — de la femme, elle retrouvait celui qu'elle aimait, au travers de ce petit être; ainsi, elle l'avait faible et livré, tout à elle : il lui appartenait; et elle pouvait l'aimer, passionnément l'aimer, d'un amour aussi pur que l'étaient le cœur de cet innocent et ses limpides yeux bleus, gouttelettes de lumière... Non qu'il ne se mêlât à sa tendresse un regret mélancolique. Ah! ce n'est jamais la même chose qu'un enfant de notre sang!... Mais c'est bon, tout de même.

Christophe regardait maintenant Cécile avec d'autres yeux. Il se rappelait un mot ironique de Françoise Oudon :

« Comment se fait-il que toi et Philomèle, qui seriez si bien faits pour être mari et femme, vous ne vous aimiez pas? »

Mais Françoise, mieux que Christophe, en savait la raison : quand on est un Christophe, il est rare qu'on aime qui peut vous faire du bien; on aime plutôt qui peut vous faire du mal. Les contraires s'attirent : la nature cherche sa destruction, elle va à la vie intense qui se brûle, de préférence à la vie prudente qui s'économise. Et l'on a raison, quand on est un Christophe, dont la loi n'est pas de vivre le plus longtemps possible, mais le plus fort.

Christophe cependant, moins pénétrant que Françoise, se disait que l'amour est une force inhumaine. Il met ensemble ceux qui ne peuvent se souffrir. Il rejette ceux qui sont de même sorte. Ce qu'il inspire est peu de chose, au prix de ce qu'il détruit. Heureux, il dissout la volonté. Malheureux, il brise le cœur. Quel bien fait-il jamais?

Et comme il médisait ainsi de l'amour, il vit son sourire tendre et ironique, qui lui disait :

« Ingrat! »

*

Christophe n'avait pu se dispenser de venir encore à une soirée de l'ambassade d'Autriche. Philomèle chantait les *lieder* de Schubert, de Hugo Wolf et de Christophe. Elle était heureuse de son succès et de celui de son ami, maintenant fêté par l'élite. Même dans le grand public, le nom de Christophe s'imposait; les Lévy-Cœur n'avaient plus le droit de feindre de l'ignorer. Ses œuvres étaient jouées aux concerts; il avait une pièce reçue à l'Opéra-Comique. D'invisibles sympathies s'intéressaient à lui. Le mystérieux ami, qui plus d'une fois avait travaillé pour lui, continuait de seconder ses désirs. Plus d'une fois, Christophe avait senti cette main affectueuse, qui l'aidait en ses démarches : quelqu'un veillait sur lui, et se cachait jalousement. Christophe avait tâché de le découvrir; mais il semblait que l'ami se fût dépité de ce que Christophe n'eût pas cherché plus tôt à le connaître, et il restait insaisissable. Christophe était distrait d'ailleurs par d'autres préoccupations : il pensait à Olivier, il pensait à Françoise; le matin même, il venait de lire dans un journal qu'elle était tombée gravement malade à San-Francisco : il se la représentait seule dans une ville étrangère, dans une chambre d'hôtel, se refusant à voir personne, à écrire à ses amis, serrant les dents, attendant, seule, la mort.

Obsédé par ces pensées, il évitait le monde; et il s'était retiré dans un petit salon à l'écart. Adossé au mur, dans un retrait à demi dans l'ombre, derrière un rideau de plantes vertes et de fleurs, il écoutait la belle voix de Philomèle, élégiaque et chaude, qui chantait *Le Tilleul* de Schubert; et la pure musique faisait monter la mélancolie des souvenirs. En face de lui, au mur, une grande glace reflétait les lumières et la vie du salon voisin. Il ne la voyait pas : il regardait en lui; et il avait devant les yeux un brouillard de larmes... Soudain, comme le vieil arbre de Schubert qui frissonne, il se mit à trembler, sans raison. Il resta quelques secondes ainsi, très pâle, sans bouger. Puis, le voile de ses yeux se dissipant, il vit devant lui, dans la glace, « l'amie » qui le regardait... L'amie? Qui était-elle? Il ne savait rien de plus, sinon qu'elle était l'amie, et qu'il la connaissait; et, les yeux attachés à ses yeux, appuyé contre le mur, il continuait de trembler. Elle souriait. Il ne voyait ni le dessin de son visage et de son corps, ni la nuance de ses yeux, ni si elle était grande ou petite, et comment habillée. Une seule chose il voyait : la divine bonté de son sourire compatissant.

Et ce sourire subitement évoqua en Christophe un souvenir disparu de sa petite enfance... Il avait six à sept ans, il était à l'école, il était malheureux, il venait d'être humilié et battu par des camarades plus âgés et plus forts, tous se moquaient de lui, et le maître l'avait injustement puni; accroupi dans un coin, délaissé, tandis que les autres jouaient, il pleurait tout bas. Une petite fille mélancolique qui ne jouait pas avec les autres — (il la revoyait en ce moment, lui qui n'y avait jamais pensé, depuis : elle était courte de taille, la tête grosse, les cheveux et les cils d'un blond tout à fait blanc, les yeux d'un bleu très pâle, les joues larges et blêmes, les lèvres gonflées, la figure un peu bouffie, et de petites mains rouges) —, elle était venue près de lui, elle s'était arrêtée, son pouce dans sa bouche, et l'avait regardé pleurer; puis, elle avait mis sa menotte sur la tête de Christophe, et elle lui avait dit, timidement, précipitamment, avec le même sourire compatissant :

« Ne pleure pas!... »

Alors, Christophe n'y avait plus tenu, il avait éclaté en sanglots, appuyant son nez contre le tablier de la petite qui répétait, d'une voix tremblante et tendre :

« Ne pleure pas... »

Elle était morte, quelques semaines après; quand avait

lieu cette scène, elle devait être déjà sous la main de la mort... Pourquoi pensait-il à elle en ce moment? Il n'y avait aucun rapport entre cette petite morte oubliée, humble fillette du peuple en une lointaine ville allemande, et l'aristocratique jeune dame qui le regardait maintenant. Mais il n'est qu'une seule âme pour tous; et bien que les millions d'êtres semblent différents entre eux comme les mondes qui roulent dans le ciel, c'est le même éclair d'amour qui resplendit, à la fois, dans les cœurs séparés par les siècles. Christophe venait de retrouver la lueur qu'il avait vu passer sur les lèvres décolorées de la petite consolatrice...

Cela ne dura qu'une seconde. Un flot de monde bloqua la porte et cacha à Christophe la vue de l'autre salon. Il se renfonça dans l'ombre, hors de l'atteinte du miroir; il craignait que son trouble ne fût remarqué. Mais quand il fut plus calme, il voulut la revoir. Il avait peur qu'elle ne fût partie. Il entra dans le salon; et, au milieu de la foule, il la retrouva aussitôt, quoiqu'elle ne fût plus de même qu'elle lui était apparue dans la glace. Maintenant, il la voyait de profil, assise dans un cercle de dames élégantes; un coude sur le bras du fauteuil, le corps un peu penché, la tête appuyée sur sa main, elle écoutait les causeries, avec un sourire intelligent et distrait; elle avait les traits du jeune saint Jean, les yeux à demi fermés, souriant à sa pensée, dans *La Dispute* de Raphaël...

Alors, elle leva les yeux, le vit, et ne fut pas étonnée. Et il vit que son sourire était pour lui. Il la salua, ému, et il s'approcha d'elle.

« Vous ne me reconnaissez pas? » dit-elle.

A cet instant, il la reconnut :

« Grazia... » dit-il[1].

Au même moment, l'ambassadrice, qui passait, se félicitait que la rencontre, depuis longtemps cherchée, se fût enfin produite; et elle présentait Christophe à « la comtesse Bérény ». Mais Christophe était si ému qu'il n'entendait même pas; et il ne remarquait point ce nom étranger. C'était toujours pour lui sa petite Grazia.

1. *La Foire sur la Place.*

•

Grazia avait vingt-deux ans. Elle était mariée, depuis un an, à un jeune attaché d'ambassade hongrois, noble, de grande famille, apparenté à un premier ministre de l'empereur, snob, viveur, élégant, prématurément usé, dont elle s'était sincèrement éprise, et qu'elle aimait encore, tout en le jugeant. Son vieux papa était mort. Son mari avait été nommé à l'ambassade de Paris. Par les relations du comte Bérény, par son charme et son intelligence propre, la timide fillette qu'un rien effarouchait était devenue une des jeunes femmes les plus en vue dans la société parisienne, sans faire aucun effort pour cela, et sans en être gênée. C'est une grande force d'être jeune et jolie, et de plaire, et de savoir qu'on plaît. Et c'est une force non moins grande d'avoir un cœur tranquille, très sain et très serein, qui trouve son bonheur dans l'accord harmonieux de ses désirs et de sa destinée. La belle fleur de vie s'était épanouie; mais elle n'avait rien perdu de la calme musique de son âme latine, nourrie de la lumière et de la paix puissante de la terre italienne. Tout naturellement, elle avait pris dans le monde de Paris un ascendant : elle ne s'en étonnait point, et savait en user pour les œuvres artistiques ou charitables qui recouraient à elle; de ces œuvres elle laissait à d'autres le patronage officiel : car, bien qu'elle sût tenir son rang, elle avait conservé de son enfance un peu sauvage dans la villa solitaire au milieu des champs, une secrète indépendance, que le monde fatiguait tout en l'amusant, mais qui savait déguiser son ennui sous l'aimable sourire d'un cœur bon et courtois.

Elle n'avait pas oublié son grand ami Christophe. L'enfant, que brûlait en silence un innocent amour, sans doute n'existait plus. La Grazia d'à présent était une femme très sensée et nullement romanesque. Elle avait une douce ironie pour les exagérations de sa tendresse enfantine. Elle ne laissait pourtant point d'être émue par ces souvenirs. La pensée de Christophe était associée aux heures les plus dures de sa vie. Elle n'entendait pas son nom sans plaisir; et chacun de ses succès la réjouissait, comme si elle y avait part : car elle les avait pressentis. Dès son arrivée à Paris, elle avait cherché à le revoir. Elle l'avait invité, en ajoutant sur la lettre d'invitation son ancien nom de jeune fille. Christophe n'y avait pas fait attention, et il avait jeté l'invitaion au panier, sans répondre. Elle ne s'en était pas offensée. Elle avait continué de suivre, sans qu'il le sût, ses travaux et même un peu sa vie. C'était elle, dont la main bienfaisante l'avait secouru, dans la campagne récente menée contre lui par les journaux. La proprette Grazia n'avait guère de rapports avec le monde de la presse; mais quand il s'agissait de rendre service à un ami, elle était capable d'enjôler, avec une malicieuse rouerie, les gens qu'elle aimait le moins. Elle invita le directeur du journal qui menait la meute des aboyeurs; et, en moins de rien, elle lui tourna la tête; elle sut flatter son amour-propre; elle le séduisit si bien, tout en lui en imposant, qu'elle n'eut besoin que de quelques mots, négligemment jetés, d'étonnement méprisant sur les attaques dont Christophe était l'objet, pour que la campagne s'arrêtât net. Le directeur supprima l'article injurieux qui allait paraître le lendemain; et quand le chroniqueur s'informa des motifs de la suppression, il lui lava la tête. Il fit plus : il donna ordre à un de ses gens-à-tout-faire de fabriquer dans la quinzaine un article enthousiaste sur Christophe; l'article fut fabriqué, enthousiaste et stupide à souhait. Ce fut aussi Grazia qui eut l'idée d'organiser à l'ambassade des auditions d'œuvres de son ami, et qui, sachant qu'il patronnait Cécile, aida la jeune chanteuse à se faire connaître. Enfin, par ses relations avec le monde diplomatique allemand, elle commença tout doucement, avec une habileté tranquille, à éveiller l'intérêt du pouvoir pour Christophe banni d'Allemagne; et peu à peu, elle détermina un mouvement d'opinion afin d'obtenir de l'empereur un décret qui rouvrît les portes de son pays à un grand artiste qui l'honorait. S'il était prématuré d'attendre pour l'instant cet acte de grâce, elle réussit du moins à ce qu'on fermât les yeux sur le voyage de quelques jours qu'il fit dans sa ville natale.

Et Christophe, qui sentait planer sur lui la présence de l'invisible amie, sans pouvoir découvrir qui elle était, venait de la reconnaître dans la figure du jeune saint Jean qui lui souriait dans le miroir.

*

Ils causaient du passé. Ce qu'ils disaient, Christophe ne le savait guère. Pas plus qu'on ne la voit, on n'entend celle qu'on aime. Et quand on l'aime bien, on ne songe même point qu'on l'aime. Christophe ne s'en doutait pas. Elle était là : c'était assez. Le reste n'existait plus...

Grazia s'arrêta de parler. Un jeune homme très grand, assez beau, élégant, la figure rasée, la tête chauve, l'air ennuyé et méprisant, considérait Christophe à travers son monocle, et, déjà, s'inclinait avec une politesse hautaine.

« Mon mari », dit-elle.

Le bruit du salon reparut. La lumière intérieure s'éteignit, Christophe, glacé, se tut, et répondant au salut, il se retira aussitôt.

Ridicules et dévorantes exigences de ces âmes d'artistes et des lois enfantines qui régissent leur vie passionnée! Cette amie, qu'il avait négligée jadis quand elle l'aimait, et à qui il n'avait plus pensé depuis des années, à peine la retrouvait-il qu'il lui semblait qu'elle était à lui, qu'elle était son bien, et que si un autre l'avait prise, c'est qu'on la lui avait volée : elle-même n'avait pas le droit de se donner à un autre. Christophe ne se rendait pas compte de ce qui se passait en lui. Mais son démon créateur s'en rendait compte pour lui, et enfanta, ces jours-là, certains de ses plus beaux chants de douloureux amour.

Assez longtemps il resta sans la revoir. La peine et la santé d'Olivier l'obsédaient. Un jour enfin, retrouvant l'adresse qu'elle lui avait laissée, il se décida.

En montant l'escalier, il entendit des marteaux d'ouvriers qui clouaient. L'antichambre était en désordre, encombrée de caisses et de malles. Le valet répondit que la comtesse n'était pas visible. Mais comme Christophe déçu se retirait après avoir remis sa carte, le domestique courut après lui, et le fit rentrer en s'excusant. Christophe fut introduit dans un salon, dont les tapis étaient enlevés et roulés. Grazia vint au-devant de lui, avec son lumineux sourire, la main tendue dans un élan de joie. Toutes les sottes rancunes s'évanouirent. Il saisit cette main dans le même élan de bonheur, et il la baisa.

« Ah! dit-elle, je suis heureuse que vous soyez venu! Je craignais tant de partir sans vous avoir revu!

— Partir, vous allez partir! »

L'ombre, de nouveau, retomba.

« Vous le voyez, dit-elle, montrant le désordre de la chambre; à la fin de la semaine, nous aurons quitté Paris.

— Pour longtemps? »

Elle fit un geste :

« Qui le sait? »

Il fit effort pour parler. Sa gorge était contractée.

« Où allez-vous?

— Aux Etats-Unis. Mon mari y est nommé premier secrétaire d'ambassade.

— Et ainsi, ainsi, fit-il... (Ses lèvres tremblaient)... c'est fini...

— Mon ami! dit-elle, émue de son accent... Non, ce n'est pas fini.

— Je vous ai retrouvée seulement pour vous perdre! »

Il avait les larmes aux yeux.

« Mon ami », répéta-t-elle.

Il mit la main sur ses yeux, et se détourna, pour cacher son émotion.

« Ne soyez pas triste », dit-elle, en lui posant la main sur sa main.

A ce moment encore, il pensa à la petite fille d'Allemagne. Ils se turent.

« Pourquoi êtes-vous venu si tard? demanda-t-elle enfin. J'ai cherché à vous voir. Vous n'avez jamais répondu.

— Je ne savais point, je ne savais point, fit-il... Dites-moi, c'est vous qui tant de fois m'êtes venue en aide, sans que j'aie pu deviner?... C'est à vous que je dois d'avoir pu retourner en Allemagne? C'est vous qui étiez mon bon ange, qui veilliez sur moi? »

Elle dit :

« J'étais heureuse de pouvoir quelque chose pour vous. Je vous dois tant!

— Quoi donc? demanda-t-il. Je n'ai rien fait pour vous.

— Vous ne savez pas, dit-elle, ce que vous avez été pour moi. »

Elle parla du temps où, fillette, elle le rencontra chez

son oncle Stevens, et où elle eut, par lui, par sa musique, la révélation de tout ce qu'il y a de beau dans le monde. Et peu à peu, s'animant doucement, elle lui raconta, par brèves allusions transparentes et voilées, ses émotions d'enfant, la part qu'elle avait prise aux chagrins de Christophe, le concert où il avait été sifflé et où elle avait pleuré, et la lettre qu'elle lui écrivit et à laquelle il ne répondit jamais : car il ne l'avait pas reçue. Et Christophe, en l'écoutant, de bonne foi projetait dans le passé son émotion présente et la tendresse qui le pénétrait pour le tendre visage qui était penché vers lui.

Ils causaient innocemment, avec une joie affectueuse. Et Christophe, en parlant, prit la main de Grazia. Et brusquement, ils s'arrêtèrent tous deux : car Grazia s'aperçut que Christophe l'aimait. Et Christophe s'en aperçut aussi...

Autrefois, Grazia avait aimé Christophe sans que Christophe s'en souciât. Maintenant, Christophe aimait Grazia; et Grazia n'avait plus pour lui qu'une paisible amitié : elle aimait un autre. Comme il arrive souvent, il avait suffi que l'une des deux horloges de leurs vies fût en avance sur l'autre pour que toute leur vie, à tous deux, fût changée...

Grazia retira sa main, que Christophe ne retint point. Et ils restèrent, un moment, interdits, sans parler.

Et Grazia dit :

« Adieu. »

Christophe répéta sa plainte :

« Et ainsi, c'est fini?

— C'est mieux sans doute, que les choses soient ainsi.

— Ne nous reverrons-nous pas, avant votre départ?

— Non, dit-elle.

— Quand nous reverrons-nous? »

Elle fit un geste de doute mélancolique.

« Alors, à quoi bon, dit Christophe, à quoi bon nous être revus? »

Mais au reproche de ses yeux, il répondit aussitôt :

« Non, pardon, je suis injuste.

— Je penserai toujours à vous, dit-elle.

— Hélas, fit-il, je ne puis même pas penser à vous. Je ne sais rien de votre vie. »

Tranquillement, elle lui décrivit en quelques mots sa vie habituelle, et comment ses journées se passaient. Elle parlait d'elle et de son mari, avec son beau sourire affectueux.

« Ah! dit-il jalousement, vous l'aimez?

— Oui », dit-elle.

Il se leva.

« Adieu. »

Elle se leva aussi. Alors seulement, il remarqua qu'elle était enceinte. Et cela lui fit au cœur une impression inexprimable de dégoût, de tendresse, de jalousie, de pitié passionnée. Elle l'accompagna jusqu'à l'entrée du petit salon. A la porte, il se retourna, s'inclina vers les mains de l'amie, et les baisa longuement. Elle ne bougeait point, les yeux à demi fermés. Enfin, il se releva, et, sans la regarder, il sortit rapidement.

...E chi allora m'avesse domandato di cosa alcuna, la mia risponsione sarebbe stata solamente
AMORE,
con viso vestito d'umiltà...

JOUR de la Toussaint. Lumière grise et vent froid, au-dehors. Christophe était chez Cécile. Cécile était près du berceau de l'enfant, sur lequel se penchait Mme Arnaud, qui était venue, en passant. Christophe rêvait. Il sentait qu'il avait manqué le bonheur; mais il ne songeait pas à se plaindre : il savait que le bonheur existait... Soleil, je n'ai pas besoin de te voir pour t'aimer! Pendant ces longs jours d'hiver où je grelotte dans l'ombre, mon cœur est plein de toi; mon amour me tient chaud : je sais que tu es là...

Et Cécile aussi rêvait. Elle contemplait l'enfant, et finissait par croire qu'il était son enfant. O pouvoir béni du rêve, imagination créatrice de la vie! La vie... Qu'est-ce que la vie? Elle n'est pas ce que la froide raison et ce que nos yeux la voient. La vie est ce que nous la rêvons. La mesure de la vie, c'est l'amour.

Christophe regardait Cécile dont le visage rustique aux larges yeux rayonnait de la splendeur de l'instinct maternel — plus mère que la vraie mère. Et il regardait la tendre figure fatiguée de Mme Arnaud. Il lisait sur ces traits, comme en un livre émouvant, les douceurs et les souffrances cachées de cette vie d'épouse, qui, sans que l'on en soupçonne rien, est parfois aussi riche en douleurs et en joies que l'amour de Juliette ou d'Ysolde. Mais avec plus de grandeur religieuse...

Socia rei humanae atque divinae...

Et il pensait que, pas plus que la foi ou le manque de

foi, ce ne sont les enfants ou le manque d'enfants qui font le bonheur ou le malheur de celles qui se marient et de celles qui ne se marient pas. Le bonheur est le parfum de l'âme, l'harmonie du cœur qui chante. Et la plus belle des musiques de l'âme, c'est la bonté.

Olivier entra. Ses mouvements étaient calmes; une sérénité nouvelle éclairait ses yeux bleus. Il sourit à l'enfant, serra la main à Cécile et à Mme Arnaud, et se mit à causer tranquillement. Ils l'observaient avec un étonnement affectueux. Il n'était plus le même. Dans l'isolement où il s'était enfermé avec son chagrin, comme la chenille dans le nid qu'elle s'est filé, après un dur travail il avait réussi à dépouiller sa peine comme une coque vide. Nous raconterons, plus loin, comment il avait pu trouver une belle cause à laquelle faire le don de sa vie, qui ne l'intéressait plus que pour la sacrifier; et, comme c'est la loi, du jour où il avait fait dans son cœur un acte de renoncement à la vie, elle s'était rallumée. Ses amis le regardaient. Ils ne savaient point ce qui s'était passé, et ils n'osaient le lui demander; mais ils sentaient qu'il s'était délivré, et qu'il n'y avait plus en lui ni regret, ni amertume, pour quoi que ce fût, contre qui que ce fût.

Christophe, se levant, alla au piano, et dit à Olivier :

« Veux-tu que je te chante une mélodie de Brahms?

— De Brahms? dit Olivier. Tu joues maintenant de ton vieil ennemi?

— C'est la Toussaint, dit Christophe. Jour de pardon pour tous. »

Il chanta, à mi-voix, pour ne pas réveiller l'enfant, quelques phrases d'un vieux *lied* populaire de Souabe :

...Für die Zeit, wo du g'liebt mi hast
Da dank'i dir schön,
Und i wünsch' dass dir's anderswo
Besser mag geh'n...

(« *Pour le temps où tu m'as aimé, je te remercie, et je souhaite qu'ailleurs ce soit mieux pour toi...* »)

« Christophe! » dit Olivier.

Christophe le serra sur sa poitrine.

« Va mon petit, lui dit-il, nous avons le bon lot. »

Ils étaient assis tous les quatre, près de l'enfant qui dormait. Ils ne parlaient point. Et à qui leur eût demandé quelle était leur pensée — *le visage vêtu d'humilité, ils eussent répondu seulement :*

— *Amour.*

LE BUISSON ARDENT

PREMIÈRE PARTIE

Calme du cœur. Les vents suspendus. L'air immobile...

Christophe était tranquille; la paix était en lui. Il éprouvait quelque fierté de l'avoir conquise. Et secrètement, il en était contrit. Il s'étonnait du silence. Ses passions étaient endormies; il croyait, de bonne foi, qu'elles ne se réveilleraient plus.

Sa grande force, un peu brutale, s'assoupissait, sans objet, désœuvrée. Au fond, un vide secret, un « à quoi bon », caché; peut-être le sentiment du bonheur qu'il n'avait pas su saisir. Il n'avait plus assez à lutter, ni contre soi, ni contre les autres. Il n'avait plus assez de peine, même à travailler. Il était arrivé au terme d'une étape; il bénéficiait de la somme de ses efforts antérieurs; il épuisait trop aisément la veine musicale qu'il avait ouverte; et tandis que le public, naturellement en retard, découvrait et admirait ses œuvres passées, lui, s'en détachait, sans savoir encore s'il irait plus avant. Il jouissait, dans la création, d'un bonheur uniforme. L'art n'était plus pour lui, à cet instant de sa vie, qu'un bel instrument, dont il jouait en virtuose. Il se sentait, avec honte, devenir dilettante.

« *Il faut,* disait Ibsen, *pour persévérer dans l'art, autre chose et plus qu'un génie naturel : des passions, des douleurs qui remplissent la vie et lui donnent un sens. Sinon, l'on ne crée pas, on écrit des livres.* »

Christophe écrivait des livres. Il n'y était pas habitué. Ces livres étaient beaux. Il les eût préférés moins beaux et plus vivants. Cet athlète au repos, qui ne savait que faire de ses muscles, regardait, avec le bâillement d'un fauve qui s'ennuie, les années, les années de tranquille travail qui l'attendaient. Et comme, avec son vieux fonds d'optimisme germanique, il se persuadait volontiers que tout était pour le mieux, il pensait que c'était là sans doute le terme inévitable; il se flattait d'être sorti de la tourmente, d'être devenu son maître. Ce n'était pas beaucoup dire... Enfin! On règne sur ce qu'on a, on est ce qu'on peut être... Il se croyait arrivé au port.

*

Les deux amis n'habitaient pas ensemble. Quand Jacqueline était partie, Christophe avait pensé qu'Olivier reviendrait s'installer chez lui. Mais Olivier ne le pouvait point. Malgré le besoin qu'il avait de se rapprocher de Christophe, il sentait l'impossibilité de reprendre avec lui l'existence d'autrefois. Après les années passées avec Jacqueline, il lui eût semblé intolérable, et même sacrilège, d'introduire un autre dans l'intimité de sa vie — cet autre l'aimât-il mieux et fût-il mieux aimé de lui que Jacqueline. — Cela ne se raisonne pas...

Christophe avait eu peine à comprendre. Il revenait à la charge, il s'étonnait, il s'attristait, il s'indignait... Puis, son instinct, supérieur à son intelligence, l'avertit. Brusquement, il se tut, et trouva qu'Olivier avait raison.

Mais ils se voyaient, chaque jour, et jamais ils n'avaient été plus unis. Peut-être n'échangeaient-ils pas dans leurs entretiens les pensées les plus intimes. Ils n'en avaient pas besoin. L'échange se faisait sans paroles, par la grâce des cœurs aimants.

Tous deux causaient peu, absorbés, l'un dans son art, et l'autre dans ses souvenirs. La peine d'Olivier s'atténuait; mais il ne faisait rien pour cela, il s'y complaisait presque : ce fut pendant longtemps sa seule raison de vivre. Il aimait son enfant; mais son enfant — un bébé vagissant — ne pouvait tenir grand-place dans sa vie. Il y a des hommes qui sont plus amants que pères. Il ne servirait à rien de s'en scandaliser. La nature n'est pas uniforme; et il serait absurde de vouloir imposer à tous les mêmes lois du cœur. Nul n'a le droit de sacrifier ses devoirs à son cœur. Du moins, faut-il reconnaître au cœur le droit de n'être pas heureux, en faisant son devoir. Ce qu'Olivier aimait le plus en son enfant, c'était celle dont son enfant était la chair.

Jusqu'à ces derniers temps, il avait prêté peu d'attention aux souffrances des autres. Il était un intellectuel, qui vit trop enfermé en soi. Ce n'était pas égoïsme, c'était habitude maladive du rêve. Jacqueline avait encore élargi le vide autour de lui; son amour avait tracé entre Olivier et le reste des hommes un cercle magique, qui persistait après que l'amour n'était plus. Et puis, il était, de tempérament, un aristocrate. Depuis l'enfance, en dépit de son cœur tendre, il s'était tenu éloigné de la foule, par une délicatesse instinctive de corps et d'âme. L'odeur et les pensées publiques lui répugnaient.

Mais tout avait changé, à la suite d'un fait divers banal, dont il venait d'être le témoin.

*

Il avait loué un appartement très modeste, dans le haut Montrouge, non loin de Christophe et de Cécile. Le quartier était populaire, la maison habitée par de petits rentiers, des employés, et quelques ménages ouvriers. En un autre temps, il eût souffert de ce milieu où il se trouvait étranger; mais en ce moment, peu lui importait, ici où là : il se trouvait partout étranger. Il ne savait pas qui il avait pour voisins, et il ne voulait pas le savoir. Quand il revenait du travail — (il avait pris un emploi dans une maison d'éditions) — il s'enfermait avec ses souvenirs, et il n'en sortait que pour aller voir son enfant et Christophe. Son logement n'était pas le foyer : c'était la chambre noire où se fixent les images du passé; plus elle était noire et nue, plus nettement les images ressortaient. A peine remarquait-il les figures qu'il croisait sur l'escalier. A son insu, pourtant, certaines se fixaient en lui. Il est des esprits qui ne voient bien les choses qu'après qu'elles sont passées. Mais alors, rien ne leur échappe, les moindres détails sont gravés au burin. Tel était Olivier : peuplé d'ombres des vivants. Au choc d'une émotion, elles surgissaient; et Olivier les reconnaissait sans les avoir connues, parfois tendait les mains pour les saisir... Trop tard!...

Un jour, en sortant, il vit un rassemblement devant la porte de sa maison, autour de la concierge qui pérorait.

Il était si peu curieux qu'il eût continué son chemin sans s'informer; mais la concierge, désireuse de recruter un auditeur de plus, l'arrêta, lui demandant s'il savait ce qui était arrivé à ces pauvres Roussel. Olivier ne savait même pas qui étaient « ces pauvres Roussel »; et il prêta l'oreille avec une indifférence polie. Quand il apprit qu'une famille d'ouvriers, père, mère et cinq enfants, venait de se suicider de misère, dans sa maison, il resta comme les autres à regarder les murs, en écoutant la narratrice qui ne se lassait pas de recommencer l'histoire. A mesure qu'elle parlait, des souvenirs lui revenaient, il s'apercevait qu'il avait vu ces gens; il posa des questions... Oui, il les reconnaissait : l'homme — (il entendait sa respiration sifflante dans l'escalier) — un ouvrier boulanger, au teint blême, le sang bu par la chaleur du four, les joues creuses, mal rasé; atteint d'une pneumonie, au commencement de l'hiver, il s'était remis à la tâche, insuffisamment guéri; une rechute était survenue; depuis trois semaines, il était sans travail et sans forces. La femme, traînant d'incessantes grossesses, percluse de rhumatismes, s'épuisait à faire quelques ménages, passait les journées en courses, pour tâcher d'obtenir de l'Assistance publique de maigres secours qui ne se pressaient pas de venir. En attendant, les enfants venaient, et ils ne se lassaient point : onze ans, sept ans, trois ans — sans compter deux autres qu'on avait perdu sur la route; et pour achever, deux jumeaux qui avaient bien choisi le moment pour faire leur apparition : ils étaient nés le mois passé!

« Le jour de leur naissance, racontait une voisine, l'aînée des cinq, la petite de onze ans, Justine — pauvre gosse! — s'est mise à sangloter, demandant comment elle viendrait à bout de les porter tous les deux... »

Olivier revit sur-le-champ l'image de la fillette, un front volumineux, des cheveux pâles tirés en arrière, les yeux gris trouble, à fleur de tête. On la rencontrait toujours portant les provisions, ou la sœur plus petite : ou bien elle tenait par la main le frère de sept ans, un garçon chétif, au minois fin, qui avait un œil perdu. Quand ils se croisaient dans l'escalier, Olivier disait, avec sa politesse distraite :

« Pardon, mademoiselle. »

Elle ne disait rien; elle passait, raide, s'effaçant à peine; cette courtoisie illusoire lui faisait un secret plaisir. La veille au soir, à six heures, en descendant, il l'avait rencontrée pour la dernière fois; elle montait un seau de charbon de bois. La charge semblait bien lourde. Mais c'est chose naturelle pour les enfants du peuple. Olivier avait salué, comme d'habitude, sans regarder. Quelques marches plus bas, levant machinalement la tête, il avait vu, penchée sur le palier, la petite figure crispée qui le regardait descendre. Elle avait aussitôt repris sa montée. Savait-elle où cette montée la menait? — Olivier n'en doutait pas et il était obsédé par la pensée de cette enfant, qui portait dans son seau trop lourd la mort, — la délivrance... Les malheureux petits, pour qui ne plus être voulait dire ne plus souffrir! Il ne put continuer sa promenade. Il rentra dans sa chambre. Mais là, savoir ces morts près de lui... Quelques cloisons l'en séparaient... Penser qu'il avait vécu à côté de ces angoisses!

Il alla voir Christophe. Il avait le cœur serré; il se disait qu'il est monstrueux de s'absorber, comme il avait fait, dans de vains regrets d'amour, lorsque tant d'êtres souffraient de malheurs mille fois pires, et qu'on pouvait les sauver. Son émotion était profonde; elle n'eut pas de peine à se communiquer. Christophe fut remué à son tour. Au récit d'Olivier, il déchira la page qu'il venait d'écrire, se traitant d'égoïste qui s'amuse à des jeux d'enfant... Mais ensuite, il ramassa les morceaux déchirés. Il était trop pris par sa musique; et son instinct lui disait qu'une œuvre d'art de moins ne ferait pas un heureux de plus. Cette tragédie de la misère n'était pour lui rien de nouveau; depuis l'enfance, il était habitué à marcher sur le bord de tels abîmes, et à n'y pas tomber. Même, il était sévère pour le suicide, à ce moment de la vie où il se sentait en pleine force et ne concevait pas qu'on pût, pour quelque souffrance que ce fût, renoncer à la lutte. La souffrance et la lutte, qu'y a-t-il de plus normal? C'est l'échine de l'univers.

Olivier avait aussi passé par des épreuves semblables; mais jamais il n'avait pu en prendre son parti, ni pour lui, ni pour les autres. Il avait l'horreur de cette misère, où la vie de sa chère Antoinette s'était consumée. Après qu'il avait épousé Jacqueline, quand il s'était laissé amollir par la richesse et par l'amour, il avait eu hâte d'écarter le souvenir des tristes années où sa sœur et lui s'épuisaient à gagner, chaque jour, le droit à vivre le lendemain, sans savoir s'ils y réussiraient. Ces images reparaissaient, à présent qu'il n'avait plus son égoïsme d'amour à sauvegarder. Au lieu de fuir le visage de la souffrance, il se mit à sa recherche. Il n'avait pas beaucoup de chemin à faire pour la trouver. Dans son état d'esprit, il devait la voir partout. Elle remplissait le monde. Le monde, cet hôpital... O douleurs, agonies! Tortures de chair blessée, pantelante, qui pourrit vivante! Supplices silencieux des cœurs que le chagrin consume! Enfants privés de tendresse, filles privées d'espoir, femmes séduites et trahies, hommes déçus dans leurs amitiés, leurs amours et leur foi, lamentable cortège des malheureux que la vie a meurtris!... Le plus atroce n'est pas la misère et la maladie; c'est la cruauté des hommes, les uns envers les autres. A peine Olivier eut-il levé la trappe qui fermait l'enfer humain, que monta vers lui la clameur de tous les opprimés : prolétaires exploités, peuples persécutés, l'Arménie massacrée, la Finlande étouffée, la Pologne écartelée, la Russie martyrisée, l'Afrique livrée en curée aux loups européens, les misérables de tout le genre humain. Il en fut suffoqué; il l'entendait partout, il ne pouvait plus concevoir qu'on pensât à autre chose. Il en parlait sans cesse à Christophe. Christophe, troublé, disait :

« Tais-toi! laisse-moi travailler. »

Et comme il avait peine à reprendre son équilibre, il s'irritait, jurait :

« Au diable! Ma journée est perdue! Te voilà bien avancé! »

Olivier s'excusait.

« Mon petit, disait Christophe, il ne faut pas toujours regarder dans le gouffre. On ne peut plus vivre.

— Il faut tendre la main à ceux qui sont dans le gouffre.

— Sans doute. Mais comment? En nous y jetant aussi? Car c'est cela que tu veux. Tu as une propension à ne plus voir dans la vie que ce qu'elle a de triste. Que le bon Dieu te bénisse! Ce pessimisme est charitable, assurément; mais il est déprimant. Veux-tu faire du bonheur? D'abord sois heureux!

— Heureux! Comment peut-on avoir le cœur de l'être, quand on voit tant de souffrances? Il ne peut y avoir de bonheur qu'à tâcher de les diminuer.

— Fort bien. Mais ce n'est pas en allant me battre à tort et à travers que j'aiderai les malheureux. Un mauvais soldat de plus, ce n'est guère. Mais je puis consoler par mon art, répandre la force et la joie. Sais-tu combien de misérables ont été soutenus dans leurs peines par la beauté d'une chanson ailée? A chacun son métier! Vous autres de France, en généreux hurluberlus, vous êtes toujours les premiers à manifester contre toutes les injustices, d'Espagne ou de Russie, sans savoir au juste de quoi il s'agit. Je vous aime pour cela. Mais croyez-vous que vous avanciez les choses? Vous vous y jetez en brouillons, et le résultat est nul — quand il n'est pas pire... Et vois, jamais votre art n'a été plus fade qu'en ce temps où vos artistes prétendent se mêler à l'action universelle. Etrange, que tant de petits-maîtres dilettantes et roués s'érigent en apôtres! Ils feraient beaucoup mieux de verser à leur peuple un vin moins frelaté. — Mon premier devoir, c'est de faire ce que je fais, et de vous fabriquer une musique saine, qui vous redonne du sang et mette en vous le soleil. »

*

Pour répandre le soleil sur les autres, il faut l'avoir en soi. Olivier en manquait. Comme les meilleurs d'aujourd'hui, il n'était pas assez fort pour rayonner la force, à lui tout seul. Il ne l'aurait pu qu'en s'unissant avec d'autres. Mais avec qui s'unir? Libre d'esprit et religieux de cœur, il était rejeté de tous les partis politiques et religieux. Ils rivalisaient tous entre eux, d'intolérance et d'étroitesse. Dès qu'ils avaient le pouvoir, c'était pour en abuser. Seuls, les opprimés attiraient Olivier. En ceci du moins il partageait l'opinion de Christophe, qu'avant de combattre les injustices lointaines, on doit combattre les injustices prochaines, celles qui nous entourent et dont nous sommes plus ou moins responsables. Trop de gens se contentent, en protestant contre le mal commis par d'autres, sans songer à celui qu'ils font.

Il s'occupa d'abord d'assistance aux pauvres. Son amie, Mme Arnaud, faisait partie d'une œuvre charitable. Olivier s'y fit admettre. Dans les premiers temps, il eut plus d'un mécompte : les pauvres dont il dut se charger n'étaient pas tous dignes d'intérêt; ou ils répondaient mal à sa sympathie, ils se méfiaient de lui, ils lui restaient fermés. D'ailleurs, un intellectuel a peine à se satisfaire de la charité toute simple : elle arrose une si petite province du pays de misère! Son action est presque toujours morcelée, fragmentaire; elle semble aller au hasard, et panser les blessures, au fur et à mesure qu'elle en découvre; elle est, en général, trop modeste et trop pressée pour s'aventurer jusqu'aux racines du mal. Or, c'est là une recherche dont l'esprit d'Olivier ne pouvait se passer.

Il se mit à étudier le problème de la misère sociale. Il ne manquait point de guides. En ce temps, la question sociale était devenue une question de société. On en parlait dans les salons, dans les romans, au théâtre. Chacun avait la prétention de la connaître. Une partie de la jeunesse y dépensait le meilleur de ses forces.

A toute génération nouvelle il faut une belle folie. Même les plus égoïstes parmi les jeunes gens ont un trop-plein de vie, un capital d'énergie qui ne veut point rester improductif; ils cherchent à le dépenser dans une action, ou — (plus prudemment) — dans une théorie. Aviation ou Révolution. Le sport des muscles ou celui des idées. On a besoin, quand on est jeune, de se donner l'illusion qu'on participe à un grand mouvement de l'humanité, qu'on renouvelle le monde. On a des sens qui vibrent à tous les souffles de l'univers. On est si libre et si léger! On ne s'est pas encore chargé du lest d'une famille, on n'a rien, on ne risque guère. On est bien généreux, quand on peut renoncer à ce qu'on ne tient pas encore. Et puis, il est si bon d'aimer et de haïr, et de croire qu'on transforme la terre avec des rêves et des cris! Les jeunes gens sont comme des chiens aux écoutes : ils frémissent et ils aboient au vent. Une injustice commise à l'autre bout du monde, les faisait délirer...

Aboiements dans la nuit. D'une ferme à l'autre, au milieu des grands bois, ils se répondaient sans répit. La nuit était agitée. Il n'était pas facile de dormir, en ce temps-là! Le vent charriait dans l'air l'écho de tant d'injustices!... L'injustice est innombrable; pour remédier à l'une, on risque d'en causer d'autres. Qu'est-ce que l'injustice? — Pour l'un, c'est la paix honteuse, la patrie démembrée. Pour l'autre, c'est la guerre. Pour celui-ci, c'est le passé détruit, c'est le prince banni; pour celui-là, c'est l'Église spoliée; pour ce troisième, c'est l'avenir étouffé, la liberté en danger. Pour le peuple, c'est l'inégalité; et pour l'élite, c'est l'égalité. Il y a tant d'injustices différentes que chaque époque choisit la sienne — celle qu'elle combat, et celle qu'elle favorise.

A ce moment, le plus gros des efforts du monde étaient tournés contre les injustices sociales — et visaient inconsciemment à en préparer de nouvelles.

Certes, ces injustices étaient lourdes et s'étalaient aux yeux, depuis que la classe ouvrière, croissant en nombre et en puissance, était devenue un des rouages essentiels de l'Etat. Mais en dépit des déclamations de ses tribuns et de ses bardes, la situation de cette classe n'était pas pire, elle était meilleure qu'elle n'avait été dans le passé; et le changement ne venait pas de ce qu'elle souffrait plus, mais de ce qu'elle était plus forte. Plus forte, par la force même du capital ennemi, par la fatalité du développement économique et industriel, qui avait rassemblé ces travailleurs en armées prêtes au combat et, par le machinisme, leur avait mis les armes à la main, avait fait de chaque contremaître un maître qui commandait à la lumière, à la foudre, à l'énergie du monde. De cette masse énorme de forces élémentaires, que des chefs depuis peu tâchaient d'organiser, se dégageaient une chaleur de brasier, des ondes électriques qui parcouraient le corps de la société humaine.

Ce n'était pas par sa justice, ou par la nouveauté et la force de ses idées que la cause de ce peuple remuait la bourgeoisie intelligente, bien qu'ils voulussent le croire. C'était par sa vitalité...

Sa justice? Mille autres justices étaient violées dans le monde, sans que le monde s'en émût. Ses idées? Des lambeaux de vérités, ramassées çà et là, ajustées à la taille d'une classe, aux dépens des autres classes. Des *credo* absurdes, comme tous les *credo* — Droit divin des rois, Infaillibilité des papes, Règnes du prolétariat, Suffrage universel, Egalité des hommes — pareillement absurdes, si l'on ne considère que leur valeur de raison, et non la force qui les anime. Qu'importait leur médiocrité? Les idées ne conquièrent pas le monde en tant qu'idées, mais en tant que forces. Elles ne prennent pas les hommes par leur contenu intellectuel, mais par le rayonnement vital, qui, à certaines heures de l'histoire, s'en dégage. On dirait un fumet qui monte : les odorats les plus grossiers en sont saisis. La plus sublime idée restera sans effet, jusqu'au jour où elle devient contagieuse, non par ses propres mérites, mais par ceux des groupes humains qui l'incarnent et lui transfusent leur sang. Alors la plante desséchée, la rose de Jéricho, soudainement fleurit, grandit, remplit l'air de son arôme violent. — Ces pensées, dont l'éclatant drapeau menait les classes ouvrières à l'assaut de la citadelle bourgeoise, étaient sorties du cerveau de rêveurs bourgeois. Tant qu'elles étaient restées dans les livres des bourgeois, elles étaient comme mortes : des objets de musée, des momies emmaillotées dans des vitrines, que personne ne regarde. Mais aussitôt que le peuple s'en était emparé, il les avait faites peuple, il y avait ajouté sa réalité fiévreuse, qui les déformait, et qui les animait, soufflant dans ces raisons abstraites ses espoirs hallucinés, un vent brûlant d'Hégire. Elles se propageaient de l'un à l'autre. On en était touché, sans savoir ni par qui, ni comment elles avaient été apportées. Les personnes ne comptaient guère. L'épidémie morale continuait de s'étendre; et il se pouvait que des êtres bornés la communiquassent à des êtres d'élite. Chacun en était porteur, à son insu.

Ces phénomènes de contagion intellectuelle sont de tous temps et de tous pays; ils se font sentir même dans les Etats aristocratiques où tâchent de se maintenir des castes fermées. Mais nulle part ils ne sont plus foudroyants que dans les démocraties, qui ne conservent aucune barrière sanitaire entre l'élite et la foule. Celle-là est aussitôt contaminée. En dépit de son orgueil et de son intelligence, elle ne peut résister à la contagion : car elle est bien plus faible qu'elle ne pense. L'intelligence est un îlot, que les marées humaines rongent, effritent et recouvrent. Elle n'émerge de nouveau que quand le flux se retire. — On admire l'abnégation des privilégiés français qui abdiquèrent leurs droits, dans la nuit du 4 août. Ce qui est le plus admirable sans doute, c'est qu'ils n'ont pu faire autrement. J'imagine que bon nombre d'entre eux, rentrés dans leur hôtel, se sont dit : — « Qu'ai-je fait? J'étais ivre... » La magnifique ivresse! Loués soient le bon vin et la vigne qui le donne! La vigne, dont le sang enivra les privilégiés de la vieille France, ce n'étaient pas eux qui l'avaient plantée. Le vin est tiré, il n'y avait plus qu'à le boire. Qui le buvait, délirait. Même ceux qui ne buvaient point avaient le vertige, rien qu'à humer en passant l'odeur de la cuvée. Vendanges de la Révolution!... Du vin de 89, il ne reste plus à présent, dans les celliers de famille, que quelques bouteilles éventées; mais les enfants de nos petits-enfants se souviendront que leurs arrière-grands-pères en eurent la tête tournée.

C'était un vin plus âpre, mais non moins fort, qui montait au cerveau des jeunes bourgeois de la génération d'Olivier. Ils offraient leur classe en sacrifice au dieu nouveau, *Deo ignoto :* le Peuple.

*

Certes, ils n'étaient pas tous également sincères. Beaucoup ne voyaient là qu'une occasion de se distinguer de leur classe, en affectant de la mépriser. Pour la plupart, c'était un passe-temps intellectuel, un entraînement oratoire, qu'ils ne prenaient pas tout à fait au sérieux. Il y a plaisir à croire que l'on croit à une cause, que l'on se bat pour elle, ou bien que l'on se battra — du moins, qu'on pourrait se battre. Il n'est même pas mauvais de penser que l'on risque quelque chose. Emotions de théâtre. Elles sont bien innocentes quand on s'y livre naïvement, sans qu'il s'y mêle de calcul intéressé. — Mais d'autres, plus avisés, ne jouaient qu'à bon escient; le mouvement populaire leur était un moyen d'arriver. Tels les pirates Northmans, ils profitaient de la mer montante pour lancer leur barque à l'intérieur des terres; ils comptaient pénétrer au fond des grands estuaires, et rester agrippés aux villes conquises, tandis que la mer se retire. La passe était étroite, et le flot capricieux : il fallait être habile. Mais deux ou trois générations de démagogie ont formé une race de corsaires, pour qui le métier n'a plus de secrets. Ils passaient hardiment, et n'avaient même pas un regard pour ceux qui sombraient.

Cette canaille-là est de tous les partis; grâce à Dieu, aucun parti n'en est responsable. Mais le dégoût que ces aventuriers inspiraient aux sincères et aux convaincus avait conduit certains à désespérer de leur classe. Olivier voyait de jeunes bourgeois riches et instruits, qui avaient le sentiment de la déchéance de la bourgeoisie et de leur inutilité. Il n'avait que trop de penchant à sympathiser avec eux. Après avoir cru d'abord à la rénovation du peuple par l'élite, après avoir fondé des Universités Populaires et y avoir dépensé beaucoup de temps et d'argent, ils avaient constaté l'échec de leurs efforts; l'espoir avait été excessif, le découragement l'était aussi. Le peuple n'était pas venu à leur appel, ou il s'était sauvé. Quand il venait, il entendait tout de travers, il ne prenait de la culture bourgeoise que les vices. Enfin, plus d'une brebis galeuse s'était glissée dans les rangs des apôtres bourgeois, et les avaient discrédités, en exploitant du même coup le peuple et la bourgeoisie. Alors, il semblait aux gens de bonne foi que la bourgeoisie était condamnée, qu'elle ne pouvait qu'infecter le peuple, et que le peuple devait à tout prix se libérer d'elle, faire son chemin tout seul. Ils restaient donc sans autre action possible que d'annoncer un mouvement qui se ferait sans eux et contre eux. Les uns y trouvaient une joie de renoncement, de sympathie humaine, profonde et désintéressée, qui se nourrit de son sacrifice. Aimer, se donner! La jeunesse est si riche de son propre fonds qu'elle peut se passer d'être payée de retour; elle ne craint pas de rester dépourvue. — D'autres satisfaisaient là un plaisir de raison, une logique impérieuse; ils se sacrifiaient non aux hommes, mais aux idées. C'étaient les plus intrépides. Ils éprouvaient une jouissance orgueilleuse à déduire de leurs raisonnements la fin fatale de leur classe. Il leur eût été plus pénible de voir leurs prédictions démenties que d'être écrasés sous le poids. Dans leur ivresse intellectuelle, ils criaient à ceux du dehors : « Plus fort! Frappez plus fort! Qu'il ne reste plus rien de nous! » — Ils s'étaient faits les théoriciens de la violence.

De la violence des autres. Car, suivant l'habitude, ces apôtres de l'énergie brutale étaient presque toujours des gens débiles et distingués. Quelques-uns, fonctionnaires de cet Etat qu'ils parlaient de détruire, fonctionnaires appliqués, consciencieux et soumis. Leur violence théorique était la revanche de leur débilité, de leurs rancœurs et de la compression de leur vie. Mais elle était surtout l'indice des orages qui grondaient autour d'eux. Les théoriciens sont comme les météorologistes : ils disent, en termes scientifiques, le temps non pas qu'il fera, mais qu'il fait. Ils sont la girouette, qui marque d'où souffle le vent. Quand ils tournent, ils ne sont pas loin de croire qu'ils font tourner le vent.

Le vent avait tourné.

Les idées s'usent vite dans une démocratie : d'autant plus qu'elles se sont plus vite propagées. Combien de républicains en France s'étaient, en moins de cinquante ans, dégoûtés de la république, du suffrage universel, et de tant de libertés conquises avec ivresse! Après le culte fétichiste du nombre, après l'optimisme béat qui avait cru aux saintes majorités et qui attendait le progrès humain, l'esprit de violence soufflait; l'incapacité des majorités à se gouverner elles-mêmes, leur vénalité, leur veulerie, leur basse et peureuse aversion de toute supériorité, leur lâcheté oppressive soulevaient la révolte; les minorités énergiques — toutes les minorités — en appelaient à la force. Un rapprochement baroque, et cependant fatal, se faisait entre les royalistes de l'Action Française et les syndicalistes de la C.G.T. — Balzac parle, quelque part, de ces hommes de son temps, « *aristocrates par inclination, qui se faisaient républicains par dépit, uniquement pour trouver beaucoup d'inférieurs parmi leurs égaux* »... Maigre plaisir! Il faut contraindre ces inférieurs à se reconnaître tels; et pour cela, nul moyen qu'une autorité qui impose la suprématie de l'élite — ouvrière ou bourgeoise — au nombre qui l'opprime. Les jeunes intellectuels, petits bourgeois orgueilleux, se faisaient royalistes, ou révolutionnaires, par amour-propre froissé et par haine de l'égalité démocratique. Et les théoriciens désintéressés, les philosophes de la violence, en bonnes girouettes se dressaient au-dessus d'eux, oriflammes de la tempête.

Il y avait enfin la bande des littérateurs en quête d'inspiration — de ceux qui savent écrire, mais ne savent quoi écrire : comme les Grecs à Aulis, bloqués par le calme plat, ils ne peuvent plus avancer, et guettent impatiemment le bon vent, quel qu'il soit, qui viendra gonfler leurs voiles. — On voyait là des illustres, de ceux que l'Affaire Dreyfus avait inopinément arrachés à leurs travaux de style et lancés dans les réunions publiques. Exemple trop suivi, au gré des initiateurs. Une foule de littérateurs s'occupaient maintenant de politique, et prétendaient régenter les affaires de l'Etat. Tout leur était prétexte à former des ligues, lancer des manifestes, sauver le Capitole. Après les intellectuels de l'avant-garde, les intellectuels de l'arrière : les uns valaient les autres. Chacun des deux partis traitait l'autre d'intellectuel, et se traitait lui-même d'intelligent. Ceux qui avaient la chance de posséder dans leurs veines quelques gouttes de sang du peuple, en étaient glorieux; ils y trempaient leur plume. —

Tous, bourgeois mécontents, et cherchant à reprendre l'autorité que la bourgeoisie avait, par son égoïsme, irrémédiablement perdue. Il était rare que ces apôtres soutinssent longtemps leur zèle apostolique. Au début, la cause leur valait des succès, qui n'étaient probablement pas dus à leurs dons oratoires. Leur amour-propre en était délicieusement flatté. Depuis, ils continuaient, avec moins de succès, et quelque peur secrète d'être un peu ridicules. A la longue, ce dernier sentiment tendait à l'emporter, doublé de la lassitude d'un rôle difficile à jouer, pour des hommes de leurs goûts distingués et de leur scepticisme. Ils attendaient, pour battre en retraite, que le vent le leur permît, et aussi leur escorte. Car ils étaient prisonniers et de l'une et de l'autre. Ces Voltaire et ces Joseph de Maistre des temps nouveaux cachaient sous leur hardiesse d'écrits une incertitude épeurée, qui tâtait le terrain, craignait de se compromettre auprès des jeunes gens, s'évertuait à leur plaire, à jouer les jouvenceaux. Révolutionnaires, ou contre-révolutionnaires, par littérature, ils se résignaient à suivre la mode littéraire qu'ils avaient contribué à fonder.

Le type le plus curieux qu'Olivier rencontra, dans cette petite avant-garde bourgeoise de la Révolution, fut le révolutionnaire par timidité.

L'échantillon qu'il en avait sous les yeux se nommait Pierre Canet. De riche bourgeoisie, et de famille conservatrice hermétiquement fermée aux idées nouvelles : magistrats et fonctionnaires, qui s'étaient illustrés en boudant le pouvoir ou en se faisant révoquer; gros bourgeois du Marais, qui flirtaient avec l'Eglise et pensaient peu, mais bien. Il s'était marié, par désœuvrement, avec une femme au nom aristocratique, qui ne pensait pas moins bien, ni davantage. Ce monde bigot, étroit et arriéré, qui remâchait perpétuellement sa morgue et son amertume, avait fini par l'exaspérer — d'autant plus que sa femme était laide et l'assommait. D'intelligence moyenne, d'esprit assez ouvert, il avait des aspirations libérales, sans trop savoir en quoi elles consistaient : ce n'était pas dans son milieu qu'il aurait pu apprendre ce qu'était la liberté. Tout ce qu'il savait, c'est qu'elle n'était point là; et il se figurait qu'il suffisait d'en sortir pour la trouver. Il était incapable de marcher seul. Dès ses premiers pas au-dehors, il fut heureux de se joindre à ses amis de collège, dont certains étaient férus des idées syndicalistes. Il se trouvait encore plus dépaysé dans ce monde que dans celui d'où il venait; mais il ne voulut pas en convenir : il lui fallait bien vivre quelque part; et des gens de sa nuance (c'est-à-dire sans nuance), il n'en pouvait trouver. Dieu sait pourtant que la graine n'en est pas rare en France! Mais ils ont honte d'eux-mêmes : ils se cachent, ou se teignent en l'une des couleurs politiques à la mode, voire en plusieurs.

Suivant l'habitude, il s'était attaché surtout à celui de ses nouveaux amis qui était le plus différent de lui. Ce Français, bourgeois français et provincial dans l'âme, s'était fait le fidèle Achate d'un jeune docteur juif, Manousse Heimann, un Russe réfugié, qui, à la façon de beaucoup de ses compatriotes, avait le double don de s'installer chez les autres comme chez lui, et de se trouver si parfaitement à l'aise dans toute révolution qu'on pouvait se demander si c'était le jeu, ou la cause qui l'intéressait en elle. Ses épreuves et celles des autres lui étaient un divertissement. Sincèrement révolutionnaire, ses habitudes d'esprit scientifique lui faisaient regarder les révolutionnaires (lui compris), comme des sortes d'aliénés. Il observait cette aliénation, tout en la cultivant. Son dilettantisme exalté et son extrême inconstance d'esprit lui faisaient rechercher les milieux les plus opposés. Il avait des accointances parmi les hommes au pouvoir, et jusque dans le monde de la police; il furetait partout, avec cette curiosité inquiétante qui donne à tant de révolutionnaires russes l'apparence de jouer un double jeu, et qui parfois de cette apparence fait une réalité. Ce n'est pas trahison, c'est versatilité, souvent désintéressée. Que d'hommes d'action, pour qui l'action est un théâtre, où ils apportent les aptitudes de bons comédiens, honnêtes, mais toujours prêts à changer de rôle! A celui de révolutionnaire, Manousse était fidèle, autant qu'il pouvait l'être : c'est le personnage qui s'accordait le mieux avec son anarchisme naturel, et avec le plaisir qu'il avait à démolir les lois des pays où il passait. Malgré tout, ce n'était qu'un rôle. On ne savait jamais la part d'invention et celle de la réalité qu'il y avait dans ses propos; lui-même finissait par ne plus le savoir très bien.

Intelligent et moqueur, doué de la finesse psychologique de sa double race, sachant lire à merveille dans les faiblesses des autres, comme dans les siennes, et habile à en jouer, il n'avait pas eu de peine à dominer Canet. Il trouvait plaisant d'entraîner ce Sancho Pança dans des équipées à la Don Quichotte. Il disposait sans façon de lui, de sa volonté, de son temps, de son argent — non pour son propre compte (il n'avait pas de besoins, on ne savait de quoi il vivait) — mais pour les manifestations les plus compromettantes de la cause. Canet le laissait faire; il tâchait de se persuader qu'il pensait comme Manousse. Il savait très bien le contraire : ces idées l'effaraient; elles choquaient son bon sens. Et il n'aimait pas le peuple. De plus, il n'était pas brave. Ce gros garçon, grand, large et corpulent, à la figure poupine, complètement rasée, le souffle court, la parole affable, pompeuse et enfantine, qui avait des pectoraux d'Hercule Farnèse, et qui était d'une jolie force à la boxe et au bâton, était le plus timide des hommes. S'il s'enorgueillissait de passer parmi les siens pour un esprit subversif, il tremblait en secret devant la hardiesse de ses amis. Sans doute, ce petit frisson n'était pas trop désagréable, aussi longtemps qu'il ne s'agissait que d'un jeu. Mais le jeu devenait dangereux. Ces animaux-là se faisaient agressifs, leurs prétentions croissaient; elles inquiétaient Canet dans son égoïsme foncier, son sentiment enraciné de la propriété, sa pusillanimité bourgeoise. Il n'osait pas demander : « Où me menez-vous? » Mais il pestait tout bas contre le sans-gêne des gens qui n'aiment rien tant qu'à se casser le cou, sans s'inquiéter de savoir s'ils ne casseront pas en même temps le cou des autres. — Qui l'obligeait à les suivre? N'était-il pas libre de leur fausser compagnie? Le courage lui manquait. Il avait peur de rester seul, tel un enfant qu'on laisse en arrière sur la route et qui pleure. Il était comme tant d'hommes : ils n'ont aucune opinion, sinon qu'ils désapprouvent toutes les opinions exaltées; mais pour être indépendant, il faudrait rester seul; et combien en sont capables? Combien, même des plus clairvoyants, auront la témérité de s'arracher à l'esclavage de certains préjugés, de certains postulats qui pèsent sur tous les hommes d'une même génération? Ce serait mettre une muraille entre soi et les autres. D'un côté, la liberté dans le désert; de l'autre côté, les hommes. Ils n'hésitent point : ils préfèrent les hommes, le troupeau. Il sent mauvais, mais il tient chaud. Alors, ils font semblant de penser ce qu'ils ne pensent pas. Ce ne leur est pas très difficile : ils savent si peu ce qu'ils pensent!... « *Connais-toi toi-même!* »... Comment le pourraient-ils, ceux qui ont à peine un moi! Dans toute croyance collective, religieuse ou sociale, ils sont rares ceux qui croient, parce qu'ils sont rares ceux qui sont des hommes. La foi est une force héroïque; son feu n'a jamais brûlé que quelques torches humaines; elles-mêmes vacillent souvent. Les apôtres, les prophètes et Jésus ont douté. Les autres ne sont que des reflets — sauf à certaines heures de sécheresse des âmes, où quelques étincelles tombées d'une grande torche embrasent toute la plaine; puis, l'incendie s'éteint, et l'on ne voit plus luire que des charbons sous la cendre. A peine quelques centaines de chrétiens croient réellement au Christ. Les autres croient qu'ils croient, ou bien ils veulent croire.

Il en était ainsi de beaucoup de ces révolutionnaires. Le bon Canet voulait croire qu'il l'était : il le croyait donc. Et il était épouvanté de sa hardiesse.

Tous ces bourgeois se réclamaient de principes différents : les uns de leur cœur, les autres de leur raison, les autres de leur intérêt; ceux-ci rattachaient leur façon de penser à l'Evangile, ces autres à Bergson, ceux-là à Karl Marx, à Proudhon, à Joseph de Maistre, à Nietzsche, ou à Georges Sorel. Il y avait les révolutionnaires par mode, par snobisme; il y avait ceux par sauvagerie; il y avait ceux par besoin d'action, par chaleur d'héroïsme; il y avait ceux par servilité, par esprit moutonnier. Mais tous, sans le savoir, étaient emportés par le vent. C'étaient les tourbillons de poussière qu'on voit fumer au loin, sur les grandes routes blanches, et qui annoncent que la bourrasque vient.

*

Olivier et Christophe regardaient venir le vent. Tous deux avaient de bons yeux. Mais ils ne voyaient pas de la même façon. Olivier, dont le regard lucide pénétrait l'arrière-pensée des gens, était attristé par leur médiocrité; mais il apercevait la force cachée qui les soulevait; l'aspect tragique des choses le frappait davantage. Christophe était plus sensible à leur aspect comique. Les hommes l'intéressaient, nullement les idées. Il affectait envers elles une indifférence méprisante. Il se moquait des utopies sociales. Par esprit de contradiction et par réaction instinctive contre l'humanitarisme morbide qui était à l'ordre du jour, il se montrait plus égoïste qu'il n'était; l'homme qui s'était fait lui-même, le robuste parvenu, fier de ses muscles et de sa volonté, avait un peu trop tendance à traiter de fainéants ceux qui ne possédaient point sa force. Pauvre et seul, il avait pu vaincre : que les autres fissent de même!... La question sociale! Quelle question? La misère?

« Je la connais, disait-il. Mon père, ma mère, et moi, nous avons passé par là. Il n'y a qu'à en sortir.

— Tous ne le peuvent point, disait Olivier. Les malades, les malchanceux.

— Qu'on les aide, c'est tout simple. Mais de là à les exalter, comme on fait à présent, il y a loin. Naguère, on alléguait le droit odieux du plus fort. Ma parole, je ne sais pas si le droit du plus faible n'est pas plus odieux encore : il énerve la pensée d'aujourd'hui; il tyrannise et exploite les forts. On dirait que ce soit maintenant un mérite d'être maladif, pauvre, inintelligent, vaincu — un vice d'être fort, bien portant, triomphant. Et le plus ridicule, c'est que les forts sont les premiers à le croire... Un beau sujet de comédie, mon ami Olivier!

— J'aime mieux faire rire de moi que faire pleurer les autres.

— Bon garçon! disait Christophe. Parbleu! Qui dit le contraire? Quand je vois un bossu, j'en ai mal dans mon dos. La comédie, c'est nous qui la jouons, ce n'est pas nous qui l'écrirons. »

Il ne se laissait pas prendre aux rêves de justice sociale. Son gros bon sens populaire lui faisait opiner que ce qui avait été, serait.

« Si on te disait cela, en art, tu pousserais de beaux cris! observait Olivier.

— Peut-être bien. En tout cas je ne m'y connais qu'en art. Et toi aussi. Je n'ai pas confiance dans les gens qui parlent de ce qu'ils ne connaissent pas. »

Olivier n'avait pas non plus confiance. Les deux amis poussaient même un peu loin leur méfiance : ils s'étaient toujours tenus en dehors de la politique. Olivier avouait, non sans un peu de honte, qu'il ne se souvenait pas d'avoir usé de ses droits d'électeur; depuis dix ans, il n'avait pas retiré sa carte d'inscription à la mairie.

« Pourquoi m'associer, disait-il, à une comédie que je sais inutile? Voter? Pour qui voter? Je n'ai nulle préférence entre des candidats qui me sont également inconnus, et qui, j'ai trop de raisons de l'attendre, dès le lendemain de l'élection trahiront également leur profession de foi. Les surveiller? Les rappeler au devoir? Ma vie s'y passerait, sans fruit. Je n'ai ni le temps, ni la force, ni les moyens oratoires, ni le manque de scrupules et le cœur cuirassé contre les dégoûts de l'action. Il vaut mieux s'abstenir. Je consens à subir le mal. Du moins, n'y pas souscrire! »

Mais, malgré sa clairvoyance excessive, cet homme qui répugnait au jeu régulier de l'action politique conservait un espoir chimérique dans une révolution. Il le savait chimérique; mais il ne l'écartait point. C'était un mysticisme de race. On n'appartient pas impunément au grand peuple destructeur d'Occident, au peuple qui détruit pour construire et construit pour détruire — qui joue avec les idées et avec la vie, qui fait constamment table rase pour mieux recommencer le jeu, et pour enjeu verse son sang.

Christophe ne portait pas en lui ce Messianisme héréditaire. Il était trop germanique pour bien goûter l'idée d'une révolution. Il pensait qu'on ne change pas le monde. Que de théories, que de mots, quel bavardage inutile!

« Je n'ai pas besoin, disait-il, de faire une révolution — ou des palabres sur la révolution — pour me prouver ma force. Surtout je n'ai pas besoin, comme ces braves jeunes gens, de bouleverser l'Etat pour rétablir un roi ou un Comité de salut public, qui me défende. Singulière preuve de force! Je sais me défendre moi-même. Je ne suis pas un anarchiste : j'aime l'ordre nécessaire, et je vénère les Lois qui gouvernent l'univers. Mais entre elles et moi, je me passe d'intermédiaire. Ma volonté sait commander, et elle sait aussi se soumettre. Vous qui avez la bouche pleine de vos classiques, souvenez-vous de votre Corneille : *« Moi seul, et c'est assez! »* Votre désir d'un maître déguise votre faiblesse. La force est pareille à la lumière : aveugle qui la nie! Soyez forts tranquillement, sans théories, sans violences : comme les plantes vers le jour, toutes les âmes des faibles se tourneront vers vous... »

Mais tout en protestant qu'il n'avait pas de temps à

perdre aux discussions politiques, il en était moins détaché qu'il ne voulait le paraître. Il souffrait, comme artiste, du malaise social. Dans sa disette momentanée de passions, il lui arrivait de regarder autour de lui et de se demander pour qui il écrivait. Alors, il voyait la triste clientèle de l'art contemporain, cette élite fatiguée, ces bourgeois dilettantes; et il pensait :

« Quel intérêt y a-t-il à travailler pour ces gens-là? »

Certes, il ne manquait point d'esprits distingués, instruits, sensibles au métier, et qui n'étaient même pas incapables de goûter la nouveauté ou — (c'est tout comme) — l'archaïsme de sentiments raffinés. Mais ils étaient blasés, trop intellectuels, trop peu vivants pour croire à la réalité de l'art; ils ne s'intéressaient qu'au jeu — des sonorités ou des idées; la plupart étaient distraits par d'autres intérêts mondains, habitués à se disperser entre des occupations multiples, dont aucune n'était « nécessaire ». Il leur était à peu près impossible de pénétrer sous l'écorce de l'art, jusqu'au cœur; l'art n'était pas pour eux de la chair et du sang : c'était de la littérature. Leurs critiques érigeaient en théorie, d'ailleurs intolérante, leur impuissance à s'évader du dilettantisme. Quand par hasard quelques-uns étaient assez vibrants pour résonner aux puissants accords de l'art, ils n'avaient pas la force de le supporter, ils en restaient détraqués pour la vie. Névrose ou paralysie. Qu'est-ce que l'art venait faire dans cet hôpital? — Et cependant, il ne pouvait, dans la société moderne, se passer de ces anormaux : car ils avaient l'argent et la presse; eux seuls pouvaient assurer à l'artiste les moyens de vivre. Il fallait donc se prêter à cette humiliation : d'offrir comme divertissement — comme désennui plutôt ou comme ennui nouveau — dans des soirées mondaines, à un public de snobs et d'intellectuels fatigués, l'intimité frémissante de son art, la musique où l'on a mis le secret de sa vie intérieure.

Christophe cherchait le vrai public, celui qui croit aux émotions de l'art comme de la vie, et qui les ressent avec une âme vierge. Et il était obscurément attiré par le nouveau monde promis — le peuple. Les souvenirs de son enfance, de Gottfried et des humbles, qui leur avaient révélé la vie profonde, ou qui avaient partagé avec lui le pain sacré de la musique, l'inclinaient à croire que ses véritables amis étaient de ce côté. Comme d'autres naïfs jeunes hommes, il caressait de grands projets d'art populaire, de concerts et de théâtre du peuple, qu'il eût été bien embarrassé pour définir. Il attendait d'une révolution la possibilité d'un renouvellement artistique, et il prétendait que c'était pour lui le seul intérêt du mouvement social. Mais il se donnait le change : il était trop vivant pour ne pas être aspiré par l'action la plus vivante qui fût alors.

Ce qui l'intéressait le moins dans le spectacle, c'étaient les théoriciens bourgeois. Les fruits que portent ces arbres-là sont trop souvent des fruits secs : tout le suc de la vie s'est figé en idées. Entre ces idées, Christophe ne distinguait pas. Il n'avait pas de préférence, même pour les siennes, quand il les retrouvait, congelées en systèmes. Avec un mépris bonhomme, il restait en dehors des théoriciens de la force, et de ceux de la faiblesse. Dans toute comédie, le rôle ingrat est celui du raisonneur. Le public lui préfère non seulement les personnages sympathiques, mais les antipathiques. Christophe était public en cela. Les raisonneurs de la question sociale lui semblaient fastidieux. Mais il s'amusait à observer les autres, ceux qui croyaient et ceux qui voulaient croire, ceux qui étaient dupes et ceux qui cherchaient à l'être, voire les bons forbans qui font leur métier de rapaces, et les moutons qui sont faits pour être tondus. Sa sympathie était indulgente aux braves gens un peu ridicules, comme le gros Canet. Leur médiocrité ne le choquait pas autant qu'Olivier. Il les regardait tous avec un intérêt affectueux et moqueur; il se croyait dégagé de la pièce qu'ils jouaient; et il ne s'apercevait pas que peu à peu il s'y laissait prendre. Il pensait n'être qu'un spectateur, qui voit passer le vent. Déjà le vent l'avait touché et l'entraînait dans son remous de poussière.

*

La pièce sociale était double. Celle que jouaient les intellectuels était la comédie dans la comédie : le peuple ne l'écoutait guère. La vraie pièce était la sienne. Il n'était pas facile de la suivre; lui-même n'arrivait pas très bien à s'y reconnaître. Elle n'en avait que plus d'imprévu.

Ce n'était pas qu'on y parlât beaucoup plus qu'on n'agissait. Bourgeois ou peuple, tout Français est gros mangeur de paroles autant que de pain. Mais tous ne mangent pas le même pain. Il y a une parole de luxe pour les palais délicats, et une plus nourrissante pour les gueules affamées. Si les mots sont les mêmes, ils ne sont pas pétris de la même façon; la saveur et l'odeur, le sens est différent.

La première fois qu'Olivier, assistant à une réunion populaire, goûta de ce pain-là, il manqua d'appétit; les morceaux lui restèrent dans la gorge. Il était écœuré par la platitude des pensées, la lourdeur incolore et barbare de l'expression, les généralités vagues, la logique enfantine, cette mayonnaise mal battue d'abstractions et de faits sans liaison. L'impropriété du langage n'était pas compensée par la verve du parler populaire. C'était un vocabulaire de journal, de nippes défraîchies, ramassées au décrochez-moi-ça de la rhétorique bourgeoise. Olivier s'étonnait surtout du manque de simplicité. Il oubliait que la simplicité littéraire n'est pas naturelle, mais acquise : conquête d'une élite. Le peuple des villes ne peut pas être simple; il va toujours chercher, de préférence, les expressions alambiquées. Olivier ne comprenait pas l'action que ces phrases ampoulées pouvaient avoir sur l'auditoire. Il n'en possédait pas la clef. On nomme langues étrangères celles d'une autre race; mais, dans une même race, il y a presque autant de langues que de milieux sociaux. Ce n'est que pour une élite restreinte que les mots sont les voix de l'expérience des siècles; pour les autres, ils ne représentent que leurs propres expériences et celles de leur groupe. Tels de ces mots usés pour l'élite et méprisés par elle sont comme une maison vide, où, depuis son départ, se sont installées des énergies nouvelles. Si vous voulez connaître l'hôte, entrez dans la maison!

C'est ce que fit Christophe.

Il fut mis en rapports avec les ouvriers par un voisin, employé aux chemins de fer de l'Etat. Homme de quarante-cinq ans, petit, vieilli avant l'âge, le crâne tristement déplumé, les yeux enfoncés dans l'orbite, les joues creuses, le nez proéminent, gros et recourbé, la bouche intelligente, les oreilles déformées aux lobes cassés : des traits de dégénéré. Il se nommait Alcide Gautier. Il n'était pas du peuple, mais de la moyenne bourgeoisie, d'une bonne famille qui avait dépensé à l'éducation du fils unique tout son petit avoir et qui même n'avait pu, faute de ressources, lui permettre de la poursuivre jusqu'au bout. Très jeune, il avait obtenu, dans une administration de l'Etat, un de ces postes qui semblent à la bourgeoisie pauvre le port, et qui sont la mort, — la mort vivante. Une fois entré là, il n'avait plus eu la possibilité d'en sortir. Il avait commis la faute — (c'en est une dans la société moderne) — de faire un mariage d'amour avec une jolie ouvrière, dont la vulgarité foncière n'avait pas tardé à s'épanouir. Elle lui avait donné trois enfants. Il fallait faire vivre ce monde. Cet homme, qui était intelligent et qui aspirait, de toutes ses forces, à compléter son instruction, se trouvait ligoté par la misère. Il sentait en lui des puissances latentes, que les difficultés de sa vie étouffaient; il ne pouvait en prendre son parti. Il n'était jamais seul. Employé à la comptabilité, il passait ses journées à des besognes mécaniques, dans une pièce qui lui était commune avec d'autres collègues, vulgaires et bavards; ils parlaient de choses ineptes, se vengeaient de l'absurdité de leur existence en médisant des chefs, et se moquaient de lui, à cause de ses visées intellectuelles, qu'il n'avait pas eu la sagesse de leur cacher. Quand il rentrait chez lui, il trouvait un logis sans grâce et mal odorant, une femme bruyante et acariâtre qui ne le comprenait pas, qui le traitait de fainéant ou de fou. Ses enfants ne lui ressemblaient en rien, ressemblaient à la mère. Etait-ce juste, tout cela, était-ce juste? Tant de déboires, de souffrances, la gêne perpétuelle, le métier desséchant qui le tenait, du matin au soir, l'impossibilité de trouver jamais une heure de recueillement, une heure de silence, l'avaient jeté dans un état d'épuisement et d'irritation neurasthénique. Pour oublier, il recourait depuis peu à la boisson qui achevait de le détruire. — Christophe fut frappé du tragique de cette destinée : une nature incomplète, sans culture suffisante et sans goût artistique, mais faite pour de grandes choses, et que la malchance écrasait. Gautier s'accrocha aussitôt à Christophe, ainsi que font les faibles qui se noient, quand leur main rencontre le bras d'un bon nageur. Il avait pour Christophe un mélange de sympathie et d'envie. Il l'entraîna dans des réunions populaires et lui fit voir quelques chefs des partis révolutionnaires, auxquels il ne s'unissait que par rancune contre la société. Car il était un aristocrate manqué. Il souffrait amèrement d'être mêlé au peuple.

Christophe, beaucoup plus peuple que lui — d'autant plus qu'il n'était pas forcé de l'être — prit plaisir à ces meetings. Les discours l'amusaient. Il ne partageait pas les répugnances d'Olivier; il était peu sensible aux ridicules du langage. Pour lui, un bavard en valait un autre. Il affectait un mépris général de l'éloquence. Mais, sans se donner la peine de bien comprendre cette rhétorique, il en ressentait la musique au travers de celui qui parlait et de ceux qui écoutaient. Le pouvoir de celui-là se centuplait de ses résonances dans ceux-ci. D'abord, Christophe ne prit garde qu'au premier; et il eut la curiosité de connaître quelques-uns des parleurs.

Celui qui avait le plus d'action sur la foule était Casimir Joussier — un petit homme brun et blême, de trente à trente-cinq ans, figure de Mongol, maigre, souffreteux, les yeux ardents et froids, les cheveux rares, la barbe en pointe. Son pouvoir tenait moins à sa mimique, pauvre, saccadée, rarement d'accord avec la parole — il tenait moins à sa parole, rauque, sifflante, avec des aspirations emphatiques — qu'à sa personne même, à la violence de certitude qui en émanait. Il ne semblait pas permettre qu'on pût penser autrement que lui; et comme ce qu'il pensait était ce que son public désirait penser, ils n'avaient pas de difficulté à s'entendre. Il leur répétait trois fois, quatre fois, dix fois, les choses qu'ils attendaient; il ne se lassait pas de frapper sur le même clou, avec une ténacité enragée; et tout son public frappait, frappait, entraîné par l'exemple, frappait jusqu'à ce que le clou s'incrustât dans la chair. — A cette emprise personnelle s'ajoutaient la confiance qu'inspirait son passé, le prestige de multiples condamnations politiques. Il respirait une énergie indomptable; mais qui savait regarder démêlait, au fond, une lourde fatigue accumulée, le dégoût de tant d'efforts, et une colère contre sa destinée. Il était de ces hommes qui dépensent, chaque jour, plus que leur revenu de vie. Depuis l'enfance, il s'usait au travail et à la misère. Il avait fait tous les métiers : ouvrier verrier, plombier, typographe; sa santé était ruinée, la phtisie le minait; elle le faisait tomber dans des accès de découragement amer, de sombre désespoir, pour sa cause et pour lui; d'autres fois, elle l'exaltait. Il était un composé de violence calculée et de violence maladive, de politique et d'emportement. Il s'était instruit, tant bien que mal; il savait très bien certaines choses, de science, de sociologie, de ses divers métiers; il savait très mal beaucoup d'autres; et il était aussi sûr des unes que des autres; il avait des utopies, des idées justes, des ignorances, un esprit pratique, des préjugés, de l'expérience, une haine soupçonneuse pour la société bourgeoise. Cela ne l'empêcha point d'accueillir bien Christophe. Son orgueil était flatté de se voir recherché par un artiste connu. Il était de la race des chefs, et quoi qu'il fît, cassant pour les ouvriers. Bien qu'il voulût, de bonne foi, l'égalité parfaite, il la réalisait plus facilement avec ceux qui étaient au-dessus de lui qu'avec ceux qui étaient au-dessous.

Christophe rencontra d'autres chefs du mouvement ouvrier. Il n'y avait pas grande sympathie entre eux. Si la lutte commune faisait — difficilement — l'unité d'action, elle était loin de faire l'unité de cœur. On voyait à quelle réalité tout extérieure et transitoire correspondait la distinction de classes. Les vieux antagonismes étaient seulement ajournés et masqués; mais ils subsistaient tous. On retrouvait là les hommes du Nord et ceux du Midi, avec leur dédain foncier les uns pour les autres. Les métiers jalousaient mutuellement leurs salaires, et se regardaient entre eux avec le sentiment non déguisé, chacun, qu'il était supérieur aux autres. Mais la grande différence était — sera toujours — celle des tempéraments. Les renards et les loups et le bétail cornu, les bêtes aux dents aiguës et celles aux quatre estomacs, celles qui sont faites pour manger et celles qui sont faites pour être mangées, se flairaient en passant dans le troupeau que le hasard de classe et l'intérêt commun avaient groupé; et ils se reconnaissaient; et leur poil se hérissait.

Christophe prit quelquefois ses repas dans un petit restaurant-crémerie, tenu par un ancien collègue de Gautier, Simon, employé des chemins de fer, révoqué pour faits de grève. La maison était fréquentée par des syndicalistes. Ils étaient cinq ou six, dans une salle du fond, qui donnait sur une cour intérieure, étroite et mal éclairée, d'où montait éperdument le chant intarissable de deux canaris en cage, vers la lumière. Joussier venait avec sa maîtresse, la belle Berthe, une fille robuste et coquette, teint pâle, casque pourpre, les yeux égarés et rieurs. Elle traînait à ses jupes un joli garçon bellâtre, intelligent et poseur, Léopold Graillot, ouvrier mécanicien : l'esthète de la bande. Tout en se disant anarchiste, et l'un des plus violents contre la bourgeoisie, il avait l'âme du pire bourgeois. Chaque matin, depuis des années, il absorbait les nouvelles érotiques et décadentes des journaux littéraires à un sou. Ces lectures lui avaient façonné une étrange caboche. Un raffinement cérébral dans son imagination du plaisir s'amalgamait chez lui à un manque absolu de délicatesse physique, à son indifférence à la propreté, à la grossièreté relative de sa vie. Il avait pris goût à ce petit verre d'alcool frelaté — alcool intellectuel du luxe, malsaines excitations des riches malsains. Ne pouvant avoir leurs jouissances dans la peau, il se les inoculait dans le cerveau. Ça fait la bouche mauvaise, ça vous casse les jambes. Mais on est l'égal des riches. Et on les hait.

Christophe ne pouvait le souffrir. Il avait plus de sympathie pour Sébastien Coquard, un électricien qui était, avec Joussier, l'orateur le plus écouté. Celui-là ne s'encombrait pas de théories. Il ne savait pas toujours où il allait. Mais il y allait tout droit. Il était bien Français. Un solide gaillard, d'une quarantaine d'années, grosse figure colorée, la tête ronde, le poil roux, une barbe de fleuve, le cou et la voix de taureau. Excellent ouvrier, comme Joussier, mais aimant rire et boire. Le malingre Joussier regardait cette santé indiscrète, avec des yeux d'envie; et, bien qu'ils fussent amis, une hostilité intime couvait entre eux.

La patronne de la crémerie, Aurélie, bonne femme de quarante-cinq ans, qui avait dû être belle, qui l'était encore malgré l'usure, s'asseyait auprès d'eux, un ouvrage à la main, les écoutait causer, avec un sourire cordial, remuant les lèvres tandis qu'ils parlaient: elle glissait à l'occasion son mot dans l'entretien, et scandait la mesure de ses paroles avec sa tête, en travaillant. Elle avait une fille mariée, et deux enfants de sept à dix ans — fillette et garçon — qui faisaient leurs devoirs d'école sur le coin d'une table poissée, en tirant la langue et attrapant au passage des bribes de conversations qui n'étaient pas faites pour eux.

Olivier essaya d'accompagner, deux ou trois fois, Christophe. Mais il ne se sentait pas à l'aise parmi ces gens. Quand ces ouvriers n'étaient pas tenus par une heure stricte d'atelier, par un appel d'usine au sifflet tenace, on ne pouvait s'imaginer combien ils avaient de temps à perdre, soit après le travail, soit entre deux travaux, soit flânerie, soit chômage. Christophe, qui se trouvait dans une de ces périodes de liberté désœuvrée, où l'esprit a terminé une œuvre et attend que s'en forme une nouvelle, n'était pas plus pressé qu'eux; il restait volontiers, les coudes sur la table, à fumer, boire et causer. Mais Olivier était choqué dans ses instincts bourgeois, dans ses habitudes traditionnelles de discipline d'esprit, de régularité de travail, de temps scrupuleusement économisé; et il n'aimait pas à perdre ainsi tant d'heures. Au reste, il ne savait ni causer, ni boire. Enfin, la gêne physique, l'antipathie secrète qui sépare les corps des races d'hommes différentes, l'hostilité de leurs sens qui s'oppose à la communion de leurs âmes, la chair qui se révolte contre le cœur. Quand Olivier était seul avec Christophe, il lui parlait, tout ému, du devoir de fraterniser avec le peuple; mais quand il se trouvait en présence du peuple, il était incapable d'en rien faire. Au lieu que Christophe, qui se moquait de ses idées, était, sans effort, le frère du premier ouvrier rencontré dans la rue. Olivier avait un vrai chagrin de se sentir éloigné de ces hommes. Il tâchait d'être comme eux, de penser comme eux, de parler comme eux. Il ne le pouvait pas. Sa voix était sourde, voilée, ne sonnait pas comme la leur. Lorsqu'il essayait de prendre certaines de leurs expressions, les mots lui restaient dans la gorge ou détonnaient étrangement. Il s'observait, il se gênait, il les gênait. Et il le savait. Il savait qu'il était pour eux un étranger et un suspect, qu'aucun n'avait de sympathie pour lui, et que, lorsqu'il s'en allait, tout le monde faisait : « Ouf! » Il surprenait, au passage, des regards durs et glacés, de ces coups d'œil ennemis que jettent sur les bourgeois les ouvriers aigris par la misère. Christophe en avait peut-être sa part; mais il n'en voyait rien.

De toute la compagnie, les seuls qui fussent disposés à se lier avec Olivier étaient les enfants d'Aurélie. Ceux-là n'avaient certes pas la haine du bourgeois. Le petit garçon était fasciné par la pensée bourgeoise; il était assez intelligent pour l'aimer, pas assez pour la comprendre;

la fillette, fort jolie, qu'Olivier avait conduite une fois chez Mme Arnaud, était hypnotisée par le luxe; elle éprouvait un ravissement muet à s'asseoir dans de beaux fauteuils, à toucher de belles robes, elle avait un instinct de petite grue, qui aspire à s'évader du peuple vers le paradis du confort bourgeois. Olivier ne se sentait nullement le goût de cultiver ces dispositions; et ce naïf hommage rendu à sa classe ne le consolait pas de la sourde antipathie de ses autres compagnons. Il souffrait de leur malveillance. Il avait un désir si ardent de les comprendre! Et en vérité, il les comprenait, trop bien peut-être, il les observait trop, et ils en étaient irrités. Il n'y apportait pas de curiosité indiscrète, mais son habitude d'analyse des âmes.

Il ne tarda pas à voir le drame secret de la vie de Joussier : le mal qui le minait, et le jeu cruel de sa maîtresse. Elle l'aimait, elle était fière de lui; mais elle était trop vivante; il savait qu'elle lui échapperait; et il était dévoré de jalousie. Elle s'en amusait; elle agaçait les mâles, elle les enveloppait de ses œillades, de sa luxure : c'était une enragée frôleuse. Peut-être le trompait-elle avec Graillot. Peut-être se plaisait-elle à le laisser croire. En tout cas, si ce n'est pour aujourd'hui, ce serait pour demain. Joussier n'osait lui interdire d'aimer qui lui plaisait. Ne professait-il pas, pour la femme, comme pour l'homme, le droit d'être libre? Elle le lui rappela, avec une insolence narquoise, un jour qu'il l'injuriait. Une lutte torturante se livrait en lui, entre ses libres théories et ses instincts violents. Par le cœur, il était encore un homme d'autrefois, despotique et jaloux; par la raison, un homme de l'avenir, un homme d'utopie. Elle, elle était la femme d'hier et de demain, de toujours. — Et Olivier, qui assistait à ce duel caché, dont il connaissait par expérience la férocité, était plein de pitié pour Joussier, en voyant sa faiblesse. Mais Joussier devinait qu'Olivier lisait en lui; et il était loin de lui en savoir gré.

Une autre suivait aussi ce jeu de l'amour et de la haine, d'un regard indulgent. La patronne, Aurélie. Elle voyait tout, sans en avoir l'air. Elle connaissait la vie. Cette brave femme, saine, tranquille, rangée, avait mené une libre jeunesse. Fleuriste, elle avait eu un amant bourgeois; elle en avait eu d'autres. Puis, elle s'était mariée avec un ouvrier. Elle était devenue une bonne mère de famille. Mais elle comprenait toutes les sottises du cœur, aussi bien la jalousie de Joussier que cette « jeunesse » qui voulait s'amuser. En quelques mots affectueux, elle tâchait de les mettre d'accord :

« Faut être conciliants! ça ne vaut pas la peine de se faire du mauvais sang pour si peu... »

Elle ne s'étonnait pas que ce qu'elle disait ne servît à rien...

« Ça ne sert jamais à rien. Faut toujours qu'on se tourmente... »

Elle avait la belle insouciance populaire, sur qui les malheurs semblent glisser. Elle en avait eu sa part. Trois mois avant, elle avait perdu un garçon de quinze ans qu'elle aimait... Gros chagrin... A présent, elle était de nouveau active et riante. Elle disait :

« Si on se laisse aller à y penser, on ne pourrait pas vivre. »

Et elle n'y pensait plus. Ce n'était pas égoïsme. Elle ne pouvait pas faire autrement, sa vitalité était trop forte; le présent l'absorbait : impossible de s'attarder au passé. Elle s'accommodait de ce qui était, elle s'accommoderait de ce qui serait. Si la révolution venait et mettait à l'endroit ce qui était à l'envers et à l'envers ce qui était à l'endroit, elle saurait toujours se trouver sur ses pieds, elle ferait ce qu'il y aurait à faire, elle serait à sa place partout où elle serait placée. Au fond, elle n'avait dans la révolution qu'une croyance modérée. De foi, elle n'avait guère en quoi que ce fût. Inutile d'ajouter qu'elle se faisait tirer les cartes, dans les moments de perplexité, et qu'elle ne manquait jamais de faire le signe de la croix, au passage d'un mort. Très libre et tolérante, elle avait le scepticisme sain du peuple de Paris, qui doute, comme on respire, allégrement. Pour être la femme d'un révolutionnaire, elle n'en témoignait pas moins d'une maternelle ironie pour les idées de son homme et de son parti — et des autres partis — comme pour les bêtises de la jeunesse — et de l'âge mûr. Elle ne s'émouvait pas de grand-chose. Mais elle s'intéressait à tout. Et elle était prête à la bonne comme à la mauvaise fortune. En somme, une optimiste.

« Pas se faire de bile!... Tout s'arrangera toujours, pourvu qu'on se porte bien... »

Celle-là devait s'entendre avec Christophe. Ils n'avaient pas eu besoin de beaucoup de paroles pour voir qu'ils étaient de la même famille. De temps en temps, ils échangeaient un sourire de bonne humeur, tandis que les autres discouraient et criaient. Mais plus souvent, elle riait toute seule, en regardant Christophe qui se laissait à son tour entraîner dans ces discussions, où il apportait aussitôt plus de passion que tous les autres.

*

Christophe ne remarquait pas l'isolement et la gêne d'Olivier. Il ne cherchait pas à lire ce qui se passait au fond des gens. Mais il buvait et mangeait avec eux, il riait et il se fâchait. Ils ne se défiaient pas de lui, quoiqu'ils se disputassent rudement. Il ne leur mâchait pas les mots. Dans le fonds, il eût été embarrassé pour dire s'il était avec eux ou contre eux. Il ne se le demandait pas. Sans doute, si on l'eût forcé de choisir, il eût été syndicaliste contre le socialisme et toute doctrine d'Etat — l'Etat, cette entité monstrueuse qui fabrique des fonctionnaires, des hommes-machines. Sa raison approuvait le puissant effort des groupements corporatifs, dont la hache à double tranchant frappe à la fois l'abstraction morte de l'Etat socialiste et l'individualisme infécond, cet émiettement d'énergies, cette dispersion de la force publique en faiblesses particulières — la grande misère moderne, dont la Révolution française est en partie responsable.

Mais la nature est plus forte que la raison. Lorsque Christophe se trouvait en contact avec les syndicats — ces coalitions redoutables des faibles —, son vigoureux individualisme se cabrait. Il ne pouvait s'empêcher de mépriser ces hommes qui avaient besoin de s'enchaîner ensemble, pour marcher au combat; et s'il admettait qu'ils se soumissent à cette loi, il déclarait qu'elle n'était pas pour lui. Ajoutez que si les faibles opprimés sont sympathiques, ils cessent de l'être quand ils deviennent oppresseurs. Christophe, qui criait naguère aux braves gens isolés : « Unissez-vous! » eut une sensation désagréable, quand il se vit, pour la première fois, au milieu de ces unions de braves gens, mêlés à d'autres qui étaient moins braves, tous remplis de leurs droits, de leur force, et prêts à en abuser. Les meilleurs, ceux que

Christophe aimait, les amis qu'il avait rencontrés *dans la Maison,* à tous les étages, ne profitaient nullement de ces associations de bataille. Ils étaient trop délicats de cœur et trop timides pour ne pas s'en effaroucher; ils étaient destinés à être, des premiers, écrasés par elles. Ils se trouvaient, vis-à-vis du mouvement ouvrier, dans la situation d'Olivier. Sa sympathie allait aux travailleurs qui s'organisent. Mais il avait été élevé dans le culte de la liberté : or, c'était ce dont les révolutionnaires se souciaient le moins. Qui, d'ailleurs, aujourd'hui, se soucie de la liberté? Une élite sans action sur le monde. La liberté traverse des jours sombres. Les papes de Rome proscrivent la lumière de la raison. Les papes de Paris éteignent les lumières du ciel[1]. Et M. Pataud, celles des rues. Pourtant l'impérialisme triomphe : impérialisme théocratique de l'Eglise romaine; impérialisme militaire des monarchies mercantiles et mystiques, impérialisme bureaucratique des républiques capitalistes, impérialisme dictatorial des comités révolutionnaires. Pauvre liberté, tu n'es pas de ce monde!... Les abus de pouvoir, que les révolutionnaires prêchaient et pratiquaient, révoltaient Christophe et Olivier. Ils n'avaient point d'estime pour les ouvriers jaunes qui refusent de souffrir pour la cause commune. Mais ils trouvaient odieux qu'on prétendît les y contraindre par la force. — Cependant, il faut prendre parti. Dans la réalité, le choix n'est pas aujourd'hui entre un impérialisme et la liberté, mais entre un impérialisme et un impérialisme. Olivier disait :

« Ni l'un ni l'autre. Je suis pour les opprimés. »

Christophe ne haïssait pas moins la tyrannie des oppresseurs. Mais il était entraîné dans le sillage de la force, à la suite de l'armée des travailleurs révoltés.

Il ne s'en doutait guère. Il déclarait à ses compagnons de table qu'il n'était pas avec eux.

« Tant qu'il ne s'agira pour vous, disait-il, que d'intérêts matériels, vous ne m'intéressez pas. Le jour où vous marcherez pour une foi, alors, je serai des vôtres. Autrement, qu'ai-je à faire entre deux ventres? Je suis artiste, j'ai le devoir de défendre l'art, je ne dois pas l'enrôler au service d'un parti. Je sais qu'en ces derniers temps, des écrivains ambitieux, poussés par un désir de popu-

1. Allusion à un discours ridicule du rhéteur Viviani, à la Chambre.

larité malsaine, ont donné le mauvais exemple. Il ne me semble pas qu'ils aient beaucoup servi la cause qu'ils défendaient ainsi; mais ils ont trahi l'art. Sauver la lumière de l'intelligence, c'est notre rôle à nous. Qu'on n'aille pas la mêler à vos luttes aveugles! Qui tiendra la lumière, si nous la laissons tomber? Vous serez bien aises de la retrouver intacte, après la bataille. Il faut qu'il y ait toujours des travailleurs occupés à entretenir le feu de la machine, tandis qu'on se bat sur le pont du navire. Tout comprendre, ne rien haïr. L'artiste est la boussole qui, pendant la tempête, marque toujours le Nord... »

Ils le traitaient de phraseur, ils disaient qu'en fait de boussole, il avait perdu la sienne; et ils se donnaient le luxe de le mépriser amicalement. Pour eux, un artiste était un malin qui s'arrangeait de façon à travailler le moins et le plus agréablement possible.

Il répondait qu'il travaillait autant qu'eux, qu'il travaillait plus qu'eux, et qu'il avait moins peur du travail. Rien ne le dégoûtait autant que le sabotage, le gâchage du travail, la fainéantise érigée en principe.

« Tous ces pauvres gens, disait-il, qui craignent pour leur précieuse peau!... Bon Dieu! Moi, depuis l'âge de dix ans, je travaille sans répit. Vous, vous n'aimez pas le travail, vous êtes, au fond, des bourgeois... Si seulement vous étiez capables de détruire le vieux monde! Mais vous ne le pouvez pas. Vous ne le voulez même pas! Non, vous ne le voulez pas! Vous avez beau gueuler, menacer, faire celui qui va tout exterminer. Vous n'avez qu'une pensée : mettre la main dessus, vous coucher dans le lit tout chaud de la bourgeoisie. En dehors de quelques centaines de pauvres bougres de terrassiers qui sont toujours prêts à se faire crever la peau, ou à crever celle des autres, sans savoir pourquoi — pour le plaisir — pour la peine, la peine séculaire —, les autres ne pensent qu'à foutre le camp, à filer dans les rangs des bourgeois, à la première occasion. Ils se font socialistes, journalistes, conférenciers, hommes de lettres, députés, ministres... Bah! ne criez pas contre celui-là! Vous ne valez pas mieux. C'est un traître, vous dites?... Bon. A qui le tour? Vous y passerez tous. Pas un de vous qui résiste à l'appât! Comment le pourriez-vous? Il n'y a pas un de vous qui croie à l'âme immortelle. Vous êtes des ventres, je vous dis. Des ventres vides qui ne pensent qu'à s'emplir. »

Là-dessus, ils se fâchaient, et ils parlaient tous à la fois. Et tout en se disputant, il arrivait que Christophe, entraîné par sa passion, fût plus révolutionnaire que les autres. Il avait beau s'en défendre : son orgueil intellectuel, sa conception complaisante d'un monde purement esthétique, fait pour la joie de l'esprit, rentraient sous terre, à la vue d'une injustice. Esthétique, un monde où huit hommes sur dix vivent dans le dénuement ou dans la gêne, dans la misère physique ou morale? Allons donc! Il faut être un impudent privilégié pour le prétendre. Un artiste comme Christophe, en son for intérieur, ne pouvait pas ne pas être du parti des travailleurs. Qui a, plus que le travailleur de l'esprit, à souffrir de l'immoralité des conditions sociales, de l'inégalité scandaleuse des fortunes? L'artiste meurt de faim, ou devient millionnaire, sans autre raison que les caprices de la mode et de ceux qui spéculent sur elle. Une société qui laisse périr son élite, ou qui la rémunère d'une façon extravagante, est un monstre : elle doit être détruite. Chaque homme, qu'il travaille ou non, a droit au pain quotidien. Chaque travail, qu'il soit bon ou médiocre, doit être rémunéré, au taux non de sa valeur réelle — (qui en est le juge infaillible?) — mais des besoins légitimes et normaux du travailleur. A l'artiste, au savant, à l'inventeur qui l'honorent, la société peut et doit assurer une pension suffisante pour leur garantir le temps et les moyens de l'honorer davantage. Rien de plus. La *Joconde* ne vaut pas un million. Il n'y a aucun rapport entre une somme d'argent et une œuvre d'art; l'œuvre n'est pas au-dessus, ni au-dessous : elle est en dehors. Il ne s'agit pas de la payer; il s'agit que l'artiste vive. Donnez-lui de quoi manger et travailler en paix! La richesse est de trop : c'est un vol qu'on fait aux autres. Il faut le dire crûment : tout homme qui possède plus qu'il n'est nécessaire à sa vie, à la vie des siens, et au développement normal de son intelligence, est un voleur. Ce qu'il a en plus, d'autres l'ont en moins. Nous sourions tristement, quand nous entendons parler de la richesse inépuisable de la France, de l'abondance des fortunes, nous, le peuple des travailleurs, ouvriers, intellectuels, hommes et femmes qui, depuis notre enfance, nous épuisons à la tâche pour gagner de quoi ne pas mourir de faim, et qui souvent voyons les meilleurs succomber à la peine — nous qui sommes les forces vives de la nation! Mais vous qui êtes gorgés des richesses du monde, vous êtes riches de nos souffrances et de nos agonies. Cela ne vous trouble point, vous ne manquerez jamais de sophismes qui vous rassurent : droits sacrés de la propriété, saine guerre pour la vie, intérêts supérieurs du Progrès, ce monstre fabuleux, ce mieux problématique auquel on sacrifie le bien — le bien des autres! — Il n'en reste pas moins ceci : que vous avez trop. Vous avez trop pour vivre. Nous n'avons pas assez. Et nous valons mieux que vous. Si l'inégalité vous plaît, gare que demain elle ne se retourne contre vous!

*

Ainsi, les passions qui entouraient Christophe lui montaient à la tête. Ensuite, il s'étonnait de ces accès d'éloquence. Mais il n'y attachait pas d'importance. Il s'amusait de cette excitation, qu'il attribuait à la bouteille. Il regrettait seulement que la bouteille ne fût pas meilleure; et il vantait ses vins du Rhin. Il continuait de se croire détaché des idées révolutionnaires. Mais il se produisait ce phénomène singulier que Christophe apportait à les discuter une passion croissante, tandis que celle de ses compagnons semblait, par comparaison, décroître.

Ils avaient moins d'illusions que lui. Même les meneurs violents, ceux qui étaient redoutés par la bourgeoisie, étaient incertains au fond et diablement bourgeois. Coquard, avec son sourire d'étalon qui hennit, faisait la grosse voix et des gestes terribles; mais il ne croyait qu'à demi à ce qu'il vociférait : il était un hâbleur de la violence. Il perçait à jour la lâcheté bourgeoise, et il jouait à la terroriser, en se montrant plus fort qu'il n'était; il ne faisait pas de difficultés pour en convenir, en riant, avec Christophe. Graillot critiquait tout, tout ce qu'on voulait faire : il faisait tout avorter. Joussier affirmait toujours, il ne voulait jamais avoir tort. Il voyait très bien le vice de son argumentation; il ne s'en obstinait que davantage; il eût sacrifié la victoire de sa cause à l'orgueil de ses principes. Mais il passait d'accès de foi têtue à des accès de pessimisme ironique, où il jugeait amèrement le mensonge des idéologies et l'inutilité de tous les efforts.

La plupart des ouvriers étaient de même. Ils tombaient, en un moment, de la soûlerie des paroles au découragement. Ils avaient des illusions immenses; mais elles ne reposaient sur rien; ils ne les avaient pas conquises et créées eux-mêmes; ils les avaient reçues toutes faites, par cette loi du moindre effort qui les menait, dans leurs distractions, à l'assommoir et au beuglant. Paresse de penser incurable, qui n'avait que trop d'excuses : c'est la bête harassée qui ne demande qu'à se coucher et ruminer en paix sa pâture, ses rêves. Mais ces rêves cuvés, il n'en restait plus rien qu'une lassitude pire et la gueule de bois. Sans cesse, ils s'enflammaient pour un chef; et peu de temps après, le soupçonnaient, le rejetaient. Le plus triste était qu'ils n'avaient point tort : les chefs étaient attirés, l'un après l'autre, par l'appât du succès, de la richesse, de la vanité; pour un Joussier, que préservait de la tentation la phtisie qui le minait, la mort à brève échéance, que d'autres trahissaient, ou se lassaient! Ils étaient victimes de la plaie qui rongeait alors les hommes politiques de tous les partis : la démoralisation par la femme ou par l'argent, par la femme et par l'argent, — (les deux fléaux n'en font qu'un). — On voyait, dans le gouvernement comme dans l'opposition, des talents de premier ordre, des hommes qui avaient l'étoffe de grands hommes d'Etat — (en d'autres temps, ils l'eussent été peut-être); — mais ils étaient sans foi, sans caractère; le besoin, l'habitude, la lassitude de la jouissance les avaient énervés; elle leur faisait commettre, au milieu de vastes projets, des actes incohérents, ou brusquement tout jeter là, les affaires en cours, leur patrie ou leur cause, pour se reposer et jouir. Ils étaient assez braves pour se faire tuer dans une bataille; mais bien peu de ces chefs eussent été capables de mourir à la tâche, sans vaine forfanterie, immobiles à leur poste, le poing au gouvernail.

La conscience de cette faiblesse foncière coupait les jarrets à la révolution. Ces ouvriers passaient leur temps à s'accuser mutuellement. Leurs grèves échouaient toujours, par les dissentiments perpétuels entre les chefs ou entre les corps de métier, entre les réformistes et les révolutionnaires — par la timidité profonde sous les menaces fanfaronnes — par l'hérédité moutonnière qui, à la première sommation légale, faisait rentrer sous le joug ces révoltés —, par le lâche égoïsme et la bassesse de ceux qui profitaient de la révolte des autres pour se pousser auprès des maîtres, en faisant payer cher leur fidélité intéressée. Sans parler du désordre inhérent aux foules, de leur esprit anarchique. Ils voulaient bien faire des grèves corporatives qui eussent un caractère révolutionnaire; mais ils ne voulaient pas qu'on les traitât en révolutionnaires. Ils n'avaient aucun goût pour les baïonnettes. Ils eussent voulu battre l'omelette sans casser d'œufs. En tout cas, ils aimaient mieux que les œufs cassés fussent ceux du voisin.

Olivier regardait, observait, et il ne s'étonnait point. Il avait reconnu combien ces hommes étaient inférieurs à l'œuvre qu'ils prétendaient réaliser; mais il avait aussi reconnu la force fatale qui les entraînait; et il s'apercevait que Christophe, à son insu, suivait le fil de l'eau. Pour lui, qui n'eût demandé qu'à se laisser emporter, le courant ne voulait pas de lui. Il restait au rivage et regardait l'eau passer.

C'était un fort courant : il soulevait une masse énorme de passions, d'intérêts et de foi, qui se heurtaient, se fondaient, avec des bouillonnements d'écume et des remous contradictoires. Les chefs étaient en tête, les moins libres de tous, car ils étaient poussés, et peut-être, de tous, ceux qui croyaient le moins : ils avaient cru jadis, ils étaient comme ces prêtres qu'ils avaient tant raillés, enfermés dans leurs vœux, dans la foi qu'ils avaient eue et qu'ils étaient forcés de professer jusqu'à la fin. Derrière eux, le gros du troupeau était brutal, incertain, et de vue courte. Le plus grand nombre croyaient par hasard, parce que le courant allait maintenant à ces utopies; ils n'y croiraient plus, ce soir, parce que le courant aurait changé. Beaucoup croyaient par besoin d'action, par désir d'aventures. D'autres, par logique raisonneuse, dénuée de sens commun. Quelques-uns par bonté. Les avisés ne se servaient des idées que comme d'armes pour la bataille; ils luttaient pour un salaire précis, pour un nombre réduit d'heures de travail. Les forts appétits couvaient l'espoir secret de revanches grossières d'une vie misérable.

Mais le courant qui les portait était plus sage qu'eux tous; il savait où il allait. Qu'importait qu'il dût momentanément se briser contre la digue du vieux monde! Olivier prévoyait que la Révolution sociale serait aujourd'hui écrasée. Mais il savait aussi qu'elle n'atteindrait pas moins ses fins par la défaite que par la victoire; car les oppresseurs ne font droit aux demandes des opprimés que lorsque ces opprimés leur font peur. Ainsi, l'injuste violence des révolutionnaires ne servait pas moins leur cause que la justice de leur cause. L'une et l'autre faisaient partie du plan de la force aveugle et sûre qui mène le troupeau humain...

« Considérez ce que vous êtes, vous que le Maître a appelés. Selon la chair, il n'y a pas parmi vous beaucoup de sages, ni beaucoup de forts, ni beaucoup de nobles. Mais il a choisi les choses folles de ce monde pour confondre les sages; et il a choisi les choses faibles de ce monde pour confondre les forts; et il a choisi les choses viles de ce monde et les choses méprisées et celles qui ne sont point pour abolir celles qui sont... »

Cependant, quel que fût le Maître qui gouvernait les choses, — (Raison ou Déraison) — et bien que l'organisation sociale préparée par le syndicalisme constituât pour l'avenir un progrès relatif, Olivier ne pensait pas qu'il valût la peine, pour Christophe et pour lui, d'absorber toute leur force d'illusion et de sacrifice dans ce combat terre à terre, qui n'ouvrirait pas un monde nouveau. Son espoir mystique de la révolution était déçu. Le peuple n'était pas meilleur, et guère plus sincère que les autres classes; surtout, il n'était pas assez différent.

Au milieu du torrent des intérêts et des passions boueuses, le regard et le cœur d'Olivier étaient attirés par des îlots d'indépendants, les petits groupes de vrais croyants, qui émergeaient çà et là, comme des fleurs sur l'eau. L'élite a beau vouloir se mêler à la foule : elle va toujours à l'élite — l'élite de toutes les classes et de tous les partis —, ceux qui portent le feu. Et son devoir sacré, c'est de veiller à ce que le feu ne s'éteigne point.

Olivier avait déjà fait son choix.

•

A quelques maisons de la sienne, était une échoppe de savetier, un peu en contrebas de la rue — quelques planches clouées ensemble, avec des vitres et des carreaux de papier. On y descendait par trois marches, et il fallait baisser le dos pour s'y tenir debout. Il y avait juste la place pour un rayon de savates et deux escabeaux. Tout le jour, on entendait, selon la tradition du savetier classique, le maître de céans chanter. Il sifflait, tapait ses semelles, braillait d'une voix enrouée des gaudrioles et des chansons révolutionnaires, ou interpellait à travers son bocal les voisines qui passaient. Une pie à l'aile cassée, qui se promenait sur le trottoir en sautillant, venait d'une loge de concierge, lui rendre visite. Elle se posait sur la première marche à l'entrée de l'échoppe, et regardait le savetier. Il s'interrompait un moment pour lui dire des grivoiseries, d'un ton flûté, ou il lui sifflait l'*Internationale*. Elle restait, le bec levé, écoutait gravement; de temps en temps, elle faisait un plongeon, le bec en avant, comme pour saluer, elle battait gauchement des ailes pour retrouver son équilibre; puis, elle virait soudain, plantant là son interlocuteur au milieu d'une phrase, et d'une aile et d'un aileron s'envolait sur le dossier d'un banc, d'où elle narguait les chiens du quartier. Alors, le gniaf se remettait à battre ses empeignes; et la fuite de son auditrice ne l'empêchait pas de continuer jusqu'au bout le discours interrompu.

Il avait cinquante-six ans, l'air jovial et bourru, de petits yeux rieurs sous d'énormes sourcils, le crâne chauve au sommet qui s'élevait comme un œuf au-dessus d'un nid de cheveux, des oreilles poilues, une gueule noire et brèche-dent qui s'ouvrait comme un puits, dans des accès de rire, une barbe hirsute et malpropre, où il fourrageait à pleines mains, de ses pinces volumineuses et noires de cirage. Il était connu dans le quartier sous le nom du père Feuillet, dit Feuillette, dit papa La Feuillette — on disait La Fayette, pour le faire enrager : car le vieux, en politique, arborait des opinions écarlates; tout jeune il avait été mêlé à la Commune, condamné à mort, finalement déporté; il était fier de ses souvenirs et associait dans ses rancunes Badinguet, Galliffet et Foutriquet. Il était assidu aux meetings révolutionnaires et enthousiaste de Coquard, pour l'idéal vengeur que celui-ci prophétisait avec une si belle barbe et une voix de tonnerre. Il ne manquait pas un de ses discours, il buvait ses paroles, riait de ses plaisanteries à mâchoire déployée, écumait de ses invectives, jubilait des combats et du paradis promis. Le lendemain, à l'échoppe, il relisait dans son journal le résumé des discours; il le relisait tout haut, pour lui et pour son apprenti; afin de mieux le savourer, il se le faisait lire et calottait l'apprenti quand il sautait une ligne. Aussi, n'était-il pas souvent exact à livrer l'ouvrage, aux dates promises; en revanche, c'était de l'ouvrage solide; il usait les pieds, mais il était inusable.

Le vieux avait avec lui un petit-fils de treize ans, bossu, malingre et rachitique, qui lui servait d'apprenti. La mère, à dix-sept ans, avait fui sa famille, pour filer avec un mauvais ouvrier, devenu apache, qui ne tarda pas à être pris, condamné, et disparut. Restée seule avec l'enfant, rejetée par les siens, elle éleva le petit Emmanuel. Elle avait reporté sur lui l'amour et la haine qu'elle avait pour son amant. C'était une femme d'un caractère violent, maladivement jaloux. Elle aimait son enfant avec emportement, le malmenait brutalement, puis, quand il était malade, elle était folle de désespoir. Dans ses jours de mauvaise humeur, elle le couchait sans dîner, sans un morceau de pain. Quand elle le traînait par la main dans les rues, s'il était fatigué, s'il ne voulait plus avancer et se laissait choir par terre, elle le relevait d'un coup de pied. Elle avait un langage incohérent, et passait des larmes à une excitation de gaieté hystérique. Elle était morte. Le grand-père avait recueilli le petit, alors âgé de six ans. Il l'aimait bien; mais il avait sa manière de le lui témoigner : elle consistait à rudoyer l'enfant, à le nommer d'injures variées, à lui allonger les oreilles, à le claquer du matin au soir, afin de lui apprendre son métier : et il lui inculquait en même temps son catéchisme social et anticlérical.

Emmanuel savait que le grand-père n'était pas méchant; mais il était toujours prêt à lever le coude pour parer les gifles; le vieux lui faisait peur, surtout les soirs de ribote. Car le père La Feuillette n'avait pas volé son surnom : il se pochardait deux ou trois fois par mois; alors, il parlait à tort et à travers, il riait, il faisait le faraud, et cela finissait par quelques bourrades au petit. Plus de bruit que de mal. Mais l'enfant était craintif; son état souffreteux le rendait plus sensible; il avait une intelligence précoce, et tenait de sa mère un cœur farouche et déréglé. Il était bouleversé par les brutalités du grand-père, comme par ses déclamations révolutionnaires. Tout résonnait en lui des impressions du dehors, comme l'échoppe qui tremblait au passage des lourds omnibus. Dans son imagination affolée se mêlaient, en des vibrations de clocher, ses sensations journalières, ses grandes douleurs d'enfant, les lamentables souvenirs d'une expérience prématurée, les récits de la Commune, des bribes de cours du soir, de feuilletons de journaux, de discours de meetings, et les instincts sexuels, troubles et torrentueux, qui lui venaient des siens. Le tout formait ensemble un monde de rêve, monstrueux, marécage dans la nuit, d'où se détachaient des jets d'espoir éblouissant.

Le savetier traînait son apprenti au cabaret, chez Aurélie. Ce fut là qu'Olivier remarqua le petit bossu qui avait une voix d'hirondelle. Parmi ces ouvriers avec qui il ne causait guère, il avait eu tout le temps d'étudier la figure maladive de l'enfant, au front proéminent, son air sauvage et humilié; il avait assisté aux grossièretés joviales qu'on lui disait, et dont les traits du petit se crispaient en silence. Il avait vu, à certaines palabres révolutionnaires, ses yeux de velours marron rayonner de l'extase chimérique du bonheur futur — ce bonheur qui, même s'il devait se réaliser jamais, ne changerait pas grand-chose à sa chétive destinée. A ces instants, son regard illuminait son visage ingrat, le faisait oublier. La belle Berthe ellemême en fut frappée; un jour elle le lui dit, et, sans crier gare, le baisa sur la bouche. L'enfant sursauta, pâlit de saisissement, et se rejeta en arrière, avec dégoût. La fille n'eut pas le temps de le remarquer : elle était déjà occupée à se quereller avec Joussier. Seul, Olivier s'aperçut du trouble d'Emmanuel : il suivait des yeux le petit, qui s'était reculé dans l'ombre, les mains tremblantes, le front baissé, regardant en dessous, jetant de côté sur la fille des coups d'œil ardents et irrités. Il se rapprocha de lui, il lui parla doucement, poliment, l'apprivoisa... Quel bien peut faire la douceur de manières à un cœur sevré d'égards! C'est une goutte d'eau qu'une terre aride boit avidement. Il ne fallut que quelques mots, un sourire, pour que, dans le secret de son cœur, le petit Emmanuel se donnât à Olivier et décidât qu'Olivier était à lui. Après, quand il le rencontra dans la rue et découvrit qu'ils étaient voisins, ce fut un signe mystérieux du destin qu'il ne s'était pas trompé. Il guettait le passage d'Olivier devant l'échoppe, pour lui adresser le bonjour; et s'il arrivait qu'Olivier, distrait, ne regardât pas de son côté, Emmanuel en était froissé.

Il eut un grand bonheur, le jour qu'Olivier entra chez le père Feuillette, pour une commande. L'ouvrage terminé, Emmanuel le porta chez Olivier; il avait guetté son retour à la maison, afin d'être sûr de le trouver. Olivier, absorbé, fit peu attention à lui, paya, ne disait rien; l'enfant semblait attendre, regardait à droite, à gauche, s'en allait à regret. Olivier, avec sa bonté, devina ce qui se passait en lui; il sourit, et essaya de lier conversation, malgré la gêne qu'il avait toujours à causer avec quelqu'un du peuple. Cette fois, il sut trouver les mots simples et directs. Une intuition de souffrances lui faisait voir dans l'enfant — (d'une façon trop simpliste) — un petit oiseau blessé par la vie, comme lui, et qui se consolait, la tête sous son aile, recroquevillé en boule sur son perchoir, en rêvant de vols fous dans la lumière. Un sentiment analogue de confiance instinctive rapprochait de lui l'enfant; il subissait l'attraction de cette âme silencieuse, qui ne criait point, qui ne disait point de paroles rudes, où l'on était à l'abri des brutalités de la rue; et la chambre peuplée de livres, paroles magiques des siècles, lui inspirait un respect religieux. Aux questions d'Olivier il répondait volontiers, avec de brusques sursauts de sauvagerie orgueilleuse; mais l'expression lui manquait. Olivier démaillotait avec précaution cette âme obscure et bégayante; il arrivait à y lire peu à peu sa foi ridicule et touchante dans le renouvellement du monde. Il n'avait pas envie d'en rire, sachant qu'elle rêvait de l'impossible et qu'elle ne changerait pas l'homme. Les chrétiens aussi ont rêvé de l'impossible; et ils n'ont pas changé l'homme. De l'époque de Périclès à celle de M. Fallières, où est-il, le progrès moral?... Mais toute foi est belle; et quand pâlissent celles dont le cycle est révolu, il faut saluer les nouvelles qui s'allument : il n'y en aura jamais trop. Olivier regardait avec une curiosité attendrie la lueur incertaine qui brûlait dans le cerveau de l'enfant. Quelle étrange caboche!... Olivier ne parvenait pas à suivre le mouvement de cette pensée, incapable d'un effort de raison continue, qui allait par saccades, et, quand on lui parlait, restait loin derrière vous, arrêtée, agrippée à une vision surgie, on ne savait comment, d'un mot dit tout à l'heure, puis soudain vous rejoignait, vous dépassait d'un saut, faisant jaillir d'une pensée de tout repos, d'une prudente parole bourgeoise, tout un monde enchanté, un *credo* héroïque et dément. Cette âme, qui somnolait, avec des réveils bondissants, avait un besoin puéril et puissant d'optimisme; à tout ce qu'on lui disait, art ou sciences, elle ajoutait une fin de mélodrame complaisant qui répondait au vœu de ses chimères.

Olivier fit, par curiosité, quelques lectures au petit, le dimanche. Il croyait l'intéresser avec des récits réalistes et familiers; il lui lut les *Souvenirs d'Enfance* de Tolstoy. Le petit n'en était pas frappé : il disait :

« Ben oui, on sait ça. »

Et il ne comprenait pas qu'on se donnât tant de mal pour écrire des choses réelles.

« Un gosse, c'est un gosse », disait-il dédaigneusement.

Il n'était pas plus sensible à l'intérêt de l'histoire; et la science l'ennuyait; elle était pour lui une préface fastidieuse à un conte de fées : les forces invisibles, mises au service de l'homme, tels des génies terribles et terrassés. A quoi bon tant d'explications? Quand on a trouvé quelque chose, on n'a pas besoin de dire comment on l'a trouvé, mais ce qu'on a trouvé. L'analyse des pensées est du luxe bourgeois. Ce qu'il faut aux âmes du peuple c'est la synthèse, des idées toutes faites, tant bien que mal, et plutôt mal que bien, mais qui mènent à l'action, des réalités grosses de vie et chargées d'électricité. De la littérature qu'Emmanuel connaissait, ce qui le toucha le plus, ce fut le pathos épique de Victor Hugo et la rhétorique fuligineuse de ces orateurs révolutionnaires, qu'il ne comprenait pas bien et qui, non plus que Hugo, ne se comprenaient pas toujours eux-mêmes. Le monde était pour lui, comme pour eux, non pas un assemblage cohérent de raisons ou de faits, mais un espace infini, noyé d'ombre et tremblant de lumière, où passaient dans la nuit de grands coups d'aile ensoleillée. Olivier essayait en vain de lui communiquer sa logique bourgeoisie. L'âme rebelle et ennuyée lui échappait des mains; et elle se complaisait dans le vague et le heurt de ses sensations hallucinées, comme une femme en amour, qui se livre, les yeux fermés.

Olivier était à la fois attiré et déconcerté par ce qu'il sentait chez l'enfant de si proche de lui : solitude, faiblesse orgueilleuse, ardeur idéaliste — et de si différent : ce déséquilibre, ces désirs aveugles et effrénés, cette sauvagerie sensuelle qui n'avait aucune idée du bien et du mal, tels que les définit la morale ordinaire. Il ne faisait qu'entrevoir une partie de cette sauvagerie. Jamais il ne se douta du chaos de passions troubles qui grondaient dans le cœur de son petit ami. Notre atavisme bourgeois nous a trop assagis. Nous n'osons même pas regarder en nous. Si nous disions le centième des rêves que fait un honnête homme, ou des étranges ardeurs qui passent dans le corps d'une femme chaste, on crierait au scandale. Silence aux monstres! Fermons la grille. Mais sachons qu'ils existent, et que dans les âmes neuves ils sont prêts à sortir. — Le petit avait tous les désirs érotiques, que l'on regarde comme pervers; ils l'étreignaient à l'improviste, par rafales; ils étaient exaspérés par sa laideur qui l'isolait. Olivier n'en savait rien. Devant lui, Emmanuel avait honte. Il subissait la contagion de cette paix. L'exemple d'une telle vie lui était un dompteur. L'enfant ressentit pour Olivier un amour violent. Ses passions comprimées se ruaient en rêves tumultueux : bonheur humain, fraternité sociale, miracles de la science, aviation fantastique, poésie enfantine et barbare — tout un monde héroïque d'exploits, de niaiseries, de luxure, de sacrifice, où sa volonté ivre cahotait dans la flânerie et dans la fièvre.

Il n'avait pas beaucoup de temps pour s'y abandonner, dans l'échoppe du grand-père, qui ne restait pas un instant silencieux, sifflant, tapant, jabotant, du matin au soir. Mais il y a toujours place pour le rêve. Que de journées de songe, on peut faire, debout, les yeux ouverts, en une seconde de vie! — Le travail de l'ouvrier s'accommode assez bien d'une pensée intermittente. Son esprit aurait peine à suivre, sans un effort de volonté, une chaîne un peu longue de raisonnements serrés; s'il parvient à le faire, il y manque, çà et là, quelques mailles; mais dans les intervalles des mouvements rythmés, les idées s'intercalent, les images surgissent; les gestes réguliers du corps les font jaillir, comme le soufflet de forge. Pensée du peuple! Gerbe de feu et de fumée, pluie d'étincelles qui s'éteignent, se rallument et s'éteignent! Mais parfois l'une d'elles, emportée par le vent, va mettre l'incendie aux riches meules bourgeoises...

Olivier réussit à faire entrer Emmanuel dans une imprimerie. C'était le vœu de l'enfant; et le grand-père ne s'y opposa point : il voyait volontiers son petit-fils plus instruit que lui; et il avait du respect pour l'encre d'imprimerie. Dans le nouveau métier, il travail était plus fatigant que dans l'ancien; mais parmi la foule des travailleurs, le petit se sentait plus libre de penser que dans l'échoppe, seul, à côté du grand-père.

Le meilleur moment était à l'heure du déjeuner. Loin du flot des ouvriers qui envahissaient les petites tables sur le trottoir et les débits de vins du quartier, il s'échappait en clopinant vers le square voisin; et là, à cheval sur un banc, sous le dais d'un marronnier, près d'un faune de bronze qui dansait, une grappe à la main, il déballait son pain et le morceau de charcuterie enveloppé dans un papier gras; et il le savourait lentement, au milieu d'un cercle de moineaux. Sur la pelouse verte, de petits jets d'eau faisaient tomber leur pluie fine en réseau grésillant. Dans un arbre ensoleillé, des pigeons bleu d'ardoise, à l'œil rond, roucoulaient. Et tout autour, c'était le ronflement perpétuel de Paris, le grondement des voitures, la mer bruissante des pas, les cris familiers de la rue, le lointain flûteau rieur d'un raccommodeur de faïence, un marteau de terrassier tintant sur les pavés, la noble musique d'une fontaine — enveloppe fiévreuse et dorée du rêve parisien... — Et le petit bossu, à cheval sur son banc, la bouche pleine, ne se pressant pas d'avaler, s'alanguissait dans une torpeur, où il ne sentait plus son échine douloureuse et son âme chétive; il était baigné d'un bonheur imprécis et grisant...

« ...Tiède lumière, soleil de la justice qui luira demain pour nous, déjà ne luis-tu pas? Tout est si bon, si beau! On est riche, on est fort, on se porte bien, on aime... J'aime, j'aime tous et tous m'aiment... Ah! qu'on est bien. Qu'on sera bien, demain!... »

Les sirènes d'usines sifflaient; l'enfant s'éveillait, avalait sa bouchée, buvait une longue gorgée à la Wallace voisine, et, rentré sous sa carapace bossue, il allait de sa démarche sautillante et boiteuse, reprendre sa place à l'imprimerie, devant les casiers aux lettres magiques, qui écriraient un jour le *Mane Thecel Pharès*, de la Révolution.

Le père Feuillet avait un vieil ami, Trouillot, le papetier, de l'autre côté de la rue. Une papeterie-mercerie, où l'on voyait, à la devanture, des bonbons roses et verts dans des bocaux, et des poupées en carton sans bras ni jambes. D'un trottoir à l'autre, l'un sur le pas de sa porte, l'autre dans son échoppe, ils échangeaient clignements d'yeux, hochements de tête, et pantomimes variées. A certaines heures, quand le savetier était las de taper et qu'il avait, disait-il, la crampe dans les fesses, ils se hélaient, La Feuillette de son gueuloir glapissant, Trouillot d'un mugissement de veau enroué; et ils allaient siroter un verre sur le comptoir voisin. Ils ne se pressaient pas de revenir. C'étaient de sacrés bavards. Ils se connaissaient depuis près d'un demi-siècle. Le papetier avait joué, lui aussi, son bout de rôle dans le grand mélodrame de 1871. On ne s'en serait pas douté, à voir ce gros homme placide, une toque noire sur la tête, vêtu d'une blouse blanche, avec sa moustache grise de vieux troupier, ses yeux vagues d'un bleu pâle striés de rouge, sous lesquels les paupières faisaient des poches, ses joues flasques et luisantes, toujours en transpiration, traînant la jambe, goutteux, le souffle court, la langue lourde. Mais il n'avait rien perdu de ses illusions d'antan. Réfugié en Suisse pendant quelques années, il y avait rencontré des compagnons de diverses nations, et notamment des Russes, qui l'avaient initié aux beautés de l'anarchie fraternelle. Là-dessus, il n'était pas d'accord avec La Feuillette, qui était un vieux Français, partisan de la manière forte et de l'absolutisme dans la liberté. Pour le reste, fermes croyants l'un et l'autre dans la révolution sociale et la Salente ouvrière de l'avenir. Chacun était épris d'un chef en qui il incarnait l'idéal de ce qu'il aurait voulu être. Trouillot était pour Joussier, et La Feuillette pour Coquart. Ils discutaient interminablement sur ce qui les divisait, estimant que leurs pensées communes étaient démontrées; — (peu s'en fallait qu'entre deux rasades ils ne les crussent réalisées). — Des deux, le plus raisonneur était le savetier. Il croyait, par raison; du moins, il s'en flattait : car Dieu sait que sa raison était d'une espèce singulière! Elle n'eût pu chausser d'autre pied que le sien. Cependant, moins expert en raison qu'en chaussures, il prétendait que les autres esprits se chaussassent à son pied. Le papetier, plus paresseux, ne se donnait pas la peine de démontrer sa foi. On ne démontre que ce dont on doute. Il ne doutait point. Son optimisme perpétuel voyait les choses comme il les désirait, et ne les voyait pas quand elles étaient autrement, ou il les oubliait. Les expériences fâcheuses glissaient sur son cuir, sans y laisser de traces. — Tous deux étaient de vieux enfants romanesques, qui n'avaient pas le sens de la réalité; la révolution, dont le nom seul les grisait, était pour eux une belle histoire qu'on se raconte et dont on ne sait plus très bien si elle arrivera jamais, ou si elle est arrivée. Et tous deux avaient foi dans l'Humanité-Dieu, par transposition de leurs habitudes héréditaires, pliées durant des siècles devant le Fils de l'Homme. — Inutile d'ajouter que tous deux étaient anticléricaux.

Le plaisant était que le bon papetier habitait avec une nièce fort dévote, qui faisait de lui ce qu'elle voulait. Cette petite femme très brune, grassouillette, aux yeux vifs, douée d'une volubilité de parole que relevait encore un fort accent de Marseille, était veuve d'un rédacteur au ministère du Commerce. Restée seule sans fortune, avec une fillette, et recueillie par l'oncle, cette bourgeoise, qui avait des prétentions, n'était pas loin de croire qu'elle faisait une grâce à son parent le boutiquier, en vendant, à son magasin; elle trônait avec des airs de reine déchue, que, fort heureusement pour les affaires de l'oncle et pour la clientèle, tempérait son exubérance naturelle. Royaliste et cléricale, comme il convenait à une personne de sa distinction, Mme Alexandrine étalait ses sentiments avec un zèle indiscret, stimulé par le malin plaisir de taquiner le vieux mécréant chez qui elle s'était installée. Elle s'était constituée la maîtresse du logis, responsable de la conscience de toute la maisonnée; si elle ne pouvait convertir l'oncle — (et elle se jurait bien de l'attraper *in extremis*), — elle s'en donnait à cœur joie de tremper le diable dans l'eau bénite. Elle épinglait aux murs des images de Notre-Dame de Lourdes et de saint Antoine de Padoue; elle ornait la cheminée de fétiches peinturlurés sous des globes de verre; et, la saison venue, elle installait dans l'alcôve de sa fille une chapelle du mois de Marie, avec de petites bougies bleues. On ne savait ce qui l'emportait, dans sa dévotion agressive, d'une affection réelle pour l'oncle qu'elle souhaitait de convertir, ou de la joie qu'elle avait à l'embêter.

Le brave homme, apathique et un peu endormi, laissait faire; il ne se risquait pas à relever les provocations batailleuses de sa terrible nièce : avec une langue si bien pendue, impossible de lutter; avant tout, il voulait la paix. Une seule fois, il se fâcha, lorsqu'un petit saint Joseph tenta subrepticement de se glisser dans sa chambre, au-dessus de son lit; sur ce point, il eut gain de cause; car il faillit en avoir une attaque, et la nièce prit peur; l'expérience ne fut pas renouvelée. Pour tout le reste, il céda, affectant de ne pas voir; cette odeur de bon Dieu lui causait bien quelque malaise; mais il ne voulait pas y penser. Au fond, il admirait sa nièce, et il éprouvait un certain plaisir à être malmené par elle. Et puis, ils s'accordaient pour choyer la fillette, la petite Reine, ou Rainette.

Elle avait treize ans, et elle était toujours malade. Depuis des mois, une coxalgie la tenait étendue et captive, tout un côté du corps moulé dans une gouttière, comme une petite Daphné dans son écorce. Elle avait des yeux de biche blessée et le teint décoloré des plantes privées de soleil; une tête trop grosse, que ses cheveux blond pâle, très fins et très tirés, faisaient paraître encore plus grosse; mais un visage mobile et délicat, un vivant petit nez, et un bon sourire enfantin. La dévotion de la mère avait pris chez l'enfant souffrante et désœuvrée un caractère exalté. Elle passait des heures à réciter son chapelet de corail, que le pape avait béni; et elle s'interrompait pour le baiser avec emportement. Elle ne faisait presque rien de la journée; les travaux à l'aiguille la fatiguaient; Mme Alexandrine ne lui en avait pas donné le goût. A peine si elle lisait quelques *tracts* insipides, quelque fade histoire miraculeuse, dont le style prétentieux et plat lui semblait la poésie même — ou les récits des crimes avec illustrations coloriées dans les journaux du dimanche, que sa stupide mère lui mettait dans les mains. A peine si elle faisait quelques mailles de crochet, en remuant les lèvres, moins attentive à son ouvrage qu'à la conversation qu'elle tenait avec une sainte de ses amies, ou même avec le Bon Dieu. Car il ne faut pas croire qu'il soit nécessaire d'être une Jeanne d'Arc, pour avoir de ces visites; nous en avons tous reçu. Seulement, à l'ordinaire, les visiteurs célestes nous laissent parler seuls, assis à notre foyer; et ils ne disent mot. Rainette ne songeait pas à s'en formaliser : qui ne dit mot consent. D'ailleurs, elle avait tant à leur dire qu'à peine leur laissait-elle le temps de répondre : elle répondait pour eux. Elle était une bavarde silencieuse; elle tenait de sa mère la volubilité de langue : mais ce flot s'infiltrait en paroles intérieures, comme un ruisseau qui disparaît sous terre. — Naturellement, elle faisait partie de la conspiration contre l'oncle, afin de le convertir; elle se réjouissait de chaque pouce de la maison conquis sur l'esprit des ténèbres par les esprits de lumière; elle cousait des médailles saintes dans les doublures d'habits du vieux, ou bien elle lui glissait dans les poches un grain de chapelet, que l'oncle, pour faire plaisir à sa petite-nièce, affectait de ne pas remarquer. — Cette mainmise des deux dévotes sur le mangeur de prêtres causait l'indignation et la joie du savetier. Il ne tarissait pas en grosses plaisanteries sur les femmes qui portent culotte; et il se gaussait de son ami, qui se laissait mettre sous la pantoufle. Il n'avait pas lieu de faire le malin : car lui-même avait été affligé pendant vingt ans d'une femme acariâtre et sobre, qui le traitait de pochard, et devant qui il baissait la crête. Il se gardait d'en faire mention. Le papetier, un peu honteux, se défendait mollement, professant d'une langue pâteuse une tolérance à la Kropotkine.

Rainette et Emmanuel étaient amis. Depuis leur petite enfance, ils se voyaient chaque jour. Emmanuel osait rarement se gliser dans la maison. Mme Alexandrine le regardait d'un mauvais œil, comme petit-fils d'un mécréant et comme sale petit gniaf. Mais Rainette passait ses journées sur une chaise longue près de la fenêtre, au rez-de-chaussée. Emmanuel tambourinait aux carreaux, en passant; et, le nez écrasé contre la vitre, il grimaçait un bonjour. En été, quand la fenêtre restait ouverte, il s'arrêtait, les bras appuyés un peu haut sur la barre de la fenêtre; — (il s'imaginait que cette pose l'avantageait, que ses épaules remontées dans une attitude familière donnaient le change sur sa difformité). — Rainette, qui n'était pas gâtée par les visites, ne songeait plus à remarquer qu'Emmanuel fût bossu. Emmanuel, qui avait peur des filles, peur et dégoût, faisait exception pour Rainette. Cette petite malade, à demi pétrifiée, lui était quelque chose d'intangible et de lointain. Seulement, le soir où la belle Berthe lui baisa la bouche, et encore le jour suivant, il s'écarta de Rainette, avec une répulsion instinctive; il longea la maison, sans s'arrêter, baissant la tête; et il rôdait à distance, méfiant comme un chien sauvage. Puis il revint. Elle était si peu une femme!... A la sortie de l'atelier, quand il passait, tâchant de se faire aussi petit que possible, au milieu des brocheuses dans leurs longues blouses de travail, telles que des chemises de nuit — ces grandes filles rieuses, dont les yeux affamés vous déshabillaient en passant —, il détalait vers la fenêtre de Rainette. Il savait gré à son amie de ce qu'elle était infirme : il pouvait, vis-à-vis d'elle, se donner des airs de supériorité, et même de protection. Il racontait les événements de la rue; il s'y mettait en bonne place. Parfois, quand il était en veine de galanterie, il apportait à Rainette, en hiver, des marrons grillés, en été, un bouquet de cerises. Elle, de son côté, lui donnait de ces bonbons multicolores qui remplissaient les deux bocaux, à la devanture; et ils regardaient ensemble les cartes postales illustrées. C'étaient d'heureux moments; ils oubliaient tous deux le triste corps qui tenait en cage leur âme d'enfant.

Mais il arrivait aussi qu'ils se missent à discuter, comme les grands, des choses politiques et de la religion. Alors, ils devenaient aussi stupides que les grands. La bonne entente cessait. Elle, parlait de miracles, de neuvaines, ou de pieuses images bordées de dentelles en papier, et de jours d'indulgences. Lui, disait que c'étaient des bêtises et des mômeries, comme il avait entendu dire à son grand-père. Mais quand il voulait à son tour raconter les réunions publiques où le vieux l'avait emmené, elle l'interrompait avec mépris et disait que tous ces gens-là étaient des soûlards. La conversation s'aigrissait. Ils en venaient à parler de leurs parents; ils se répétaient, l'un sur le compte de la mère, l'autre sur celui du grand-père, les propos injurieux du grand-père et de la mère. Puis, ils parlaient d'eux-mêmes. Ils cherchaient à se dire des choses désagréables. Ils y arrivaient sans peine. Il disait les plus grossières. Mais elle savait trouver les mots les plus méchants. Alors, il s'en allait; et quand il revenait il racontait qu'il avait été avec d'autres filles, et qu'elles étaient jolies, et qu'ils avaient bien ri ensemble, et qu'ils devaient se retrouver, le dimanche prochain. Elle, ne disait rien; elle faisait semblant de mépriser ce qu'il disait; et brusquement, elle se mettait en rage, elle lui lançait son crochet à la tête, en lui criant de partir, et qu'elle le détestait; et elle se cachait la figure dans ses mains. Il partait, pas fier de sa victoire. Il avait envie d'écarter les petites mains maigres, de dire que ce n'était pas vrai. Mais il se forçait, par orgueil, à ne pas revenir.

Un jour, Rainette fut vengée. — Il était avec ses camarades d'atelier. Ils ne l'aimaient guère, parce qu'il se tenait en dehors d'eux et qu'il ne parlait pas, ou qu'il parlait trop bien, d'une façon naïvement prétentieuse, comme un livre, ou plutôt comme un article de journal — (il en était farci). — Ce jour-là ils s'étaient mis à causer de la Révolution et des temps futurs. Il s'exaltait, et il était ridicule. Un camarade l'apostropha brutalement :

« D'abord, toi, n'en faut plus, tu es trop laid. Dans la société future, il n'y aura plus de boscos. On les fout à l'eau en naissant. »

Cela le fit dégringoler, du haut de son éloquence. Il se tut, consterné. Les autres se tordaient de rire. De tout l'après-midi il ne desserra plus les dents. Le soir, il s'en retournait chez lui; il avait hâte d'être rentré, pour se cacher dans un coin, et pour souffrir seul. Olivier le rencontra; il fut frappé de son visage terreux.

« Tu as de la peine. Pourquoi? »

Emmanuel ne voulait pas parler. Olivier insista affectueusement. Le petit persistait à se taire; mais sa mâchoire tremblait, comme s'il était près de pleurer. Olivier le prit par le bras et l'emmena chez lui. Bien qu'il éprouvât, lui aussi, pour la laideur et pour la maladie, cette répulsion instinctive et cruelle dont ne peuvent se défendre ceux qui ne sont pas nés avec des âmes de sœurs de charité, il n'en laissait rien voir.

« On t'a fait de la peine?

— Oui.

— Qu'est-ce qu'on t'a fait? »

Le petit débonda son cœur. Il dit qu'il était laid. Il dit que ses camarades avaient dit que leur révolution n'était pas pour lui.

« Elle n'est pas pour eux non plus, mon petit, ni pour nous. Ce n'est pas l'affaire d'un jour. On travaille pour ceux qui viendront après nous. »

Le petit était déçu que ce fût pour si tard.

« Est-ce que cela ne te fait pas plaisir de penser qu'on

travaille pour donner le bonheur à des milliers de garçons comme toi, à des millions d'êtres? »

Emmanuel soupira et dit :

« Ça serait pourtant bon, d'avoir un peu de bonheur, soi-même.

— Mon petit, il ne faut pas être un ingrat. Tu vis dans la plus belle ville, dans l'époque la plus riche en merveilles; tu n'es pas bête, et tu as de bons yeux. Pense à ce qu'il y a de choses à voir et à aimer autour de soi. »

Il lui en montra quelques-unes.

L'enfant écoutait, hocha la tête et dit :

« Oui, mais on sera toujours enfermé dans cette peau!

— Mais non, tu en sortiras.

— Et alors, ce sera fini.

— Qu'est-ce que tu en sais? »

Le petit fut stupéfait. Le matérialisme faisait partie du *credo* du grand-père; il pensait qu'il n'y avait que les calotins qui crussent à une vie éternelle. Il savait que son ami ne l'était point; et il se demanda si Olivier parlait sérieusement. Mais Olivier, le tenant par la main, lui parla longuement de sa foi idéaliste, de l'unité de la vie sans limites, qui n'a ni commencement ni fin, et dont les milliards d'êtres et les milliards d'instants ne sont que les rayons de l'unique soleil. Mais il ne le lui disait pas sous cette forme abstraite. D'instinct, en lui parlant, il s'adaptait à la pensée de l'enfant : les antiques légendes, les imaginations matérielles et profondes des vieilles cosmogonies lui revenaient à l'esprit; moitié riant, moitié sérieux, il parlait de la métempsycose et de la succession des formes innombrables où l'âme coule et se filtre, comme une source qui passe de bassins en bassins. Il y mêlait des ressouvenirs chrétiens et les images du soir d'été qui les baignait tous deux. Il était assis près de la fenêtre ouverte : le petit debout près de lui, et la main dans sa main. C'était un samedi soir. Les cloches sonnaient. Les premières hirondelles, revenues depuis peu, rasaient les murs des maisons. Le ciel lointain riait au-dessus de la ville, qui s'enveloppait d'ombre. L'enfant, retenant son souffle, écoutait le conte de fées que lui disait son grand ami. Et Olivier, à son tour, réchauffé par l'attention de son petit auditeur, se laissait prendre à ses propres récits.

Il est, dans la vie, des secondes décisives où, de même

que s'allument tout d'un coup dans la nuit d'une grande ville les lumières électriques, s'allume dans l'âme obscure la flamme éternelle. Il suffit d'une étincelle qui jaillisse d'une autre âme et transmette à celle qui attend le feu de Prométhée. Ce soir de printemps, la tranquille parole d'Olivier alluma dans l'esprit qui recelait le petit corps difforme, comme une lanterne bossuée, la lumière qui ne s'éteint plus. Aux raisonnements d'Olivier il ne comprenait rien, à peine les entendait-il. Mais ces légendes, ces images qui étaient pour Olivier de belles fables, des sortes de paraboles, en lui se faisaient chair, devenaient réalité. Le conte de fées s'animait, palpitait autour de lui. Et la vision qu'encadrait la fenêtre de la chambre, les hommes qui passaient dans la rue, les riches et les pauvres, et les hirondelles qui frôlaient les murs, et les chevaux harassés qui traînaient leur fardeau, et les pierres des maisons qui buvaient l'ombre du crépuscule, et le ciel pâlissant où mourait la lumière — tout ce monde extérieur s'imprima brusquement en lui, comme un baiser. Ce ne fut qu'un éclair. Puis, cela s'éteignit. Il pensa à Rainette, et dit :

« Mais ceux qui vont à la messe, ceux qui croient au bon Dieu, c'est pourtant des toqués. »

Olivier sourit :

« Ils croient, dit-il, comme nous. Nous croyons tous la même chose. Seulement, ils croient moins que nous. Ce sont des gens qui pour voir la lumière, ont besoin de fermer leurs volets et d'allumer leur lampe. Ils mettent Dieu dans un homme. Nous avons de meilleurs yeux. Mais c'est toujours la même lumière que nous aimons. »

Le petit retournait chez lui, par les rues sombres où les becs de gaz n'étaient pas encore allumés. Les paroles d'Olivier bourdonnaient dans sa tête. Il se disait qu'il est aussi cruel de se moquer des gens parce qu'ils ont de mauvais yeux que parce qu'ils sont bossus. Et il pensait à Rainette qui avait de jolis yeux; et il pensait qu'il les avait fait pleurer. Cela lui fut insupportable. Il revint sur ses pas, il alla à la maison du papetier. La fenêtre était encore entrouverte; il y coula doucement la tête et appela à voix basse :

« Rainette... »

Elle ne répondit pas.

« Rainette! Je te dis pardon. »

La voix de Rainette, dans l'ombre, dit :

« Méchant! Je te déteste.

— Pardon », répéta-t-il.

Il se tut. Puis, d'un élan soudain, il dit, plus bas encore, troublé, un peu honteux :

« Rainette, tu sais, je crois aussi à des bons Dieux, comme toi.

— C'est vrai?

— C'est vrai. »

Il le disait surtout par générosité. Mais après l'avoir dit, il y croyait un peu.

Ils restèrent sans parler. Ils ne se voyaient pas. La belle nuit, dehors! Le petit infirme murmura :

« Il fera bon, quand on sera mort!... »

On entendait le souffle léger de Rainette.

Il dit :

« Bonne nuit, petite grenouille. »

La voix attendrie de Rainette dit :

« Bonne nuit. »

Il partit, allégé. Il était content que Rainette lui eût pardonné. Et, tout au fond de lui, il ne déplaisait pas au petit souffre-douleur qu'une autre eût souffert par lui.

*

Olivier était rentré dans sa retraite. Christophe ne tarda pas à l'y rejoindre. Décidément, leur place n'était pas dans le mouvement social révolutionnaire. Olivier ne pouvait pas s'enrôler avec ces combattants. Et Christophe ne le voulait pas. Olivier s'en écartait, au nom des faibles, opprimés; Christophe, au nom des forts, indépendants. Mais qu'ils se fussent retirés, celui-ci à la proue, celui-là à la poupe, ils n'en étaient pas moins sur le même bateau qui emportait l'armée des ouvriers et la société entière. Libre et sûr de sa volonté, Christophe contemplait, avec un intérêt provocant, la coalition des prolétaires; il aimait à se retremper dans la cuve populaire : cela le détendait; il en sortait plus gaillard et plus frais. Il continuait de voir Coquard et prenait ses repas, de temps en temps, chez Aurélie. Une fois là, il ne se surveillait guère, il s'abandonnait à son humeur fantasque; le paradoxe ne l'effrayait pas; et il trouvait un malin plaisir à pousser les interlocuteurs jusqu'aux extrêmes conséquences de leurs principes absurdes et enragés. On ne savait jamais s'il parlait ou non sérieusement : car il se passionnait en parlant, et il finissait par oublier son intention paradoxale du début. L'artiste se laissait griser par l'ivresse des autres. En un de ces moments d'émotion esthétique, il improvisa, dans l'arrière-boutique d'Aurélie, un chant révolutionnaire, qui, aussitôt répété, dès le lendemain se répandit parmi les groupes ouvriers. Il se compromettait. La police le surveillait. Manousse, qui avait des intelligences au cœur de la place, fut averti par un de ses amis, Xavier Bernard, jeune fonctionnaire de la préfecture de police, qui se mêlait de littérature et se disait toqué de la musique de Christophe : (car le dilettantisme et l'esprit anarchique s'étaient glissés jusque parmi les chiens de garde de la troisième République).

« Votre Krafft est en train de jouer un vilain jeu, lui avait dit Bernard. Il fait le fier-à-bras. Nous savons ce qu'il en faut penser, mais on ne serait pas fâché, en haut lieu, de pincer un étranger — qui plus est, un Allemand — dans ces micmacs révolutionnaires : c'est le moyen classique pour déconsidérer le parti et pour y jeter les soupçons. Si ce nigaud ne fait pas attention, nous allons être obligés de l'arrêter. C'est ennuyeux. Avertissez-le! »

Manousse avertit Christophe; Olivier le supplia d'être prudent. Christophe ne prit pas l'avis au sérieux.

« Bah! dit-il, chacun sait que je ne suis pas dangereux. J'ai bien le droit de m'amuser! J'aime ces gens, ils travaillent comme moi, ils ont une foi comme moi. A la vérité, ce n'est pas la même, nous ne sommes pas du même camp... Très bien! On se battra donc. Ce n'est pas pour me déplaire... Que veux-tu? Je ne peux pas rester, comme toi, recroquevillé dans ma coquille. J'étouffe chez les bourgeois. »

Olivier, qui n'avait pas des poumons aussi exigeants se trouvait bien de son logis étroit et de la calme société de ses deux amies, encore que l'une d'elles, Mme Arnaud, se consacrât maintenant aux œuvres de bienfaisance, et que l'autre, Cécile, fût absorbée dans les soins de l'enfant, jusqu'à ne plus parler que de lui et avec lui, sur ce ton gazouillant, bêtifiant, qui tâche de se modeler sur celui de l'oiselet et de muer sa chanson informe en un parler humain.

De son passage dans les milieux ouvriers, il lui était resté deux connaissances. Deux indépendants, comme lui. L'un, Guérin, était tapissier. Il travaillait à sa fantaisie, d'une façon capricieuse, mais adroite. Il aimait son métier, il avait pour les objets d'art un goût naturel, développé par l'observation, le travail, les visites dans les musées. Olivier lui avait fait réparer un meuble ancien : le travail était difficile, et l'ouvrier s'en était acquitté habilement; il y avait dépensé de la peine et du temps : il ne réclama à Olivier qu'un modeste salaire, tant il était heureux d'avoir réussi. Olivier, s'intéressant à lui, l'interrogea sur sa vie, tâcha de savoir ce qu'il pensait du mouvement ouvrier. Guérin n'en pensait rien; il ne s'en souciait pas. Il n'était pas de cette classe. Il n'était d'aucune classe. Il était lui. Il lisait peu. Toute sa formation intellectuelle s'était faite par le sens, l'œil, la main, le goût inné au vrai peuple de Paris. Il était un homme heureux. Le type n'en est pas rare dans la petite bourgeoisie ouvrière, qui est une des races les plus intelligentes de la nation : car elle réalise un bel équilibre du travail manuel et d'une activité saine de l'esprit.

L'autre connaissance d'Olivier était d'une espèce plus originale. C'était un facteur, qui se nommait Hurteloup. Bel homme, grand, les yeux clairs, petite barbe et moustache blonde, l'air ouvert et gai. Un jour qu'il apportait une lettre recommandée, il était entré dans la chambre d'Olivier. Pendant qu'Olivier signait, il faisait le tour de la bibliothèque, le nez sur les titres des volumes :

« Ha! ha! fit-il, vous avez les classiques... »

Il ajouta :

« Moi, je collectionne les bouquins d'histoire sur la Bourgogne.

— Vous êtes Bourguignon? demanda Olivier.

— Bourguignon salé,
L'épée au côté,
La barbe au menton,
Saute, Bourguignon!

répondit, en riant, le facteur. Je suis du pays d'Avallon. J'ai des papiers de famille, qui datent de 1200 et quelque... »

Olivier, intrigué, voulut en savoir davantage. Hurteloup

ne demandait qu'à parler. Il appartenait en effet à une des plus vieilles familles de Bourgogne. Un de ses ancêtres était à la croisade de Philippe-Auguste; un autre, secrétaire d'Etat sous Henri II. La décadence avait commencé, dès le XVIIe siècle. Au temps de la Révolution, la famille, ruinée et déchue, avait fait le plongeon dans la mare populaire. Maintenant, elle revenait à la surface, par le probe travail, la vigueur physique et morale du facteur Hurteloup, et sa fidélité à sa race. Son meilleur passe-temps était de réunir des documents historiques et généalogiques, se rapportant aux siens ou à leur pays d'origine. A ses heures de congé, il allait aux Archives copier de vieux papiers. Quand il ne les comprenait pas, il demandait l'explication à un de ses clients, Chartiste ou Sorbonnard. Son illustre ascendance ne lui tournait pas la tête; il en parlait, en riant, sans l'ombre de récrimination contre le mauvais sort. Il avait une gaieté insouciante et robuste, qui faisait plaisir à voir. Et Olivier, le regardant, pensait au va-et-vient mystérieux de la vie des races, qui coule à pleins bords pendant des siècles, pendant des siècles disparaît sous terre, puis resurgit après avoir drainé au fond du sol des énergies nouvelles. Le peuple lui apparaissait un réservoir immense où se perdent les fleuves du passé et d'où ressortent les fleuves de l'avenir, qui, sous un autre nom, sont bien souvent les mêmes.

Guérin et Hurteloup lui plaisaient; mais ils ne pouvaient lui être une société; entre eux et lui, peu de conversation possible. Le petit Emmanuel l'occupait davantage; il venait chez lui presque chaque soir. Depuis l'entretien magique, une révolution s'était faite chez l'enfant. Il s'était jeté dans la lecture avec une fureur de savoir. Il sortait de ses livres, abruti. Il semblait moins intelligent qu'avant; il parlait à peine; Olivier n'arrivait plus à lui arracher que des monosyllabes; aux questions, Emmanuel répondait des âneries. Olivier se décourageait; il tâchait de n'en rien montrer; mais il croyait qu'il s'était trompé et que le petit était tout à fait stupide. Il ne voyait pas le travail formidable d'incubation fiévreuse, qui s'opérait dans cette âme. Il était un mauvais pédagogue, plus capable de jeter au hasard dans les champs les poignées de bon grain que de sarcler la terre et de creuser les sillons. — La présence de Christophe ajoutait au trouble. Olivier éprouvait une gêne à exhiber son petit protégé; il était honteux de la bêtise d'Emmanuel, qui devenait accablante quand Christophe était là. L'enfant se renfermait dans un mutisme farouche. Il haïssait Christophe, parce qu'Olivier l'aimait; il ne supportait pas qu'un autre eût place dans le cœur de son maître. Ni Christophe ni Olivier ne se doutait de la frénésie d'amour et de jalousie qui rongeait cet enfant. Cependant, Christophe avait passé par là, jadis! Mais il ne se reconnaissait pas en cet être, fabriqué d'un autre métal que le sien. En cet amalgame obscur d'hérédités malsaines, tout — l'amour et la haine et le génie latent — rendait un autre son.

•

Le premier Mai approchait.

Une rumeur inquiète parcourait Paris. Les matamores de la C. G. T. contribuaient à la répandre. Leurs journaux annonçaient le grand jour arrivé, convoquaient les milices ouvrières, et lançaient le mot d'épouvante qui atteint les bourgeois à l'endroit le plus sensible : au ventre... *Feri ventrem!...* Ils les menaçaient de la grève générale. Les Parisiens épeurés partaient à la campagne, ou s'approvisionnaient comme pour un siège. Christophe avait rencontré Canet, dans son auto, rapportant deux jambons et un sac de pommes de terre; il était hors de lui; il ne savait plus au juste de quel parti il était; on le voyait tour à tour vieux républicain, royaliste, et révolutionnaire. Son culte de la violence était une boussole affolée, dont l'aiguille sautait du nord au midi et du midi au nord. En public, il continuait de faire chorus aux rodomontades de ses amis; mais il eût pris *in petto* le premier dictateur venu, pour balayer le spectre rouge.

Christophe riait de cette universelle poltronnerie. Il était convaincu qu'il ne se produirait rien. Olivier en était moins sûr. De sa naissance bourgeoise, il lui restait quelque chose de ce petit tremblement éternel que cause à la bourgeoisie le souvenir et l'attente de la Révolution.

« Allons donc! disait Christophe, tu peux dormir tranquille. Elle n'est pas pour demain, ta Révolution! Vous en avez tous peur. La peur des coups... Elle est partout. Chez les bourgeois, dans le peuple, par toute la nation, par toutes les nations d'Occident. On n'a plus assez de sang, on a peur de le perdre. Depuis quarante ans, tout se passe en paroles. Regarde un peu votre fameuse Affaire! Avez-vous assez crié : « Mort! Sang! Carnage!... » O cadets de Gascogne! Que de salive et d'encre! Combien de gouttes de sang?

— Ne t'y fie pas, disait Olivier. Cette peur du sang, c'est l'instinct secret qu'au premier sang versé, la bête délirera; le masque du civilisé tombera, la brute montrera son mufle aux crocs féroces, et Dieu sait alors qui la pourra museler! Chacun hésite devant la guerre; mais quand la guerre éclatera, elle sera atroce...

Christophe haussait les épaules, et disait que ce n'était pas pour rien que l'époque avait pour héros Cyrano le hâbleur et le poulet fanfaron, Chantecler — les héros qui mentent.

Olivier hochait la tête. Il savait qu'en France hâbler est le commencement d'agir. Toutefois, pour le Premier Mai, il ne croyait pas plus que Christophe à la Révolution : on l'avait trop annoncée, et le gouvernement se tenait sur ses gardes. Il y avait lieu de croire que les stratèges de l'émeute remettraient le combat à un moment plus opportun.

Dans la seconde quinzaine d'avril, Olivier eut un accès de grippe; elle le reprenait, chaque hiver, à peu près vers la même date, et elle réveillait une bronchite ancienne. Christophe s'installa chez lui, deux ou trois jours. Le mal fut assez léger et passa rapidement. Mais il amena, comme à l'ordinaire, chez Olivier, une fatigue morale et physique qui persista quelque temps, après que la fièvre fut tombée. Il restait au lit, étendu, pendant des heures, et il n'avait pas envie de bouger; il regardait Christophe qui lui tournait le dos, travaillant à sa table.

Christophe s'absorbait dans son travail. Quand il était las d'écrire, il se levait brusquement et allait au piano; il jouait, non ce qu'il avait écrit, mais ce qui lui venait sous les doigts. Alors, se passait un phénomène étrange. Tandis que ce qu'il écrivait était conçu dans un style qui rappelait ses œuvres antérieures, ce qu'il jouait paraissait d'un autre homme. C'était un monde au souffle rauque et déréglé. Il y avait là un égarement, une incohérence violente ou brisée, ne rappelant en rien la puissante logique qui régnait dans le reste de sa musique. On eût dit que ces improvisations irréfléchies, qui échappaient à l'œil de la conscience, qui jaillissaient de la chair plus que de la pensée, comme un cri d'animal, révélassent un déséquilibre de l'âme, un orage se préparant au fond de l'avenir. Christophe ne s'en apercevait pas; mais Olivier écoutait, regardait Christophe, et il était vaguement inquiet. Dans son état de faiblesse, il avait une pénétration singulière, lointaine : il apercevait des choses que nul ne remarquait.

Christophe, plaquant un dernier accord, s'arrêta en sueur, hagard; il promena autour de lui son regard encore trouble, rencontra le regard d'Olivier, se mit à rire, et retourna à sa table. Olivier demanda :

« Qu'est-ce que c'était, Christophe?

— Rien du tout, dit Christophe. Je remue l'eau, pour attirer le poisson.

— Est-ce que tu vas écrire cela?

— Cela? Quoi cela?

— Ce que tu as dit.

— Et qu'est-ce que j'ai dit? Je ne me souviens déjà plus.

— Mais à quoi pensais-tu?

— Je ne sais pas », dit Christophe, se passant la main sur le front.

Il se remit à écrire. Le silence retomba dans la chambre des deux amis. Olivier continuait de regarder Christophe. Christophe sentait ce regard; et il se retourna. Les yeux d'Olivier le couvaient avec tant d'affection!

« Paresseux! » dit-il gaiement.

Olivier soupira.

« Qu'as-tu? demanda Christophe.

— O Christophe! dire qu'il y a tant de choses en toi, là, près de moi, des trésors que tu donneras aux autres et dont je n'aurai pas ma part!...

— Es-tu fou? Qu'est-ce qui te prend?

— Quelle sera ta vie? Par quels dangers, par quelles épreuves passeras-tu encore?... Je voudrais être avec toi... Je ne verrai rien de tout cela. Je resterai stupidement en chemin.

— Pour stupide, tu l'es. Crois-tu, par hasard, que même si tu le voulais, je te laisserais en route?

— Tu m'oublieras », dit Olivier.

Christophe se leva, et alla s'asseoir sur le lit, près d'Olivier; il lui prit les poignets, moites d'une sueur de faiblesse. Le col de la chemise s'était ouvert; on voyait la maigre poitrine, la peau frêle et tendue comme une voile qu'un souffle de vent gonfle et qui va se déchirer. Les robustes doigts de Christophe reboutonnèrent le col. Olivier se laissait faire.

« Cher Christophe! dit-il tendrement, j'ai eu pourtant un grand bonheur dans ma vie!

— Ah çà, qu'est-ce que ces idées? dit Christophe; tu vas aussi bien que moi.

— Oui, dit Olivier.

— Alors, pourquoi dis-tu des sottises?

— J'ai tort, fit Olivier, honteux et souriant. C'est cette grippe qui m'abat.

— Il faut se secouer. Houp! Lève-toi!

— Pas maintenant. Plus tard. »

Il restait à rêver. Le lendemain, il se leva. Mais ce fut pour continuer de rêvasser, au coin du feu.

Avril était doux et brumeux. A travers le voile tiède des brouillards argentés, les petites feuilles vertes dépliaient leurs cocons, les oiseaux invisibles chantaient le soleil caché. Olivier dévidait le fuseau de ses souvenirs. Il se revoyait enfant, dans le train qui l'emportait de sa petite ville, au milieu du brouillard, avec sa mère qui pleurait. Antoinette était seule, à l'autre coin du wagon... De délicats profils, des paysages fins, se peignaient au fond de ses yeux. De beaux vers venaient d'eux-mêmes agencer leurs syllabes et leurs rythmes chantants. Il était près de sa table; il n'avait qu'à étendre le bras pour prendre sa plume et noter ces visions poétiques. Mais la volonté lui manquait : il était las; il savait que le parfum de ses rêves s'évaporerait dès qu'il voudrait les fixer. C'était toujours ainsi : le meilleur de lui-même ne pouvait s'exprimer; son esprit était un vallon plein de fleurs; mais nul n'en avait accès; et dès qu'on les cueillait, les fleurs se flétrissaient. A peine quelques-unes avaient pu languissamment survivre, quelques frêles nouvelles, quelques pièces de vers, qui exhalaient une haleine suave et mourante. Cette impuissance artistique avait été longtemps un des plus gros chagrins d'Olivier. Sentir tant de vie en soi, que l'on ne peut pas sauver!... — Maintenant, il était résigné. Les fleurs n'ont pas besoin qu'on les voie, pour fleurir. Elles n'en sont que plus belles dans les champs où nulle main ne les cueille. Heureux les champs en fleurs qui rêvent, au soleil! — De soleil, il n'y en avait guère; mais les rêves d'Olivier n'en fleurissaient que mieux. Que d'histoires, tristes, tendres, fantasques, il se raconta, ces jours-là! Elles venaient on ne sait d'où, voguaient comme des nuages blancs sur un ciel d'été; elles se fondaient dans l'air, d'autres leur succédaient; il en était peuplé. Parfois, le ciel restait vide; dans sa lumière, Olivier s'engourdissait, jusqu'au moment où de nouveau glissaient, leurs ailes déployées, les barques silencieuses du rêve.

Le soir, le petit bossu venait. Olivier était si plein de ses histoires qu'il lui en conta une, souriant et absorbé. Que de fois il parlait ainsi, regardant devant lui, sans que l'enfant soufflât mot! Il finissait pas oublier sa présence... Christophe, qui arriva au milieu du récit, fut saisi de sa beauté, et demanda à Olivier de recommencer l'histoire. Olivier s'y refusa :

« Je suis comme toi, dit-il, je ne la sais déjà plus.

— Ce n'est pas vrai, dit Christophe; toi, tu es un diable de Français qui sait toujours tout ce qu'il dit et fait, tu n'oublies jamais rien.

— Hélas! fit Olivier.

— Recommence, alors.

— Cela me fatigue. A quoi bon? »

Christophe était fâché.

« Ce n'est pas bien, dit-il. A quoi te sert ta pensée? Ce que tu as, tu le jettes. C'est perdu à jamais.

— Rien n'est perdu », dit Olivier.

Le petit bossu sortit de l'immobilité où il était resté pendant le récit d'Olivier — tourné vers la fenêtre, les yeux vagues, la figure froncée, l'air hostile, sans qu'on pût deviner ce qu'il pensait. Il se leva et dit :

« Il fera beau, demain.

— Je parie, dit Christophe à Olivier, qu'il n'a même pas écouté.

— Demain, le premier Mai, continua Emmanuel, dont la figure maussade s'illuminait.

— C'est son histoire, à lui, dit Olivier. Tu me la conteras demain.

— Balivernes! » dit Christophe.

*

Le lendemain, Christophe vint prendre Olivier, pour faire une promenade dans Paris. Olivier était guéri; mais il éprouvait toujours son étrange lassitude; il ne tenait pas à sortir, il avait une crainte vague, il n'aimait pas à se mêler à la foule. Son cœur et son esprit étaient braves; la chair était débile. Il avait peur des cohues, des bagarres, de toutes les brutalités; il savait trop qu'il était fait pour être victime, sans pouvoir — sans vouloir — se défendre : car il avait horreur de faire souffrir. Les corps maladifs répugnent plus que les autres à la souffrance physique, parce qu'ils la connaissent mieux : leur imagination la leur représente plus immédiate et plus saignante. Olivier rougissait de cette lâcheté de son corps, que contredisait le stoïcisme de sa volonté, et il s'efforçait de la combattre. Mais, ce matin, tout contact avec les hommes lui était pénible; il eût voulu rester enfermé, tout le jour. Christophe le semonça, le railla, voulut à tout prix qu'il sortît, pour s'arracher à sa torpeur : depuis dix jours, il n'avait pas pris l'air. Olivier faisait mine de ne pas entendre. Christophe dit :

« C'est bon, je m'en vais sans toi. Je vais voir leur premier Mai. Si je ne suis pas revenu ce soir, tu te diras que je suis coffré. »

Il partit. Dans l'escalier, Olivier le rejoignit. Il ne voulait pas laisser son ami aller seul.

Peu de monde dans les rues. Quelques petites ouvrières, fleuries d'un brin de muguet. Des ouvriers endimanchés se promenaient, d'un air désœuvré. A des coins des rues, près des stations du métro, des agents, par paquets, se tenaient dissimulés. Les grilles du Luxembourg étaient fermées. Le temps restait toujours brumeux et tiède. Il y avait si longtemps qu'on n'avait vu le soleil!... Les deux amis allaient au bras l'un de l'autre. Ils parlaient peu; ils s'aimaient bien. Quelques mots évoquaient des choses intimes et passées. Devant une mairie, ils s'arrêtèrent pour regarder le baromètre, qui avait une tendance à remonter.

« Demain, dit Olivier, je verrai le soleil. »

Ils étaient tout près de la maison de Cécile. Ils pensèrent à entrer pour embrasser l'enfant.

« Non, ce sera pour le retour. »

De l'autre côté de l'eau, ils commencèrent à rencontrer plus de monde. Des promeneurs paisibles, des costumes et des visages du dimanche; des badauds avec leurs enfants; des ouvriers qui flânaient. Deux ou trois portaient à la boutonnière l'églantine rouge; ils avaient l'air inoffensifs : c'étaient des révolutionnaires qui se forçaient à l'être; on sentait chez eux un cœur optimiste, qui se satisfaisait des moindres occasions de bonheur : qu'il fît beau ou simplement passable, en ce jour de congé, ils en étaient reconnaissants... ils ne savaient trop à qui... à tout ce qui les entourait. Ils allaient sans se presser, épanouis, admirant les bourgeons des arbres, les toilettes des petites filles qui passaient; ils disaient avec orgueil :

« Il n'y a qu'à Paris qu'on peut voir des enfants aussi bien habillés... »

Christophe plaisantait le fameux mouvement prédit... Bonnes gens!... Il avait de l'affection pour eux, avec un grain de mépris.

A mesure qu'ils avançaient, la foule s'épaississait. De louches figures blêmes, des gueules crapuleuses, se glissaient dans le courant, aux aguets, attendant l'heure et la proie à happer. La bourbe était remuée. A chaque pas, la rivière se faisait plus trouble. Maintenant, elle coulait, opaque. Comme des bulles d'air venues du fond qui montent à la surface grasse, des voix qui s'appelaient, des coups de sifflet, des cris de camelots, perçaient le bruissement de cette multitude et en faisaient mesurer les couches amoncelées. Au bout de la rue, près du restaurant d'Aurélie, c'était un bruit d'écluses. La foule se brisait contre des barrages de police et de troupes. Devant l'obstacle, elle formait une masse pressée, qui houlait, sifflait, chantait, riait, avec des remous contradictoires... Rire du peuple, seul moyen d'exprimer mille sentiments obscurs, qui ne peuvent trouver un débouché par les mots!...

Cette foule n'était pas hostile. Elle ignorait ce qu'elle voulait. En attendant qu'elle le sût, elle s'amusait — à sa façon, nerveuse, brutale, sans méchanceté encore — à pousser et à être poussée, à insulter les agents, ou à s'apostropher. Mais peu à peu, elle s'énervait. Ceux qui venaient par-derrière, impatientés de ne rien voir, étaient d'autant plus provocants qu'ils avaient moins à risquer, sous le couvert de ce bouclier humain. Ceux qui étaient devant, écrasés entre ceux qui poussaient et ceux qui résistaient, s'exaspéraient d'autant plus que leur situation devenait intolérable; la force du courant qui les pressait centuplait leur propre force. Et tous, à mesure qu'ils étaient plus serrés les uns contre les autres, comme un bétail, sentaient la chaleur du troupeau qui leur pénétrait la poitrine et les reins; il leur semblait qu'ils ne formaient qu'un bloc; et chacun était tous, et chacun était un géant Briarée. Une vague de sang refluait, par moments, au cœur du monstre aux mille têtes; les regards se faisaient haineux, et les cris meurtriers. Des individus qui se dissimulaient, au troisième ou au quatrième rang, commencèrent à jeter des pierres. Aux fenêtres des maisons, des familles regardaient; elles se croyaient au spectacle; elles excitaient la foule, et attendaient, avec un petit frémissement d'impatience angoissée, que la troupe chargeât.

Au milieu de ces masses compactes, à coups de genoux et de coudes, Christophe se frayait un chemin, comme un coin. Olivier le suivait. Le bloc vivant s'entrouvrait, un instant, pour les laisser passer, et se refermait aussitôt derrière eux. Christophe jubilait. Il avait complètement oublié que, cinq minutes avant, il niait la possibilité d'un mouvement populaire. A peine avait-il mis la jambe dans le courant qu'il était happé : étranger à cette foule française et à ses revendications, il s'y était subitement fondu; peu lui importait ce qu'elle voulait : il voulait! Peu lui importait où il allait : il allait, respirant ce souffle de démence...

Olivier suivait, entraîné, mais sans joie, lucide, ne perdant jamais la conscience de soi, mille fois plus étranger que Christophe aux passions de ce peuple qui était le sien, et emporté pourtant par elles comme une épave. La maladie, qui l'avait affaibli, détendait ses liens avec la vie. Qu'il se sentait loin de ces gens!... Comme il était sans délire et que son esprit était libre, les plus petits détails des choses s'inscrivaient en lui. Il regardait avec délices la nuque dorée d'une fille devant lui, son cou pâle et fin. Et en même temps, l'âcre odeur qui fermentait de ces corps entassés l'écœurait.

« Christophe! » supplia-t-il.

Christophe n'écoutait pas.

« Christophe!

— Hé?

— Rentrons.
— Tu as peur? » dit Christophe.

Il continua son chemin. Olivier, avec un sourire triste, le suivit.

A quelques rangs devant eux, dans la zone dangereuse où le peuple refoulé formait comme une barre, il aperçut juché sur le toit d'un kiosque à journaux son ami le petit bossu. Accroché des deux mains, accroupi dans une pose incommode, il regardait en riant par-delà la muraille des troupes; et il se retournait vers la foule, d'un air de triomphe. Il remarqua Olivier, et lui adressa un regard rayonnant; puis il se mit de nouveau à épier là-bas, du côté de la place, avec des yeux élargis d'espoir, attendant... Quoi donc? — Ce qui devait venir... Il n'était pas le seul. Bien d'autres, autour de lui, attendaient le miracle! Et Olivier, regardant Christophe, vit que Christophe attendait aussi.

Il appela l'enfant, lui cria de descendre. Emmanuel fit mine de ne pas entendre, et ne regarda plus. Il avait vu Christophe. Il était bien aise de s'exposer dans la bagarre, en partie pour montrer son courage à Olivier, en partie pour le punir de ce qu'il était avec Christophe.

Cependant, ils avaient retrouvé dans la foule quelques-uns de leurs amis — Coquard à la barbe d'or, qui, lui, n'attendait rien que quelques bousculades, et qui, d'un œil expert, surveillait le moment où le vase allait déborder. Plus loin, la belle Berthe, qui échangeait des mots verts avec ses voisins, en se faisant peloter. Elle avait réussi à se glisser au premier rang, et elle s'enrouait à insulter les agents. Coquard s'approcha de Christophe. Christophe, en le voyant, retrouva sa gouaillerie :

« Qu'est-ce que j'avais dit? Il ne se passera rien du tout.

— Savoir! dit Coquard. Ne restez pas trop là. Ça ne tardera pas à se gâter.

— Quelle blague! » fit Christophe.

A ce moment, les cuirassiers, lassés de recevoir des pierres, avancèrent pour déblayer les entrées de la place; les brigades centrales marchaient devant, au pas de course. Aussitôt, la débandade commença. Selon le mot de l'Evangile, les premiers furent les derniers. Mais ils s'appliquèrent à ne pas le rester longtemps. Pour se dédommager de leur déroute, les fuyards furieux huaient ceux qui les poursuivaient, et criaient : « Assassins! » avant que le premier coup eût été porté. Berthe filait entre les rangs, comme une anguille, et poussait des cris aigus. Elle rejoignit ses amis; à l'abri derrière le vaste dos de Coquard, elle reprit haleine, se serra contre Christophe, lui pinça le bras, par peur ou pour toute autre raison, décocha une œillade à Olivier, et montra le poing à l'ennemi, en glapissant. Coquard prit Christophe par le bras, et lui dit :

« Allons chez Aurélie. »

Ils n'avaient que quelques pas à faire. Avec Graillot, Berthe les y avait précédés. Christophe allait entrer, suivi par Olivier. La rue était en dos d'âne. Du trottoir, devant la crémerie, on dominait la chaussée, du haut de cinq à six marches. Olivier respirait, sorti du flot. Il répugnait à l'idée de se retrouver dans l'atmosphère empestée du cabaret et les braillements de ces énergumènes. Il dit à Christophe :

« Je vais à la maison.

— Va, mon petit, dit Christophe, je te rejoindrai dans une heure.

— Ne t'expose plus, Christophe!

— Trembleur! » fit Christophe, en riant.

Il entra dans la crémerie.

Olivier allait tourner l'angle de la boutique. Quelques pas encore, et il était dans une ruelle transversale qui l'éloignait de la bousculade. L'image de son petit protégé lui traversa l'esprit. Il se retourna et le chercha des yeux. Il l'aperçut, à l'instant précis où Emmanuel, qui s'était laissé choir de son poste d'observation, roulait par terre, bousculé par la foule; les fuyards passaient dessus; les agents arrivaient. Olivier ne réfléchit point : il sauta en bas des marches, et courut au secours. Un terrassier vit le danger, les sabres dégainés, Olivier qui tendait la main à l'enfant pour le relever, le flot brutal des agents qui les renversaient tous deux. Il cria, et se précipita à son tour. Des camarades le suivirent en courant. D'autres, qui étaient sur le seuil du cabaret. Puis, à leurs appels, les autres qui étaient rentrés. Les deux bandes se prirent à la gorge, comme des chiens. Et les femmes, restées en haut des marches, ululaient. — Ainsi, le petit bourgeois aristocrate déclencha le ressort de la bataille, que nul ne voulait moins que lui...

Christophe, entraîné par les ouvriers, s'était jeté dans la bagarre, sans savoir qui l'avait causée. Il était à cent lieues de penser qu'Olivier s'y trouvait mêlé. Il le croyait bien loin déjà, tout à fait à l'abri. Impossible de rien voir du combat. Chacun avait assez à faire de regarder qui l'attaquait, Olivier avait disparu dans le tourbillon : une barque qui coule au fond... Un coup de pointe, qui ne lui était pas destiné, l'avait atteint au sein gauche; il venait de tomber; la foule le piétinait. Christophe avait été balayé par un remous jusqu'à l'autre extrémité du champ de bataille. Il n'y apportait aucune animosité; il se laissait pousser et poussait avec allégresse, ainsi qu'à une foire de village. Il pensait si peu à la gravité des choses qu'il eut l'idée bouffonne, empoigné par un agent à la carrure énorme et l'empoignant à bras-le-corps, de lui dire :

« Un tour de valse, mademoiselle? »

Mais un second agent lui ayant sauté sur le dos, il se secouait comme un sanglier, et il les bourrait de coups de poing tous les deux : il n'entendait pas se laisser prendre. L'un de ses adversaires, celui qui l'avait saisi par-derrière, roula sur les pavés... L'autre, furieux, dégaina. Christophe vit la pointe de sabre à deux doigts de sa poitrine; il l'esquiva et, tordant le poignet de l'homme, il tâcha de lui arracher l'arme. Il ne comprenait plus; jusqu'à ce moment, ce lui avait semblé un jeu... Ils restaient là, à lutter, et ils se soufflaient au visage. Il n'eut pas le temps de réfléchir. Il aperçut le meurtre dans les yeux de l'autre; et le meurtre s'éveilla en lui. Il vit qu'il allait être égorgé comme un mouton. D'un brusque mouvement, il retourna le poignet et le sabre contre la poitrine de l'homme; il enfonça, il sentit qu'il tuait, il tua... Et soudain, tout changea à ses yeux; il était ivre, il hurla.

Ses cris produisirent un effet inimaginable. La foule avait flairé le sang. En un instant, elle devint une meute féroce. On tirait, de tous côtés. Aux fenêtres des maisons parut le drapeau rouge. Et le vieil atavisme des révolutions parisiennes fit surgir une barricade. La rue fut dépavée, des becs de gaz tordus, des arbres abattus, un omnibus renversé. On utilisa une tranchée ouverte depuis deux mois pour les travaux du métropolitain. Les grilles de fonte, autour des arbres, brisées en morceaux, fournirent des projectiles. Des armes sortaient des poches et du fond des maisons. En moins d'une heure, ce fut l'insurrection : tout le quartier en état de siège. Et sur la barricade, Christophe, méconnaissable, hurlait son chant révolutionnaire, que vingt voix répétaient.

Olivier avait été porté chez Aurélie. Il était sans connaissance. On l'avait déposé dans l'arrière-boutique sombre, sur un lit. Au pied, le petit bossu se tenait, atterré. Berthe avait eu d'abord une grosse émotion : elle avait cru, de loin, que Graillot était blessé, et son premier cri, en reconnaissant Olivier, avait été :

« Quel bonheur! Je croyais que c'était Léopold... »

Maintenant apitoyée, elle embrassait Olivier, et lui soutenait la tête sur l'oreiller. Avec sa tranquillité habituelle, Aurélie avait défait les vêtements et appliquait un premier pansement. Manousse Heimann se trouvait là fort à propos, avec Canet, son inséparable. Par curiosité, comme Christophe, ils étaient venus regarder la manifestation; ils avaient assisté à la bagarre et vu tomber Olivier. Canet pleurait comme un veau; et en même temps, il pensait :

« Que suis-je venu faire dans cette galère? »

Manousse examina le blessé; tout de suite il le jugea perdu. Il avait de la sympathie pour Olivier; mais il n'était pas homme à s'attarder sur l'irrémédiable; et il ne s'occupa plus de lui, pour songer à Christophe. Il admirait Christophe, comme un cas pathologique. Il savait ses idées sur la Révolution; et il voulait l'arracher au danger stupide que Christophe courait pour une cause qui n'était pas la sienne. Le risque de se faire casser la tête dans l'échauffourée n'était pas le seul; si Christophe était pris, tout le désignait aux représailles. On l'en avait prévenu depuis longtemps : la police le guettait, on lui ferait endosser non seulement ses sottises, mais aussi celles des autres. Xavier Bernard, que Manousse venait de rencontrer, rôdant parmi la foule, autant par amusement que par devoir professionnel, lui avait fait signe en passant, et lui avait dit :

« Votre Krafft est idiot. Croiriez-vous qu'il est en train de faire le joli cœur sur la barricade! Nous ne le raterons pas, cette fois. Nom de Dieu! Faites-le filer. »

Plus facile à dire qu'à faire! Si Christophe venait à

savoir qu'Olivier mourait, il deviendrait fou furieux, il tuerait, il serait tué. Manousse dit à Bernard :

« S'il ne part pas sur-le-champ, il est perdu. Je vais l'enlever.

— Comment?

— Dans l'auto de Canet, qui est là, au coin de la rue.

— Mais pardon, pardon... dit Canet, suffoqué.

— Tu le mèneras à Laroche, continua Manousse. Vous arriverez à temps pour l'express de Pontarlier. Tu l'emballeras pour la Suisse.

— Il ne voudra jamais.

— Il voudra. Je vais lui dire que Jeannin l'y rejoindra, qu'il est déjà parti. »

Sans écouter les objections de Canet, Manousse alla chercher Christophe sur la barricade. Il n'était pas fort brave, il faisait le gros dos, chaque fois qu'il entendait un coup de feu; et il comptait les pavés sur lesquels il marchait — (nombre pair ou impair) — pour savoir s'il serait tué. Mais il ne recula pas, il alla jusqu'au bout. Quand il arriva, Christophe, juché sur une roue de l'omnibus renversé, s'amusait à tirer en l'air des coups de revolver. Autour de la barricade, la tourbe de Paris, vomie des pavés, avait grossi comme l'eau sale d'un égout après une forte pluie. Les premiers combattants étaient noyés par elle. Manousse héla Christophe, qui lui tournait le dos. Christophe n'entendit pas. Manousse grimpa vers lui, le tira par la manche. Christophe le repoussa, faillit le faire tomber. Manousse, tenace, de nouveau se hissa, et cria :

« Jeannin... »

Dans le vacarme, le reste de la phrase se perdit. Christophe se tut brusquement, laissa tomber son revolver, et, dégringolant de son échafaudage, il rejoignit Manousse, qui l'entraîna.

« Il faut fuir, dit Manousse.

— Où est Olivier?

— Il faut fuir, répéta Manousse.

— Pourquoi diable? dit Christophe.

— Dans une heure, la barricade sera prise. Ce soir, vous serez arrêté.

— Et qu'est-ce que j'ai fait?

— Regardez vos mains... Allons!... Votre affaire est

claire, on ne vous épargnera pas. Tous vous ont reconnu. Pas un instant à perdre.

— Où est Olivier?

— Chez lui.

— Je vais le rejoindre.

— Impossible. La police vous attend, à la porte. Il m'envoie vous prévenir. Filez.

— Où voulez-vous que j'aille?

— En Suisse. Canet vous enlève dans son auto.

— Et Olivier?

— Nous n'avons pas le temps de causer...

— Je ne pars pas sans le voir.

— Vous le verrez là-bas. Il vous retrouvera demain. Il prend le premier train. Vite! Je vous expliquerai. »

Il empoigna Christophe. Christophe, étourdi par le bruit et par le vent de folie qui venait de souffler en lui, incapable de comprendre ce qu'il avait fait et ce qu'on demandait de lui, se laissa entraîner. Manousse le prit par le bras, de l'autre main prit Canet, qui n'était pas ravi du rôle qu'on lui attribuait dans l'affaire; et il les installa dans l'auto. Le bon Canet eût été navré que Christophe fût pris; mais il eût préféré que ce fût un autre que lui qui le sauvât. Manousse le connaissait. Et comme sa poltronnerie lui inspirait des doutes, sur le point de les quitter, au moment où l'auto s'ébrouait pour partir, il se ravisa soudain, et monta près d'eux.

*

Olivier n'avait pas repris connaissance. Il n'y avait plus dans la chambre qu'Aurélie et le petit bossu. La triste chambre, sans air et sans lumière! Il faisait presque nuit... Olivier, un instant, émergea de l'abîme. Sur sa main il sentit les lèvres et les larmes d'Emmanuel. Il sourit faiblement, et mit avec effort sa main sur la tête de l'enfant. Comme sa main était lourde!... Il disparut de nouveau...

Près de la tête du mourant, sur l'oreiller, Aurélie avait placé un petit bouquet du premier Mai, quelques brins de muguet. Un robinet mal fermé s'égouttait dans la cour, sur un seau. Des images tremblèrent, une seconde, au fond de la pensée, comme une lumière qui va s'éteindre... Une maison de province, des glycines aux murs; un jardin, où un enfant jouait : il était couché sur une pelouse; un jet d'eau s'égrenait dans la vasque de pierre. Une petite fille riait...

DEUXIÈME PARTIE

Ils sortirent de Paris. Ils traversèrent les vastes plaines ensevelies dans le brouillard. C'était par un soir semblable que Christophe, dix ans avant, était arrivé à Paris. Il fuyait alors, déjà, comme aujourd'hui. Mais alors, l'ami vivait, l'ami qui l'aimait; et Christophe, sans le savoir, alors, fuyait vers lui...

Pendant la première heure, Christophe était encore dans l'excitation de la lutte; il parlait beaucoup et fort; il racontait, d'une façon saccadée, ce qu'il avait vu et fait; il était fier de ses prouesses. Manousse et Canet parlaient aussi pour l'étourdir. Peu à peu, la fièvre tomba, et Christophe se tut; ses deux compagnons continuèrent seuls de parler. Il était ahuri par les aventures de l'après-midi, mais nullement abattu. Il se souvint du temps où il s'était enfui d'Allemagne. Fuir, toujours fuir... Il rit. C'était sans doute sa destinée! Quitter Paris ne lui causait pas de peine : la terre est vaste; les hommes sont partout les mêmes. Où qu'il fût, ce ne lui importait guère, pourvu qu'il fût avec son ami. Il comptait le rejoindre, le matin suivant...

Ils arrivèrent à Laroche, Manousse et Canet ne le quittèrent point qu'ils ne l'eussent vu dans le train qui partait. Christophe se fit répéter l'endroit où il devait descendre, et le nom de l'hôtel, et la poste où il trouverait des nouvelles. Malgré eux, en le quittant, ils avaient des mines funèbres. Christophe leur serra gaiement la main.

« Allons, leur cria-t-il, ne faites pas ces figures d'enterrement. On se reverra, que diable! Ce n'est pas une affaire! Nous vous écrirons demain. »

Le train partit. Ils le regardèrent s'éloigner.

« Pauvre diable! » dit Manousse.

Ils remontèrent dans l'auto. Ils se taisaient. Au bout de quelque temps, Canet dit à Manousse :

« Je crois que nous venons de commettre un crime. »

Manousse ne répondit rien d'abord, puis il dit :

« Bah! les morts sont morts. Il faut sauver les vivants. »

Avec la nuit, qui était venue, l'excitation de Christophe tomba tout à fait. Rencogné dans un angle de son compartiment, il méditait, dégrisé et glacé. En regardant ses mains, il y vit du sang qui n'était pas le sien. Il eut un frisson de dégoût. La scène du meurtre reparut. Il se rappela qu'il avait tué; et il ne savait plus pourquoi. Il recommença à se raconter la scène de la bataille; mais il la voyait, cette fois, avec d'autres yeux. Il ne comprenait plus comment il y avait été mêlé. Il reprit le récit de la journée depuis l'instant où il était sorti de la maison avec Olivier; il refit avec lui le chemin à travers Paris, jusqu'au moment où il avait été aspiré dans le tourbillon. A ce moment, il cessait de comprendre; la chaîne de ses pensées se rompait : comment avait-il pu crier, frapper, vouloir avec ces hommes dont il ne partageait pas la foi? Ce n'était pas lui!... Eclipse de sa conscience et de sa volonté!... Il en était stupéfait et honteux. Il n'était donc pas son maître? Et qui était son maître?... Il était emporté par l'express dans la nuit; et la nuit intérieure où il était emporté n'était pas moins sombre, ni la force inconnue moins vertigineuse... Il secoua son trouble; mais ce fut pour changer de souci. A mesure qu'il approchait du but, il pensait davantage à Olivier; et il commençait à ressentir une inquiétude sans raison.

Au moment d'arriver, il regarda par la portière si, sur le quai de la gare, la chère figure connue... Personne. Il descendit, regardant toujours autour de lui. Une ou deux fois, il eut l'illusion... Non, ce n'était pas « lui ». Il alla à l'hôtel convenu. Olivier n'y était point. Christophe n'avait pas lieu d'en être surpris : comment Olivier l'y eût-il devancé?... Mais dès lors, l'angoisse de l'attente commença.

C'était le matin. Christophe monta dans sa chambre. Il redescendit. Il déjeuna. Il flâna dans les rues. Il affectait d'avoir l'esprit libre; il regardait le lac, les étalages des boutiques; il plaisantait avec la fille du restaurant, il feuilletait les journaux illustrés... Il ne s'intéressait à rien. La journée se traînait, lente et lourde. Vers sept heures du soir, Christophe qui, ne sachant que faire, avait dîné plus tôt et de mauvais appétit, remonta dans sa chambre, en priant qu'aussitôt que viendrait l'ami qu'il attendait, on le conduisît chez lui. Il s'assit devant sa table, le dos tourné à la porte. Il n'avait rien pour l'occuper, aucun bagage, aucun livre; seulement un journal, qu'il venait d'acheter; il se forçait à le lire; son attention était ailleurs : il écoutait le bruit des pas dans le corridor. Tous ses sens étaient surexcités par la fatigue d'une journée d'attente ou d'une nuit sans sommeil.

Brusquement, il entendit qu'on ouvrait la porte. Un sentiment indéfinissable fit qu'il ne se retourna pas d'abord. Il sentit une main s'appuyer sur son épaule. Alors, il se retourna et vit Olivier, qui souriait. Il ne s'en étonna pas, il dit :

« Ah! te voilà enfin! »

Le mirage s'effaça...

Christophe se leva violemment, repoussant la table et sa chaise, qui tomba. Ses cheveux se hérissaient. Il resta un moment livide, claquant des dents...

A partir de cette minute — (il avait beau ne rien savoir, et se répéter : « Je ne sais rien ») — il savait tout. Il était sûr de ce qui allait venir.

Il ne put rester dans sa chambre. Il sortit dans la rue, il marcha pendant une heure. A son retour, dans le vestibule de l'hôtel, le portier lui remit une lettre. *La* lettre. Il était sûr qu'elle serait là. Sa main tremblait, en la prenant. Il remonta chez lui pour la lire. Il l'ouvrit, il vit qu'Olivier était mort. Et il s'évanouit.

La lettre était de Manousse. Manousse disait qu'en lui cachant ce malheur, la veille, pour hâter son départ, ils n'avaient fait qu'obéir au vœu d'Olivier, qui voulait que son ami fût sauvé — qu'il n'eût servi de rien à Christophe de rester, sinon pour se perdre aussi —, qu'il lui fallait se conserver pour la mémoire de son ami, et pour ses autres amis, et pour sa propre gloire... etc. etc. Aurélie avait ajouté trois lignes de sa grosse écriture tremblée, pour dire qu'elle prendrait bien soin du pauvre petit monsieur...

Quand Christophe revint à lui, il eut une crise de fureur. Il voulait tuer Manousse. Il courut à la gare. Le vestibule de l'hôtel était vide, les rues désertes; dans la nuit, les rares passants attardés ne remarquèrent pas cet homme aux yeux fous, qui haletait. Il était cramponné à son idée fixe comme un bouledogue qui mord : « Tuer Manousse! Tuer!... » Il voulut revenir à Paris. Le rapide de nuit était parti, une heure avant. Il fallait attendre au lendemain matin. Impossible d'attendre! Il prit le premier train qui partait dans la direction de Paris. Un train qui s'arrêtait à toutes les stations. Seul, dans le wagon, Christophe criait :

« Ce n'est pas vrai! Ce n'est pas vrai! »

A la deuxième station après la frontière française, le train s'arrêta tout à fait; il n'allait pas plus loin. Christophe, frémissant de rage, descendit, demandant un autre train, questionnant, se heurtant à l'indifférence des employés à demi endormis. Quoi qu'il fît, il arriverait trop tard. Trop tard pour Olivier. Il ne parviendrait même pas à rejoindre Manousse. Il serait arrêté avant. Que faire? Que vouloir? Continuer? Revenir? A quoi bon? A quoi bon?... Il songea à se livrer à un gendarme qui passait. Un obscur instinct de vivre le retint, lui conseilla de retourner en Suisse. Aucun train ne partait plus, dans l'une ou l'autre direction, avant deux ou trois heures. Christophe s'assit dans la salle d'attente, ne put rester, sortit de la gare, prit une route au hasard dans la nuit. Il se trouva au milieu de la campagne déserte — des prairies, coupées çà et là de bouquets de sapins, avant-garde d'une forêt. Il s'y enfonça. A peine y eut-il fait quelques pas qu'il se jeta par terre, et cria :

« Olivier! »

Il se coucha en travers de la route, et sanglota.

Longtemps après, un sifflet de train, au loin, le fit se relever. Il voulut retourner à la gare. Il se trompa de chemin. Il marcha, toute la nuit. Que lui importait, ici ou là? Marcher pour ne pas penser, marcher jusqu'à ce qu'on ne pense plus, jusqu'à ce qu'on tombe mort. Ah! si l'on pouvait être mort!...

A l'aube, il se trouva dans un village français, très loin de la frontière. Toute la nuit, il s'en était éloigné. Il entra dans une auberge, mangea voracement, repartit, marcha encore. Dans la journée, il s'écroula au milieu d'un pré; il y resta jusqu'au soir, endormi. Lorsqu'il se réveilla, une nouvelle nuit commençait. Sa fureur était tombée. Il ne lui restait plus qu'une douleur atroce, irrespirable. Il se traîna jusqu'à une ferme, demanda un morceau de pain, une botte de paille pour dormir. Le fermier le dévisagea, lui coupa une tranche de miche, le conduisit dans l'étable, l'enferma. Couché dans la litière, près des vaches à l'odeur fade, Christophe dévorait son pain. Son visage ruisselait de larmes. Sa faim et sa douleur ne pouvaient s'apaiser. Cette nuit encore, le sommeil le délivra, pour quelques heures, de ses peines. Il se réveilla le lendemain au bruit de la porte qui s'ouvrait. Il resta étendu, sans bouger. Il ne voulait plus revivre. Le fermier s'arrêta devant lui, et le regarda longuement; il tenait à la main un papier sur lequel il jeta les yeux. Enfin, l'homme fit un pas, et mit sous le nez de Christophe un journal. Son portrait, en première page.

« C'est moi, dit Christophe. Livrez-moi.

— Levez-vous », dit le fermier.

Christophe se leva. L'homme lui fit signe de le suivre. Ils passèrent derrière la grange, prirent un sentier qui tournait, au milieu des arbres fruitiers. Arrivés à une croix, le fermier montra un chemin à Christophe, et lui dit :

« La frontière est par là. »

Christophe reprit sa route, machinalement. Il ne savait pourquoi il marchait. Il était brisé de corps et d'âme; il avait envie de s'arrêter à chaque pas. Mais il sentait que s'il s'arrêtait, il ne pourrait plus repartir de l'endroit où il serait tombé. Il marcha, tout le jour encore. Il n'avait plus un sou pour acheter du pain. D'ailleurs, il évitait de traverser les villages. Par un sentiment bizarre qui échappait à sa raison, cet homme qui voulait mourir avait peur d'être pris; son corps était comme un animal traqué qui fuit. Ses misères physiques, la fatigue, la faim, une terreur obscure qui se levait de son être épuisé, étouffaient pour l'instant sa détresse morale. Il aspirait seulement à trouver un asile, où il lui fût permis de s'enfermer avec elle et de s'en repaître.

Il passa la frontière. Au loin, il vit une ville que dominaient des tours aux clochetons effilés et des cheminées d'usines, dont les longues fumées, comme des rivières noires, monotones, coulaient, toutes dans le même sens, sous la pluie, dans l'air gris. Il était près de tomber. A cet instant, il se rappela qu'il connaissait dans cette ville un docteur de son pays, un certain Erich Braun, qui lui avait écrit, l'an passé, après un de ses succès, pour se rappeler à lui. Si médiocre que fût Braun et si peu qu'il eût été mêlé à sa vie, Christophe, par un instinct de bête blessée, fit un suprême effort pour aller tomber chez quelqu'un qui ne lui fût pas tout à fait un étranger.

*

Sous le voile de fumées et de pluie, il entra dans la ville grise et rouge. Il marcha au travers, sans rien voir, demandant son chemin, se trompant, revenant sur ses pas, errant au hasard. Il était à bout de forces. Par une dernière tension de sa volonté bandée, il lui fallut gravir des ruelles escarpées, des escaliers qui montaient au sommet d'une étroite colline, chargée de maisons serrées autour d'une église sombre. Soixante marches en pierre rouge, groupées par trois ou par six. Entre chaque groupe de marches, une plate-forme exiguë pour la porte d'une maison. A chacune Christophe reprenait haleine, en chancelant. Là-haut, au-dessus de la tour, des corbeaux tournoyaient.

Enfin, il lut sur une porte le nom qu'il cherchait. Il frappa. — La ruelle était dans la nuit. De fatigue, il ferma les yeux. Nuit noire en lui... Des siècles passèrent...

La porte étroite s'entrouvrit. Sur le seuil parut une femme. Son visage était dans l'ombre; mais sa silhouette se détachait sur le fond clair d'un petit jardin, que l'on apercevait au bout du long corridor, au couchant. Elle était grande, se tenait droite, sans parler, attendant qu'il parlât. Il ne voyait pas ses yeux; il sentait leur regard. Il demanda le docteur Erich Braun, et se nomma. Les mots sortaient avec peine de sa gorge. Il était épuisé de fatigue, de soif et de faim. Sans un mot, la femme rentra; et Christophe la suivit, dans une pièce aux volets clos. Dans l'obscurité, il se heurta contre elle; ses genoux et son ventre pressèrent ce corps silencieux. Elle sortit et ferma la porte sur lui, le laissant seul, sans lumière. Il restait immobile, de crainte de renverser quelque chose, appuyé au mur, le front contre la paroi lisse; ses oreilles bourdonnaient; dans ses yeux les ténèbres dansaient.

A l'étage au-dessus, une chaise remuée, des exclamations

de surprise, une porte fermée avec fracas. De lourds pas descendirent l'escalier.

« Où est-il? » demandait une voix connue.

La porte de la chambre se rouvrit.

« Comment! On l'a laissé dans l'obscurité! Anna! Sacrebleu! Une lumière! »

Christophe était si faible, il se sentait si perdu que le son de cette voix bruyante, mais cordiale, lui fit du bien dans sa misère. Il saisit les mains qu'on lui tendait. La lumière était venue. Les deux hommes se regardèrent. Braun était petit; il avait la figure rouge avec une barbe noire, dure et mal plantée, de bons yeux qui riaient derrière des lunettes, un large front bosselé, ridé, tourmenté, inexpressif, des cheveux collés au crâne et divisés par une raie qui descendait jusqu'à la nuque. Il était parfaitement laid; mais Christophe éprouvait un bien-être à le regarder et à serrer ses mains. Braun ne cachait pas sa surprise.

« Bon Dieu! qu'il est changé! Dans quel état!

— Je viens de Paris, dit Christophe. Je me suis sauvé.

— Je sais, je sais, nous avons vu dans le journal : on disait que vous étiez pris. Dieu soit loué! Nous avons bien pensé à vous, Anna et moi. »

Il s'interrompit, et montrant à Christophe la figure silencieuse qui l'avait accueilli dans la maison :

« Ma femme. »

Elle était restée à l'entrée de la chambre, une lampe à la main. Un visage taciturne, au fort menton. La lumière tombait sur ses cheveux bruns aux reflets roux et sur ses joues, d'un teint mat. Elle tendit la main à Christophe, d'un geste raide, le coude serré au corps; il la prit sans regarder. Il défaillait.

« Je suis venu... essaya-t-il d'expliquer. J'ai pensé que vous voudriez bien... si je ne vous gêne pas trop... me recevoir, un jour... »

Braun ne le laissa pas achever.

« Un jour!... Vingt jours, cinquante, autant qu'il vous plaira. Tant que vous serez dans ce pays, vous logerez dans notre maison; et j'espère que ce sera longtemps. C'est un honneur et un bonheur pour nous. »

Ces affectueuses paroles bouleversèrent Christophe. Il se jeta dans les bras de Braun.

« Mon bon Christophe, mon bon Christophe, disait

Braun... Il pleure... Eh bien, qu'est-ce qu'il a donc?... Anna! Anna! Vite! Il s'évanouit... »

Christophe s'était affaissé dans les bras de son hôte. La syncope qu'il sentait venir depuis quelques heures l'avait terrassé.

Quand il rouvrit les yeux, il était couché dans un grand lit. Une odeur de terre humide montait de la fenêtre ouverte. Braun était penché sur lui.

« Pardon, balbutia Christophe, en tâchant de se relever.

— Mais il meurt de faim! » cria Braun.

La femme sortit, revint avec une tasse, le fit boire. Braun lui soutenait la tête. Christophe reprenait vie; mais la fatigue était plus forte que la faim; à peine la tête remise sur son oreiller, il s'endormit. Braun et sa femme le veillèrent; puis, voyant qu'il n'avait besoin que de repos, ils le laissèrent.

*

C'était un de ces sommeils qui semblent durer des années — accablé, accablant, comme du plomb au fond d'un lac. On est la proie de la lassitude amoncelée et des hallucinations monstrueuses qui rôdent éternellement aux portes de la volonté. Il voulait s'éveiller, brûlant, brisé, perdu dans cette nuit inconnue; il entendait des horloges sonner d'éternelles demies; il ne pouvait respirer, ni penser, ni bouger; il était ligoté, bâillonné, comme un homme que l'on noie, il voulait se débattre et retombait au fond... L'aube arriva enfin, l'aube tardive, et grise d'un jour pluvieux. L'intolérable chaleur qui le consumait tomba; mais son corps gisait sous une montagne. Il se réveilla. Réveil terrible...

« Pourquoi rouvrir les yeux? Pourquoi me réveiller? Rester, comme mon pauvre petit, qui est couché sous la terre... »

Etendu sur le dos, il ne faisait pas un mouvement, bien qu'il souffrît de sa position dans le lit; ses bras et ses jambes étaient lourds comme pierre. Il était dans un tombeau. Lumière blafarde. Quelques gouttes de pluie frappaient les carreaux. Un oiseau dans le jardin poussait de petits cris plaintifs. O misère de vivre! Inutilité cruelle!...

Les heures s'écoulèrent. Braun entra. Christophe ne tourna pas la tête. Braun, lui voyant les yeux ouverts, l'interpella joyeusement; et comme Christophe continuait de fixer le plafond, d'un regard morne, il entreprit de secouer sa mélancolie; il s'assit sur le lit et bavarda bruyamment. Ce bruit était insupportable à Christophe. Il fit un effort, qui lui sembla surhumain, pour dire :

« Je vous en prie, laissez-moi. »

Le brave homme changea de ton, aussitôt.

« Vous voulez être seul? Comment donc! Certainement. Restez bien tranquillement. Reposez-vous, ne parlez pas, on vous montera les repas, personne ne dira rien. »

Mais il lui était impossible d'être bref. Après d'interminables explications, il quitta la chambre sur le bout de ses gros souliers qui faisaient craquer le parquet. Christophe resta de nouveau seul, enfoncé dans sa lassitude mortelle. Sa pensée se diluait dans un brouillard de souffrance. Il s'épuisait à comprendre... « Pourquoi l'avait-il connu? Pourquoi l'avait-il aimé? A quoi avait-il servi qu'Antoinette se dévouât? Quel sens avaient toutes ces vies, toutes ces générations — une telle somme d'épreuves et d'espoirs! — qui aboutissaient à cette vie et s'étaient engouffrées avec elle dans le vide? »... Non-sens de la vie. Non-sens de la mort. Un être raturé, toute une race disparue, sans qu'il en reste trace. On ne sait ce qui l'emporte, de l'odieux ou du grotesque. Il lui venait un rire mauvais, de désespoir et de haine. Son impuissance d'une telle douleur, sa douleur d'une telle impuissance, le tuaient. Il avait le cœur broyé...

Nul bruit dans la maison, que les pas du docteur, sortant pour ses visites. Christophe avait perdu toute notion du temps, lorsque Anna parut. Elle portait le dîner sur un plateau. Il la regarda sans faire un mouvement, sans même remuer les lèvres, pour remercier; mais dans ses yeux fixes, qui semblaient ne rien voir, l'image de la jeune femme se grava avec une netteté photographique. Longtemps après, quand il la connut mieux, c'est ainsi qu'il continua de la voir; les images plus récentes ne parvinrent pas à effacer ce premier souvenir. Elle avait des cheveux épais, tirés en lourd chignon, le front bombé, de larges joues, le nez court et droit, les yeux obstinément baissés, ou qui, lorsqu'ils rencontraient d'autres yeux, se dérobaient avec une expression peu franche et sans bonté, les lèvres un peu grosses, serrées l'une contre l'autre, l'air buté, presque dur. Elle était grande, elle semblait robuste et bien faite, mais étriquée dans ses vêtements et raide dans ses mouvements. Elle alla sans parole et sans bruit, posa le plateau sur la table près du lit, et repartit, les bras collés au corps, le front baissé. Christophe ne songea pas à s'étonner de cette apparition étrange et un peu ridicule; il ne toucha pas au dîner, et continua de souffrir en silence.

Le jour passa. Le soir revint, et de nouveau Anna avec de nouveaux plats. Elle trouva intacts ceux qu'elle avait apportés le matin; et elle les remporta sans observation. Elle n'eut pas un de ces mots affectueux que toute femme trouve, d'instinct, pour s'adresser à un malade. Il semblait que Christophe n'existât pas pour elle, ou qu'il existât à peine. Christophe éprouvait une sourde hostilité, en suivant, avec impatience cette fois, ses mouvements gauches et guindés. Pourtant, il lui était reconnaissant de ne pas essayer de parler. — Il le fut encore plus, quand il eut à subir, après son départ, l'assaut du docteur, qui venait de s'apercevoir que Christophe n'avait pas touché à son premier repas. Indigné contre sa femme de ce qu'elle ne l'eût pas fait manger de force, il voulait y contraindre Christophe. Pour avoir la paix, Christophe dut avaler quelques gorgées de lait. Après quoi, il lui tourna le dos.

La seconde nuit fut plus calme. Le lourd sommeil recouvrit Christophe de son néant. Plus trace de l'odieuse vie... — Mais le réveil fut encore plus asphyxiant. Il se remémorait tous les détails de la fatale journée, la répugnance d'Olivier à sortir de la maison, ses instances pour rentrer, et il se disait avec désespoir :

« C'est moi qui l'ai tué... »

Impossible de rester seul, enfermé, immobile, sous la griffe du sphinx aux yeux féroces, qui continuait de lui souffler au visage le vertige de ses questions et son souffle de cadavre. Il se leva, fiévreux; il se traîna hors de la chambre, il descendit l'escalier. Et dès qu'il entendit une autre voix, il eût voulu s'enfuir.

Braun était dans la salle à manger. Il accueillit Christophe avec ses démonstrations d'amitié ordinaires. Tout de suite, il se mit à l'interroger sur les événements parisiens. Christophe lui saisit le bras :

« Non, dit-il, ne me demandez rien. Plus tard... Il ne faut pas m'en vouloir. Je ne puis pas. Je suis las...

— Je sais, je sais, dit Braun affectueusement. Les nerfs

sont ébranlés. Ce sont les émotions des jours précédents. Ne parlez pas. Ne vous contraignez en rien. Vous êtes libre, vous êtes chez vous. On ne s'occupera pas de vous. »

Il tint parole. Pour éviter de fatiguer son hôte, il tomba dans l'excès opposé : il n'osait plus causer, devant lui, avec sa femme; on parlait à voix basse, on marchait sur le bout des pieds; la maison devint muette. Il fallut que Christophe, agacé par cette affectation de silence chuchotant, priât Braun de continuer à vivre comme par le passé.

Les jours suivants, on ne s'occupa donc plus de Christophe. Il restait assis, pendant des heures, dans le coin d'une chambre, ou bien il circulait à travers la maison, comme un homme qui rêve. A quoi pensait-il? Il n'aurait pu le dire. A peine s'il avait encore la force de souffrir. Il était anéanti. La sécheresse de son cœur lui faisait horreur. Il n'avait qu'un désir : être enterré avec « lui », et que tout fût fini. — Une fois, il trouva la porte du jardin ouverte, et il sortit. Mais ce lui fut une sensation si pénible de se retrouver dans la lumière qu'il revint précipitamment et se barricada dans sa chambre, volets clos. Les jours de beau temps le torturaient. Il haïssait le soleil. La nature l'accablait de sa brutale sérénité. A table, il mangeait en silence ce que Braun lui servait, et, les yeux fixés sur la table, il restait sans parler. Braun lui montra, un jour dans le salon, un piano; Christophe s'en détourna avec terreur. Tout bruit lui était odieux. Le silence, le silence, et la nuit!... Il n'y avait plus en lui que le vide et le besoin du vide. Fini de sa joie de vivre, de ce puissant oiseau de joie qui jadis s'élevait, par élans emportés, en chantant! Des journées, assis dans sa chambre, il n'avait d'autre sensation de vivre que le pouls boiteux de l'horloge, dans la chambre voisine, qui lui semblait battre dans son cerveau. Et pourtant, le sauvage oiseau de joie était encore en lui, il avait de brusques envolées, il se cognait aux barreaux; et c'était au fond de l'âme un affreux tumulte de douleur, — « *le cri de détresse d'un être demeuré seul dans une vaste étendue dépeuplée...* »

La misère du monde est qu'on n'y a presque jamais un compagnon. Des compagnes, peut-être, et des amis de rencontre. On est prodigue de ce beau nom d'ami. En réalité, on n'a guère qu'un ami dans la vie. Et bien rares ceux qui l'ont. Mais ce bonheur est si grand qu'on ne sait plus vivre, quand on ne l'a plus. Il remplissait la vie, sans qu'on y eût pris garde. Il s'en va : la vie est vide. Ce n'est pas seulement l'aimé qu'on a perdu, c'est toute raison d'aimer, toute raison d'avoir aimé. Pourquoi a-t-il vécu? Pourquoi a-t-on vécu?...

Le coup de cette mort était d'autant plus terrible pour Christophe qu'elle le frappait à un moment où son être se trouvait déjà secrètement ébranlé. Il est, dans la vie, des âges où s'opère, au fond de l'organisme, un sourd travail de transformation; alors, le corps et l'âme sont plus livrés aux atteintes du dehors; l'esprit se sent affaibli, une tristesse vague le mine, une satiété des choses, un détachement de ce qu'on a fait, une incapacité de voir encore ce qu'on pourra faire d'autre. Aux âges où se produisent ces crises, la plupart des hommes sont liés par les devoirs domestiques : sauvegarde pour eux, qui leur enlève, il est vrai, la liberté d'esprit nécessaire pour se juger, s'orienter, se refaire une forte vie nouvelle. Que de tristesses cachées, que d'amers dégoûts!... Marche! Marche! Il te faut passer outre... La tâche obligée, le souci de la famille dont on est responsable, tiennent l'homme ainsi qu'un cheval qui dort debout et continue d'avancer, harassé, entre les brancards. — Mais l'homme tout à fait libre n'a rien qui le soutienne, à ces heures de néant, et qui le force à marcher. Il va, par habitude; il ne sait où il va. Ses forces sont troublées, sa conscience obscurcie. Malheur à lui si, dans ce moment où il est assoupi, un coup de tonnerre vient interrompre sa marche de somnambule! Il s'écroule...

*

Quelques lettres de Paris, qui finirent par le joindre, arrachèrent pour un instant Christophe à son apathie désespérée. Elles venaient de Cécile et de Mme Arnaud. Elles lui apportaient des consolations. Pauvres consolations! Consolations inutiles... Ceux qui parlent sur la douleur ne sont pas ceux qui souffrent... Elles lui apportaient surtout un écho de la voix disparue... Il n'eut pas le courage de répondre; et les lettres se turent. Dans son abattement, il cherchait à effacer sa trace. Disparaître... La douleur est injuste : tous ceux qu'il avait aimés n'existaient plus. Pendant des semaines, il s'acharna à le faire revivre; il conversait avec lui : il lui écrivait :

« Mon âme, je n'ai pas reçu ta lettre aujourd'hui. Où es-tu? Reviens, reviens, parle-moi, écris-moi!... »

Mais la nuit, malgré ses efforts, il ne parvenait pas à le revoir en rêve. On rêve peu à ceux qu'on a perdus, tant que leur perte nous déchire. Ils reparaissent plus tard, quand l'oubli vient.

Cependant, la vie du dehors s'infiltrait peu à peu dans ce tombeau de l'âme. Christophe commença par réentendre les divers bruits de la maison et s'y intéresser sans qu'il s'en aperçût. Il sut à quelle heure la porte s'ouvrait et se fermait, combien de fois dans la journée, et de quelles façons différentes, suivant les visiteurs. Il connut le pas de Braun : il s'imaginait voir le docteur, au retour de ses visites, arrêté dans le vestibule, et accrochant son chapeau et son manteau, toujours de la même manière méticuleuse et maniaque. Et lorsqu'un des bruits accoutumés cessait de se faire entendre dans l'ordre prévu, il cherchait malgré lui la raison du changement. A table, il se mit à écouter machinalement la conversation. Il s'aperçut que Braun parlait presque toujours seul. Sa femme ne lui faisait que de brèves répliques. Braun n'était pas troublé du manque d'interlocuteurs; il racontait, avec une bonhomie bavarde, les visites qu'il venait de faire et les commérages recueillis. Il arriva que Christophe le regardât, tandis que Braun parlait; Braun en était tout heureux, il s'ingéniait à l'intéresser.

Christophe tâcha de se reprendre à la vie... Quelle fatigue! Il se sentait vieux, vieux comme le monde!... Le matin, quand il se levait, quand il se voyait dans la glace, il était las de son corps, de ses gestes, de sa forme stupide. Se lever, s'habiller, pourquoi?... Il fit d'immenses efforts pour travailler : c'était à vomir! A quoi bon créer, puisque tout est destiné au néant? La musique lui était devenue impossible. On ne juge bien de l'art — (comme du reste) — que par le malheur. Le malheur est la pierre de touche. Alors seulement, on connaît ceux qui traversent les siècles, les plus forts que la mort. Bien peu résistent. On est frappé de la médiocrité de certaines âmes sur lesquelles on comptait — (des artistes qu'on aimait, des amis dans la vie). — Qui surnage? Que la beauté du monde sonne creux sous le doigt de la douleur!

Mais la douleur se lasse, et sa main s'engourdit. Les nerfs de Christophe se détendaient. Il dormait, dormait sans cesse. On eût dit qu'il ne parviendrait jamais à assouvir cette faim de dormir.

Et une nuit enfin, il eut un sommeil si profond qu'il ne s'éveilla que dans l'après-midi suivant. La maison était déserte. Braun et sa femme étaient sortis. La fenêtre était ouverte, l'air lumineux riait. Christophe se sentait déchargé d'un poids écrasant. Il se leva et descendit au jardin. Un rectangle étroit, enfermé dans de hauts murs, à l'aspect de couvent. Quelques allées sablées, entre des carrés de gazon et de fleurs bourgeoises; un berceau où s'enroulaient une treille et des roses. Un filet d'eau minuscule s'égouttait d'une grotte en rocaille; un acacia adossé au mur penchait ses branches odorantes sur le jardin voisin. Par-delà s'élevait la vieille tour de l'église, en grès rouge. Il était quatre heures du soir. Le jardin se trouvait déjà dans l'ombre. Le soleil baignait encore la cime de l'arbre et le clocher rouge. Christophe s'assit sous la tonnelle, le dos tourné au mur, la tête renversée en arrière, regardant le ciel limpide parmi les entrelacs de la vigne et des roses. Il lui semblait s'éveiller d'un cauchemar. Un silence immobile régnait. Au-dessus de sa tête, une liane de roses languissamment pendait. Soudain, la plus belle s'effeuilla, expira; la neige de ses pétales se répandit dans l'air. C'était comme une belle vie innocente qui mourait. Si simplement!... Dans l'esprit de Christophe, cela prit une signification d'une douceur déchirante. Il suffoqua; et, se cachant la figure dans ses mains, il sanglota...

Les cloches de la tour sonnèrent. D'une église à l'autre, d'autres voix répondirent... Christophe n'eut pas conscience du temps qui s'écoula. Quand il releva la tête, les cloches s'étaient tues, le soleil avait disparu. Christophe était soulagé par ses larmes; son esprit était lavé. Il écoutait en lui sourdre un filet de musique, et regardait le fin croissant de lune glisser dans le ciel du soir. Un bruit de pas qui rentraient l'éveilla. Il remonta dans sa chambre, s'enferma à double tour, et il laissa couler la fontaine de musique. Braun l'appela pour dîner, il frappa à la porte, il essaya d'ouvrir : Christophe ne répondit pas. Braun, inquiet, regarda par la serrure, et se rassura, en voyant Christophe à demi couché sur sa table, au milieu de papiers qu'il noircissait.

Quelques heures après, Christophe, épuisé, descendit,

et trouva dans la salle du bas le docteur qui l'attendait patiemment, en lisant. Il l'embrassa, lui demanda pardon de ses façons d'agir depuis son arrivée, et sans que Braun l'interrogeât, il se mit à lui raconter les dramatiques événements des dernières semaines. Ce fut la seule fois qu'il lui en parla; encore n'était-il pas sûr que Braun eût bien compris : car Christophe discourait sans suite; la nuit était avancée, et malgré sa curiosité, Braun mourait de sommeil. A la fin, — (deux heures sonnaient) — Christophe s'en aperçut. Ils se dirent bonne nuit.

A partir de ce moment, l'existence de Christophe se réorganisa. Il ne se maintint pas dans cet état d'exaltation passagère; il revint à sa tristesse, mais à une tristesse normale, qui ne l'empêchait pas de vivre. Revivre, il le fallait bien! Cet homme qui venait de perdre ce qu'il aimait le plus au monde, cet homme que son chagrin minait, qui portait la mort en lui, avait une telle force de vie abondante, tyrannique, qu'elle éclatait en ses paroles de deuil, elle rayonnait de ses yeux, de sa bouche, de ses gestes. Mais au cœur de cette force, un ver rongeur s'était logé. Christophe avait des accès de désespoir. C'étaient des élancements. Il était calme, il s'efforçait de lire, ou il se promenait : brusquement, le sourire d'Olivier, son visage, las et tendre... Un coup de couteau au cœur... Il chancelait, il portait la main à sa poitrine, en gémissant. Une fois, il était au piano, il jouait une page de Beethoven, avec sa fougue d'autrefois... Tout à coup, il s'arrêtait, il se jetait par terre, et s'enfonçant la figure dans les coussins d'un fauteuil, il criait :

« Mon petit!... »

Le pire était l'impression du « déjà vécu » : il l'avait, à chaque pas. Incessamment, il retrouvait les mêmes gestes, les mêmes mots, le retour perpétuel des mêmes expériences. Tout lui était connu, il avait tout prévu. Telle figure qui lui rappelait une figure ancienne allait dire — (il en était sûr d'avance) — disait les mêmes choses qu'il avait entendu dire à l'autre; les êtres analogues passaient par des phases analogues, se heurtaient aux mêmes obstacles, et s'y usaient de même. S'il est vrai que « *rien ne lasse de la vie, comme le recommencement de l'amour* », combien plus le recommencement de tout! C'était à devenir fou. — Christophe tâchait de n'y pas penser puisqu'il était nécessaire de n'y pas penser pour vivre, et puisqu'il voulait vivre. Hypocrisie douloureuse, qui ne veut point se connaître, par honte, par pitié même, invincible besoin de vivre qui se cache! Sachant qu'il n'est point de consolation, il se crée des consolations. Convaincu que la vie n'a point de raisons d'être, il se forge des raisons de vivre. Il se persuade qu'il faut vivre, alors que personne n'y tient que lui. Au besoin, il inventera que le mort l'encourage à vivre. Et il sait qu'il prête au mort les paroles qu'il veut lui faire dire. Misère!...

Christophe reprit sa route; son pas sembla retrouver l'ancienne assurance; sur sa douleur la porte du cœur se referma; il n'en parlait jamais aux autres; lui-même, il évitait de se trouver seul avec elle : il paraissait calme.

« *Les peines vraies,* dit Balzac, *sont en apparence tranquilles dans le lit profond qu'elles se sont fait, où elles semblent dormir, mais où elles continuent à corroder l'âme.* »

Qui eût connu Christophe et l'eût bien observé, allant, venant, causant, faisant de la musique, riant même — (il riait maintenant!) — eût senti qu'il y avait dans cet homme vigoureux, aux yeux brûlants de vie, quelque chose de détruit, au plus profond de la vie.

*

Du moment qu'il était rivé à la vie, il devait s'assurer les moyens de vivre. Il ne pouvait être question pour lui de quitter la ville. La Suisse était l'abri le plus sûr; et où aurait-il trouvé hospitalité plus dévouée? — Mais son orgueil ne pouvait s'accommoder de l'idée de rester à la charge d'un ami. Malgré les protestations de Braun, qui ne voulait rien accepter, il ne fut pas tranquille jusqu'à ce qu'il eût quelques leçons de musique qui lui permissent de payer une pension régulière à ses hôtes. Ce ne fut pas facile. Le bruit de son équipée révolutionnaire s'était répandu; et les familles bourgeoises répugnaient à introduire chez elles un homme qui passait pour dangereux, ou en tout cas pour extraordinaire, par conséquent pour peu « convenable ». Cependant, sa renommée musicale et les démarches de Braun réussirent à lui ouvrir l'accès de quatre ou cinq maisons moins timorées, ou plus curieuses, peut-être désireuses par snobisme artistique de se singulariser. Elles ne furent pas les moins attentives à le surveiller et à maintenir entre maître et élève des distances respectables.

La vie s'arrangea chez Braun sur un plan méthodiquement réglé. Le matin, chacun allait à ses affaires : le docteur à ses visites, Christophe à ses leçons, Mme Braun au marché et à ses œuvres édifiantes. Christophe rentrait vers une heure, d'habitude avant Braun, qui défendait qu'on l'attendît; et il se mettait à table avec la jeune femme. Ce ne lui était point agréable : car elle ne lui était pas sympathique, et il ne trouvait rien à lui dire. Elle ne se donnait aucun mal pour combattre cette impression, dont il était impossible qu'elle n'eût pas conscience; elle ne se mettait en frais ni de toilette, ni d'esprit; jamais elle n'adressait la parole à Christophe, la première. La disgrâce de ses mouvements et de son habillement, sa gaucherie, sa froideur, eussent éloigné tout homme sensible comme Christophe à la grâce féminine. Quand il se rappelait la spirituelle élégance des Parisiennes, il ne pouvait s'empêcher, en regardant Anna, de penser :

« Comme elle est laide! »

Ce n'était pourtant pas juste; et il ne tarda pas à remarquer la beauté de ses cheveux, de ses mains, de sa bouche, de ses yeux — aux rares instants où il lui arrivait de rencontrer ce regard, qui se dérobait toujours. Mais son jugement n'en était pas modifié. Par politesse, il s'obligeait à lui parler; il cherchait avec peine des sujets de conversation; elle ne l'aidait en rien. Deux ou trois fois, il essaya de l'interroger sur sa ville, sur son mari, sur elle-même : il n'en put rien tirer. Elle répondait des choses banales; elle faisait effort pour sourire; mais cet effort se sentait, d'une façon désagréable; son sourire était contraint, sa voix sourde; elle laissait tomber chaque mot; chaque phrase était suivie d'un silence pénible. Christophe finit par lui parler le moins possible; et elle lui en sut gré. C'était un soulagement pour tous deux, quand le docteur rentrait. Il était toujours de bonne humeur, bruyant, affairé, vulgaire, excellent homme. Il mangeait, buvait, parlait, riait abondamment. Avec lui,

Anna causait un peu; mais il n'était guère question, dans ce qu'ils disaient ensemble, que des plats qu'on mangeait et du prix de chaque chose. Parfois, Braun s'amusait à la taquiner sur ses œuvres pieuses et les sermons du pasteur. Elle prenait alors un air raide, et se taisait, offensée, jusqu'à la fin du repas. Plus souvent, le docteur racontait ses visites; il se complaisait à décrire certains cas répugnants, avec une joviale minutie qui mettait hors de lui Christophe. Celui-ci jetait sa serviette sur la table, et se levait, avec des grimaces de dégoût qui faisaient la joie du narrateur. Braun cessait aussitôt, et apaisait son ami, en riant. Au repas suivant, il recommençait. Ces plaisanteries d'hôpital semblaient avoir le don d'égayer l'impassible Anna. Elle sortait de son silence par un rire brusque et nerveux, qui avait quelque chose d'animal. Peut-être n'éprouvait-elle pas moins de dégoût que Christophe pour ce dont elle riait.

L'après-midi, Christophe avait peu d'élèves. Il restait d'ordinaire à la maison, avec Anna, tandis que le docteur sortait. Ils ne se voyaient pas. Chacun travaillait de son côté. Au début, Braun avait prié Christophe de donner quelques leçons de piano à sa femme; elle était, suivant lui, assez bonne musicienne. Christophe demanda à Anna de lui jouer quelque chose. Elle ne se fit point prier, malgré le déplaisir qu'elle en avait; mais elle y apporta son manque de grâce habituel : elle avait un jeu mécanique, d'une insensibilité inimaginable; toutes les notes étaient égales; nul accent nulle part : ayant à tourner la page, elle s'arrêta froidement au milieu d'une phrase, ne se hâta point, et reprit à la note suivante. Christophe en fut si exaspéré qu'il eut peine à ne pas lui dire une grossièreté; il ne put s'en défendre qu'en sortant avant la fin du morceau. Elle ne s'en troubla point, continua imperturbablement jusqu'à la dernière note, et ne se montra ni mortifiée, ni blessée de cette impolitesse; à peine sembla-t-elle s'en être aperçue. Mais entre eux, il ne fut plus question de musique. Les après-midi où Christophe sortait, il lui arriva, rentrant à l'improviste, de trouver Anna qui étudiait au piano, avec une ténacité glaciale et insipide, répétant cinquante fois sans se lasser la même mesure, et ne s'animant jamais. Jamais elle ne faisait de musique, quand elle savait Christophe à la maison. Elle employait aux soins du ménage tout le temps qu'elle ne consacrait pas à ses occupations religieuses. Elle cousait, recousait; elle surveillait la domestique; elle avait le souci maniaque de l'ordre et de la propreté. Son mari la tenait pour une brave femme, un peu baroque — « comme toutes les femmes », disait-il — mais « comme toutes les femmes », dévouée. Sur ce dernier point Christophe faisait *in petto* des réserves : cette psychologie lui semblait trop simpliste; mais il se disait qu'après tout, c'était l'affaire de Braun; et il n'y pensait plus.

On se réunissait le soir, après dîner. Braun et Christophe causaient. Anna travaillait. Sur les prières de Braun, Christophe avait consenti à se remettre au piano; et il jouait jusqu'à une heure avancée, dans le grand salon mal éclairé qui donnait sur le jardin. Braun était dans l'extase... Qui ne connaît de ces gens, passionnés pour des œuvres qu'ils ne comprennent point, ou qu'ils comprennent à rebours! — (C'est bien pour cela qu'ils les aiment!) — Christophe ne se fâchait plus; il avait déjà rencontré tant d'imbéciles, dans sa vie! Mais, à certaines exclamations d'un enthousiasme saugrenu, il cessait de jouer et il remontait dans sa chambre. Braun finit par en soupçonner la cause, et il mit une sourdine à ses réflexions. D'ailleurs, son amour pour la musique était vite repu; il n'en pouvait écouter avec attention plus d'un quart d'heure de suite : il prenait son journal, ou bien somnolait, laissant Christophe tranquille. Anna, assise au fond de la chambre, ne disait mot; elle avait un ouvrage sur les genoux, et semblait travailler; mais ses yeux étaient fixes et ses mains immobiles. Parfois, elle sortait sans bruit au milieu d'un morceau, et on ne la revoyait plus.

*

Ainsi passaient les journées. Christophe reprenait ses forces. La bonté lourde, mais affectueuse de Braun, le calme de la maison, la régularité reposante de cette vie domestique, le régime de nourriture singulièrement abondant, à la mode germanique, restauraient son robuste tempérament. La santé physique était rétablie; mais la machine morale était toujours malade. La vigueur renaissante ne faisait qu'accentuer le désarroi de l'esprit, qui ne parvenait pas à retrouver son équilibre, comme une barque mal lestée qui sursaute au moindre choc.

Son isolement était profond. Il ne pouvait avoir aucune intimité intellectuelle avec Braun. Ses rapports avec Anna se réduisaient presque aux saluts échangés le matin et le soir. Ses relations avec ses élèves étaient plutôt hostiles : car il leur cachait mal que ce qu'ils auraient eu de mieux à faire, c'était de ne plus faire de musique. Il ne connaissait personne. La faute n'en était pas uniquement à lui, qui depuis son deuil se terrait dans son coin. On le tenait à l'écart.

Il était dans une vieille ville, pleine d'intelligence et de force, mais d'orgueil patricien, renfermé en soi et satisfait de soi. Une aristocratie bourgeoise, qui avait le goût du travail et de la haute culture, mais étroite, piétiste, tranquillement convaincue de sa supériorité et de celle de la cité, se complaisait en son isolement familial. D'antiques familles aux vastes ramifications. Chaque famille avait son jour de réunion pour les siens. Pour le reste, elle s'entrouvrait à peine. Ces puissantes maisons, aux fortunes séculaires, n'éprouvaient nul besoin de montrer leur richesse. Elles se connaissaient : c'était assez; l'opinion des autres ne comptait point. On voyait des millionnaires, mis comme de petits bourgeois, et parlant leur dialecte rauque aux expressions savoureuses, aller consciencieusement à leur bureau, tous les jours de leur vie, même à l'âge où les plus laborieux s'accordent le droit au repos. Leurs femmes s'enorgueillissaient de leur science domestique. Point de dot donnée aux filles. Les riches laissaient leurs enfants refaire, à leur tour, le dur apprentissage qu'eux-mêmes ils avaient fait. Une stricte économie pour la vie journalière. Mais un emploi très noble de ces grandes fortunes à des collections d'art, à des galeries de tableaux, à des œuvres sociales; des dons énormes et continuels, presque toujours anonymes, pour des fondations charitables, pour l'enrichissement des musées. Un mélange de grandeur et de ridicules, également d'un autre âge. Ce monde, pour qui le reste du monde ne semblait pas exister — (bien qu'il le connût fort bien, par la pratique des affaires, par ses relations étendues, par les longs et lointains voyages d'études auxquels ils obligeaient leurs fils) —, ce monde, pour qui une grande renommée, une célébrité étrangère, ne comptait qu'à partir du jour où elle s'était fait accueillir et reconnaître par lui — exerçait sur lui-même la plus rigoureuse des disciplines. Tous se tenaient, et tous se surveillaient. Il en était résulté une conscience collective qui recouvrait les différences individuelles — plus accusées qu'ailleurs entre ces rudes personnalités — sous le voile de l'uniformité religieuse et morale. Tout le monde pratiquait, tout le monde croyait. Pas un n'avait un doute, ou n'en voulait convenir. Impossible de se rendre compte de ce qui se passait au fond de ces âmes qui se fermaient d'autant plus hermétiquement aux regards qu'elles se savaient environnées d'une surveillance étroite, et que chacun s'arrogeait le droit de regarder dans la conscience d'autrui. On disait que même ceux qui étaient sortis du pays et se croyaient affranchis — aussitôt qu'ils y remettaient les pieds, étaient ressaisis par les traditions, les habitudes, l'atmosphère de la ville : les plus incroyants étaient aussitôt contraints de pratiquer et de croire. Ne pas croire leur eût semblé contre nature. Ne pas croire était d'une classe inférieure, qui avait de mauvaises manières. Il n'était pas admis qu'un homme de leur monde se dérobât aux devoirs religieux. Qui ne pratiquait pas se mettait en dehors de sa classe et n'y était plus reçu.

Le poids de cette discipline n'avait pas encore paru suffisant. Ces hommes ne se trouvaient pas assez liés dans leur caste. A l'intérieur de ce grand *Verein*, ils avaient formé une multitude de petits *Vereine*, afin de se ligoter tout à fait. On en comptait plusieurs centaines; et leur nombre augmentait, chaque année. Il y en avait pour tout : pour la philanthropie, pour les œuvres pieuses et commerciales à la fois, pour les arts, pour les sciences, pour le chant, la musique, pour les exercices spirituels, pour les exercices physiques, pour se réunir, tout simplement, pour se divertir ensemble; il y avait des *Vereine* de quartiers, de corporations; il y en avait pour ceux qui avaient le même état, le même chiffre de fortune, qui pesaient le même poids, qui portaient le même prénom. On disait qu'on avait voulu former un *Verein* des *Vereinlosen* (de ceux qui n'appartenaient à aucun *Verein*) : on n'en avait pas trouvé douze.

Sous ce triple corset, de la ville, de la caste, et de l'association, l'âme était ficelée. Une contrainte cachée comprimait les caractères. La plupart y étaient faits depuis l'enfance — depuis des siècles; et ils la trouvaient saine; ils eussent jugé malséant et malsain de se passer de corset. A voir leur sourire satisfait, nul ne se fût douté de la gêne qu'ils pouvaient éprouver. Mais la nature prenait sa revanche. De loin en loin sortait de là quelque individualité révoltée, un vigoureux artiste ou un penseur sans frein, qui brisait brutalement ses liens et qui donnait du fil à retordre aux gardiens de la cité. Ils étaient si intelligents que, quand le révolté n'avait pas été étouffé dans l'œuf, quand il était le plus fort, jamais ils ne s'obstinaient à le combattre : (le combat eût risqué d'amener des éclats scandaleux); ils l'accaparaient. Peintre, ils le mettaient au musée; penseur, dans les bibliothèques. Il avait beau s'époumoner à dire des énormités : ils affectaient de ne pas entendre. En vain protestait-il de son indépendance : ils se l'incorporaient. Ainsi, l'effet du poison était neutralisé : c'était le traitement par l'homéopathie. — Mais ces cas étaient rares, la plupart des révoltes n'arrivaient pas au jour. Ces paisibles maisons renfermaient des tragédies inconnues. Il arrivait qu'un de leurs hôtes s'en allât, de son pas tranquille, sans explication, se jeter dans le fleuve. Ou bien l'on s'enfermait pour six mois, on enfermait sa femme dans une maison de santé, afin de se curer l'esprit. On en parlait sans gêne, comme d'une chose naturelle, avec cette placidité qui était un des beaux traits de la ville, et qu'on savait garder vis-à-vis de la souffrance et de la mort.

Cette solide bourgeoisie, sévère pour elle-même parce qu'elle savait son prix, l'était moins pour les autres parce qu'elle les estimait moins. A l'égard des étrangers qui séjournaient dans la ville, comme Christophe, des professeurs allemands, des réfugiés politiques, elle se montrait même assez libérale : car ils lui étaient indifférents. Au reste, elle aimait l'intelligence. Les idées avancées ne l'inquiétaient point : elle savait que sur ses fils elles resteraient sans effet. Elle témoignait à ses hôtes une bonhomie glacée, qui les tenait à distance.

Christophe n'avait pas besoin qu'on insistât. Il se trouvait dans un état de sensibilité frémissante, où son cœur était à nu : il n'était que trop disposé à voir partout l'égoïsme, l'indifférence, et à se replier sur soi.

De plus, la clientèle de Braun, le cercle fort restreint, auquel appartenait sa femme, faisaient partie d'un petit monde protestant, particulièrement rigoriste. Christophe y était doublement mal vu, comme papiste d'origine et comme incroyant de fait. De son côté, il y trouvait beaucoup de choses qui le choquaient. Il avait beau ne plus croire, il portait la marque séculaire de son catholicisme, moins raisonné que poétique, indulgent à la nature et qui ne se tourmentait pas tant d'expliquer ou comprendre que d'aimer ou de n'aimer point; et il portait aussi les habitudes de liberté intellectuelle et morale, qu'il avait sans le savoir ramassées à Paris. Il devait fatalement se heurter à ce petit monde piétiste, où s'accusaient avec exagération les défauts d'esprit du calvinisme : un rationalisme religieux, qui coupait les ailes de la foi, et la laissait ensuite suspendue sur l'abîme : car il partait d'un *a priori* aussi discutable que tous les mysticismes : ce n'était plus de la poésie, ce n'était pas de la prose, c'était de la poésie mise en prose. Un orgueil intellectuel, une foi absolue, dangereuse, en la raison — en *leur* raison. Ils pouvaient ne pas croire à Dieu, ni à l'immortalité; mais ils croyaient à la raison, comme un catholique croit au pape, ou un fétichiste à son idole. Il ne leur venait même pas à l'idée de la discuter. La vie avait beau la contredire, ils eussent nié plutôt la vie. Manque de psychologie, incompréhension de la nature, des forces cachées, des racines de l'être, de « l'Esprit de la Terre ». Ils se fabriquaient une vie et des êtres enfantins, simplifiés, schématiques. Certains d'entre eux étaient gens instruits et pratiques; ils avaient beaucoup lu, beaucoup vu. Mais ils ne voyaient, ni ne lisaient aucune chose comme elle était; ils s'en faisaient des réductions abstraites. Ils étaient pauvres de sang; ils avaient de hautes qualités morales; mais ils n'étaient pas assez humains : et c'est le péché suprême. Leur pureté de cœur, très réelle souvent, noble et naïve, parfois comique, devenait malheureusement, en certains cas, tragique; elle les menait à la dureté vis-à-vis des autres, à une inhumanité tranquille, sans colère, sûre de soi, qui effarait. Comment eussent-ils hésité? N'avaient-ils pas la vérité, le droit, la vertu avec eux? N'en recevaient-ils pas la révélation directe de leur sainte raison? La raison est un soleil dur; il éclaire, mais il aveugle. Dans cette lumière sèche, sans vapeurs et sans ombres, les âmes poussent décolorées; le sang de leur cœur est bu.

Or, si quelque chose était en ce moment, pour Christophe, vide de sens, c'était la raison. Ce soleil-là n'éclairait, à ses yeux, que les parois de l'abîme, sans lui montrer les moyens d'en sortir, sans même lui permettre d'en mesurer le fond.

Quant au monde artistique, Christophe avait peu l'occasion et encore moins le désir de frayer avec lui. Les musiciens étaient en général d'honnêtes conservateurs de l'époque néo-schumanienne et « brahmine », contre laquelle Christophe avait jadis rompu des lances. Deux faisaient exception : l'organiste Krebs, qui tenait une confiserie renommée, brave homme, bon musicien, qui l'eût été davantage si, pour reprendre le mot d'un de ses compatriotes, « il n'eût été assis sur un Pégase auquel il donnait trop d'avoine », — et un jeune compositeur juif, talent orignal, plein de sève vigoureuse et trouble, qui faisait le commerce d'articles suisses : sculptures en bois, chalets et ours de Berne. Plus indépendants que les autres, sans doute parce qu'ils ne faisaient pas de leur art un métier, ils eussent été bien aises de se rapprocher de Christophe; et, en un autre temps, Christophe eût été curieux de les connaître; mais à ce moment de sa vie, toute curiosité artistique et humaine était émoussée en lui; il sentait plus ce qui le séparait des hommes que ce qui l'unissait à eux.

Son seul ami, le confident de ses pensées, était le fleuve qui traversait la ville — le même fleuve puissant et paternel, qui là-haut, dans le nord, baignait sa ville natale. Christophe retrouvait auprès de lui les souvenirs de ses rêves d'enfance... Mais dans le deuil qui l'enveloppait, ils prenaient, comme le Rhin, une teinte funèbre. À la tombée du jour, appuyé sur le parapet d'un quai, il regardait le fleuve fiévreux, cette masse en fusion, lourde, opaque, et hâtive, qui était toujours passée, où l'on ne distinguait rien que de grands crêpes mouvants, des milliers de ruisseaux, de courants, de tourbillons, qui se dessinaient, s'effaçaient : tel un chaos d'images dans une pensée hallucinée; éternellement, elles s'ébauchent, et se fondent éternellement. Sur ce songe crépusculaire glissaient comme des cercueils des bacs fantomatiques, sans une forme humaine. La nuit s'épaississait. Le fleuve devenait de bronze. Les lumières de la rive faisaient luire son armure d'un noir d'encre, qui jetait des éclairs sombres. Reflets cuivrés du gaz, reflets lunaires des fanaux électriques, reflets sanglants des bougies derrière les vitres des maisons. Le murmure du fleuve remplissait les ténèbres. Eternel bruissement, plus triste que la mer, par sa monotonie.

Christophe aspirait, des heures, ce chant de mort et d'ennui. Il avait peine à s'en arracher; il remontait ensuite au logis par les ruelles escarpées aux marches rouges, usées dans le milieu; le corps et l'âme accablés, il s'accrochait aux rampes de fer, scellées au mur, luisantes, qu'éclairait le réverbère d'en haut sur la place déserte, devant l'église vêtue de nuit...

Il ne comprenait plus pourquoi les hommes vivaient. Quand il se souvenait des luttes dont il avait été le témoin, il admirait amèrement cette humanité avec sa foi chevillée au corps. Les idées succédaient aux idées opposées, les réactions aux actions : démocratie, aristocratie; socialisme, individualisme; romantisme, classicisme; progrès, tradition; et ainsi, pour l'éternité. Chaque génération nouvelle, brûlée en moins de dix ans, croyait avec le même entrain être seule arrivée au faîte, et faisait dégringoler ses prédécesseurs, à coups de pierres; elle s'agitait, criait, se décernait le pouvoir et la gloire, dégringolait sous les pierres des nouveaux arrivants, disparaissait. A qui le tour?...

La création musicale n'était plus un refuge pour Christophe; elle était intermittente, désordonnée, sans but. Ecrire? Pour qui écrire? Pour les hommes? Il passait par une crise de misanthropie aiguë. Pour lui? Il sentait trop la vanité de l'art, incapable de combler le vide de la mort. Seule, sa force aveugle le soulevait, par instants, d'une aile violente, et retombait, brisée. Il était une nuée d'orage qui gronde dans les ténèbres. Olivier disparu, rien ne restait — rien. Il s'acharnait contre tout ce qui avait rempli sa vie, contre les sentiments, contre les pensées qu'il avait cru partager avec le reste de l'humanité. Il lui semblait aujourd'hui qu'il avait été le jouet d'une illusion : toute la vie sociale reposait sur un immense malentendu, dont le langage était la source... Tu crois que ta pensée peut communiquer avec les autres pensées? Il n'y a de rapports qu'entre des mots. Tu dis et tu écoutes des mots; pas un mot n'a le même sens dans deux bouches différentes. Et ce n'est rien encore : pas un mot, pas un seul, n'a tout son sens dans la vie. Les mots débordent la réalité vécue. Tu dis : amour et haine... Il n'y a pas d'amour, pas de haine, pas d'amis, pas d'ennemis, pas de foi, pas de passion, pas de bien, pas de mal. Il n'y a que de froids reflets de ces lumières qui tombent de soleils morts depuis des siècles... Des amis? Il ne manque pas de gens qui revendiquent ce nom!... Quelle fade réalité! Qu'est-ce que leur amitié, qu'est-ce que l'amitié, au sens du monde ordinaire? Combien de minutes de sa vie celui qui se croit un ami donne-t-il au pâle souvenir de l'ami? Que lui sacrifierait-il, non pas même de son nécessaire, mais de son superflu, de son oisiveté, de son ennui? Qu'ai-je sacrifié à Olivier? — (Car Christophe ne s'exceptait point, il exceptait Olivier seul du néant où il englobait tous les êtres humains.) — L'art n'est pas plus vrai que l'amour. Quelle place tient-il réellement dans la vie? De quel amour l'aiment-ils, ceux qui s'en disent épris?... La pauvreté des sentiments humains est inconcevable. En dehors de l'instinct de l'espèce, de cette force cosmique, qui est le levier du monde, rien n'existe qu'une poussière d'émotions. La plupart des hommes n'ont pas assez de vie pour se donner tout entiers dans aucune passion. Ils s'économisent, avec une prudente ladrerie. Ils sont de tout, un peu, et ne sont tout à fait de rien. Celui qui se donne sans compter, dans tout ce qu'il fait, dans tout ce qu'il souffre, dans tout ce qu'il aime, dans tout ce qu'il hait, celui-là est un prodige, le plus grand qu'il soit accordé de rencontrer sur terre. La passion est comme le génie : un miracle. Autant dire qu'elle n'existe pas!...

Ainsi pensait Christophe; et la vie s'apprêtait à lui infliger un terrible démenti. Le miracle est partout, comme le feu dans la pierre : un choc le fait jaillir. Nous ne soupçonnons pas les démons qui dorment en nous.

...Pero non mi destar, deh! parla basso!...

*

Un soir que Christophe improvisait, au piano, Anna se leva et sortit, comme elle faisait souvent, lorsque Christophe jouait. Il semblait que la musique l'ennuyât. Christophe n'y prenait plus garde : il était indifférent à ce qu'elle pouvait penser. Il continua de jouer; puis, des idées lui venant qu'il désirait noter, il s'interrompit et courut chercher dans sa chambre les papiers dont il avait besoin. Comme il ouvrait la porte de la pièce voisine et, tête baissée, se jetait dans l'obscurité, il se heurta violemment contre un corps immobile et debout, à l'entrée. Anna... Le choc et la surprise arrachèrent un cri à la jeune femme. Christophe, craignant de lui avoir fait mal, lui prit affectueusement les deux mains. Les mains étaient glacées. Elle semblait grelotter — sans doute de saisissement? Elle murmura une explication vague :

« Je cherchais dans la salle à manger... »

Il n'entendit pas ce qu'elle cherchait; et peut-être qu'elle ne l'avait point dit. Il lui parut singulier qu'elle se promenât, sans lumière, pour chercher quelque chose. Mais il était si habitué aux allures bizarres d'Anna qu'il n'y prêta pas attention.

Une heure après, il était revenu dans le petit salon, où il passait la soirée avec Braun et Anna. Il était assis devant la table, sous la lampe, et il écrivait. Anna, au bout de la table, à droite, cousait, penchée sur son ouvrage. Derrière eux, dans un fauteuil bas, près du feu, Braun lisait une revue. Ils se taisaient tous trois. On entendait, par intermittence, le trottinement de la pluie sur le sable du jardin. Pour s'isoler tout à fait, Christophe, assis de trois quarts, tournait le dos à Anna. En face de lui, au mur, une glace reflétait la table, la lampe, et les deux figures baissées sur leur travail. Il sembla à Christophe qu'Anna le regardait. Il ne s'en inquiéta point d'abord; puis l'insistance de cette idée finissant par le gêner, il leva les yeux vers la glace, et il vit... Elle regardait, en effet. De quel regard! Il en resta pétrifié, retenant son souffle, observant. Elle ne savait pas qu'il l'observait. La lumière de la lampe tombait sur sa figure pâle, dont le sérieux et le silence habituels avaient un caractère de violence concentrée. Ses yeux — ces yeux inconnus, qu'il n'avait jamais pu saisir — étaient fixés sur lui : bleu sombre, avec de larges prunelles, au regard brûlant et dur; ils étaient attachés à lui, ils fouillaient en lui, avec une ardeur muette et obstinée. Ses yeux? Se pouvait-il que ce fussent ses yeux? Il les voyait, et il n'y croyait pas. Les voyait-il vraiment? Il se retourna brusquement... Les yeux étaient baissés. Il essaya de lui parler, de la forcer à le regarder en face. L'impassible figure répondit, sans lever de son ouvrage son regard abrité sous l'ombre impénétrable des paupières bleuâtres aux cils courts et serrés. Si Christophe n'avait été sûr de lui-même, il aurait cru qu'il avait été le jouet d'une illusion. Mais il savait qu'il avait vu...

Cependant, son esprit étant repris par le travail et Anna l'intéressant peu, cette étrange impression ne l'occupa point longtemps.

Une semaine plus tard, il essayait au piano un *lied* qu'il venait de composer. Braun, qui avait la manie, par amour-propre de mari autant que par taquinerie, de tourmenter sa femme pour qu'elle chantât ou jouât, avait été particulièrement insistant, ce soir-là. D'ordinaire, Anna se contentait de dire un non très sec; après quoi, elle ne se donnait plus la peine de répondre aux demandes, prières ou plaisanteries; elle serrait les lèvres, et ne semblait pas entendre. Cette fois, au grand étonnement de Braun et de Christophe, elle plia son ouvrage, se leva et vint près du piano. Elle chanta ce morceau qu'elle n'avait jamais lu. Ce fut une sorte de miracle : *le* miracle. Sa voix, d'un timbre profond, ne rappelait en rien la voix un peu rauque et voilée qu'elle avait en parlant. Fermement posée dès la première note, sans une ombre de trouble, sans effort, elle donnait à la phrase musicale une grandeur émouvante et pure; et elle s'éleva à une violence de passion qui fit frémir Christophe : car elle lui parut la voix de son propre cœur. Il la regarda, stupéfait, tandis qu'elle chantait, et il la vit pour la première fois. Il vit ses yeux obscurs, où s'allumait une lueur de sauvagerie, sa grande bouche passionnée aux lèvres bien ourlées, le sourire voluptueux, un peu lourd et cruel, de ses dents saines et blanches, ses belles et fortes mains, dont l'une s'appuyait sur le pupitre du piano, et la robuste charpente d'un corps étriqué par la toilette, amaigri par une vie trop réduite, mais qu'on devinait, jeune, vigoureux, harmonieux.

Elle cessa de chanter, et alla se rasseoir, les mains posées sur ses genoux. Braun la complimenta; mais il trouvait qu'elle avait chanté sans moelleux. Christophe ne lui dit rien. Il la contemplait. Elle souriait vaguement, sachant qu'il la regardait. Il y eut, ce soir-là, un grand silence entre eux. Elle se rendait compte qu'elle venait de s'élever au-dessus d'elle-même, ou peut-être qu'elle avait été « elle », pour la première fois. Elle ignorait pourquoi.

*

A partir de ce jour, Christophe se mit à observer attentivement Anna. Elle était retombée dans son mutisme, sa froide indifférence et sa rage au travail, qui agaçait jusqu'à son mari, et où elle endormait les pensées obscures de sa trouble nature. Christophe avait beau la guetter, il ne retrouvait plus en elle que la bourgeoise guindée des premiers temps. A des moments, elle restait absorbée, sans rien faire, les yeux fixes. On la quittait ainsi, on la retrouvait ainsi, un quart d'heure après : elle n'avait point bougé. Quand son mari lui demandait à quoi elle pensait, elle s'éveillait de sa torpeur, souriait, et disait qu'elle ne pensait à rien. Et elle disait vrai.

Rien n'était capable de la faire sortir de sa tranquillité. Un jour qu'elle faisait sa toilette, sa lampe à alcool éclata. En un instant, Anna fut entourée de flammes. La domestique s'enfuit, en hurlant au secours. Braun perdit la tête, s'agita, poussa des cris, et faillit se trouver mal. Anna arracha les agrafes de son peignoir, fit couler de ses hanches sa jupe qui commençait à bruler, et la mit sous ses pieds. Quand Christophe, accourut, affolé, avec une carafe qu'il avait stupidement saisie, il vit Anna, montée sur une chaise, en jupon, et les bras nus, qui sans trouble éteignait les rideaux en feu avec ses mains. Elle se brûla, n'en parla point, et parut seulement dépitée qu'on l'eût vue en ce costume. Elle rougit, se cacha gauchement les épaules avec ses bras, et s'en fut, d'un air de dignité offensée, dans la chambre voisine. Christophe admira son calme; mais il n'aurait pu dire si ce calme prouvait plus son courage, ou son insensibilité. Il penchait pour la dernière explication. En vérité, cette femme semblait ne s'intéresser à rien, ni aux autres, ni à elle. Christophe doutait qu'elle eût un cœur.

Il n'eut plus aucun doute, après un fait dont il fut le témoin. Anna avait une petite chienne noire, aux yeux intelligents et doux, qui était l'enfant gâtée de la maison. Braun l'adorait. Christophe la prenait chez lui, quand il s'enfermait dans sa chambre pour travailler, et, la porte close, au lieu de travailler, souvent il s'amusait avec elle. Lorsqu'il sortait, elle était sur le seuil, le guettant, et s'attachant à ses pas : car il lui fallait un compagnon de promenade. Elle courait devant lui, tricotant de ses quatre pattes qui grattaient la terre si vite qu'elles semblaient voltiger. De temps en temps, elle s'arrêtait, fière de son agilité; et elle le regardait, la poitrine en avant, bien cambrée. Elle faisait l'importante; elle aboyait furieusement à un morceau de bois; mais dès qu'elle apercevait au loin un autre chien, elle détalait et se réfugiait, tremblante, entre les jambes de Christophe. Christophe s'en moquait et l'aimait. Depuis qu'il s'éloignait des hommes, il se sentait plus rapproché des bêtes; il les trouvait pitoyables. Ces pauvres animaux, lorsqu'on est bon pour eux, s'abandonnent à vous avec tant de confiance! L'homme est si absolument le maître de leur vie et de leur mort que s'il maltraite ces faibles qui lui sont livrés, il commet un abus de pouvoir odieux.

Si aimante que la gentille bête fût pour tous, elle avait une préférence marquée pour Anna. Celle-ci ne faisait rien pour l'attirer; mais elle la caressait volontiers, la laissant se blottir sur ses genoux, veillait à sa nourriture, et paraissait l'aimer autant qu'elle était capable d'aimer. Un jour, la chienne ne sut pas se garer des roues d'une automobile. Elle fut écrasée presque sous les yeux de ses maîtres. Elle vivait encore et criait lamentablement. Braun courut hors de la maison, nu-tête; il ramassa la loque sanglante, et il tâchait au moins de soulager ses souffrances. Anna vint, regarda sans se baisser, fit une moue dégoûtée et s'en alla. Braun, les larmes aux yeux, assistait à l'agonie du petit être. Christophe se promenait à grands pas dans le jardin, et crispait les poings. Il entendit Anna qui donnait tranquillement des ordres à la domestique. Il lui dit :

« Cela ne vous fait donc rien, à vous. »

Elle répondit :

« On n'y peut rien, n'est-ce pas? C'est mieux de n'y pas penser. »

Il se sentit de la haine pour elle; puis, le burlesque de la réponse le frappa; et il rit. Il se disait qu'Anna devrait bien lui donner sa recette pour ne pas penser aux choses tristes, et que la vie était aisée à ceux qui ont la chance d'être dénués de cœur. Il songea que si Braun mourait,

Anna n'en serait guère troublée, et il se félicita de n'être point marié. Sa solitude lui semblait moins triste que cette chaîne d'habitudes qui vous attache pour la vie à un être pour qui vous êtes un objet de haine, ou (bien pire!) pour qui vous n'êtes rien. Décidément cette femme n'aimait personne. Le piétisme l'avait desséchée.

Elle surprit Christophe, un jour de la fin d'octobre. — Ils étaient à table. Il causait avec Braun d'un crime passionnel, dont toute la ville était occupée. Dans la campagne, deux filles italiennes, deux sœurs, s'étaient éprises du même homme. Ne pouvant, ni l'une ni l'autre, se sacrifier de plein gré, elles avaient joué au sort qui des deux céderait la place. La vaincue devait se jeter dans le Rhin. Mais quand le sort eut parlé, celle qu'il n'avait pas favorisée montra peu d'empressement à accepter la décision. L'autre fut révoltée par un tel manque de foi. Des injures on en vint aux coups, même aux coups de couteau, puis brusquement, le vent tourna; on s'embrassa en pleurant, on jura que l'on ne pourrait vivre l'une sans l'autre; et comme on ne pouvait cependant pas se résigner à partager le galant, on décida de le tuer. Ainsi fut fait. Une nuit, les deux amoureuses firent venir dans leur chambre l'amant enorgueilli de sa double bonne fortune; et tandis que l'une le liait passionnément de ses bras, l'autre passionnément le poignardait dans le dos. Ses cris furent entendus. On vint, on l'arracha en assez piteux état à l'étreinte de ses amies; et on les arrêta. Elles protestaient que cela ne regardait personne, qu'elles étaient seules intéressées dans l'affaire, et que du moment qu'elles étaient d'accord pour se débarrasser de ce qui était à elles, nul n'avait à s'en mêler. La victime n'était pas loin d'approuver ce raisonnement; mais la justice ne le comprit point. Et Braun, pas davantage.

« Elles sont folles, disait-il, folles à lier! Il faut les enfermer dans un hospice d'aliénés... Je comprends qu'on se tue par amour. Je comprends même qu'on tue celui ou celle qu'on aime et qui vous trompe... C'est-à-dire, je ne l'excuse pas; mais je l'admets comme un reste d'atavisme féroce; c'est barbare, mais logique : on tue qui vous fait souffrir. Mais tuer ce qu'on aime, sans rancune, sans haine, simplement parce que d'autres l'aiment, c'est de la démence... Tu comprends cela, Christophe?

— Peuh! fit Christophe. Je suis habitué à ne pas comprendre. Qui dit amour dit déraison. »

Anna, qui se taisait sans paraître écouter, leva la tête et dit, de sa voix calme :

« Il n'y a rien là de déraisonnable. C'est tout naturel. Quand on aime, on veut détruire ce qu'on aime, afin que personne autre ne puisse l'avoir. »

Braun regarda sa femme, stupéfait; il frappa sur la table, se croisa les bras, et dit :

« Où a-t-elle été pêcher cela?... Comment! Il faut que tu dises ton mot, toi? Qu'est-ce que diable tu en sais? »

Anna rougit légèrement et se tut. Braun reprit :

« Quand on aime, on veut détruire? Voilà une monstrueuse sottise! Détruire ce qui vous est cher, c'est se détruire soi-même.. Mais, tout au contraire, quand on aime, le sentiment naturel est de faire du bien à qui vous a fait du bien, de le choyer, de le défendre, d'être bon pour lui, d'être bon pour toutes choses! Aimer, c'est le paradis sur terre. »

Anna, les yeux fixés dans l'ombre, le laissa parler, et, secouant la tête, elle dit froidement :

« On n'est pas bon quand on aime. »

*

Christophe ne renouvelait pas l'épreuve d'entendre chanter Anna. Il craignait... une désillusion, ou quoi? Il n'eût pas su le dire. Anna avait la même crainte. Elle évitait de se trouver dans le salon, quand il commençait à jouer.

Mais un soir de novembre qu'il lisait auprès du feu, il vit Anna assise, son ouvrage sur ses genoux, et plongée dans une de ses songeries. Elle regardait le vide, et Christophe crut voir passer dans son regard des lueurs de l'ardeur étrange de l'autre soir. Il ferma son livre. Elle se sentit observée et se remit à coudre. Sous ses paupières baissées, elle voyait toujours tout. Il se leva et dit :

« Venez. »

Elle fixa sur lui ses yeux où flottait encore un peu de trouble, comprit, et le suivit.

« Où allez-vous? demanda Braun.

— Au piano », répondit Christophe.

Il joua. Elle chanta. Aussitôt, il la retrouva telle qu'elle lui était apparue, une première fois. Elle entrait de plain-pied dans ce monde héroïque, comme s'il était le sien. Il continua l'expérience, prenant un second morceau, puis un troisième plus emporté, déchaînant en elle le troupeau des passions, l'exaltant, s'exaltant; puis, arrivés au paroxysme, il s'arrêta net, et lui demanda, les yeux dans les yeux :

« Mais enfin, qui êtes-vous? »

Anna répondit :

« Je ne sais pas. »

Il dit brutalement :

« Qu'est-ce que vous avez dans le corps, pour chanter ainsi? »

Elle répondit :

« J'ai ce que vous me faites chanter.

— Oui? Eh bien, il n'y est pas déplacé. Je me demande si c'est moi qui l'ai créé, ou si c'est vous. Vous pensez donc des choses comme cela, vous?

— Je ne sais pas. Je crois qu'on n'est plus soi, quand on chante.

— Et moi, je crois que c'est alors seulement que vous êtes vous. »

Ils se turent. Elle avait les joues moites d'une légère buée. Son sein se soulevait, en silence. Elle fixait la lumière des flambeaux, et grattait machinalement la bougie qui avait coulé sur le rebord du chandelier. Il tapotait les touches, en la regardant. Ils se dirent encore quelques mots gênés, d'un ton rude, puis essayèrent des paroles banales, et se turent tout à fait, craignant d'approfondir...

Le lendemain, ils se parlèrent à peine, ils se regardaient à la dérobée, avec une sorte de peur. Mais ils prirent l'habitude de faire, le soir, de la musique ensemble. Ils en firent même bientôt dans l'après-midi; et chaque jour davantage. Toujours la même passion incompréhensible s'emparait d'elle, dès les premiers accords, la brûlait de la tête aux pieds, et faisait de cette bourgeoise piétiste, pour le temps que durait la musique, une Vénus impérieuse, l'incarnation de toutes les fureurs de l'âme.

Braun, étonné de l'engouement subit d'Anna pour le chant, n'avait pas pris la peine de chercher l'explication de ce caprice de femme; il assistait à ces petits concerts, marquait la mesure avec sa tête, donnait son avis, et était parfaitement heureux, quoiqu'il eût préféré une musique plus douce : cette dépense de forces lui paraissait exagérée. Christophe respirait dans l'air un danger; mais la tête lui tournait : affaibli par la crise qu'il venait de traverser, il ne résistait pas; il perdait conscience de ce qui se passait en lui, et il ne voulait pas savoir ce qui se passait dans Anna. Un après-midi, au milieu d'un morceau, débordant d'ardeurs frénétiques, elle s'interrompit et, sans explication, elle sortit de la pièce. Christophe l'attendit : elle ne reparut plus. Une demi-heure après, comme il passait dans le corridor, près de la chambre d'Anna, par la porte entrouverte il l'aperçut au fond, absorbée dans des prières mornes, la figure glacée.

Cependant, un peu, très peu de confiance s'insinuait entre eux. Il tâchait de la faire parler de son passé; elle ne disait que des choses banales; à grand-peine, il lui arrachait morceau par morceau quelques détails précis. Grâce à la bonhomie, facilement indiscrète, de Braun, il réussit à entrevoir le secret de sa vie.

Elle était née dans la ville. De son nom de famille, elle s'appelait Anna-Maria Senfl. Son père, Martin Senfl, appartenait à une vieille maison de marchands, séculaire et millionnaire, où l'orgueil de caste et le rigorisme religieux étaient montés en graine. D'esprit aventureux, il avait, comme beaucoup de ses compatriotes, passé plusieurs années au loin, en Orient, en Amérique du Sud; il avait même fait des explorations hardies au centre de l'Asie, où le poussaient à la fois les intérêts commerciaux de sa maison, l'amour de la science, et son propre plaisir. A rouler à travers le monde, non seulement il n'avait pas amassé mousse, mais il s'était défait de celle qui le couvrait, de tous ses vieux préjugés. Si bien que, de retour au pays, étant de tempérament chaud et d'esprit entêté, il épousa, aux protestations indignées des siens, la fille d'un fermier des environs, de réputation douteuse, qu'il avait commencé par prendre comme maîtresse. Ce mariage avait été le seul moyen qu'il eût trouvé pour garder à soi cette belle fille, dont il ne pouvait plus se passer. La famille, après avoir mis vainement son veto, se ferma tout entière à celui qui méconnaissait son autorité sacro-sainte. La ville — tous ceux qui comptaient, se montrant, comme d'habitude, solidaires pour ce qui touchait à la dignité morale de la communauté, prirent parti en masse contre le couple imprudent. L'explorateur apprit à ses dépens qu'il n'y a pas moins de péril à contrecarrer les préjugés des gens, au pays des sectateurs du Christ que chez ceux du Grand Lama. Il n'était pas assez fort pour pouvoir se passer de l'opinion du monde. Il avait plus qu'entamé sa portion de fortune; il ne trouva d'emploi nulle part : tout lui était fermé. Il s'usa en colères inutiles contre les avanies de la ville implacable. Sa santé, minée par les excès et par les fièvres, n'y résista point. Il mourut d'un coup de sang, cinq mois après le mariage. Quatre mois plus tard, sa femme, bonne personne, mais faible et de peu de cervelle, qui depuis ses noces n'avait passé aucun jour sans pleurer, mourait en couches, jetant sur la rive qu'elle quittait la petite Anna.

La mère de Martin vivait. Elle n'avait rien pardonné, même sur le lit de mort, à son fils, ni à celle qu'elle n'avait pas voulu reconnaître pour sa bru. Mais quand celle-ci ne fut plus — la vengeance divine étant assouvie — elle prit l'enfant et la garda. C'était une femme d'une dévotion étroite; riche et avare, elle tenait un magasin de soieries dans une rue sombre de la vieille ville. Elle traita la fille de son fils moins comme sa petite-fille que comme une orpheline qu'on recueille par charité et qui vous doit en échange une demi-domesticité. Pourtant, elle lui fit donner une éducation soignée; mais elle ne se départit jamais envers elle d'une rigueur méfiante; il semblait qu'elle considérât l'enfant comme coupable du péché de ses parents et qu'elle s'acharnât à poursuivre le péché en elle. Elle ne lui permit aucune distraction; elle traquait la nature comme un crime, dans ses gestes, dans ses paroles, jusque dans ses pensées. Elle tua la joie dans cette jeune vie. Anna fut habituée, de bonne heure, à s'ennuyer au temple et à ne pas le montrer; elle fut environnée des terreurs de l'enfer; ses yeux d'enfant aux paupières sournoises les voyaient chaque dimanche, à la porte du vieux *Münster*, sous la forme de statues immodestes et contorsionnées qu'un feu brûle entre les jambes et sur qui montent, le long des cuisses, des crapauds et des serpents. Elle s'accoutuma à refouler ses instincts, à se mentir à elle-même. Dès qu'elle fut d'âge à aider sa grand-mère, elle fut employée, du matin au soir, dans l'obscur magasin. Elle prit les habitudes qui régnaient autour d'elle, cet esprit d'ordre, d'économie morose, de privations inutiles, cette indifférence ennuyée, cette conception méprisante et maussade de la vie, conséquence naturelle des croyances religieuses chez ceux qui ne sont pas naturellement religieux. Elle s'absorba dans la dévotion, au point de paraître exagérée même à la vieille femme; elle abusait des jeûnes et des macérations; pendant un certain temps, elle s'avisa de porter un corset garni d'épingles qui s'enfonçaient dans sa chair, à chaque mouvement. On la voyait pâlir; on ne savait ce qu'elle avait. A la fin, comme elle défaillait, on fit venir un médecin. Elle refusa de se laisser examiner — (elle fût morte plutôt que de se déshabiller devant un homme); — mais elle avoua; et le médecin fit une scène si violente qu'elle promit de ne plus recommencer. La grand-mère, pour plus de sûreté, soumit dès lors sa toilette à des inspections. Anna ne trouvait pas à ces tortures, comme on aurait pu le croire, une jouissance mystique; elle avait peu d'imagination : elle n'eût pas compris la poésie d'un François d'Assise ou d'une sainte Thérèse. Sa dévotion était triste et matérielle. Quand elle se persécutait, ce n'était pas pour les avantages qu'elle en attendait dans la vie future; c'était par un ennui cruel qui se retournait contre elle, trouvant un plaisir presque méchant au mal qu'elle se faisait. Par une exception singulière, cet esprit dur et froid, comme celui de l'aïeule, s'ouvrait à la musique, sans qu'elle sût jusqu'à quelle profondeur. Elle était fermée aux autres arts; elle n'avait peut-être jamais regardé un tableau; elle semblait n'avoir aucun sens de la beauté plastique, tant elle manquait de goût, par indifférence orgueilleuse; l'idée d'un beau corps n'éveillait en elle que l'idée de la nudité, c'est-à-dire, comme chez le paysan dont parle Tolstoy, un sentiment de répugnance; ce dégoût était d'autant plus fort chez Anna qu'elle percevait obscurément dans ses rapports avec les êtres qui lui plaisaient, le sourd aiguillon du désir beaucoup plus que la tranquille impression de jugements esthétiques. Elle ne se doutait pas plus de sa beauté que de la force de ses instincts refoulés; ou plutôt, elle ne voulait pas le savoir, et, avec l'habitude du mensonge intérieur, elle réussissait à se donner le change.

Braun la rencontra, à un dîner de mariage où elle se trouvait, d'une façon exceptionnelle : car on ne l'invitait guère, à cause de la mauvaise réputation que continuait de lui faire l'indécence de son origine. Elle avait vingt-deux ans. Il la remarqua. Ce n'était point qu'elle cherchât à se faire remarquer. Assise à côté de lui, à table, raide et mal fagotée, elle ouvrit à peine la bouche pour parler. Mais Braun, qui ne cessa de causer avec elle, c'est-à-dire tout seul, pendant tout le repas, revint enthousiasmé. Avec sa pénétration ordinaire, il avait été frappé de la candeur virginale de sa voisine; il avait admiré son bon sens et son calme; il appréciait aussi sa belle santé et les solides qualités de ménagère qu'elle paraissait avoir. Il fit visite à la grand-mère, revint, fit sa demande et fut agréé. Point de dot : Mme Senfl léguait à la ville, pour des missions commerciales, la fortune de sa maison.

A aucun moment, la jeune femme n'avait eu d'amour pour son mari : c'était là une pensée dont il ne lui semblait pas qu'il dût être question dans une vie honnête, et qu'il fallait plutôt écarter comme coupable. Mais elle savait le prix de la bonté de Braun; elle lui était reconnaissante, sans le lui montrer, de ce qu'il l'avait épousée malgré son origine douteuse. Elle avait d'ailleurs un fort sentiment de l'honneur conjugal. Depuis sept ans qu'ils étaient mariés, rien n'avait troublé leur union. Ils vivaient l'un à côté de l'autre, ne se comprenaient point et ne s'en inquiétaient point : ils étaient aux yeux du monde le type d'un ménage modèle. Ils sortaient peu de chez eux. Braun avait une clientèle assez nombreuse; mais il n'avait pas réussi à y faire agréer sa femme. Elle ne plaisait point; et la tache de naissance n'était pas encore tout à fait effacée. Anna, de son côté, ne faisait nul effort pour être admise. Elle gardait rancune des dédains qui avaient attristé son enfance. Puis, elle était gênée dans le monde, et ne se plaignait pas qu'on l'oubliât. Elle faisait et recevait les visites indispensables, qu'exigeait l'intérêt de son mari. Les visiteuses étaient de petites bourgeoises curieuses et médisantes. Leurs commérages n'avaient aucun intérêt pour Anna; elle ne prenait pas la peine de dissimuler son indifférence. Cela ne se pardonne point. Aussi, les visites s'espaçaient, et Anna restait seule. C'était ce qu'elle voulait : rien ne venait plus troubler le rêve qu'elle ruminait, et le bourdonnement obscur de sa chair.

*

Depuis quelques semaines, Anna semblait souffrante. Son visage se creusait. Elle fuyait la présence de Christophe et de Braun. Elle passait ses journées dans sa chambre; elle s'enfonçait dans ses pensées; elle ne répondait pas quand on lui parlait. Braun ne s'affectait pas trop, à l'ordinaire, de ces caprices de femme. Il les expliquait à Christophe. Comme presque tous les hommes destinés à être dupes des femmes, il se flattait de les connaître très bien. Et il les connaissait assez bien, en effet : ce qui ne sert à rien. Il savait qu'elles ont souvent des accès de rêverie têtue, de mutisme opiniâtre et hostile; et il pensait qu'il faut alors les laisser tranquilles, ne pas chercher à faire le jour, ni surtout à ce qu'elle le fassent dans le dangereux monde subconscient où baigne leur esprit. Néanmoins, il commençait à s'inquiéter pour la santé d'Anna. Il jugea que son étiolement venait de son genre de vie, éternellement renfermée, sans jamais sortir de la ville, à peine de la maison. Il voulut qu'elle se promenât. Il ne pouvait guère l'accompagner : le dimanche, elle était prise par ses devoirs de piété, les autres jours, il avait ses consultations. Quant à Christophe, il évitait de sortir avec elle. Une ou deux fois, ils avaient fait une courte promenade ensemble, aux portes de la ville : ils s'étaient ennuyés à périr. La conversation chômait. La nature semblait ne pas exister pour Anna; elle ne voyait rien; tous les pays étaient pour elle de l'herbe et des pierres; son insensibilité glaçait. Christophe avait tâché de lui faire admirer un beau site. Elle regarda, sourit froidement, et dit, faisant effort pour lui être agréable :

« Oh! oui, c'est mystique... »

De la même façon qu'elle eût dit :

« Il y a beaucoup de soleil. »

D'irritation, Christophe s'était enfoncé les ongles dans la paume des mains. Depuis, il ne lui demandait plus rien; et lorsqu'elle sortait, il trouvait un prétexte pour rester chez lui.

En réalité, il était faux qu'Anna fût insensible à la nature. Elle n'aimait pas ce qu'on est convenu d'appeler les beaux paysages : elle ne les distinguait pas des autres. Mais elle aimait la campagne, n'importe laquelle — la terre et l'air. Seulement, elle ne s'en doutait pas plus que de ses autres sentiments forts; et qui vivait avec elle s'en doutait encore moins.

A force d'insister, Braun décida sa femme à faire une course d'une journée aux environs. Elle céda par ennui, afin d'avoir la paix. On arrangea la promenade pour un dimanche. Au dernier moment, le docteur, qui s'en faisait une joie enfantine, fut retenu par un cas de maladie urgente. Christophe partit avec Anna.

Beau temps d'hiver sans neige : air pur et froid, ciel clair, grand soleil, avec une bise glacée. Ils prirent un petit chemin de fer local, qui rejoignait une de ces lignes de collines bleues formant autour de la ville une lointaine auréole. Leur compartiment était plein; ils furent séparés l'un de l'autre. Ils ne se parlaient pas. Anna était sombre : la veille, elle avait déclaré à la surprise de Braun, qu'elle n'irait pas au culte du lendemain. Pour la première fois de sa vie, elle y manquait. Etait-ce une révolte?... Qui eût pu dire les combats qui se livraient en elle? Elle regardait fixement la banquette devant elle; elle était blême...

Ils descendirent du train. Leur froideur ennemie ne se dissipa point, durant le commencement de la promenade. Ils marchaient côte à côte; elle allait d'un pas ferme, ne faisant attention à rien; elle avait les mains libres; ses bras se balançaient; ses talons sonnaient sur la terre gelée. — Peu à peu, sa figure s'anima. La rapidité de sa marche rougissait ses joues pâles. Sa bouche s'entrouvrait pour boire la fraîcheur de l'air. Au détour d'un sentier qui montait en lacet, elle se mit à escalader la colline, en ligne droite, comme une chèvre; le long d'une carrière, au risque de tomber, elle s'accrochait aux arbustes. Christophe la suivit. Elle grimpait plus vite, glissant, se rattrapant, avec les mains, aux herbes. Christophe lui cria de s'arrêter. Elle ne répondit pas et continua de monter, courbée à quatre pattes. Ils traversèrent les brouillards qui traînaient au-dessus de la vallée, comme une gaze argentée, se déchirant aux buissons; ils se trouvèrent dans le chaud soleil d'en haut. Arrivée au sommet, elle se retourna; sa figure s'était éclairée; sa bouche, ouverte, respirait. Elle regarda, ironique, Christophe qui gravissait la pente, enleva son manteau, le lui jeta au nez, puis, sans attendre qu'il soufflât, elle reprit sa course. Christophe lui fit la chasse. Ils prenaient goût au jeu; l'air les grisait. Elle se lança sur une pente rapide; les pierres roulaient sous ses pieds; elle ne trébuchait point, elle glissait, sautait, filait comme une flèche. De temps en temps, elle jetait un coup d'œil en arrière, pour mesurer l'avance qu'elle avait sur Christophe. Il se raprochait d'elle. Elle se jeta dans un bois. Les feuilles mortes craquaient sous leurs pas, les branches qu'elle avait écartées le fouettaient a Elle buta contre les racines d'un arbre. Il la saisit débattit, luttant des pieds et des mains, lui donn forts coups, cherchant à le faire tomber; elle cri riait. Sa poitrine haletait, appuyée contre lui; leurs j se frôlèrent; il but la sueur qui mouillait les tempes d'Anna; il respira d'odeur de ses cheveux humides. D'une robuste poussée, elle se dégagea, et le regarda, sans trouble, de ses yeux qui le défiaient. Il était stupéfait de la force qui était en elle, et dont elle ne faisait rien dans la vie ordinaire.

Ils allèrent au prochain village, foulant allégrement le chaume sec, qui rebondissait sous leurs pas. Devant eux s'envolaient les corbeaux qui fouillaient les champs. Le soleil brûlait, et la bise mordait. Christophe tenait le bras d'Anna. Elle avait une robe peu épaisse; il sentait sous l'étoffe le corps moite et baigné de chaleur. Il voulut qu'elle remît son manteau; elle refusa et, par bravade, défit l'agrafe du col. Ils s'attablèrent à une auberge, dont l'enseigne portait l'image d'un « homme sauvage » (*Zum wilden Mann.*) Devant la porte, poussait un petit sapin. La salle était décorée de quatrains allemands, de deux chromos, l'une sentimentale : *Au Printemps* (*Im Frühling*), l'autre patriotique : *La Bataille de Saint-Jacques,* et d'un crucifix avec un crâne au pied de la croix. Anna avait un appétit vorace, que Christophe ne lui connaissait pas. Ils burent gaillardement du petit vin blanc. Après le repas, ils repartirent à travers champs, comme deux bons compagnons. Nulle pensée équivoque. Ils ne songeaient qu'au plaisir de la marche, de leur sang qui chantait, de l'air qui les fouettait. La langue d'Anna était déliée. Elle ne se méfiait plus; elle disait, au hasard, tout ce qui lui venait à l'esprit.

Elle parla de son enfance : sa grand-mère l'emmenait chez une amie qui habitait près de la cathédrale; tandis que les vieilles dames causaient, on l'envoyait dans le grand jardin, sur lequel pesait l'ombre du *Münster*. Elle s'asseyait dans un coin et elle ne bougeait plus; elle écoutait les frémissements des feuilles, elle épiait le fourmillement des insectes; et elle avait plaisir et peur. — elle omettait de dire qu'elle avait peur des diables : son imagination en était obsédée; on lui avait conté qu'ils rôdaient autour des églises, sans oser y entrer; elle croyait les voir sous la forme des bêtes : araignées, lézards, fourmis, tout le petit monde difforme qui grouillait sous les feuilles, sur la terre, ou dans les fentes des murs. — Ensuite, elle parla de la maison où elle vivait, de sa chambre sans soleil; elle s'en souvenait avec plaisir; elle y passait des nuits sans dormir, à se raconter des choses...

« Quelles choses?

— Des choses folles.

— Racontez. »

Elle secoua la tête, pour dire que non.

« Pourquoi? »

Elle rougit, puis rit, et ajouta :

« Et aussi le jour, pendant que je travaillais. »

Elle y pensa un moment, rit de nouveau, et conclut :

« C'étaient des choses folles, des choses mauvaises. »

Il dit, en plaisantant :

« Vous n'aviez donc pas peur?

— De quoi?

— D'être damnée? »

Sa figure se glaça.

« Il ne faut pas parler de cela », dit-elle.

Il détourna la conversation. Il admira la force qu'elle avait montrée tout à l'heure, en luttant. Elle reprit son expression confiante et raconta ses prouesses de fillette — (elle disait : « de garçon », car, lorsqu'elle était enfant, elle eût voulu se mêler aux jeux et aux batailles des garçons). — Une fois, se trouvant avec un petit camarade, plus grand qu'elle de la tête, elle lui avait brusquement lancé un coup de poing, espérant qu'il répondrait. Mais il s'était sauvé, en criant qu'elle le battait. Une autre fois, à la campagne, elle avait grimpé sur le dos d'une vache noire qui passait; la bête effarée l'avait jetée contre un arbre : Anna avait failli se tuer. Elle s'avisa aussi de sauter par la fenêtre d'un premier étage, parce qu'elle s'était défiée elle-même de le faire; elle eut la chance d'en être quitte avec une entorse. Elle inventait des exercices bizarres et dangereux, quand on la laissait seule à la maison; elle soumettait son corps à des épreuves étranges et variées.

« Qui croirait cela de vous, dit-il, quand on vous voit si grave?...

— Oh! dit-elle, si l'on me voyait certains jours, dans ma chambre, quand je suis seule?

— Quoi! encore à présent? »

Elle rit. Elle lui demanda — sautant d'un sujet à l'autre — s'il chassait. Il protesta que non. Elle dit qu'elle avait une fois tiré un coup de fusil sur un merle et qu'elle l'avait touché. Il s'indigna.

« Bon! dit-elle, qu'est-ce que cela fait?

— Vous n'avez donc pas de cœur?

— Je n'en sais rien.

— Ne pensez-vous pas que les bêtes sont des êtres comme nous?

— Si, dit-elle. Justement, je voulais vous demander : est-ce que vous croyez que les bêtes ont une âme?

— Oui, je le crois.

— Le pasteur dit que non. Et moi, je pense qu'elles en ont une. D'abord, ajouta-t-elle avec un grand sérieux, je crois que j'ai été animal, dans une vie antérieure. »

Il se mit à rire.

« Il n'y a pas de quoi rire, dit-elle. (Elle riait aussi.) C'est là une des histoires que je me racontais, lorsque j'étais petite. Je m'imaginais être chat, chien, oiseau, poulain, génisse. Je me sentais leurs désirs. J'aurais voulu être, une heure, dans leur poil ou leur plume; il me semblait que j'y étais. Vous ne comprenez pas cela?

— Vous êtes une étrange bête. Mais si vous vous sentez cette parenté avec les bêtes, comment pouvez-vous leur faire du mal?

— On fait toujours du mal à quelqu'un. Les uns me font du mal, je fais du mal à d'autres. C'est dans l'ordre. Je ne me plains pas. Il ne faut pas être douillet, dans la vie! Je me fais bien du mal à moi, par plaisir!

— A vous?

— A moi. Regardez. Un jour, avec un marteau, je me suis enfoncé un clou dans cette main.

— Pourquoi?

— Pour rien. »

(Elle ne disait pas qu'elle avait voulu se crucifier.)

« Donnez-moi la main, dit-elle.

— Qu'en voulez-vous faire?

— Donnez. »

Il lui donna la main. Elle la saisit et la serra, à le faire crier. Ils jouèrent, comme deux paysans, à se faire le plus de mal possible. Ils étaient heureux, sans arrière-pensée.

Tout le reste du monde, les chaînes de leur vie, les tristesses du passé, l'appréhension de l'avenir, l'orage qui s'amassait en eux, tout avait disparu.

Ils avaient fait plusieurs lieues; ils ne sentaient point la fatigue. Brusquement, elle s'arrêta, elle se jeta par terre s'étendit sur les chaumes, ne dit plus rien. Couchée sur le dos, les bras derrière la tête, elle regardait le ciel. Quelle paix! Quelle douceur!... A quelques pas, une fontaine cachée sourdait, d'un jet intermittent, comme une artère qui bat, tantôt faible, tantôt plus forte. L'horizon était nacré. Une buée flottait sur la terre violette, d'où montaient les arbres nus et noirs. Soleil de fin d'hiver, jeune soleil blond pâle qui s'endort. Comme des flèches brillantes, des oiseaux fendaient l'air. Les voix gentilles des cloches paysannes s'appelaient, se répondaient, de village en village... Assis près d'elle, Christophe contemplait Anna. Elle ne songeait pas à lui. Sa belle bouche riait en silence. Il pensait :

« Est-ce bien vous? Je ne vous reconnais plus.

— Moi non plus, moi non plus. Je crois que je suis une autre. Je n'ai plus peur; je n'ai plus peur de Lui... Ah! comme Il m'étouffait, comme Il m'a fait souffrir! Il me semble que j'étais clouée dans mon cercueil... Maintenant, je respire; ce corps, ce cœur est à moi. Mon corps. Mon libre corps. Mon libre cœur. Ma force, ma beauté, ma joie! Et je ne les connaissais pas, je ne me connaissais pas! Qu'aviez-vous fait de moi?... »

Ainsi, il croyait l'entendre soupirer doucement. Mais elle ne pensait à rien, sinon qu'elle était heureuse, et que tout était bien.

Le soir tombait déjà. Sous les rideaux de brume grise et lilas, dès quatre heures, le soleil, fatigué de vivre, disparaissait. Christophe se leva, et s'approcha d'Anna. Il se pencha sur elle. Elle tourna vers lui son regard, encore plein du vertige du grand ciel sur lequel elle était suspendue. Quelques secondes passèrent avant qu'elle le reconnût. Alors, ses yeux le fixèrent avec un sourire énigmatique, qui lui communiqua leur trouble. Afin d'y échapper, un instant il ferma les yeux. Quand il les rouvrit, elle le regardait toujours; et il lui parut qu'il y avait des jours qu'ils se regardaient ainsi. Ils lisaient dans l'âme l'un de l'autre. Mais ils ne voulurent pas savoir ce qu'ils avaient lu.

Il lui tendit la main. Elle la prit, sans un mot. Ils revinrent au village, dont on voyait là-bas, dans le creux du vallon, les tours coiffées en as de pique; l'une d'elles portait sur le faîte de son toit de tuile moussue, comme une toque sur le front, un nid vide de cigogne. Au carrefour de deux chemins, près de l'entrée du village, ils passèrent devant une fontaine sur laquelle une petite sainte catholique, une Madeleine en bois, gracieuse, un peu mignarde, se tenait debout, tendant les bras. Répondant à son geste, Anna, d'un mouvement instinctif, lui tendit ses bras aussi, et, montant sur la margelle, elle remplit les mains de la jolie déesse avec des branches de houx et des grappes de sorbiers aux baies rouges, que le bec des oiseaux et le gel avaient épargnées.

Ils croisaient sur la route des groupes de paysans et de paysannes endimanchés. Des femmes à la peau très brune, aux joues très colorées, avec d'épais chignons, enroulés en coquilles, robes claires, chapeaux fleuris. Elles avaient des gants blancs et des poignets rouges. Elles chantaient des chants honnêtes, avec des voix aiguës, placides, pas très justes. A l'intérieur d'une étable, une vache meuglait. Un enfant qui avait la coqueluche toussait dans une maison. D'un peu plus loin venaient des sons de clarinette nasillarde et de cornet à pistons. On dansait sur la place du village, entre le cabaret et le cimetière. Juchés sur une table, quatre musiciens jouaient. Anna et Christophe s'assirent devant l'auberge et regardèrent les danseurs. Les couples se heurtaient et s'apostrophaient à grand bruit. Les filles poussaient des cris, pour le plaisir de crier. Les buveurs marquaient la mesure sur les tables, avec leurs poings. En un autre temps, cette joie lourde eût dégoûté Anna; ce soir, elle en jouissait; elle avait ôté son chapeau, et regardait, la figure animée. Christophe pouffait de la gravité burlesque de la musique et des musiciens. Il chercha dans ses poches, prit un crayon et, sur l'envers d'une note d'auberge, il se mit à tracer des barres et des points : il écrivait des danses. La feuille fut bientôt remplie; il en demanda d'autres, qu'il couvrit, comme la première, de sa grosse écriture impatiente et maladroite. Anna, la joue près de la sienne, lisait par-dessus son épaule, chantonnant à mi-voix; elle tâchait de deviner la fin des phrases, et elle battait des mains, quand elle avait deviné, ou quand ses prévisions étaient déroutées par une saillie inattendue. Après avoir fini, Christophe porta aux musiciens ce qu'il venait d'écrire. C'étaient de braves Souabes, qui savaient leur métier : ils déchiffrèrent sans broncher. Les airs avaient un humour sentimental et burlesque, avec des rythmes heurtés, comme ponctués par des éclats de rire. Impossible de résister à leur impétueuse bouffonnerie : les jambes dansaient malgré soi. Anna se jeta dans la ronde, elle saisit au hasard deux mains, elle tourna comme une folle; une épingle d'écaille sauta de ses cheveux; des boucles se défirent et tombèrent sur ses joues. Christophe ne la quittait pas des yeux, il admirait ce bel animal robuste, qu'une discipline impitoyable avait condamné jusque-là au silence et à l'immobilité; elle lui apparaissait comme nul ne l'avait vue, comme elle était réellement sous le masque emprunté : une Bacchante, ivre de force. Elle l'appela. Il courut à elle et l'empoigna. Ils dansèrent, jusqu'à ce qu'ils allassent se jeter, en tournant, contre un mur. Ils s'arrêtèrent, étourdis. La nuit était complète. Ils se reposèrent un moment, puis prirent congé de la compagnie. Anna, d'ordinaire si roide avec les gens du peuple, par gêne ou par mépris, tendit la main gentiment aux musiciens, à l'hôte, aux garçons du village, à côté de qui elle était dans la ronde.

Ils se retrouvèrent seuls, sous le ciel brillant et glacé, refaisant à travers champs le chemin qu'ils avaient suivi le matin. Anna était encore tout animée. Peu à peu, elle parla moins, puis elle cessa de parler, prise par la fatigue ou par l'émotion mystérieuse de la nuit. Elle s'appuyait affectueusement sur Christophe. En redescendant la pente qu'elle avait grimpée, quelques heures avant, elle soupira. Ils arrivaient à la station. Près de la première maison, il s'arrêta pour la regarder. Elle le regarda aussi, et lui sourit avec mélancolie.

Dans le train, même foule qu'en venant. Ils ne purent causer. Assis en face d'elle, il la couvait des yeux. Elle avait les yeux baissés; elle les leva vers lui; puis elle les détourna, et il ne parvint plus à les attirer de son côté. Elle regardait dehors, dans la nuit. Un vague sourire flottait sur ses lèvres, avec un peu de fatigue aux coins.

Puis, le sourire disparut. L'expression devint morne. Il crut qu'elle s'endormait dans le rythme du train, et il essaya de lui parler. Elle répondit froidement, d'un mot, sans tourner la tête. Il tâcha de se persuader que la fatigue était cause de ce changement; mais il savait bien que la raison était autre. A mesure qu'on se rapprochait de la ville, il voyait le visage d'Anna se figer, la vie s'éteindre, ce beau corps à la grâce sauvage rentrer dans sa gaine de pierre. En descendant du wagon, elle ne s'appuya pas sur la main qu'il lui tendait. Ils revinrent en silence.

*

Quelques jours après, vers quatre heures du soir, ils étaient seuls ensemble. Braun était sorti. Depuis la veille, la ville était enveloppée dans un brouillard vert pâle. Le grondement du fleuve invisible montait. Les éclairs des trams électriques éclataient dans la brume. La lumière du jour s'éteignait, étouffée; elle ne semblait plus d'aucun temps : c'était une de ces heures où se perd toute conscience du réel, une heure qui est hors des siècles. Après la brise mordante des jours précédents, l'air humide, subitement adouci, était devenu tiède et mou. La neige gonflait le ciel, qui ployait sous le poids.

Ils étaient seuls ensemble, dans le salon dont le goût froid et étriqué reflétait celui de la maîtresse. Ils ne disaient rien. Il lisait. Elle cousait. Il se leva et alla à la fenêtre; il appuya sa grosse figure contre les carreaux, et resta à rêver; cette lumière blafarde qui se répercutait du ciel sombre à la terre livide lui causait un étourdissement; sa pensée était inquiète; il essayait de la fixer : elle lui échappait. Une angoisse l'envahit : il se sentait engloutir; et dans le vide de son être, du fond des ruines amoncelées, un vent brûlant se levait en lents tourbillons. Il tournait le dos à Anna. Elle ne le voyait pas, elle s'absorbait dans sa tâche; mais un frisson lui passait par le corps; elle se piqua plusieurs fois avec son aiguille, elle ne le sentit point. Ils étaient tous les deux fascinés par l'approche du danger.

Il s'arracha de son engourdissement et fit quelques pas à travers la chambre. Le piano l'attirait et lui faisait peur. Il évitait de le regarder. En passant à côté, sa main ne put résister; elle toucha une note. Le son vibra comme une voix. Anna tressaillit et laissa tomber son ouvrage. Déjà Christophe s'était assis et jouait. Il perçut, sans la voir, qu'Anna s'était levée, qu'elle venait, qu'elle était là. Avant de se rendre compte de ce qu'il faisait, il reprit l'air religieux et passionné qu'elle avait chanté, la première fois qu'elle s'était révélée à lui; il improvisa sur le thème de fougueuses variations. Sans qu'il eût dit un mot, elle commença à chanter. Ils perdirent le sentiment de ce qui les entourait. La frénésie sacrée de la musique les emporta dans ses serres...

O musique, qui ouvres les abîmes de l'âme! Tu ruines l'équilibre habituel de l'esprit. Dans la vie ordinaire, les âmes ordinaires sont des chambres fermées. Se fanent, au-dedans, les forces sans emploi, les vertus et les vices dont l'usage nous gêne; la sage raison pratique, le lâche sens commun tiennent les clefs de la chambre. Ils n'en montrent que quelques placards, bourgeoisement rangés. Mais la musique tient le magique rameau qui fait tomber les serrures. Les portes s'ouvrent. Les démons du cœur paraissent. Et l'âme se voit nue... — Tant que chante la sirène, le dompteur tient sous son regard les fauves. La puissante raison d'un grand musicien fascine les passions qu'il déchaîne. Mais quand la musique s'est tue, quand le dompteur n'est plus là, les passions qu'il a réveillées rugissent dans la cage ébranlée, et elles cherchent leur proie...

La mélodie finit. Silence... Elle avait, en chantant, appuyé sa main sur l'épaule de Christophe. Ils n'osaient plus remuer; et ils tremblaient... Soudain — ce fut un éclair — elle se pencha sur lui, il se leva vers elle; leurs bouches se joignirent; son souffle entra en lui...

Elle le repoussa et s'enfuit. Il resta sans bouger, dans l'ombre. Braun rentra. Ils se mirent à table. Christophe était incapable de penser. Anna semblait absente; elle regardait « ailleurs ». Peu après le souper, elle alla dans sa chambre. Christophe, qui n'aurait pu rester seul avec Braun, se retira aussi.

Vers minuit, le docteur, déjà couché, fut appelé auprès d'un malade. Christophe l'entendit descendre l'escalier et sortir. Il neigeait depuis six heures. Les maisons et les rues étaient ensevelies. L'air comme rembourré d'ouate. Ni pas, ni voitures au-dehors. La ville semblait morte. Christophe ne dormait pas. Il sentait une terreur, qui croissait de minute en minute. Il ne pouvait bouger : cloué dans son lit, sur le dos, les yeux ouverts. Une clarté métallique, qui sortait de la terre et des toits blancs, frottait les parois de la chambre... Un bruit imperceptible le fit tressaillir. Il fallait son oreille fiévreuse pour l'entendre. Un frôlement sur le plancher du couloir. Christophe se dressa dans son lit. Le bruit léger se rapprocha, s'arrêta; une planche craqua. On était derrière la porte, on attendait... Immobilité complète, pendant plusieurs secondes, plusieurs minutes, peut-être... Christophe ne respirait plus, il était baigné de sueur. Des flocons de neige, au-dehors, effleuraient la vitre, comme une aile. Une main tâtonna sur la porte, qui s'ouvrit. Sur le seuil, une blancheur apparut, s'avança lentement; à quelques pas du lit, elle fit une pause. Christophe ne distinguait rien; mais il l'entendait respirer, et son propre cœur qui battait. Elle vint près du lit. Elle s'arrêta encore. Leurs visages étaient si proches que leurs haleines se mêlaient. Leurs regards se cherchaient, sans se trouver, dans l'ombre... Elle tomba sur lui. Ils s'étreignirent en silence, sans un mot, avec rage...

Une heure, deux heures, un siècle. La porte de la maison s'ouvrit. Anna se détacha de l'étreinte qui les nouait, glissa du lit, et quitta Christophe, sans une parole, comme elle était venue. Il entendit ses pieds nus s'éloigner, frôlant le parquet de leur toucher rapide. Elle regagna sa chambre, où Braun la trouva couchée, paraissant dormir. Ainsi, elle resta toute la nuit, les yeux ouverts, sans un souffle, immobile dans le lit étroit, près de Braun endormi. Que de nuits elle avait déjà passées ainsi!

Christophe ne dormit pas non plus. Il était désespéré. Cet homme apportait aux choses de l'amour et surtout du mariage un sérieux tragique. Il haïssait la légèreté de ces écrivains, dont l'art se fait un piment de l'adultère. L'adultère lui inspirait une répulsion, où se combinaient sa brutalité plébéienne et sa hauteur morale. Il éprouvait tout ensemble un respect religieux et un dégoût physique pour la femme qui appartient à un autre. La promiscuité de chiens où vit une certaine élite européenne lui soulevait le cœur. L'adultère, consenti par le mari, est une ordure; à l'insu du mari, c'est un mensonge ignoble de valet crapuleux, qui se cache pour trahir et pour salir son maître. Que de fois il avait méprisé sans pitié ceux qu'il avait vus coupables de cette lâcheté! Il avait rompu avec des amis qui s'étaient ainsi déshonorés, à ses yeux... Et voici qu'à son tour, il s'était souillé de la même ignominie! Les circonstances de son crime le rendaient plus odieux. Il était venu dans cette maison, malade et misérable. Un ami l'avait recueilli, secouru, consolé. Jamais sa bonté ne s'était démentie. Rien ne l'avait lassée. Il lui devait de vivre encore. Et en reconnaissance, il venait de lui voler son honneur et son bonheur, son humble bonheur domestique! Il l'avait trahi bassement, et avec qui? Avec une femme qu'il ne connaissait pas, qu'il ne comprenait pas, qu'il n'aimait pas... Qu'il n'aimait pas? Tout son sang se révolta. L'amour était un mot trop faible pour exprimer le torrent de feu qui le brûlait, dès qu'il pensait à elle. Ce n'était pas de l'amour, et c'était mille fois plus que de l'amour... Il passa la nuit dans une tempête. Il se levait, il se trempait la figure dans l'eau glacée, il étouffait et il frissonnait. La crise se termina par un accès de fièvre.

Quand il se leva, brisé, il pensa combien elle devait être, plus encore que lui, accablée de honte. Il alla à sa fenêtre. Le soleil brillait sur la neige éblouissante. Dans le jardin, Anna étendait du linge sur une corde. Attentive à sa tâche, rien ne semblait la troubler. Elle avait une dignité de démarche et de gestes qui lui était nouvelle et qui lui faisait trouver, sans y penser, des mouvements de statue.

Au dîner de midi, ils se revirent. Braun était absent, pour toute la journée. Jamais Christophe n'eût supporté de se rencontrer avec lui. Il voulait parler à Anna. Mais ils n'étaient pas seuls : la domestique allait et venait; ils devaient se surveiller. Christophe cherchait en vain le regard d'Anna. Elle ne le regardait pas. Nul indice de trouble, et toujours dans ses moindres mouvements, cette assurance et cette noblesse inhabituelles. Après dîner, il espéra qu'ils pourraient enfin causer; mais la domestique s'attardait à desservir; et lorsqu'ils passèrent dans la chambre voisine, elle s'arrangea de façon à les y suivre; elle avait toujours quelque chose à prendre ou à rapporter; elle furetait dans le corridor, près de la porte entrouverte, qu'Anna ne se pressait point de fermer : on eût dit qu'elle les épiait. Anna s'assit près de la fenêtre, avec son éternel ouvrage. Christophe, enfoncé dans un fauteuil, le dos tourné au jour, avait un livre ouvert, qu'il ne lisait pas. Anna, qui pouvait l'entrevoir de profil, aperçut d'un coup d'œil son visage tourmenté, qui regardait le mur; et elle sourit, cruelle. Du toit de la maison, de l'arbre du jardin, la neige qui fondait s'égouttait sur le sable avec un tintement fin. Au loin, des rires d'enfants qui se poursuivaient dans la rue, à coups de boules de neige. Anna semblait assoupie. Le silence torturait Christophe; il eût crié de souffrance.

Enfin, la domestique descendit à l'étage au-dessous, et sortit de la maison. Christophe se leva, il se tourna vers Anna, il allait dire :

« Anna! Anna! qu'avons-nous fait? »

Anna le regardait; ses yeux, obstinément baissés, venaient de se rouvrir; ils posaient sur Christophe leur feu dévorant. Christophe reçut le choc dans ses yeux, et chancela; tout ce qu'il voulait dire fut raturé, d'un trait. Ils allèrent l'un à l'autre, et de nouveau ils se saisirent...

L'ombre du soir se répandait. Leur sang grondait encore. Elle était allongée sur le lit, sa robe arrachée, les bras étendus, sans même faire un geste pour recouvrir son corps. Il s'était enfoncé la figure dans l'oreiller, et gémissait. Elle se souleva vers lui, elle lui prit la tête, lui caressant les yeux, la bouche avec ses doigts; elle approcha son visage, elle plongea son regard dans le regard de Christophe. Ses yeux avaient une profondeur de lac; ils souriaient, indifférents aux peines. La conscience s'effaça. Il se tut. Des frissons les remuaient comme de grandes ondes...

Cette nuit-là, seul, rentré dans sa chambre, Christophe songea à se tuer.

Le jour suivant, à peine levé, il chercha Anna. C'était lui maintenant, dont les yeux évitaient les yeux de l'autre. Dès qu'il les rencontrait, ce qu'il avait à dire fuyait de sa pensée. Il fit effort, pourtant, et commença à parler de la lâcheté de leur acte. A peine eut-elle compris qu'elle lui ferma violemment la bouche avec sa main. Elle s'écarta de lui, les sourcils contractés, les lèvres serrées, avec une expression mauvaise. Il continua. Elle jeta par terre l'ouvrage qu'elle tenait, et ouvrit la porte, voulut sortir. Il lui empoigna les mains, il referma la porte, il dit qu'elle était bien heureuse de pouvoir effacer de son esprit l'idée du mal commis. Elle se débattait furieusement, et elle cria avec colère :

« Tais-toi!... Lâche! Tu ne vois donc pas que je souffre!... Je ne veux pas que tu parles. Laisse-moi! »

Sa figure s'était creusée, son regard était haineux et peureux, comme d'une bête à qui l'on a fait mal; s'ils avaient pu, ses yeux l'auraient tué. — Il la lâcha. Elle courut, pour se mettre à l'abri, à l'autre coin de la pièce. Il n'avait pas envie de la poursuivre. Il avait le cœur serré d'amertume et d'effroi. Braun rentra. Ils le regardaient, stupides. Hors leur souffrance, rien n'existait.

Christophe sortit. Braun et Anna se mirent à table. Au milieu du dîner, Braun se leva brusquement pour ouvrir la fenêtre : Anna s'était évanouie.

Christophe disparut, pour quinze jours, de la ville, prétextant un voyage. Anna resta, toute la semaine, enfermée dans sa chambre, sauf aux heures des repas. Elle était reprise par sa conscience, ses habitudes, toute cette vie passée dont elle s'était crue dégagée, dont on ne se dégage jamais. Elle avait beau se fermer les yeux. Chaque jour, le souci cheminait davantage, allait plus loin dans le cœur; il finit par s'y installer. Le dimanche suivant, elle refusa encore d'aller au temple. Mais le dimanche d'après, elle y retourna, et elle ne le quitta plus. Elle était, non soumise, mais vaincue. Dieu était l'ennemi — un ennemi dont elle ne pouvait se délivrer. Elle allait à lui, avec la sourde colère d'un esclave forcé d'obéir. Son visage, pendant le culte, ne laissait voir qu'une froideur hostile; mais dans les profondeurs de l'âme, toute sa vie religieuse était une lutte farouche, d'une exaspération muette, contre le Maître, dont le reproche la persécutait. Elle feignait de ne pas l'entendre. Il *fallait* qu'elle l'entendît; et elle discutait âprement avec Dieu, les mâchoires serrées, le front barré d'une ride entêtée, le regard dur. Elle pensait à Christophe avec haine. Elle ne lui pardonnait pas de l'avoir un instant arrachée à la prison de l'âme, et de l'y laisser retomber, en proie à ses bourreaux. Elle ne dormait plus; elle ressassait, jour et nuit, les mêmes pensées torturantes; elle ne se plaignait pas; elle allait, obstinée, continuant de diriger tout dans la maison, de faire toute sa tâche, et gardant jusqu'au bout le caractère intraitable et têtu de sa volonté dans la vie quotidienne, dont elle accomplissait les besognes avec une régularité de machine. Elle s'amaigrissait, elle semblait rongée par un mal intérieur. Braun l'interrogea avec une affection inquiète; il voulut l'ausculter. Elle le repoussa rageusement. Plus elle avait de remords envers lui, plus elle se montrait dure.

Christophe avait résolu de ne plus revenir. Il se brisait de fatigue. Il faisait de grandes courses, des exercices pénibles : il ramait, il marchait, il grimpait des montagnes. Rien ne parvenait à éteindre le feu.

Il était livré à la passion. Elle est, chez les génies, une nécessité de la nature. Même les plus chastes, Beethoven, Bruckner, il faut qu'ils aiment constamment; toutes les forces humaines en eux sont exaltées; et comme en eux les forces sont captées par l'imagination, leur cerveau est la proie de passions perpétuelles. Ce sont, le plus souvent, des flammes passagères; l'une détruit l'autre; et toutes sont absorbées dans l'incendie de l'esprit créateur. Mais que l'ardeur de la forge cesse de remplir l'âme, et l'âme sans défense est livrée aux passions dont elle ne peut se priver; elle les veut, elle les crée; il faut qu'elles la dévorent... — Et puis, avec l'âpre désir qui laboure la chair, il y a le besoin de tendresse qui pousse l'homme meurtri et déçu par la vie vers les bras maternels de la consolatrice. Un grand homme est plus enfant qu'un autre; plus qu'un autre, il a besoin de se confier à une femme, de reposer son front sur la paume des mains douces, dans le creux de la robe tendue entre les genoux.

Mais Christophe ne comprenait pas... Il ne croyait pas à la fatalité de la passion — cette bêtise des romantiques! Il croyait au devoir et au pouvoir de lutter, à la force de sa volonté... Sa volonté! Où était-elle? Il n'en restait plus trace. Il était possédé. L'aiguillon du souvenir le harcelait, jour et nuit. L'odeur du corps d'Anna enfiévrait sa bouche et ses narines. Il était une lourde barque désemparée, sans gouvernail, livré au vent. En vain, il s'épuisait à fuir : il se retrouvait toujours ramené à la même place; et il criait au vent :

« Brise-moi donc! Que veux-tu de moi? »

Pourquoi, pourquoi cette femme?... Pourquoi l'aimait-il? Pour ses qualités de cœur et d'esprit? Il ne manquait pas d'autres plus intelligentes et meilleures. Pour sa chair? Il avait eu d'autres maîtresses, que ses sens préféraient.

Alors? qu'est-ce qui le tenait? — « On aime, parce qu'on aime. » — Oui, mais il y a une raison, même si elle dépasse la raison ordinaire! Folie? c'est ne rien dire. Pourquoi cette folie?

Parce qu'il y a une âme cachée, des puissances aveugles, des démons, que chaque homme porte emprisonnés en lui. Tout l'effort humain, depuis que l'homme existe, a été d'opposer à cette mer intérieure les digues de sa raison et de ses religions. Mais que se lève une tempête (et les âmes plus riches sont plus sujettes aux tempêtes), que les digues aient cédé, que les démons aient le champ libre, qu'ils se heurtent à d'autres âmes soulevées par de semblables démons... Ils se jettent l'un sur l'autre, et s'étreignent. Haine? Amour? Fureur de destruction mutuelle? — La passion, c'est l'âme de proie.

*

Après quinze jours d'efforts inutiles pour fuir, Christophe revint dans la maison d'Anna. Il ne pouvait plus vivre loin d'elle. Il étouffait.

Cependant, il continuait de lutter. Le soir de son retour, ils trouvèrent des prétextes pour ne pas se voir, pour ne pas dîner ensemble; la nuit, ils s'enfermèrent à clef, peureusement, chacun dans sa chambre. — Mais ce fut plus fort que tout. Au milieu de la nuit, elle accourut, pieds nus, elle vint frapper à sa porte; il ouvrit; elle entra dans son lit, et, contre lui, elle s'étendit, glacée. Elle pleurait tout bas. Christophe, sur sa joue, sentait couler ses pleurs. Elle tâchait de s'apaiser; mais sa peine l'emportant, elle sanglota, ses lèvres sur le cou de Christophe. Bouleversé par cette douleur, il oubliait la sienne; il tentait de la calmer, en disant des mots tendres. Elle gémissait :

« Je suis malheureuse, je voudrais être morte... »

Ses plaintes lui perçaient le cœur. Il voulut l'embrasser. Elle le repoussa.

« Je vous hais!... Pourquoi êtes-vous venu? »

Elle s'arracha de ses bras, se jeta de l'autre côté du lit. Le lit était étroit. Malgré leurs efforts pour s'éviter, ils se touchaient. Anna tournait le dos à Christophe et tremblait de rage et de douleur. Elle le haïssait jusqu'à la mort. Christophe se taisait, atterré. Dans le silence, Anna entendit son souffle oppressé; elle se retourna brusquement, de ses bras lui enlaça le cou :

« Pauvre Christophe! dit-elle, je te fais souffrir... »

Pour la première fois, il lui entendait cette voix de pitié.

« Pardonne-moi », dit-elle.

Il dit :

« Pardonnons-nous. »

Elle se souleva, comme si elle ne pouvait plus respirer. Assise dans son lit, courbant le dos, accablée, elle dit :

« Je suis perdue... Dieu l'a voulu. Il m'a livrée... Que puis-je contre Lui? »

Elle resta ainsi longtemps, puis elle se recoucha, et elle ne bougea plus. Une faible lueur annonça l'aube. Dans le demi-jour, il vit le douloureux visage qui touchait le sien. Il murmura :

« Le jour. »

Elle ne fit pas un mouvement.

Il dit :

« Soit. Qu'importe? »

Elle rouvrit les yeux, sortit du lit, avec une expression de lassitude mortelle. Assise sur le bord, elle regardait le plancher. D'une voix sans couleur, elle dit :

« J'ai pensé le tuer, cette nuit. »

Il eut un sursaut d'effroi.

« Anna! » dit-il.

Elle fixait la fenêtre, d'un air sombre.

« Anna! répéta-t-il. Au nom du Ciel!... Pas lui!... Il est le meilleur!... »

Elle répéta :

« Pas lui. Oui. »

Ils se regardèrent.

Il y avait longtemps qu'ils le savaient. Ils savaient quelle était la seule issue. Ils ne pouvaient supporter de vivre dans le mensonge. Et jamais ils n'avaient envisagé même la possibilité de s'enfuir ensemble. Ils n'ignoraient pas que cela ne résoudrait rien : car la pire souffrance n'était pas dans les obstacles extérieurs qui les séparaient, mais en eux, dans leurs âmes différentes. Il leur était aussi impossible de vivre ensemble que de ne pas vivre ensemble. Aucune issue.

A partir de ce moment, ils ne se touchèrent plus :

l'ombre de la mort était sur eux; ils étaient sacrés l'un pour l'autre.

Mais ils évitaient de se fixer un délai. Ils disaient : « Demain, demain... » Et de ce demain ils détournaient les yeux. L'âme puissante de Christophe avait des sursauts de révolte; il ne consentait pas à la défaite; il méprisait le suicide, et il ne pouvait se résigner à cette conclusion piteuse et écourtée d'une grande vie. Quant à Anna, comment eût-elle accepté sans y être contrainte l'idée d'une mort qui menait à la mort éternelle? Mais la nécessité meurtrière les traquait, et le cercle se resserrait autour d'eux.

Ce matin, pour la première fois depuis sa trahison, Christophe se trouva seul avec Braun. Jusque-là, il avait réussi à l'éviter. Cette rencontre lui était intolérable. Il lui fallut trouver un prétexte pour ne pas donner la main à Braun. Il lui fallut trouver un prétexte pour ne pas manger, à table, assis à son côté : les morceaux lui restaient dans la gorge. Serrer sa main, manger son pain, le baiser de Judas!... Le plus odieux n'était pas le mépris qu'il éprouvait pour lui-même, c'était l'angoisse de la souffrance de Braun, s'il venait à apprendre... Cette pensée le crucifiait. Il savait trop bien que le pauvre Braun ne se vengerait jamais, qu'il n'aurait peut-être pas même la force de les haïr; mais quel écroulement!... De quels yeux le regarderait-il! Christophe se sentait incapable d'affronter le reproche de ces yeux. — Et il était fatal que tôt ou tard Braun fût averti. Déjà, ne soupçonnait-il rien? En le revoyant après une absence de quinze jours, Christophe fut frappé du changement : Braun n'était plus le même. Sa gaieté avait disparu, ou elle avait quelque chose de contraint. A table, il jetait à la dérobée des regards sur Anna, qui ne parlait pas, qui ne mangeait pas, qui se consumait comme une lampe. Avec des prévenances timides et touchantes, il essaya de s'occuper d'elle; elle repoussa ses attentions, âprement; alors, il baissa le nez sur son assiette et se tut. Au milieu du repas, Anna, qui étouffait, jeta sa serviette sur la table, et sortit. Les deux hommes achevèrent en silence de dîner, ou ils firent semblant; ils n'osaient pas lever les yeux. Quand ce fut fini, Christophe allait partir; Braun lui prit brusquement un bras avec ses deux mains.

« Christophe!... » dit-il.

Christophe, troublé, le regarda.
« Christophe, répéta Braun — (sa voix tremblait) — sais-tu ce qu'elle a? »
Christophe se sentit transpercé; il fut un moment sans répondre. Braun le regardait timidement; très vite, il s'excusait :
« Tu la vois souvent, elle a confiance en toi... »
Christophe fut sur le point d'embrasser les mains de Braun, de lui demander pardon. Braun vit le visage bouleversé de Christophe; et aussitôt, terrifié, il ne voulut plus voir; le suppliant du regard, il bredouilla précipitamment, il lui souffla :
« Non, n'est-ce pas? tu ne sais rien? »
Christophe, accablé, dit :
« Non. »
O douleur de ne pouvoir s'accuser, s'humilier, puisque ce serait déchirer le cœur de celui qu'on a outragé! Douleur de ne pouvoir dire la vérité, quand on lit dans les yeux de celui qui vous la demande, qu'il ne veut pas, il ne veut pas savoir la vérité!...
« Bien, bien, merci, je te remercie... » fit Braun.
Il restait, les mains accrochées à la manche de Christophe, comme s'il voulait lui demander encore quelque chose, n'osant pas, évitant ses yeux. Puis il le lâcha, soupira, et s'en alla.
Christophe était écrasé par son nouveau mensonge. Il courut chez Anna. Il lui raconta, en bégayant de trouble, ce qui s'était passé. Anna écouta, d'un air morne, et dit :
« Eh bien, qu'il sache! Qu'importe!
— Comment peux-tu parler ainsi? cria Christophe. A aucun prix, à aucun prix, je ne veux qu'il souffre! »
Anna s'emporta.
« Et quand il souffrirait! Est-ce que je ne souffre pas, moi? Qu'il souffre aussi! »
Ils se dirent des paroles amères. Il l'accusa de n'aimer qu'elle. Elle lui reprocha de penser plus à son mari qu'à elle.
Mais un moment après, quand il lui dit qu'il ne pouvait plus vivre ainsi, qu'il allait tout avouer à Braun, ce fut elle à son tour qui le traita d'égoïste, criant qu'elle se souciait peu de la conscience de Christophe, mais que Braun ne devait rien savoir.
Malgré ses dures paroles, elle pensait à Braun, autant

que Christophe. Sans avoir pour son mari d'affection véritable, elle lui était attachée. Elle avait le respect religieux des liens sociaux et des devoirs qu'ils établissent. Elle ne pensait peut-être pas que l'épouse eût le devoir d'être bonne et d'aimer son mari; mais elle pensait qu'elle était obligée de remplir scrupuleusement les charges du ménage et de rester fidèle. Il lui semblait ignoble d'avoir manqué à cette obligation.

Et mieux que Christophe, elle savait que Braun apprendrait tout bientôt. Elle avait quelque mérite à le cacher à Christophe, soit qu'elle ne voulût pas ajouter à son trouble, soit plutôt par fierté.

*

Si fermée que fût la maison de Braun, si secrète que restât la tragédie bourgeoise qui s'y jouait, quelque chose en avait transpiré au-dehors.

Dans cette ville, nul ne peut se flatter de cacher sa vie. C'est étrange. Dans les rues, personne ne vous regarde; les portes des maisons et les volets sont clos. Mais il y a des miroirs accrochés au coin des fenêtres; et l'on entend, quand on passe, le bruit sec des persiennes qui s'entrouvrent et se referment. Personne ne se soucie de vous, il semble qu'on vous ignore; mais vous vous apercevez qu'aucune de vos paroles, aucun de vos gestes n'ont été perdus : on sait ce que vous avez fait, ce que vous avez dit, ce que vous avez vu, ce que vous avez mangé; on sait même, on se flatte de savoir ce que vous avez pensé. Une surveillance occulte, universelle, vous enveloppe. Domestiques, fournisseurs, parents, amis, indifférents, passants inconnus, tous collaborent, d'un consentement tacite, à cet espionnage instinctif dont les éléments dispersés se centralisent, on ne sait comment. On n'observe pas seulement vos actes, on scrute votre cœur. Dans cette ville, nul n'a le droit de réserver le secret de sa conscience; et chacun a le droit de se pencher sur elle, de fouiller dans vos pensées intimes, et, si elles choquent l'opinion, de vous en demander compte. L'invisible despotisme de l'âme collective pèse sur l'individu; il est, toute sa vie, un enfant en tutelle; rien de lui n'est à lui : il appartient à la ville.

Il avait suffi qu'Anna, deux dimanches de suite, s'abstînt

de paraître à l'église, pour éveiller les soupçons. En temps ordinaire, nul ne semblait remarquer sa présence au culte; elle vivait à l'écart, et la ville, eût-on dit, oubliait qu'elle existât. — Le soir du premier dimanche où elle n'était pas venue, son absence était partout connue, consignée dans le souvenir. Le dimanche suivant, aucun des pieux regards qui suivaient les paroles saintes dans le Livre, ou sur les lèvres du pasteur, ne parut distrait de sa grave attention; aucun n'avait omis de constater à l'entrée, de vérifier à la sortie que la place d'Anna était demeurée vide. Le lendemain, Anna commençait à recevoir la visite de personnes qu'elle n'avait point vues depuis plusieurs mois; elles venaient, sous des prétextes variés, les unes craignant qu'elle ne fût malade, les autres prenant un intérêt nouveau à ses affaires, à son mari, à sa maison; quelques-unes se montraient singulièrement bien informées de ce qui se passait chez elle; aucune ne fit allusion — (par une maladroite adresse) — à son abstention de deux dimanches au culte. Anna se dit souffrante, parla de ses occupations. Les visiteuses l'écoutaient, attentives, approuvaient : Anna savait qu'elles n'en croyaient pas un mot. Leur regard se promenait autour d'elles, dans la chambre, fouillait, notait, enregistrait. Elles ne se départaient pas de leur bonhomie froide, au débit bruyant et affecté; mais on voyait dans leurs yeux la curiosité indiscrète qui les dévorait. Deux ou trois demandèrent, avec une indifférence exagérée, des nouvelles de M. Krafft.

Quelques jours après — (c'était pendant l'absence de Christophe) — le pasteur vint lui-même. Bel homme, et bonhomme, de santé florissante, affable, avec la tranquillité imperturbable que donne la conscience d'avoir à soi la vérité, toute la vérité. Il s'enquit avec sollicitude de la santé de sa cliente, écouta poli et distrait les excuses qu'elle lui donna, et qu'il ne demandait pas, accepta une tasse de thé, plaisanta agréablement, à propos de boisson émit l'opinion que le vin dont mention est faite dans la Bible n'était pas une boisson alcoolisée, fit quelques citations, raconta une anecdote, et, au moment de partir, eut une allusion obscure au danger des mauvaises compagnies, à certaines promenades, à l'esprit d'impiété, à l'impureté de la danse, aux sales convoitises. Il paraissait s'adresser au siècle en général, non à Anna. Il se tut un moment, toussa, se leva, chargea Anna de ses compliments cérémonieux pour M. Braun, fit une plaisanterie en latin, salua et sortit. — Anna resta glacée par l'allusion. Etait-ce une allusion? Comment aurait-il pu savoir la promenade de Christophe et d'Anna? Ils n'avaient rencontré là-bas personne qui les connût. Mais tout ne se sait-il pas, dans cette ville? Le musicien aux traits caractéristiques et la jeune femme en noir qui dansaient à l'auberge s'étaient fait remarquer; leur signalement avait été donné; et comme tout se répète, le bruit en était venu en ville, où la malveillance éveillée n'avait pas manqué de reconnaître Anna. Sans doute, ce n'était encore là qu'un soupçon, mais singulièrement attirant; et s'y ajoutaient les renseignements fournis par la domestique d'Anna. La curiosité publique était maintenant aux aguets, attendant qu'ils se compromissent, les épiant par mille yeux invisibles. La ville silencieuse et sournoise les traquait, comme un chat à l'affût.

Malgré le danger, Anna n'eût peut-être pas cédé; peut-être le sentiment de cette lâche hostilité l'eût-elle poussée à la provoquer rageusement, si elle n'avait porté en elle l'esprit pharisaïque de cette société qui lui était ennemie. L'éducation avait asservi sa nature. Elle avait beau juger la tyrannie et la niaiserie de l'opinion : elle la respectait; elle souscrivait à ses arrêts, même quand ils la frappaient : s'ils avaient été en opposition avec sa conscience, elle eût donné tort à sa conscience. Elle méprisait la ville; et le mépris de la ville lui eût été impossible à supporter.

Or, le moment venait où l'occasion allait s'offrir à la médisance publique de s'épancher. Le carnaval était proche.

Le carnaval, dans cette ville, avait gardé jusqu'au temps où se déroule cette histoire — (il a changé depuis) — un caractère de licence et d'âpreté archaïque. Fidèle à ses origines, où il était une détente au dévergondage de l'esprit humain, asservi, volontairement ou non, au joug de la raison, nulle part il n'eut plus d'audace qu'aux époques et dans les pays où pesaient lourdement les mœurs et les lois, gardiennes de la raison. Aussi, la ville d'Anna devait-elle rester une de ses terres d'élection. Plus le rigorisme moral y paralysait les gestes, y bâillonnait les voix, plus durant quelques jours les gestes étaient hardis et les voix affranchies. Tout ce qui s'amassait dans les bas-fonds de l'âme : jalousies, haines secrètes, curiosité impudique, instincts de malveillance inhérents à la bête sociale, crevaient d'un coup avec le fracas et la joie d'une revanche. Chacun avait le droit de descendre dans la rue, et, masqué prudemment, de clouer au pilori, en pleine place publique, celui qu'il détestait, d'étaler aux passants tout ce que lui avait appris un an d'efforts patients, tout son trésor de secrets scandaleux, goutte à goutte amassés. Tel en faisait la parade sur des chars. Tel promenait des lanternes transparentes, où s'affichait en inscriptions et en images l'histoire secrète de la ville. Tel osait même se faire le masque de son ennemi, si facilement reconnaissable que les polissons du ruisseau le désignaient de son nom. Des journaux de médisances paraissaient pendant ces trois jours. Des gens de la société se mêlaient sournoisement à ce jeu de *Pasquino*. Nul contrôle exercé, sauf pour les allusions politiques — cette âpre liberté ayant été la cause, à diverses reprises, de contestations entre le gouvernement de la ville et les représentants des Etats étrangers. Mais rien ne protégeait les citoyens contre les citoyens; et cette appréhension de l'outrage public, constamment suspendue, ne devait pas peu contribuer à maintenir dans les mœurs l'apparence impeccable dont la ville s'honorait.

Anna était sous le poids de cette peur — d'ailleurs injustifiée. Elle avait peu de raisons de craindre. Elle tenait trop peu de place dans l'opinion de la ville pour qu'on eût l'idée de l'attaquer. Mais dans l'isolement absolu où elle se murait, dans l'état d'épuisement et de surexcitation nerveuse où l'avaient mise plusieurs semaines d'insomnies, son imagination était prête à accueillir les terreurs les plus déraisonnables. Elle s'exagérait l'animosité de ceux qui ne l'aimaient point. Elle se disait que les soupçons étaient sur sa piste; il suffisait d'un rien pour la perdre; et qui l'assurait que ce n'était pas fait? Alors, c'était l'injure, le déshabillage sans pitié, l'étalage de son cœur offert en proie aux passants; un déshonneur si cruel qu'Anna mourait de honte en y songeant. On se contait que, quelques années avant, une jeune fille, livrée à cette persécution, avait dû fuir du pays avec les siens... Et l'on ne pouvait rien, rien faire pour se défendre, rien faire pour l'empêcher, rien faire même pour savoir ce qui allait arriver. Le doute était plus affolant encore que la certitude. Anna jetait autour d'elle des yeux de bête aux abois. Dans sa propre maison, elle se savait cernée.

La domestique d'Anna avait passé la quarantaine; elle se nommait Bäbi : grande, forte, la face rétrécie et décharnée aux tempes et au front, large et longue à la base, soufflée sous la mâchoire, telle une poire tapée; elle avait un sourire perpétuel et des yeux perçants comme des vrilles, enfoncés, sucés en dedans, sous des paupières rouges aux cils invisibles. Elle ne se départait pas d'une expression de gaieté mignarde : toujours enchantée des maîtres, toujours de leur avis, s'inquiétant de leur santé avec un intérêt attendri; souriant, quand on lui donnait des ordres; souriant, quand on lui faisait des reproches. Braun la croyait d'un dévouement à toute épreuve. Son air béat faisait contraste avec la froideur d'Anna. En beaucoup de choses pourtant, elle lui ressemblait : comme elle, parlant peu, vêtue d'une façon sévère et soignée; comme elle, fort dévote, l'accompagnant au culte, accomplissant exactement ses devoirs de piété, ayant le souci scrupuleux de ses devoirs de maison : propreté, ponctualité, mœurs et cuisine sans reproches. Elle était, en un mot, une servante exemplaire, et le type accompli de l'ennemie domestique. Anna, dont l'instinct féminin ne se trompait guère sur les pensées secrètes des femmes, ne se faisait aucune illusion à son égard. Elles se détestaient, le savaient et ne s'en montraient rien.

La nuit qui suivit le retour de Christophe, lorsque Anna, en proie à ses tourments, alla le retrouver, malgré la résolution qu'elle avait prise de ne plus le revoir jamais, elle venait furtivement, tâtonnant les murs dans les ténèbres; elle était près d'entrer dans la chambre de Christophe, quand elle sentit sous ses pieds nus, au lieu du contact habituel du parquet lisse et froid, une poussière tiède qui s'écrasait mollement. Elle se baissa, toucha avec les mains, et comprit : une mince couche de cendres fines avait été répandue dans toute la largeur du couloir, sur un espace de deux à trois mètres. C'était Bäbi qui avait, sans le savoir, retrouvé la vieille ruse employée, au temps des lais bretons, par le nain Frocin pour surprendre Tristan se rendant au lit d'Yseult : tant il est vrai qu'un nombre restreint de types, dans le bien comme dans le mal, servent pour tous les siècles. Grande preuve en faveur de la sage économie de l'univers! — Anna n'hésita point; elle continua son chemin, par une bravade méprisante; elle entra chez Christophe, ne lui parla de rien, malgré son inquiétude; mais au retour, elle prit le balai du poêle, et effaça soigneusement sur la cendre la trace de ses pas, après qu'elle eut passé. — Quand Anna et Bäbi se retrouvèrent, dans la matinée, ce fut, l'une avec sa froideur, l'autre avec son sourire accoutumés.

Bäbi recevait parfois la visite d'un parent un peu plus âgé qu'elle; il remplissait au temple les fonctions de gardien : on le voyait, à l'heure du *Gottesdienst* (du service divin), faire sentinelle devant la porte de l'église, avec un brassard blanc à raies noires et gland d'argent, appuyé sur un jonc à bec recourbé. De son métier, il était fabricant de cercueils. Il se nommait Sami Witschi. Il était très grand, maigre, la tête un peu penchée, avec une face rasée et sérieuse de vieux paysan. Il était pieux, et connaissait comme pas un tous les bruits qui couraient sur toutes les âmes de la paroisse. Bäbi et Sami pensaient à s'épouser; ils appréciaient, l'un dans l'autre, leurs qualités sérieuses, leur foi solide et leur méchanceté. Mais ils ne se pressaient pas de conclure; ils s'observaient prudemment. — Dans les derniers temps, les visites de Sami étaient devenues plus fréquentes. Il entrait sans qu'on le sût. Toutes les fois qu'Anna passait près de la cuisine, par la porte vitrée elle apercevait Sami assis près du fourneau, et Bäbi à quelques pas, cousant. Ils avaient beau parler, on n'entendait aucun bruit. On voyait la figure épanouie de Bäbi et ses lèvres qui remuaient; la grande bouche sévère de Sami se plissait, sans s'ouvrir, d'un rire grimaçant : rien ne sortait du gosier; la maison semblait muette. Quand Anna entrait dans la cuisine, Sami se levait respectueusement et restait debout, sans parler, jusqu'à ce qu'elle fût sortie. Bäbi, entendant la porte qui s'ouvrait, interrompait avec affectation un sujet indifférent, et tournait vers Anna un sourire obséquieux, en attendant ses ordres. Anna pensait qu'ils parlaient d'elle; mais elle les méprisait trop pour s'abaisser à les écouter en cachette.

Le jour après qu'Anna eut déjoué le piège ingénieux

des cendres, entrant dans la cuisine, le premier objet qu'elle vit, ce fut, dans les mains de Sami, le petit balai dont elle s'était servie, la nuit, pour effacer l'empreinte de ses pieds nus. Elle l'avait pris dans la chambre de Christophe; et, à cette minute même, elle se ressouvint brusquement qu'elle avait oublié de l'y reporter; elle l'avait laissé dans sa propre chambre, où les yeux perçants de Bäbi l'avaient aussitôt remarqué. Les deux compères avaient reconstitué l'histoire. Anna ne broncha point. Bäbi, suivant le regard de sa maîtresse, sourit avec exagération, et expliqua :

« Le balai était cassé; je l'ai donné à Sami, pour qu'il le réparât. »

Anna ne se donna pas la peine de relever le grossier mensonge; elle ne parut même pas entendre; elle regarda l'ouvrage de Bäbi, fit ses observations, et sortit impassible. Mais, la porte fermée, elle perdit toute fierté; elle ne put s'empêcher d'écouter, cachée dans l'angle du corridor — (elle était humiliée jusqu'à l'âme de recourir à de pareils moyens...) — Un gloussement de rire très bref. Puis, un chuchotement, si bas qu'on ne pouvait rien distinguer. Mais, dans son affolement, Anna crut entendre; sa terreur lui souffla les mots qu'elle craignait d'entendre; elle s'imagina qu'ils parlaient des mascarades prochaines et d'un charivari. Nul doute : ils voulaient y introduire l'épisode des cendres... Probablement, elle se trompait; mais au point d'exaltation morbide où elle était, hantée depuis quinze jours par l'idée fixe de l'avanie, elle ne s'arrêta même pas à considérer l'incertain comme possible; elle le regarda comme certain.

Dès lors, sa décision fut prise.

*

Le soir même du jour — (c'était le mercredi qui précède les jours gras) — Braun fut appelé en consultation, à une vingtaine de kilomètres de la ville : il ne devait revenir que le lendemain matin. Anna ne descendit pas dîner, et resta dans sa chambre. Elle avait choisi cette nuit pour exécuter l'engagement tacite qu'elle avait souscrit. Mais elle avait décidé de l'exécuter seule, sans rien dire à Christophe. Elle le méprisait. Elle pensait :

« Il a promis. Mais il est homme, il est égoïste et menteur, il a son art, il aura vite oublié. »

Et puis, il y avait peut-être, dans ce cœur violent qui semblait inaccessible à la bonté, il y avait peut-être place pour un sentiment de pitié, à l'égard de son compagnon. Mais elle était trop rude et trop passionnée pour se l'avouer.

Bäbi dit à Christophe que sa maîtresse la chargeait de l'excuser, qu'elle était un peu souffrante et voulait se reposer. Christophe soupa donc seul, sous la surveillance de Bäbi, qui le fatiguait de son verbiage, tâchait de le faire parler, et protestait pour Anna d'un zèle si outré que Christophe, malgré la facilité qu'il avait à croire dans la bonne foi des gens, fut mis en défiance. Il comptait justement profiter de cette soirée pour avoir avec Anna un entretien décisif. Lui non plus, il ne pouvait différer davantage. Il n'avait pas oublié l'engagement qu'ils avaient pris ensemble à l'aube de cette triste journée. Il était prêt à le tenir si Anna l'exigeait. Mais il voyait l'absurdité de cette double mort, qui ne résolvait rien, et dont la douleur et le scandale devaient retomber sur Braun. Il pensait que le mieux était qu'ils s'arrachassent l'un à l'autre, qu'il essayât encore une fois de partir — si du moins il avait la force de rester éloigné d'elle : il en doutait, après l'épreuve inutile qu'il venait de faire; mais il se disait qu'au cas où il ne pourrait le supporter, il aurait toujours le temps de recourir, seul, au suprême moyen.

Il espéra qu'après le souper il pourrait s'échapper un moment pour monter dans la chambre d'Anna. Mais Bäbi ne quittait point ses pas. D'habitude, elle terminait de bonne heure son ouvrage; ce soir-là, elle n'en finit plus de laver la cuisine; et lorsque Christophe crut en être délivré, elle inventa de ranger un placard dans le corridor qui menait à la chambre d'Anna. Christophe la trouva solidement installée sur un escabeau; il comprit qu'elle ne délogerait pas, de toute la soirée. Il sentait une furieuse démangeaison de la jeter en bas avec ses piles d'assiettes; mais il se contint et la pria d'aller voir comment sa maîtresse se trouvait, et s'il ne pourrait lui souhaiter le bonsoir. Bäbi, alla, revint, et dit, en l'observant avec une joie maligne, que madame allait mieux, qu'elle avait sommeil et demandait que personne n'entrât. Christophe, irrité et nerveux, essaya de lire, ne put, et monta dans sa chambre.

Bäbi, guetta sa lumière jusqu'à ce qu'elle fût éteinte, et monta à son tour, se promettant de veiller; elle eut la précaution de laisser sa porte entrouverte, afin de pouvoir entendre tous les bruits de la maison. Malheureusement pour elle, elle ne pouvait se mettre au lit sans s'endormir aussitôt, et d'un sommeil si puissant que ni le tonnerre, ni sa curiosité même, n'eussent été capables de l'éveiller, avant qu'il fût jour. Ce sommeil n'était un secret pour personne. L'écho en arrivait jusqu'à l'étage au-dessous.

Dès que Christophe entendit ce bruit familier, il alla chez Anna. Il fallait qu'il lui parlât. Une inquiétude le travaillait. Il arriva à la porte, il tourna le bouton : la porte était fermée. Il frappa doucement : point de réponse. Il colla sa bouche contre la serrure, supplia à voix basse, puis avec insistance : nul mouvement, nul bruit. Il avait beau se dire qu'Anna dormait, une angoisse le prit. Et comme, tâchant vainement d'entendre, il appuyait sa joue contre la porte, une odeur le frappa, qui semblait sortir du seuil; il se pencha, et il la reconnut : c'était l'odeur du gaz. Son sang se glaça. Il secoua la porte, sans penser qu'il pouvait réveiller Bäbi : la porte ne céda pas... Il avait compris : Anna avait, dans le cabinet de toilette attenant à sa chambre, une petit poêle à gaz; elle l'avait ouvert. Il fallait défoncer la porte; mais, dans son trouble, Christophe garda assez de raison pour se rappeler qu'à aucun prix Bäbi ne devait entendre. Il pesa sur un des battants, d'une énorme poussée, en silence. La porte, solide, et bien close, craqua sur ses gonds, mais ne bougea point. Une autre porte donnait accès de la chambre d'Anna au cabinet de Braun. Il y courut. Elle était également fermée; mais ici, la serrure était en dehors. Il entreprit de l'arracher. Ce n'était pas aisé. Il devait enlever les quatre grosses vis, encastrées dans le bois. Il n'avait que son couteau; et il ne voyait rien : car il n'osait pas allumer une bougie; il eût risqué de faire sauter l'appartement. En tâtonnant, il réussit à introduire son couteau dans la tête d'une vis, puis d'une autre, cassant les lames, se coupant; il lui semblait que les vis étaient d'une longueur diabolique, qu'il ne finirait jamais de les arracher; et en même temps, dans sa précipitation fébrile qui lui inondait le corps d'une sueur glacée, un souvenir d'enfance lui revenait à l'esprit : il se revoyait, à dix ans, enfermé par punition dans le cabinet noir; il avait enlevé la serrure et fui de la maison... La dernière vis céda. La serrure sortit, avec un grésillement de sciure de bois, Christophe se précipita dans la chambre, courut à la fenêtre, l'ouvrit. Une nappe d'air froid entra. Christophe, trébuchant aux meubles, dans l'obscurité trouva le lit, tâtonna, rencontra le corps d'Anna, de ses mains frémissantes palpa à travers les draps les jambes immobiles, remonta jusqu'à la taille : Anna était assise sur son lit, et tremblait. Elle n'avait pas eu le temps d'éprouver les premiers effets de l'asphyxie : la chambre était haute de plafond; l'air circulait par les fentes de la fenêtre et des portes mal jointes. Christophe la prit dans ses bras. Elle se dégagea avec fureur, criant :

« Va-t'en!... Ah! qu'est-ce que tu as fait? »

Elle le frappa; mais brisée d'émotion, elle retomba sur l'oreiller; elle sanglotait :

« Ho! ho! tout est à recommencer! »

Christophe lui prit les mains, l'embrassant, la grondant, lui disant des paroles tendres et rudes :

« Mourir! Et mourir seule, sans moi!

— Oh! toi! » dit-elle amèrement.

Son ton disait assez :

« Toi, tu veux vivre. »

Il la rudoya, il voulut violenter sa volonté.

« Folle! dit-il, tu ne sais donc pas que tu pouvais faire sauter la maison!

— C'était ce que je voulais », fit-elle avec rage.

Il tâcha de réveiller ses craintes religieuses : c'était la corde juste. A peine y eut-il touché qu'elle commença à crier, à le supplier de se taire. Il persista sans pitié, pensant que c'était le seul moyen de ramener la volonté de vivre. Elle ne disait plus rien, elle avait des hoquets convulsifs. Quand il eut fini, elle lui dit, d'un ton de haine concentrée :

« Tu es content maintenant? Tu as bien travaillé! Tu as achevé de me désespérer. Et maintenant, qu'est-ce que je vais faire!

— Vivre, dit-il.

— Vivre! cria-t-elle, mais tu ne sais donc pas que c'est impossible! Tu ne sais rien! Tu ne sais rien! »

Il demanda :

« Qu'y a-t-il? »

Elle haussa les épaules :

« Ecoute. »

Elle lui raconta, en phrases brèves, hachées, tout ce qu'elle lui avait caché jusqu'à présent : l'espionnage de Bäbi, les cendres, la scène avec Sami, le carnaval, l'affront imminent. Elle ne distinguait plus, en racontant, ce que sa crainte avait forgé de ce qu'elle avait raison de craindre. Il écoutait, consterné, plus incapable qu'elle encore de discerner, dans le récit, le danger réel de l'imaginaire. Il était à mille lieues de soupçonner la chasse qu'on lui faisait. Il cherchait à comprendre; il ne pouvait rien dire : contre de tels ennemis il était désarmé. Il ressentait seulement une fureur aveugle, le désir de frapper. Il dit :

« Pourquoi n'as-tu pas chassé Bäbi? »

Elle dédaigna de répondre. Bäbi chassée eût été plus venimeuse encore que Bäbi tolérée; et Christophe comprit le non-sens de sa question. Ses pensées se heurtaient; il cherchait un parti à prendre, une action immédiate. Il dit, les poings crispés :

« Je les tuerai.

— Qui? » fit-elle, méprisante pour ces mots inutiles.

Sa force tomba. Il se vit perdu dans ce réseau de trahisons obscures, où l'on ne pouvait rien saisir, où tous étaient complices.

« Lâches! » cria-t-il, accablé.

Il s'effondra, à genoux devant le lit, son visage pressé contre le corps d'Anna. — Ils se turent. Elle éprouvait un mélange de mépris et de pitié pour cet homme qui ne savait ni la défendre, ni se défendre. Il sentait contre sa joue trembler de froid les jambes d'Anna. La fenêtre était restée ouverte, et dehors il gelait : dans le ciel lisse comme un miroir, frissonnaient les étoiles glacées.

Quand elle eut savouré l'amère jouissance de le voir brisé comme elle, elle dit, d'un ton dur et lassé :

« Allumez une bougie. »

Il alluma. Anna claquait des dents, ramassée sur elle-même, les bras serrés contre les seins, les genoux repliés sous le menton. Il ferma la fenêtre. Il s'assit sur le lit. Il prit dans ses mains les pieds d'Anna, d'un froid de glace. Il les réchauffa avec ses mains, avec sa bouche. Elle fut attendrie.

« Christophe! » dit-elle.

Elle avait des yeux lamentables.

« Anna! dit-il.

— Qu'allons-nous faire? »

Il la regarda et dit :

« Mourir. »

Elle eut un cri de joie :

« Oh! tu veux bien? tu veux aussi?... Je ne serai pas seule! »

Elle l'embrassait.

« Croyais-tu donc que j'allais te laisser? »

Elle répondit à voix basse :

« Oui. »

Il sentit ce qu'elle avait dû souffrir.

Après quelques instants, il l'interrogea du regard. Elle comprit :

« Dans le bureau, dit-elle. A droite. Le tiroir du bas. »

Il alla et chercha. Tout au fond, il vit un revolver. Braun l'avait acheté, quand il était étudiant. Il ne s'en était jamais servi. Dans une boîte crevée, Christophe trouva quelques cartouches. Il les rapporta vers le lit. Anna regarda, et détourna aussitôt les yeux vers la ruelle. Christophe attendait, puis il demanda :

« Tu ne veux plus? »

Anna se retourna vivement :

« Je veux... Vite! »

Elle pensait :

« Rien ne peut plus me sauver maintenant de l'abîme éternel. Un peu plus, un peu moins, ce sera toujours de même. »

Christophe chargea maladroitement le revolver.

« Anna, dit-il d'une voix tremblante, l'un des deux verra mourir l'autre. »

Elle lui arracha l'arme des mains, et dit avec égoïsme :

« Moi, d'abord. »

Ils se regardèrent encore... Hélas! dans ce moment même où ils allaient mourir l'un pour l'autre, ils se sentaient si loin l'un de l'autre!.... Chacun pensait, avec terreur :

« Mais qu'est-ce que je fais? Qu'est-ce que je fais? »

Et chacun le lisait dans les yeux de l'autre. L'absurdité de l'acte frappait surtout Christophe. Toute sa vie, inutile; inutiles, ses luttes, inutiles, ses souffrances; inutiles, ses espoirs; tout, jeté au vent, gâché; un geste médiocre allait tout effacer... Dans son état normal, il eût arraché le revolver des mains d'Anna, il l'eût jeté par la fenêtre, il eût crié :

« Non! Je ne veux pas. »

Mais huit mois de souffrances, de doutes et de deuil torturants, et par là-dessus cette rafale de passion démente, avaient ruiné ses forces, brisé sa volonté; il sentait qu'il n'y pouvait plus rien, il n'était pas le maître... Ah! qu'importe, après tout?

Anna, sûre de la mort éternelle, tendait son être dans la possession de cette dernière minute de vie : la figure douloureuse de Christophe, éclairée par la bougie vacillante, les ombres sur le mur, un bruit de pas dans la rue, le contact de l'acier qu'elle tenait dans sa main... Elle s'accrochait à ces sensations, comme un naufragé à l'épave qui s'enfonce avec lui. Après, tout est terreur. Pourquoi ne pas prolonger l'attente? Mais elle se répéta :

« Il faut... »

Elle dit adieu à Christophe, sans tendresse, avec la hâte d'un voyageur pressé qui craint de manquer le train; elle ouvrit sa chemise, tâta le cœur, et y appuya le canon du revolver. Christophe, agenouillé, se cachait la figure dans les draps. Au moment de tirer, elle posa sa main gauche sur la main de Christophe. Le geste d'un enfant qui a peur de marcher dans la nuit...

Alors s'écoulèrent quelques secondes effroyables... Anna ne tirait pas. Christophe voulait relever la tête, il voulait saisir le bras d'Anna; et il craignait que ce mouvement même ne la décidât à tirer. Il n'entendait plus rien, il perdait connaissance... Un gémissement.. Il se redressa. Il vit Anna, le visage décomposé de terreur. Le revolver était tombé sur le lit, devant elle. Elle répétait plaintivement :

« Christophe!... Le coup n'est pas parti!... »

Il prit l'arme; le long oubli où elle était restée l'avait rouillée, mais le fonctionnement était bon. Peut-être la cartouche avait été détériorée par l'air. — Anna tendit la main vers le revolver.

« Assez! » supplia-t-il.

Elle ordonna :

« Les cartouches! »

Il les lui remit. Elle les examina, en prit une, chargea sans cesser de trembler, appuya de nouveau l'arme sur son sein, et tira. — Le coup rata encore.

Anna jeta le revolver dans la chambre.

« Ah! c'est trop! c'est trop! cria-t-elle. *Il* ne veut pas que je meure! »

Elle se tordait dans ses draps; elle était comme folle. Il voulut l'approcher; elle le repoussa, avec des cris. Enfin, elle eut une attaque de nerfs. Christophe resta près d'elle, jusqu'au matin. Elle finit par se calmer; mais sans souffle, les yeux fermés, les os du front et les pommettes tendant la peau livide : elle semblait une morte.

Christophe refit le lit bouleversé, ramassa le revolver, remit la serrure arrachée, rangea tout dans la chambre, et partit : car il était sept heures, et Bäbi allait venir.

*

Quand Braun rentra, le matin, il trouva Anna dans la même prostration. Il vit bien qu'il s'était passé quelque chose d'extraordinaire; mais il ne put rien savoir de Bäbi, ni de Christophe. De tout le jour, Anna ne bougea point; elle n'ouvrit pas les yeux; son pouls était si faible qu'on le sentait à peine; par moments, il s'arrêtait, et Braun eut l'angoisse de croire, un instant, que le cœur avait cessé de battre. Son affection le faisait douter de sa science; il courut chez un confrère, et il le ramena. Les deux hommes examinèrent Anna et ne purent décider s'il s'agissait d'une fièvre qui commençait, ou d'un cas de névrose hystérique : il fallait tenir la malade en observation. Braun ne quitta pas le chevet d'Anna. Il refusa de manger. Vers le soir, le pouls d'Anna n'indiquait pas la fièvre, mais une faiblesse extrême. Braun tâcha de lui introduire dans la bouche quelques cuillerées de lait; elle les rendit aussitôt. Son corps s'abandonnait dans les bras de son mari, comme un mannequin brisé. Braun passa la nuit, assis près d'elle, se levant à tout instant pour l'écouter. Bäbi, que la maladie d'Anna ne troublait guère, mais qui était la femme du devoir, refusa de se coucher, et veilla avec Braun.

Le vendredi, Anna ouvrit les yeux. Braun lui parla; elle ne prit pas garde à sa présence. Elle était immobile, les yeux fixés sur un point de la muraille. Vers midi, Braun vit de grosses larmes qui coulaient le long de ses joues maigres; il les essuya avec douceur; une à une, les larmes continuaient de couler. De nouveau, Braun essaya de lui faire prendre quelque aliment. Elle se laissa faire, passivement. Dans la soirée, elle se mit à parler : c'étaient des mots sans suite. Il s'agissait du Rhin; elle voulait se noyer, mais il n'y avait pas assez d'eau. Elle persistait en rêve dans ses tentatives de suicide, imaginant des formes de mort bizarres : toujours la mort se dérobait. Parfois, elle discutait avec quelqu'un, et sa figure prenait alors une expression de colère et de peur; elle s'adressait à Dieu, et s'entêtait à lui prouver que la faute était à lui. Ou la flamme d'un désir s'allumait dans ses yeux; et elle disait des mots impudiques, qu'il ne semblait pas qu'elle pût connaître. Un moment, elle remarqua Bäbi, et lui donna avec précision des ordres pour la lessive du lendemain. Dans la nuit, elle s'assoupit. Tout à coup, elle se souleva; Braun accourut. Elle le regarda, d'une façon étrange, balbutiant des mots impatients et informes. Il lui demanda :

« Ma chère Anna, que veux-tu? »

Elle dit, d'une voix âpre :

« Va le chercher!

— Qui? » demanda-t-il.

Elle le regarda encore, avec la même expression, brusquement éclata de rire; puis, elle se passa la main sur le front, et gémit :

« Ah! mon Dieu! oublier!... »

Le sommeil la reprit. Elle fut plus calme jusqu'au jour. Vers l'aube, elle fit quelque mouvement; Braun lui souleva la tête, pour lui donner à boire; elle avala docilement quelques gorgées, et, se penchant vers les mains de Braun, elle les embrassa. Elle s'assoupit de nouveau.

Le samedi matin, elle s'éveilla vers neuf heures. Sans dire un mot, elle sortit les jambes du lit, et voulut descendre. Braun se précipita vers elle et essaya de la recoucher. Elle s'obstina. Il lui demanda ce qu'elle voulait faire. Elle répondit :

« Aller au culte. »

Il essaya de la raisonner, de lui rappeler que ce n'était pas dimanche, que le temple était fermé. Elle se taisait; mais assise sur la chaise, près du lit, elle passait ses vêtements, de ses doigts grelottants. Le docteur, ami de Braun, entra. Il joignit ses instances à celles de Braun; puis, voyant qu'elle ne cédait pas, il l'examina, et finalement consentit. Il prit Braun à part, et lui dit que la maladie de sa femme semblait toute morale, qu'on devait pour l'instant éviter de la contrarier, et qu'il ne voyait pas de danger à ce qu'elle sortît, pourvu que Braun l'accompagnât. Braun dit donc à Anna qu'il irait avec elle. Elle refusa et voulut aller toute seule. Mais dès les premiers pas dans la chambre, elle trébucha. Alors, sans un mot, elle prit le bras de Braun, et ils sortirent. Elle était très faible et s'arrêtait en route. Plusieurs fois, il lui demanda si elle voulait rentrer. Elle se remit à marcher. Arrivés à l'église, comme il le lui avait dit, ils trouvèrent porte close. Anna s'assit sur un banc, près de l'entrée, et resta, frissonnante, jusqu'à ce que midi sonnât. Puis, elle reprit le bras de Braun, et ils revinrent en silence. Mais le soir, elle voulut retourner à l'église. Les supplications de Braun furent inutiles. Il fallut repartir.

Christophe avait passé ces deux jours dans l'isolement. Braun était trop inquiet pour songer à lui. Une seule fois, le matin du samedi, cherchant à détourner Anna de son idée fixe de sortir, il lui avait demandé si elle voulait voir Christophe. Elle avait eu une expression d'épouvante et de répulsion si forte qu'il en avait été frappé; et le nom de Christophe n'avait plus été prononcé.

Christophe s'était enfermé dans sa chambre. Inquiétude, amour, remords, tout un chaos de douleur s'entrechoquait en lui. Il s'accusait de tout. Il succombait sous le dégoût de lui-même. Plusieurs fois, il s'était levé pour tout avouer à Braun — aussitôt arrêté par l'idée, en s'accusant, de faire un malheureux de plus. La passion ne lui faisait pas grâce. Il rôdait dans le couloir, devant la chambre d'Anna; et dès qu'il entendait, à l'intérieur, des pas s'approcher de la porte, il s'enfuyait chez lui.

Quand Braun et Anna sortirent dans l'après-midi, il les guetta, caché derrière le rideau de sa fenêtre. Il vit Anna. Elle, si droite et si fière, elle avait le dos voûté, la tête courbée, le teint jaune, vieillie, écrasée par le manteau et le châle dont son mari l'avait couverte, elle était laide. Mais Christophe ne vit pas sa laideur, il ne vit que sa misère; et son cœur déborda de pitié et d'amour. Il eût voulu courir à elle, se prosterner dans la boue, baiser ses pieds, ce corps ravagé par la passion, implorer son pardon. Et il pensait, la regardant :

« Mon ouvrage... Le voici! »

Mais son regard, dans la glace, rencontra sa propre image; il vit sur ses traits la même dévastation; il vit la mort inscrite en lui, ainsi qu'en elle, et il pensa :

« Mon ouvrage? Non pas. L'ouvrage du maître cruel, qui affole et qui tue. »

La maison était vide. Bäbi était sortie, pour raconter aux voisins les événements de la journée. Le temps passait. Cinq heures sonnèrent. Une terreur prit Christophe, à l'idée d'Anna qui allait rentrer, et de la nuit qui venait. Il sentit qu'il n'aurait pas la force de rester, cette nuit, sous le même toit. Il sentit sa raison craquer sous le poids de la passion. Il ne savait ce qu'il ferait, il ne savait ce qu'il voulait, sinon qu'il voulait Anna. A quelque prix que ce fût. Il pensa à cette misérable figure qu'il avait vue passer tout à l'heure, sous sa fenêtre, et il se dit :

« La sauver de moi!... »

Un coup de volonté souffla. Il ramassa, par poignées, les liasses de papiers qui traînaient sur sa table, les ficela, prit son chapeau, son manteau, et sortit. Dans le corridor, près de la porte d'Anna, il précipita le pas, pris de peur. En bas, il jeta un dernier coup d'œil sur le jardin désert. Il se sauva comme un voleur. Un brouillard glacé traversait la peau avec des aiguilles. Christophe rasait le mur des maisons, craignant de rencontrer une figure connue. Il alla à la gare. Il monta dans un train qui partait pour Lucerne. A la première station, il écrivit à Braun. Il disait qu'une affaire urgente l'appelait, pour quelques jours hors de la ville, et qu'il se désolait de le laisser en un pareil moment; il le priait de lui envoyer des nouvelles, à une adresse qu'il lui indiqua. A Lucerne, il prit le train du Gothard. Dans la nuit, il descendit à une petite station entre Altorf et Gœschenen. Il n'en sut pas le nom, il ne le sut jamais. Il entra dans la première hôtellerie, près de la gare. Des mares d'eau coupaient le chemin. Il pleuvait à torrents; il plut toute la nuit; il plut tout le lendemain. Avec un bruit de cataracte, l'eau tombait d'une gouttière crevée. Le ciel et la terre étaient noyés, dissous, comme sa pensée. Il se coucha dans des draps humides, qui sentaient la fumée du chemin de fer. Il ne put rester couché. L'idée des dangers que courait Anna l'occupait trop pour qu'il eût le temps de sentir sa propre souffrance. Il fallait donner le change à la malignité publique, la lancer sur une autre piste. Dans la fièvre où il était, il eut une idée bizarre : il inventa d'écrire à un des rares musiciens avec qui il se fût un peu lié dans la ville, à Krebs, l'organiste confiseur. Il lui laissa entendre qu'une affaire de cœur l'entraînait en Italie, qu'il subissait déjà cette passion quand il était venu s'installer chez Braun, qu'il avait essayé de s'y soustraire, mais qu'elle était la plus forte. Le tout, en des termes assez clairs pour que Krebs comprît, assez voilés pour qu'il pût y ajouter, de son propre fonds. Christophe priait Krebs de lui garder le secret. Il savait que le brave homme était d'un bavardage maladif, et il comptait — justement — qu'à peine la nouvelle reçue, Krebs courrait la colporter par toute la ville. Pour achever de détourner l'opinion, Christophe terminait sa lettre, par quelques mots très froids sur Braun et sur la maladie d'Anna.

Il passa le reste de la nuit et de la journée suivante, incrusté dans son idée fixe... Anna... Anna... Il revivait avec elle les derniers mois, jour par jour; il la voyait au travers d'un mirage passionné. Toujours, il l'avait créée à l'image de son désir, lui prêtant une grandeur morale, une conscience tragique, dont il avait besoin pour l'aimer davantage. Ces mensonges de la passion redoublaient d'assurance, maintenant que la présence d'Anna ne les contrôlait plus. Il voyait une saine et libre nature, opprimée, qui se débattait contre ses chaînes, qui aspirait à une vie franche, large, au plein air de l'âme, et puis, qui en avait peur, qui combattait ses instincts, parce qu'ils ne pouvaient s'accorder avec sa destinée et qu'ils la lui rendaient plus douloureuse encore. Elle lui criait : « A l'aide! » Il étreignait son beau corps. Ses souvenirs le torturaient : il trouvait un plaisir meurtrier à redoubler leurs blessures. A mesure que la journée avançait, le sentiment de tout ce qu'il avait perdu lui devint si atroce qu'il ne pouvait plus respirer.

Sans savoir ce qu'il faisait, il se leva, sortit, paya l'hôtel, et reprit le premier train qui revenait à la ville d'Anna. Il arriva, dans la nuit : il alla droit à la maison. Un mur séparait la ruelle du jardin contigu à celui de Braun. Christophe escalada le mur, sauta dans le jardin étranger, passa de là dans le jardin de Braun. Il se trouvait devant la maison. Tout était dans le noir, sauf une lueur de veilleuse qui teintait d'un reflet d'ocre une fenêtre, — la fenêtre d'Anna. Anna était là. Elle souffrait là. Il n'avait plus qu'un pas à faire pour entrer. Il avança la main vers la poignée de la porte. Puis, il regarda sa main, la porte, le jardin; il prit soudain conscience de son acte; et, s'éveillant de l'hallucination qui le possédait depuis sept à huit heures, il frémit, il s'arracha par un sursaut à la force d'inertie qui lui rivait les pieds au sol; il courut au mur, le repassa, et s'enfuit.

Dans la même nuit, il quittait la ville, pour la seconde fois; et le lendemain, il allait se terrer dans un village de montagne, sous des rafales de neige... Ensevelir son cœur, endormir sa pensée, oublier, oublier!

— « *E pero leva su, vinci l'ambascia*
Con l'animo che vince ogni battaglia,
Se col suo grave corpo non s'accascia... »

Leva'mi allor, mostrandomi fornito
Meglio di lena ch'io non mi sentia;
E dissi : « va, ch'io son forte ed ardito. »

INF. XXIV.

« Mon Dieu, que t'ai-je fait? Pourquoi m'accables-tu? Dès l'enfance, tu m'as donné pour lot la misère, la lutte. J'ai lutté sans me plaindre. J'ai aimé ma misère. J'ai tâché de conserver pure cette âme que tu m'avais donnée, de sauver ce feu que tu avais mis en moi... Seigneur, c'est toi, c'est toi qui t'acharnes à détruire ce que tu avais créé, tu as éteint ce feu, tu as souillé cette âme, tu m'as dépouillé de tout ce qui me faisait vivre. J'avais deux seuls trésors au monde : mon ami et mon âme. Je n'ai plus rien, tu m'as tout pris. Un seul être était mien dans le désert du monde, tu me l'as enlevé. Nos cœurs n'en faisaient qu'un, tu les as déchirés, tu ne nous as fait connaître la douceur d'être ensemble que pour nous faire connaître l'horreur de nous être perdus. Tu as creusé le vide autour de moi, en moi. J'étais brisé, malade, sans volonté, sans armes, pareil à un enfant qui pleure dans la nuit. Tu as choisi cette heure pour me frapper. Tu es venu à pas sourds, par-derrière comme un traître, et tu m'as poignardé; tu as lâché sur moi la passion, ton chien féroce; j'étais sans force, tu le savais, et je ne pouvais lutter; elle m'a terrassé, elle a tout saccagé en moi, tout sali, tout détruit... J'ai le dégoût de moi. Si je pouvais au moins crier ma douleur et ma honte! ou bien les oublier, dans le torrent de la force qui crée! Mais ma force est brisée, ma création desséchée. Je suis un arbre mort... Mort, que ne le suis-je! O Dieu, délivre-moi, romps ce corps et cette âme, arrache-moi à la terre, déracine-moi de la vie, ne me laisse pas sans fin me débattre dans la fosse! Je crie grâce... Tue-moi! »

*

Ainsi, la douleur de Christophe appelait un Dieu, en qui sa raison ne croyait pas.

Il s'était réfugié dans une ferme isolée, du Jura suisse. La maison, adossée aux bois, se dissimulait dans le repli d'un haut plateau bossué. Des renflements de terrain la protégeaient des vents du Nord. Par-devant, dévalaient des prairies, de longues pentes boisées; la roche, brusquement, s'arrêtait, tombait à pic; des sapins contorsionnés s'accrochaient au bord; des hêtres aux larges bras se rejetaient en arrière. Ciel éteint. Vie disparue. Une étendue abstraite aux lignes effacées. Tout dormait sous la neige. Seuls, la nuit dans la forêt, les renards glapissaient. C'était la fin de l'hiver. Hiver tardif. Interminable hiver. Lorsqu'il semblait fini, il recommençait toujours.

Cependant, depuis une semaine, la vieille terre engourdie sentait son cœur renaître. Un premier printemps trompeur s'insinuait dans l'air et sous l'écorce glacée. Des branches de hêtres étendues comme des ailes qui planent, la neige s'égouttait. Au travers du manteau blanc qui couvrait les prairies, déjà quelques fils d'herbe d'un vert tendre pointaient; autour de leurs fines aiguilles, par les déchirures de la neige, comme par de petites bouches, le sol noir et humide respirait. Quelques heures par jour, la voix de l'eau engourdie dans sa robe de glace de nouveau murmurait. Dans le squelette des bois, quelques oiseaux sifflaient de clairs chants aigrelets.

Christophe ne remarquait rien. Tout était le même pour lui. Il tournait indéfiniment dans sa chambre. Ou il marchait, dehors. Impossible de rester en repos. Son âme était écartelée par les démons intérieurs. Ils s'entre-déchiraient. La passion, refoulée, continuait de battre furieusement les parois de la maison. Le dégoût de la passion n'était pas moins enragé; ils se mordaient à la gorge; et dans leur lutte, ils lacéraient le cœur. Et c'était en même temps le souvenir d'Olivier, le désespoir de sa mort, la hantise de créer qui ne pouvait se satisfaire, l'orgueil qui se cabrait devant le trou du néant. Tous les diables en lui. Pas un instant de répit. Ou, s'il se produisait une menteuse accalmie, si les flots soulevés retombaient un moment, il se retrouvait seul, et il ne retrouvait plus rien de lui : pensée, amour, volonté, tout avait été tué.

Créer! c'était le seul recours. Abandonner aux flots l'épave de sa vie! Se sauver à la nage dans le rêve de l'art!... Créer, il le voulait... Il ne le pouvait plus.

Christophe n'avait jamais eu de méthode de travail. Quand il était fort et sain, il était plutôt gêné de sa surabondance qu'inquiet de la voir s'appauvrir; il suivait son caprice; il travaillait, à sa fantaisie, au hasard des circonstances, sans aucune règle fixe. En réalité, il travaillait en tout lieu, à tout moment; son cerveau ne cessait d'être occupé. Bien des fois, Olivier, moins riche et plus réfléchi, l'avait averti :

« Prends garde. Tu te fies trop à ta force. Torrent des montagnes. Plein aujourd'hui, demain peut-être à sec. Un artiste doit capter son génie; il ne lui permet pas de s'éparpiller, au hasard. Canalise ta force. Contrains-toi à des habitudes, à une hygiène de travail quotidien, à heures fixes. Elles sont aussi nécessaires à l'artiste que l'habitude des gestes et des pas militaires à l'homme qui doit se battre. Viennent les moments de crise — (et il en vient toujours) — cette armature de fer empêche l'âme de tomber. Je le sais bien, moi! Si je ne suis pas mort, c'est qu'elle m'a sauvé. »

Mais Christophe riait, et disait :

« Bon pour toi, mon petit! Pas de danger que je perde jamais le goût de vivre! J'ai trop bon appétit. »

Olivier haussait les épaules :

« Le trop amène le trop peu. Il n'est pas de pire malades que les trop bien portants. »

La parole d'Olivier se vérifiait maintenant. Après la mort de l'ami, la source de vie intérieure ne s'était pas tout de suite tarie; mais elle était devenue étrangement intermittente; elle coulait par brusques gorgées, puis se perdait sous terre. Christophe n'y prenait pas garde; que lui importait? Sa douleur et la passion naissante absorbaient sa pensée. — Mais après qu'eut passé l'ouragan, lorsqu'il chercha de nouveau la fontaine pour y boire, il ne trouva plus rien. Le désert. Pas un filet d'eau. L'âme était desséchée. En vain, il voulut creuser le sable, faire jaillir l'eau des nappes souterraines, créer à tout prix : la machine de l'esprit refusait d'obéir. Il ne pouvait pas évoquer l'aide de l'habitude, l'alliée fidèle, qui, lorsque toutes les raisons de vivre nous ont fuis, seule, tenace et constante, demeure à nos côtés, et ne dit pas un mot et ne fait pas un geste, les yeux fixes, les lèvres muettes, mais de sa main très sûre qui n'a jamais la fièvre, nous conduit au travers du défilé dangereux, jusqu'à ce que soient revenus la lumière du jour et le goût de la vie. Christophe était sans aide; et sa main ne rencontrait aucune main dans la nuit. Il ne pouvait plus remonter à la lumière du jour.

Ce fut l'épreuve suprême. Alors, il se sentit aux limites de la folie. Tantôt une lutte absurde et démente contre son cerveau, des obsessions de maniaque, une hantise de nombres : il comptait les planches du parquet, les arbres de la forêt; des chiffres et des accords, dont le choix lui échappait, se livraient dans sa tête des batailles rangées. Tantôt un état de prostration, comme un mort.

Personne ne s'occupait de lui. Il habitait une aile de la maison, à l'écart. Il faisait lui-même sa chambre — il ne la faisait pas tous les jours. On lui déposait sa nourriture, en bas; il ne voyait pas un visage humain. Son hôte, un vieux paysan, taciturne et égoïste, ne s'intéressait pas à lui. Que Christophe mangeât ou ne mangeât point, c'était son affaire. A peine prenait-on garde, si, le soir, Christophe était rentré. Une fois, il se trouva perdu dans la forêt, enfoncé dans la neige jusqu'aux cuisses; il s'en fallut de peu qu'il ne pût revenir. Il cherchait à se tuer de fatigue, pour ne pas penser. Il n'y réussissait pas. Seulement, de loin en loin, quelques heures de sommeil harassé.

Un seul être vivant semblait se soucier de son existence : un vieux chien Saint-Bernard, qui venait poser sa grosse tête aux yeux sanglants sur les genoux de Christophe, lorsque Christophe était assis sur le banc devant la maison. Ils se regardaient longuement. Christophe ne le repoussait pas. Comme le maladif Goethe, ces yeux ne l'inquiétaient point. Il n'avait pas envie de leur crier :

« Va-t'en... Tu auras beau faire, larve, tu ne me happeras point! »

Il ne demandait qu'à se laisser prendre par ces yeux suppliants et somnolents, à leur venir en aide; il sentait là une âme emprisonnée, qui l'implorait.

Dans ce moment où il était détrempé par la souffrance, arraché tout vivant à la vie, châtré de l'égoïsme humain, il apercevait les victimes de l'homme, le champ de bataille où l'homme triomphe, sur le carnage des autres êtres; et son cœur était plein de pitié et d'horreur. Même au temps où il était heureux, il avait toujours aimé les bêtes; il ne pouvait supporter la cruauté à leur égard, il avait pour la chasse une aversion qu'il n'osait pas exprimer, par crainte du ridicule; peut-être n'osait-il pas en convenir avec lui-même, mais cette répulsion était la cause secrète de l'éloignement qu'il éprouvait pour certains hommes : jamais il n'aurait pu accepter pour ami un homme qui tuait un animal, par plaisir. Nulle sentimentalité : il savait mieux que personne que la vie repose sur une somme de souffrance et de cruauté infinie; l'on ne peut vivre sans faire souffrir. Il ne s'agit pas de se fermer les yeux et de se payer de mots. Il ne s'agit pas non plus de conclure qu'il faut renoncer à la vie, et de pleurnicher comme un enfant. Non. S'il n'est pas aujourd'hui d'autre moyen de vivre, il faut tuer pour vivre. Mais celui qui tue pour tuer est un misérable. Un misérable inconscient. Un misérable, tout de même. L'effort incessant de l'homme doit être de diminuer la somme de la souffrance et de la cruauté : c'est le premier devoir.

Ces pensées, dans la vie ordinaire, restaient ensevelies au fond du cœur de Christophe. Il ne voulait pas y songer. A quoi bon? Qu'y pouvait-il? Il lui fallait être Christophe, il lui fallait accomplir son œuvre, vivre à tout prix, vivre aux dépens des plus faibles... Ce n'était pas lui qui avait fait l'univers... N'y pensons pas, n'y pensons pas!...

Mais après que le malheur l'eut précipité, lui aussi, dans les rangs des vaincus, il fallut bien qu'il y pensât! Naguère, il avait blâmé Olivier, qui s'enfonçait dans l'inutile remords de la compassion vaine pour les malheurs que les hommes souffrent et font souffrir. Il allait plus loin que lui, à présent, avec l'emportement de sa puissante nature, il pénétrait jusqu'au fond de la tragédie de l'univers; il souffrait de toutes les souffrances du monde, il était comme un écorché. Il ne pouvait plus songer aux animaux sans un frémissement d'angoisse. Il lisait dans les regards des bêtes, il lisait une âme comme la sienne, une âme qui ne pouvait pas parler; mais les yeux criaient pour elle :

« Que vous ai-je fait? Pourquoi me faites-vous mal? »

Le spectacle le plus banal, qu'il avait vu cent fois. — Un petit veau qui se lamentait, enfermé dans une caisse à claire-voie; ses gros yeux noirs saillants, dont le blanc est bleuâtre, ses paupières roses, ses cils blancs, ses touffes blanches frisées sur le front, son museau violet, ses genoux cagneux; un agneau qu'un paysan emportait par les quatre pattes liées ensemble, la tête pendante, tâchant de se relever, gémissant comme un enfant, et bêlant et tendant sa langue grise; des poules empilées dans un panier; au loin, les hurlements d'un cochon qu'on saignait; sur la table de cuisine, un poisson que l'on vide... Il ne pouvait plus le supporter. Les tortures sans nom que l'homme inflige à ces innocents lui étreignaient le cœur. Prêtez à l'animal une lueur de raison, imaginez le rêve affreux qu'est le monde pour lui : ces hommes indifférents, aveugles et sourds qui l'égorgent, l'éventrent, le tronçonnent, le cuisent vivant, s'amusent de ses contorsions de douleur. Est-il rien de plus atroce parmi les cannibales d'Afrique? La souffrance des animaux a quelque chose de plus intolérable encore pour une conscience libre que la souffrance des hommes. Car, celle-ci du moins, il est admis qu'elle est un mal et que qui la cause est criminel. Mais des milliers de bêtes sont massacrées inutilement, chaque jour, sans l'ombre d'un remords. Qui y ferait allusion se rendrait ridicule. — Et cela, c'est le crime irrémissible. A lui seul, il justifie tout ce que l'homme pourra souffrir. Il crie vengeance contre le genre humain. Si Dieu existe et le tolère, il crie vengeance contre Dieu. S'il existe un Dieu bon, la plus humble des âmes vivantes doit être sauvée. Si Dieu n'est bon que pour les plus forts, s'il n'y a pas de justice pour les misérables, pour les êtres inférieurs offerts en sacrifice à l'humanité, il n'y a pas de bonté, il n'y a pas de justice...

Hélas! Les carnages accomplis par l'homme sont, eux-mêmes, si peu de chose dans la tuerie de l'univers! Les animaux s'entre-dévorent. Les plantes paisibles, les arbres muets sont entre eux des bêtes féroces. Sérénité des forêts, lieu commun de rhétorique pour les littérateurs qui ne connaissent la nature qu'au travers de leurs livres!... Dans la forêt toute proche, à quelques pas de la maison, se livraient des luttes effrayantes. Les hêtres assassins se jetaient sur les sapins au beau corps rosé, enlaçaient leur taille svelte de colonnes antiques, les étouffaient. Ils se ruaient sur les chênes, ils les brisaient, ils s'en forgeaient des béquilles. Les hêtres Briarées aux cent bras, dix arbres dans un arbre! Ils faisaient la mort autour d'eux. Et quand, faute d'ennemis, ils se rencontraient ensemble, ils se mêlaient avec rage, se perçant, se soudant, se tordant, comme des monstres antédiluviens. Plus bas, dans la forêt, les acacias, partis de la lisière, étaient entrés dans la place, attaquaient la sapinière, étreignaient et griffaient les racines de l'ennemi, les empoisonnaient de leurs sécrétions. Lutte à mort, où le vainqueur s'emparait à la fois de la place et des dépouilles du vaincu. Alors, les petits monstres achevaient l'œuvre des grands. Les champignons, venus entre les racines, suçaient l'arbre malade, qui se vidait peu à peu. Les fourmis noires broyaient le bois qui pourrissait. Des millions d'insectes invisibles rongeaient, perforaient, réduisaient en poussière ce qui avait été la vie... Et le silence de ces combats! O paix de la nature, masque tragique qui recouvre le visage douloureux et cruel de la Vie!

*

Christophe coulait à pic. Mais il n'était pas homme à se laisser noyer sans lutte, les bras collés au corps. Il avait beau vouloir mourir, il faisait tout ce qu'il pouvait pour vivre. Il était de ceux, comme disait Mozart, « *qui veulent agir, jusqu'à ce qu'enfin il n'y ait plus moyen de rien faire* ». Il se sentait disparaître, et il cherchait dans sa chute, battant des bras, à droite, à gauche, un appui où s'accrocher. Il crut l'avoir trouvé. Il venait de se rappeler le petit enfant d'Olivier. Sur-le-champ, il reporta sur lui toute sa volonté de vivre; il s'y agrippa. Oui, il devait le rechercher, le réclamer, l'élever, l'aimer, prendre la place du père, faire revivre Olivier dans son fils. Dans son égoïste douleur, comment n'y avait-il pas songé? Il écrivit à Cécile, qui avait la garde de l'enfant. Il attendit fiévreusement la réponse. Tout son être se tendait avec cette unique pensée. Il se forçait au calme : une raison d'espérer lui restait. Il avait confiance, il connaissait la bonté de Cécile.

La réponse vint. Cécile disait que, trois mois après la mort d'Olivier, une dame en deuil s'était présentée chez elle, et lui avait dit :

« Rendez-moi mon enfant! »

C'était celle qui avait abandonné naguère son enfant et

Olivier — Jacqueline, mais si changée qu'on avait peine à la reconnaître. Sa folie d'amour n'avait pas duré. Elle s'était lassée plus vite de l'amant que l'amant ne s'était lassé d'elle. Elle était revenue brisée, dégoûtée, vieillie. Le scandale trop bruyant de son aventure lui avait fermé beaucoup de portes. Les moins scrupuleux n'étaient pas les moins sévères. Sa mère elle-même lui avait témoigné un dédain si offensant que Jacqueline n'avait pu rester chez elle. Elle avait vu à fond l'hypocrisie du monde. La mort d'Olivier avait achevé de l'accabler. Elle semblait si abattue que Cécile ne s'était pas cru le devoir de lui refuser ce qu'elle réclamait. C'était bien dur de rendre un petit être qu'on s'était habitué à regarder comme sien. Mais comment être plus dur encore pour quelqu'un qui a plus de droits que vous et qui est plus malheureux? Elle eût voulu écrire à Christophe, lui demander conseil. Mais Christophe n'avait jamais répondu aux lettres qu'elle lui avait écrites, elle ne savait pas son adresse, elle ne savait même pas s'il était vivant ou mort... La joie vient, elle s'en va. Que faire? Se résigner. L'essentiel était que l'enfant fût heureux et aimé...

La lettre arriva, le soir. Un retour d'hiver tardif avait ramené la neige. Toute la nuit, elle tomba. Dans la forêt, où déjà les feuilles nouvelles étaient apparues, les arbres sous le poids craquaient et se rompaient. Une bataille d'artillerie. Christophe, seul dans sa chambre, sans lumière, au milieu des ténèbres phosphorescentes, écoutant la forêt tragique, sursautait à chaque coup; et il était pareil à un de ces arbres qui plie sous le faix et craque. Il se disait :

« Maintenant, tout est fini. »

La nuit passa, le jour revint; l'arbre ne s'était pas rompu. Toute la journée nouvelle, et la nuit qui suivit, et les jours et les nuits d'après, l'arbre continua de plier et de craquer; mais il ne se rompit point. Christophe n'avait plus aucune raison de vivre; et il vivait. Il n'avait plus aucun motif de lutter; et il luttait, pied à pied, corps à corps, avec l'ennemi invisible qui lui broyait l'échine. Jacob avec l'ange. Il n'attendait rien de la lutte, il n'attendait rien que la fin; et il luttait toujours. Et il criait :

« Mais terrasse-moi donc! Pourquoi ne me terrasses-tu pas? »

*

Les jours passèrent. Christophe sortit de là, vidé de sa vie. Il persistait pourtant à se tenir debout, il sortait, il marchait. Heureux, ceux qu'une race forte soutient, dans les éclipses de leur vie! Les jambes du père et du grand-père portaient le corps du fils prêt à s'écrouler; la poussée des robustes ancêtres soulevait l'âme brisée, comme le cavalier mort que son cheval emporte.

Il allait, par un chemin de crête, entre deux ravins; il redescendait l'étroit sentier aux pierres aiguës, entre lesquelles serpentaient les racines noueuses de petits chênes rabougris; sans savoir où il allait, et plus sûr de ses pas que si une volonté lucide l'eût mené. Il n'avait pas dormi; à peine avait-il mangé depuis plusieurs jours. Il avait un brouillard devant les yeux. Il descendait vers la vallée. — C'était la semaine de Pâques. Jour voilé. Le dernier assaut de l'hiver était vaincu. Le chaud printemps couvait. Des villages en bas, les cloches montèrent. De l'un d'abord, nid blotti dans un creux, au pied de la montagne, avec ses toits de chaumes bariolés, noirs et blonds, revêtus de mousse épaisse, comme du velours. Puis, d'un autre, invisible, sur l'autre versant du mont. Puis, d'autres dans la plaine, au-delà d'une rivière. Et le bourdon, très loin, d'une ville qui se perdait dans la brume... Christophe s'arrêta. Son cœur était près de défaillir. Ces voix semblaient lui dire :

« Viens avec nous! Ici est la paix. Ici, la douleur est morte. Morte, avec la pensée. Nous berçons l'âme si bien qu'elle s'endort dans nos bras. Viens, et repose-toi, tu ne t'éveilleras plus... »

Comme il se sentait las! Qu'il eût voulu dormir! Mais il secoua la tête, et dit :

« Ce n'est pas la paix que je cherche; c'est la vie. »

Il se remit en marche. Il parcourait des lieues, sans s'en apercevoir. Dans son état de faiblesse hallucinée, les sensations les plus simples avaient des résonances inattendues. Sa pensée projetait, sur la terre et dans l'air, des lueurs fantastiques. Une ombre qui courait devant lui, sans qu'il en vît la cause, sur la route blanche et déserte au soleil, le fit tressaillir.

Au débouché d'un bois, il se trouva près d'un village. Il rebroussa chemin : la vue des hommes lui faisait mal. Il ne put éviter pourtant de passer près d'une maison isolée, au-dessus du hameau; elle était adossée au flanc de la montagne; elle ressemblait à un sanatorium; un grand jardin, exposé au soleil, l'entourait; quelques êtres erraient, à pas incertains, par les allées sablées. Christophe n'y prit pas garde; mais à un détour du sentier, il se trouva face à face avec un homme aux yeux pâles, figure grasse et jaune, qui regardait devant lui, affaissé sur un banc, au pied de deux peupliers. Un autre homme était assis, auprès; ils se taisaient tous deux. Christophe les dépassa. Mais après quatre pas, il s'arrêta : ces yeux lui étaient connus. Il se retourna. L'homme n'avait pas bougé, il continuait de fixer, immobile, un objet devant lui. Mais son compagnon regardait Christophe, qui lui fit signe. Il vint.

« Qui est-ce? demanda Christophe.

— Un pensionnaire de la maison de santé, dit l'homme, montrant l'habitation.

— Je crois le connaître, dit Christophe.

— C'est possible, fit l'autre. Il était un écrivain très connu en Allemagne. »

Christophe dit un nom. — Oui, c'était bien ce nom-là. — Il l'avait vu jadis, au temps où il écrivait dans la revue de Mannheim. Alors, ils étaient ennemis; Christophe ne faisait que débuter, l'autre était déjà célèbre. C'était un homme fort, sûr de lui, méprisant de tout ce qui n'était pas lui, un romancier fameux, dont l'art réaliste et sensuel dominait la médiocrité des productions courantes. Christophe, qui le détestait, ne pouvait s'empêcher d'admirer la perfection de cet art matériel, sincère et borné...

« Ça l'a pris, il y a un an, dit le gardien. On l'a soigné, on l'a cru guéri, il est reparti chez lui. Et puis, ça l'a repris. Un soir, il s'est jeté de sa fenêtre. Dans les premiers temps qu'il était ici, il s'agitait et criait. Maintenant, il est bien tranquille. Il passe ses journées, comme vous le voyez, assis.

— Que regarde-t-il? » dit Christophe.

Il s'approcha du banc. Il contempla avec pitié la blême figure du vaincu, les grosses paupières qui retombaient sur les yeux; l'un d'eux était presque fermé. Le fou ne semblait pas savoir que Christophe était là. Christophe l'appela par son nom, lui prit la main — la main molle et humide, qui s'abandonnait comme une chose morte; il n'eut pas le courage de la garder dans ses mains : l'homme leva, un instant, vers Christophe ses yeux chavirés, puis se remit à regarder devant lui, avec son sourire hébété. Christophe demanda :

« Qu'est-ce que vous regardez? »

L'homme, immobile, dit, à mi-voix :

« J'attends.

— Quoi?

— La Résurrection. »

Christophe tressauta. Il partit précipitamment. La parole l'avait pénétré d'un trait de feu.

Il s'enfonça dans la forêt, il remonta la pente, dans la direction de la maison. Dans son trouble, il perdit le chemin; il se trouva au milieu des grands bois de sapins. Ombre et silence. Quelques taches de soleil d'un blond roux, venues on ne savait d'où, tombaient dans l'épaisseur de l'ombre. Christophe était hypnotisé par ces plaques de lumière. Tout semblait nuit, autour. Il allait sur le tapis d'aiguilles, butant contre les racines qui saillaient comme des veines gonflées. Au pied des arbres, pas une plante, pas une mousse. Dans les branches, pas un chant d'oiseau. Les rameaux du bas étaient morts. Toute la vie s'était réfugiée en haut, où était le soleil. Bientôt, cette vie même s'éteignait. Christophe entra dans une partie du bois que rongeait un mal mystérieux. Des sortes de lichens longs et fins, comme des toiles d'araignées, enveloppaient de leurs résilles les branches de sapins rouges, les ligotaient des pieds à la tête, passaient d'un arbre à l'autre, étouffaient la forêt. On eût dit des algues sous-marines aux tentacules sournois. Et c'était le silence des profondeurs océaniques. En haut, le soleil pâlissait. Des brouillards, qui s'étaient insidieusement glissés au travers de la forêt morte, cernèrent Christophe. Tout disparut; plus rien. Pendant une demi-heure, Christophe erra au hasard, dans le réseau de brume blanche, qui peu à peu se resserrait, noircissait, lui entrait dans la gorge; il croyait marcher droit, et il tournait en cercle sous les gigantesques toiles d'araignées qui pendaient des sapins étouffés; le brouillard, en les traversant, y laissait attachées des gouttes grelottantes. Enfin, les mailles se détendirent, une trouée se fit, et Christophe réussit à sortir de la forêt sous-marine. Il retrouva les bois vivants et la lutte silencieuse des sapins et des hêtres. Mais c'était toujours même immobilité. Ce silence qui couvait depuis des heures angoissait. Christophe s'arrêta pour l'entendre...

Soudain, ce fut au loin une houle qui venait. Un coup de vent précurseur se levait du fond de la forêt. Comme un cheval au galop, il arriva sur les cimes des arbres, qui ondulèrent. Tel le Dieu de Michel-Ange, qui passe dans une trombe. Il passa au-dessus de la tête de Christophe. La forêt et le cœur de Christophe frémirent. C'était l'annonciateur...

Le silence retomba. Christophe, en proie à une terreur sacrée, hâtivement rentra, les jambes flageolantes. Sur le seuil de la maison, comme un homme poursuivi, il jeta un coup d'œil inquiet derrière lui. La nature semblait morte. Les forêts qui couvraient les pentes de la montagne dormaient, appesanties sous une lourde tristesse. L'air immobile avait une transparence magique. Nul bruit. Seule, la musique funèbre d'un torrent — l'eau qui ronge le roc — sonnait le glas de la terre. Christophe se coucha, avec la fièvre. Dans l'étable voisine, les bêtes, inquiètes comme lui, s'agitaient...

La nuit. Il s'était assoupi. Dans le silence, la houle de nouveau, lointaine, se leva. Le vent revenait, en ouragan cette fois — le *foehn* du printemps, qui réchauffe de sa brûlante haleine la terre frileuse qui dort encore, le *foehn* qui fond les glaces et amasse les pluies fécondes. Il grondait comme le tonnerre, de l'autre côté du ravin, dans les forêts. Il se rapprocha, s'enfla, monta les pentes au pas de charge; la montagne entière mugit. Dans l'étable, un cheval hennit et les vaches meuglèrent. Christophe, dressé sur son lit, les cheveux hérissés, écoutait. La rafale arriva, ulula, fit grincer les girouettes, fit voler les tuiles du toit, fit trembler la maison. Un pot de fleurs tomba et se brisa. La fenêtre de Christophe, mal fermée, s'ouvrit avec fracas. Et le vent chaud entra. Christophe le reçut en pleine face et sur sa poitrine nue. Il sauta du lit, la bouche ouverte, suffoqué. C'était comme si dans son âme vide se ruait le Dieu vivant. La Résurrection!... L'air entrait dans sa gorge, le flot de vie nouvelle le pénétrait jusqu'aux entrailles. Il se sentait éclater, il voulait crier, crier de douleur et de joie; et il ne sortait de sa bouche que des sons inarticulés. Il trébuchait, il frappait de ses bras les murs, au milieu des papiers que l'ouragan faisait voler. Il s'abattit, au milieu de la chambre, en criant :

« O toi, toi! Tu es enfin revenu! »

*

« Tu es revenu, tu es revenu! O toi, que j'avais perdu!... Pourquoi m'as-tu abandonné?

— Pour accomplir ma tâche, que tu as abandonnée.

— Quelle tâche?

— Combattre.

— Qu'as-tu besoin de combattre? N'es-tu pas le maître de tout?

— Je ne suis pas le maître.

— N'es-tu pas Tout ce qui Est?

— Je ne suis pas tout ce qui est. Je suis la Vie qui combat le Néant. Je ne suis pas le Néant. Je suis le Feu qui brûle dans la Nuit. Je ne suis pas la Nuit. Je suis le Combat éternel; et nul destin éternel ne plane sur le combat. Je suis la Volonté libre, qui lutte éternellement. Lutte et brûle avec moi!

— Je suis vaincu. Je ne suis plus bon à rien.

— Tu es vaincu? Tout te semble perdu? D'autres seront vainqueurs. Ne pense pas à toi, pense à ton armée.

— Je suis seul, je n'ai que moi, et je n'ai pas d'armée.

— Tu n'es pas seul, et tu n'es pas à toi. Tu es une de mes voix, tu es un de mes bras. Parle et frappe pour moi. Mais si le bras est rompu, si la voix est brisée, moi je reste debout; je combats par d'autres voix, d'autres bras que les tiens. Vaincu, tu fais partie de l'armée qui n'est jamais vaincue. Souviens-toi, et tu vaincras jusque dans ta mort.

— Seigneur, je souffre tant!

— Crois-tu que je ne souffre pas aussi? Depuis les siècles, la mort me traque et le néant me guette. Ce n'est qu'à coups de victoires que je me fraie le chemin. Le fleuve de la vie est rouge de mon sang.

— Combattre, toujours combattre?

— Il faut toujours combattre, Dieu combat, lui aussi. Dieu est un conquérant. Il est un lion qui dévore. Le néant l'enserre et Dieu le terrasse. Et le rythme du combat fait l'harmonie suprême. Cette harmonie n'est pas pour tes oreilles mortelles. Il suffit que tu saches qu'elle existe. Fais ton devoir en paix, et laisse faire aux Dieux.

— Je n'ai plus de forces.

— Chante pour ceux qui sont forts.

— Ma voix est brisée.

— Prie.

— Mon cœur est souillé.

— Arrache-le. Prends le mien.

— Seigneur, ce n'est rien de s'oublier soi-même, de rejeter son âme morte. Mais puis-je rejeter mes morts, puis-je oublier mes aimés?

— Abandonne-les, morts, avec ton âme morte. Tu les retrouveras, vivants, avec mon âme vivante.

— O toi qui m'as laissé, me laisseras-tu encore?

— Je te laisserai encore. N'en doute point. C'est à toi de ne me plus laisser.

— Mais si ma vie s'éteint?

— Allumes-en d'autres.

— Si la mort est en moi?

— La vie est ailleurs. Va, ouvre-lui tes portes. Insensé, qui t'enfermes dans ta maison en ruine! Sors de toi. Il est d'autres demeures.

— O vie, ô vie! Je vois... Je te cherchais en moi, dans mon âme vide et close. Mon âme se brise; par les fenêtres de mes blessures, l'air afflue; je respire, je te retrouve, ô vie!...

— Je te retrouve... Tais-toi et écoute. »

*

Et Christophe entendit, comme un murmure de source, le chant de la vie qui remontait en lui. Penché sur le bord de sa fenêtre, il vit la forêt, morte hier, qui dans le vent et le soleil bouillonnait, soulevée comme la mer. Sur l'échine des arbres, des vagues de vent, frissons de joie, passaient; et les branches ployées tendaient leurs bras d'extase vers le ciel éclatant. Et le torrent sonnait comme un rire de cloche. Le même paysage, hier dans le tombeau, était ressuscité; la vie venait d'y rentrer en même temps que l'amour dans le cœur de Christophe. Miracle de l'âme que la grâce a touchée! Elle se réveille à la vie! Et tout revit autour d'elle. Le cœur se remet à battre. Les fontaines taries recommencent à couler.

Et Christophe rentra dans la bataille divine... Comme ses propres combats, comme les combats des hommes se perdent au milieu de cette mêlée gigantesque, où pleuvent les soleils comme des flocons de neige que l'ouragan balaie!... Il avait dépouillé son âme. Ainsi que dans ces rêves suspendus dans l'espace, il planait au-dessus de lui-même, il se voyait d'en haut dans l'ensemble des choses; et, d'un regard, lui apparut le sens de ses souffrances. Ses luttes faisaient partie du grand combat des mondes. Sa déroute était un épisode, aussitôt réparé. Il combattait pour tous, tous combattaient pour lui. Ils partageaient ses peines, il partageait leur gloire.

— « Compagnons, ennemis, marchez, piétinez-moi, que je sente sur mon corps passer les roues des canons qui vaincront! Je ne pense pas au fer qui me laboure la chair, je ne pense pas au pied qui me foule la tête, je pense à mon Vengeur, au Maître, au Chef de l'innombrable armée. Mon Sang est le ciment de sa victoire future... »

Dieu n'était pas pour lui le Créateur impassible, le Néron qui contemple, du haut de sa tour d'airain, l'incendie de la Ville que lui-même alluma. Dieu souffre. Dieu combat. Avec ceux qui combattent et pour tous ceux qui souffrent. Car il est la Vie, la goutte de lumière qui, tombée dans la nuit, s'étend et boit la nuit. Mais la nuit est sans bornes, et le combat divin ne s'arrête jamais; et nul ne peut savoir quelle en sera l'issue. Symphonie héroïque, où les dissonances même qui se heurtent et se mêlent forment un concert serein! Comme la forêt de hêtres qui livre dans le silence des combats furieux, ainsi la Vie guerroie dans l'éternelle paix.

Ces combats, cette paix, résonnaient dans Christophe. Il était un coquillage où l'océan bruit. Des appels de trompettes, des rafales de sons, des cris d'épopées passaient sur l'envolée de rythmes souverains. Car tout se muait en sons dans cette âme sonore. Elle chantait la lumière. Elle chantait la nuit. Et la vie. Et la mort. Pour ceux qui étaient vainqueurs. Pour lui-même, vaincu. Elle chantait. Tout chantait. Elle n'était plus que chant.

Comme les pluies de printemps, les torrents de musique s'engouffraient dans ce sol crevassé par l'hiver. Hontes, chagrins, amertumes, révélaient à présent leur mystérieuse mission : elles avaient décomposé la terre, et elles l'avaient fertilisée; le soc de la douleur, en déchirant le cœur, avait ouvert de nouvelles sources de vie. La lande refleurissait. Mais ce n'était plus les fleurs de l'autre printemps. Une autre âme était née.

Elle naissait, à chaque instant. Car elle n'était pas encore ossifiée, comme les âmes parvenues au terme de leur croissance, les âmes qui vont mourir. Elle n'était pas la statue, mais le métal en fusion. Chaque seconde faisait d'elle un nouvel univers. Christophe ne songeait pas à fixer ses limites. Il s'abandonnait à cette joie de l'homme qui, rejetant derrière lui le poids de son passé, part pour un long voyage, le sang jeune, le cœur libre, et aspire l'air marin, et croit que le voyage n'aura jamais de fin. Il était repris par la force créatrice qui coule dans le monde; et la richesse du monde le remplissait d'extase. Il aimait, il *était* son prochain comme lui-même. Et tout lui était « prochain », de l'herbe qu'il foulait à la main qu'il serrait. Un arbre, l'ombre d'un nuage, sur la montagne, l'haleine des prairies, la ruche du ciel nocturne, bourdonnante des essaims de soleils... c'était un tourbillon de sang... Il ne cherchait pas à parler, ni penser... Rire, pleurer, se fondre dans cette merveille vivante! ...Ecrire, pourquoi écrire? Est-ce qu'on peut écrire l'indicible?... Mais que cela fût possible ou non, il fallait qu'il écrivît. C'était sa loi. Les idées le frappaient, par éclairs, en quelque lieu qu'il fût. Impossible d'attendre. Alors, il écrivait, avec n'importe quoi, sur n'importe quoi; et il eût été incapable souvent de dire ce que signifiaient ces phrases qui jaillissaient de lui; et voici que pendant qu'il écrivait, d'autres idées lui venaient, d'autres... il écrivait, il écrivait, sur ses manches de chemise, sur la coiffe de son chapeau; si vite qu'il écrivît, sa pensée allait plus vite, il devait user d'une sorte de sténographie.

Ce n'étaient là que des notes informes. La difficulté commença lorsqu'il voulut couler ces idées dans les formes musicales ordinaires; il fit la découverte qu'aucun des moules anciens ne pouvait leur convenir; s'il voulait fixer ses visions avec fidélité, il devait commencer par oublier tout ce qu'il avait jusque-là entendu ou écrit, faire table rase de tout formalisme appris, de la technique traditionnelle, rejeter ces béquilles de l'esprit impotent, ce lit tout fait pour la paresse de ceux qui, fuyant la fatigue de penser par eux-mêmes, se couchent dans la pensée des autres. Naguère, lorsqu'il se croyait arrivé à la maturité de sa vie et de son art — (en fait, il n'était qu'au bout d'une de ses vies) —, il s'exprimait dans une langue préexistante à sa pensée; son sentiment se soumettait à une logique de développement préétablie, qui d'avance lui dictait une partie de ses phrases et le menait docilement, par les chemins frayés, au terme convenu où le public l'attendait. A présent, plus de route, c'était au sentiment de la frayer; l'esprit n'avait qu'à suivre. Son rôle n'était même plus de décrire la passion; il devait faire corps avec elle et tâcher d'en épouser la loi intérieure.

Du même coup, tombaient les contradictions où Christophe se débattait depuis longtemps, sans vouloir en convenir. Car, bien qu'il fût un pur artiste, il avait mêlé souvent à son art des préoccupations étrangères à l'art : il lui attribuait une mission sociale. Et il ne s'apercevait pas qu'il y avait deux hommes en lui : l'artiste qui créait, sans se soucier d'aucune fin morale, et l'homme d'action, raisonneur, qui voulait que son art fût moral et social. Ils se mettaient parfois l'un l'autre dans un étrange embarras. A présent que toute idée créatrice s'imposait à lui, comme une réalité supérieure avec sa loi organique, il était arraché à la servitude de la raison pratique. Certes, il n'abdiquait rien de son mépris pour le veule immoralisme du temps; certes, il pensait toujours que l'art impur est le plus bas degré de l'art, parce qu'il en est une maladie, un champignon qui pousse sur un tronc pourri; mais si l'art pour le plaisir est l'art mis au bordel, Christophe ne lui opposait pas l'utilitarisme plat de l'art pour la morale, ce Pégase hongre qui traîne la charrue. L'art le plus haut, le seul digne de ce nom, est au-dessus des lois d'un jour : il est une comète lancée dans l'infini. Que cette force soit utile, ou qu'elle semble inutile, même dangereuse, dans l'ordre pratique, elle est la force, elle est le feu; elle est l'éclair jailli du ciel : par là, elle est sacrée, par là, elle est bienfaisante. Ses bienfaits peuvent être, par fortune, même de l'ordre pratique;

mais ses vrais, ses divins bienfaits sont, comme la foi, de l'ordre surnaturel. Elle est pareille au soleil, dont elle est issue. Le soleil n'est ni moral, ni immoral. Il est Celui qui Est. Il vainc la nuit. Ainsi, l'art...

Alors Christophe, qui lui était livré, eut la stupeur de voir surgir de lui des puissances inconnues, qu'il n'eût pas soupçonnées : tout autres que ses passions, ses tristesses, son âme consciente... — une âme étrangère, indifférente à ce qu'il avait aimé et souffert, à sa vie entière, une âme joyeuse, fantasque, sauvage, incompréhensible! Elle le chevauchait, elle lui labourait les flancs à coups d'éperons. Et, dans les rares moments où il pouvait reprendre haleine, il se demandait, relisant ce qu'il venait d'écrire :

« Comment cela, cela a-t-il pu sortir de mon corps? »

Il était en proie à ce délire de l'esprit, que connaît tout génie, à cette volonté indépendante de la volonté, « *cette énigme indicible du monde et de la vie* », que Goethe appelait « *le démoniaque* » et contre laquelle il restait armé, mais qui le soumettait.

Et Christophe écrivait, écrivait. Pendant des jours, des semaines. Il y a des périodes où l'esprit, fécondé, peut se nourrir uniquement de soi, et continue de produire, d'une façon presque indéfinie. Il suffit d'un effleurement, d'un pollen apporté par le vent, pour que lèvent les germes intérieurs, les myriades de germes... Christophe n'avait pas le temps de penser, il n'avait pas le temps de vivre. Sur les ruines de la vie, l'âme créatrice régnait.

Et puis, cela s'arrêta. Christophe sortit de là, brisé, brûlé, vieilli de dix ans — mais sauvé. Il avait quitté Christophe. Il avait émigré en Dieu.

Des touffes de cheveux blancs étaient brusquement apparues dans la chevelure noire, comme ces fleurs d'automne qui montent des prairies en une nuit de septembre. Des rides nouvelles sabraient ses joues. Mais les yeux avaient reconquis leur calme, et la bouche s'était résignée. Il était apaisé. Il comprenait, maintenant. Il comprenait la vanité de son orgueil, la vanité de l'orgueil humain, sous le poing redoutable de la Force qui meut les mondes. Nul n'est maître de soi, avec certitude. Il faut veiller. Car si l'on s'endort, la Force se rue sur nous et nous emporte... dans quels abîmes? Ou le torrent se retire et nous laisse dans son lit à sec. Il ne suffit même pas de vouloir pour lutter. Il faut s'humilier devant le Dieu inconnu, qui *flat ubi vult,* qui souffle quand il veut, où il veut, l'amour, la mort, ou la vie. La volonté de l'homme ne peut rien sans la sienne. Une seconde lui suffit pour anéantir des années de labeur et d'efforts. Et s'il lui plaît, il peut faire surgir l'éternel de la boue. Nul, plus que l'artiste qui crée, ne se sent à sa merci : car, s'il est vraiment grand, il ne dit que ce que l'Esprit lui dicte.

Et Christophe comprit la sagesse du vieux Haydn, se mettant à genoux, chaque matin, avant de prendre la plume... *Vigila et ora.* Veillez et priez. Priez le Dieu, afin qu'il soit avec vous. Restez en communion amoureuse et pieuse avec l'Esprit de vie!

*

Vers la fin de l'été, un ami parisien qui passait en Suisse découvrit la retraite de Christophe. Il vint le voir. C'était un critique musical, qui s'était toujours montré le meilleur juge de ses compositions. Il était accompagné d'un peintre connu, qui se disait mélomane et admirateur, lui aussi, de Christophe. Ils lui apprirent le succès considérable de ses œuvres : on les jouait partout, en Europe. Christophe témoigna peu d'intérêt à cette nouvelle : le passé était mort pour lui, ces œuvres ne comptaient plus. Sur la demande de son visiteur, il lui montra ce qu'il avait écrit récemment. L'autre n'y comprit rien. Il pensa que Christophe était devenu fou.

« Pas de mélodie, pas de mesure, pas de travail thématique; une sorte de noyau liquide, de matière en fusion qui n'est pas refroidie, qui prend toutes les formes et qui n'en a aucune; ça ne ressemble à rien : des lueurs dans un chaos. »

Christophe sourit.

« C'est à peu près cela, dit-il. « *Les yeux du chaos qui luisent à travers le voile de l'ordre...* »

Mais l'autre ne comprit pas le mot de Novalis.

(— Il est vidé, pensa-t-il.)

Christophe ne chercha pas à se faire comprendre.

Quand ses hôtes prirent congé, il les accompagna un peu, afin de leur faire les honneurs de sa montagne. Mais il n'alla pas bien loin. A propos d'une prairie, le critique musical évoquait des décors de théâtre parisien; et le peintre notait des tons, sans indulgence pour la maladresse de leurs combinaisons, qu'il trouvait d'un goût suisse, tarte à la rhubarbe, aigres et plates, à la Hodler; il affichait d'ailleurs, à l'égard de la nature, une indifférence qui n'était pas tout à fait simulée. Il feignait de l'ignorer.

« La nature! qu'est-ce que c'est que ça? Connais pas! Lumière, couleur, à la bonne heure! La nature, je m'en fous... »

Christophe leur serra la main et les laissa partir. Tout cela ne l'affectait plus. Ils étaient de l'autre côté du ravin. C'était bien. Il ne dirait à personne :

« Pour venir jusqu'à moi, prenez le même chemin. »

Le feu créateur qui l'avait brûlé pendant des mois était tombé. Mais Christophe en gardait dans son cœur la chaleur bienfaisante. Il savait que le feu renaîtrait : si ce n'était en lui, ce serait dans un autre. Où que ce fût, il l'aimerait autant, ce serait toujours le même feu. En cette fin de journée de septembre, il le sentait répandu dans la nature entière.

Il remonta vers sa maison. Un orage avait passé. C'était maintenant le soleil. Les prairies fumaient. Des pommiers, les fruits mûrs tombaient dans l'herbe humide. Tendues aux branches des sapins, des toiles d'araignées, brillantes encore de pluie, étaient pareilles aux roues archaïques de chariots mycéniens. A l'orée de la forêt mouillée, le pivert secouait son rire saccadé. Et des myriades de petites guêpes, qui dansaient dans les rayons de soleil, remplissaient la voûte des bois de leur pédale d'orgue continue et profonde.

Christophe se trouva dans une clairière, au creux d'un plissement de la montagne, un vallon fermé, d'un ovale régulier, que le soleil couchant inondait de sa lumière : terre rouge; au milieu, un petit champ doré, blés tardifs, et joncs couleur de rouille. Tout autour, une ceinture de bois, que l'automne mûrissait : hêtres de cuivre rouge, châtaigniers blonds, sorbiers aux grappes de corail, flammes des cerisiers aux petites langues de feu, broussailles de myrtilles aux feuilles orange, cédrat, brun, amadou brûlé. Tel, un buisson ardent. Et du centre de cette coupe enflammée, une alouette, ivre de grain et de soleil, montait.

Et l'âme de Christophe était comme l'alouette. Elle savait qu'elle retomberait tout à l'heure, et bien des fois encore. Mais elle savait aussi qu'infatigablement elle remonterait dans le feu, chantant son tireli, qui parle à ceux qui sont en bas de la lumière des cieux.

LA NOUVELLE JOURNÉE

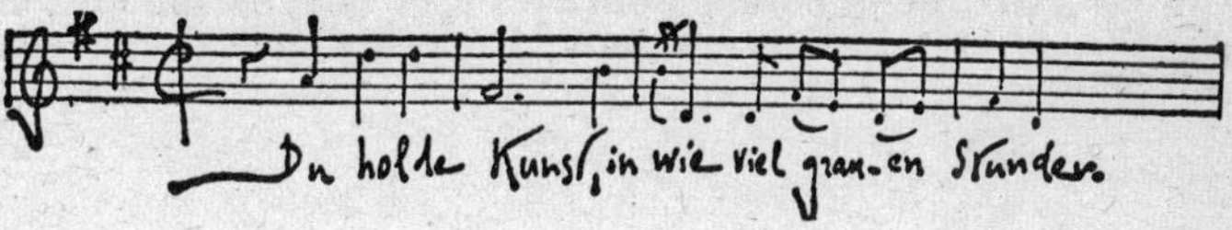

La vie passe. Le corps et l'âme s'écoulent comme un flot. Les ans s'inscrivent sur la chair de l'arbre qui vieillit. Le monde entier des formes s'use et se renouvelle. Toi seule ne passes pas, immortelle Musique. Tu es la mer intérieure. Tu es l'âme profonde. Dans tes prunelles claires, la vie ne mire pas son visage morose. Au loin de toi s'enfuient, troupeau de nuées, les jours brûlants, glacés, fiévreux, que l'inquiétude chasse, que jamais rien ne fixe. Toi seule ne passes pas. Tu es en dehors du monde. Tu es un monde, à toi seule. Tu as ton soleil, qui mène ta ronde des planètes, ta gravitation, tes nombres et tes lois. Tu as la paix des étoiles, qui tracent dans le champ des espaces nocturnes leur sillon lumineux — charrues d'argent que mène l'invisible bouvier.

Musique, amie sereine, ta lumière lunaire est douce aux yeux fatigués par le brutal éclat du soleil d'ici-bas. L'âme qui se détourne de l'abreuvoir commun, où les hommes pour boire remuent la vase avec leurs pieds, se presse sur ton sein et suce à tes mamelles le ruisseau de lait du rêve. Musique, vierge mère, qui portes en ton corps immaculé toutes les passions, qui contiens dans le lac de tes yeux couleur de joncs, couleur de l'eau vert pâle qui coule des glaciers, tout le bien, tout le mal, — tu es par-delà le mal, tu es par-delà le bien; qui chez toi fait son nid vit en dehors des siècles; la suite de ses jours ne sera qu'un seul jour; et la mort qui tout mord s'y brisera les dents.

Musique qui berças mon âme endolorie, Musique qui me l'as rendue calme, ferme et joyeuse — mon amour et mon bien —, je baise ta bouche pure, dans tes cheveux de miel je cache mon visage, j'appuie mes paupières qui brûlent sur la paume douce de tes mains. Nous nous taisons, nos yeux sont clos, et je vois la lumière ineffable de tes yeux, et je bois le sourire de ta bouche muette; et blotti sur ton cœur, j'écoute le battement de la vie éternelle.

PREMIÈRE PARTIE

CHRISTOPHE ne compte plus les années qui s'enfuient. Goutte à goutte, la vie s'en va. Mais *sa* vie est ailleurs. Elle n'a plus d'histoire. Son histoire, c'est l'œuvre qu'il crée. Le chant incessant de la source Musique remplit l'âme et la rend insensible au fracas du dehors.

Christophe a vaincu. Son nom s'est imposé. Ses cheveux ont blanchi. L'âge est venu. Il ne s'en soucie point; son cœur est toujours jeune; il n'a rien abdiqué de sa force et de sa foi. Il a de nouveau le calme; mais ce n'est plus le même qu'avant d'avoir passé par le Buisson Ardent. Il garde au fond de lui le tremblement de l'orage et de ce que la mer soulevée lui a montré de l'abîme. Il sait que nul ne doit se vanter d'être maître de soi qu'avec la permission de Dieu qui règne dans la bataille. Il porte en son âme deux âmes. L'une est un haut plateau, battu des vents et des nuages. L'autre, qui la domine, est un sommet neigeux qui baigne dans la lumière. On n'y peut séjourner; mais quand on est glacé par les brouillards d'en bas, on connaît le chemin qui monte vers le soleil. Dans son âme de brume, Christophe n'est jamais seul. Il sent auprès de lui la présence de la robuste amie, sainte Cécile, aux yeux larges qui écoutent le ciel; et, comme l'apôtre Paul — dans le tableau de Raphaël — qui se tait et qui songe, appuyé sur l'épée, il ne s'irrite plus, il ne pense plus à combattre; il édifie son rêve.

Il écrivait surtout, dans cet âge de sa vie, des compositions pour clavier et pour musique de chambre. On y est bien plus libre d'oser davantage; il y a moins d'intermédiaires entre la pensée et sa réalisation : celle-là n'a pas eu le temps de s'affaiblir en route. Frescobaldi, Couperin, Schubert et Chopin, par leurs témérités d'expression et de style ont devancé de cinquante ans les révolutionnaires de l'orchestre. De la pâte sonore que pétrissaient les fortes mains de Christophe sortaient des agglomérations harmoniques inconnues, des successions d'accords vertigineux, issus des plus lointaines parentés de sons accessibles à la sensibilité d'aujourd'hui; ils exerçaient sur l'esprit un envoûtement sacré. — Mais il faut du temps au public pour s'habituer aux conquêtes qu'un grand artiste rapporte de ses plongées au fond de l'océan. Bien peu suivaient Christophe dans l'audace de ses dernières compositions. Sa gloire était due toute à ses premières œuvres. Le sentiment de l'incompréhension publique dans le succès, plus pénible encore que dans l'insuccès, car elle paraît sans remède, avait aggravé chez Christophe, depuis la mort de son unique ami, une tendance un peu morbide à s'isoler du monde.

Cependant, les portes de l'Allemagne s'étaient rouvertes à lui. En France, l'oubli était tombé sur la tragique échauffourée. Il était libre d'aller où il voulait. Mais il avait peur des souvenirs qui l'attendaient à Paris. Et bien qu'il fût rentré pour quelques mois en Allemagne, bien qu'il y revînt de temps en temps, pour diriger des exécutions de ses œuvres, il ne s'y était point fixé. Trop de choses l'y blessaient. Elles n'étaient pas spéciales à l'Allemagne; il les trouvait ailleurs. Mais on est plus exigeant pour son pays que pour un autre, et on souffre davantage de ses faiblesses. Au reste, il était vrai que l'Allemagne portait la plus lourde charge des péchés de l'Europe. Quand on a la victoire, on en est responsable, on contracte une dette envers ceux qu'on a vaincus; on prend l'engagement tacite de marcher devant eux, de leur montrer le chemin. Louis XIV vainqueur apportait à l'Europe la splendeur de la raison française. Quelle lumière l'Allemagne de Sedan a-t-elle apportée au monde? L'éclair des baïonnettes? Une pensée sans ailes, une action sans générosité, un réalisme brutal, qui n'a même pas l'excuse d'être sain; la force et l'intérêt : Mars commis voyageur. Quarante ans, l'Europe s'était traînée dans la nuit, sous la peur. Le soleil était caché sous le casque du vainqueur. Si des vaincus trop faibles pour soulever l'éteignoir n'ont droit qu'à une pitié, mêlée d'un peu de mépris, quel sentiment mérite l'homme au casque?

Depuis peu, le jour commençait à renaître; des trouées de lumière passaient par les fissures. Pour être des premiers à voir le soleil, Christophe était sorti de l'ombre du casque; il revenait volontiers dans le pays dont il avait été naguère l'hôte forcé : en Suisse. Comme tant d'esprits d'alors, altérés de liberté, qui suffoquaient dans le cercle étroit des nations ennemies, il cherchait un coin de terre où l'on pût respirer au-dessus de l'Europe. Jadis, au temps de Goethe, la Rome des libres papes était l'île où les pensées de toute race venaient se poser, ainsi que des oiseaux, à l'abri de la tempête. Maintenant, quel refuge? L'île a été recouverte par la mer, Rome n'est plus. Les oiseaux se sont enfuis des Sept Collines. — Les Alpes leur demeurent. Là se maintient (pour combien de temps encore?), au milieu de l'Europe avide, l'îlot des Vingt-quatre Cantons. Certes, il ne rayonne point le mirage poétique de la Ville Séculaire; l'histoire n'y a point mêlé à l'air que l'on respire l'odeur des dieux et des héros; mais une puissante musique monte de la Terre nue; les lignes des montagnes ont des rythmes héroïques; et plus qu'ailleurs, ici, l'on se sent en contact avec les forces élémentaires. Christophe n'y venait point chercher un plaisir romantique. Un champ, quelques arbres, un ruisseau, le grand ciel, lui eussent suffi pour vivre. Le calme visage de sa terre natale lui était plus fraternel que la Gigantomachie Alpestre. Mais il ne pouvait oublier qu'ici, il avait recouvré sa force; ici, Dieu lui était apparu dans le Buisson Ardent; il n'y retournait jamais sans un frémissement de gratitude et de foi. Il n'était pas le seul. Que de combattants de la vie, que la vie a meurtris, ont retrouvé sur ce sol l'énergie nécessaire pour reprendre le combat et pour y croire encore!

A vivre dans ce pays, il avait appris à le connaître. La plupart de ceux qui passent n'en voient que les verrues : la lèpre des hôtels, qui déshonore les plus beaux traits de cette robuste terre, ces villes d'étrangers, monstrueux entrepôt où le peuple gras du monde vient acheter la santé, ces mangeoires de tables d'hôte, ces ignobles gâchages de viandes jetées dans la fosse aux bêtes, ces musiques de casinos dont le bruit accompagne celui des petits chevaux, ces pitres italiens dont les braillements dégoûtants font pâmer d'aise les riches imbéciles qui s'ennuient, la sottise des étalages de boutiques : ours de bois, chalets, bibelots niais, servilement répétés, sans aucune invention, les honnêtes libraires aux brochures scandaleuses — toute la bassesse morale de ces milieux où s'engouffrent, chaque année, sans plaisir, les millions de ces oisifs, incapables de trouver des amusements plus relevés que ceux de la canaille, ni simplement aussi vifs.

Et ils ne connaissent rien de la vie de ce peuple, qui est leur hôte. Ils ne se doutent pas des réserves de force morale et de liberté civique qui s'y sont amassées, depuis des siècles, des charbons de l'incendie de Calvin et de Zwingli, qui brûlent encore sous la cendre, du vigoureux esprit démocratique qu'ignorera toujours la République napoléonienne, de cette simplicité d'institutions et de cette largesse d'œuvres sociales, de l'exemple donné au monde par ces Etats-Unis des trois races principales d'Occident, miniature de l'Europe de l'avenir. Ils ignorent encore plus la Daphné qui se cache sous cette dure écorce, le rêve fulgurant et sauvage de Boecklin, le rauque héroïsme de Hodler, la sereine bonhomie et la verte franchise de Gottfried Keller, l'épopée Titanique, la lumière Olympienne du grand aède Spitteler, les traditions vivantes des fêtes populaires, et la sève de printemps qui travaille l'arbre rude et antique : tout cet art encore jeune, qui tantôt râpe la langue, comme les fruits pierreux des poiriers sauvages, tantôt a la fadeur sucrée des myrtilles noires et bleues, mais du moins sent la terre, est l'œuvre d'autodidactes qu'une culture archaïque ne sépare point de leur peuple et qui lisent, avec lui, dans le même livre de vie.

Christophe avait de la sympathie pour ces hommes qui cherchent moins à paraître qu'à être, et qui, sous le vernis récent d'un industrialisme germano-américain, conservent certains des traits les plus reposants de l'Ancienne Europe rustique et bourgeoise. Il s'était fait parmi eux deux ou trois bons amis, graves, sérieux et fidèles, qui vivaient isolés et murés dans leurs regrets du passé; ils assistaient à la disparition lente de la vieille Suisse, avec une sorte de fatalisme religieux, un pessimisme calviniste : de grandes âmes grises. Christophe les voyait rarement. Ses blessures anciennes s'étaient cicatrisées en apparence; mais elles avaient été trop profondes pour guérir tout à fait. Il avait peur de renouer des liens avec les hommes. Il avait peur de se reprendre à la chaîne d'affections et de douleurs. C'était un peu pour cela qu'il se trouvait bien dans un pays où il était facile de vivre à l'écart, étranger parmi la foule des étrangers. Au reste, il était rare qu'il séjournât longtemps au même lieu; il changeait souvent de gîte : vieil oiseau nomade, qui a besoin d'espace, et pour qui la patrie est dans l'air... « *Mein Reich ist in der Luft...* »

Un soir d'été.

Il se promenait dans la montagne, au-dessus d'un village. Il allait, son chapeau à la main, par un chemin en lacet qui montait. Arrivé à un tournant, le sentier sinuait, à l'ombre, entre deux pentes; des buissons de noisetiers, des sapins, le bordaient. C'était comme un petit monde fermé. A l'un et l'autre coude, le chemin semblait fini, cabré au bord du vide. Au-delà, des lointains bleuâtres, l'air lumineux. Le calme du soir s'épandait goutte à goutte, comme un filet d'eau qui tintait sous la mousse...

Elle apparut, à l'autre tournant de la route. Vêtue de noir, elle se détachait sur la clarté du ciel; derrière elle, deux enfants, un garçon et une fille, de six à huit ans, jouaient, cueillaient des fleurs. A quelques pas, ils se reconnurent. Leur émotion se trahit dans leurs yeux; mais nulle exclamation, à peine un geste de surprise. Lui, très troublé; elle... ses lèvres tremblaient un peu. Ils s'arrêtèrent. Presque à voix basse :

« Grazia!

— Vous, ici! »

Ils se donnèrent la main, et restèrent sans parler. La première, Grazia fit un effort pour rompre le silence. Elle dit où elle habitait, demanda où il était. Questions et réponses machinales, qu'ils écoutaient à peine, qu'ils entendirent après, quand ils furent séparés : ils se contemplaient. Les enfants l'avaient rejointe. Elle les lui présenta. Il éprouvait pour eux un sentiment hostile. Il les regarda sans bonté, et ne dit rien : il était plein d'elle, uniquement occupé à étudier son beau visage souffrant et vieilli. Elle était gênée par ses yeux. Elle dit :

« Voulez-vous venir, ce soir? »

Elle nomma l'hôtel.

Il demanda où était son mari. Elle montra son deuil. Il était trop ému pour continuer l'entretien. Il la quitta gauchement. Mais après avoir fait deux pas, il revint vers les enfants, qui cueillaient des fraises, il les prit avec brusquerie, les embrassa, et se sauva.

Le soir, il vint à l'hôtel. Elle était sur la véranda vitrée. Ils s'assirent à l'écart. Peu de monde : deux ou trois vieilles personnes. Christophe était sourdement irrité de leur présence. Grazia le regardait. Il regardait Grazia, en répétant son nom, tout bas.

« J'ai bien changé, n'est-ce pas », dit-elle.

Il avait le cœur gonflé d'émotion.

« Vous avez souffert, dit-il.

— Vous aussi », fit-elle avec pitié, en regardant son visage ravagé par la peine et par la passion.

Ils ne trouvèrent plus de mots.

« Je vous en prie, dit-il après un instant, allons ailleurs! Est-ce que nous ne pouvons pas nous parler dans un lieu où nous soyons seuls?

— Non, mon ami, restons, restons ici, nous sommes bien. Qui fait attention à nous?

— Je ne suis pas libre de parler.

— Cela est mieux, ainsi. »

Il ne comprit pas pourquoi. Plus tard, quand il repassa l'entretien dans sa mémoire, il pensa qu'elle n'avait pas confiance en lui. Mais c'était qu'elle avait une peur instinctive des scènes d'émotion; elle cherchait un abri contre les surprises de leurs cœurs; même, elle aimait la gêne de cette intimité dans un salon d'hôtel, qui protégeait la pudeur de son trouble secret.

Ils se dirent à mi-voix, avec de fréquents silences, les grandes lignes de leur vie. Le comte Berény avait été tué en duel, quelques mois auparavant; et Christophe comprit qu'elle n'avait pas été très heureuse avec lui. Elle avait aussi perdu un enfant, son premier-né. Elle évitait toute plainte. Elle détourna l'entretien d'elle-même, pour interroger Christophe, et elle témoigna, au récit de ses épreuves, une affectueuse compassion.

Les cloches sonnaient. C'était un dimanche soir. La vie était suspendue...

Elle lui demanda de revenir, le surlendemain. Il fut affligé de ce qu'elle fût si peu pressée de le revoir. En son cœur se mêlaient le bonheur et la peine.

Le lendemain, sous un prétexte, elle lui écrivit de venir. Ce mot banal le ravit. Elle le reçut, cette fois, dans son salon particulier. Elle était avec ses deux enfants. Il les regarda, avec un peu de trouble encore et beaucoup de tendresse. Il trouva que la petite — l'aînée — ressemblait à sa mère; il ne demanda pas à qui ressemblait le garçon. Ils causèrent du pays, du temps, des livres ouverts sur la table; leurs yeux tenaient un autre langage. Il comptait parvenir à lui parler plus intimement. Mais entra une amie d'hôtel. Il vit l'aimable politesse, avec laquelle Grazia recevait cette étrangère; elle ne semblait pas faire de différence entre ses deux visiteurs. Il en fut affligé; il ne lui en voulut pas. Elle proposa une promenade ensemble, il accepta; la compagnie de cette autre femme, pourtant jeune et agréable, le glaça; et sa journée fut gâtée.

Il ne revit plus Grazia que deux jours après. Pendant ces deux jours, il ne vécut que pour l'heure qu'il allait passer avec elle. — Cette fois encore, il ne réussit pas mieux à lui parler. Tout en se montrant bonne, elle ne se départait pas de sa réserve. Christophe y ajouta par quelques effusions de sentimentalité germanique, qui la gênèrent, et contre lesquelles, d'instinct, elle réagit.

Il lui écrivit une lettre, qui la toucha. Il disait que la vie était si courte! Et la leur, si avancée, déjà! Ils n'avaient plus que peu de temps à se voir : il était douloureux et presque criminel de ne pas en profiter pour se parler librement.

Elle répondit, par un mot affectueux : elle s'excusait de garder, malgré elle, une certaine méfiance, depuis que la vie l'avait blessée; cette habitude de réserve, elle ne pouvait la perdre; toute manifestation trop vive, même d'un sentiment vrai, la choquait, l'effrayait. Mais elle sentait le prix de l'amitié retrouvée; et elle en était aussi heureuse que lui. Elle le priait de venir dîner, le soir.

Son cœur fut inondé de reconnaissance. Dans sa chambre d'hôtel, couché sur son lit, la tête dans ses oreillers, il sanglota. C'était la détente de dix ans de solitude. Car depuis la mort d'Olivier, il était resté seul. Cette lettre apportait le mot de résurrection pour son cœur affamé de tendresse. La tendresse!... Il croyait y avoir renoncé : il lui avait bien fallu apprendre à s'en passer! Il sentait aujourd'hui combien elle lui manquait, et tout ce qu'il avait accumulé d'amour.

Douce et sainte soirée... Il ne put lui parler que de sujets indifférents, malgré leur intention de ne se cacher rien. Mais que de choses bienfaisantes il dit sur le piano, où elle l'invita du regard à lui parler! Elle était frappée de l'humilité de cœur de cet homme, qu'elle avait connu orgueilleux et violent. Quand il partit, l'étreinte silencieuse de leurs mains dit qu'ils s'étaient retrouvés, qu'ils ne se perdraient plus. — Il pleuvait, sans un souffle de vent. Le cœur de Christophe chantait...

Elle ne devait plus rester que quelques jours dans le pays; et elle ne retarda pas d'une heure son départ, sans qu'il osât le lui demander, ni s'en plaindre. Le dernier jour, ils se promenèrent seuls, avec les enfants; à un moment, il était si plein d'amour et de bonheur qu'il voulut le lui dire; mais, d'un geste très doux, elle l'arrêta, en souriant :

« Chut! Je sens tout ce que vous pouvez dire. »

Ils s'assirent, au détour du chemin où ils s'étaient rencontrés. Elle regardait, souriante toujours, la vallée à ses pieds; mais ce n'était pas la vallée qu'elle voyait. Il contemplait le suave visage où les tourments avaient laissé leur marque; dans l'épaisse chevelure noire, partout des fils blancs se montraient. Il ressentait une adoration pitoyable et passionnée pour cette chair qui s'était imprégnée des souffrances de l'âme. L'âme était partout visible en ces blessures du temps. — Et il demanda à voix basse et tremblante, comme une faveur précieuse, qu'elle lui donnât... un de ses cheveux blancs.

*

Elle partit. Il ne pouvait comprendre pourquoi elle ne voulait pas qu'il l'accompagnât. Il ne doutait point de son amitié; mais sa réserve le déconcertait. Il ne put rester deux jours dans le pays; il partit dans une autre direction. Il tâcha d'occuper son esprit en voyages, en travaux. Il écrivit à Grazia. Elle lui répondit, deux ou trois semaines après, de courtes lettres, où se montrait une amitié tranquille, sans impatience, sans inquiétude. Il en souffrait et il les aimait. Il ne se reconnaissait pas le droit de lui en faire un reproche; leur affection était trop récente, trop récemment renouvelée! Il tremblait de la perdre. Et pourtant chaque lettre qui lui venait d'elle respirait un calme loyal qui aurait dû le rassurer. Mais qu'elle était différente de lui!...

Ils avaient convenu de se retrouver à Rome, vers la fin de l'automne. Sans la pensée de la revoir, ce voyage aurait eu pour Christophe peu de charme. Son long isolement l'avait rendu casanier; il n'avait plus de goût à ces déplacements inutiles, où se complaît l'oisiveté fiévreuse d'aujourd'hui. Il avait peur d'un changement d'habitudes, dangereux pour le travail régulier de l'esprit. D'ailleurs, l'Italie ne l'attirait point. Il ne la connaissait que par l'infâme musique des « véristes » et par les airs de ténor que la terre de Virgile inspire périodiquement aux littérateurs en voyage. Il éprouvait pour elle l'hostilité méfiante d'un artiste d'avant-garde, qui a trop souvent entendu invoquer le nom de Rome par les pires champions de la routine académique. Enfin, ce vieux levain d'antipathie instinctive, qui couve au fond des cœurs du Nord pour les hommes du Midi, ou du moins pour le type légendaire de jactance oratoire qui représente, aux yeux des hommes du Nord, les hommes du Midi. Rien que d'y penser, Christophe faisait sa lippe dédaigneuse... Non, il n'avait nulle envie de faire plus ample connaissance avec le peuple sans musique. — (Ainsi le nommait-il, avec son outrance coutumière : « Car que comptent, disait-il, dans la musique de l'Europe actuelle, ses grattements de mandoline et ses vociférations de mélodrames hâbleurs? ») — Mais à ce peuple pourtant, Grazia appartenait. Pour la retrouver, jusqu'où et par quels chemins Christophe ne fût-il pas allé? Il en serait quitte pour fermer les yeux, jusqu'à ce qu'il l'eût rejointe.

Fermer les yeux, il y était habitué. Depuis tant d'années, ses volets étaient clos sur sa vie intérieure! Dans cette fin d'automne, c'était plus nécessaire que jamais. Trois semaines de suite, il avait plu sans répit. Et depuis, une calotte grise d'impénétrables nuées pesait sur les vallées de Suisse, grelottantes et mouillées. Les yeux avaient perdu le souvenir de la saveur du soleil. Pour en retrouver en soi l'énergie concentrée, il fallait commencer par faire nuit complète, et, sous les paupières closes, descendre au fond de la mine, dans les galeries souterraines du rêve. Là dormait dans la houille le soleil des jours morts. Mais à passer sa vie, accroupi, à creuser, on sortait de là brûlé, l'échine et les genoux raides, les membres déformés, le regard trouble, avec des yeux d'oiseau de nuit. Bien des fois, Christophe avait rapporté de la mine le feu péniblement extrait, qui réchauffe les cœurs transis. Mais les rêves du Nord sentent la chaleur du poêle. On ne s'en doute pas, lorsqu'on vit dedans; on aime cette tiédeur lourde, on aime ce demi-jour et les songes entassés dans la tête pesante. On aime ce qu'on a. Il faut bien s'en contenter!...

Lorsque au sortir de la barrière alpestre, Christophe, assoupi dans un coin de son wagon, aperçut le ciel immaculé et la lumière qui coulait sur les pentes des monts, il lui sembla rêver. De l'autre côté du mur, il venait de laisser le ciel éteint, le jour crépusculaire. Si brusque était le changement qu'il en sentit d'abord plus de surprise que de joie. Il lui fallut quelque temps avant que l'âme, engourdie, peu à peu se détendît, fendît l'écorce qui l'emprisonnait, et que le cœur se dégageât des ombres du passé. Mais à mesure que la journée s'avançait, la lumière moelleuse l'entourait de ses bras; et, perdant le souvenir de tout ce qui avait été, il buvait avidement la volupté de voir.

Plaines du Milanais. Œil du jour qui se reflète dans les canaux bleutés, dont le réseau de veines sillonne les rizières duvetées. Arbres d'automne, à la souple maigreur, au squelette élégant d'un dessin contourné, avec des touffes de duvet roux. Montagnes de Vinci, Alpes neigeuses à l'éclat adouci, dont la ligne orageuse encercle l'horizon, frangée d'orange, d'or vert et d'azur pâle. Soir qui tombe sur l'Apennin. Descente sinueuse le long des monts abrupts, aux courbes serpentines, dont le rythme se répète et s'enchaîne, en une farandole. — Et soudain, au bas de la pente, comme un baiser, l'haleine de la mer, aux orangers mêlée. La mer, la mer latine et sa lumière d'opale, où dorment, suspendues, des barques par volées, aux ailes repliées...

Sur le bord de la mer, à un village de pêcheurs, le train restait arrêté. On expliquait aux voyageurs qu'à la suite des grandes pluies, un éboulement s'était produit dans un tunnel, sur la voie de Gênes à Pise; tous les trains avaient des retards de plusieurs heures, Christophe, qui avait pris un billet direct pour Rome, fut ravi de cette malchance qui soulevait les protestations de ses compagnons. Il sauta sur le quai et profita de l'arrêt pour courir vers la mer, dont le regard l'attirait. Il fut si bien attiré qu'une ou deux heures après, quand siffla le train qui repartait, Christophe était dans une barque; et le voyant passer, lui cria : « Bon voyage! » Sur la mer lumineuse, dans la nuit lumineuse, il se laissait bercer, longeant les promontoires bordés de cyprès enfantins. Il s'installa dans le village, il y passa cinq jours dans une joie perpétuelle. Il était comme un homme qui sort d'un long jeûne, et qui dévore. De tous ses sens affamés, il mangeait la splendide lumière... Lumière, sang du monde, fleuve de vie, qui, par nos yeux, nos narines, nos lèvres, tous les pores de la peau, t'infiltres dans la chair, lumière plus nécessaire à la vie que le pain, — qui te voit dévêtue de tes voiles du Nord, pure, brûlante, et nue, se demande comment il a jamais pu vivre sans te posséder, et sait qu'il ne pourra plus jamais vivre sans te désirer.

Cinq jours, Christophe se plongea dans une soûlerie de soleil. Cinq jours, il oublia — pour la première fois — qu'il était musicien. La musique de son être s'était muée en lumière. L'air, la mer et la terre : symphonie du soleil! Et de cet orchestre, avec quel art inné l'Italie sait user! Les autres peuples peignent d'après la nature; l'Italien collabore avec elle; il peint avec le soleil. Musique des couleurs. Tout est musique, tout chante. Un mur du chemin, rouge, craquelé d'or; au-dessus, deux cyprès à la toison crêpelée; le ciel d'un bleu avide, autour. Un escalier de marbre, blanc et raide, qui monte entre des murs roses, vers une façade bleue. Des maisons multicolores, abricot, citron, cédrat, qui luisent parmi les oliviers, fruits merveilleux, dans le feuillage... La vision italienne est une sensualité; les yeux jouissent des couleurs, comme la langue d'un fruit juteux et parfumé. Sur ce régal nouveau, Christophe se jetait, avec gourmandise; il prenait sa revanche de l'ascétisme des visions grises auxquelles il avait été jusque-là condamné. Son abondante nature, étouffée par le sort, prenait soudain conscience des puissances de jouir dont il n'avait rien fait; elles s'emparaient de la proie qui leur était offerte : odeurs, couleurs, musique des voix, des cloches et de la mer, voluptueuses caresses de l'air et de la lumière... Christophe ne pensait à rien. Il était dans la béatitude. Il n'en sortait que pour faire part de sa joie à ceux qu'il rencontrait : à son batelier, un vieux pêcheur, aux yeux vifs et plissés, coiffé d'une toque rouge de sénateur vénitien; à son unique commensal, un Milanais, qui mangeait du macaroni, en roulant des yeux d'Othello, atroces, noirs de haine furieuse, homme apathique; au garçon de restaurant, qui, pour porter un plateau, ployait le cou, tordait les bras et le torse, comme un ange de Bernin; au petit saint Jean, dardant des œillades coquettes, qui mendiait sur le chemin, en offrant une orange avec la branche verte. Il interpellait les voiturins, vautrés, la tête en bas au fond de leurs chariots, et poussant, par accès intermittents, les mille et un couplets d'un chant nasillard. Il se surprenait à fredonner *Cavalleria rusticana!* Le but de son voyage était oublié. Oubliée, sa hâte d'arriver au but, de rejoindre Grazia...

Jusqu'au jour où l'image aimée se réveilla. Fut-ce au choc d'un regard, rencontré sur la route, ou d'une inflexion de voix, grave et chantante? Il n'en eut pas conscience. Mais une heure vint où, de tout ce qui l'entourait, du cercle des collines couvertes d'oliviers, et des hautes arêtes polies de l'Apennin, que sculptent l'ombre épaisse et le soleil ardent, et des bois d'orangers, et de la respiration profonde de la mer, rayonna la figure souriante de l'amie. Par les yeux innombrables de l'air, les yeux de Grazia le regardaient. Elle fleurissait. Elle fleurissait de cette terre, comme une rose d'un rosier.

Alors, il reprit le train pour Rome, sans s'arrêter nulle part. Rien ne l'intéressait des souvenirs italiens, des villes d'art du passé. De Rome, il ne vit rien, il ne chercha à rien voir; et ce qu'il en aperçut, au passage, d'abord, des quartiers neufs sans style, des bâtisses carrées, ne lui inspira pas le désir d'en connaître davantage.

Aussitôt arrivé, il alla chez Grazia. Elle lui demanda :

« Par quel chemin êtes-vous venu? Vous êtes-vous arrêté à Milan, à Florence?

— Non, dit-il. Pour quoi faire? »

Elle rit.

« Belle réponse! Et que pensez-vous de Rome?

— Rien, dit-il, je n'ai rien vu.

— Mais encore?

— Rien. Pas un monument. Au sortir de l'hôtel, je suis venu chez vous.

— Il suffit de dix pas, pour voir Rome... Regardez ce mur, en face... Il n'y a qu'à voir sa lumière.

— Je ne vois que vous, dit-il.

— Vous êtes un barbare, vous ne voyez que votre idée. Et quand êtes-vous parti de Suisse?

— Il y a huit jours.

— Qu'avez-vous donc fait, depuis?

— Je ne sais pas. Je me suis arrêté, par hasard, dans un pays près de la mer. J'ai à peine fait attention au nom. J'ai dormi pendant huit jours. Dormi, les yeux ouverts. Je ne sais pas ce que j'ai vu, je ne sais pas ce que j'ai rêvé. Je crois que j'ai rêvé de vous. Je sais que c'était très beau. Mais le plus beau, c'est que j'ai tout oublié...

— Merci », dit-elle.

(Il n'écouta pas.)

« ... Tout, reprit-il, tout ce qui était alors, tout ce qui était avant. Je suis comme un homme nouveau, qui recommence à vivre.

— C'est vrai, dit-elle, en le regardant avec ses yeux riants. Vous avez changé, depuis notre dernière rencontre. »

Il la regardait aussi, et ne la trouvait pas moins différente de celle qu'il se rappelait. Non pas qu'elle eût changé pourtant, depuis deux mois. Mais il la voyait avec des yeux tout neufs. Là-bas, en Suisse, l'image des jours anciens, l'ombre légère de la jeune Grazia s'interposait entre son regard et l'amie présente. Maintenant, au soleil d'Italie, les rêves du Nord s'étaient fondus; il voyait dans la clarté du jour l'âme et le corps réels de l'aimée. Qu'elle était loin de la chevrette sauvage prisonnière à Paris, loin de la jeune femme au sourire de saint Jean, qu'il avait retrouvée un soir, peu après son mariage, pour la reperdre aussitôt! De la petite madone Ombrienne avait fleuri une belle Romaine :

Color verus, corpus solidum et succi plenum.

Ses formes avaient pris une harmonieuse plénitude; son corps était baigné d'une fière langueur. Le génie du calme l'entourait. Elle avait cette gourmandise du silence ensoleillé, de la contemplation immobile, cette jouissance voluptueuse de la paix de vivre, que les âmes du Nord ne connaîtront jamais bien. Ce qu'elle avait conservé surtout du passé, c'était sa grande bonté, qui se mêlait à tous ses autres sentiments. Mais on lisait des choses nouvelles dans son lumineux sourire : une indulgence mélancolique, un peu de lassitude, une pointe d'ironie, un paisible bon sens. L'âge l'avait voilée d'une certaine froideur, qui l'abritait contre les illusions du cœur; elle se livrait rarement; et sa tendresse se tenait en garde, avec un sourire clairvoyant, contre les emportements de passion que Christophe avait peine à réprimer. Avec cela, des faiblesses, des moments d'abandon au souffle des jours, une coquetterie qu'elle raillait elle-même, mais qu'elle ne combattait point. Nulle révolte contre les choses, ni contre soi : un fatalisme très doux, dans une nature toute bonne et un peu fatiguée.

*

Elle recevait beaucoup, et sans beaucoup choisir — du moins en apparence —, mais comme ses intimes appartenaient, en général, au même monde, respiraient la même atmosphère, avaient été façonnés par les mêmes habitudes, cette société formait une harmonie assez homogène, très différente de celles que Christophe avait entendues, en Allemagne et en France. La plupart étaient de vieille race italienne, vivifiée çà et là par des mariages étrangers; il régnait parmi eux un cosmopolitisme de surface, où se mêlaient avec aisance les quatre langues principales et le bagage intellectuel des quatre grandes nations d'Occident. Chaque peuple y apportait son appoint personnel, les juifs leur inquiétude et les Anglo-Saxons leur flegme; mais le tout, aussitôt fondu dans le creuset italien. Quand des siècles de grands barons pillards ont gravé dans une race tel profil hautain et rapace d'oiseau de proie, le métal peut changer, l'empreinte reste la même. Certaines de ces figures qui semblaient le plus italiennes, un sourire de Luini, un regard voluptueux et calme de Titien, fleurs de l'Adriatique ou des plaines lombardes, s'étaient épanouies sur des arbustes du Nord transplantés dans le vieux sol latin. Quelles que soient les couleurs broyées sur la palette de Rome, la couleur qui ressort est toujours le romain.

Christophe, sans pouvoir analyser son impression, admirait le parfum de culture séculaire, de vieille civilisation, que respiraient ces âmes, souvent assez médiocres, et quelques-unes, même, au-dessous du médiocre. Impalpable parfum qui tenait à des riens, une grâce courtoise, une douceur de manières qui savait être affectueuse, tout en gardant sa malice et son rang, une finesse élégante, de regard, de sourire, d'intelligence alerte et nonchalante, sceptique, diverse et aisée. Rien de raide et de rogue. Rien de livresque. On n'avait pas à craindre de rencontrer ici un de ces psychologues de salons parisiens, embusqué derrière son lorgnon, ou le caporalisme de quelque docteur allemand. Des hommes, tout simplement, et des hommes très humains, tels que l'étaient déjà les amis de Térence et de Scipion l'Emilien...

Homo sum...

Belle façade! La vie était plus apparente que réelle. Par-dessous, l'incurable frivolité, commune à la société mondaine de tous les pays. Mais ce qui donnait à celle-ci ses caractères de race, c'était son indolence. La frivolité française s'accompagne d'une fièvre nerveuse — un mouvement perpétuel du cerveau, même quand il se meut à vide. Le cerveau italien sait se reposer. Il ne le sait que trop. Il est doux de sommeiller à l'ombre chaude, sur le tiède oreiller d'un mol épicurisme et d'une intelligence ironique, très souple, assez curieuse, et prodigieusement indifférente, au fond.

Tous ces hommes manquaient d'opinions décidées. Ils se mêlaient à la politique et à l'art, avec le même dilettantisme. On voyait là des natures charmantes, de ces belles figures italiennes de patriciens aux traits fins, aux yeux intelligents et doux, aux manières tranquilles, qui aimaient d'un cœur affectueux la nature, les vieux peintres, les fleurs, les femmes, les livres, la bonne chère, la patrie, la musique... Ils aimaient tout. Ils ne préféraient rien. On avait le sentiment, parfois, qu'ils n'aimaient rien. L'amour tenait pourtant une large place dans leur vie; mais c'était à condition qu'il ne la troublât point. Il était indolent et paresseux, comme eux; même dans la passion, il prenait volontiers un caractère familial. Leur intelligence, bien faite et harmonieuse, s'accommodait d'une inertie où les contraires de la pensée se rencontraient, sans heurts, tranquillement associés, souriants, émoussés, rendus inoffensifs. Ils avaient peur des croyances entières, des partis excessifs, et se trouvaient à l'aise dans les demi-solutions et les demi-pensées. Ils étaient d'esprit conservateur-libéral. Il leur fallait une politique et un art à mi-hauteur : des stations climatiques, où l'on ne risque pas d'avoir le souffle coupé et des palpitations. Ils se reconnaissaient dans le théâtre paresseux de Goldoni, ou dans la lumière égale et diffuse de Manzoni. Leur aimable nonchaloir n'en était pas inquiété. Ils n'eussent pas dit, comme leurs grands ancêtres : « *Primum vivere...* », mais plutôt : « *Dapprima, quieto vivere.* »

Vivre tranquille. C'était le vœu secret, la volonté de tous, même des plus énergiques, de ceux qui dirigeaient l'action politique. Tel petit Machiavel, maître de soi et des autres, le cœur aussi froid que la tête, l'intelligence lucide et ennuyée, sachant, osant se servir de tous moyens pour ses fins, prêt à sacrifier toutes ses amitiés à son ambition était capable de sacrifier son ambition à une seule chose : le sacro-saint *quieto vivere.* Ils avaient besoin de longues périodes d'anéantissement. Quand ils sortaient de là, ainsi que d'un bon sommeil, ils étaient frais et dispos; ces hommes graves, ces tranquilles madones, étaient pris brusquement d'une fringale de parole, de gaieté, de vie sociale : il leur fallait se dépenser en une volubilité de gestes et de mots, de saillies paradoxales, d'humour burlesque : ils jouaient l'*opera buffa.* Dans cette galerie de portraits italiens, on eût trouvé rarement l'usure de la pensée, cet éclat métallique des prunelles, ces visages flétris par le travail perpétuel de l'esprit, comme on en voit, au Nord. Pourtant il ne manquait pas, ici comme partout, d'âmes qui se rongeaient et qui cachaient leurs plaies, de désirs, de soucis qui couvaient sous l'indifférence et, voluptueusement, s'enveloppaient de torpeur. Sans parler, chez certains, d'étranges échappées, baroques, déconcertantes, indices d'un déséquilibre obscur, propre aux très vieilles races — comme les failles qui s'ouvrent dans la Campagne romaine.

Il y avait bien du charme dans l'énigme nonchalante de ces âmes, de ces yeux calmes et railleurs, où dormait un tragique caché. Mais Christophe n'était pas d'humeur à le reconnaître. Il enrageait de voir Grazia entourée de gens du monde. Il leur en voulait, et il lui en voulait. Il la bouda, de même qu'il bouda Rome. Il espaça ses visites, il se promit de repartir.

*

Il ne repartit pas. Il commençait de sentir, malgré lui, l'attrait de ce monde italien, qui l'irritait.

Pour le moment, il s'isola. Il flâna dans Rome, et autour. La lumière romaine, les jardins suspendus, la Campagne, que ceint, comme une écharpe d'or, la mer ensoleillée, lui révélèrent peu à peu le secret de la terre enchantée. Il s'était juré de ne pas faire un pas pour aller voir ces monuments morts, qu'il affectait de dédaigner; il disait en bougonnant qu'il attendrait qu'ils vinssent le trouver. Ils vinrent : il les rencontra, au hasard de ses promenades, dans la Ville au sol onduleux. Il vit, sans l'avoir cherché, le Forum rouge, au soleil couchant, et les arches à demi écroulées du Palatin, au fond desquelles l'azur profond se creuse, gouffre de lumière bleue. Il erra dans la Campagne immense, près du Tibre rougeâtre, gras de boue, comme de la terre qui marche — et le long des aqueducs ruinés, gigantesques vertèbres de monstres antédiluviens. D'épaisses masses de nuées noires roulaient dans le ciel bleu. Des paysans à cheval poussaient, à coups de gaule, à travers le désert, des troupeaux de grands bœufs gris perle à longues cornes; et, sur la voie antique, droite, poussiéreuse et nue, des pâtres chèvre-pieds, les cuisses recouvertes de peaux velues, cheminaient en silence, avec des théories de petits ânes et d'ânons. Au fond de l'horizon, la chaîne de la Sabine, aux lignes olympiennes, déroulait ses collines; et sur l'autre rebord de la coupe du ciel, les vieux murs de la ville, la façade de Saint-Jean, surmontée de statues qui dansaient, profilaient leurs noires silhouettes... Silence... Soleil de feu... Le vent passait sur la plaine... Sur une statue sans tête, au bras emmailloté, battue par les flots d'herbe, un lézard, dont le cœur paisible palpitait, s'absorbait, immobile, dans son repas de lumière. Et Christophe, la tête bourdonnante de soleil (et quelquefois aussi de vin de *Castelli*), près du marbre brisé, assis sur le sol noir, souriant, somnolent et baigné par l'oubli, buvait la force calme et violente de Rome. — Jusqu'à la nuit tombante. — Alors, le cœur étreint d'angoisse, il fuyait la solitude funèbre où la lumière tragique s'engloutissait... O Terre, terre ardente, terre passionnée et muette! Sous ta paix fiévreuse, j'entends sonner encore les trompettes des légions. Quelles fureurs de vie grondent dans ta poitrine! Quel désir du réveil!

Christophe trouva des âmes, où brûlaient les tisons du feu séculaire. Sous la poussière des morts, ils s'étaient conservés. On eût pensé que ce feu se fût éteint, avec les yeux de Mazzini. Il revivait. Le même. Bien peu voulaient le voir. Il troublait la quiétude de ceux qui dormaient. C'était une lumière claire et brutale. Ceux qui la portaient — de jeunes hommes (le plus âgé n'avait pas trente-cinq ans), de libres intellectuels, qui différaient entre eux, de tempérament, d'éducation, d'opinions et de foi — étaient unis dans le même culte pour cette flamme de la nouvelle vie. Les étiquettes de partis, les systèmes de pensée ne comptaient point pour eux : la grande affaire était de « penser avec courage ». Etre francs, et oser! Ils secouaient rudement le sommeil de leur race. Après la résurrection politique de l'Italie, réveillée de la mort à l'appel des héros, après sa toute récente résurrection économique, ils avaient entrepris d'arracher du tombeau la pensée italienne. Ils souffraient, comme d'une injure, de l'atonie paresseuse et peureuse de l'élite, de sa lâcheté d'esprit, de sa verbolâtrie. Leur voix retentissait dans le brouillard de rhétorique et de servitude morale, accumulé depuis des siècles sur l'âme de la patrie. Ils y soufflaient leur réalisme impitoyable et leur intransigeante loyauté. Ils avaient la passion de l'intelligence claire, que suit l'action énergique. Capables, à l'occasion, de sacrifier les préférences de leur raison personnelle au devoir de discipline que la vie nationale impose à l'individu, ils réservaient pourtant leur autel le plus haut et leurs plus pures ardeurs à la vérité. Ils l'aimaient, d'un cœur fougueux et pieux. Insulté par ses adversaires, diffamé, menacé, un chef de ces jeunes hommes répondait avec une calme grandeur :

« *Respectez, la vérité! Je vous parle à cœur ouvert, libre de toute rancune. J'oublie le mal que j'ai reçu de vous et celui que je puis vous avoir fait. Soyez vrais! Il n'est pas de conscience, il n'est pas de hauteur de vie, il n'est pas de capacité de sacrifice, il n'est pas de noblesse, là où n'existe pas un religieux, rigide et rigoureux respect de la vérité. Exercez-vous dans ce devoir difficile. La fausseté corrompt celui qui en use, avant de vaincre celui contre qui on en use. Que vous y gagniez le succès immédiat, qu'importe? Les*

1. Giuseppe Prezzolini, qui dirigeait alors, avec Giovanni Papini, le groupe de *la Voce*.

racines de votre âme seront suspendues dans le vide, sur le sol rongé par le mensonge. Je ne vous parle plus en adversaire. Nous sommes sur un terrain supérieur à nos dissentiments, même si dans votre bouche votre passion se pare du nom de patrie. Il est quelque chose de plus grand que la patrie : c'est la conscience humaine. Il est des lois que vous ne devez pas violer, sous peine d'être de mauvais Italiens. Vous n'avez plus devant vous qu'un homme qui cherche la vérité; vous devez entendre son cri. Vous n'avez plus devant vous qu'un homme qui désire ardemment vous voir grands et purs, et travailler avec vous. Car, que vous le veuillez ou non, nous travaillons tous en commun avec tous ceux dans le monde qui travaillent avec vérité. Ce qui sortira de nous (et nous ne pouvons le prévoir) portera notre marque commune, si nous avons agi avec vérité. L'essence de l'homme est là : de sa merveilleuse faculté de chercher la vérité, de la voir, de l'aimer, et de s'y sacrifier. — Vérité, qui répands sur ceux qui te possèdent le souffle magique de ta puissante santé!... »

La première fois que Christophe entendit ces paroles, elles lui semblèrent l'écho de sa propre voix; et il sentit que ces hommes et lui étaient frères. Les hasards de la lutte des peuples et des idées pouvaient les jeter, un jour, les uns contre les autres, dans la mêlée; mais amis ou ennemis, ils étaient, ils seraient toujours de la même famille humaine. Ils le savaient, comme lui. Ils le savaient avant lui. Il était connu d'eux, avant qu'il les connût. Car ils étaient déjà les amis d'Olivier. Christophe découvrit que les œuvres de son ami — (quelques volumes de vers, des essais de critique) — qui n'étaient à Paris lues que d'un petit nombre, avaient été traduites par ces Italiens et leur étaient familières.

Plus tard, il devait découvrir les distances infranchissables qui séparaient ces âmes de celle d'Olivier. Dans leur façon de juger les autres, ils restaient uniquement italiens, enracinés dans la pensée de leur race. De bonne foi, ils ne cherchaient dans les œuvres étrangères que ce que voulait y trouver leur instinct national; souvent, ils n'en prenaient que ce qu'ils y avaient mis d'eux-mêmes, à leur insu. Critiques médiocres et piètres psychologues, ils étaient trop entiers, pleins d'eux-mêmes et de leurs passions, même quand ils étaient épris de la vérité. L'idéalisme italien ne sait pas s'oublier; il ne s'intéresse point aux rêves impersonnels du Nord; il ramène tout à soi, à ses désirs, à son orgueil de race, qu'il transfigure. Consciemment ou non, il travaille toujours pour la *terza Roma*. Il faut convenir que, pendant des siècles, il ne s'est pas donné grand mal pour la réaliser! Ces beaux Italiens, bien taillés pour l'action, n'agissent que par passion, et se lassent vite d'agir; mais, quand la passion souffle, elle les soulève plus haut que tous les autres peuples : on l'a vu par l'exemple de leur *Risorgimento*. — C'était un de ces grands vents qui commençait à passer sur la jeunesse italienne de tous les partis : nationalistes, socialistes, néo-catholiques, libres idéalistes, tous Italiens irréductibles, tous, d'espoir et de vouloir, citoyens de la Rome impériale, reine de l'univers.

Tout d'abord, Christophe ne remarqua que leur généreuse ardeur et les communes antipathies qui l'unissaient à eux. Ils ne pouvaient manquer de s'entendre avec lui, dans le mépris de la société mondaine, à laquelle Christophe gardait rancune des préférences de Grazia. Ils haïssaient plus que lui cet esprit de prudence, cette apathie, ces compromis et ces arlequinades, ces choses dites à moitié, ces pensées amphibies, ce subtil balancement entre toutes les possibilités, sans se décider pour aucune. Robustes autodidactes, qui s'étaient faits de toutes pièces, et qui n'avaient pas eu les moyens ni le loisir de se donner le dernier coup de rabot, ils outraient volontiers leur rudesse naturelle et leur ton un peu âpre de *contadini* mal dégrossis. Ils voulaient être entendus. Ils voulaient être combattus. Tout, plutôt que l'indifférence! Ils eussent, pour réveiller les énergies de leur race, consenti joyeusement à en être les premières victimes.

En attendant, ils n'étaient pas aimés et ils ne faisaient rien pour l'être. Christophe eut peu de succès, quand il voulut parler à Grazia de ses nouveaux amis. Ils étaient déplaisants à cette nature éprise de mesure et de paix. Il fallait bien reconnaître avec elle qu'ils avaient une façon de soutenir les meilleures causes, qui donnait envie parfois de s'en déclarer l'ennemi. Ils étaient ironiques et agressifs, d'une dureté de critique qui touchait à l'insulte, même avec des gens qu'ils ne voulaient point blesser. Ils étaient trop sûrs d'eux-mêmes, trop pressés de généraliser, d'affirmer brutalement. Arrivés à l'action publique, avant d'être arrivés à la maturité de leur développement, ils passaient d'un engouement à l'autre, avec la même intolérance. Passionnément sincères, se donnant tout entiers, sans rien économiser, ils étaient consumés par leur excès d'intellectualisme, par leur labeur précoce et forcené. Il n'est pas sain pour de jeunes pensées au sortir de la gousse, de s'exposer au soleil cru. L'âme en reste brûlée. Rien ne se fait de fécond qu'avec le temps et le silence. Le temps et le silence leur avaient manqué. C'est le malheur de trop de talents italiens. L'action violente et hâtive est un alcool. L'intelligence qui y a goûté a peine ensuite à s'en déshabituer; et sa croissance normale risque d'en rester faussée pour toujours.

Christophe appréciait la fraîcheur acide de cette verte franchise, par contraste avec la fadeur des gens du juste milieu, des *vie di mezzo,* qui ont une peur éternelle de se compromettre et un subtil talent de ne dire ni oui ni non. Mais bientôt, il dut convenir que ces derniers, avec leur intelligence calme et courtoise, avaient aussi leur prix. L'état de perpétuel combat où vivaient ses amis était lassant. Christophe croyait de son devoir d'aller chez Grazia, afin de les défendre. Il y allait parfois, afin de les oublier. Sans doute, ils lui ressemblaient. Ils lui ressemblaient trop. Ils étaient aujourd'hui ce qu'il avait été, à vingt ans. Et le cours de la vie ne se remonte pas. Au fond, Christophe savait bien qu'il avait dit adieu, pour son compte, à ces violences, et qu'il s'acheminait vers la paix, dont les yeux de Grazia semblaient tenir le secret. Pourquoi donc se révoltait-il contre elle?... Ah! c'est qu'il eût voulu, par un égoïsme d'amour, être seul à en jouir. Il ne pouvait souffrir que Grazia en dispensât les bienfaits à tout venant, qu'elle fût prodigue envers tous de son charmant accueil.

*

Elle lisait en lui; et, avec son aimable franchise, elle lui dit, un jour :

« Vous m'en voulez d'être comme je suis? Il ne faut pas m'idéaliser, mon ami. Je suis une femme, je ne vaux pas mieux qu'une autre. Je ne cherche pas le monde; mais j'avoue qu'il m'est agréable, de même que j'ai plaisir à aller quelquefois à des théâtres pas très bons, à lire des livres insignifiants, que vous dédaignez, mais qui me reposent et qui m'amusent. Je ne puis me refuser à rien.

— Comment pouvez-vous supporter ces imbéciles?

— La vie m'a enseigné à n'être pas difficile. On ne doit pas trop lui demander. C'est déjà beaucoup, je vous assure, quand on a affaire à de braves gens, pas méchants, assez bons... (naturellement, à condition de ne rien attendre d'eux! Je sais bien que si j'en avais besoin, je n'en trouverais plus beaucoup...) Pourtant, ils me sont attachés; et quand je rencontre un peu de réelle affection, je fais bon marché du reste. Vous m'en voulez, n'est-ce pas? Pardonnez-moi d'être médiocre. Je sais faire du moins la différence de ce qu'il y a de meilleur et de moins bon en moi. Et ce qui est avec vous, c'est le meilleur.

— Je voudrais tout », dit-il, d'un ton boudeur.

Il sentait bien, pourtant, qu'elle disait vrai. Il était si sûr de son affection qu'après avoir hésité pendant des semaines, un jour il lui demanda :

« Est-ce que vous ne voudrez jamais...?

— Quoi donc?

— Être à moi. »

Il se reprit :

« ...que je sois à vous? »

Elle sourit :

« Mais vous êtes à moi, mon ami.

— Vous savez bien ce que je veux dire. »

Elle était un peu troublée; mais elle lui prit les mains et le regarda franchement :

« Non, mon ami », dit-elle avec tendresse.

Il ne put parler. Elle vit qu'il était affligé.

« Pardon, je vous fais de la peine. Je savais que vous me diriez cela. Il faut nous parler en toute vérité, comme de bons amis.

— Des amis, dit-il tristement. Rien de plus?

— Ingrat! Que voulez-vous de plus? M'épouser!... Vous souvenez-vous d'autrefois, lorsque vous n'aviez d'yeux que pour ma belle cousine? J'étais triste alors que vous ne compreniez pas ce que je sentais pour vous. Toute notre vie aurait pu être changée. Maintenant, je pense que c'est mieux, ainsi; c'est mieux que nous n'ayons pas exposé notre amitié à l'épreuve de la vie en commun, de cette vie quotidienne, où ce qu'il y a de plus pur finit par s'avilir...

— Vous dites cela, parce que vous m'aimez moins.

— Oh! non, je vous aime toujours autant.

— Ah! c'est la première fois que vous me le dites.

— Il ne faut plus qu'il y ait rien de caché entre nous. Voyez-vous, je ne crois plus beaucoup au mariage. Le mien, je le sais, n'est pas un exemple suffisant. Mais j'ai réfléchi et regardé autour de moi. Ils sont rares, les mariages heureux. C'est un peu contre nature. On ne peut enchaîner ensemble les volontés de deux êtres qu'en mutilant l'une d'elles, sinon toutes les deux; et ce ne sont même point là, peut-être, des souffrances où l'âme ait profit à être trempée.

— Ah! dit-il, j'y vois une si belle chose, au contraire, l'union de deux sacrifices, deux âmes mêlées en une!

— Une belle chose, dans votre rêve. En réalité, vous souffririez plus que qui que ce soit.

— Quoi! vous croyez que je ne pourrai jamais avoir une femme, une famille, des enfants?... Ne me dites pas cela! Je les aimerais tant! Vous ne croyez pas ce bonheur possible pour moi?

— Je ne sais pas. Je ne crois pas... Peut-être avec une bonne femme, pas très intelligente, pas très belle, qui vous serait dévouée, et ne vous comprendrait pas.

— Que vous êtes mauvaise!... Mais vous avez tort de vous moquer. C'est bon, une bonne femme, même qui n'a pas d'esprit.

— Je crois bien! Voulez-vous que je vous en trouve une?

— Taisez-vous, je vous prie, vous me percez le cœur. Comment pouvez-vous parler ainsi?

— Qu'est-ce que j'ai dit?

— Vous ne m'aimez donc pas du tout, pas du tout, pour penser à me marier avec une autre?

— Mais c'est au contraire parce que je vous aime, que je serais heureuse de faire ce qui pourrait vous rendre heureux.

— Alors, si c'est vrai...

— Non, non, n'y revenez pas! Je vous dis que ce serait votre malheur...

— Ne vous inquiétez pas de moi. Je jure d'être heureux! Mais dites la vérité : vous croyez que vous, vous seriez malheureuse avec moi?

— Oh! malheureuse? mon ami, non. Je vous estime et je vous admire trop, pour être jamais malheureuse avec vous... Et puis, je vous dirai : je crois bien que rien ne pourrait me rendre tout à fait malheureuse, à présent. J'ai vu trop de choses, je suis devenue philosophe... Mais à parler franchement — (n'est-ce pas? vous me le demandez, vous ne vous fâcherez pas?) — eh bien, je connais ma faiblesse, je serais peut-être assez sotte, au bout de quelques mois, pour n'être pas tout à fait heureuse avec vous; et cela, je ne le veux pas, justement parce que j'ai pour vous la plus sainte affection; et je ne veux pas que rien au monde puisse la ternir. »

Lui, tristement :

« Oui, vous dites ainsi, pour m'adoucir la pilule. Je vous déplais. Il y a des choses, en moi, qui vous sont odieuses.

— Mais non, je vous assure! N'ayez pas l'air si penaud. Vous êtes un bon et cher homme.

— Alors, je ne comprends plus. Pourquoi ne pourrions-nous pas nous convenir?

— Parce que nous sommes trop différents, d'un caractère trop accusé, tous deux, trop personnels.

— C'est pour cela que je vous aime.

— Moi aussi. Mais c'est aussi pour cela que nous nous trouverions en conflit.

— Mais non!

— Mais si! Ou bien, comme je sais que vous valez plus que moi, je me reprocherais de vous gêner, avec ma petite personnalité; et alors, je l'étoufferais, je me tairais, et je souffrirais. »

Les larmes viennent aux yeux de Christophe.

« Oh! cela, je ne veux point. Jamais! J'aime mieux tous les malheurs, plutôt que vous souffriez par ma faute, pour moi.

— Mon ami, ne vous affectez pas... Vous savez, je dis ainsi, je me flatte peut-être... Peut-être que je ne serais pas assez bonne pour me sacrifier à vous.

— Tant mieux!

— Mais alors, c'est vous que je sacrifierais, et c'est moi qui me tourmenterais, à mon tour... Vous voyez bien, c'est insoluble, d'un côté comme de l'autre. Restons comme nous sommes. Est-ce qu'il y a quelque chose de meilleur que notre amitié? »

Il hoche la tête, en souriant avec un peu d'amertume.

« Oui, tout cela, c'est qu'au fond vous n'aimez pas assez. »

Elle sourit aussi, gentiment, un peu mélancolique. Elle dit avec un soupir :

« Peut-être Vous avez raison. Je ne suis plus toute jeune, mon ami. Je suis lasse. La vie use, quand on n'est pas très fort, comme vous... Oh! vous, il y a des moments, quand je vous regarde, vous avez l'air d'un gamin de dix-huit ans.

— Hélas! avec cette vieille tête, ces rides, ce teint flétri!

— Je sais bien que vous avez souffert, autant que moi, peut-être plus. Je le vois. Mais vous me regardez quelquefois, avec des yeux d'adolescent; et je sens sourdre de vous un flot de vie toute fraîche. Moi, je me suis éteinte. Quand je pense, hélas! à mon ardeur d'autrefois! Comme dit l'autre, c'était le bon temps, j'étais bien malheureuse! A présent, je n'ai plus assez de force pour l'être. Je n'ai qu'un filet de vie. Je ne serais plus assez téméraire pour oser l'épreuve du mariage. Ah! autrefois, autrefois!... Si quelqu'un que je connais m'avait fait signe!...

— Eh bien, et bien, dites...

— Non, ce n'est pas la peine...

— Ainsi, autrefois, si j'avais... Oh! mon Dieu!

— Quoi! si vous aviez? Je n'ai rien dit.

— J'ai compris. Vous êtes cruelle.

— Eh bien, autrefois, j'étais folle, voilà tout.

— Ce que vous dites là est encore pis.

— Pauvre Christophe! Je ne puis dire un mot qui ne lui fasse du mal. Je ne dirai donc plus rien.

— Mais si! Dites-moi... Dites quelque chose!...

— Quoi?

— Quelque chose de bon. »

Elle rit.

« Ne riez pas.

— Et vous, ne soyez pas triste.

— Comment voulez-vous que je ne le sois pas?

— Vous n'en avez pas de raison, je vous assure.

— Pourquoi?

— Parce que vous avez une amie qui vous aime bien.

— C'est vrai?

— Si je vous le dis, ne le croyez-vous pas?

— Dites-le encore!

— Vous ne serez plus triste, alors? Vous ne serez plus insatiable? Vous saurez vous contenter de notre chère amitié?

— Il le faut bien!

— Ingrat! ingrat! Et vous dites que vous m'aimez! Au fond, je crois que je vous aime plus que vous m'aimez.

— Ah! si cela se pouvait! »

Il dit cela, d'un tel élan d'égoïsme amoureux qu'elle rit. Lui aussi. Il insistait :

« Dites!... »

Un instant, elle se tut, le regarda, puis soudain approcha son visage de celui de Christophe, et l'embrassa. Cela fut si inattendu! Il en fut bouleversé d'émotion. Il voulut la serrer dans ses bras. Déjà, elle s'était dégagée. A la porte du salon, elle le regarda, un doigt sur ses lèvres, faisant : « Chut! » — et disparut.

*

A partir de ce jour, il ne lui reparla plus de son amour, et il fut moins gêné dans ses relations avec elle. A des alternatives de silence guindé et de violences mal comprimées succéda une intimité simple et recueillie. C'est le bienfait de la franchise en amitié. Plus de sous-entendus, plus d'illusions ni de craintes. Ils connaissaient, chacun, le fond de la pensée de l'autre. Lorsque Christophe se retrouvait avec Grazia dans la société des indifférents qui l'irritaient, quand l'impatience le reprenait d'entendre son amie échanger avec eux de ces choses un peu niaises, qui sont l'ordinaire des salons, elle s'en apercevait, le regardait, souriait. C'était assez, il savait qu'ils étaient ensemble; et la paix redescendait en lui.

La présence de ce qu'on aime arrache à l'imagination son dard envenimé; la fièvre du désir tombe; l'âme s'absorbe dans la chaste possession de la présence aimée. — Grazia rayonnait d'ailleurs sur ceux qui l'entouraient le charme silencieux de son harmonieuse nature. Toute exagération, même involontaire, d'un geste ou d'un accent, la blessait, comme quelque chose qui n'était pas simple et qui n'était pas beau. Par là, elle agit à la longue sur

Christophe. Après avoir rongé le frein mis à ses emportements, il y gagna peu à peu une maîtrise de soi, une force d'autant plus grande qu'elle ne se dépensait plus en vaines violences.

Leurs âmes se mêlaient. Le demi-sommeil de Grazia, souriante en son abandon à la douceur de vivre, se réveillait au contact de l'énergie morale de Christophe. Elle se prit, pour les choses de l'esprit, d'un intérêt plus direct et moins passif. Elle, qui ne lisait guère, qui relisait plutôt indéfiniment les mêmes vieux livres avec une affection paresseuse, elle commença d'éprouver la curiosité d'autres pensées et bientôt leur attrait. La richesse du monde d'idées modernes, qu'elle n'ignorait pas, mais où elle n'avait aucun goût à s'aventurer seule, ne l'intimidait plus, maintenant qu'elle avait, pour l'y guider, un compagnon. Insensiblement, elle se laissait amener, tout en s'en défendant, à comprendre cette jeune Italie, dont les ardeurs iconoclastes lui avaient longtemps déplu.

Mais le bienfait de cette mutuelle pénétration des âmes était surtout pour Christophe. On a souvent observé qu'en amour, le plus faible des deux est celui qui donne le plus : non que l'autre aime moins; mais plus fort, il faut qu'il prenne davantage. Ainsi, Christophe s'était enrichi déjà de l'esprit d'Olivier. Mais son nouveau mariage mystique était bien plus fécond : car Grazia lui apportait en dot le trésor le plus rare, que jamais Olivier n'avait possédé : la joie. La joie de l'âme et des yeux. La lumière. Le sourire de ce ciel latin, qui baigne la laideur des plus humbles choses, qui fleurit les pierres des vieux murs, et communique à la tristesse même son calme rayonnement.

Elle avait pour allié le printemps renaissant. Le rêve de la vie nouvelle couvait dans la tiédeur de l'air engourdi. La jeune verdure se mariait aux oliviers gris d'argent. Sous les arcades rouge sombre des aqueducs ruinés, fleurissaient des amandiers blancs. Dans la campagne réveillée ondulaient les flots d'herbe et les flammes des pavots triomphants. Sur les pelouses des villas coulaient des ruisseaux d'anémones et des nappes de violettes. Les glycines grimpaient autour des pins parasols; et le vent qui passait sur la ville apportait le parfum des roses du Palatin.

Ils se promenaient ensemble. Quand elle consentait à sortir de sa torpeur d'Orientale, où elle s'absorbait pendant des heures, elle devenait tout autre; elle aimait à marcher : grande, les jambes longues, la taille robuste et flexible, elle avait la silhouette d'une Diane de Primatice. — Le plus souvent, ils allaient à une de ces villas, épaves du naufrage où la splendide Rome du *settecento* a sombré sous les flots de la barbarie piémontaise. Ils avaient une prédilection pour la villa Mattei, ce promontoire de la Rome antique, au pied duquel viennent mourir les dernières vagues de la Campagne déserte. Ils suivaient l'allée de chênes, dant la voûte profonde encadre la chaîne bleue, la suave chaîne Albaine, qui s'enfle doucement comme un cœur qui palpite. Rangées le long du chemin, des tombes d'époux romains montraient, à travers le feuillage, leurs faces mélancoliques, et la fidèle étreinte de leurs mains. Ils s'asseyaient au bout de l'allée, sous un berceau de roses, adossés à un sarcophage blanc. Devant eux, le désert. Paix profonde. Le chuchotement d'une fontaine aux gouttes lentes, qui semblait expirer de langueur... Ils causaient à mi-voix. Le regard de Grazia s'appuyait avec confiance sur celui de l'ami. Christophe disait sa vie, ses luttes, ses peines passées; elles n'avaient plus rien de triste. Près d'elle, sous son regard, tout était simple, tout était comme cela devait être... A son tour, elle racontait. Il entendait à peine ce qu'elle disait; mais nulle de ses pensées n'était perdue pour lui. Il épousait son âme. Il voyait avec ses yeux. Il voyait partout ses yeux, ses yeux tranquilles où brûlait un feu profond; il les voyait dans les beaux visages mutilés des statues antiques et dans l'énigme de leurs regards muets; il les voyait dans le ciel de Rome, qui riait amoureusement autour des cyprès laineux et entre les doigts des *lecci,* noirs, luisants, criblés des flèches du soleil.

Par les yeux de Grazia, le sens de l'art latin s'infiltra dans son cœur. Jusque-là, Christophe était demeuré indifférent aux œuvres italiennes. L'idéaliste barbare, le grand ours qui venait de la forêt germanique, n'avait pas encore appris à goûter la saveur voluptueuse des beaux marbres dorés comme un rayon de miel. Les antiques du Vatican lui étaient franchement hostiles. Il avait du dégoût pour ces têtes stupides, ces proportions efféminées ou massives, ce modelé banal et arrondi, ces Gitons et ces gladiateurs. A peine quelques statues-portraits trouvaient-elles grâce à ses yeux; et leurs modèles étaient sans intérêt pour lui. Il n'était pas beaucoup plus tendre pour les Florentins blêmes et leurs grimaces, pour les madones malades, les Vénus péraphaélites, pauvres de sang, phtisiques, maniérées et rongées. Et la stupidité bestiale des matamores et des athlètes rouges et suants, qu'a lâchés sur le monde l'exemple de la Sixtine, lui semblait de la chair à canon. Pour le seul Michel-Ange, il avait une piété secrète, pour ses souffrances tragiques, pour son mépris divin, et pour le sérieux de ses chastes passions. Il aimait d'amour pur et barbare, comme fut celui du maître, la religieuse nudité de ses adolescents, ses vierges fauves et farouches, telles des bêtes traquées, l'Aurore douloureuse, la Madone, aux yeux sauvages, dont l'enfant mord le sein, et la belle Lia, qu'il eût voulue pour femme. Mais dans l'âme du héros tourmenté, il ne trouvait rien de plus que l'écho magnifié de la sienne.

Grazia lui ouvrit les portes d'un monde d'art nouveau. Il entra dans la sérénité souveraine de Raphaël et de Titien. Il vit la splendeur impériale du génie classique, qui règne, comme un lion, sur l'univers des formes conquis et maîtrisé. La foudroyante vision du grand Vénitien, qui va droit jusqu'au cœur et fend de son éclair les brouillards incertains dont se voile la vie, la toute-puissance dominatrice de ces esprits latins, qui savent non seulement vaincre, mais se vaincre soi-même, qui s'imposent, vainqueurs, la plus stricte discipline, et, sur le champ de bataille, savent parmi les dépouilles de l'ennemi terrassé choisir exactement et emporter leur proie — les portraits olympiens et les *Stanze* de Raphaël, remplirent le cœur de Christophe d'une musique plus riche que celle de Wagner. Musique des lignes sereines, des nobles architectures, des groupes harmonieux. Musique qui rayonne de la beauté parfaite du visage, des mains, des pieds charmants, des draperies et des gestes. Intelligence. Amour. Ruisseau d'amour qui sourd des âmes et des corps de ces adolescents. Puissance de l'esprit et de la volupté. Jeune tendresse, ironique sagesse, odeur obsédante et chaude de la chair amoureuse, sourire lumineux où les ombres s'effacent, où la passion s'endort. Forces frémissantes de la vie qui se cabrent et que dompte, comme les chevaux du Soleil, la main calme du maître...

Et Christophe se demandait :

« Est-il donc impossible d'unir, comme ils ont fait, la force et la paix romaines? Aujourd'hui, les meilleurs n'aspirent à l'une des deux qu'au détriment de l'autre. De tous, les Italiens semblent avoir le plus perdu le sens de cette harmonie, que Poussin, que Lorrain, que Goethe ont entendue. Faut-il, une fois de plus, qu'un étranger leur en révèle le prix?... Et qui l'enseignera à nos musiciens? La musique n'a pas eu encore son Raphaël. Mozart n'est qu'un enfant, un petit bourgeois allemand, qui a les mains fiévreuses et l'âme sentimentale, et qui dit trop de mots et qui fait trop de gestes, et qui parle et qui pleure et qui rit, pour un rien. Et ni Bach le gothique, ni le Prométhée de Bonn, qui lutte avec le vautour, ni sa postérité de Titans qui entassent Pélion sur Ossa et invectivent contre le Ciel, n'ont jamais entrevu le sourire du Dieu... »

Depuis qu'il l'avait vu, Christophe rougissait de sa propre musique; ses agitations vaines, ses passions boursouflées, ses plaintes indiscrètes, cet étalage de soi, ce manque de mesure, lui paraissaient à la fois pitoyables et honteux. Un troupeau sans berger, un royaume sans roi. — Il faut être le roi de l'âme tumultueuse...

Durant ces mois, Christophe semblait avoir oublié la musique. Il n'en sentait pas le besoin. Son esprit, fécondé par Rome, était en gestation. Il passait les journées dans un état de songe et de demi-ivresse. La nature, comme lui, était en ce premier printemps, où se mêle à la langueur du réveil un vertige voluptueux. Elle et lui, ils rêvaient, enlacés, ainsi que des amants qui, dans le sommeil, s'étreignent. L'énigme fiévreuse de la Campagne ne lui était plus hostile; il s'était rendu maître de sa beauté tragique; il tenait dans ses bras Déméter endormie.

*

Au cours du mois d'avril, il reçut de Paris la proposition de venir diriger une série de concerts. Sans l'examiner davantage, il allait refuser; mais il crut devoir en parler d'abord à Grazia. Il éprouvait une douceur à la consulter sur sa vie; il se donnait ainsi l'illusion qu'elle la partageait.

Elle lui causa, cette fois, une grande déception. Elle se fit expliquer bien posément l'affaire; puis, elle lui conseilla d'accepter. Il en fut attristé; il y vit la preuve de son indifférence.

Grazia n'était peut-être pas sans regrets de donner ce conseil. Mais pourquoi Christophe le lui demandait-il? Puisqu'il s'en remettait à elle de décider pour lui, elle se jugeait responsable des actes de son ami. Par suite de l'échange qui s'était fait entre leurs pensées, elle avait pris à Christophe un peu de sa volonté; il lui avait révélé le devoir et la beauté d'agir. Du moins, elle avait reconnu ce devoir pour son ami; et elle ne voulait pas qu'il y manquât. Mieux que lui, elle connaissait le pouvoir de langueur que recèle le souffle de cette terre italienne, et qui, tel l'insidieux poison de son tiède sirocco, se glisse dans les veines, endort la volonté. Que de fois elle en avait senti le charme maléfique, sans avoir l'énergie de résister! Toute sa société était plus ou moins atteinte de cette malaria de l'âme. De plus forts qu'eux, jadis, en avaient été victimes; elle avait rongé l'airain de la louve romaine. Rome respire la mort : elle a trop de tombeaux. Il est plus sain d'y passer que d'y vivre. On y sort trop facilement du siècle : c'est un goût dangereux pour les forces encore jeunes qui ont une vaste carrière à remplir. Grazia se rendait compte que le monde qui l'entourait n'était pas un milieu vivifiant pour un artiste. Et quoiqu'elle eût pour Christophe plus d'amitié que pour tout autre... (osait-elle se l'avouer?) elle n'était pas fâchée, au fond, qu'il s'éloignât. Hélas! il la fatiguait, par tout ce qu'elle aimait en lui, par ce trop-plein d'intelligence, par cette abondance de vie accumulée pendant des années et qui débordait : sa quiétude en était troublée. Et il la fatiguait aussi, peut-être, parce qu'elle sentait toujours la menace de cet amour, beau et touchant, mais obsédant, contre lequel il fallait rester en éveil; il était plus prudent de le tenir à distance. Elle se gardait bien d'en convenir avec elle-même; elle ne croyait avoir en vue que l'intérêt de Christophe.

Les bonnes raisons ne lui manquaient pas. Dans l'Italie d'alors, un musicien avait peine à vivre; l'air lui était mesuré. La vie musicale était comprimée. L'usine du théâtre étendait ses cendres grasses et ses fumées brûlantes sur ce sol, dont naguère les fleurs de musique embaumaient toute l'Europe. Qui refusait de s'enrôler dans l'équipe des vociférateurs, qui ne pouvait ou ne voulait entrer dans la fabrique, était condamné à l'exil ou à vivre étouffé. Le génie n'était nullement tari. Mais on le laissait stagner et se perdre. Christophe avait rencontré plus d'un jeune musicien, chez qui revivait l'âme des maîtres mélodieux de leur race et cet instinct de beauté, qui pénétrait l'art savant et simple du passé. Mais qui se souciait d'eux? Ils ne pouvaient ni se faire jouer, ni se faire éditer. Nul intérêt pour la pure symphonie. Point d'oreilles pour la musique qui n'a pas le museau graissé de fard!... Alors, ils chantaient pour eux-mêmes, d'une voix découragée, qui finissait par s'éteindre. A quoi bon? Dormir... — Christophe n'eût pas demandé mieux que de les aider. En admettant qu'il l'eût pu, leur amour-propre ombrageux ne s'y prêtait pas. Quoi qu'il fît, il était pour eux un étranger; et pour les Italiens de vieille race, malgré leur accueil affectueux, tout étranger reste, au fond, un barbare. Ils estimaient que la misère de leur art était une question qui devait se régler en famille. Tout en prodiguant à Christophe les marques d'amitié, ils ne l'admettaient pas dans leur famille. — Que lui restait-il? Il ne pouvait pourtant pas rivaliser avec eux et leur disputer leur maigre place au soleil!...

Et puis, le génie ne peut se passer d'aliment. Le musicien a besoin de musique — de musique à entendre, de musique à faire entendre. Une retraite temporaire a son prix pour l'esprit, qu'elle force au recueillement. A condition qu'il en sorte. La solitude est noble, mais mortelle pour l'artiste qui n'aurait plus la force de s'y arracher. Il faut vivre de la vie de son temps, même bruyante et impure; il faut incessamment donner et recevoir, et donner, et donner, et recevoir encore... L'Italie, du temps de Christophe, n'était plus ce grand marché de l'art qu'elle fut autrefois, qu'elle redeviendra peut-être. Les foires de la pensée, où s'échangent les âmes des nations, sont au Nord, aujourd'hui. Qui veut vivre doit y vivre.

Christophe, livré à lui-même, eût répugné à rentrer dans la cohue. Mais Grazia sentait plus clairement le devoir de Christophe. Et elle exigeait plus de lui que d'elle. Sans doute parce qu'elle l'estimait plus. Mais aussi, parce que ce lui était plus commode. Elle lui déléguait l'énergie. Elle gardait la quiétude. — Il n'avait pas le courage de lui en vouloir. Elle était comme Marie, elle avait la meilleure part. A chacun son rôle, dans la vie.

Celui de Christophe était d'agir. Elle, il lui suffisait d'être. Il ne lui demandait rien de plus...

Rien, que de l'aimer un peu moins pour lui et un peu plus pour elle. Car il ne lui savait pas beaucoup de gré d'être, dans son amitié, dénuée d'égoïsme, au point de ne penser qu'à l'intérêt de l'ami — qui ne demandait qu'à n'y pas penser.

Il partit. Il s'éloigna d'elle. Il ne la quitta point. Comme dit un vieux trouvère, « *l'ami ne quitte son amie que quand son âme y consent* ».

DEUXIÈME PARTIE

Le cœur lui faisait mal, quand il arriva à Paris. C'était la première fois qu'il y rentrait, depuis la mort d'Olivier. Jamais il n'avait voulu revoir cette ville. Dans le fiacre qui l'emportait de la gare à l'hôtel, il osait à peine regarder par la portière; il passa les premiers jours dans sa chambre, sans se décider à sortir. Il avait l'angoisse des souvenirs, qui le guettaient, à la porte. Mais quelle angoisse, au juste? S'en rendait-il bien compte? Etait-ce, comme il voulait croire, la terreur de les voir ressurgir, avec leur visage vivant? Ou celle, plus douloureuse, de les retrouver morts?... Contre ce nouveau deuil, toutes les ruses à demi inconscientes de l'instinct s'étaient armées. C'était pour cette raison — (il ne s'en doutait peut-être pas) — qu'il avait choisi son hôtel dans un quartier éloigné de celui qu'il habitait jadis. Et quand, pour la première fois, il se promena dans les rues, quand il dut diriger à la salle de concerts ses répétitions d'orchestre, quand il se retrouva en contact avec la vie de Paris, il continua quelque temps à se fermer les yeux, à ne pas vouloir voir ce qu'il voyait, à ne voir obstinément que ce qu'il avait vu jadis. Il se répétait d'avance :

« Je connais cela, je connais cela... »

En art comme en politique, la même anarchie intolérante, toujours. Sur la place, la même Foire. Seulement, les acteurs avaient changé de rôles. Les révolutionnaires de son temps étaient devenus des bourgeois; les surhommes, des hommes à la mode. Les indépendants d'autrefois essayaient d'étouffer les indépendants d'aujourd'hui. Les jeunes d'il y a vingt ans étaient à présent plus conservateurs que les vieux qu'ils combattaient naguère; et leurs critiques refusaient le droit de vivre aux nouveaux venus. En apparence, rien n'était différent.

Et tout avait changé...

*

« Mon amie, pardonnez-moi! Vous êtes bonne de ne pas m'en avoir voulu de mon silence. Votre lettre m'a fait un grand bien. J'ai passé quelques semaines dans un terrible désarroi. Tout me manquait. Je vous avais perdue. Ici, le vide affreux de ceux que j'ai perdus. Tous les anciens amis dont je vous ai parlé, disparus. Philomèle — (vous vous souvenez de la voix qui chantait, en ce soir triste et cher où, errant parmi la foule d'une fête, je revis dans un miroir vos yeux qui me regardaient) — Philomèle a réalisé son rêve raisonnable : un petit héritage lui est venu; elle est en Normandie; elle possède une ferme qu'elle dirige. M. Arnaud a pris sa retraite; il est retourné avec sa femme dans leur province, une petite ville du côté d'Angers. Des illustres de mon temps, beaucoup sont morts ou se sont effondrés; seuls, quelques vieux mannequins, qui jouaient il y a vingt ans les jeunes premiers de l'art et de la politique, les jouent encore aujourd'hui, avec le même faux visage. En dehors de ces masques, je ne reconnaissais personne. Ils me faisaient l'effet de grimacer sur un tombeau. C'était un sentiment affreux. — De plus, les premiers temps après mon arrivée, j'ai souffert physiquement de la laideur des choses, de la lumière grise du Nord, au sortir de votre soleil d'or; l'entassement des maisons blafardes, la vulgarité de lignes de certains dômes, de certains monuments, qui ne m'avait jamais frappé jusque-là, me blessait cruellement. L'atmosphère morale ne m'était pas plus agréable.

« Pourtant, je n'ai pas à me plaindre des Parisiens. L'accueil que j'ai trouvé ne ressemble guère à celui que je reçus autrefois. Il paraît que, pendant mon absence, je suis devenu une manière de célébrité. Je ne vous en parle pas, je sais ce qu'elle vaut. Toutes les choses aimables que ces gens disent ou écrivent sur moi me touchent; je leur en suis obligé. Mais que vous dirai-je? Je me sentais plus près de ceux qui me combattaient autrefois que de ceux qui me louent aujourd'hui... La faute en est à moi, je le

sais. Ne me grondez pas! J'ai eu un moment de trouble. Il fallait s'y attendre. Maintenant, c'est fini. J'ai compris. Oui, vous avez eu raison de me renvoyer parmi les hommes. J'étais en train de m'ensabler dans ma solitude. Il est malsain de jouer les Zarathoustrâ. Le flot de la vie s'en va, s'en va de nous. Vient un moment, où l'on n'est plus qu'un désert. Pour creuser jusqu'au fleuve un nouveau chenal dans le sable, il faut bien des journées de fatigue. — C'est fait. Je n'ai plus le vertige. J'ai rejoint le courant. Je regarde et je vois...

« Mon amie, quel peuple étrange que ces Français! Il y a vingt ans, je les croyais finis... Ils recommencent. Mon cher compagnon Jeannin me l'avait bien prédit. Mais je le soupçonnais de se faire illusion. Le moyen d'y croire, alors! La France était, comme leur Paris, pleine de démolitions, de plâtras et de trous. Je disais : « Ils ont tout « détruit... Quelle race de rongeurs! » — Une race de castors. Dans l'instant qu'on les croit acharnés sur des ruines, avec ces ruines mêmes ils posent les fondations d'une ville nouvelle. Je le vois à présent que les échafaudages s'élèvent de tous côtés...

« Wenn ein Ding geschehen,
Selbst die Narren es verstehen...[1]

« A la vérité, c'est toujours le même désordre français. Il faut y être habitué pour reconnaître, dans la cohue qui se heurte en tous sens, les équipes d'ouvriers qui vont chacune à sa tâche. Ce sont des gens, comme vous savez, qui ne peuvent rien faire sans crier sur les toits ce qu'ils font. Ce sont aussi des gens qui ne peuvent rien faire, sans dénigrer ce que les voisins font. Il y a de quoi troubler les têtes les plus solides. Mais quand on a vécu, ainsi que moi, près de dix ans chez eux, on n'est plus dupe de leur vacarme. On s'aperçoit que c'est leur façon de s'exciter au travail. Tout en parlant, ils agissent; et, chacun des chantiers bâtissant sa maison, il se trouve qu'à la fin la ville est rebâtie. Le plus fort, c'est que l'ensemble des constructions n'est pas trop discordant. Ils ont beau soutenir des thèses opposées, ils ont tous la caboche faite de même. De sorte que, sous leur anarchie, il y a des ins-

1. Quand une chose est arrivée, même les sots la comprennent.

tincts communs, il y a une logique de race qui leur tient lieu de discipline, et que cette discipline est peut-être, au bout du compte, plus solide que celle d'un régiment prussien.

« C'est partout le même élan, la même fièvre de bâtisse : en politique, où socialistes et nationalistes travaillent à l'envi à resserrer les rouages du pouvoir relâché; en art, dont les uns veulent refaire un vieil hôtel aristocratique pour des privilégiés, les autres un vaste hall ouvert aux peuples, où chante l'âme collective : reconstructeurs du passé, constructeurs de l'avenir. Quoi qu'ils fassent d'ailleurs, ces ingénieux animaux refont toujours les mêmes cellules. Leur instinct de castors ou d'abeilles leur fait, à travers les siècles, accomplir les mêmes gestes, retrouver les mêmes formes. Les plus révolutionnaires sont peut-être, à leur insu, ceux qui se rattachent aux traditions les plus anciennes. J'ai trouvé dans les syndicats et chez les plus marquants des jeunes écrivains, des âmes du Moyen Age.

« Maintenant que je me suis réhabitué à leurs façons tumultueuses, je les regarde travailler, avec plaisir. Parlons franc : je suis un trop vieil ours, pour me sentir jamais à l'aise dans aucune de leurs maisons; j'ai besoin de l'air libre. Mais quels bons travailleurs! C'est leur plus haute vertu. Elle relève les plus médiocres et les plus corrompus. Et puis, chez leurs artistes, quel sens de la beauté! Je le remarquais moins autrefois. Vous m'avez appris à voir. Mes yeux se sont ouverts, à la lumière de Rome. Vos hommes de la Renaissance m'ont fait comprendre ceux-ci. Une page de Debussy, un torse de Rodin, une phrase de Suarès, sont de la même lignée que vos cinquecentisti.

« Ce n'est pas que beaucoup de choses ne me déplaisent ici. J'ai retrouvé mes vieilles connaissances de la Foire sur la Place, qui m'ont jadis causé tant de saintes colères. Ils n'ont guère changé. Mais moi, hélas! j'ai changé. Je n'ose plus être sévère. Quand je me sens l'envie de juger durement l'un d'entre eux, je me dis : « Tu n'en as pas « le droit. Tu as fait pis que ces hommes, toi qui te croyais « fort. » J'ai appris aussi à voir que rien n'existait d'inutile, et que les plus vils ont leur rôle dans le plan de la tragédie. Les dilettantes dépravés, les fétides amoralistes, ont accompli leur tâche de termites : il fallait démolir la ma-

sure branlante, avant de réédifier. Les juifs ont obéi à leur mission sacrée, qui est de rester, à travers les autres races, le peuple étranger, le peuple qui tisse, d'un bout à l'autre du monde, le réseau de l'unité humaine. Ils abattent les barrières intellectuelles des nations, pour faire le champ libre à la Raison divine. Les pires corrupteurs, les destructeurs ironiques qui ruinent nos croyances du passé, qui tuent nos morts bien-aimés, travaillent, sans le savoir, à l'œuvre sainte, à la nouvelle vie. C'est de la même façon que l'intérêt féroce des banquiers cosmopolites, au prix de combien de désastres! édifie, qu'ils le veuillent ou non, l'unité future du monde, côte à côte avec les révolutionnaires qui les combattent, et bien plus sûrement que les niais pacifistes.

« Vous le voyez, je vieillis. Je ne mords plus. Mes dents sont usées. Quand je vais au théâtre, je ne suis plus de ces spectateurs naïfs qui apostrophent les acteurs et insultent le traître.

« Grâce tranquille, je ne vous parle que de moi; et pourtant je ne pense qu'à vous. Si vous saviez combien mon moi m'importune! Il est oppressif et absorbant. C'est un boulet, que Dieu m'a attaché au cou. Comme j'aurais voulu le déposer à vos pieds! Mais le triste cadeau!... Vos pieds sont faits pour fouler la terre douce et le sable qui chante sous les pas. Je les vois, ces chers pieds, nonchalamment qui passent sur les pelouses parsemées d'anémones... (Etes-vous retournée à la villa Doria?)... Les voici déjà las! Je vous vois maintenant à demi étendue dans votre retraite favorite, au fond de votre salon, accoudée, tenant un livre que vous ne lisez pas. Vous m'écoutez avec bonté, sans faire bien attention à ce que je vous dis : car je suis ennuyeux; et, pour prendre patience, de temps en temps, vous retournez à vos propres pensées; mais vous êtes courtoise et, veillant à ne pas me contrarier, lorsqu'un mot par hasard vous fait revenir de très loin, vos yeux distraits se hâtent de prendre un air intéressé. Et moi, je suis aussi loin que vous de ce que je dis; moi aussi, j'entends à peine le bruit de mes paroles; et tandis que j'en suis le reflet sur votre beau visage, j'écoute au fond de moi de tout autres paroles, que je ne vous dis pas. Celles-là, Grâce tranquille, tout au rebours des autres, vous les entendez bien; mais vous faites semblant de ne pas les entendre.

« Adieu. Je crois que vous me reverrez, sous peu. Je ne languirai pas ici. Qu'y ferais-je, à présent que mes concerts sont donnés? — J'embrasse vos enfants, sur leurs bonnes petites joues. L'étoffe en est la vôtre. Il faut bien se contenter!...

Christophe. »

*

« Grâce tranquille » répondit :

« Mon ami, j'ai reçu votre lettre dans le petit coin du salon, que vous vous rappelez si bien; et je vous ai lu, comme je sais lire, en laissant de temps en temps votre lettre reposer, et en faisant comme elle. Ne vous moquez pas! C'était afin qu'elle durât plus longtemps. Ainsi nous avons passé tout un après-midi. Les enfants m'ont demandé ce que je lisais toujours. J'ai dit que c'était une lettre de vous. Aurora a regardé le papier, avec commisération, et elle a dit : « Comme ça doit être ennuyeux d'écrire une « si longue lettre! » J'ai tâché de lui faire comprendre que ce n'était pas un pensum que je vous avais donné, mais une conversation que nous avions ensemble. Elle a écouté sans mot dire, puis elle s'est sauvée avec son frère, pour jouer dans la chambre voisine, et, quelque temps après, comme Lionello était bruyant, j'ai entendu Aurora qui disait : « Il ne faut pas crier; maman fait la conversation « avec signor Christophe. »

« Ce que vous me dites des Français m'intéresse, et ne me surprend pas. Vous vous souvenez que je vous ai reproché d'être injuste envers eux. On peut ne pas les aimer. Mais quel peuple intelligent! Il y a des peuples médiocres, que sauve leur bon cœur ou leur vigueur physique. Les Français sont sauvés par leur intelligence. Elle lave toutes leurs faiblesses. Elle les régénère. Quand on les croit tombés, abattus, pervertis, ils retrouvent une nouvelle jeunesse dans la source perpétuellement jaillissante de leur esprit.

« Mais il faut que je vous gronde. Vous me demandez pardon de ne me parler que de vous. Vous êtes un ingannatore. *Vous ne me dites rien de vous. Rien de ce que vous avez fait. Rien de ce que vous avez vu. Il a fallu que ma*

cousine Colette — (pourquoi n'allez-vous pas la voir?) — m'envoyât sur vos concerts des coupures de journaux, pour que je fusse informée de vos succès. Vous ne m'en dites qu'un mot, en passant. Etes-vous si détaché de tout?... Ce n'est pas vrai. Dites-moi que cela vous fait plaisir!... Cela doit vous faire plaisir, d'abord parce que cela me fait plaisir. Je n'aime pas à vous voir un air désabusé. Le ton de votre lettre était mélancolique. Il ne faut pas... C'est bien, que vous soyez plus juste pour les autres. Mais ce n'est pas une raison pour vous accabler, comme vous faites, en disant que vous êtes pires que les pires d'entre eux. Un bon chrétien vous louerait. Moi, je vous dis que c'est mal. Je ne suis pas un bon chrétien. Je suis une bonne Italienne, qui n'aime pas qu'on se tourmente avec le passé. Le présent suffit bien. Je ne sais pas au juste tout ce que vous avez pu faire jadis. Vous m'en avez dit quelques mots, et je crois avoir deviné le reste. Ce n'était pas très beau; mais vous ne m'en êtes pas moins cher. Pauvre Christophe, une femme n'arrive pas à mon âge sans savoir qu'un brave homme est bien faible souvent! Si on ne savait sa faiblesse, on ne l'aimerait pas autant. Ne pensez plus à ce que vous avez fait. Pensez à ce que vous ferez. Ça ne sert à rien de se repentir. Se repentir, c'est revenir en arrière. Et en bien comme en mal, il faut toujours avancer. Sempre avanti, Savoia!... *Si vous croyez que je vais vous laisser revenir à Rome! Vous n'avez rien à faire ici. Restez à Paris, créez, agissez, mêlez-vous à la vie artistique. Je ne veux pas que vous renonciez. Je veux que vous fassiez de belles choses, je veux qu'elles réussissent, je veux que vous soyez fort, pour aider les jeunes Christophes nouveaux, qui recommencent les mêmes luttes et passent par les mêmes épreuves. Cherchez-les, aidez-les, soyez meilleur pour vos cadets que vos aînés n'ont été pour vous. — Et enfin, je veux que vous soyez fort, afin que je sache que vous êtes fort : vous ne vous doutez pas de la force que cela me donne à moi-même.*

« Je vais presque chaque jour, avec les petits, à la villa Borghèse. Avant-hier, nous avons été, en voiture, à Ponte Molle, et nous avons fait à pied le tour de Monte Mario. Vous calomniez mes pauvres jambes. Elles sont fâchées contre vous. — « Qu'est-ce qu'il dit, ce monsieur, que nous « sommes tout de suite lasses, pour avoir fait dix pas à la « villa Doria? Il ne ne nous connaît point. Si nous n'ai-

« mons pas trop à nous donner de la peine, c'est que nous « sommes paresseuses, ce n'est pas que nous ne pouvons « pas... » Vous oubliez, mon ami, que je suis une petite paysanne...

« Allez voir ma cousine Colette. Lui en voulez-vous encore? C'est une bonne femme, au fond. Et elle ne jure plus que par vous. Il paraît que les Parisiennes sont folles de votre musique. Il ne tient qu'à mon ours de Berne d'être un lion de Paris. Avez-vous reçu des lettres? Vous a-t-on fait des déclarations? Vous ne me parlez d'aucune femme. Seriez-vous amoureux? Racontez-moi. Je ne suis pas jalouse.

Votre amie G. »

*

« Si vous croyez que je vous sais gré de votre dernière phrase! Plût à Dieu, Grâce moqueuse, que vous fussiez jalouse! Mais ne comptez pas sur moi, pour vous apprendre à l'être. Je n'ai aucun béguin pour ces folles Parisiennes, comme vous les appelez. Folles? Elles voudraient bien l'être. C'est ce qu'elles sont le moins. N'espérez pas qu'elles me tournent la tête. Il y aurait peut-être plus de chances pour cela, si elles étaient indifférentes à ma musique. Mais il est trop vrai, elles l'aiment; et le moyen de garder des illusions! Lorsque quelqu'un vous dit qu'il vous comprend, c'est alors qu'on est sûr qu'il ne vous comprendra jamais...

« Ne prenez pas trop au sérieux mes boutades. Les sentiments que j'ai pour vous ne me rendent pas injuste pour les autres femmes. Je n'ai jamais eu plus de vraie sympathie pour elles que depuis que je ne les regarde plus avec des yeux amoureux. Le grand effort qu'elles font, depuis trente ans, pour s'évader de la demi-domesticité dégradante et malsaine, où notre stupide égoïsme d'hommes les parquait, pour leur malheur et pour le nôtre, me semble un des hauts faits de notre époque. Dans une ville comme celle-ci, on apprend à admirer cette nouvelle génération de jeunes filles qui, en dépit de tant d'obstacles, se lancent avec une ardeur candide à la conquête de la science et des diplômes, — cette science et ces diplômes qui doivent, pensent-elles, les affranchir, leur ouvrir les arcanes du monde inconnu, les faire égales aux hommes!...

« Sans doute, cette foi est illusoire et un peu ridicule.

Mais le progrès ne se réalise jamais de la façon qu'on espérait; il ne s'en réalise pas moins, par de tout autres voies. Cet effort féminin ne sera pas perdu. Il fera des femmes plus complètes, plus humaines, comme elles furent, aux grands siècles. Elles ne se désintéresseront plus des questions vivantes du monde : ce qui était monstrueux, car il n'est pas tolérable qu'une femme, même la plus soucieuse de ses devoirs domestiques, se croie dispensée de songer à ses devoirs dans la cité moderne. Leurs arrière-grand-mères, des temps de Jeanne-d'Arc et de Catherine Sforza, ne pensaient pas ainsi. La femme s'est étiolée. Nous lui avons refusé l'air et le soleil. Elle nous les reprend, de vive force. Ah! les braves petites!... Naturellement, de celles qui luttent aujourd'hui, beaucoup mourrons, beaucoup seront détraquées. C'est un âge de crise. L'effort est trop violent pour des forces trop amollies. Quand il y a longtemps qu'une plante est sans eau, la première pluie risque de la brûler. Mais quoi! C'est la rançon de tout progrès. Celles qui viendront après, fleuriront de ces souffrances. Les pauvres petites vierges guerrières d'à présent, dont beaucoup ne se marieront jamais, seront plus fécondes pour l'avenir que les générations de matrones qui enfantèrent avant elles : car d'elles sortira, au prix de leurs sacrifices, la race féminine d'un nouvel âge classique.

« Ce n'est pas dans le salon de votre cousine Colette qu'on a chance de trouver ces laborieuses abeilles. Quelle rage avez-vous de m'envoyer chez cette femme? Il m'a fallu vous obéir; mais ce n'est pas bien! Vous abusez de votre pouvoir. J'avais refusé trois de ses invitations, laissé sans réponse deux lettres. Elle est venue me relancer à une de mes répétitions d'orchestre — (on essayait ma sixième symphonie). — Je l'ai vue, pendant l'entracte, arriver, le nez au vent, humant l'air, criant : « Ça sent l'amour! Ah! comme j'aime cette musique!... »

« Elle a changé, physiquement; seuls sont restés les mêmes ses yeux de chatte à la prunelle bombée, son nez fantasque qui grimace et a toujours l'air en mouvement. Mais la face élargie, aux os solides, colorée, renforcie. Les sports l'ont transformée. Elle s'y livre, à corps perdu. Son mari, comme vous savez, est un des gros bonnets de l'Automobile-Club et de l'Aéro-Club. Pas un raid d'aviateurs, pas un circuit de l'air ou de la terre, ou de l'eau,

auquel les Stevens-Delestrade ne se croient obligés d'assister. Ils sont toujours par voies et par chemins. Nulle conversation possible; il n'est question, dans leurs entretiens, que de Racing, de Rowing, de Rugby, de Derby. C'est une race nouvelle de gens du monde. Le temps de Pelléas est passé pour les femmes. La mode n'est plus aux âmes. Les jeunes filles arborent un teint rouge, hâlé, cuit par les courses à l'air et les jeux au soleil; elles vous regardent avec des yeux d'homme; elles rient d'un rire un peu gros. Le ton est devenu plus brutal et plus cru. Votre cousine dit parfois, tranquillement, des choses énormes. Elle est grande mangeuse, elle qui mangeait à peine. Elle continue de se plaindre de son mauvais estomac, afin de n'en pas perdre l'habitude; mais elle n'en perd pas non plus un bon coup de fourchette. Elle ne lit rien. On ne lit plus, dans ce monde. Seule, la musique a trouvé grâce. Elle a même profité de la déroute de la littérature. Quand ces gens sont éreintés, la musique leur est un bain turc, vapeur tiède, massage, narguilé. Pas besoin de penser. C'est une transition entre le sport et l'amour. Et c'est aussi un sport. Mais le sport le plus couru, parmi les divertissements esthétiques, est aujourd'hui la danse. Danses russes, danses grecques, danses suisses, danses américaines, on danse tout à Paris : les symphonies de Beethoven, les tragédies d'Eschyle, le Clavecin bien tempéré, les antiques du Vatican, Orphée, Tristan, la Passion, et la gymnastique. Ces gens ont le vertigo.

« Le curieux est de voir comment votre cousine concilie tout ensemble son esthétique, ses sports et son esprit pratique : (car elle a hérité de sa mère son sens des affaires et son despotisme domestique). Tout cela doit former un mélange incroyable; mais elle s'y trouve à l'aise; ses excentricités les plus folles lui laissent l'esprit lucide, de même qu'elle garde toujours l'œil et la main sûrs dans ses randonnées vertigineuses en auto. C'est une maîtresse femme; son mari, ses invités, ses gens, elle mène tout tambour battant. Elle s'occupe aussi de politique; elle est pour « Monseigneur » : non que je la croie royaliste; mais ce lui est un prétexte de plus à se remuer. Et quoiqu'elle soit incapable de lire plus de dix pages d'un livre, elle fait des élections académiques. — Elle a prétendu me prendre sous sa protection. Vous pensez que cela n'a pas été de mon goût. Le plus exaspérant, c'est que, du fait que *je suis venu chez elle afin de vous obéir, elle est convaincue maintenant de son pouvoir sur moi... Je me venge, en lui disant de dures vérités. Elle ne fait qu'en rire; elle n'est pas embarrassée pour répondre. C'est une bonne femme, au fond... Oui, pourvu qu'elle soit occupée. Elle le reconnaît elle-même : si la machine n'avait plus rien à broyer, elle serait prête à tout, à tout, pour lui fournir de l'aliment. — J'ai été deux fois chez elle. Je n'irai plus, maintenant. C'est assez pour vous prouver ma soumission. Vous ne voulez pas ma mort? Je sors de là brisé, moulu, courbatu. La dernière fois que je l'ai vue, j'ai eu, dans la nuit qui a suivi, un cauchemar affreux : je rêvais que j'étais son mari, toute ma vie attaché à ce tourbillon vivant... Un sot rêve, et qui ne doit certes pas tourmenter le vrai mari : car, de tous ceux qu'on voit dans le logis, il est peut-être celui qui reste le moins avec elle; et quand ils sont ensemble, ils ne parlent que de sport. Ils s'entendent très bien.*

« Comment ces gens-là ont-ils fait un succès à ma musique? Je n'essaie pas de comprendre. Je suppose qu'elle les secoue, d'une façon nouvelle. Ils lui savent gré de les brutaliser. Ils aiment, pour le moment, l'art qui a un corps bien charnu. Mais l'âme qui est dans ce corps, ils ne s'en doutent même pas; ils passeront de l'engouement d'aujourd'hui à l'indifférence de demain, et de l'indifférence de demain au dénigrement d'après-demain, sans l'avoir jamais connue. C'est l'histoire de tous les artistes. Je ne me fais pas d'illusion sur mon succès, je n'en ai pas pour longtemps, et ils me le feront payer. — En attendant, j'assiste à de curieux spectacles. Le plus enthousiaste de mes admirateurs est... (je vous le donne en mille)... notre ami Lévy-Cœur. Vous vous souvenez de ce joli monsieur, avec qui j'eus autrefois un duel ridicule? Il fait aujourd'hui la leçon à ceux qui ne m'ont pas compris naguère. Il la fait même très bien. De tous ceux qui parlent de moi, il est le plus intelligent. Jugez de ce que valent les autres. Il n'y a pas de quoi être fier, je vous assure!

« Je n'en ai pas envie. Je suis trop humilié, lorsque j'entends ces ouvrages, dont on me loue. Je m'y reconnais, et je ne me trouve pas beau. Quel miroir impitoyable est une œuvre musicale, pour qui sait voir! Heureusement qu'ils sont aveugles et sourds. J'ai tant mis dans mes œuvres de mes troubles et de mes faiblesses qu'il me semble parfois

commettre une mauvaise action, en lâchant dans le monde ces volées de démons. Je m'apaise, quand je vois le calme du public : il porte une triple cuirasse; rien ne saurait l'atteindre : sans quoi, je serais damné... Vous me reprochez d'être trop sévère pour moi. C'est que vous ne me connaissez pas, comme je me connais. On voit ce que nous sommes. On ne voit pas ce que nous aurions pu être; et l'on nous fait honneur de ce qui est bien moins l'effet de nos mérites que des événements qui nous portent et des forces qui nous dirigent. Laissez-moi vous conter une histoire.

« L'autre soir, j'étais entré dans un des cafés où l'on fait d'assez bonne musique, quoique d'étrange façon : avec cinq ou six instruments, complétés d'un piano, on joue toutes les symphonies, les messes, les oratorios. De même, on vend à Rome, chez des marbriers, la chapelle Médicis, comme garniture de cheminée. Il paraît que cela est utile à l'art. Pour qu'il puisse circuler à travers les hommes, il faut bien qu'on en fasse de la monnaie de billon. Au reste, à ces concerts, on ne vous trompe pas sur le compte. Les programmes sont copieux, les exécutants consciencieux. J'ai trouvé un violoncelliste, avec qui je me suis lié : ses yeux me rappelaient étrangement ceux de mon père. Il m'a fait le récit de sa vie. Petit-fils de paysan, fils d'un petit fonctionnaire, employé de mairie, dans un village du Nord. On voulut faire de lui un monsieur, un avocat; on le mit au collège de la ville voisine. Le petit, robuste et rustaud, mal fait pour ce travail appliqué de petit notaire, ne pouvait tenir en cage; il sautait par-dessus les murs, vaguait à travers les champs, faisait la cour aux filles, dépensait sa grosse force dans des rixes; le reste du temps, flanait, rêvassait à des choses qu'il ne ferait jamais. Une seule chose l'attirait : la musique. Dieu sait comment! Nul musicien, parmi les siens, à l'exception d'un grand-oncle, un peu toqué, un de ces originaux de province, dont l'intellligence et les dons, souvent remarquables, s'emploient, dans leur isolement orgueilleux, à des niaiseries de maniaques. Celui-là avait inventé un nouveau système de notation — (un de plus!) — qui devait révolutionner la musique; il prétendait même avoir une sténographie qui permettait de noter à la fois les paroles, le chant et l'accompagnement; il n'était jamais parvenu lui-même à la relire correctement. Dans la famille, on se moquait du

bonhomme; mais on ne laissait pas d'en être fier. On pensait : « C'est un vieux fou. Qui sait? Il a peut-être du « génie... » — Ce fut de lui sans doute que la manie musicale se transmit au petit-neveu. Quelle musique pouvait-il bien entendre, dans sa bourgade?... Mais la mauvaise musique peut inspirer un amour aussi pur que la bonne.

« Le malheur était qu'une telle passion ne semblait pas avouable, dans ce milieu; et l'enfant n'avait pas la solide déraison du grand-oncle. Il se cachait pour lire les élucubrations du vieux maniaque, qui constituèrent le fond de sa baroque éducation musicale. Vaniteux, craintif devant son père et devant l'opinion, il ne voulait rien dire de ses ambitions, à moins d'avoir réussi. Brave garçon, écrasé par la famille, il fit comme tant de petits bourgeois français, qui n'osant, par faiblesse, tenir tête à la volonté des leurs, s'y soumettent en apparence et vivent dans une cachotterie perpétuelle. Au lieu de suivre son penchant, il s'évertua sans goût au travail qu'on lui avait assigné : incapable d'y réussir, comme d'y échouer avec éclat. Tant bien que mal, il parvint à passer les examens nécessaires. Le principal avantage qu'il y voyait était d'échapper à la double surveillance provinciale et paternelle. Le droit l'assommait; il était décidé à n'en pas faire sa carrière. Mais tant que son père vécut, il n'osa déclarer sa volonté. Peut-être n'était-il point fâché de devoir attendre encore, avant de prendre parti. Il était de ceux qui, toute leur existence, se leurrent sur ce qu'ils feront plus tard, sur ce qu'ils pourraient faire. Pour le moment, il ne faisait rien. Désorbité, grisé par sa vie nouvelle à Paris, il se livra, avec sa brutalité de jeune paysan, à ses deux passions : les femmes et la musique; affolé par les concerts, non moins que par le plaisir. Il y perdit des années, sans profiter des moyens qu'il aurait eus de compléter son instruction musicale. Son orgueil ombrageux, son mauvais caractère indépendant et susceptible, l'empêchèrent de suivre aucune leçon, de demander aucun conseil.

« Quand son père mourut, il envoya promener Thémis et Justinien. Il se mit à composer, sans avoir le courage d'acquérir la technique nécessaire. Des habitudes invétérées de flânerie paresseuse et le goût du plaisir l'avaient rendu incapable de tout effort sérieux. Il sentait vivement; mais sa pensée, comme sa forme, lui échappait; en fin de compte, il n'exprimait que des banalités. Le pire

était qu'il y avait réellement chez ce médiocre quelque chose de grand. J'ai lu deux de ses anciennes compositions. Çà et là, des idées saisissantes, restées à l'état d'ébauches, aussitôt déformées. Des feux follets sur une tourbière... Et quel étrange cerveau! Il a voulu m'expliquer les sonates de Beethoven. Il y voit des romans enfantins et saugrenus. Mais une telle passion, un sérieux si profond! Les larmes lui viennent aux yeux, quand il en parle. Il se ferait tuer pour ce qu'il aime. Il est touchant et burlesque. Dans le moment que j'étais près de lui rire au nez, j'avais envie de l'embrasser... Une honnêteté foncière. Un robuste mépris pour le charlatanisme des cénacles parisiens et pour les fausses gloires — tout en ne pouvant se défendre d'une naïve admiration de petit bourgeois pour les gens à succès...

« Il avait un petit héritage. En quelques mois, il le mangea; et, se trouvant sans ressources, il eut, comme nombre de ses pareils, l'honnêteté criminelle d'épouser une fille sans ressources, qu'il avait séduite; elle avait une belle voix et faisait de la musique, sans amour de la musique. Il fallut vivre de sa voix et du médiocre talent qu'il avait acquis à jouer du violoncelle. Naturellement, ils ne tardèrent pas à voir leur commune médiocrité et à ne plus se supporter. Une fille leur était venue. Le père reporta sur l'enfant son pouvoir d'illusions; il pensa qu'elle serait ce qu'il n'avait pu être. La fillette tenait de sa mère : c'était une pianoteuse, qui n'avait pas ombre de talent; elle adorait son père et s'appliquait à sa tâche, pour lui plaire. Pendant plusieurs années, ils coururent les hôtels des villes d'eaux, ramassant plus d'affronts que de monnaie. L'enfant, chétive et surmenée, mourut. La femme, désespérée, devint plus acariâtre, chaque jour. Et ce fut la misère sans fond, sans espoir d'en sortir, avivée par le sentiment d'un idéal que l'on se sait incapable d'atteindre...

« Et je pensais, mon amie, en voyant ce pauvre diable de raté, dont la vie n'a été qu'une suite de déboires : « Voilà ce que j'aurais pu être. » Nos âmes d'enfants avaient des traits communs, et certaines aventures de notre vie se ressemblent; j'ai même trouvé quelque parenté dans nos idées musicales; mais les siennes se sont arrêtées en chemin. A quoi a-t-il tenu que je n'aie pas sombré, comme lui? Sans doute, à ma volonté. Mais aussi aux hasards de la vie. Et même, à ne prendre que ma volonté,

est-ce uniquement à mes mérites que je la dois? N'est-ce pas plutôt à ma race, à mes amis, à Dieu qui m'a aidé?... Ces pensées rendent humbles. On se sent fraternel à tous ceux qui aiment l'art et qui souffrent pour lui. Du plus bas au plus haut, la distance n'est pas grande...

« Là-dessus, j'ai songé à ce que vous m'écriviez. Vous avez raison : un artiste n'a pas le droit de se tenir à l'écart, tant qu'il peut venir en aide à d'autres. Je resterai donc, je m'obligerai à passer quelques mois par année, soit à Vienne ou à Berlin, quoique j'aie peine à me réhabituer à ces villes. Mais il ne faut pas abdiquer. Si je ne réussis pas à être d'une grande utilité, comme j'ai des raisons de le craindre, ce séjour me sera peut-être utile à moi-même. Et je me consolerai en pensant que vous l'avez voulu. Et puis... (je ne veux pas mentir)... je commence à y trouver du plaisir. Adieu, tyran. Vous triomphez. J'en arrive, non seulement à faire ce que vous voulez que je fasse, mais à l'aimer.

Christophe. »

*

Ainsi, il resta, en partie pour lui plaire, mais aussi parce que sa curiosité d'artiste, réveillée, se laissait reprendre au spectacle de l'art renouvelé. Tout ce qu'il voyait et faisait, il l'offrait en pensée à Grazia; il le lui écrivait. Il savait bien qu'il se faisait illusion sur l'intérêt qu'elle y pouvait trouver; il la soupçonnait d'un peu d'indifférence. Mais il lui était reconnaissant de ne pas trop la lui montrer.

Elle lui répondit régulièrement, une fois par quinzaine. Des lettres affectueuses et mesurées, comme l'étaient ses gestes. En lui contant sa vie, elle ne se départait pas d'une réserve tendre et fière. Elle savait avec quelle violence ses mots se répercutaient dans le cœur de Christophe. Elle aimait mieux lui paraître froide que le pousser à une exaltation, où elle ne voulait pas le suivre. Mais elle était trop femme pour ignorer le secret de ne point décourager l'amour de son ami et de panser aussitôt, par de douces paroles, la déception intime que des paroles indifférentes avaient causée. Christophe ne tarda pas à deviner cette tactique; et, par une ruse d'amour, il s'efforçait à son tour de contenir ses élans, d'écrire des lettres plus mesurées, afin que les réponses de Grazia s'appliquassent moins à l'être.

A mesure qu'il prolongeait son séjour à Paris, il s'intéressait davantage à l'activité nouvelle qui remuait la gigantesque fourmilière. Il s'y intéressait d'autant plus qu'il trouvait chez les jeunes fourmis moins de sympathie pour lui. Il ne s'était pas trompé : son succès était une victoire à la Pyrrhus. Après une disparition de dix ans, son retour avait fait sensation dans le monde parisien. Mais par une ironie des choses qui n'est point rare, il se trouvait patronné, cette fois, par ses vieux ennemis, les snobs, les gens à la mode; les artistes lui étaient sourdement hostiles, ou se méfiaient de lui. Il s'imposait par son nom qui était déjà du passé, par son œuvre considérable, par son accent de conviction passionnée, par la violence de sa sincérité. Mais si l'on était contraint de compter avec lui, s'il forçait l'admiration ou l'estime, on le comprenait mal et on ne l'aimait point. Il était en dehors de l'art du temps. Un monstre, un anachronisme vivant. Il l'avait toujours été. Ses dix ans de solitude avaient accentué le contraste. Durant son absence, s'était accompli en Europe, et surtout à Paris, comme il l'avait bien vu, un travail de reconstruction. Un nouvel ordre naissait. Une génération se levait, désireuse d'agir plus que de comprendre, affamée de possession plus que de vérité. Elle voulait vivre, elle voulait s'emparer de la vie, fût-ce au prix du mensonge. Mensonges de l'orgueil, — de tous les orgueils : orgueil de race, orgueil de caste, orgueil de religion, orgueil de culture et d'art, — tous lui étaient bons, pourvu qu'ils fussent une armature de fer, pourvu qu'ils lui fournissent l'épée et le bouclier, et qu'abritée par eux, elle marchât à la victoire. Aussi lui était-il désagréable d'entendre la grande voix tourmentée, qui lui rappelait l'existence du doute et de la douleur : ces rafales, qui avaient troublé la nuit à peine enfuie, qui continuaient, en dépit de ses dénégations, à menacer le monde, et qu'elle voulait oublier. Impossible de ne pas entendre : on en était trop près. Alors, ces jeunes gens se détournaient avec dépit et ils criaient à tue-tête, afin de s'assourdir. Mais la voix parlait plus fort. Et ils lui en voulaient.

Au contraire, Christophe les regardait avec amitié. Il saluait l'ascension du monde vers une certitude et un ordre, à tout prix. Ce qu'il y avait de volontairement étroit dans cette poussée ne l'affectait point. Quand on veut aller droit au but, il faut regarder droit devant soi. Pour lui, assis au tournant d'un monde, il jouissait de voir, derrière lui, la splendeur tragique de la nuit, et, devant, le sourire de la jeune espérance, l'incertaine beauté de l'aube fraîche et fiévreuse. Il était au point immobile de l'axe du balancier, tandis que le pendule recommençait à monter. Sans le suivre dans sa marche, il écoutait avec joie battre le rythme de vie. Il s'associait aux espoirs de ceux qui reniaient ses angoisses passées. Ce qui serait, serait comme il l'avait rêvé. Dix ans avant, Olivier, dans la nuit et la peine, — pauvre petit coq gaulois —, avait, de son chant frêle, annoncé le jour lointain. Le chanteur n'était plus; mais son chant s'accomplissait. Dans le jardin de France, les oiseaux s'éveillaient. Et, dominant les autres ramages, Christophe entendit soudain, plus forte, plus claire, la voix d'Olivier ressuscité.

*

Il lisait distraitement, à un étalage de librairie, un livre de poésies. Le nom de l'auteur lui était inconnu. Certains mots le frappèrent; il resta attaché. A mesure qu'il continuait de lire entre les feuilles non coupées, il lui sembla reconnaître une voix, des traits amis... Impuissant à définir ce qu'il sentait, et ne pouvant se décider à se séparer du livre, il l'acheta. Rentré chez lui, il reprit sa lecture. Aussitôt, son obsession le reprit. Le souffle impétueux du poème évoquait, avec une précision de visionnaire, les âmes immenses et séculaires, — ces arbres gigantesques, dont les hommes sont les feuilles et les fruits, — les Patries. De ces pages surgissait la figure surhumaine de la Mère, — celle qui fut avant les vivants d'aujourd'hui, celle qui sera après, celle qui trône, pareille aux Madones byzantines, hautes comme des montagnes, au pied desquelles prient les fourmis humaines. Le poète célébrait le duel homérique de ces grandes Déesses, dont les lances s'entrechoquent, depuis le commencement de l'histoire : cette Iliade millénaire, qui est à celle de Troie ce que la chaîne alpestre est aux collines grecques.

Une telle épopée d'orgueil et d'action guerrière était loin des pensées d'une âme européenne, comme celle de

Christophe. Et pourtant, par lueurs, dans cette vision de l'âme française, — la vierge pleine de grâce, qui porte l'égide, Athéna aux yeux bleus qui brillent dans les ténèbres, la déesse ouvrière, l'artiste incomparable, la raison souveraine, dont la lance étincelante terrasse les barbares tumultueux, — Christophe apercevait un regard, un sourire qu'il connaissait, et qu'il avait aimé. Mais au moment de la saisir, la vision s'effaçait. Et tandis qu'il s'irritait à la poursuivre en vain, voici qu'en tournant une page, il entendit un récit, que, peu de jours avant sa mort, lui avait fait Olivier.

Il fut bouleversé. Il courut chez l'éditeur, il demanda l'adresse du poète. On la lui refusa, comme c'est l'usage. Il se fâcha. Inutilement. Enfin, il s'avisa qu'il trouverait le renseignement dans un annuaire. Il le trouva en effet, et aussitôt il alla chez l'auteur. Ce qu'il voulait, il le voulait bien; jamais il n'avait su attendre.

Quartier des Batignolles. Dernier étage. Plusieurs portes donnaient sur un couloir commun. Christophe frappa à celle qu'on lui indiqua. Ce fut la porte voisine qui s'ouvrit. Une jeune femme point belle, très brune, les cheveux sur le front, le teint brouillé — une figure crispée aux yeux vifs — demanda ce qu'on voulait. Elle avait l'air soupçonneux. Christophe exposa l'objet de sa visite et, sur une nouvelle question, il donna son nom. Elle sortit de sa chambre et ouvrit l'autre porte, avec une clef qu'elle avait sur elle. Mais elle ne fit pas entrer Christophe tout de suite. Elle lui dit d'attendre dans le corridor, et elle pénétra seule, lui fermant la porte au nez. Enfin Christophe eut accès dans le logement bien gardé. Il traversa une pièce à moitié vide, qui servait de salle à manger : quelques meubles délabrés; près de la fenêtre sans rideaux, une douzaine d'oiseaux piaillaient dans une volière. Dans la pièce voisine, sur un divan râpé, un homme était couché. Il se souleva pour recevoir Christophe. Ce visage émacié, illuminé par l'âme, ces beaux yeux de velours où brûlait une flamme de fièvre, ces longues mains intelligentes, ce corps mal fait, cette voix aiguë qui s'enrouait... Christophe reconnut sur-le-champ... Emmanuel! Le petit ouvrier infirme, qui avait été la cause innocente... Et Emmanuel, brusquement debout, avait aussi reconnu Christophe.

Ils restaient sans parler. Tous deux, en ce moment, ils

voyaient Olivier... Ils ne se décidaient pas à se donner la main. Emmanuel avait fait un mouvement de recul. Après dix ans passés, une rancune inavouée, l'ancienne jalousie qu'il avait pour Christophe, ressortait du fond obscur de l'instinct. Il restait là, défiant et hostile. — Mais lorsqu'il vit l'émotion de Christophe, lorsqu'il lut sur ses lèvres le nom qu'ils pensaient tous deux : « Olivier!... » ce fut plus fort que lui : il se jeta dans les bras qui lui étaient tendus.

Emmanuel demanda :

« Je savais que vous étiez à Paris. Mais vous, comment avez-vous pu me trouver? »

Christophe dit :

« J'ai lu votre dernier livre; au travers, j'ai entendu *sa* voix.

— N'est-ce pas? dit Emmanuel, vous l'avez reconnu? Tout ce que je suis à présent, c'est à lui que je le dois. »

(Il évitait de prononcer le nom.)

Après un moment, il continua, assombri :

« Il vous aimait plus que moi. »

Christophe sourit :

« Qui aime bien ne connaît ni plus ni moins; il se donne tout à tous ceux qu'il aime. »

Emmanuel regarda Christophe; le sérieux tragique de ses yeux volontaires s'illumina subitement d'une douceur profonde. Il prit la main de Christophe, et le fit asseoir sur le divan, près de lui.

Ils se dirent leur vie. De quatorze à vingt-cinq ans, Emmanuel avait fait bien des métiers : typographe, tapissier, petit marchand ambulant, commis de librairie, clerc d'avoué, secrétaire d'un homme politique, journaliste... Dans tous, il avait trouvé moyen d'apprendre fiévreusement, çà et là rencontrant l'appui de braves gens frappés par l'énergie du petit homme, plus souvent tombant aux mains d'hommes qui exploitaient sa misère et ses dons, s'enrichissant des pires expériences et réussissant à en sortir sans trop d'amertume, n'y laissant que le reste de sa chétive santé. Des aptitudes singulières pour les langues anciennes (moins exceptionnelles qu'on ne croirait, dans une race imbue de traditions humanistes) lui avaient valu l'intérêt et l'appui d'un vieux prêtre hellénisant. Ces études, qu'il n'avait pas eu le temps de pousser très avant, lui furent une discipline d'esprit et une école de style. Cet homme sorti de la bourbe du peuple, dont toute l'instruction s'était faite par lui-même, au hasard, et offrait des lacunes énormes, avait acquis un don de l'expression verbale, une maîtrise de la pensée sur la forme que dix ans d'éducation universitaire sont impuissants à donner à la jeune bourgeoisie. Il en attribuait le bienfait à Olivier. D'autres l'avaient pourtant plus efficacement aidé. Mais d'Olivier venait l'étincelle qui avait allumé, dans la nuit de cette âme, la veilleuse éternelle. Les autres n'avaient fait que verser de l'huile dans la lampe.

Il dit :

« Je n'ai commencé de le comprendre qu'à partir du moment où il s'en est allé. Mais tout ce qu'il m'avait dit était entré en moi. Sa lumière ne m'a jamais quitté. »

Il parlait de son œuvre, de la tâche qui lui avait été, prétendait-il, léguée par Olivier : du réveil des énergies françaises, de cette flambée d'idéalisme héroïque, dont Olivier était l'annonciateur; il voulait s'en faire la voix retentissante qui plane sur la mêlée et qui sonne la victoire prochaine; il chantait l'épopée de sa race ressuscitée.

Ses poèmes étaient bien le produit de cette étrange race qui, à travers les siècles, a conservé si fort son vieil arôme celtique, tout en mettant un orgueil bizarre à vêtir sa pensée des défroques et des lois du conquérant romain. On y trouvait tout purs cette audace gauloise, cet esprit de raison folle, d'ironie, d'héroïsme, ce mélange de jactance et de bravoure, qui allait tirer la barbe aux sénateurs de Rome, pillait le temple de Delphes, et lançait en riant ses javelots contre le ciel. Mais il avait fallu que ce petit gniaf parisien incarnât ses passions, comme avaient fait ses grands-pères à perruque, et comme feraient sans doute ses arrière-petits-neveux, dans les corps des héros et des dieux de la Grèce, morts depuis deux mille ans. Instinct curieux de ce peuple, qui s'accorde avec son besoin d'absolu : en posant sa pensée sur les traces des siècles, il lui semble qu'il impose sa pensée pour les siècles. La contrainte de cette forme classique ne faisait qu'imprimer un élan plus violent aux passions d'Emmanuel. La calme confiance d'Olivier en les destins de la France s'était transformée, chez son petit protégé, en une foi brûlante, affamée d'action et sûre du triomphe. Il le voulait, il le voyait, il le clamait. C'était par cette foi exaltée et par cet optimisme qu'il avait soulevé les âmes du public français. Son livre avait été aussi efficace qu'une bataille. Il avait ouvert la brèche dans le scepticisme et dans la peur. Toute la jeune génération s'y était ruée à sa suite, vers les destins nouveaux...

Il s'animait en parlant; ses yeux brûlaient, sa figure blême se marbrait de plaques roses, et sa voix était criarde. Christophe ne pouvait s'empêcher de remarquer le contraste entre ce feu dévorant et le corps misérable qui lui servait de bûcher. Il ne faisait qu'entrevoir l'émouvante ironie de ce sort. Le chantre de l'énergie, le poète qui célébrait la génération des sports intrépides, de l'action, de la guerre, pouvait à peine marcher sans essoufflement, était sobre, suivait un régime strict, buvait de l'eau, ne devait pas fumer, vivait sans maîtresses, portait toutes les passions en lui, et était réduit par sa santé à l'ascétisme.

Christophe contemplait Emmanuel; et il éprouvait un mélange d'admiration et de pitié fraternelle. Il n'en voulait rien montrer; mais sans doute ses yeux en trahirent quelque chose; ou l'orgueil d'Emmanuel, qui gardait dans son flanc une blessure toujours ouverte, crut lire dans les yeux de Christophe la commisération, qui lui était plus odieuse que la haine. Sa flamme tomba, d'un coup. Il cessa de parler. Christophe essaya vainement de ramener la confiance. L'âme s'était refermée. Christophe vit qu'il l'avait blessé.

Le silence hostile se prolongeait. Christophe se leva. Emmanuel le reconduisit, sans un mot, à la porte. Sa démarche accusait son infirmité; il le savait; il mettait son orgueil à y sembler indifférent; mais il pensait que Christophe l'observait, et sa rancune s'en aggravait.

Au moment où il serrait froidement la main à son hôte, pour le congédier, une jeune dame élégante sonnait à la porte. Elle était escortée d'un gamin prétentieux, que Christophe reconnut pour l'avoir remarqué à des premières théâtrales, souriant, caquetant, saluant de la patte, baisant la patte des dames, et, de sa place à l'orchestre, décochant des sourires jusqu'au fond du théâtre : faute de savoir son nom, il l'appelait « le daim ». — Le daim et sa compagne, à la vue d'Emmanuel, se jetèrent sur le « cher maître », avec des effusions obséquieuses et familières. Christophe, qui s'éloignait, entendit la voix sèche d'Emmanuel répondre qu'il ne pouvait recevoir, qu'il était occupé. Il admira le don que possédait cet homme d'être désagréable. Il ignorait ses raisons de faire mauvais visage aux riches snobs qui venaient le gratifier de leurs visites indiscrètes; ils étaient prodigues de belles phrases et d'éloges; mais ils ne s'occupaient pas plus d'alléger sa misère que les fameux amis de César Franck ne cherchèrent jamais à le décharger des leçons de piano, que jusqu'au dernier jour il dut donner pour vivre.

Christophe retourna plusieurs fois chez Emmanuel. Il ne réussit plus à faire renaître l'intimité de la première visite. Emmanuel ne témoignait aucun plaisir à le voir, et se tenait sur une réserve soupçonneuse. Par moments, le besoin d'expansion de son génie l'emportait; un mot de Christophe le faisait vibrer jusqu'aux racines; alors, il s'abandonnait à un accès d'enthousiasme; et son idéalisme jetait sur son âme cachée de splendides lueurs. Puis, brusquement, il retombait; il se crispait dans un silence hargneux; et Christophe retrouvait l'ennemi.

Trop de choses les séparaient. La moindre n'était pas leur différence d'âge. Christophe s'acheminait vers la pleine conscience et la maîtrise de soi, Emmanuel était encore en formation, et plus chaotique que Christophe n'avait jamais été. L'originalité de sa figure tenait aux éléments contradictoires qu'on y trouvait aux prises : un stoïcisme puissant, qui tâchait de dompter une nature rongée de désirs ataviques — (le fils d'un alcoolique et d'une prostituée) —, une imagination frénétique, qui se cabrait sous le mors d'une volonté d'acier; un immense égoïsme et un immense amour des autres, — (on ne savait jamais quel des deux serait vainqueur); — un idéalisme héroïque et une avidité de gloire qui le rendait maladivement inquiet des autres supériorités. Si la pensée d'Olivier, si son indépendance, son désintéressement se retrouvaient en lui, si Emmanuel était supérieur à son maître par sa vitalité plébéienne, qui ne connaissait pas l'écœurement de l'action, par le génie poétique et par la rude écorce, qui le défendait contre tous les dégoûts, il était loin d'atteindre à la sérénité du frère d'Antoinette : son caractère était vaniteux, tourmenté; et le trouble d'autres êtres venait s'ajouter au sien.

Il vivait dans une union orageuse avec une jeune

femme qu'il avait pour voisine : celle qui avait reçu Christophe, la première fois. Elle aimait Emmanuel et s'occupait de lui jalousement, faisait son ménage, recopiait ses œuvres, les écrivait sous sa dictée. Elle n'était pas belle et portait le fardeau d'une âme passionnée. Sortie du peuple, longtemps ouvrière dans un atelier de cartonnage, puis employée des postes, elle avait passé une enfance étouffée dans le cadre ordinaire des ouvriers pauvres de Paris: âmes et corps entassés, travail harassant, promiscuité perpétuelle, pas d'air, pas de silence, jamais de solitude, impossibilité de se recueillir, de défendre la retraite de son cœur. Esprit fier, qui couvait une ferveur religieuse pour un idéal confus de vérité, elle s'était usé les yeux à copier pendant la nuit, et parfois sans lumière, à la clarté de la lune, les *Misérables* de Hugo. Elle avait rencontré Emmanuel, à un moment où il était plus malheureux qu'elle, malade et sans ressources; elle s'était vouée à lui. Cette passion était le premier, le seul amour de sa vie. Aussi elle s'y attachait, avec une ténacité d'affamée. Son affection était pesante pour Emmanuel, qui la partageait moins qu'il ne la subissait. Il était touché de ce dévouement; il savait qu'elle lui était la meilleure des amies, le seul être pour qui il fût tout, et qui ne pût se passer de lui. Mais ce sentiment même l'écrasait. Il avait besoin de liberté, il avait besoin d'isolement; ces yeux qui mendiaient avidement un regard l'obsédaient; il lui parlait avec dureté, il avait envie de lui dire : « Va-t'en! » Il était irrité par sa laideur et par ses brusqueries. Si peu qu'il connût la société mondaine et quelque mépris qu'il lui témoignât — (car il souffrait de s'y voir plus laid et plus ridicule), — il était sensible à l'élégance, il subissait l'attrait de femmes qui avaient pour lui (il n'en doutait pas) le sentiment qu'il avait pour son amie. Il tâchait de témoigner à celle-ci une affection qu'il n'avait pas, ou du moins que ne cessaient d'obscurcir des bourrasques de haine involontaire. Il n'y parvenait point; il portait dans sa poitrine un grand cœur généreux, avide de faire le bien, et un démon de violence, trop apte à faire le mal. Cette lutte intérieure et la conscience qu'il avait de ne pouvoir la terminer à son avantage le jetaient dans une sourde irritation, dont Christophe recevait les éclats.

Emmanuel ne pouvait se défendre envers Christophe

d'une double antipathie : l'une, issue de sa jalousie ancienne (ces passions d'enfance, dont la poussée subsiste, même quand on en a oublié la cause); l'autre, inspirée par un brûlant nationalisme. Il incarnait en la France tous les rêves de justice, de pitié, de fraternité humaine, conçus par les meilleurs de l'époque précédente. Il ne l'opposait pas au reste de l'Europe, comme une ennemie dont la fortune croît sur les ruines des autres nations; il la mettait à leur tête, comme la souveraine légitime qui règne pour le bien de tous — épée de l'idéal, guide du genre humain. Plutôt qu'elle commît une injustice, il l'eût préférée morte. Mais il ne doutait point d'elle. Il était exclusivement français, de culture et de cœur, uniquement nourri de la tradition française dont il retrouvait les raisons profondes en son instinct. Il méconnaissait, avec sincérité, la pensée étrangère, pour laquelle il avait une condescendance dédaigneuse — une irritation, si l'étranger n'acceptait point cette situation humiliée.

Christophe voyait tout cela; mais plus âgé et plus instruit par la vie, il ne s'en affectait point. Si cet orgueil de race ne laissait pas d'être blessant, Christophe n'en était pas atteint; il faisait la part des illusions de l'amour filial, et il ne songeait pas à critiquer les exagérations d'un sentiment sacré. Au reste l'humanité même trouve son profit à la croyance vaniteuse des peuples dans leur mission. De toutes les raisons qu'il avait de se sentir éloigné d'Emmanuel, une seule lui était pénible : la voix d'Emmanuel, qui s'élevait parfois à des intonations suraiguës. L'oreille de Christophe en souffrait cruellement. Il ne pouvait s'empêcher de faire des grimaces. Il tâchait qu'Emmanuel ne les vît point. Il s'appliquait à entendre la musique, et non pas l'instrument. Une telle beauté d'héroïsme rayonnait du poète infirme, quand il évoquait les victoires de l'esprit, devancières d'autres victoires, la conquête de l'air, le « dieu volant » qui soulevait les foules et comme l'étoile de Bethléem, les entraînait à sa suite extasiées, vers quels lointains espaces ou quelles revanches prochaines! La splendeur de ces visions d'énergie n'empêchait pas Christophe d'en sentir le danger, de prévoir où menaient ce pas de charge et la clameur grandissante de cette nouvelle *Marseillaise*. Il pensait avec un peu d'ironie, (sans regret du passé ni peur de l'avenir), que le chant aurait des échos que le chantre ne prévoyait pas, et qu'un jour viendrait où les hommes soupireraient après le temps disparu de la Foire sur la place... Qu'on était libre alors! L'âge d'or de la liberté! Jamais on n'en connaîtrait plus de pareil. Le monde s'acheminait vers un âge de force, de santé, d'action virile, et peut-être de gloire, mais d'autorité dure et d'ordre étroit. L'aurons-nous assez appelé de nos vœux, l'âge de fer, l'âge classique! Les grands âges classiques — Louis XIV ou Napoléon — nous paraissent, à distance, les cimes de l'humanité. Et peut-être la nation y réalise-t-elle le plus victorieuseemnt son idéal d'État. Mais allez donc demander aux héros de ces temps ce qu'ils en ont pensé! Votre Nicolas Poussin s'en est allé vivre et mourir à Rome; il étouffait chez vous. Votre Pascal, votre Racine ont dit adieu au monde. Et parmi les plus grands, que d'autres vécurent à l'écart, disgraciés, opprimés! Même l'âme d'un Molière cachait des amertumes. — Pour votre Napoléon, que vous regrettez tant, vos pères ne semblent pas s'être doutés de leur bonheur; et le maître lui-même ne s'y est pas trompé : il savait que quand il disparaîtrait, le monde ferait : « Ouf! »... Autour de l'*Imperator*, quel désert de pensée! Sur l'immensité de sable, le soleil africain...

Christophe ne disait point tout ce qu'il ruminait. Quelques allusions avaient suffi à mettre Emmanuel en fureur; il ne les renouvela point. Mais il avait beau garder pour lui ses pensées, Emmanuel savait qu'il les pensait. Bien plus, il avait obscurément conscience que Christophe voyait plus loin que lui. Et il n'en était que plus irrité. Les jeunes gens ne pardonnent pas à leurs aînés, qui les contraignent à voir ce qu'ils seront dans vingt ans.

Christophe lisait dans son cœur et se disait :

« Il a raison. A chacun sa foi! Il faut croire ce qu'on croit. Dieu me garde de troubler sa confiance dans l'avenir! »

Mais sa seule présence était une cause de trouble. De deux personnalités qui sont ensemble, quelque effort qu'elles fassent toutes deux pour s'effacer, l'une écrase toujours l'autre, et l'autre en garde en soi la rancune humiliée. L'orgueil d'Emmanuel souffrait de la supériorité d'expérience et de caractère de Christophe. Et peut-être se défendait-il de l'amour qu'il sentait grandir pour lui...

Il devint plus farouche. Il ferma sa porte. Il ne répondit pas aux lettres. — Christophe dut renoncer à le voir.

*

On était arrivé aux premiers jours de juillet. Christophe faisait le compte de ce que ces mois lui avaient apporté : beaucoup d'idées nouvelles, peu d'amis. Des succès brillants et dérisoires : retrouver son image, le reflet de son œuvre, affaiblis ou caricaturés, dans des cerveaux médiocres, cela n'a rien de réjouissant. Et de ceux dont il eût aimé à être compris, la sympathie lui manquait; ils n'avaient pas accueilli ses avances; il ne pouvait se joindre à eux, quelque désir qu'il eût de s'associer à leurs espoirs, de leur être un allié; on eût dit que leur amour-propre inquiet se défendît de son amitié et trouvât plus de satisfaction à l'avoir pour ennemi. Bref, il avait laissé passer le flot de sa génération, sans passer avec elle; et le flot de la génération suivante ne voulait pas de lui. Il était isolé, et ne s'en étonnait pas, toute sa vie l'y ayant habitué. Mais il jugeait que maintenant il avait conquis le droit, après ce nouvel essai, de retourner dans son ermitage suisse, en attendant de réaliser un projet qui, depuis peu, prenait plus de consistance. A mesure qu'il vieillissait, il était tourmenté du désir de revenir s'installer au pays. Il n'y connaissait plus personne, il y trouverait sans doute encore moins de parenté d'esprit que dans cette ville étrangère; mais ce n'en est pas moins le pays : vous ne demandez pas à ceux de votre sang de penser comme vous; il existe entre eux et vous mille secrets liens; les sens ont appris à lire dans le même livre du ciel et de la terre, le cœur parle la même langue.

Il raconta gaiement ses mécomptes à Grazia, et dit son intention de retourner en Suisse; il demandait, en plaisantant, la permission de quitter Paris et annonçait son départ pour la semaine suivante. Mais, à la fin de la lettre, un *post-scriptum* disait :

« J'ai changé d'avis. Mon départ est remis. »

Christophe avait en Grazia une confiance entière; il lui livrait le secret de ses plus intimes pensées. Et pourtant, il y avait un compartiment de son cœur, dont il gardait la clef : c'étaient les souvenirs qui n'appartenaient pas seulement à lui, mais à ceux qu'il avait aimés. Ainsi, il se taisait sur ce qui touchait à Olivier. Sa réserve n'était pas voulue. Les mots ne pouvaient sortir, quand il allait parler à Grazia de l'ami. Elle ne l'avait point connu...

Or, ce matin-là, tandis qu'il écrivait à son amie, on frappa à la porte. Il alla ouvrir, en maugréant d'être dérangé. Un jeune garçon de quatorze à quinze ans demanda M. Krafft. Christophe, bourru, le fit entrer. Il était blond, les yeux bleus, les traits fins, pas très grand, la taille mince. Debout devant Christophe, il restait sans parler, un peu intimidé. Très vite il se remit, et il leva ses yeux limpides, qui le considéraient avec curiosité. Christophe sourit, en regardant le charmant visage; et le jeune garçon sourit aussi.

« Eh bien, lui dit Christophe, qu'est-ce que vous voulez?

— Je suis venu », dit l'enfant...

(Il se troubla de nouveau, il rougit et se tut.)

« Je vois bien que vous êtes venu, dit Christophe, en riant. Mais pourquoi êtes-vous venu? Regardez-moi : est-ce que vous avez peur de moi?

— Non.

— Bravo! Alors, dites-moi d'abord qui vous êtes.

— Je suis », dit l'enfant...

Il s'arrêta encore. Ses yeux, qui faisaient curieusement tout le tour de la chambre, venaient de découvrir, sur la cheminée de Christophe, une photographie d'Olivier. Christophe suivit machinalement la direction de son regard.

« Allons! fit-il. Courage! »

L'enfant dit :

« Je suis son fils. »

Christophe tressauta; il se souleva de son siège, saisit le jeune garçon par les deux bras, et l'attira à lui. Retombé sur sa chaise, il le tenait étroitement serré; leurs figures se touchaient presque; et il le regardait, il le regardait en répétant :

« Mon petit... mon pauvre petit... »

Brusquement, il lui prit la tête entre ses mains, et il l'embrassa sur le front, sur les yeux, sur les joues, sur le nez, sur les cheveux. Le jeune garçon, effrayé et choqué par la violence de ces démonstrations, se dégagea de ses bras. Christophe le laissa. Il se cacha le visage dans ses mains, il appuya son front contre le mur, et il resta ainsi pendant quelques instants. Le petit avait reculé au fond de la chambre. Christophe releva la tête. Sa figure était apaisée; il regarda l'enfant, avec un sourire affectueux :

« Je t'ai effrayé, dit-il. Pardon... Vois-tu, c'est que je l'aimais bien. »

Le petit se taisait, encore effarouché.

« Comme tu lui ressembles! dit Christophe... Et pourtant, je ne t'aurais pas reconnu. Qu'y a-t-il de changé? »

Il demanda :

« Comment t'appelles-tu?

— Georges.

— C'est vrai. Je me souviens. Christophe-Olivier-Georges... Tu as quel âge?

— Quatorze ans.

— Quatorze ans! Il y a si longtemps déjà?... Cela me paraît hier — ou dans la nuit des temps... Comme tu lui ressembles! Ce sont les mêmes traits. Le même, et cependant un autre. La même couleur des yeux, et pas le même regard. Le même sourire, la même bouche, et pas le même son de voix. Tu es plus fort, tu te tiens plus droit. Tu as la figure plus pleine, mais tu rougis comme lui. Viens, assieds-toi, causons. Qui t'a envoyé chez moi?

— Personne.

— C'est de toi-même que tu es venu? Comment me connais-tu?

— On m'a parlé de vous.

— Qui?

— Ma mère.

— Ah! dit Christophe. Est-ce qu'elle sait que tu es venu chez moi?

— Non. »

Christophe se tut, un moment; puis demanda :

« Où habitez-vous?

— Près du parc Monceau.

— Tu es venu à pied? Oui? C'est une bonne course. Tu dois être fatigué.

— Je ne suis jamais fatigué.

— A la bonne heure! Montre-moi tes bras. »

(Il les palpa.)

« Tu es un solide petit gars... Et qu'est-ce qui t'a donné l'idée de venir me voir?

— C'est que papa vous aimait plus que tout.
— C'est elle qui te l'a dit? »
(Il se reprit :)
« C'est ta mère qui te l'a dit?
— Oui. »
Christophe sourit, pensif. Il songeait : « Elle aussi!... Comme ils l'aimaient, tous! Pourquoi donc ne le lui ont-ils pas montré?... »
Il continua :
« Pourquoi as-tu attendu si longtemps pour venir?
— Je voulais venir plus tôt. Mais je croyais que vous ne vouliez pas me voir.
— Moi!
— Il y a plusieurs semaines, aux concerts Chevillard, je vous ai aperçu; j'étais avec ma mère, à quelques fauteuils de vous; je vous ai salué; vous m'avez regardé de travers, en fronçant le sourcil, et vous ne m'avez pas répondu.
— Moi, je t'ai regardé?... Mon pauvre petit, tu as pu penser?... Je ne t'ai pas vu. J'ai les yeux fatigués. Voilà pourquoi je fronce le sourcil... Tu me crois donc bien méchant?
— Je crois que vous pouvez l'être *aussi*, quand vous voulez.
— Vraiment? dit Christophe. En ce cas, si tu pensais que je ne voulais pas te voir, comment as-tu osé venir?
— Parce que moi, je voulais vous voir.
— Et si je t'avais mis à la porte?
— Je ne me serais pas laissé faire. »
Il disait cela, d'un petit air décidé, confus et provocant tout ensemble.
Christophe éclata de rire; et Georges fit comme lui.
« C'est moi que tu aurais mis à la porte!... Voyez-vous cela! Quel luron!... Non, décidément, tu ne ressembles pas à ton père. »
Le visage mobile du jeune garçon s'assombrit.
« Vous trouvez que je ne lui ressemble pas? Mais vous disiez, tout à l'heure!... Alors, vous croyez qu'il ne m'aurait pas aimé? Alors, vous ne m'aimez pas?
— Et qu'est-ce que cela peut te faire, que je t'aime?
— Cela me fait beaucoup.
— Parce que?
— Parce que je vous aime. »

En une minute, ses yeux, sa bouche, tous ses traits se coloraient de dix expressions diverses. Comme en un jour d'avril, l'ombre des nuages qui courent sur les champs, au souffle des vents printaniers. Christophe éprouvait une joie délicieuse à le voir, à l'entendre; il lui semblait être lavé des soucis du passé; ses tristes expériences, ses épreuves, ses souffrances et celles d'Olivier, tout était effacé : il renaissait tout neuf dans ce jeune surgeon de la vie d'Olivier.

Ils causèrent. Georges ne connaissait rien de la musique de Christophe, avant ces derniers mois; mais depuis que Christophe était à Paris, il ne manquait pas un concert où l'on jouait de ses œuvres. Il en parlait, le visage animé, les yeux brillants, riants, et les larmes tout proche : un amoureux!... Il confia à Christophe qu'il adorait la musique, et que, lui aussi, il voulait en faire. Mais Christophe s'aperçut, après quelques questions, que le petit en ignorait les éléments. Il s'informa de ses études. Le jeune Jeannin était au lycée; il dit, allégrement, qu'il n'était pas un fameux élève.

« Où es-tu le plus fort? En lettres ou en sciences?

— C'est à peu près la même chose partout.

— Mais comment? Mais comment? Est-ce que tu serais un cancre? »

Il rit franchement et dit :

« Je crois que oui. »

Puis, il ajouta confidentiellement :

« Mais je sais bien que non, tout de même. »

Christophe ne put s'empêcher de rire :

« Alors, pourquoi ne travailles-tu pas? Est-ce que rien ne t'intéresse?

— Au contraire! tout m'intéresse.

— Eh bien, alors?

— Tout est intéressant, on n'a pas le temps...

— Tu n'as pas le temps? Et que diable fais-tu? »

Il esquissa un geste vague :

« Beaucoup de choses. Je fais de la musique, je fais du sport, je vais voir des expositions, je lis...

— Tu ferais mieux de lire tes livres de classe.

— On ne lit jamais en classe ce qui est intéressant... Et puis, nous voyageons. Le mois dernier, j'ai été en Angleterre, pour voir le match entre Oxford et Cambridge.

— Cela doit bien avancer tes études!

— Bah! on apprend plus, ainsi, qu'en restant au lycée.
— Et ta mère, que dit-elle de cela?
— Ma mère est très raisonnable. Elle fait tout ce que je veux.
— Mauvais diable!... Tu as de la chance de ne pas m'avoir pour père.
— C'est vous qui n'auriez pas eu de chance. »
Impossible de résister à son air enjôleur.
« Et dis-moi, grand voyageur, fit Christophe, connais-tu mon pays?
— Oui.
— Je suis sûr que tu ne sais pas un mot d'allemand.
— Je sais très bien, au contraire.
— Voyons un peu. »
Ils se mirent à causer en allemand. Le petit baragouinait, d'une façon incorrecte, mais avec un aplomb drolatique; très intelligent, d'un esprit éveillé, il devinait plus qu'il ne comprenait; il devinait souvent de travers; il était le premier à rire de ses bévues. Il racontait ses voyages, ses lectures, avec entrain. Il avait beaucoup lu, hâtivement, superficiellement, en passant la moitié des pages, en inventant ce qu'il n'avait pas lu, mais toujours talonné par une curiosité vive et fraîche, qui cherchait partout des raisons d'enthousiasme. Il sautait d'un sujet à l'autre; et sa figure s'animait, en parlant des spectacles ou d'œuvres qui l'avaient ému. Ses connaissances étaient sans aucun ordre. On ne savait pas comment il avait lu un livre de dixième rang, et ignorait tout des œuvres les plus célèbres.
« Tout cela est très gentil, dit Christophe. Mais tu n'arriveras à rien, si tu ne travailles pas.
— Oh! je n'en ai pas besoin. Nous sommes riches.
— Diable! c'est grave, alors. Tu veux être un homme qui n'est bon à rien, qui ne fait rien?
— Au contraire, je voudrais tout faire. C'est stupide de s'enfermer, toute sa vie, dans un métier.
— C'est encore la seule façon qu'on ait trouvé de le faire bien.
— On dit ça!
— Comment! « on dit ça »? ...Moi, je dis ça. Voilà quarante ans que j'étudie mon métier. Je commence à peine à le savoir.

— Quarante ans, pour apprendre son métier! Et quand peut-on le faire, alors? »

Christophe se mit à rire.

« Petit Français raisonneur!

— Je voudrais être musicien, dit Georges.

— Eh bien, il n'est pas trop tôt pour t'y mettre. Veux-tu que je t'apprenne?

— Oh! je serais si heureux!

— Viens demain. Je verrai ce que tu vaux. Si tu ne vaux rien, je te défends de mettre jamais les mains sur un piano. Si tu as des dispositions, nous essaierons de faire de toi quelque chose... Mais je t'avertis : je te ferai travailler.

— Je travaillerai », dit Georges, ravi.

Ils prirent rendez-vous pour le lendemain. Au moment de sortir, Georges se rappela que le lendemain, il avait d'autres rendez-vous, et aussi le surlendemain. Oui, il n'était pas libre avant la fin de la semaine. On convint du jour et de l'heure.

Mais le jour et l'heure venus, Christophe attendit en vain. Il fut déçu. Il s'était fait une joie enfantine de revoir Georges. Cette visite inattendue avait éclairé sa vie. Il en avait été si heureux et ému qu'il n'en avait pas dormi, de la nuit qui avait suivi. Il songeait, avec une gratitude attendrie, au jeune ami qui était venu le trouver, de la part de l'ami; il souriait, en pensée, à cette charmante figure : son naturel, sa grâce, sa franchise malicieuse et ingénue, le ravissaient; il s'abandonnait à cet enivrement muet, à ce bourdonnement du bonheur, qui remplissait ses oreilles et son cœur, dans les premiers jours de l'amitié avec Olivier. Il s'y joignait un sentiment plus grave et presque religieux, qui, par-delà les vivants, apercevait le sourire du passé. — Il attendit, le lendemain et le surlendemain. Personne. Pas une lettre d'excuses. Christophe, attristé, chercha des raisons pour excuser l'enfant. Il ne savait où lui écrire, il n'avait pas son adresse. L'aurait-il connue, qu'il n'eût osé lui écrire. Un vieux cœur qui s'éprend d'un jeune être éprouve une pudeur à lui témoigner le besoin qu'il a de lui; il sait bien que celui qui est jeune n'a pas le même besoin : la partie n'est pas égale; et l'on ne craint rien tant que de paraître s'imposer à qui ne se soucie point de vous.

Le silence se prolongeait. Bien que Christophe en

souffrît, il se contraignait à ne faire aucune démarche pour retrouver les Jeannin. Mais, chaque jour, il attendait celui qui ne venait point. Il ne partit pas pour la Suisse. Il resta, tout l'été, à Paris. Il se jugeait absurde; mais il n'avait plus goût à voyager. En septembre seulement, il se décida à passer quelques jours à Fontainebleau.

Vers la fin d'octobre, Georges Jeannin revint frapper à la porte. Il s'excusa tranquillement, sans la moindre confusion, de son manque de parole.

« Je n'ai pas pu venir, dit-il; et ensuite, nous sommes partis, nous avons été en Bretagne.

— Tu aurais pu m'écrire, dit Christophe.

— Oui, c'était ce que je voulais faire. Mais je n'avais jamais le temps... Et puis, dit-il en riant, j'ai oublié, j'oublie tout.

— Depuis quand es-tu revenu?

— Depuis le commencement d'octobre.

— Et tu as mis trois semaines pour te décider à venir?... Ecoute, dis-moi franchement : c'est ta mère qui t'empêche?... Elle n'aime pas que tu me voies?

— Mais non! tout au contraire. C'est elle qui m'a dit aujourd'hui de venir.

— Comment cela?

— La dernière fois que je vous ai vu, avant les vacances, je lui ai tout raconté, en rentrant. Elle m'a dit que j'avais bien fait; elle s'est informée de vous, elle m'a fait beaucoup de questions. Quand nous sommes rentrés de Bretagne, il y a trois semaines, elle m'a engagé à retourner chez vous. Il y a huit jours, elle me l'a rappelé de nouveau. Et ce matin, quand elle a su que je n'étais pas encore venu, elle a été fâchée, elle a voulu que je vinsse tout de suite après déjeuner, sans plus attendre.

— Et tu n'as pas honte de me raconter cela? Il faut qu'on te force à venir chez moi?

— Non, non, ne croyez pas!... Oh! je vous ai fâché! Pardon... C'est vrai, je suis étourdi... Grondez-moi, mais ne m'en veuillez pas. Je vous aime bien. Si je ne vous aimais pas, je ne serais pas venu. On ne m'a pas forcé. Moi, d'abord, on ne me force jamais à faire que ce que je veux faire.

— Garnement! dit Christophe, en riant malgré lui. Et tes projets musicaux, qu'est-ce que tu en as fait?

— Oh! j'y pense toujours.
— Cela ne t'avance pas beaucoup.
— Je veux m'y mettre, à présent. Ces mois derniers, je ne pouvais pas, j'avais tant, tant à faire! Mais maintenant, vous allez voir comme je vais travailler, si vous voulez encore de moi... »
(Il avait des yeux câlins.)
« Tu es un farceur, dit Christophe.
— Vous ne me prenez pas au sérieux?
— Ma foi, non.
— C'est dégoûtant! Personne ne me prend au sérieux. Je suis découragé.
— Je te prendrai au sérieux quand je t'aurai vu au travail.
— Tout de suite, alors!
— Je n'ai pas le temps. Demain.
— Non, c'est trop loin, demain. Je ne peux pas supporter que vous me méprisiez, tout un jour.
— Tu m'ennuies.
— Je vous en prie!... »
Christophe, souriant de sa faiblesse, le fit asseoir au piano, et lui parla de musique. Il lui posa des questions; il lui faisait résoudre de petits problèmes d'harmonie. Georges ne savait pas grand-chose; mais son instinct musical suppléait à beaucoup d'ignorance; sans connaître leurs noms, il trouvait les accords que Christophe attendait; et ses erreurs mêmes témoignaient, dans leur gaucherie, d'une curiosité de goût et d'une sensibilité singulièrement aiguisée. Il n'acceptait pas sans discussion les remarques de Christophe; et les intelligentes questions qu'il posait, à son tour, montraient un esprit sincère qui n'acceptait pas l'art comme un formulaire de dévotion qu'on récite des lèvres, mais qui voulait le vivre, pour son propre compte. — Ils ne s'entretinrent pas seulement de musique. À propos d'harmonies, Georges évoquait des tableaux, des paysages, des âmes. Il était difficile à tenir en bride; il fallait constamment le ramener au milieu du chemin; et Christophe n'en avait pas toujours le courage. Il s'amusait à écouter le joyeux bavardage de ce petit être, plein d'esprit et de vie. Quelle différence de nature avec Olivier!... Chez l'un, la vie était une rivière intérieure qui coulait silencieuse; chez l'autre, elle était tout en dehors : un ruisseau capricieux qui se

dépensait à des jeux, au soleil. Et pourtant, la même belle eau pure, comme leurs yeux. Christophe, avec un sourire, retrouvait chez Georges certaines antipathies instinctives, des goûts et des dégoûts, qu'il connaissait bien, et cette intransigeance naïve, cette générosité de cœur qui se donne tout entier à ce qu'on aime... Seulement, Georges aimait tant de choses qu'il n'avait pas le loisir d'aimer longtemps la même.

Il revint, le lendemain et les jours qui suivirent. Il s'était pris d'une belle passion juvénile pour Christophe; et il s'appliquait à ses leçons avec enthousiasme... — Et puis, l'enthousiasme faiblit, les visites s'espacèrent. Il vint moins souvent. Et puis, il ne vint plus. Il disparut de nouveau, pour des semaines.

Il était léger, oublieux, naïvement égoïste et sincèrement affectueux; il avait bon cœur et une vive intelligence, qu'il dépensait en menue monnaie, au jour le jour. On lui pardonnait tout, parce qu'on avait plaisir à le voir : il était heureux.

Christophe se refusait à le juger. Il ne se plaignait pas. Il avait écrit à Jacqueline, pour la remercier de ce qu'elle lui avait envoyé son fils. Jacqueline répondit une courte lettre, d'une émotion contenue; elle exprimait le vœu que Christophe s'intéressât à Georges, le dirigeât dans la vie. Elle ne faisait aucune allusion à la possibilité de rencontrer Christophe. Par pudeur de souvenir et par fierté, elle ne pouvait se résoudre à le revoir. Et Christophe ne se crut point permis de venir, sans qu'elle l'y invitât. — Ainsi, ils restèrent séparés l'un de l'autre, s'apercevant de loin parfois à un concert, et reliés seulement par les rares visites du jeune garçon.

*

L'hiver passa. Grazia n'écrivait plus que rarement. Elle gardait à Christophe sa fidèle amitié. Mais, en vraie Italienne, fort peu sentimentale, et attachée au réel, elle avait besoin de voir les gens, sinon pour penser à eux, du moins pour avoir plaisir à causer avec eux. Il lui fallait, pour entretenir la mémoire de son cœur, rafraîchir de temps en temps la mémoire de ses yeux. Ses lettres se faisaient donc brèves et lointaines. Elle restait sûre de Christophe, comme Christophe l'était d'elle. Mais cette sécurité répandait plus de lumière que de chaleur.

Christophe ne souffrait pas trop de ses nouveaux mécomptes. Son activité musicale suffisait à le remplir. Arrivé à un certain âge, un vigoureux artiste vit dans son art bien plus que dans sa vie; la vie est devenue le rêve, l'art la réalité. Au contact de Paris, sa puissance créatrice s'était réveillée. Nul stimulant plus énergique, au monde, que le spectacle de cette ville de travail. Les plus flegmatiques sont touchés par sa fièvre. Christophe, reposé par des années de saine solitude, apportait une somme énorme de forces à dépenser. Enrichi des conquêtes nouvelles que ne cessait de faire, dans le champ de la technique musicale, l'intrépide curiosité de l'esprit français, il se lançait à son tour à la découverte; plus violent et plus barbare, il allait plus loin qu'eux tous. Mais rien, dans ses hardiesses nouvelles, n'était plus abandonné au hasard de l'instinct. Un besoin de clarté s'était emparé de Christophe. Tout le long de sa vie, son génie avait obéi à un rythme de courants alternants; sa loi était de passer tour à tour d'un pôle à l'autre opposé et de remplir l'entre-deux. Après s'être avidement livré, dans la période précédente, « *aux yeux du chaos qui luisent à travers le voile de l'ordre* », au point de déchirer le voile, pour mieux les voir, il cherchait à s'arracher à leur fascination, à jeter de nouveau sur la face du sphinx le rets magique de l'esprit dominateur. Le souffle impérial de Rome avait passé sur lui. Comme l'art parisien d'alors, dont il subissait un peu la contagion, il aspirait à l'ordre. Mais non pas — à la façon de ces réactionnaires fatigués, qui dépensent leurs restes d'énergie à défendre leur sommeil — non pas à « l'ordre dans Varsovie »! Ces bonnes gens qui en reviennent à Saint-Saëns et à Brahms — aux Brahms de tous les arts, aux forts en thème, aux fades néo-classiques, par besoin d'apaisement! Dirait-on pas qu'ils sont exténués de passion! Vous êtes bientôt fourbus, mes amis... Non, ce n'est pas de votre ordre que je parle. Le mien n'est pas de la même famille. C'est l'ordre dans l'harmonie des libres passions et de la volonté... Christophe s'étudiait à maintenir dans son art le juste équilibre des puissances de la vie. Ces accords nouveaux, ces démons musicaux qu'il avait fait surgir de l'abîme sonore, il les employait à bâtir de claires symphonies, de vastes architectures ensoleillées, comme les basiliques à coupoles italiennes.

Ces jeux et ces combats de l'esprit l'occupèrent, tout l'hiver. Et l'hiver passa vite, bien que parfois, le soir, Christophe, terminant sa journée et regardant derrière soi la somme de ses jours, n'aurait pas su se dire si elle était longue ou courte, et s'il était encore jeune ou s'il était très vieux...

Alors, un nouveau rayon de soleil humain perça les voiles du rêve et, une nouvelle fois encore, ramena le printemps. Christophe reçut une lettre de Grazia, lui disant qu'elle venait à Paris avec ses deux enfants. Depuis longtemps, elle en avait le projet. Sa cousine Colette l'avait souvent invitée. La peur de l'effort à faire pour rompre ses habitudes, pour s'arracher à sa nonchalante paix et à son *home* qu'elle aimait, pour rentrer dans le tourbillon parisien qu'elle connaissait, lui avait fait remettre son voyage, d'année en année. Une mélancolie qui la prit, ce printemps, peut-être une déception secrète — (que de romans muets dans le cœur d'une femme, sans que les autres en sachent rien, et que souvent elle se l'avoue elle-même!) — lui inspirèrent le désir de s'éloigner de Rome. Les menaces d'une épidémie lui furent un prétexte pour hâter le départ des enfants. Elle suivit de peu de jours sa lettre à Christophe.

A peine la sut-il arrivée chez Colette, Christophe accourut la voir. Il la trouva encore absorbée et lointaine. Il en eut de la peine; mais il ne la lui montra pas. Il avait fait maintenant à peu près le sacrifice de son égoïsme; et cela lui donnait la clairvoyance du cœur. Il comprit qu'elle avait un chagrin qu'elle voulait cacher; et il s'interdit de chercher à le connaître. Il s'efforça seulement de la distraire, en lui contant gaiement ses mésaventures, en lui faisant part de ses travaux, de ses projets, en l'enveloppant discrètement de son affection. Elle se sentait pénétrée par cette grande tendresse, qui craignait de s'imposer; elle avait l'intuition que Christophe avait deviné sa peine; et elle en était attendrie. Son cœur un peu dolent se reposait dans le cœur de l'ami, qui lui parlait d'autre chose que de ce qui les occupait tous deux. Et peu à peu, il vit l'ombre mélancolique s'effacer des yeux de son amie et leur regard se faire plus proche, encore plus proche... Si bien qu'un jour, en lui parlant, il s'interrompit brusquement et la regarda en silence.

« Qu'avez-vous? lui demanda-t-elle.

— Aujourd'hui, dit-il, vous êtes tout à fait revenue. »

Elle sourit, et tout bas elle répondit :

« Oui. »

Il n'était pas très facile de causer tranquillement. Ils étaient rarement seuls. Colette les gratifiait de sa présence, plus qu'ils n'auraient voulu. Elle était excellente, malgré tous ses travers, sincèrement attachée à Grazia et à Christophe; mais il ne lui venait pas à l'idée qu'elle pût les ennuyer. Elle avait bien remarqué — (ses yeux remarquaient tout) — ce qu'elle appelait le flirt de Christophe avec Grazia : le flirt était son élément, elle en était enchantée; elle ne demandait qu'à l'encourager. Mais précisément, on ne le lui demandait pas; on souhaitait qu'elle ne se mêlât pas de ce qui ne la regardait point. Il suffisait qu'elle parût, ou fît à l'un des deux une allusion discrète (indiscrète) à leur amitié, pour que Christophe et Grazia prissent un air glacé et parlassent d'autre chose. Colette cherchait à leur réserve toutes les raisons possibles, hors une seule, la vraie. Heureusement pour les amis, elle ne pouvait tenir en place. Elle allait et venait, entrait, sortait, surveillait tout dans la maison, menait dix affaires à la fois. Dans l'intervalle de ses apparitions, Christophe et Grazia, seuls avec les enfants, reprenaient le fil de leurs innocents entretiens. Ils ne parlaient jamais des sentiments qui les unissaient. Ils se confiaient leurs petites aventures journalières. Grazia s'informait, avec un intérêt féminin, des affaires domestiques de Christophe. Tout allait mal chez lui; il avait des démêlés sans fin avec ses femmes de ménage; il était constamment dupé, volé par ceux qui le servaient. Elle en riait de bon cœur, avec une compassion maternelle pour le peu de sens pratique de ce grand enfant. Un jour que Colette venait de les quitter, après les avoir persécutés plus longtemps qu'à l'ordinaire, Grazia soupira :

« Pauvre Colette! Je l'aime bien... Comme elle m'ennuie!...

— Je l'aime aussi, dit Christophe, si vous entendez par là qu'elle nous ennuie. »

Grazia rit :

« Ecoutez... Me permettez-vous... (il n'y a décidément pas moyen de causer en paix ici)... me permettez-vous d'aller une fois chez vous? »

Il eut un saisissement.

« Chez moi! Vous viendriez!

— Cela ne vous contrarie pas?

— Me contrarier! Ah! mon Dieu!

— Eh bien, voulez-vous mardi?

— Mardi, mercredi, jeudi, tous les jours que vous voudrez.

— Mardi, quatre heures, alors. C'est convenu.

— Vous êtes bonne, vous êtes bonne.

— Attendez. C'est à une condition.

— Une condition? A quoi bon? Tout ce que vous voulez. Vous savez bien que je le ferai, avec ou sans conditions.

— J'aime mieux une condition.

— C'est promis.

— Vous ne savez pas quoi.

— Cela m'est égal, c'est promis. Tout ce que vous voudrez.

— Mais écoutez d'abord, entêté!

— Dites.

— C'est que d'ici là, vous ne changerez rien — rien, vous entendez — à votre appartement; tout restera dans le même état, exactement. »

La mine de Christophe s'allonge. Il prend l'air consterné.

« Ah! ce n'est pas de jeu. »

Elle rit :

« Vous voyez, voilà ce que c'est de s'engager trop vite! Mais vous avez promis.

— Mais pourquoi voulez-vous?...

— Parce que je veux vous voir chez vous, comme vous êtes, tous les jours, quand vous ne m'attendez pas.

— Enfin, vous me permettrez bien?...

— Rien du tout. Je ne permettrai rien.

— Au moins.

— Non, non, non, non. Je ne veux rien entendre. Ou je ne viendrai pas, si vous le préférez...

— Vous savez bien que je consentirais à tout, pourvu que vous veniez.

— Alors, c'est promis?

— Oui.
— J'ai votre parole?
— Oui, tyran.
— Bon tyran?
— Il n'y a pas de bon tyran; il y a des tyrans qu'on aime, et des tyrans qu'on déteste.
— Et je suis des deux, n'est-ce pas?
— Oh non! vous n'êtes que des premiers.
— C'est joliment humiliant. »

Le jour dit, elle vint. Christophe, avec son scrupule de loyauté, n'avait pas osé ranger la moindre feuille de papier dans son appartement en désordre : il se serait cru déshonoré. Mais il était à la torture. Il avait honte de ce que penserait son amie. Il l'attendait anxieusement. Elle fut exacte, elle arriva, quatre à cinq minutes à peine après l'heure. Elle monta l'escalier, de son petit pas ferme. Elle sonna. Il était derrière la porte, et il ouvrit. Elle était mise avec une simple élégance. Au travers de sa voilette il vit ses yeux tranquilles. Ils se dirent : « Bonjour », à mi-voix, en se donnant la main; elle, plus silencieuse que d'habitude; lui, gauche et ému, se taisait pour ne pas montrer son trouble. Il la fit entrer, sans lui dire la phrase qu'il avait préparée, afin d'excuser le désordre de la chambre. Elle s'assit sur la meilleure chaise et lui, auprès.

« Voilà mon cabinet de travail. »

Ce fut tout ce qu'il trouva à lui dire.

Un silence. Elle regardait sans hâte, avec un sourire de bonté, elle aussi un peu troublée. (Plus tard elle lui raconta qu'enfant, elle avait pensé à venir chez lui; mais elle avait eu peur, au moment d'entrer.) Elle était saisie de l'aspect de solitude et de tristesse de l'appartement; l'antichambre étroite et obscure, le manque absolu de confort, la pauvreté visible, lui serraient le cœur; elle était pleine de pitié affectueuse pour son vieil ami, que tant de travaux, tant de peines et quelque célébrité n'avaient pu affranchir de la gêne des soucis matériels. Et en même temps, elle s'amusait de l'indifférence totale au bien-être que révélait la nudité de cette pièce, sans un tapis, sans un tableau, sans un objet d'art, sans un fauteuil; pas d'autres meubles qu'une table, trois chaises dures et un piano; et, mêlés à quelques livres, des papiers, des papiers partout, sur la table, sous la table, sur le parquet, sur le piano, sur les chaises — (elle sourit, en voyant avec quelle conscience il avait tenu parole).

Après quelques instants, elle lui demanda :

« C'est ici — (montrant sa place) — que vous travaillez?

— Non, dit-il, c'est là. »

Il indiqua le renfoncement le plus obscur de la pièce, et une chaise basse qui tournait le dos à la lumière. Elle alla s'y mettre gentiment, sans un mot. Ils se turent quelques minutes, et ils ne savaient que dire. Il se leva et alla au piano. Il joua, il improvisa pendant une demi-heure; il se sentait entouré de son amie, et un immense bonheur lui gonflait le cœur; les yeux fermés, il joua des choses merveilleuses. Elle comprit alors la beauté de cette chambre, toute vêtue de divines harmonies; elle entendait, comme s'il battait dans sa poitrine, ce cœur aimant et souffrant.

Quand les harmonies se furent tues, il resta, un moment encore immobile, devant le piano; puis, il se retourna, entendant la respiration de son amie qui pleurait. Elle vint à lui.

« Merci », murmura-t-elle en lui prenant la main.

Sa bouche tremblait un peu. Elle ferma les yeux. Il fit de même. Quelques secondes, ils restèrent ainsi, la main dans la main; et le temps s'arrêta...

Elle rouvrit les yeux et, pour se dégager de son trouble, elle demanda :

« Voulez-vous que je voie le reste de l'appartement? »

Heureux, aussi, d'échapper à son émotion, il ouvrit la porte de la chambre voisine; mais aussitôt il eut honte. Il y avait là un lit de fer étroit et dur.

(Plus tard, quand il confia à Grazia qu'il n'avait jamais introduit de maîtresse dans sa maison, elle lui dit, moqueuse :

« Je m'en doute bien! Il eût fallu qu'elle eût un grand courage.

— Pourquoi?

— Pour dormir dans votre lit. »)

Il y avait aussi une commode de campagne, au mur un moulage de la tête de Beethoven, et, près du lit, dans des cadres de quelques sous, les photographies de sa mère et d'Olivier. Sur la commode, une autre photographie : elle, Grazia, à quinze ans. Il l'avait trouvée, à Rome, dans un album chez elle, et il l'avait volée. Il le lui avoua, en lui demandant pardon. Elle regarda l'image, et dit :

« Vous me reconnaissez là?

— Je vous reconnais, et je me souviens.

— Quelle aimez-vous le mieux des deux?

— Vous êtes toujours la même. Je vous aime toujours autant. Je vous reconnais partout. Même dans vos photographies de toute petite enfant. Vous ne savez pas quelle émotion j'éprouve à sentir dans cette chrysalide toute votre âme, déjà. Rien ne me fait mieux connaître que vous êtes éternelle. Je vous aime dès avant votre naissance, et je vous aime jusqu'après que... »

Il se tut. Elle resta sans répondre, amoureusement troublée. Quand elle fut revenue dans le cabinet de travail et qu'il lui eut montré, devant la fenêtre, le petit arbre son ami, où bavardaient les moineaux, elle dit :

« Maintenant, savez-vous ce que nous allons faire? Nous allons goûter. J'ai apporté le thé et les gâteaux, parce que j'ai bien pensé que vous n'aviez rien de tout cela. Et j'ai encore apporté autre chose. Donnez-moi votre pardessus.

— Mon pardessus?

— Oui, oui, donnez. »

Elle tira de son sac des aiguilles et du fil.

« Quoi, vous voulez?

— Il y avait deux boutons, l'autre jour, dont le sort m'inquiétait. Où en sont-ils aujourd'hui?

— C'est vrai, je n'ai pas encore pensé à les recoudre. C'est si ennuyeux!

— Pauvre garçon! Donnez.

— J'ai honte.

— Allez préparer le thé. »

Il apporta dans la chambre la bouillotte et la lampe à alcool, pour ne pas perdre un instant de son amie. Elle, tout en cousant, regardait du coin de l'œil malicieusement ses gaucheries. Ils prirent le thé dans des tasses ébréchées, qu'elle trouva affreuses, avec ménagement, et qu'il défendait avec indignation, parce qu'elles étaient des souvenirs de la vie commune avec Olivier.

Au moment où elle partait, il demanda :

« Vous ne m'en voulez pas?

— De quoi donc?

— Du désordre qui est ici? »

Elle rit.

« Je ferai l'ordre. »

Quand elle fut sur le seuil, et près d'ouvrir la porte, il s'agenouilla devant elle, et lui baisa les pieds.

« Que faites-vous? dit-elle. Fou, cher fou! Adieu. »

*

Il fut convenu qu'elle reviendrait, toutes les semaines, à jour fixe. Elle lui avait fait promettre qu'il n'y aurait plus d'excentricités, plus d'agenouillements, plus de baisements de pieds. Un calme si doux émanait d'elle que Christophe en était pénétré, même dans ses jours de violences; et bien que, lorsqu'il était seul, il pensât à elle avec un désir passionné, ensemble ils étaient toujours comme de bons camarades. Jamais il ne lui échappait un mot, un geste qui pût inquiéter son amie.

Pour la fête de Christophe, elle habilla sa petite fille, comme elle-même elle était, au temps où ils s'étaient rencontrés jadis, pour la première fois; et elle fit jouer à l'enfant le morceau que Christophe, jadis, lui faisait répéter.

Cette grâce, cette tendresse, cette bonne amitié, se mêlaient à des sentiments contradictoires. Elle était frivole, elle aimait la société, elle avait plaisir à être courtisée, même par des sots; elle était assez coquette, sauf avec Christophe — même avec Christophe. Lorsqu'il était tendre avec elle, elle était volontiers froide et réservée. Lorsqu'il était froid et réservé, elle se faisait tendre et elle lui adressait d'affectueuses agaceries. La plus honnête des femmes. Mais dans la plus honnête, il y a, par moments, une fille. Elle tenait à ménager le monde, à se conformer aux conventions. Bien douée pour la musique, elle comprenait les œuvres de Christophe; mais elle ne s'y intéressait pas beaucoup — (et il le savait bien). — Pour une vraie femme latine, l'art n'a de prix qu'autant qu'il se ramène à la vie, et la vie à l'amour... L'amour qui couve au fond du corps voluptueux, engourdi... Qu'a-t-elle à faire des symphonies tourmentées, des méditations tragiques, des passions intellectuelles du Nord? Il lui faut une musique où ses désirs cachés s'épanouissent, avec un minimum d'efforts, un opéra qui soit la vie passionnée, sans la fatigue des passions, un art sentimental, sensuel et paresseux.

Elle était faible et changeante; elle ne pouvait s'appliquer à une étude sérieuse que par intermittence; il lui fallait se distraire; rarement, elle faisait le lendemain ce qu'elle avait annoncé, la veille. Que de puérilités, de petits caprices déconcertants! La trouble nature de la femme, son caractère maladif et déraisonnable, par périodes... Elle s'en rendait compte et tâchait alors de s'isoler. Elle connaissait ses faiblesses elle se reprochait de n'y pas résister, puisqu'elles chagrinaient son ami; quelquefois, elle lui fit, sans qu'il le sût, de réels sacrifices; mais au bout du compte, la nature était la plus forte. Au reste, Grazia ne pouvait souffrir que Christophe eût l'air de lui commander et il arriva, qu'une ou deux fois, pour affirmer son indépendance, elle fît le contraire de ce qu'il lui demandait. Ensuite, elle le regrettait; la nuit, elle avait des remords de ne pas rendre Christophe plus heureux; elle l'aimait beaucoup plus qu'elle ne le montrait; elle sentait que cette amitié était la meilleure part de sa vie. Comme il est ordinaire, entre deux êtres très différents qui s'aiment, ils étaient le mieux unis, quand ils n'étaient pas ensemble. En vérité, si un malentendu avait séparé leurs destinées, la faute n'en était pas tout entière à Christophe ainsi qu'il le croyait bonnement. Même lorsque Grazia, jadis, aimait le plus Christophe, l'eût-elle épousé? Elle lui aurait peut-être donné sa vie; mais lui aurait-elle donné de vivre toute sa vie avec lui? Elle savait (elle se gardait de l'avouer à Christophe) elle savait qu'elle avait aimé son mari et qu'encore aujourd'hui, après tout le mal qu'il lui avait fait, elle l'aimait comme jamais elle n'avait aimé Christophe... Secrets du cœur, secrets du corps, dont on n'est pas très fière, et qu'on cache à ceux qui vous sont chers autant par respect pour eux que par une pitié complaisante pour soi... Christophe était trop homme pour les deviner : mais il lui arrivait par éclairs, d'entrevoir combien celle qui l'aimait le mieux tenait peu à lui — et qu'il ne faut compter tout à fait sur personne, sur personne dans la vie. Son amour n'en était pas altéré. Il n'en éprouvait même aucune amertume. La paix de Grazia s'étendait sur lui. Il acceptait. O vie, pourquoi te reprocher ce que tu ne peux donner? N'es-tu pas très belle et très sainte, comme tu es! Il faut aimer ton sourire, Joconde...

Christophe contemplait longuement le beau visage de l'amie, il y lisait bien des choses du passé et de l'avenir Durant les longues années où il avait vécu seul, voyageant, parlant peu, mais regardant beaucoup, il avait acquis une divination du visage féminin, cette langue riche et complexe que des siècles ont formée. Mille fois plus complexe que le langage parlé. La race s'exprime en elle... Contrastes perpétuels entre les lignes d'une figure et les mots qu'elle dit! Tel profil de jeune femme, au dessin net, un peu sec, à la façon de Burne-Jones, tragique, comme rongé par une passion secrète, une jalousie, une douleur shakespearienne... Elle parle : c'est une petite bourgeoise, sotte comme un panier, coquette et égoïste avec médiocrité, n'ayant aucune idée des redoutables forces inscrites dans sa chair. Cependant cette passion, cette violence sont en elle. Sous quelle forme se traduiront-elles, un jour? Sera-ce par une âpreté au gain, une jalousie conjugale, une belle énergie, une méchanceté maladive? On ne sait. Il se peut même qu'elle les transmette à un autre de son sang, avant que soit venue l'heure de l'explosion. Mais c'est un élément qui plane sur la race, comme une fatalité.

Grazia aussi portait le poids de ce trouble héritage, qui, de tout le patrimoine des vieilles familles, est ce qui risque le moins de se dissiper en route. Elle, du moins, le connaissait. Grande force, de savoir sa faiblesse, de se rendre, sinon maître, pilote de l'âme de la race à laquelle on est lié, qui vous emporte comme un vaisseau — de faire son instrument de la fatalité, de s'en servir, comme d'une voilure, qu'on tend ou cargue, suivant le vent. Lorsque Grazia fermait les yeux, elle entendait en elle plus d'une voix inquiétante, dont le timbre lui était connu. Mais dans son âme saine, les dissonances finissaient par se fondre; elles formaient, sous la main de sa raison harmonieuse, une musique profonde et veloutée.

Par malheur, il ne dépend pas de nous de transmettre à ceux de notre sang le meilleur de notre sang.

Des deux enfants de Grazia, l'une, la fillette, Aurora, qui avait onze ans, lui ressemblait; elle était moins jolie, d'une sève un peu rustique; elle boitait légèrement : c'était une bonne petite, affectueuse et gaie, qui avait une excellente santé, beaucoup de bonne volonté, peu de dons naturels, sauf celui de l'oisiveté, la passion de ne rien faire.

Christophe l'adorait. Il goûtait, en la voyant à côté de Grazia, le charme d'un être double, qu'on saisit à la fois à deux âges de sa vie... Deux fleurs d'une même tige : une Sainte Famille de Léonard, la Vierge et la sainte Anne, une gamme du même sourire. On embrasse d'un regard l'entière floraison d'une âme féminine; et cela est beau et mélancolique : car on la voit passer... Rien de plus naturel pour un cœur passionné que d'aimer d'amour brûlant et chaste les deux sœurs à la fois, ou la mère et la fille. La femme que Christophe aimait, il eût voulu l'aimer dans toute la suite de sa race. Chacun de ses sourires, de ses pleurs, des plis de son cher visage, n'était-il pas un être, le ressouvenir d'une vie écoulée, avant que se fussent ouverts ses yeux à la lumière, l'annonciateur d'un être qui viendrait plus tard, quand ses beaux yeux seraient fermés?

Le petit garçon, Lionello, avait neuf ans. Beaucoup plus joli que sa sœur, et d'une race plus fine, trop fine, exsangue et usée, il ressembait au père, il était intelligent, riche en mauvais instincts, caressant et dissimulé. Il avait de grands yeux bleus, de longs cheveux blonds de fille, le teint blême, la poitrine délicate, une nervosité maladive, dont il jouait, à l'occasion, étant comédien-né, étrangement habile à trouver le faible des gens. Grazia avait pour lui une prédilection, par cette préférence naturelle des mères pour l'enfant moins bien portant — aussi par cet attrait de femmes bonnes et honnêtes pour des fils qui ne sont ni l'un ni l'autre : (car en eux se soulage toute une part de leur vie qu'elles ont refoulée). Et il s'y mêle encore un souvenir de l'homme qui les a fait souffrir et jouir qu'elles ont méprisé peut-être, mais aimé. Toute cette flore capiteuse de l'âme, qui pousse dans la serre obscure et tiède du subconscient.

Malgré l'attention de Grazia à partager entre ses deux enfants également sa tendresse, Aurora sentait la différence, et elle en souffrait un peu. Christophe la devinait, elle devinait Christophe; ils se rapprochaient, d'instinct. Au lieu qu'entre Christophe et Lionello grondait une antipathie, que l'enfant déguisait sous une exagération de gentillesses zézayantes — que Christophe repoussait, comme un sentiment honteux. Il se faisait violence; il s'efforçait de chérir cet enfant d'un autre, comme si c'était celui qu'il lui eût été ineffablement doux d'avoir de l'aimée. Il ne voulait pas reconnaître la mauvaise nature de Lionello, tout ce qui lui rappelait « l'autre »; il s'appliquait à ne trouver en lui que l'âme de Grazia. Grazia, plus clairvoyante, ne se faisait aucune illusion sur son fils; et elle ne l'en aimait que davantage.

Cependant, le mal, qui depuis des années couvait chez l'enfant, éclata. La phtisie. Grazia prit la résolution d'aller s'enfermer avec Lionello dans un sanatorium des Alpes. Christophe demanda à l'accompagner. Pour ménager l'opinion, elle l'en dissuada. Il fut peiné de l'importance excessive qu'elle attachait aux conventions.

Elle partit. Elle avait laissé sa fille chez Colette. Elle ne tarda pas à se sentir terriblement isolée, parmi ces malades qui ne parlent que de leur mal, dans cette nature sans pitié, dont le visage impassible se dresse au-dessus des loques humaines. Pour fuir le spectacle déprimant de ces malheureux qui, le crachoir à la main, s'épient les uns les autres et suivent sur le voisin les progrès de la mort, elle quitta le Palace hôpital et elle loua un chalet où elle était seule avec son petit malade. Au lieu d'améliorer, l'altitude aggravait l'état de Lionello. La fièvre était plus forte. Grazia passa des nuits d'angoisse. Christophe en ressentait au loin l'intuition aiguë, quoique son amie ne lui écrivît rien : car elle se raidissait dans sa fierté; elle eût souhaité que Christophe fût là; mais elle lui avait interdit de la suivre; elle ne pouvait consentir à avouer maintenant : « Je suis trop faible, j'ai besoin de vous... »

Un soir qu'elle se tenait sur la galerie du chalet, à cette heure du crépuscule si cruelle pour les cœurs tourmentés, elle vit... elle crut voir sur le sentier qui montait de la station du funiculaire... Un homme marchait, d'un pas précipité; il s'arrêtait, hésitant, le dos un peu voûté. Il leva la tête et regarda le chalet. Elle se jeta à l'intérieur, afin qu'il ne la vît pas; elle comprimait son cœur avec ses mains, et, tout émue, elle riait. Bien qu'elle ne fût guère religieuse, elle se mit à genoux, elle cacha sa figure dans ses bras : elle avait besoin de remercier quelqu'un... Cependant, il n'arrivait pas. Elle retourna à la fenêtre, et regarda, cachée derrière ses rideaux. Il s'était arrêté, adossé à la barrière d'un champ, près de la porte du chalet. Il n'osait pas entrer. Et elle, plus troublée que lui, souriait, et disait tout bas :

« Viens... viens... »

Enfin, il se décida, et sonna. Déjà, elle était à la porte. Elle ouvrit. Il avait les yeux d'un bon chien, qui craint d'être battu. Il dit :

« Je suis venu... Pardon... »

Elle lui dit :

« Merci! »

Alors, elle lui avoua combien elle l'attendait.

Christophe l'aida à soigner le petit, dont l'état empirait. Il y mit tout son cœur. L'enfant lui témoignait une animosité irritée; il ne prenait plus la peine de la cacher; il trouvait à dire des paroles méchantes. Christophe attribuait tout au mal. Il avait une patience qui ne lui était pas coutumière. Ils passèrent au chevet de l'enfant une suite de jours pénibles, surtout une nuit de crise, au sortir de laquelle Lionello, qui semblait perdu, fut sauvé. Et ce fut alors pour eux un bonheur si pur — tous deux veillant le petit malade endormi —, que brusquement elle se leva, elle prit son manteau à capuchon, elle entraîna Christophe au-dehors, sur la route, dans la neige, le silence et la nuit, sous les froides étoiles. Appuyée à son bras, aspirant avec enivrement la paix glacée du monde, ils échangeaient à peine quelques syllabes. Nulle allusion à leur amour. Seulement, quand ils rentrèrent, sur le pas de la porte, elle lui dit : « Mon cher, cher ami!... » les yeux illuminés de bonheur pour leur enfant sauvé...

Ce fut tout. Mais ils sentirent que leur lien était devenu sacré.

*

De retour à Paris après la longue convalescence, installée dans un petit hôtel qu'elle avait loué à Passy, elle ne prit plus aucun soin de « ménager l'opinion »; elle se sentait le courage de la braver, pour son ami. Leur vie était désormais si intimement mêlée qu'elle se fût jugée lâche de cacher l'amitié qui les unissait, au risque — inévitable — que cette amitié fût calomniée. Elle recevait Christophe, à toute heure du jour; elle se montrait avec lui, en promenade, au théâtre; elle lui parlait familièrement devant tous. Personne ne doutait qu'ils ne fussent amants. Colette elle-même trouvait qu'ils s'affichaient trop.

Grazia arrêtait les allusions, d'un sourire, et, tranquillement, passait outre.

Pourtant, elle n'avait donné à Christophe aucun droit nouveau sur elle. Ils n'étaient rien qu'amis; il lui parlait toujours avec le même respect affectueux. Mais entre eux, rien n'était caché; ils se consultaient sur tout; et insensiblement, Christophe exerçait dans la maison une sorte d'autorité familiale : Grazia l'écoutait et suivait ses conseils. Depuis l'hiver passé dans le sanatorium, elle n'était plus la même; les inquiétudes et les fatigues avaient éprouvé gravement sa santé, jusque-là robuste. L'âme s'en était ressentie. Malgré quelques retours des caprices d'antan, elle avait un je ne sais quoi de plus sérieux, de plus recueilli, un plus constant désir d'être bonne, de s'instruire et de ne pas faire de peine. Elle était attendrie de l'affection de Christophe, de son désintéressement, de sa pureté de cœur; et elle songeait à lui faire, quelque jour, le grand bonheur qu'il n'osait plus rêver : devenir sa femme.

Jamais il n'en avait reparlé, depuis le refus qu'elle lui avait opposé; il ne se le croyait pas permis. Mais il gardait le regret de l'espoir impossible. Quelque respect qu'il eût pour les paroles de l'amie, la façon désabusée dont elle jugeait le mariage ne l'avait pas convaincu; il persistait à croire que l'union de deux êtres qui s'aiment, d'un amour profond et pieux, est le faîte du bonheur humain. — Ses regrets furent ravivés par la rencontre du vieux ménage Arnaud.

Mme Arnaud avait plus de cinquante ans. Son mari, soixante-cinq ou six. Tout deux paraissaient en avoir beaucoup plus. Lui, s'était épaissi; elle, tout amincie, un peu ratatinée; si fluette autrefois déjà, elle n'était plus qu'un souffle. Ils s'étaient retirés dans une maison de province, après qu'Arnaud eut pris sa retraite. Nul lien ne les rattachait plus au siècle que le journal qui venait, dans la torpeur de la petite ville et de leur vie qui s'endormait, leur apporter l'écho tardif des rumeurs du monde. Ils y lurent, une fois, le nom de Christophe. Mme Arnaud lui écrivit quelques lignes affectueuses, un peu cérémonieuses, pour lui dire la joie qu'ils avaient de sa gloire. Aussitôt, il prit le train, sans s'annoncer.

Il les trouva dans leur jardin, assoupis sous le dais rond d'un frêne, par un chaud après-midi d'été. Ils étaient comme les deux vieux époux de Boecklin, qui s'endorment sous la tonnelle, la main dans la main. Le soleil, le sommeil, la vieillesse les accablent; ils tombent, ils sont déjà plus qu'à mi-corps enfoncés dans le rêve d'au-delà. Et, dernière lueur de vie, persiste jusqu'au bout leur tendresse, le contact de leurs mains, la chaleur mêlée de leur corps qui s'éteint... — Ils eurent une grande joie de la visite de Christophe, pour tout ce qu'il leur rappelait du passé. Ils causèrent des jours anciens, qui de loin leur semblaient lumineux. Arnaud se complaisait à parler; mais il avait perdu la mémoire des noms. Mme Arnaud les lui soufflait. Elle se taisait volontiers, elle aimait mieux écouter que parler; mais les images d'autrefois s'étaient conservées fraîches, dans son cœur silencieux; par lueurs, elles transparaissaient, comme des cailloux qui brillent dans un ruisseau. Il en était une, que Christophe reconnut dans les yeux qui le regardaient, avec une affectueuse compassion; mais le nom d'Olivier ne fut pas prononcé. Le vieil Arnaud avait pour sa femme des attentions maladroites et touchantes; il était soucieux qu'elle ne prît froid, qu'elle ne prît chaud; il couvait d'un amour inquiet ce cher visage fâné, dont le sourire fatigué s'efforçait de le rassurer. Christophe les observait, ému, avec un peu d'envie... Vieillir ensemble. Aimer dans sa compagne jusqu'à l'usure des ans. Se dire : « Ces petits plis, près de l'œil, sur le nez, je les connais, je les ai vus se former, je sais quand ils sont venus. Ces pauvres cheveux gris, ils se sont décolorés, jour par jour, avec moi, un peu par moi, hélas! Ce fin visage s'est gonflé et rougi, à la forge des fatigues et des peines qui nous ont brûlés. Mon âme, que je t'aime mieux encore d'avoir souffert et vieilli, avec moi! Chacune de tes rides m'est une musique du passé. »... Charmantes vieilles gens, qui après la longue veille de la vie, côte à côte, vont s'endormir côte à côte dans la paix de la nuit! Leur vue était bienfaisante et douloureuse pour Christophe. Oh! que la vie, que la mort eût été belle, ainsi!

Quand il revit Grazia, il ne put s'empêcher de lui raconter sa visite. Il ne lui dit pas les pensées que cette visite avait éveillées. Mais elle les lut en lui. Il était absorbé, en parlant. Il détournait les yeux; et il se taisait, par moments. Elle le regardait, elle souriait, et le trouble de Christophe se communiquait à elle.

Ce soir-là, quand elle se retrouva seule dans sa chambre, elle resta à rêver. Elle se redisait le récit de Christophe; mais l'image qu'elle voyait au travers n'était pas celle des vieux époux endormis sous le frêne : c'était le rêve timide et ardent de son ami. Et son cœur était plein d'amour. Couchée, la lumière éteinte, elle pensait :

« Oui, c'est une chose absurde, absurde et criminelle, de perdre l'occasion d'un tel bonheur. Quelle joie au monde vaut celle de rendre heureux celui qu'on aime?... Quoi! Est-ce que je l'aime? »

Elle se tut, écoutant, émue, son cœur qui répondait :

« Je l'aime. »

A ce moment, une toux sèche, rauque, précipitée, éclata dans la chambre voisine, où dormaient les enfants. Grazia dressa l'oreille; depuis la maladie du petit, elle était toujours inquiète. Elle interrogea. Il ne répondit pas et continua de tousser. Elle sauta du lit, elle vint auprès de lui. Il était irrité, il geignait, il disait qu'il n'était pas bien, et il s'interrompait pour tousser.

« Où as-tu mal? »

Il ne répondait pas; il gémissait qu'il avait mal.

« Mon trésor, je t'en prie, dis-moi où tu as mal.

— Je ne sais pas.

— As-tu mal, ici?

— Oui. Non. Je ne sais pas. J'ai mal partout. »

Là-dessus, il était pris d'une nouvelle quinte de toux, violente, exagérée. Grazia était effrayée; elle avait le sentiment qu'il se forçait à tousser; mais elle se le reprochait, en voyant le petit en sueur et haletant. Elle l'embrassait, elle lui disait de tendres paroles, il semblait se calmer; mais aussitôt qu'elle essayait de le quitter, il recommençait à tousser. Elle dut rester à son chevet, grelottante : car il ne permettait même pas qu'elle s'éloignât, pour se vêtir, il voulait qu'elle lui tînt la main; et il ne la lâcha point, jusqu'à ce que le sommeil le prît. Alors, elle se recoucha, glacée, inquiète, harassée. Et il lui fut imposible de retrouver ses rêves.

L'enfant avait un pouvoir singulier de lire dans la pensée de sa mère. On trouve assez souvent — mais à ce degré, rarement, — ce génie instinctif chez les êtres du même sang : à peine ont-ils besoin de se regarder, pour savoir ce que l'autre pense; ils le devinent à mille indices imperceptibles. Cette disposition naturelle, que fortifie la vie en commun, était aiguisée, chez Lionello, par une méchanceté toujours en éveil. Il avait la clairvoyance que donne le désir de nuire. Il détestait Christophe. Pourquoi? Pourquoi un enfant prend-il en aversion tel ou tel qui ne lui a rien fait? Souvent, c'est le hasard. Il suffit que l'enfant ait commencé, un jour, par se persuader qu'il déteste quelqu'un pour en prendre l'habitude; et plus on le raisonne, plus il s'obstine; après avoir joué la haine, il finit par haïr vraiment. Mais il est, d'autres fois, des raisons plus profondes qui dépassent l'esprit de l'enfant; il ne les soupçonne pas... Dès les premiers jours qu'il avait vu Christophe, le fils du comte Berény avait senti de l'animosité contre celui que sa mère avait aimé. On eût dit qu'il avait eu l'intuition de l'instant précis où Grazia songea à épouser Christophe. A partir de ce moment, il ne cessa plus de les surveiller. Il était toujours entre eux, il refusait de quitter le salon lorsque Christophe venait; ou bien il s'arrangeait de façon à faire brusquement irruption dans la pièce où ils se trouvaient ensemble. Bien plus, quand sa mère était seule et pensait à Christophe, il s'asseyait près d'elle; et il l'épiait. Ce regard la gênait, la faisait presque rougir. Elle se levait pour cacher son trouble. — Il prenait plaisir à dire de Christophe, devant elle, des choses blessantes. Elle le priait de se taire. Il insistait. Et si elle voulait le punir, il menaçait de se rendre malade. C'était une tactique dont il usait, avec succès, depuis l'enfance. Tout petit, un jour qu'on l'avait grondé, il avait inventé, comme vengeance, de se déshabiller et de se coucher nu sur le carreau, afin de prendre un gros rhume. Une fois que Christophe venait d'apporter une œuvre musicale qu'il avait composée pour la fête de Grazia, Lionello s'empara du manuscrit et le fit disparaître. On en retrouva les lambeaux déchirés, dans un coffre à bois. Grazia perdit patience; elle gronda sévèrement l'enfant. Alors, il pleura, cria, tapa des pieds, se roula par terre; et il eut une crise de nerfs. Grazia, épouvantée, l'embrassa, le supplia, promit tout ce qu'il voulut.

De ce jour, il fut le maître : car il sut qu'il l'était; et, à maintes reprises, il eut recours à l'arme qui lui avait réussi. On ne savait jamais jusqu'à quel point ses crises étaient naturelles, ou simulées. Il ne se contentait plus d'en user par vengeance, quand on le contrariait, mais par pure méchanceté, lorsque sa mère et Christophe avaient le projet de passer la soirée ensemble. Il en vint même à jouer ce jeu dangereux, par désœuvrement, par cabotinage, et afin d'essayer jusqu'où allait son pouvoir. Il était d'une ingéniosité extrême à inventer de bizarres accidents nerveux : tantôt, au milieu d'un dîner, il était pris de tremblements convulsifs, il renversait son verre ou cassait son assiette; tantôt, montant un escalier, sa main s'agrippait à la rampe; ses doigts se crispaient; il prétendait qu'il ne pouvait plus les rouvrir; ou bien, il avait une douleur lancinante au côté, et il se roulait avec des cris; ou bien, il étouffait. Naturellement, il finit par se donner une vraie maladie nerveuse. Mais il n'avait pas perdu sa peine. Christophe et Grazia étaient affolés. La paix de leurs réunions — ces calmes causeries, ces lectures, cette musique dont ils se faisaient une fête —, tout cet humble bonheur était désormais ruiné.

De loin en loin, le petit drôle leur laissait quelque répit, soit qu'il fût fatigué de son rôle, soit que sa nature d'enfant le reprît et qu'il pensât à autre chose. (Il était sûr maintenant d'avoir gagné la partie.)

Alors, vite, vite, ils en profitaient. Chaque heure qu'ils dérobaient ainsi leur était d'autant plus précieuse qu'ils n'étaient pas certains d'en jouir jusqu'au bout. Qu'ils se sentaient proches l'un de l'autre! Pourquoi ne pouvaient-ils rester toujours ainsi?... Un jour, Grazia elle-même avoua ce regret. Christophe lui saisit la main.

« Oui, pourquoi? demanda-t-il.

— Vous le savez bien, mon ami », dit-elle, avec un sourire navré.

Christophe le savait. Il savait qu'elle sacrifiait leur bonheur à son fils; il savait qu'elle n'était pas dupe des mensonges de Lionello, et pourtant qu'elle l'adorait; il savait l'égoïsme aveugle de ces affections de famille, qui font dépenser aux meilleurs leurs réserves de dévouement au profit d'êtres mauvais ou médiocres de leur sang : après quoi, il ne leur reste plus rien à donner à ceux qui en seraient les plus dignes, à ceux qu'ils aiment le mieux, mais qui ne sont pas de leur sang. Et bien qu'il s'en irritât, bien qu'il eût envie, par moments, de tuer le petit monstre qui détruisait leur vie, il s'inclinait en silence et comprenait que Grazia ne pouvait agir autrement.

Alors ils renoncèrent tous deux, sans récriminations inutiles. Mais si l'on pouvait leur voler le bonheur qui leur était dû, rien ne pouvait empêcher leurs cœurs de s'unir. Le renoncement même, le commun sacrifice les tenaient par des liens plus forts que ceux de la chair. Chacun d'eux tour à tour confiait ses peines à son ami, s'en déchargeait sur lui, et prenait en échange les peines de son ami : ainsi, le chagrin même devenait joie. Christophe appelait Grazia « son confesseur ». Il ne lui cachait pas les faiblesses dont son amour-propre avait à souffrir; il s'en accusait avec une contrition excessive; et elle apaisait en souriant les scrupules de son vieil enfant. Il allait jusqu'à lui avouer sa gêne matérielle. Toutefois, il ne s'y était décidé qu'après qu'il avait été bien entendu entre eux qu'elle ne lui offrirait rien, qu'il n'accepterait d'elle rien. Dernière barrière d'orgueil, qu'il maintint et qu'elle respecta. A défaut du bien-être qu'il lui était interdit de mettre dans la vie de son ami, elle s'ingéniait à y répandre ce qui avait mille fois plus de prix pour lui : sa tendresse. Il en sentait le souffle autour de lui, à toute heure du jour; le matin, il n'ouvrait pas les yeux, il ne les fermait pas, le soir, sans une muette prière d'adoration amoureuse. Et elle, quand elle s'éveillait, ou que la nuit, elle restait, comme souvent, des heures sans dormir, elle songeait :

« Mon ami pense à moi. »

Et un grand calme les entourait.

•

Sa santé s'était altérée. Grazia était constamment alitée, ou devait passer des jours étendue sur une chaise longue. Christophe venait quotidiennement causer, lire avec elle, lui montrer ses compositions nouvelles. Elle se levait alors de sa chaise, elle allait au piano en boitant, avec ses pieds gonflés. Elle jouait la musique qu'il avait apportée. C'était la plus grande joie qu'elle pût lui faire. De toutes les élèves qu'il avait formées, elle était, avec Cécile, la mieux douée. Mais la musique, que Cécile sentait d'instinct sans presque la comprendre, était pour Grazia une belle langue harmonieuse dont elle savait le sens. Le démoniaque de la vie et de l'art lui échappait entièrement; elle y versait la clarté de son cœur intelligent. Cette clarté pénétrait le génie de Christophe. Le jeu de son amie lui faisait mieux comprendre les obscures passions qu'il avait exprimées. Les yeux fermés, il l'écoutait, il la suivait, la tenant par la main, dans le dédale de sa propre pensée.

A vivre sa musique au travers de l'âme de Grazia, il épousait cette âme et il la possédait. De ce mystérieux accouplement naissaient des œuvres musicales, qui étaient comme le fruit de leurs êtres mêlés. Il le lui dit, un jour, en lui offrant un recueil de ses compositions, tissées avec sa substance et celle de son amie :

« Nos enfants. »

Communion de tous les instants, où ils étaient ensemble et où ils étaient séparés; douceur des soirs passés dans le recueillement de la vieille maison, dont le cadre semblait fait pour l'image de Grazia, et où des domestiques silencieux et cordiaux, qui lui étaient dévoués, reportaient sur Christophe un peu du respectueux attachement qu'ils avaient pour leur maîtresse. Joie d'écouter à deux le chant des heures qui passent, et de voir le flot de la vie s'écouler... La santé chancelante de Grazia jetait sur ce bonheur une ombre d'inquiétude. Mais, malgré ses petites infirmités, elle restait si sereine que ses souffrances cachées ne faisaient qu'ajouter à son charme. Elle était « sa chère, souffrante, touchante amie, au lumineux visage ». Et il lui écrivait, certains soirs, au sortir de chez elle, quand il avait le cœur gonflé d'amour et ne pouvait attendre au lendemain pour le lui dire :

« *Liebe liebe liebe liebe liebe Grazia...* »

Cette tranquillité dura plusieurs mois. Ils pensaient qu'elle durerait toujours. L'enfant semblait les avoir oubliés; son attention était distraite. Mais après ce répit, il revint à eux et ne les lâcha plus. Le diabolique petit s'était mis dans la tête de séparer sa mère de Christophe. Il recommença ses comédies. Il n'y apportait pas de plan prémédité. Il suivait, au jour le jour, les caprices de sa méchanceté. Il ne se doutait pas du mal qu'il pouvait faire; il cherchait à se désennuyer, en ennuyant les autres. Il n'eut de cesse qu'il n'obtînt de Grazia qu'elle partit de Paris, qu'ils voyageassent au loin. Grazia était sans force pour lui résister. Au reste, les médecins lui conseillaient un séjour en Egypte. Elle devait éviter un nouvel hiver dans un climat du Nord. Trop de choses l'avaient ébranlée : les secousses morales des dernières années, les soucis perpétuels causés par la santé de son fils, les longues incertitudes, la lutte livrée en elle et dont elle ne montrait rien, le chagrin du chagrin qu'elle faisait à son ami.

Christophe, pour ne pas ajouter aux tourments qu'il devinait, cachait ceux qu'il avait à voir s'approcher le jour de la séparation; il ne faisait rien pour le retarder; et ils affectaient tous deux un calme qu'ils n'avaient point, mais qu'ils réussissaient à se communiquer l'un à l'autre.

Le jour vint. Un matin de septembre. Ils avaient ensemble quitté Paris, au milieu de juillet, et passé les dernières semaines qui lui restaient, en Engadine, près du pays où ils s'étaient retrouvés, il y avait six ans déjà.

Depuis cinq jours, ils n'avaient pu sortir : la pluie tombait sans relâche; ils étaient restés presque seuls à l'hôtel; la plupart des voyageurs avaient fui. Ce dernier matin, la pluie cessa enfin; mais la montagne restait vêtue de nuage. Les enfants partirent d'abord, avec les domestiques, dans une première voiture. A son tour, elle partit. Il l'accompagna jusqu'à l'endroit où la route descendait en lacets rapides sur la plaine d'Italie. Sous la capote de la voiture, l'humidité les pénétrait. Ils étaient serrés l'un contre l'autre, et ils ne se parlaient pas; ils se regardaient à peine L'étrange demi-jour demi-nuit qui les enveloppait!... L'haleine de Grazia mouillait d'une buée sa voilette. Il pressait la petite main tiède sous le gant glacé. Leurs visages se joignirent. A travers la voilette humide, il baisa la chère bouche.

Ils étaient arrivés au tournant du chemin. Il descendit. La voiture s'enfonça dans le brouillard. Elle disparut. Il continuait d'entendre le roulement des roues et les sabots du cheval. Les nappes de brumes blanches coulaient sur les prairies. Sous le réseau serré, les arbres transis pleuraient. Pas un souffle. Le brouillard bâillonnait la vie. Christophe s'arrêta, suffoquant... Rien n'est plus. Tout est passé...

Il aspira largement le brouillard. Il reprit son chemin. Rien ne passe, pour qui ne passe point.

TROISIÈME PARTIE

L'ABSENCE ajoute encore au pouvoir de ceux qu'on aime. Le cœur ne retient d'eux que ce qui nous est le plus cher. L'écho de chaque parole qui, par-delà les espaces, vient de l'ami lointain, vibre dans le silence, religieusement.

La correspondance de Christophe et de Grazia avait pris le ton grave et contenu d'un couple qui n'en est plus à l'épreuve dangereuse de l'amour, mais qui, l'ayant passée, se sent sûr de sa route et marche, la main dans la main. Chacun des deux était fort pour soutenir et pour diriger l'autre, faible pour se laisser diriger et soutenir par lui.

Christophe retourna à Paris. Il s'était promis de n'y plus revenir. Mais que valent ces promesses! Il savait qu'il y trouverait encore l'ombre de Grazia. Et les circonstances, conspirant avec son secret désir contre sa volonté, lui montrèrent à Paris un devoir nouveau à remplir. Colette, très au courant de la chronique mondaine, avait appris à Christophe que son jeune ami Jeannin était en train de faire des folies. Jacqueline, qui avait toujours été d'une grande faiblesse envers son fils, n'essayait plus de le retenir. Elle passait elle-même par une crise singulière : trop occupée de soi pour s'occuper de lui.

Depuis la triste aventure qui avait brisé son mariage et la vie d'Olivier, Jacqueline menait une existence très digne et retirée. Elle se tenait à l'écart de la société parisienne, qui, après lui avoir hypocritement imposé une sorte de quarantaine, lui avait de nouveau fait des avances, qu'elle avait repoussées. De son action elle n'éprouvait vis-à-vis de ces gens nulle honte; elle estimait qu'elle n'avait pas de compte à leur rendre : car ils valaient moins qu'elle; ce qu'elle avait accompli franchement, la moitié des femmes qu'elle connaissait le pratiquaient sans bruit, sous le couvert protecteur du foyer. Elle souffrait seulement du mal qu'elle avait fait à son meilleur ami, au seul qu'elle eût aimé. Elle ne se pardonnait pas d'avoir perdu, dans un monde aussi pauvre, une affection comme la sienne.

Ces regrets, cette peine, s'atténuèrent peu à peu. Il ne subsista plus qu'une souffrance sourde, un mépris humilié de soi et des autres, et l'amour de son enfant. Cette affection, où se déversait tout son besoin d'aimer, la désarmait devant lui; elle était incapable de résister aux caprices de Georges. Pour excuser sa faiblesse, elle se persuadait qu'elle rachetait ainsi sa faute envers Olivier. A des périodes de tendresse exaltée succédaient des périodes d'indifférence lassée; tantôt elle fatiguait Georges de son amour exigeant et inquiet, tantôt elle paraissait se fatiguer de lui, et elle le laissait tout faire. Elle se rendait compte qu'elle était une mauvaise éducatrice, elle s'en tourmentait; mais elle n'y changeait rien. Quand elle avait (rarement) essayé de modeler ses principes de conduite sur l'esprit d'Olivier, le résultat avait été déplorable; ce pessimisme moral ne convenait ni à elle, ni à l'enfant. Au fond, elle ne voulait avoir sur son fils d'autre autorité que celle de son affection. Et elle n'avait pas tort : car entre ces deux êtres, si ressemblants qu'ils fussent, il n'était d'autres liens que du cœur. Georges Jeannin subissait le charme physique de sa mère; il aimait sa voix, ses gestes, ses mouvements, sa grâce, son amour. Mais il se sentait, d'esprit, étranger à elle. Elle ne s'en aperçut qu'au premier souffle de l'adolescence, lorsqu'il s'envola loin d'elle. Alors, elle s'étonna, elle s'indigna, elle attribua cet éloignement à d'autres influences féminines; et, en voulant maladroitement les combattre, elle ne fit que l'éloigner davantage. En réalité, ils avaient toujours vécu, l'un à côté de l'autre, préoccupés chacun de soucis différents et se faisant illusion sur ce qui les séparait, grâce à une communion de sympathies et d'antipathies à fleur de peau, dont il ne resta plus rien, quand de l'enfant (cet être ambigu, encore tout imprégné de l'odeur de la femme) l'homme se dégagea. Et Jacqueline disait, avec amertume, à son fils :

« Je ne sais pas de qui tu tiens. Tu ne ressembles ni à ton père, ni à moi. »

Elle achevait ainsi de lui faire sentir tout ce qui les séparait; et il en éprouvait un secret orgueil, mêlé de fièvre inquiète.

Les générations qui se suivent ont toujours un sentiment plus vif de ce qui les désunit que de ce qui les unit; elles ont besoin de s'affirmer leur importance de vivre, fût-ce au prix d'une injustice ou d'un mensonge avec soi-même. Mais ce sentiment est, suivant l'époque, plus ou moins aigu. Dans les âges classiques où se réalise, pour un temps, l'équilibre des forces d'une civilisation — ces hauts plateaux bordés de pentes rapides —, la différence de niveau est moins grande d'une génération à l'autre. Mais dans les âges de renaissance ou de décadence, les jeunes hommes qui gravissent ou dévalent la pente vertigineuse laissent loin, par-derrière, ceux qui les précédaient. — Georges, avec ceux de son âge, remontait la montagne.

Il n'avait rien de supérieur, ni par l'esprit, ni par le caractère : une égalité d'aptitudes, dont aucune ne dépassait le niveau d'une élégante médiocrité. Et cependant, il se trouvait, sans efforts, au début de sa carrière, plus élevé de quelques marches que son père, qui avait dépensé, dans sa trop courte vie, une somme incalculable d'intelligence et d'énergie.

A peine les yeux de sa raison s'étaient ouverts au jour qu'il avait aperçu autour de lui cet amas de ténèbres transpercées de lueurs éblouissantes, ces monceaux de connaissances et d'inconnaissances, de vérités ennemies, d'erreurs contradictoires, où son père avait fiévreusement erré. Mais il avait en même temps pris conscience d'une arme qui était en son pouvoir, et qu'Olivier n'avait jamais connue : sa force...

D'où lui venait-elle?... Mystères de ces résurrections d'une race, qui s'endort épuisée, et se réveille débordante, comme un torrent de montagne, au printemps!... Qu'allait-il faire de cette force? L'employer, à son tour, à explorer les fourrés inextricables de la pensée moderne? Ils ne l'attiraient point. Il sentait peser sur lui la menace des dangers qui s'y tenaient embusqués. Ils avaient écrasé son père. Plutôt que de renouveler l'expérience et de rentrer dans la forêt magique, il y eût mis le feu. Il n'avait fait qu'entrouvrir ces livres de sagesse ou de folie sacrée dont Olivier s'était grisé : la pitié nihiliste de Tolstoy, le sombre orgueil destructeur d'Ibsen, la frénésie de Nietzsche, le pessimisme héroïque et sensuel de Wagner. Il s'en était détourné avec un mélange de colère et d'effroi. Il haïssait la lignée d'écrivains réalistes qui, pendant un demi-siècle, avaient tué la joie de l'art. Il ne pouvait cependant effacer tout à fait les ombres du triste rêve dont son enfance avait été bercée. Il ne voulait pas regarder derrière lui; mais il savait bien que derrière lui, l'ombre était. Trop sain pour chercher un dérivatif à son inquiétude dans le scepticisme paresseux de l'époque précédente, il abominait le dilettantisme des Renan et des Anatole France, comme une dépravation de la libre intelligence, le rire sans gaieté, l'ironie sans grandeur : moyen honteux, et bon pour des esclaves, qui jouent avec leurs chaînes, impuissants à les briser!

Trop vigoureux pour se satisfaire du doute, trop faible pour se créer une certitude, il la voulait, il la voulait! Il la demandait, il l'implorait, il l'exigeait. Et les éternels happeurs de popularité, les faux grands écrivains, les faux penseurs à l'affût, exploitaient ce magnifique désir impérieux et angoissé, en battant du tambour et faisant le boniment pour leur orviétan. Du haut de ses tréteaux, chacun de ces Hippocrates criait que son élixir était le seul qui fût bon, et décriait les autres. Leurs secrets se valent tous. Aucun de ces marchands ne s'était donné la peine de trouver des recettes nouvelles. Ils avaient été chercher au fond de leurs armoires des flacons éventés. La panacée de l'un était l'Eglise catholique; de l'autre, la monarchie légitime; d'un troisième, la tradition classique. Il y avait de bons plaisants qui montraient le remède à tous les maux dans le retour au latin. D'autres prônaient sérieusement, avec un verbe énorme qui en imposait aux badauds, la domination de l'esprit méditerranéen. (Ils eussent aussi bien parlé, en un autre moment, d'un esprit atlantique!) Contre les barbares du Nord et de l'Est, ils s'instituaient avec pompe les héritiers d'un nouvel empire romain... Des mots, des mots et des mots empruntés. Un fond de bibliothèque, qu'ils débitaient en plein vent. — Comme tous ses camarades, le jeune Jeannin allait de l'un à l'autre vendeur, écoutait la parade, se laissait parfois tenter, entrait dans la baraque, en ressortait déçu, un peu honteux d'avoir donné son argent et son temps pour contempler de vieux clowns dans des maillots usés. Et pourtant, telle est la force d'illusion de la jeunesse, telle sa certitude d'atteindre à la certitude qu'à chaque promesse nouvelle d'un nouveau vendeur d'espérance, il se laissait reprendre. Il était bien Français : il avait l'humeur frondeuse et un amour inné de l'ordre. Il lui fallait un chef, et il était incapable d'en supporter aucun : son ironie impitoyable les perçait tous à jour.

En attendant qu'il en eût trouvé un qui lui livrât le mot de l'énigme,... il n'avait pas le temps d'attendre! Il n'était pas homme à se contenter, comme son père, de rechercher, toute sa vie, la vérité. Sa jeune force impatiente voulait se dépenser. Avec ou sans motif, il voulait se décider. Agir, employer, user son énergie. Les voyages, les jouissances de l'art, la musique surtout dont il s'était gorgé lui avaient été d'abord une diversion intermittente et passionnée. Joli garçon, précoce, livré aux tentations, il découvrit de bonne heure le monde de l'amour aux dehors enchantés, et il s'y jeta, avec un emportement de joie poétique et gourmande. Puis, ce Chérubin, naïf et insatiable avec impertinence, se dégoûta des femmes : il lui fallait l'action. Alors, il se livra aux sports, avec fureur. Il essaya de tous, il les pratiqua tous. Il fut assidu aux tournois d'escrime, aux matches de boxe; il fut champion français pour la course et le saut en hauteur, chef d'une équipe de football. Avec quelques jeunes fous de sa sorte, riches et casse-cou, il rivalisa de témérité dans des courses en auto, absurdes et forcenées, de vraies courses à la mort. Enfin, il délaissa tout pour le hochet nouveau. Il partagea le délire des foules pour les machines volantes. Aux fêtes d'aviation qui se tinrent à Reims, il hurla, il pleura de joie, avec trois cent mille hommes; il se sentait uni avec un peuple entier, dans une jubilation de foi; les oiseaux humains, qui passaient au-dessus d'eux, les emportaient dans leur essor; pour la première fois depuis l'aurore de la grande Révolution, ces multitudes entassées levaient les yeux au ciel et le voyaient s'ouvrir... — A l'effroi de sa mère, le jeune Jeannin déclara qu'il voulait se mêler à la troupe des conquérants de l'air. Jacqueline le supplia de renoncer à cette ambition périlleuse. Elle le lui ordonna. Il n'en fit qu'à sa tête. Christophe, en qui Jacqueline avait cru trouver un allié, se contenta de donner au jeune homme quelques conseils de prudence, qu'au reste il était sûr que Georges ne suivrait point : (car il ne les eût pas suivis, à sa place). Il ne se croyait pas permis — même s'il l'avait pu — d'entraver le jeu sain et normal de jeunes forces qui, contraintes à l'inaction, se fussent tournées vers leur propre destruction.

Jacqueline ne parvenait pas à prendre son parti de voir son fils lui échapper. En vain elle avait cru sincèrement renoncer à l'amour, elle ne pouvait se passer de l'illusion de l'amour : toutes ses affections, tous ses actes en étaient colorés. Combien de mères reportent sur leur fils l'ardeur secrète qu'elles n'ont pu dépenser dans le mariage — et hors du mariage — Et lorsqu'elles voient ensuite avec quelle facilité ce fils se passe d'elles, lorsqu'elles comprennent brusquement qu'elles ne lui sont plus nécessaires, elles passent par une crise du même ordre que celle où les a jetées la trahison de l'amant, la désillusion de l'amour. — Ce fut pour Jacqueline un nouvel écroulement. Georges n'en remarqua rien. Les jeunes gens ne se doutent pas des tragédies du cœur qui se déroulent autour d'eux; ils n'ont pas le temps de s'arrêter pour voir : un instinct d'égoïsme les avertit de passer tout droit, sans tourner la tête.

Jacqueline dévora seule cette nouvelle douleur. Elle n'en sortit que quand la douleur se fut usée. Usée avec son amour. Elle aimait toujours son fils, mais d'une affection lointaine, désabusée, qui se savait inutile et se désintéressait d'elle-même et de lui. Elle traîna ainsi une morne et misérable année, sans qu'il y prît garde. Et puis, ce malheureux cœur, qui ne pouvait ni mourir ni vivre sans amour, il fallut qu'il inventât un objet à aimer. Elle tomba au pouvoir d'une étrange passion, qui visite fréquemment les âmes féminines, et surtout, dirait-on, les plus nobles, les plus inaccessibles, quand vient la maturité et que le beau fruit de la vie n'a pas été cueilli. Elle fit la connaissance d'une femme, qui, dès leur première rencontre, la soumit à son pouvoir mystérieux d'attraction.

C'était une religieuse, à peu près de son âge. Elle s'occupait d'œuvres de charité. Une femme grande, forte, un peu corpulente; brune, de beaux traits accusés, les yeux vifs, une bouche large et fine qui souriait toujours, le menton impérieux. D'intelligence remarquable, nullement sentimentale; une malice paysanne, un sens précis des affaires, allié à une imagination méridionale qui aimait à voir grand, mais savait en même temps voir à l'échelle exacte, quand c'était nécessaire; un mélange savoureux de haut mysticisme et de rouerie de vieux notaire. Elle avait l'habitude de la domination et l'exerçait naturellement. Jacqueline fut aussitôt prise. Elle se passionna pour l'œuvre. Elle le croyait, du moins. Sœur Angèle savait à qui la passion s'adressait; elle était accoutumée à en provoquer de semblables; sans paraître les remarquer, elle savait froidement les utiliser au service de l'œuvre et à la gloire de Dieu. Jacqueline donna son argent, sa volonté, son cœur. Elle fut charitable, elle crut, par amour.

On ne tarda pas à remarquer la fascination qu'elle subissait. Elle était la seule à ne pas s'en rendre compte. Le tuteur de Georges s'inquiéta. Georges, trop généreux et trop étourdi pour se soucier des questions d'argent, s'aperçut lui-même de l'emprise exercée sur sa mère; et il en fut choqué. Il essaya, trop tard, de reprendre avec elle son intimité passée; il vit qu'un rideau s'était tendu entre eux; il en accusa l'influence occulte, et il conçut contre celle qu'il nommait une intrigante, non moins que contre Jacqueline, une irritation qu'il ne déguisa point; il n'admettait pas qu'une étrangère eût pris sa place dans un cœur qu'il avait cru son bien naturel. Il ne se disait pas que si la place était prise, c'est qu'il l'avait laissée. Au lieu de tenter de la reconquérir, il fut maladroit et blessant. Entre la mère et le fils, tous deux impatients, passionnés, il y eut échange de paroles vives; la scission s'accentua. Sœur Angèle acheva d'établir son pouvoir sur Jacqueline; et Georges s'éloigna, la bride sur le cou. Il se jeta dans une vie active et dissipée. Il joua, il perdit des sommes considérables; il mettait une forfanterie dans ses extravagances à la fois par plaisir et afin de répondre aux extravagances de sa mère. — Il connaissait les Stevens-Delestrade. Colette n'avait pas manqué de remarquer le joli garçon et d'essayer sur lui l'effet de ses charmes, qui ne désarmaient point. Elle était au courant des équipées de Georges; elle s'en amusait. Mais le fonds de bon sens et de bonté réelle, caché sous sa frivolité, lui fit voir le danger que courait le jeune fou. Et comme elle savait bien que ce n'était pas elle qui serait capable de l'en préserver, elle avertit Christophe, qui revint aussitôt.

*

Christophe était le seul qui eût quelque influence sur le jeune Jeannin. Influence limitée et bien intermittente, mais d'autant plus remarquable qu'on avait peine à l'expliquer. Christophe appartenait à cette génération de la veille, contre laquelle Georges et ses compagnons réagissaient avec violence. Il était un des plus hauts représentants de cette époque tourmentée, dont l'art et la pensée leur inspiraient une hostilité soupçonneuse. Il restait inaccessible aux évangiles nouveaux et aux amulettes des petits prophètes et des vieux griots, qui offraient aux bons jeunes gens la recette infaillible pour sauver le monde, Rome et la France. Il demeurait fidèle à une libre foi, libre de toutes les religions, libre de tous les partis, libre de toutes les patries — qui n'était plus de mode —, ou ne l'était pas redevenue. Enfin, si dégagé qu'il fût des questions nationales, il était un étranger à Paris, dans un temps où tous les étrangers semblaient, aux naturels de tous les pays, des barbares.

Et pourtant, le petit Jeannin, joyeux, léger, ennemi des trouble-fête, fougueusement épris du plaisir, des jeux violents, facilement dupé par la rhétorique de son temps, inclinant par vigueur de muscles et paresse d'esprit aux brutales doctrines de l'Action Française, nationaliste, royaliste, impérialiste — (il ne savait pas trop) — ne respectait au fond qu'un seul homme : Christophe. Sa précoce expérience et le tact très fin qu'il tenait de sa mère lui avaient fait juger (sans que sa bonne humeur en fût altérée) le peu que valait ce monde dont il ne pouvait se passer, et la supériorité de Christophe. Il se grisait en vain de mouvement et d'action, il ne pouvait pas renier l'héritage paternel. D'Olivier lui venaient, par brusques et brefs accès, une inquiétude vague, le besoin de trouver, de fixer un but à son action. Et d'Olivier aussi, peut-être, lui venait ce mystérieux instinct qui l'attirait vers celui qu'Olivier avait aimé...

Il allait voir Christophe. Expansif et un peu bavard, il aimait à se confier. Il ne s'inquiétait pas de savoir si Christophe avait le temps de l'écouter. Christophe écoutait pourtant, et il ne manifestait aucun signe d'impatience. Il lui arrivait seulement d'être distrait, quand la visite le surprenait au milieu d'un travail. C'était l'affaire de quelques minutes, pendant lesquelles l'esprit s'évadait, pour ajouter un trait à l'œuvre intérieure; puis, il revenait auprès de Georges, qui ne s'était pas aperçu de l'absence. Il s'amusait de son escapade, comme quelqu'un qui rentre sur la pointe des pieds, sans qu'on l'entende. Mais Georges, une ou deux fois, le remarqua, et dit avec indignation : « Mais tu ne m'écoutes pas! »

Alors, Christophe était honteux; et docilement, il se remettait à suivre l'impatient narrateur, en redoublant d'attention, pour se faire pardonner. La narration ne manquait pas de drôlerie; et Christophe ne pouvait s'empêcher de rire, au récit de quelque fredaine : car Georges racontait tout; il était d'une franchise désarmante.

Christophe ne riait pas toujours. La conduite de Georges lui était souvent pénible. Christophe n'était pas un saint; il ne se croyait le droit de faire la morale à personne. Les aventures amoureuses de Georges, la scandaleuse dissipation de sa fortune en des sottises, n'étaient pas ce qui le choquait le plus. Ce qu'il avait le plus de peine à pardonner, c'était la légèreté d'esprit que Georges apportait à ses fautes : certes, elles ne lui pesaient guère; il les trouvait naturelles. Il avait de la moralité une autre conception que Christophe. Il était de cette espèce de jeunes gens qui ne voient dans les rapports entre les sexes qu'un libre jeu, dénué de tout caractère moral. Une certaine franchise et une bonté insouciante étaient tout le bagage suffisant d'un honnête homme. Il ne s'embarrassait pas des scrupules de Christophe. Celui-ci s'indignait. Il avait beau se défendre d'imposer aux autres sa façon de sentir, il n'était pas tolérant; sa violence de naguère n'était qu'à demi domptée. Il éclatait parfois. Il ne pouvait s'empêcher de taxer de malpropretés certaines intrigues de Georges, et il le lui disait crûment. Georges n'était pas plus patient. Il y avait entre eux des scènes assez vives. Ensuite, ils ne se voyaient plus pendant des semaines. Christophe se rendait compte que ces emportements n'étaient pas faits pour changer la conduite de Georges, et qu'il y a quelque injustice à vouloir soumettre la moralité d'une époque à la mesure des idées morales d'une autre génération. Mais c'était plus fort que lui : à la première occasion, il recommençait. Comment douter de la foi pour qui l'on a vécu? Autant renoncer à la vie! A quoi sert de se guinder à penser autrement qu'on ne pense, pour ressembler au voisin, ou pour le ménager? C'est se détruire soi-même, sans profit pour personne. Le premier devoir est d'être ce qu'on est. Oser dire : « Ceci est bien, cela est mal. » On fait plus de bien aux faibles, en étant fort, qu'en devenant faible comme eux. Soyez indulgent, si vous voulez pour les faiblesses commises. Mais jamais ne transigez avec une faiblesse à commettre!...

Oui; mais Georges se gardait bien de consulter Christophe sur ce qu'il allait faire : (le savait-il lui-même?) — il ne lui parlait de rien que lorsque c'était fait. — Alors?... Alors, que restait-il, qu'à regarder le polisson, avec un muet reproche, en haussant les épaules et souriant, comme un vieil oncle qui sait qu'on ne l'écoutera pas?

Ce jour-là, il se faisait un silence de quelques instants. Georges regardait les yeux de Christophe, qui semblaient venir de très loin. Et il se sentait tout petit garçon devant eux. Il se voyait, comme il était, dans le miroir de ce regard pénétrant, où s'allumait une lueur de malice; et il n'en était pas très fier. Christophe se servait rarement contre Georges des confidences que celui-ci venait de lui faire; on eût dit qu'il ne les avait pas entendues. Après le dialogue muet de leurs yeux, il hochait la tête railleusement; puis, il se mettait à raconter une histoire qui paraissait n'avoir aucun rapport avec ce qui précédait : une histoire de sa vie, ou de quelque autre vie, réelle ou fictive. Et Georges voyait peu à peu resurgir, sous une lumière nouvelle, exposé en fâcheuse et burlesque posture, son Double (il le reconnaissait), passant par des erreurs analogues aux siennes. Impossible de ne pas rire de soi et de sa piteuse figure. Christophe n'ajoutait pas de commentaire. Ce qui faisait plus d'effet encore que l'histoire, c'était la puissante bonhomie du narrateur. Il parlait de lui comme des autres, avec le même détachement, le même humour jovial et serein. Ce calme en imposait à Georges. C'était ce calme qu'il venait chercher. Quand il s'était déchargé de sa confession bavarde, il était comme quelqu'un qui s'étend, et s'étire, à l'ombre d'un grand arbre, par un après-midi d'été. L'éblouissement fiévreux du jour brûlant tombait. Il sentait planer sur lui la paix des ailes protectrices. Près de cet homme qui portait, avec tranquillité, le poids d'une lourde vie, il était à l'abri de ses propres agitations. Il goûtait un repos, à l'entendre parler. Lui non plus, il n'écoutait pas toujours; il laissait son esprit vagabonder; mais, où qu'il s'égarât, le rire de Christophe était autour de lui.

Cependant, les idées de son vieil ami lui restaient étrangères. Il se demandait comment Christophe pouvait s'accommoder de sa solitude d'âme, se priver de toute attache à un parti artistique, politique, religieux, à tout groupement humain. Il le lui demandait : « N'éprouvait-il jamais le besoin de s'enfermer dans un camp? »

« S'enfermer! disait Christophe, en riant. N'est-on pas bien, dehors? Et c'est toi qui parles de te claquemurer, toi, un homme de grand air?

— Ah! ce n'est pas la même chose pour le corps et pour l'esprit, répondit Georges. L'esprit a besoin de certitude; il a besoin de penser avec les autres, d'adhérer à des principes admis pour tous les hommes d'un même temps. J'envie les gens d'autrefois, ceux des âges classiques. Mes amis ont raison, qui veulent restaurer le bel ordre du passé.

— Poule mouillée! dit Christophe. Qu'est-ce qui m'a donné des découragés pareils!

— Je ne suis pas découragé, protesta Georges avec indignation. Aucun de nous ne l'est.

— Il faut que vous le soyez, dit Christophe, pour avoir peur de vous. Quoi! vous avez besoin d'un ordre, et vous ne pouvez pas le faire vous-mêmes? Il faut que vous alliez vous accrocher aux jupes de vos arrière-grand-mères! Bon Dieu! marchez tout seuls!

— Il faut s'enraciner, dit Georges, tout fier de répéter un des ponts-neufs du temps.

— Pour s'enraciner, est-ce que les arbres, dis-moi, ont besoin d'être en caisse? La terre est là, pour tous. Enfonces-y tes racines. Trouve tes lois. Cherche en toi.

— Je n'ai pas le temps, dit Georges.

— Tu as peur », répéta Christophe.

Georges se révolta; mais il finit par convenir qu'il n'avait aucun goût à regarder au fond de soi; il ne comprenait pas le plaisir qu'on y pouvait trouver : à se pencher sur ce trou noir, on risquait d'y tomber.

« Donne-moi la main », disait Christophe.

Il s'amusait à entrouvrir la trappe, sur sa vision réaliste et tragique de la vie. Georges reculait. Christophe refermait le vantail, en riant.

« Comment pouvez-vous vivre ainsi? demandait Georges.

— Je vis, et je suis heureux, disait Christophe.

— Je mourrais, si j'étais forcé de voir cela toujours. »

Christophe lui tapait sur l'épaule :

« Voilà nos fameux athlètes!... Eh bien, ne regarde

donc pas, si tu ne te sens pas la tête assez solide. Rien ne t'y force, après tout. Va de l'avant, mon petit! Mais pour cela, qu'as-tu besoin d'un maître qui te marque à l'épaule, comme un bétail? Quel mot d'ordre attends-tu? Il y a longtemps que le signal est donné. Le boute-selle a sonné, la cavalerie est en marche. Ne t'occupe que de ton cheval. A ton rang! Et galope!

— Mais où vais-je? dit Georges.

— Où va ton escadron, à la conquête du monde. Emparez-vous de l'air, soumettez les éléments, enfoncez les derniers retranchements de la nature, faites reculer l'espace, faites reculer la mort...

« *Expertus vacuum Daedalus aera...*

« ...Champion du latin, connais-tu cela, dis-moi? Es-tu seulement capable de m'expliquer ce que cela veut dire?

« *Perrupit Acheronta...*

« ...Voilà votre lot à vous. Heureux *conquistadores!...* »

Il montrait si clairement le devoir d'action héroïque, échu à la génération nouvelle, que Georges, étonné, disait :

« Mais si vous sentez cela, pourquoi ne venez-vous pas avec nous?

— Parce que j'ai une autre tâche. Va, mon petit, fais ton œuvre. Dépasse-moi, si tu peux. Moi, je reste ici, et je veille... Tu as lu ce conte des *Mille et une Nuits*, où un génie, haut comme une montagne, est enfermé dans une boîte, sous le sceau de Salomon?... Le génie est ici, dans le fond de notre âme, cette âme sur laquelle tu as peur de te pencher. Moi et ceux de mon temps, nous avons passé notre vie à lutter avec lui; nous ne l'avons pas vaincu; il ne nous a pas vaincus. A présent, nous et lui, nous reprenons haleine; et nous nous regardons, sans rancune et sans peur, satisfaits des combats que nous nous sommes livrés, et attendant qu'expire la trêve consentie. Vous profitez de la trêve pour refaire vos forces et pour cueillir la beauté du monde! Soyez heureux, jouissez de l'accalmie. Mais souvenez-vous qu'un jour, vous et ceux qui seront vos fils, au retour de vos conquêtes, il faudra que vous reveniez à cet endroit où je suis et que vous repreniez le combat, avec des forces neuves, contre celui qui est là et près de qui je veille. Et le combat durera, entrecoupé de trêves, jusqu'à ce que l'un des deux ait été terrassé. A vous d'être plus forts et plus heureux que nous!... — En attendant, fais du sport, si tu veux; aguerris tes muscles et ton cœur; et ne sois pas assez fou pour dilapider en niaiseries ta vigueur impatiente : tu es d'un temps (sois tranquille!) qui en trouvera l'emploi. »

•

Georges ne retenait pas grand-chose de ce que lui disait Christophe. Il était d'esprit assez ouvert pour que les pensées de Christophe y entrassent; mais elles en ressortaient aussitôt. Il n'était pas au bas de l'escalier qu'il avait tout oublié. Il n'en demeurait pas moins sous une impression de bien-être, qui persistait, alors que le souvenir de ce qui l'avait produite était depuis longtemps effacé. Il avait pour Christophe une vénération. Il ne croyait à rien de ce que Christophe croyait. (Au fond, il riait de tout, il ne croyait à rien.) Mais il eût cassé la tête à qui se fût permis de dire du mal de son vieil ami.

Par bonheur, on ne le lui disait pas : sans quoi, il aurait eu fort à faire.

Christophe avait bien prévu la saute de vent prochaine. Le nouvel idéal de la jeune musique française était différent du sien; mais tandis que c'était une raison de plus pour que Christophe eût de la sympathie pour elle, elle n'en avait aucune pour lui. Sa vogue auprès du public n'était pas faite pour le réconcilier avec les plus affamés de ces jeunes gens; ils n'avaient pas grand-chose dans le ventre; et leurs crocs d'autant plus, étaient longs et mordaient. Christophe ne s'émouvait pas de leurs méchancetés.

« Quel cœur ils y mettent! disait-il. Ils se font les dents, ces petits... »

Il n'était pas loin de les préférer à ces autres petits chiens, qui le flagornaient, parce qu'il avait du succès — ceux dont parle d'Aubigné, qui, « *lorsqu'un mâtin a mis la tête dans un pot de beurre, lui viennent lécher les barbes par congratulation* ».

Il avait une pièce reçue à l'Opéra. A peine acceptée, on la mit en répétition. Un jour, Christophe apprit, par des attaques de journaux, que pour faire passer son œuvre, on avait remis aux calendes la pièce d'un jeune compositeur, qui devait être jouée. Le journaliste s'indignait de cet abus de pouvoir, dont il rendait responsable Christophe.

Christophe vit le directeur, et lui dit :

« Vous ne m'aviez pas prévenu. Cela ne se fait point. Vous allez monter d'abord l'opéra que vous aviez reçu avant le mien. »

Le directeur s'exclama, se mit à rire, refusa, couvrit de flatteries Christophe, son caractère, ses œuvres, son génie, traita l'œuvre de l'autre avec le dernier mépris, assura qu'elle ne valait rien et qu'elle ne ferait pas un sou.

« Alors, pourquoi l'avez-vous reçue?

— On ne fait pas tout ce qu'on veut. Il faut bien donner de loin en loin, un semblant de satisfaction à l'opinion. Autrefois, ces jeunes gens pouvaient crier; personne ne les entendait. A présent, ils trouvent moyen d'ameuter contre nous une presse nationaliste, qui braille à la trahison et nous appelle mauvais Français, quand on a le malheur de ne pas s'extasier devant leur jeune école. La jeune école! Parlons-en!... Voulez-vous que je vous dise? J'en ai plein le dos! Et le public, aussi. Ils nous rasent avec leurs *Oremus!*... Pas de sang dans les veines; des petits sacristains qui vous chantent la messe; quand ils font des duos d'amour, on dirait des *De profundis*... Si j'étais assez sot pour monter les pièces qu'on m'oblige à recevoir, je ruinerais mon théâtre. Je les reçois : c'est tout ce qu'on peut me demander. — Parlons de choses sérieuses. Vous, vous faites des salles pleines... »

Les compliments reprirent.

Christophe l'interrompit net, et dit avec colère :

« Je ne suis pas dupe. Maintenant que je suis vieux et un homme « arrivé », vous vous servez de moi, pour écraser les jeunes. Lorsque j'étais jeune, vous m'auriez écrasé comme eux. Vous jouerez la pièce de ce garçon, ou je retire la mienne. »

Le directeur leva les bras au ciel, et dit :

« Vous ne voyez donc pas que si nous faisions ce que vous voulez, nous aurions l'air de céder à l'intimidation de leur campagne de presse?

— Que m'importe? dit Christophe.

— A votre aise! Vous en serez la première victime. »

On mit à l'étude l'œuvre du jeune musicien, sans interrompre les répétitions de l'œuvre de Christophe. L'une était en trois actes, l'autre en deux; on convint de les donner dans le même spectacle. Christophe vit son protégé; il avait voulu être le premier à lui annoncer la nouvelle. L'autre se confondit en promesses de reconnaissance éternelle.

Naturellement, Christophe ne put faire que le directeur ne donnât tous ses soins à sa pièce. L'interprétation, la mise en scène de l'autre furent sacrifiées. Christophe n'en sut rien. Il avait demandé à suivre quelques répétitions de l'œuvre du jeune homme; il l'avait trouvée bien médiocre; il avait hasardé deux ou trois conseils : ils avaient été mal reçus; il s'en était tenu là et il ne s'en mêlait plus. D'autre part, le directeur avait fait admettre au nouveau-venu la nécessité de quelques coupures, s'il voulait que sa pièce passât sans retard. Ce sacrifice, d'abord aisément consenti, ne tarda pas à sembler douloureux à l'auteur.

Le soir de la représentation arrivé, la pièce du débutant n'eut aucun succès; celle de Christophe fit grand bruit. Quelques journaux déchirèrent Christophe; ils parlaient d'un coup monté, d'un complot pour écraser un jeune et grand artiste français; ils disaient que son œuvre avait été mutilée, pour complaire au maître allemand, qu'ils représentaient bassement jaloux de toutes les gloires naissantes. Christophe haussa les épaules, pensant :

« Il va répondre. »

« Il » ne répondit pas. Christophe lui envoya des entrefilets avec ces mots :

« Vous avez lu? »

L'autre écrivit :

« Comme c'est regrettable! Ce journaliste a toujours été si délicat pour moi! Vraiment, je suis fâché. Le mieux est de ne pas faire attention. »

Christophe rit, et pensa :

« Il a raison, le petit pleutre. »

Et il en jeta le souvenir dans ce qu'il nommait ses « oubliettes ».

Mais le hasard voulut que Georges, qui lisait rarement les journaux et qui les lisait mal, à part les articles de sport, tombât cette fois sur les attaques les plus violentes contre Christophe. Il connaissait le journaliste. Il alla au café où il était sûr de le rencontrer, l'y trouva, le calotta, eut un duel avec lui, et lui égratigna rudement l'épaule avec son épée.

Le lendemain, en déjeunant, Christophe apprit l'affaire, par une lettre d'ami. Il en fut suffoqué. Il laissa son déjeuner et courut chez Georges. Georges lui-même ouvrit. Christophe entra, comme un ouragan, le saisit par le bras, et, le secouant avec colère, il se mit à l'accabler sous une volée de reproches furibonds.

« Animal, criait-il, tu t'es battu pour moi! Qui t'a donné la permission? Un gamin, un étourneau, qui se mêle de mes affaires! Est-ce que je ne suis pas capable de m'en occuper, dis-moi? Te voilà bien avancé! Tu as fait à ce gredin l'honneur de te battre avec lui. C'est tout ce qu'il demandait. Tu en as fait un héros. Imbécile! Et si le hasard avait voulu... (Je suis sûr que tu t'es jeté là-dedans, en écervelé, comme toujours)... si tu avais été tué!... Malheureux! je ne te l'aurais pardonné, de ta vie!... »

Georges, qui riait comme un fou, à cette dernière menace tomba dans un tel accès d'hilarité qu'il en pleurait :

« Vieil ami, que tu es drôle! Ah! tu es impayable! Voilà que tu m'injuries, pour t'avoir défendu! Une autre fois, je t'attaquerai. Peut-être que tu m'embrasseras. »

Christophe s'interrompit; il étreignit Georges, l'embrassa sur les deux joues, et puis, une seconde fois encore, et il dit :

« Mon petit!... Pardon. Je suis une vieille bête... Mais aussi, cette nouvelle m'a bouleversé le sang. Quelle idée de te battre! Est-ce qu'on se bat avec ces gens? Tu vas me promettre tout de suite que tu ne recommenceras plus jamais.

— Je ne promets rien du tout, dit Georges. Je fais ce qui me plaît.

— Je te le défends, entends-tu. Si tu recommences, je ne veux plus te voir, je te désavoue dans les journaux, je te...

— Tu me déshérites, c'est entendu.

— Voyons, Georges, je t'en prie... A quoi cela sert-il?

— Mon bon vieux, tu vaux mille fois mieux que moi, et tu sais infiniment plus de choses; mais pour ces canailles-là, je les connais mieux que toi. Sois tranquille, cela servira : ils tourneront maintenant plus de sept fois dans leur bouche leur langue empoisonnée, avant de t'injurier.

— Eh! que me font ces oisons? Je me moque de ce qu'ils peuvent dire.

— Mais moi, je ne m'en moque pas. Mêle-toi de ce qui te regarde! »

Dès lors Christophe fut dans les transes qu'un article nouveau n'éveillât la susceptibilité de Georges. Il y avait quelque comique à le voir, les jours qui suivirent, s'attabler au café et dévorer les journaux, lui qui ne les lisait jamais, tout prêt, au cas où il y eût trouvé un article injurieux, à faire n'importe quoi (une bassesse, au besoin), pour empêcher que ces lignes ne tombassent sous les yeux de Georges. Après une semaine, il se rassura. Le petit avait raison. Son geste avait donné à réfléchir, pour le moment, aux aboyeurs. — Et Christophe, tout en bougonnant contre le jeune fou qui lui avait fait perdre huit jours de travail, se disait qu'après tout il n'avait guère le droit de lui faire la leçon. Il se souvenait de certain jour, il n'y avait pas si longtemps, où lui-même s'était battu, à cause d'Olivier. Et il croyait entendre Olivier qui disait :

« Laisse, Christophe, je te rends ce que tu m'as prêté! »

*

Si Christophe prenait aisément son parti des attaques contre lui, un autre était fort loin de ce désintéressement ironique. C'était Emmanuel.

L'évolution de la pensée européenne allait grand train. On eût dit qu'elle s'accélérait avec les inventions mécaniques et les moteurs nouveaux. La provision de préjugés et d'espoirs, qui suffisait naguère à nourrir vingt ans d'humanité, était brûlée en cinq ans. Les générations d'esprits galopaient, les unes derrière les autres, et souvent par-dessus : le Temps sonnait la charge. — Emmanuel était dépassé.

Le chantre des énergies françaises n'avait jamais renié l'idéalisme de son maître, Olivier. Si passionné que fût son sentiment national, il se confondait avec son culte de la grandeur morale. S'il annonçait dans ses vers, d'une voix éclatante, le triomphe de la France, c'était qu'il adorait en elle, par un acte de foi, la pensée la plus haute de l'Europe actuelle, l'Athéna Nikè, le Droit victorieux qui prend sa revanche de la Force. — Et voici que la Force s'était réveillée, au cœur même du Droit; et elle resurgissait, dans sa fauve nudité. La génération nouvelle, robuste et aguerrie, aspirait au combat et avait, avant la victoire, une mentalité de vainqueur. Elle était orgueilleuse de ses muscles, de sa poitrine élargie, de ses sens vigoureux et affamés de jouir, de ses ailes d'oiseau de proie qui plane sur les plaines; il lui tardait de s'abattre et d'essayer ses serres. Les prouesses de la race, les vols fous par-dessus les Alpes et les mers, les chevauchées épiques à travers les sables africains, les nouvelles croisades, pas beaucoup moins mystiques, pas beaucoup plus intéressées que celles de Philippe Auguste et de Villehardouin, achevaient de tourner la tête à la nation. Ces enfants qui n'avaient jamais vu la guerre que dans des livres n'avaient point de peine à lui prêter des beautés. Ils se faisaient agressifs. Las de paix et d'idées, ils célébraient « l'enclume des batailles », sur laquelle l'action aux poings sanglants reforgerait, un jour, la puissance française. Par réaction contre l'abus écœurant des idéologies, ils érigeaient le mépris de l'idéal en profession de foi. Ils mettaient de la forfanterie à exalter le bon sens borné, le réalisme violent, l'égoïsme national, sans pudeur, qui foule aux pieds la justice des autres et les autres nationalités, quand c'est utile à la grandeur de la patrie. Ils étaient xénophobes, anti-démocrates, et — même les plus incroyants — prônaient le retour au catholicisme, par besoin pratique de « canaliser l'absolu », d'enfermer l'infini sous la garde d'une puissance d'ordre et d'autorité. Ils ne se contentaient pas de dédaigner — ils traitaient en malfaiteurs publics les doux radoteurs de la veille, les songecreux idéalistes, les penseurs humanitaires. Emmanuel était du nombre, aux yeux de ces jeunes gens. Il en souffrait cruellement, et il s'en indignait.

De savoir que Christophe était victime, comme lui — plus que lui — de cette injustice, le lui rendit sympathique. Par sa mauvaise grâce, il l'avait découragé de venir le voir. Il était trop orgueilleux pour paraître le regretter, en se mettant à sa recherche. Mais il réussit à le rencontrer, comme par hasard et il fit les premières avances. Après quoi, son ombrageuse susceptibilité étant en repos, il ne cacha pas le plaisir qu'il avait aux visites de Christophe. Dès lors, ils se réunirent souvent, soit chez l'un, soit chez l'autre.

Emmanuel confiait à Christophe sa rancœur. Il était exaspéré des critiques; et, trouvant que Christophe ne s'en émouvait pas assez, il lui faisait lire sur son propre compte des appréciations de journaux. On y accusait Christophe de ne pas savoir la grammaire de son art, d'ignorer l'harmonie, d'avoir pillé ses confrères, et de déshonorer la musique. On l'y nommait : « Ce vieil agité »... On y disait : « Nous en avons assez, de ces convulsionnaires! Nous sommes l'ordre, la raison, l'équilibre classique... »

Christophe s'en divertissait.

« C'est la loi, disait-il. Les jeunes gens jettent les vieux dans la fosse... De mon temps, il est vrai, on attendait qu'un homme eût soixante ans, pour le traiter de vieillard. On va plus vite, aujourd'hui... La télégraphie sans fils, les aéroplanes... Une génération est plus vite fourbue... Pauvres diables! ils n'en ont pas pour longtemps! Qu'ils se hâtent de nous mépriser et de se pavaner au soleil! »

Mais Emmanuel n'avait pas cette belle santé. Intrépide de pensée, il était en proie à ses nerfs maladifs; âme ardente en un corps rachitique, il lui fallait le combat, et il n'était pas fait pour le combat. L'animosité de certains jugements le blessait jusqu'au sang.

« Ah! disait-il, si les critiques savaient le mal qu'ils font aux artistes, par un de ces mots injustes jetés au hasard, ils auraient honte de leur métier.

— Mais ils le savent, mon bon ami. C'est leur raison de vivre. Il faut bien que tout le monde vive.

— Ce sont des bourreaux. On est ensanglanté par la vie, épuisé par la lutte qu'il faut livrer à l'art. Au lieu de vous tendre la main, de parler de vos faiblesses avec miséricorde, de vous aider fraternellement à les réparer, ils sont là qui, les mains dans leurs poches, vous regardent hisser votre charge sur la pente, et qui disent : « Pourra « pas!... » Et quand on est au faîte, disent, les uns : « Oui, « mais ce n'est pas ainsi qu'il fallait monter. » Tandis que les autres, obstinés, répètent : « N'a pas pu!... » Bienheureux, quand ils ne vous lancent pas dans les jambes des pierres, pour vous faire tomber!

— Bah! il se trouve aussi, parfois, dans le nombre, deux ou trois braves gens; et quel bien ils peuvent faire!

Les méchantes bêtes, il y en a partout; cela ne tient pas au métier. Connais-tu rien de pire, dis-moi, qu'un artiste sans bonté, vaniteux et aigri, pour qui le monde est une proie, qu'il enrage de ne pouvoir mastiquer? Il faut s'armer de patience. Point de mal, qui ne puisse servir à quelque bien. Le pire critique nous est utile; il est un entraîneur; il ne nous permet pas de flâner sur la route. Chaque fois que nous croyons être au but, la meute nous mord les fesses. En marche! Plus loin! Plus haut! Elle se lassera plutôt de me poursuivre, que moi de marcher devant elle. Redis-moi le mot arabe : « *On ne tourmente « pas les arbres stériles. Ceux-là seuls sont battus de « pierres, dont le front est couronné de fruits d'or...* » Plaignons les artistes qu'on épargne. Ils resteront à mi-chemin, paresseusement assis. Quand ils voudront se relever, leurs jambes courbatues se refuseront à marcher. Vivent mes amis les ennemis! Ils m'ont fait plus de bien, dans ma vie, que mes ennemis les amis! »

Emmanuel ne pouvait s'empêcher de sourire. Puis, il disait :

« Tout de même, ne trouves-tu pas dur, un vétéran comme toi, de te voir faire la leçon par des conscrits, qui en sont à leur première bataille?

— Ils m'amusent, dit Christophe. Cette arrogance est le signe d'un sang jeune et bouillant qui aspire à se répandre. Je fus ainsi, jadis. Ce sont les giboulées de mars, sur la terre qui renaît... Qu'ils nous fassent la leçon! Ils ont raison, après tout. Aux vieux, de se mettre à l'école des jeunes! Ils ont profité de nous, ils sont ingrats : c'est dans l'ordre!... Mais, riches de nos efforts, ils vont plus loin que nous, ils réalisent ce que nous avons tenté. S'il nous reste encore quelque jeunesse, apprenons à notre tour, et tâchons de nous renouveler. Si nous ne le pouvons pas, si nous sommes trop vieux, réjouissons-nous en eux. Il est beau de voir les refloraisons perpétuelles de l'âme humaine qui semblait épuisée, l'optimisme vigoureux de ces jeunes gens, leur joie de l'action aventureuse, ces races qui renaissent, pour la conquête du monde.

— Que seraient-ils sans nous? Cette joie est sortie de nos larmes. Cette force orgueilleuse est la fleur des souffrances de toute une génération. *Sic vos non vobis...*

— La vieille parole se trompe. C'est pour nous que nous avons travaillé, en créant une race d'hommes qui nous dépassent. Nous avons amassé leur épargne, nous l'avons défendue dans une bicoque mal fermée, où tous les vents sifflaient; il nous fallait nous arc-bouter aux portes pour empêcher la mort d'entrer. Par nos bras, fut frayée la voie triomphale où nos fils vont marcher. Nos peines ont sauvé l'avenir. Nous avons mené l'Arche au seuil de la Terre Promise. Elle y pénétrera, avec eux, avec eux, et par nous.

— Se souviendront-ils jamais de ceux qui ont traversé les déserts, portant le feu sacré, les dieux de notre race, et eux, ces enfants, qui maintenant sont des hommes? Nous avons eu, pour notre part, l'épreuve et l'ingratitude.

— Le regrettes-tu?

— Non. Il y a une ivresse à sentir la grandeur tragique d'une puissante époque sacrifiée, comme la nôtre, à celle qu'elle a enfantée. Les hommes d'aujourd'hui ne seraient plus capables de goûter la joie superbe du renoncement.

— Nous avons été les plus heureux. Nous avons gravi la montagne de Nébo, au pied de laquelle s'étendent les contrées où nous n'entrerons pas. Mais nous en jouissons plus que ceux qui entreront. Qui descend dans la plaine perd de vue l'immensité de la plaine et l'horizon lointain. »

*

L'action apaisante que Christophe exerçait sur Georges et sur Emmanuel, il en puisait l'énergie dans l'amour de Grazia. A cet amour, il devait de se sentir rattaché à tout ce qui était jeune, d'avoir pour toutes les formes neuves de la vie une sympathie jamais lassée. Quelles que fussent les forces qui ranimaient la terre, il était avec elles, même quand elles étaient contre lui : il n'avait point peur de l'avènement prochain de ces démocraties, qui faisaient pousser des cris d'orfraie à l'égoïsme d'une poignée de privilégiés; il ne s'accrochait pas désespérément aux patenôtres d'un art vieilli; il attendait, avec certitude, que des visions fabuleuses, des rêves réalisés de la science et de l'action jaillît un art plus puissant que l'ancien; il saluait la nouvelle aurore du monde, dût la beauté du vieux monde mourir avec lui.

Grazia savait le bienfait de son amour pour Christophe: la conscience de son pouvoir l'élevait au-dessus d'elle-même. Par ses lettres, elle exerçait une direction sur son ami. Non qu'elle eût le ridicule de prétendre à le diriger dans l'art : elle avait trop de tact et connaissait ses limites. Mais sa voix juste et pure était le diapason auquel il accordait son âme. Il suffisait que Christophe crût entendre, par avance, cette voix répéter sa pensée, pour qu'il ne pensât rien qui ne fût juste, pur, et digne d'être répété. Le son d'un bel instrument est, pour le musicien, pareil à un beau corps où son rêve aussitôt s'incarne. Mystérieuse fusion de deux esprits qui s'aiment : chacun ravit à l'autre ce qu'il a de meilleur; mais c'est afin de le lui rendre, enrichi de son amour. Grazia ne craignait pas de dire à Christophe qu'elle l'aimait. L'éloignement la rendait plus libre de parler; et aussi, la certitude qu'elle ne serait jamais à lui. Cet amour, dont la religieuse ferveur s'était communiquée à Christophe, lui était une fontaine de paix.

De cette paix, Grazia donnait bien plus qu'elle n'avait. Sa santé était brisée, son équilibre moral gravement compromis. L'état de son fils ne s'améliorait pas. Depuis deux ans, elle vivait dans des transes perpétuelles, qu'aggravait le talent meurtrier de Lionello à en jouer. Il avait acquis une virtuosité dans l'art de tenir en haleine l'inquiétude de ceux qui l'aimaient; pour réveiller l'intérêt et tourmenter les gens, son cerveau inoccupé était fertile en inventions : cela tournait à la manie. Et le tragique fut que, tandis qu'il grimaçait la parade de la maladie, la maladie réelle cheminait; et la mort apparut, au seuil. Dramatique ironie! Grazia, que son fils avait torturé pendant des ans pour un mal inventé, cessa d'y croire lorsque le mal fut là... Le cœur a ses limites. Elle avait épuisé sa force de compassion pour des mensonges. Elle traita Lionello de comédien, au moment qu'il disait vrai. Et après que la vérité fut révélée à elle, le reste de sa vie fut empoisonnée de remords.

La méchanceté de Lionello n'avait pas désarmé. Sans amour pour qui que ce fût, il ne pouvait supporter qu'un de ceux qui l'entouraient eût de l'amour pour quelque autre que pour lui; la jalousie était sa seule passion. Il ne lui suffisait pas d'avoir réussi à éloigner sa mère de Christophe; il eût voulu la contraindre à rompre l'intimité qui persistait entre eux. Déjà, il avait usé de son arme habituelle — la maladie — pour faire jurer à Grazia qu'elle ne se remarierait pas. Il ne se contenta point de cette promesse. Il prétendit exiger que sa mère n'écrivît plus à

Christophe. Cette fois, elle se révolta; et cet abus de pouvoir achevant de la libérer, elle lui dit sur ses mensonges des mots d'une sévérité cruelle, qu'elle se reprocha plus tard comme un crime : car ils jetèrent Lionello dans une crise de fureur dont il fut réellement malade. Il le fut d'autant plus que sa mère refusa d'y croire. Alors, il souhaita, dans sa rage, de mourir pour se venger. Il ne se doutait pas que ce souhait serait exaucé.

Quand le médecin laissa entendre à Grazia que son fils était perdu, elle resta comme frappée de la foudre. Il lui fallut pourtant cacher son désespoir, afin de tromper l'enfant, qui l'avait si souvent trompée. Il soupçonnait que c'était sérieux, cette fois; mais il ne voulait pas le croire; et ses yeux quêtaient dans les yeux de sa mère ce reproche de mensonge qui l'avait mis en fureur, alors qu'il mentait. Vint l'heure où il ne fut plus possible de douter. Alors, ce fut terrible pour lui et pour les siens : il ne voulait pas mourir!...

Lorsque Grazia le vit enfin endormi; elle n'eut pas un cri, pas une plainte; elle étonna par son silence; il ne lui restait plus assez de force pour souffrir; elle n'avait qu'un désir : s'endormir à son tour. Elle continua d'accomplir tous les actes de sa vie, avec le même calme, en apparence. Après quelques semaines, le sourire reparut même sur sa bouche plus silencieuse. Personne ne se doutait de sa détresse. Christophe, moins que tout autre. Elle s'était contentée de lui écrire la nouvelle, sans rien lui dire d'elle-même. Aux lettres de Christophe, brûlantes d'affection inquiète, elle ne répondit pas. Il voulait venir : elle le pria de n'en rien faire. Au bout de deux ou trois mois, elle reprit avec lui le ton grave et serein, qu'elle avait, avant. Elle eût jugé criminel de se décharger sur lui du poids de sa faiblesse. Elle savait que l'écho de tous ses sentiments résonnait en lui, et qu'il avait besoin de s'appuyer sur elle. Elle ne s'imposait pas une contrainte douloureuse. C'était une discipline qui la sauvait. Dans sa lassitude de vie, deux seules choses la faisaient vivre : l'amour de Christophe, et le fatalisme qui, dans la douleur comme dans la joie, formait le fond de sa nature italienne. Ce fatalisme n'avait rien d'intellectuel : il était l'instinct animal, qui fait marcher la bête harassée, sans qu'elle sente sa fatigue dans un rêve aux yeux fixes, oubliant les pierres du chemin et son corps, jusqu'à ce qu'il tombe. Le fatalisme soutenait son corps. L'amour soutenait son cœur. Sa vie personnelle était usée, elle vivait en Christophe. Pourtant, elle évitait, avec plus de soin que jamais, d'exprimer dans ses lettres l'amour qu'elle avait pour lui. Sans doute, parce que cet amour était plus grand. Mais aussi, parce que pesait par-dessus le *veto* du petit mort, qui lui en faisait un crime. Alors, elle se taisait, elle s'obligeait à ne plus écrire, de quelque temps.

Christophe ne comprenait pas les raisons de ces silences. Parfois, il saisissait, dans le ton uni et tranquille d'une lettre, des accents inattendus où frémissait une passion refoulée. Il en était bouleversé; mais il n'osait rien dire; il était comme un homme qui retient son souffle et craint de respirer, de peur que l'illusion ne cesse. Il savait que, presque infailliblement, ces accents seraient rachetés, dans la lettre suivante, par une froideur voulue... Puis, de nouveau, le calme... *Meeresstille*...

*

Georges et Emmanuel se trouvaient réunis chez Christophe. C'était un après-midi. L'un et l'autre étaient pleins de leurs soucis personnels : Emmanuel, de ses déboires littéraires, et Georges, d'une déconvenue dans un concours de sport. Christophe les écoutait avec bonhomie et les raillait affectueusement. On sonna. Georges alla ouvrir. Un domestique apportait une lettre, de la part de Colette. Christophe se mit près de la fenêtre; pour la lire. Ses deux amis avaient repris leur discussion; ils ne voyaient pas Christophe, qui leur tournait le dos. Il sortit de la chambre, sans qu'ils y prissent garde. Et quand ils le remarquèrent, ils n'en furent pas surpris. Mais comme son absence se prolongeait, Georges alla frapper à la porte de l'autre chambre. Il n'y eut pas de réponse. Georges n'insista point, connaissant les façons bizarres de son vieil ami. Quelques minutes après, Christophe revint. Il avait l'air très calme, très las, très doux. Il s'excusa de les avoir laissés, reprit la conversation où il l'avait interrompue, leur parlant de leurs ennuis avec bonté, et leur disant des choses qui leur faisaient du bien. Le ton de sa voix les émouvait, sans qu'ils sussent pourquoi.

Ils le quittèrent. Au sortir de chez lui. Georges alla chez

Colette. Il la trouva en larmes. Aussitôt qu'elle le vit, elle accourut, demandant :

« Et comment a-t-il supporté le coup, le pauvre ami? C'est affreux! »

Georges ne comprenait pas. Colette lui apprit qu'elle venait de faire porter à Christophe la nouvelle de la mort de Grazia.

Elle était partie, sans avoir eu le temps de dire adieu à personne. Depuis quelques mois, les racines de sa vie étaient presque arrachées; il avait suffi d'un souffle pour l'abattre. La veille de la rechute de grippe qui l'emporta, elle avait reçu une bonne lettre de Christophe. Elle en était attendrie. Elle eût voulu l'appeler auprès d'elle; elle sentait que tout le reste, que tout ce qui les séparait, était faux et coupable. Très lasse, elle remit au lendemain pour lui écrire. Le lendemain, elle dut rester alitée. Elle commença une lettre qu'elle n'acheva pas; elle avait le vertige, la tête lui tournait; d'ailleurs, elle hésitait à parler de son mal, elle craignait de troubler Christophe. Il était pris en ce moment par les répétitions d'une œuvre chorale et symphonique, écrite sur un poème d'Emmanuel : le sujet les avait passionnés tous deux, car c'était un peu le symbole de leur propre destinée : *La Terre promise*. Christophe en avait souvent parlé à Grazia. La première devait avoir lieu, la semaine suivante... Il ne fallait pas l'inquiéter. Grazia fit, dans sa lettre, allusion à un simple rhume. Puis, elle trouva que c'était encore trop. Elle déchira la lettre, et elle n'eut pas la force d'en recommencer une autre. Elle se dit qu'elle écrirait le soir. Le soir, il était trop tard. Trop tard pour le faire appeler. Trop tard même pour écrire... Comme la mort est pressée! Quelques heures suffisent à détruire ce qu'il a fallu des siècles pour former... Grazia eut à peine le temps de donner à sa fille l'anneau qu'elle portait au doigt, et elle la pria de le remettre à son ami. Elle n'avait pas été, jusque-là, très intime avec Aurora. A présent qu'elle partait, elle contemplait passionnément le visage de celle qui restait; elle pressait la main qui transmettrait son étreinte; et elle pensait avec joie :

« Je ne m'en vais pas tout à fait. »

•

« Quid? hic, inquam, quis est qui complet aures meas tantus et tam dulcis sonus!... »
(Songe de Scipion.)

Un élan de sympathie ramena Georges chez Christophe, après avoir quitté Colette. Depuis longtemps il savait, par les indiscrétions de celle-ci, la place que Grazia tenait dans le cœur de son vieil ami; et même — (la jeunesse n'est guère respectueuse) — il s'en était parfois égayé. Mais en ce moment, il ressentait avec une vivacité généreuse la douleur qu'une telle perte devait causer à Christophe; et il avait besoin de courir à lui, de le plaindre, de l'embrasser. Connaissant la violence de ses passions — la tranquillité que Christophe avait montrée tout à l'heure l'inquiétait. Il sonna à la porte. Rien ne bougea. Il sonna de nouveau et frappa, de la façon convenue entre Christophe et lui. Il entendit remuer un fauteuil, et venir un pas lent et lourd. Christophe ouvrit. Sa figure était si calme que Georges, prêt à se jeter dans ses bras, s'arrêta; il ne sut plus que dire. Christophe demanda doucement :

« C'est toi, mon petit. Tu as oublié quelque chose? »

Georges, troublé, balbutia :

« Oui.

— Entre. »

Christophe alla se rasseoir dans le fauteuil où il était avant l'arrivée de Georges; près de la fenêtre, la tête appuyée contre le dossier, il regardait les toits en face et le ciel rouge du soir. Il ne s'occupait pas de Georges. Le jeune homme faisait semblant de chercher sur la table, en jetant à la dérobée un coup d'œil vers Christophe. Le visage du vieil homme était immobile; les reflets du soleil couchant illuminaient le haut des joues et une partie du front. Georges passa dans la pièce voisine — la chambre à coucher — comme pour continuer ses recherches. C'était là que Christophe s'était enfermé tout à l'heure avec la lettre. Elle était encore sur le lit non défait, qui portait l'empreinte d'un corps. Par terre, sur le tapis, un livre avait glissé. Il était resté ouvert, sur une page froissée. Georges le ramassa et lut dans l'Evangile, la rencontre de Madeleine avec le Jardinier.

Il revint dans la première pièce, remua quelques objets, à droite, à gauche, pour se donner une contenance, regarda de nouveau Christophe, qui n'avait pas bougé. Il eût voulu lui dire combien il le plaignait. Mais Christophe était si lumineux que Georges sentit que toute parole eût été déplacée. C'était lui qui aurait eu plutôt besoin de consolations. Il dit timidement :

« Je m'en vais. »

Christophe, sans tourner la tête, dit :

« Au revoir, mon petit. »

Georges s'en alla, et ferma la porte sans bruit.

Christophe resta longtemps ainsi. La nuit vint. Il ne souffrait point, il ne méditait point. Aucune image précise, Il était comme un homme fatigué, qui écoute une musique indistincte, sans chercher à la comprendre. La nuit était avancée, quand il se leva, courbatu. Il se jeta sur son lit, et s'endormit, d'un sommeil lourd. La symphonie continuait de bruire...

Et voici qu'il *la* vit, elle, la bien-aimée!... Elle lui tendait les mains, et souriait, disant :

« Maintenant, tu as passé la région du feu. »

Alors, son cœur se fondit. La paix remplissait les espaces étoilés, où la musique des sphères étendait ses grandes nappes immobiles et profondes...

Quand il se réveilla (le jour était revenu), l'étrange bonheur persistait, avec la lueur lointaine des paroles entendues. Il sortit de son lit. Un enthousiasme silencieux et sacré le soulevait.

...Or vedi, figlio,
tra Beatrice e te è questo muro...

Entre Béatrice et lui, le mur était franchi.

Il y avait longtemps déjà que plus de la moitié de son âme était de l'autre côté. A mesure que l'on vit, à mesure que l'on crée, à mesure que l'on aime et qu'on perd ceux qu'on aime, on échappe à la mort. A chaque nouveau coup qui nous frappe, à chaque œuvre qu'on frappe, on s'évade de soi, on se sauve dans l'œuvre qu'on a créée, dans l'âme qu'on aimait et qui nous a quittés. A la fin, Rome n'est plus dans Rome; le meilleur de soi est en dehors de soi. La seule Grazia le retenait encore, de ce côté du mur.

Et voici qu'à son tour... A présent, la porte était fermée sur le monde de la douleur.

Il vécut une période d'exaltation secrète. Il ne sentait plus le poids d'aucune chaîne. Il n'attendait plus rien. Il ne dépendait plus de rien. Il était libéré. La lutte était finie. Sorti de la zone des combats et du cercle où régnait le Dieu des mêlées héroïques, *Dominus Deus Sabaoth*, il regardait à ses pieds s'effacer dans la nuit la torche du Buisson Ardent. Qu'elle était loin, déjà! Quand elle avait illuminé sa route, il se croyait arrivé presque au faîte. Et depuis, quel chemin il avait parcouru! Cependant, la cime ne paraissait pas plus proche. Il ne l'atteindrait jamais (il le savait maintenant), dût-il marcher pendant l'éternité. Mais quand on est entré dans le cercle de lumière et qu'on ne laisse pas derrière soi les aimés, l'éternité n'est pas trop longue pour faire route avec eux.

Il condamna sa porte. Personne n'y frappa. Georges avait dépensé d'un coup toute sa force de compassion; rentré chez lui, rassuré, le lendemain il n'y pensait plus. Colette était partie pour Rome. Emmanuel ne savait rien; et, susceptible comme toujours, il gardait un silence piqué, parce que Christophe ne lui avait pas rendu sa visite. Christophe ne fut pas troublé dans le colloque muet qu'il eut pendant des jours avec celle qu'il portait maintenant dans son âme, comme la femme enceinte porte son cher fardeau. Emouvant entretien, qu'aucun mot n'eût traduit. A peine la musique pouvait-elle l'exprimer. Quand le cœur était plein, plein jusqu'à déborder, Christophe, les yeux clos, immobile, l'écoutait chanter. Ou, des heures, assis devant son piano, il laissait ses doigts parler. Durant cette période, il improvisa plus que dans le reste de sa vie. Il n'écrivit pas ses pensées. A quoi bon?

Quand, après plusieurs semaines, il recommença à sortir et à voir les autres hommes, sans qu'aucun de ses intimes, sauf Georges, eût un soupçon de ce qui s'était passé, le démon de l'improvisation persista quelque temps encore. Il visita Christophe, aux heures où on l'attendait le moins. Un soir, chez Colette, Christophe se mit au piano et joua pendant près d'une heure, se livrant tout entier, oubliant que le salon était plein d'indifférents. Ils n'avaient pas envie de rire. Ces terribles improvisations subjuguaient et bouleversaient. Ceux mêmes qui n'en comprenaient pas le sens avaient le cœur serré; et les larmes étaient venues aux yeux de Colette... Lorsque Christophe eut fini, il se retourna brusquement; il vit l'émotion des gens, et, haussant les épaules — il rit.

Il était arrivé au point où la douleur, aussi, est une force — une force qu'on domine. La douleur ne l'avait plus, il avait la douleur; elle pouvait s'agiter et secouer les barreaux : il la tenait en cage.

De cette époque datent ses œuvres les plus poignantes, et aussi les plus heureuses : une scène de l'Evangile, que Georges reconnut :

« Mulier, quid ploras? » — « Quia tulerunt Dominum meum, et nescio ubi posuerunt eum. »
Et cum haec dixisset, conversa est retrorsum, et vidit Jesum stantem : et non sciebat quia Jesus est.

— une série de *lieder* tragiques sur les vers de *cantares* populaires d'Espagne, entre autres une sombre chanson, amoureuse et funèbre, comme une flamme noire :

Quisiera ser el sepulcro
Donde á ti te han de enterrar,
Para tenerte en mis brazos
Por toda la eternidad.

(*Je voudrais être le sépulcre, où on doit t'ensevelir, afin de te tenir dans mes bras, pour toute l'éternité.*)

et deux symphonies intitulées *L'Ile des Calmes* et *Le Songe de Scipion,* où se réalise plus intimement qu'en aucune autre des œuvres de Jean-Christophe Krafft l'union des plus belles forces musicales de son temps : la pensée affectueuse et savante d'Allemagne aux replis ombreux, la mélodie passionnée d'Italie, et le vif esprit de France, riche de rythmes fins et d'harmonies nuancées.
Cet « *enthousiasme que produit le désespoir, au moment d'une grande perte* », dura un ou deux mois. Après quoi Christophe reprit son rang dans la vie, d'un cœur robuste et d'un pas assuré. Le vent de la mort avait soufflé les

derniers brouillards du pessimisme, le gris de l'âme stoïcienne, et les fantasmagories du clair-obscur mystique. L'arc-en-ciel avait lui sur les nuées s'effaçant. Le regard du ciel, plus pur, comme lavé par les larmes, au travers, souriait. C'était le soir tranquille sur les monts.

QUATRIÈME PARTIE

L'INCENDIE qui couvait dans la forêt d'Europe commençait à flamber. On avait beau l'éteindre, ici; plus loin, il se rallumait; avec des tourbillons de fumée et une pluie d'étincelles, il sautait d'un point à l'autre et brûlait les broussailles sèches. A l'Orient, déjà, des combats d'avant-garde préludaient à la grande Guerre des Nations [1]. L'Europe entière, l'Europe hier encore sceptique et apathique, comme un bois mort, était la proie du feu. Le désir du combat possédait toutes les âmes. A tout instant, la guerre était sur le point d'éclater. On l'étouffait, elle renaissait. Le prétexte le plus futile lui était un aliment. Le monde se sentait à la merci d'un hasard, qui déchaînerait la mêlée. Il attendait. Sur les plus pacifiques pesait le sentiment de la nécessité. Et des idéologues, s'abritant sous l'ombre massive du cyclope Proudhon, célébraient dans la guerre le plus beau titre de noblesse de l'homme...

C'était donc à cela que devait aboutir la résurrection physique et morale des races d'Occident! C'était à ces boucheries que les précipitaient les courants d'action et de foi passionnées! Seul, un génie napoléonien eût pu fixer à cette course aveugle un but prévu et choisi. Mais de génie d'action, il n'y en avait nulle part, en Europe. On eût dit que le monde eût, pour le gouverner, fait choix des plus médiocres. La force de l'esprit humain était ailleurs. — Alors, il ne restait plus qu'à s'en remettre à la pente qui vous entraîne. Ainsi faisaient gouvernants et gouvernés. L'Europe offrait l'aspect d'une vaste veillée d'armes.

Christophe se souvenait d'une veillée analogue, où il

1. Publié en 1912.

avait près de lui le visage anxieux d'Olivier. Mais les menaces de guerre n'avaient été, dans ce temps, qu'un nuage orageux qui passe. A présent, elles couvraient de leur ombre toute l'Europe. Et le cœur de Christophe, aussi, avait changé. A ces haines de nations, il ne pouvait plus prendre part. Il se trouvait dans l'état d'esprit de Goethe, en 1813. Comment combattre sans haine? Et comment haïr, sans jeunesse? La zone de la haine était désormais passée. De ces grands peuples rivaux, lequel lui était le moins cher? Il avait appris à connaître leurs mérites à tous, et ce que le monde leur devait. Quand on est parvenu à un certain degré de l'âme, « *on ne connaît plus de nations, on ressent le bonheur ou le malheur des peuples voisins, comme le sien propre* ». Les nuées d'orage sont à vos pieds. Autour de soi, on n'a plus que le ciel — « *tout le ciel, qui appartient à l'aigle* ».

Quelquefois, cependant, Christophe était gêné par l'hostilité ambiante. On lui faisait trop sentir, à Paris, qu'il était de la race ennemie; même son cher Georges ne résistait pas au plaisir d'exprimer devant lui des sentiments sur l'Allemagne, qui l'attristaient. Alors, il s'éloignait; il prenait pour prétexte le désir qu'il avait de revoir la fille de Grazia; il allait, pour quelque temps, à Rome. Mais il n'y trouvait pas un milieu plus serein. La grande peste d'orgueil nationaliste s'était répandue là. Elle avait transformé le caractère italien. Ces gens, que Christophe avait connus indifférents et indolents, ne rêvaient plus que de gloire militaire, de combats, de conquêtes, d'aigles romaines volant sur les sables de Libye; ils se croyaient revenus aux temps des Empereurs. L'admirable était que, de la meilleure foi du monde, les partis d'opposition, socialistes, cléricaux, aussi bien que monarchistes, partageaient ce délire, sans croire le moins du monde être infidèles à leur cause. C'est là qu'on voit le peu que pèsent la politique et la raison humaine, quand soufflent sur les peuples les grandes passions épidémiques. Celles-ci ne se donnent même pas la peine de supprimer les passions individuelles; elles les utilisent : tout converge au même but. Aux époques d'action, il en fut toujours ainsi. Les armées d'Henri IV, les Conseils de Louis XIV, qui forgèrent la grandeur française, comptaient autant d'hommes de raison et de foi que de vanité, d'intérêt et de bas épicurisme. Jansénistes et libertins, puritains et verts-galants, en servant leurs instincts, ont servi le même destin. Dans les prochaines guerres, internationalistes et pacifistes feront sans doute le coup de feu, en étant convaincus, comme leurs aïeux de la Convention, que c'est pour le bien des peuples et le triomphe de la paix!...

Christophe souriant avec un peu d'ironie, regardait, de la terrasse du Janicule, la ville disparate et harmonieuse, symbole de l'univers qu'elle domina : ruines calcinées, façades « baroques », bâtisses modernes, cyprès et roses enlacés, — tous les siècles, tous les styles, fondus en une forte et cohérente unité sous la lumière intelligente. Ainsi, l'esprit doit rayonner sur l'univers en lutte l'ordre et la lumière, qui sont en lui.

Christophe demeurait peu à Rome. L'impression que cette ville faisait sur lui était trop forte : il en avait peur. Pour bien profiter de cette harmonie, il fallait qu'il l'écoutât à distance; il sentait qu'à y rester, il eût couru le risque d'être absorbé par elle, comme tant d'autres de sa race. — De temps en temps, il faisait quelques séjours en Allemagne. Mais en fin de compte, et malgré l'imminence d'un conflit franco-allemand, c'était Paris qui l'attirait toujours. Il y avait son Georges, son fils adoptif. Les raisons d'affection n'étaient pas les seules qui eussent prise sur lui. D'autres raisons, de l'ordre intellectuel, n'étaient pas les moins fortes. Pour un artiste habitué à la pleine vie de l'esprit, qui se mêle généreusement à toutes les passions de la grande famille humaine, il était difficile de se réhabituer à vivre en Allemagne. Les artistes n'y manquaient point. L'air manquait aux artistes. Ils étaient isolés du reste de la nation; elle se désintéressait d'eux; d'autres préoccupations, sociales ou pratiques, absorbaient l'esprit public. Les poètes s'enfermaient, avec un dédain irrité, dans leur art dédaigné; ils mettaient leur orgueil à trancher les derniers liens qui le rattachaient à la vie de leur peuple; ils n'écrivaient que pour quelques-uns : petite aristocratie pleine de talent, raffinée, inféconde, elle-même divisée en des cercles rivaux de fades initiés, ils étouffaient dans l'étroit espace où ils étaient parqués; incapables de l'élargir, ils s'acharnaient à le creuser, ils retournaient le terrain, jusqu'à ce qu'il fût épuisé. Alors, ils se perdaient dans leurs rêves anarchiques, et ils ne se souciaient même pas de mettre en commun leurs rêves. Chacun se débattait sur place, dans le brouillard. Nulle lumière commune. Chacun ne devait attendre de lumière que de soi.

Là-bas, au contraire de l'autre côté du Rhin, chez les voisins de l'Ouest, soufflaient périodiquement sur l'art les grands vents des passions collectives, les tourmentes publiques. Et, dominant la plaine, comme leur tour Eiffel au-dessus de Paris, luisait au loin le phare jamais éteint d'une tradition classique, conquise par des siècles de labeur et de gloire, transmise de main en main, et qui, sans asservir ni contraindre l'esprit, lui indiquait la route que les siècles ont suivie, et faisait communier tout un peuple dans sa lumière. Plus d'un esprit allemand — oiseaux égarés dans la nuit — venait à tire-d'aile vers le fanal lointain. Mais qui se doute, en France, de la force de sympathie qui pousse vers la France tant de cœurs généreux de la nation voisine! Tant de loyales mains tendues, qui ne sont pas responsables des crimes de la politique!... Et vous ne nous voyez pas non plus, frères d'Allemagne, qui vous disons : « Voici nos mains. En dépit des mensonges et des haines, on ne nous séparera point. Nous avons besoin de vous, vous avez besoin de nous pour la grandeur de notre esprit et de nos races. Nous sommes les deux ailes de l'Occident. Qui brise l'une, le vol de l'autre est brisé. Vienne la guerre! Elle ne rompra point l'étreinte de nos mains et l'essor de nos génies fraternels. »

Ainsi pensait Christophe. Il sentait à quel point les deux peuples se complètent mutuellement, et comme, privés du secours l'un de l'autre, leur esprit, leur art, leur action sont infirmes et boiteux. Pour lui, originaire de ces pays du Rhin, où se mêlent en un flot les deux civilisations, il avait eu, dès son enfance, l'instinct de leur union nécessaire : tout le long de sa vie, l'effort inconscient de son génie avait été de maintenir l'équilibre et l'aplomb des deux puissantes ailes. Plus il était riche de rêves germaniques, plus il avait besoin de la clarté d'esprit et de l'ordre latins. De là, que la France lui était si chère. Il y goûtait le bienfait de se connaître mieux et de se maîtriser. En elle, il était lui-même, tout entier.

Il prenait son parti des éléments qui cherchaient à lui nuire. Il s'assimilait les énergies étrangères à la sienne. Un vigoureux esprit, quand il se porte bien, absorbe toutes les forces, même celles qui lui sont ennemies; et il en fait sa chair. Il vient même un moment où l'on est plus attiré par ce qui vous ressemble le moins : car l'on y trouve une plus abondante pâture.

Christophe avait plus de plaisir aux œuvres d'artistes qu'on lui opposait comme rivaux, qu'à celles de ses imitateurs : car il avait des imitateurs, qui se disaient ses disciples, à son grand désespoir. C'étaient de braves garçons, pleins de vénération pour lui, laborieux, estimables, doués de toutes les vertus. Christophe eût donné beaucoup pour aimer leur musique; mais — (c'était bien sa chance!) — il n'y avait pas moyen : il la trouvait nulle. Il était mille fois plus séduit par le talent de musiciens qui lui étaient personnellement antipathiques et qui représentaient en art des tendances ennemies... Eh! qu'importe? Ceux-ci, du moins, vivaient! La vie est, par elle-même, une telle vertu que qui en est dépourvu, fût-il doué de toutes les autres vertus, ne sera jamais un honnête homme tout à fait, car il n'est pas tout à fait un homme. Christophe disait, en plaisantant, qu'il ne reconnaissait comme disciples que ceux qui le combattaient. Et quand un jeune artiste, qui venait lui parler de sa vocation musicale, croyait s'attirer sa sympathie, en le flagornant, il lui demandait :

« Alors, ma musique vous satisfait? C'est de cette manière que vous exprimeriez votre amour, ou votre haine?

— Oui, maître.

— Eh bien, taisez-vous! Vous n'avez donc rien à dire. »

Cette horreur des esprits soumis, qui sont nés pour obéir, ce besoin de respirer d'autres pensées que la sienne, l'attiraient dans des milieux dont les idées étaient diamétralement opposées aux siennes. Il avait comme amis des gens pour qui son art, sa foi idéaliste, ses conceptions morales étaient lettre morte; ils avaient des façons différentes d'envisager la vie, l'amour, le mariage, la famille, tous les rapports sociaux : de bonnes gens d'ailleurs, mais qui semblaient appartenir à un autre stade de l'évolution morale; les angoisses et les scrupules qui avaient dévoré une partie de la vie de Christophe leur eussent été incompréhensibles. Tant mieux pour eux! Christophe ne désirait pas les leur faire comprendre. Il ne demandait pas aux autres, en pensant comme lui, d'affermir sa pensée : de sa pensée, il était sûr. Il leur demandait d'autres pensées à connaître, d'autres âmes à aimer. Aimer, connaître, toujours plus. Voir et apprendre à voir. Il avait fini, non seulement par admettre chez les autres des tendances d'esprit qu'il avait autrefois combattues, mais par s'en réjouir : car elles lui paraissaient contribuer à la fécondité de l'univers. Il en aimait mieux Georges de ne pas prendre la vie au tragique, comme lui. L'humanité serait trop pauvre et de couleur trop grise, si elle était uniformément revêtue de sérieux moral, ou de la contrainte héroïque dont Christophe était armé. Elle avait besoin de joie, d'insouciance, d'audace irrévérencieuse à l'égard des idoles, même des plus saintes. Vive « *le sel gaulois, qui ravive la terre* »! Le scepticisme et la foi sont tous deux nécessaires. Le scepticisme, qui ronge la foi d'hier, fait la place à la foi de demain... Comme tout s'éclaire pour qui, s'éloignant de la vie, ainsi que d'un beau tableau, voit se fondre en une harmonieuse magie les couleurs divisées, qui, de près se heurtaient!

Les yeux de Christophe s'étaient ouverts à l'infinie variété du monde matériel, comme du monde moral. Ç'avait été une de ses conquêtes, depuis le premier voyage en Italie. A Paris, il s'était lié surtout avec des peintres et des sculpteurs; il trouvait que le meilleur du génie français était en eux. La hardiesse triomphante, avec laquelle ils poursuivaient le mouvement, ils fixaient dans son vol la couleur qui vibre, ils arrachaient les voiles dont s'enveloppe la vie, faisait bondir le cœur, d'allégresse. Richesse inépuisable, pour qui sait voir, d'une goutte de lumière! Que compte, auprès de ces délices souveraines de l'esprit, le vain tumulte des disputes et des guerres!... Mais ces disputes mêmes et ces guerres font partie du merveilleux spectacle. Il faut tout embrasser, et joyeusement jeter dans la fonte ardente de notre cœur et les forces qui nient et celles qui affirment, ennemies et amies, tout le métal de vie. La fin de tout, c'est la statue qui s'élabore en nous, le fruit divin de l'esprit; et tout est bon qui contribue à le rendre plus beau, fût-ce au prix de notre sacrifice. Qu'importe celui qui crée? Il n'y a de réel que ce qu'on crée... Vous ne nous atteignez pas, ennemis qui voulez nous nuire! Nous sommes hors de vos coups... Vous mordez le manteau vide. Il y a beau temps que je suis ailleurs!

Sa création musicale avait pris des formes sereines. Ce n'étaient plus les orages du printemps, qui naguère s'amassaient, éclataient, disparaissaient. C'étaient les blancs nuages de l'été, montagnes de neige et d'or, grands oiseaux de lumière, qui planent avec lenteur et remplissent le ciel... Créer! Moissons qui mûrissent, au soleil calme d'août...

D'abord, une torpeur vague et puissante, l'obscure joie de la grappe pleine, de l'épi gonflé, de la femme enceinte qui couve son fruit mûr. Un bourdonnement d'orgue; la ruche où les abeilles chantent, au fond du panier... De cette musique sombre et dorée, comme un rayon de miel d'automne, peu à peu se détache le rythme qui la mène; la ronde des planètes se dessine; elle tourne...

Alors, la volonté paraît. Elle saute sur la croupe du rêve hennissant qui passe, et le serre entre ses genoux. L'esprit reconnaît les lois du rythme qui l'entraîne; il dompte les forces déréglées, et leur fixe la voie et le but où il va. La symphonie de la raison et de l'instinct s'organise. L'ombre s'éclaire. Sur le long ruban de route qui se déroule, se marquent par étapes des foyers lumineux, qui seront à leur tour dans l'œuvre en création les noyaux de petits mondes planétaires enchaînés à l'enceinte de leur système solaire...

Les grandes lignes du tableau sont désormais arrêtées. A présent, son visage surgit de l'aube incertaine. Tout se précise : l'harmonie des couleurs et le trait des figures. Pour accomplir l'ouvrage, toutes les ressources de l'être sont mises à réquisition. La cassolette de mémoire s'ouvre, et ses parfums s'exhalent. L'esprit déchaîne les sens; il les laisse délirer, et se tait; mais, tapi à l'affût, il guette et il choisit sa proie.

Tout est prêt : l'équipe de manœuvres exécute, avec les matériaux ravis aux sens, l'œuvre dessinée par l'esprit. Il faut au grand architecte de bons ouvriers qui sachent leur métier et ne ménagent point leurs forces. La cathédrale s'achève.

« Et Dieu contemple son œuvre. Et il voit qu'*elle n'est pas bonne encore.* »

L'œil du maître embrasse l'ensemble de sa création; sa main parfait l'harmonie.

Le rêve est accompli. *Te Deum...*

Les blancs nuages de l'été, grands oiseaux de lumière, planent avec lenteur; et le ciel tout entier est couvert de leurs ailes.

*

Il s'en fallait pourtant que sa vie fût réduite à son art. Un homme de sa sorte ne peut se passer d'aimer; et non pas seulement de cet amour égal, que l'esprit de l'artiste répand sur tout ce qui est : non, il faut qu'il *préfère;* il faut qu'il se donne à des êtres de son choix. Ce sont les racines de l'arbre. Par là se renouvelle tout le sang de son cœur.

Le sang de Christophe n'était pas près d'être tari. Un amour le baignait — le meilleur de sa joie. Un double amour, pour la fille de Grazia et le fils d'Olivier. Dans sa pensée, il unissait les deux enfants. Il allait les unir, dans la réalité.

Georges et Aurora s'étaient rencontrés chez Colette. Aurora habitait dans la maison de sa cousine. Elle passait une partie de l'année à Rome, le reste du temps à Paris. Elle avait dix-huit ans, Georges cinq ans de plus. Grande, droite, élégante, la tête petite et la face large, blonde, le teint hâlé, une ombre de duvet sur la lèvre, les yeux clairs dont le regard riant ne se fatiguait pas à penser, le menton un peu charnu, les mains brunes, de beaux bras ronds et robustes et la gorge bien faite, elle avait l'air gai, matériel et fier. Nullement intellectuelle, très peu sentimentale, elle avait hérité de sa mère sa nonchalante paresse. Elle dormait à poings fermés, onze heures, tout d'un trait. Le reste du temps, elle flânait, en riant, à demi éveillée. Christophe la nommait *Dornröschen,* la Belle au Bois dormant. Elle lui rappelait sa petite Sabine. Elle chantait en se couchant, elle chantait en se levant, elle riait sans raison, d'un bon rire enfantin, en avalant son rire, comme un hoquet. On ne savait pas à quoi elle passait ses journées. Tous les efforts de Colette pour la parer de ce brillant factice, qu'on plaque aisément sur l'esprit des jeunes filles, comme un vernis laqué, avaient été perdus : le vernis ne tenait point. Elle n'apprenait rien; elle mettait des mois à lire un livre, qu'elle trouvait très beau, sans pouvoir se souvenir, huit jours après, du titre ni du sujet; elle faisait sans trouble des fautes d'orthographe et, quand elle parlait de choses savantes, commettait des erreurs drolatiques. Elle était rafraîchissante par sa jeunesse, sa gaieté, son manque d'intellectualisme, même par ses défauts, par son étourderie qui touchait quelquefois à l'indifférence, par son naïf égoïsme. Si spontanée, toujours! Cette petite fille simple et paresseuse, savait être, à ses heures, coquette, innocemment : alors, elle tendait ses lignes aux petits jeunes gens, elle faisait de la peinture en plein air, jouait des nocturnes de Chopin, promenait des livres de poésie qu'elle ne lisait point, avait des conversations idéalistes et des chapeaux qui ne l'étaient pas moins.

Christophe l'observait et riait sous cape. Il avait pour Aurora une tendresse paternelle, indulgente et railleuse. Et il avait aussi une piété secrète, qui s'adressait à celle qu'il avait aimée autrefois et qui reparaissait, avec une jeunesse nouvelle, pour un autre amour que le sien. Personne ne connaissait la profondeur que son affection. La seule à la soupçonner était Aurora. Depuis son enfance, elle avait presque toujours vu Christophe auprès d'elle; elle le considérait comme quelqu'un de la famille. Dans ses peines d'autrefois, moins aimée que son frère, elle se rapprochait instinctivement de Christophe. Elle devinait en lui une peine analogue; il voyait son chagrin; et sans se les confier, ils les mettaient en commun. Plus tard, elle avait découvert le sentiment qui unissait sa mère et Christophe; il lui semblait qu'elle était du secret, quoiqu'ils ne l'y eussent jamais associée. Elle connaissait le sens du message, dont elle avait été chargée par Grazia mourante, et de l'anneau qui était maintenant à la main de Christophe. Ainsi, existaient entre elle et lui des liens cachés, qu'elle n'avait pas besoin de comprendre clairement, pour les sentir dans leur complexité. Elle était sincèrement attachée à son vieil ami, bien qu'elle n'eût jamais pu faire l'effort de jouer ou de lire ses œuvres. Assez bonne musicienne pourtant, elle n'avait même pas eu la curiosité de couper les pages d'une partition, qui lui était dédiée. Elle aimait à venir causer familièrement avec lui. — Elle vint plus souvent, quand elle sut qu'elle pouvait rencontrer chez lui Georges Jeannin.

Et Georges, de son côté, n'avait jamais trouvé jusqu'alors tant d'intérêt à la société de Christophe.

Cependant, les deux jeunes gens furent lents à se douter de leurs vrais sentiments. Ils s'étaient vus d'abord, d'un regard moqueur. Ils ne se ressemblaient guère. L'un était vif-argent, et l'autre était eau qui dort. Mais il ne se passa pas beaucoup de temps avant que le vif-argent s'ingéniât à paraître plus calme et que l'eau dormante se réveillât. Georges critiquait la toilette d'Aurora, son goût italien, un léger manque de nuances, une certaine préférence pour les couleurs tranchées. Aurora aimait à railler, imitait plaisamment la façon de parler de Georges, hâtive et un peu précieuse. Et tout en s'en moquant, tous deux prenaient plaisir... était-ce à s'en moquer, ou à s'en entretenir? Même, ils en entretenaient aussi Christophe, qui, loin de les contredire, malicieusement transmettait de l'un à l'autre les petites flèches. Ils affectaient de ne pas s'en soucier; mais ils faisaient la découverte qu'ils s'en souciaient beaucoup trop, au contraire; et incapables, surtout Georges, de cacher leur dépit, ils se livraient, à la première rencontre, de vives escarmouches. Les piqûres étaient légères; ils avaient peur de faire du mal; et la main qui les frappait leur était si chère qu'ils avaient plus de plaisir aux coups qu'ils recevaient qu'à ceux qu'ils portaient. Ils s'observaient curieusement, avec des yeux qui cherchaient les défauts de l'autre et y trouvaient des attraits. Mais ils n'en convenaient point. Chacun, seul avec Christophe, protestait que l'autre lui était insupportable. Ils n'en profitaient pas moins de toutes les occasions que Christophe leur offrait de se rencontrer.

Un jour qu'Aurora était chez son vieil ami et venait de lui annoncer sa visite pour le dimanche suivant, dans la matinée — Georges, entrant en coup de vent, selon son habitude, dit à Christophe qu'il viendrait dimanche, dans l'après-midi. Le dimanche matin, Christophe attendit vainement Aurora. A l'heure indiquée par Georges, elle parut s'excusant d'avoir été empêchée de venir plus tôt; elle broda là-dessus toute une petite histoire. Christophe, qui s'amusait de son innocente rouerie, lui dit :

« C'est dommage. Tu aurais trouvé Georges; il est venu, nous avons déjeuné ensemble; il ne pouvait rester, cet après-midi. »

Aurora, déconfite, n'écoutait plus ce que lui disait Christophe. Il parlait, de bonne humeur. Elle répondait distraitement; elle n'était pas loin de lui en vouloir. On sonna. C'était Georges. Aurora fut saisie. Christophe la regardait, en riant. Elle comprit qu'il s'était moqué d'elle; elle rit et rougit. Il la menaça du doigt, avec malice. Brusquement, avec effusion, elle courut l'embrasser. Il lui soufflait à l'oreille :

« *Biricchina, ladroncella, furbetta...* »

Et elle lui mettait sa main sur la bouche, pour l'obliger à se taire.

Georges ne comprenait rien à ces rires et à ces embrassades. Son air étonné, et même un peu vexé, ajoutait à la joie des deux autres.

Ainsi, Christophe travaillait à rapprocher les deux enfants. Et quand il eut réussi, il se le reprocha presque. Il les aimait autant l'un que l'autre; mais il jugeait plus sévèrement Georges : il connaissait ses faiblesses, il idéalisait Aurora; il se croyait responsable du bonheur de celle-ci plus que de celui de Georges : car il lui semblait que Georges était un peu son fils, était un peu lui-même. Et il se demandait s'il n'était pas coupable, en donnant à l'innocente Aurora un compagnon, qui ne l'était guère.

Mais un jour qu'il passait devant une charmille, où les deux jeunes gens étaient assis — (c'était très peu de temps après leurs fiançailles) — il entendit, avec un serrement de cœur, Aurora, qui questionnait en plaisantant Georges sur une de ses aventures passées, et Georges qui racontait, sans se faire prier. D'autres bribes d'entretiens, dont ils ne se cachaient point, lui montrèrent qu'Aurora était beaucoup plus à l'aise que lui-même dans les idées « morales » de Georges. Très épris l'un de l'autre, ils ne se regardaient pourtant pas comme liés pour toujours; ils apportaient, dans les questions relatives à l'amour et au mariage, un esprit de liberté, qui avait sa beauté, mais qui tranchait singulièrement avec l'ancien système de mutuel dévouement *usque ad mortem*. Et Christophe regardait avec un peu de mélancolie... Qu'ils étaient déjà loin de lui! Comme elle file, la barque qui emporte nos enfants!... Patience! Un jour viendra, on se retrouvera tous au port.

En attendant, la barque ne s'inquiétait guère de la route à suivre; elle flottait à tous les vents du jour. — Cet esprit de liberté, qui tendait à modifier les mœurs d'alors, il eût semblé naturel qu'il s'établît aussi dans les autres domaines de la pensée et de l'action. Mais il n'en était rien : la nature humaine se soucie peu de la contradiction. Dans le même temps que les mœurs devenaient plus libres, l'intelligence le devenait moins; elle demandait à la religion de la remettre au licou. Et ce double mouvement en sens inverse s'effectuait, avec un magnifique illogisme, dans les mêmes âmes. Georges et Aurora s'étaient laissé gagner par le nouveau courant catholique, qui était en train de conquérir une partie des gens du monde et des intellectuels. Rien de plus amusant que de voir Georges, frondeur de nature, impie comme on respire, sans même y prendre garde, qui ne s'était jamais soucié ni de Dieu ni du diable — un vrai petit Gaulois qui se moque de tout —, brusquement déclarer que la vérité était là. Il lui en fallait une; et celle-ci s'accordait avec son besoin d'action, son atavisme de bourgeois français et sa lassitude de la liberté. Le jeune poulain avait assez vagabondé; il revenait, de lui-même, se faire attacher à la charrue de la race. L'exemple de quelques amis avait suffi. Georges, ultra-sensible aux moindres pressions atmosphériques de la pensée environnante, fut un des premiers pris. Et Aurora le suivit, comme elle l'eût suivi n'importe où. Aussitôt, ils se montrèrent sûrs d'eux et méprisants pour ceux qui ne pensaient pas comme eux. O ironie! Ces deux enfants frivoles étaient sincèrement croyants, alors que la pureté morale, le sérieux, l'ardent effort de Grazia et d'Olivier ne leur avaient jamais valu de l'être, malgré tout leur désir.

Christophe observait curieusement cette évolution des âmes. Il n'essayait pas de la combattre, comme l'eût voulu Emmanuel, dont le libre idéalisme s'irritait de ce retour de l'ancien ennemi. On ne combat pas le vent qui passe. On attend qu'il ait passé. La raison humaine était fatiguée. Elle venait de fournir un effort gigantesque. Elle cédait au sommeil; et, comme l'enfant harassé d'une longue journée, avant de s'endormir, elle disait ses prières. La porte des rêves s'était ouverte : à la suite des religions, les souffles théosophiques, mystiques, ésotériques, occultistes. visitaient le cerveau de l'Occident. La philosophie même vacillait. Leurs dieux de la pensée, Bergson, William James, titubaient. Jusqu'à la science, où se manifestaient les signes de fatigue de la raison. Un moment à passer. Laissons-les respirer! Demain, l'esprit se réveillera, plus alerte et plus libre... Le sommeil est bon, quand on a bien travaillé. Christophe, qui n'avait guère eu le temps d'y céder, était heureux que ses enfants en jouissent, à sa place, qu'ils eussent le repos de l'âme, la sécurité de la foi, la confiance absolue, imperturbable, en leurs rêves.

Il n'aurait pas voulu, ni pu, faire échange avec eux. Mais il se disait que la mélancolie de Grazia et l'inquiétude d'Olivier trouvaient l'apaisement dans leurs fils, et que c'était bien, ainsi.

« Tout ce que nous avons souffert, moi, mes amis, tant d'autres qui vivaient avant nous, tout cela fut pour que ces deux enfants atteignissent à la joie... Cette joie, Antoinette, pour qui tu étais faite et qui te fut refusée!... Ah! si les malheureux pouvaient goûter, par avance, le bonheur qui sortira, un jour, de leurs vies sacrifiées! »

Pourquoi eût-il cherché à contester ce bonheur! Il ne faut pas vouloir que les autres soient heureux à notre façon, mais à la leur. Tout au plus, demandait-il doucement à Georges et à Aurora qu'ils n'eussent pas trop de mépris pour ceux qui, comme lui, ne partageaient pas leur foi.

Ils ne se donnaient même pas la peine de discuter avec lui. Ils avaient l'air de se dire :

« Il ne peut pas comprendre... »

Il était pour eux, du passé. Et ils n'attachaient pas au passé une énorme importance! Entre eux, il leur arrivait de causer innocemment de ce qu'ils feraient plus tard, quand Christophe « ne serait plus là »... — Pourtant, ils l'aimaient bien... Terribles enfants! Ils poussent autour de vous, comme des lianes! Cette force de la nature, qui vous chasse...

« Va-t'en! Ote-toi de là! A mon tour!... »

Christophe, qui entendait leur langage muet, avait envie de leur dire :

« Ne vous pressez pas tant! Je me trouve bien ici. Regardez-moi encore comme un vivant! »

Il se divertissait de leur naïve impertinence.

« Dites tout de suite, fit-il avec bonhomie, un jour qu'ils l'avaient accablé de leur air dédaigneux, dites tout de suite que je suis une vieille bête.

— Mais non, mon vieil ami, dit Aurora, en riant de tout son cœur. Vous êtes le meilleur; mais il y a des choses que vous ne savez pas.

— Et que tu sais, petite fille? Voyez la grande sagesse!

— Ne vous moquez pas. Moi, je ne sais pas grand-chose. Mais, lui, Georges, il sait. »

Christophe sourit :

« Oui, tu as raison, petite. Il sait toujours, celui qu'on aime. »

Ce qui lui était beaucoup plus difficile que de se soumettre à leur supériorité intellectuelle, c'était de subir leur musique. Ils mettaient sa patience à une rude épreuve. Le piano ne chômait pas, quand ils venaient chez lui. Il semblait que, pareils aux oiseaux, l'amour éveillât leur ramage. Mais ils n'étaient pas, à beaucoup près, aussi habiles à chanter. Aurora ne se faisait pas d'illusion sur son talent. Il n'en était pas de même pour celui de son fiancé; elle ne voyait aucune différence entre le jeu de Georges et celui de Christophe. Peut-être préférait-elle la façon de Georges. Et celui-ci, malgré sa finesse ironique, n'était pas loin de se laisser convaincre par la foi de son amoureuse. Christophe n'y contredisait pas; malicieusement, il abondait dans le sens de la jeune fille (quand il ne lui arrivait pas, toutefois, de quitter la place, excédé, en frappant les portes un peu fort). Il écoutait, avec un sourire affectueux et apitoyé, Georges jouant au piano *Tristan*. Ce pauvre petit bonhomme mettait, à traduire ces pages formidables, une conscience appliquée, une douceur aimable de jeune fille, pleine de bons sentiments. Christophe riait tout seul. Il ne voulait pas dire au jeune garçon pourquoi il riait. Il l'embrassait. Il l'aimait bien, ainsi. Il l'aimait peut-être mieux... Pauvre petit!... O vanité de l'art!...

*

Il s'entretenait souvent de « ses enfants » — (il les nommait ainsi) — avec Emmanuel. Emmanuel, qui avait de l'affection pour Georges, disait, en plaisantant, que Christophe aurait dû le lui céder; il avait déjà Aurora : ce n'était pas juste, il accaparait tout.

Leur amitié était devenue quasi légendaire dans le monde parisien, quoiqu'ils vécussent à l'écart. Emmanuel s'était pris d'une passion pour Christophe. Il ne voulait pas la lui montrer, par orgueil; il la cachait sous des façons brusques; il le rudoyait parfois. Mais Christophe n'en était pas dupe. Il savait combien ce cœur lui était maintenant dévoué, et il en connaissait le prix. Ils ne passaient pas de semaine, sans se voir deux ou trois fois. Quand leur mauvaise santé les empêchait de sortir, ils s'écrivaient. Des lettres qui semblaient venir de régions éloignées. Les événements extérieurs les intéressaient moins que certains progrès de l'esprit dans les sciences et dans l'art. Ils vivaient en leur pensée, méditant sur leur art, ou distinguant, sous le chaos des faits, la petite lueur inaperçue qui marque dans l'histoire de l'esprit humain.

Le plus souvent, Christophe venait chez Emmanuel. Bien que, depuis une récente maladie, il ne fût pas mieux portant que son ami, ils avaient pris l'habitude de trouver naturel que la santé d'Emmanuel eût droit à plus de ménagements. Christophe ne montait plus sans peine les six étages d'Emmanuel; et quand il était arrivé, il lui fallait un bon moment avant de reprendre haleine. Ils savaient aussi mal se soigner l'un que l'autre. En dépit de leurs bronches malades et de leurs accès d'oppression, ils étaient des fumeurs enragés. C'était une des raisons pour lesquelles Christophe préférait que leurs rendez-vous eussent lieu chez Emmanuel, plutôt que chez lui : car Aurora lui faisait la guerre, pour sa manie de fumer; et il se cachait d'elle. Il arrivait aux deux amis d'être pris de quintes de toux, au milieu de leurs discours; alors, ils devaient s'interrompre et se regardaient en riant, comme des écoliers en faute; et parfois l'un des deux faisait la leçon à celui qui toussait; mais le souffle revenu, l'autre protestait avec énergie que la fumée n'y était pour rien.

Sur la table d'Emmanuel, dans un espace libre au milieu de ses papiers, était couché un chat gris, qui regardait les deux fumeurs, gravement, d'un air de reproche. Christophe disait qu'il était leur conscience vivante; pour l'étouffer, il mettait son chapeau dessus. C'était un chat malingre, de l'espèce la plus vulgaire, qu'Emmanuel avait ramassé dans la rue, à demi assommé; il ne s'était jamais bien remis des brutalités, mangeait peu, jouait à peine, ne faisait aucun bruit; très doux, suivant son maître de ses yeux intelligents, malheureux, quand il n'était point là, content d'être couché sur la table, près de lui, ne se laissant distraire de sa méditation que pour contempler, pendant des heures d'extase, la cage où voletaient des oiseaux inaccessibles, ronronnant poliment à la moindre marque d'attention, se prêtant avec patience aux caresses capricieuses d'Emmanuel, un peu rudes de Christophe, et prenant toujours garde de ne griffer ni mordre. Il était délicat : un de ses yeux pleurait; il toussotait; s'il avait pu parler, il n'eût certes pas eu l'effronterie de soutenir, comme les deux amis, « que la fumée n'y était pour rien »; mais d'eux, il acceptait tout; il avait l'air de penser :

« Ils sont des hommes, ils ne savent ce qu'ils font. »

Emmanuel s'était attaché à lui, parce qu'il trouvait une analogie entre le sort de cette bête souffreteuse et le sien. Christophe prétendait que les ressemblances s'étendaient jusqu'à l'expression du regard.

« Pourquoi pas? » disait Emmanuel.

Les animaux reflètent leur milieu. Leur physionomie s'affine, selon les maîtres qu'ils fréquentent. Le chat d'un imbécile n'a pas le même regard que le chat d'un homme d'esprit. Un animal domestique peut devenir bon ou méchant, franc ou sournois, fin ou stupide, non seulement suivant les leçons que lui donne son maître, mais selon ce qu'est son maître. Il n'est même pas besoin de l'influence des hommes. Les lieux modèlent les bêtes, à leur image. Un paysage intelligent illumine les yeux des animaux. — Le chat gris d'Emmanuel était en harmonie avec la mansarde étouffée et le maître infirme, qu'éclairait le ciel parisien.

Emmanuel s'était humanisé. Il n'était plus le même qu'aux premiers temps de sa connaissance avec Christophe. Une tragédie domestique l'avait profondément ébranlé. Sa compagne, à qui il avait fait sentir trop clairement, dans une heure d'exaspération, la lassitude que lui causait le poids de son affection, avait brusquement disparu. Il l'avait cherchée, toute une nuit, bouleversé d'inquiétudes. Il avait fini par la trouver dans un poste de police. Elle avait voulu se jeter dans la Seine; un passant l'avait retenue par ses vêtements, au moment où elle enjambait le parapet d'un pont; elle avait refusé de donner son adresse et son nom; elle voulait recommencer. Le spectacle de cette douleur accabla Emmanuel; il ne pouvait supporter la pensée qu'après avoir souffert des autres, il faisait souffrir à son tour. Il ramena chez lui la désespérée, il s'appliqua à panser la blessure qu'il avait ouverte, à rendre à l'exigeante amie la confiance dans l'affection qu'elle voulait de lui. Il avait fait taire ses révoltes, il s'était résigné à cet amour absorbant, il lui avait voué ce qu'il lui restait de vie. Toute la sève de son génie avait reflué à son cœur. Cet apôtre de l'action en était arrivé à croire qu'il n'y avait qu'une action qui fût bonne : ne pas faire de mal. Son rôle était fini. Il semblait que la Force qui soulève les grandes marées humaines ne se fût servie de lui que comme d'un instrument, pour déchaîner l'action. Une fois l'ordre accompli, il n'était plus rien : l'action continuait sans lui. Il la regardait continuer, à peu près résigné aux injustices qui le touchaient personnellement, pas tout à fait à celles qui concernaient sa foi. Car bien que, libre penseur, il se prétendît affranchi de toute religion et qu'il traitât, en plaisantant, Christophe de clérical déguisé, il avait son autel, comme tout esprit puissant, qui défie les rêves auxquels il se sacrifie. L'autel était déserté, maintenant; et Emmanuel en souffrait. Comment voir sans douleur les saintes idées qu'on a eu tant de peine à faire vaincre, pour lesquelles les meilleurs, depuis un siècle, ont souffert mille tourments, foulées aux pieds par ceux qui viennent! Tout ce magnifique héritage de l'idéalisme français — cette foi dans la Liberté, qui eut ses saints, ses héros, ses martyrs, cet amour de l'humanité, cette aspiration religieuse à la fraternité des nations et des races — avec quelle aveugle brutalité ces jeunes gens le saccagent! Quel délire les a pris de regretter les monstres que nous avons vaincus, de se remettre sous le joug que nous avions brisé, de rappeler à grands cris le règne de la Force, et de rallumer la haine, la démence de la guerre dans le cœur de ma France.

« Ce n'est pas seulement en France, c'est dans le monde entier, disait Christophe, d'un air riant. De l'Espagne à la Chine, la même bourrasque souffle. Plus un coin où l'on puisse s'abriter contre le vent! Vois, cela devient comique : jusqu'à ma Suisse, qui se fait nationaliste!

— Tu trouves cela consolant?

— Assurément. On voit là que de tels courants ne sont pas dus aux ridicules passions de quelques hommes, mais à un Dieu caché qui mène l'univers. Et devant ce Dieu, j'ai appris à m'incliner. Si je ne comprends pas, c'est ma faute, non la sienne. Essaie de le comprendre. Mais qui de vous s'en inquiète? Vous vivez au jour le jour, vous ne voyez pas plus loin que la borne prochaine, et vous vous imaginez qu'elle marque le terme du chemin; vous voyez la vague qui vous emporte, et vous ne voyez pas la mer! La vague d'aujourd'hui, c'est la vague d'hier, la nôtre, qui lui a imprimé son élan. La vague d'aujourd'hui creusera le sillon de la vague de demain, qui la fera oublier, comme on oublie la nôtre. Je n'admire ni ne crains le nationalisme de l'heure présente. Avec l'heure, il s'écoule, il passe, il est passé. Il est un degré de l'échelle. Monte au faîte! Il est le sergent-fourrier de l'armée qui va venir. Ecoute déjà sonner ses tambours et ses fifres!... »

(Christophe battait du tambour sur la table, où le chat, réveillé, sursauta.)

...Chaque peuple, aujourd'hui, sent l'impérieux besoin de rassembler ses forces et d'en dresser le bilan. C'est que, depuis un siècle, les peuples se sont transformés par leur pénétration mutuelle et par l'immense apport de toutes les intelligences de l'univers, bâtissant la morale, la science, la foi nouvelles. Il faut que chacun fasse son examen de conscience et sache exactement ce qu'il est et quel est son bien, avant d'entrer, avec les autres, dans le nouveau siècle. Un nouvel âge vient. L'humanité va signer un nouveau bail avec la vie. Sur de nouvelles lois, la société va revivre. C'est dimanche, demain. Chacun fait ses comptes de la semaine, chacun lave son logis et veut sa maison nette, avant de s'unir aux autres, devant le Dieu commun, et de conclure avec lui le nouveau pacte d'alliance.

Emmanuel regardait Christophe; et ses yeux reflétaient la vision qui passait. Il se tut, quelque temps après que l'autre eut parlé; puis, il dit :

« Tu es heureux, Christophe! Tu ne vois pas la nuit.

— Je vois dans la nuit, dit Christophe. J'y ai assez vécu. Je suis un vieux hibou. »

*

Vers cette époque, ses amis remarquèrent un changement dans ses manières. Il était souvent distrait, comme absent. Il n'écoutait pas bien ce qu'on lui disait. Il avait l'air absorbé et souriant. Quand on lui faisait remarquer ses distractions, il s'excusait affectueusement. Il parlait de lui, parfois, à la troisième personne :

« Krafft vous fera cela... »

ou...

« Christophe rira bien... »

Ceux qui ne le connaissaient pas, disaient :

« Quelle infatuation de soi! »

Et c'était tout le contraire. Il se voyait du dehors,

comme un étranger. Il en était à l'heure où l'on se désintéresse même de la lutte livrée pour le beau, parce qu'après avoir accompli sa tâche, on a tendance à croire que les autres accompliront la leur et qu'au bout du compte, ainsi que dit Rodin, « *le beau finira toujours par triompher* ». Les méchancetés et les injustices ne le révoltaient plus. — Il se disait, en riant, que ce n'était pas naturel, que la vie se retirait de lui. De fait, il n'avait plus sa vigueur de naguère. Le moindre effort physique, une longue marche, une course rapide, le fatiguaient. Il était tout de suite hors d'haleine : le cœur lui faisait mal. Il pensait quelquefois à son vieil ami Schulz. Il ne parlait pas aux autres de ce qu'il éprouvait. A quoi bon, n'est-ce pas? On ne peut que les inquiéter, et on ne se guérit pas. D'ailleurs, il ne prenait pas au sérieux ces malaises. Beaucoup plus que d'être malade, il craignait qu'on ne l'obligeât à se soigner.

Par un secret pressentiment, il fut pris d'un désir de revoir encore le pays. C'était un projet qu'il remettait, d'année en année. Il se dit que, l'année prochaine... Il ne le remit plus, cette fois.

Il partit en cachette, sans avertir personne. Le voyage fut court. Christophe ne retrouva plus rien de ce qu'il venait chercher. Les transformations qui s'annonçaient, à son dernier passage, étaient maintenant accomplies : la petite ville était devenue une grande ville industrielle. Les vieilles maisons avaient disparu. Disparu, le cimetière. A la place de la ferme de Sabine, une usine dressait ses hautes cheminées. Le fleuve avait achevé de ronger les prairies, où Christophe jouait, enfant. Une rue (quelle rue!) entre d'immondes bâtisses, portait son nom. Tout était mort du passé, la mort même... Soit! La vie continuait; peut-être d'autres petits Christophe rêvaient, souffraient, luttaient, dans les masures de cette rue décorée de son nom. — A un concert de la gigantesque *Tonhalle*, il entendit exécuter, au rebours de sa pensée, une de ses œuvres; il la reconnut à peine... Soit! Mal comprise, elle suscitera peut-être des énergies nouvelles. Nous avons semé le grain. Faites-en ce qu'il vous plaît : nourrissez-vous de nous! — Christophe, se promenant, à la tombée de la nuit, dans les champs autour de la ville, sur lesquels de grands brouillards allaient flottant, pensait aux grands brouillards qui allaient aussi envelopper sa vie, aux êtres aimés, disparus de la terre, réfugiés dans son cœur, que la nuit qui tombait recouvrirait, avec lui... Soit! Soit! Je ne te crains pas, ô nuits, couveuse de soleils! Pour un astre qui s'éteint, des milliers d'autres s'allument. Comme un bol de lait qui bout, le gouffre de l'espace déborde de lumière. Tu ne m'éteindras point. Le souffle de la mort fera reflamber ma vie...

Au retour d'Allemagne, Christophe voulut s'arrêter dans la ville où il avait connu Anna. Depuis qu'il l'avait quittée, il ne savait plus rien d'elle. Il n'aurait pas osé demander de ses nouvelles. Pendant des années, le nom seul le faisait trembler... — A présent, il était calme, il ne craignait plus rien. Mais le soir, dans sa chambre d'hôtel, qui donnait sur le Rhin, le chant connu des cloches qui sonnaient pour la fête du lendemain ressuscita les images du passé. Du fleuve montait vers lui l'odeur du danger lointain, qu'il avait peine à comprendre. Il passa toute la nuit à se le remémorer. Il se sentait affranchi du redoutable Maître; et ce lui était une triste douceur. Il n'était pas décidé sur ce qu'il ferait, le lendemain. Il eut, un instant, l'idée — (le passé était si loin!) — de faire visite aux Braun. Mais le lendemain, le courage lui manqua; il ne se risqua même pas à demander, à l'hôtel, si le docteur et sa femme vivaient encore. Il décida de partir...

A l'heure de partir, une force irrésistible le poussa au temple où allait jadis Anna; il se plaça derrière un pilier, d'où il pouvait voir le banc sur lequel, autrefois, elle venait s'agenouiller. Il attendit, certain que, si elle vivait, elle viendrait encore là.

Une femme vint, en effet; et il ne la reconnut pas. Elle était semblable à d'autres : corpulente, la face pleine, au menton gras, l'expression indifférente et dure. Vêtue de noir. Elle s'assit à son banc, et resta immobile. Elle ne semblait ni prier, ni entendre; elle regardait devant elle. Rien, en cette femme, ne rappelait celle que Christophe attendait. Une ou deux fois seulement, un geste maniaque, comme pour effacer les plis de sa robe sur les genoux. Jadis, *elle* avait ce geste... A la sortie, elle passa près de lui, lentement, la tête droite, les mains avec son livre croisées au-dessus du ventre. Un instant, se posa sur les yeux de Christophe la lueur de ses yeux sombres et ennuyés. Et ils ne se reconnurent point. Elle passa, droite et raide, sans tourner la tête. Ce ne fut qu'un instant après qu'il reconnut soudain dans un éclair de mémoire, sous le sourire glacé, à certain pli des lèvres, la bouche qu'il avait baisée... Le souffle lui manqua, et ses genoux fléchirent. Il pensait :

« Seigneur, est-ce là ce corps, où habitait celle que j'ai aimée? Où est-elle? Où est-elle? Et où suis-je moi-même? Où est celui qui l'aima? Que reste-t-il de nous et du cruel amour qui nous a dévorés? — La cendre. Où est le feu? »

Et son Dieu lui répondit :

« En moi. »

Alors, il releva les yeux; et, pour la dernière fois, il l'aperçut — au milieu de la foule — qui sortait par la porte, au soleil.

Ce fut peu après son retour à Paris, qu'il fit la paix avec son vieil ennemi Lévy-Cœur. Celui-ci l'avait longtemps attaqué, avec autant de malicieux talent que de mauvaise foi. Puis, arrivé au faîte du succès, repu d'honneurs, rassasié, apaisé, il avait eu l'esprit de reconnaître secrètement la supériorité de Christophe; et il lui avait fait des avances. Attaques et avances, Christophe feignait de ne rien remarquer. Lévy-Cœur s'était lassé. Ils habitaient le même quartier, et se rencontraient souvent. Ils n'avaient pas l'air de se connaître. Christophe laissait, au passage, tomber son regard sur Lévy-Cœur, comme s'il ne le voyait pas. Cette façon tranquille de le nier exaspérait Lévy-Cœur.

Il avait une fille de dix-huit ans, jolie, fine, élégante, avec un profil de petit mouton, une auréole de cheveux blonds qui frisottaient, de doux yeux coquets, et un sourire de Luini. Ils se promenaient ensemble; Christophe les croisait dans les allées du Luxembourg : ils semblaient très intimes; la jeune fille s'appuyait gentiment au bras du père. Christophe qui, pour être distrait, n'en remarquait pas moins les jolis visages, avait un faible pour celui-ci. Il pensait de Lévy-Cœur :

« L'animal a de la chance! »

Mais il ajoutait fièrement :

« Moi aussi, j'ai une fille. »

Et il les comparait. Cette comparaison, où sa partialité donnait tout l'avantage à Aurora, avait fini par créer dans son esprit une sorte d'amitié imaginaire entre les deux jeunes filles, qui s'ignoraient, et même, sans qu'il s'en aperçût, par le rapprocher de Lévy-Cœur.

En revenant d'Allemagne il apprit que « le petit mouton » était mort. Son égoïsme paternel pensa aussitôt :

« Si c'était la mienne qui avait été frappée! »

Et il fut pris d'une immense pitié pour Lévy-Cœur. Sur le premier moment, il voulut lui écrire; il commença deux lettres; il ne fut pas satisfait, il eut une mauvaise honte : il ne les envoya pas. Mais, quelques jours plus tard, rencontrant de nouveau Lévy-Cœur, la figure ravagée, ce fut plus fort que lui : il alla droit au malheureux, il lui tendit les mains. Lévy-Cœur, sans raisonner non plus, les saisit. Christophe dit :

« Vous l'avez perdue! »

Son accent d'émotion pénétra Lévy-Cœur. Il en éprouva une reconnaissance indicible... Ils échangèrent des paroles douloureuses et confuses. Quand ils se quittèrent après, plus rien ne subsistait de ce qui les avait divisés. Ils s'étaient combattus : c'était fatal, sans doute; que chacun accomplisse la loi de sa nature! Mais lorsqu'on voit arriver la fin de la tragi-comédie, on dépose les passions dont on était masqué, et l'on se retrouve face à face — deux hommes qui ne valent pas beaucoup mieux l'un que l'autre, et qui ont bien le droit, après avoir joué leur rôle comme ils ont pu, de se donner la main.

*

Le mariage de Georges et d'Aurora avait été fixé aux premiers jours du printemps. La santé de Christophe déclinait rapidement. Il avait remarqué que ses enfants l'observaient, d'un air inquiet. Une fois, il les entendit, qui causaient à mi-voix. Georges disait :

« Comme il a mauvaise mine! Il est capable de tomber malade. »

Et Aurora répondait :

« Pourvu qu'il n'aille pas retarder notre mariage! »

Il se l'était tenu pour dit. Pauvres petits! Bien sûr qu'il n'irait pas troubler leur bonheur!

Mais il fut assez maladroit, l'avant-veille du mariage — (il s'était ridiculement agité, les derniers jours; on eût dit que c'était lui qui allait se marier), il fut assez sot pour se laisser reprendre par son mal ancien, un réveil de la vieille pneumonie, dont la première attaque remontait à l'époque de la Foire sur la Place. Il se traita d'imbécile. Il jura qu'il ne céderait pas, avant que le mariage ne fût fait. Il songeait à Grazia mourante, qui n'avait pas voulu l'avertir de sa maladie, à la veille d'un concert, afin qu'il ne fût pas distrait de sa tâche et de son plaisir. Cette pensée lui souriait, de faire maintenant pour sa fille — pour elle — ce qu'elle avait fait pour lui. Il cacha donc son mal; mais il eut de la peine à tenir jusqu'au bout. Toutefois, le bonheur de ses deux enfants le rendait si heureux qu'il réussit à soutenir, sans faiblesse, la longue épreuve de la cérémonie religieuse. A peine rentré à la maison, chez Colette, ses forces le trahirent; il eut juste le temps de s'enfermer dans une chambre, et il s'évanouit. Un domestique le trouva ainsi. Christophe, revenu à lui, fit défense d'en parler aux mariés, qui partaient le soir, en voyage. Ils étaient trop occupés d'eux-mêmes, pour remarquer rien autre. Ils le quittèrent gaiement, promettant de lui écrire demain, après-demain...

Aussitôt qu'ils furent partis, Christophe s'alita. La fièvre le prit, et ne le quitta plus. Il était seul. Emmanuel, malade aussi, ne pouvait venir. Christophe ne vit pas le médecin. Il ne jugeait pas son état inquiétant. D'ailleurs, il n'avait pas de domestiques, pour chercher un médecin. La femme de ménage, qui venait, deux heures, le matin, ne s'intéressait pas à lui; et il trouva moyen de se priver de ses services. Il l'avait priée, dix fois, quand elle faisait la chambre, de ne pas toucher à ses papiers. Elle était obstinée; elle jugea le moment venu pour faire ses volontés, maintenant qu'il avait la tête clouée sur l'oreiller. Dans la glace de l'armoire, il la vit, de son lit, qui bouleversait tout, dans la pièce à côté. Il fut si furieux — (non décidément, le vieil homme n'était pas mort en lui!) — qu'il sauta de ses draps, pour lui arracher des mains un paquet de paperasses et la mettre à la porte. Sa colère lui valut un bon accès de fièvre et le départ de la servante qui, vexée, ne revint plus, sans même se donner la peine de prévenir « ce vieux fou », comme elle l'appelait. Il resta donc, malade, sans personne pour le servir. Il se levait, le matin, pour prendre le pot de lait, déposé à sa porte, et pour voir si la concierge n'avait pas glissé sous le seuil la lettre promise des amoureux. La lettre n'arrivait pas; ils l'oubliaient, dans leur bonheur. Il ne leur en voulait pas; il se disait qu'à leur place, il en eût fait autant. Il songeait à leur insouciante joie, et que c'était lui qui la leur avait donnée.

Il allait un peu mieux et commençait à se lever, lorsqu'arriva enfin la lettre d'Aurora. Georges s'était contenté d'y joindre sa signature. Aurora s'informait peu de Christophe, lui donnait peu de nouvelles; mais en revanche, elle le chargeait d'une commission : elle le priait de lui expédier un tour de cou, qu'elle avait oublié chez Colette. Bien que ce ne fût guère important, — (Aurora n'y avait songé qu'au moment d'écrire à Christophe, et parce qu'elle cherchait ce qu'elle pourrait bien lui raconter), — Christophe, tout joyeux d'être bon à quelque chose, sortit pour chercher l'objet. Un temps de giboulées. L'hiver faisait un retour offensif. Neige fondue, vent glacial. Pas de voitures. Christophe attendit, dans un bureau d'expéditions. L'impolitesse des employés et leur lenteur voulue le jetèrent dans une irritation, qui n'avança pas les affaires. Son était maladif était cause, en partie, de ces accès de colère, que le calme de son esprit désavouait; ils ébranlaient son corps, comme, sous la cognée, les derniers frissons du chêne qui va tomber. Il revint, transi. La concierge, en passant, lui remit une coupure de revue. Il y jeta les yeux. C'était un méchant article, une attaque contre lui. Elles se faisaient rares, maintenant. Il n'y avait pas de plaisir à attaquer qui ne s'aperçoit pas de vos coups! Les plus acharnés se laissaient gagner, tout en le détestant, par une estime qui les irritait.

« *On croit,* avouait Bismarck, comme à regret, *que rien n'est plus involontaire que l'amour. L'estime l'est bien davantage...* »

Mais l'auteur de l'article était de ces hommes forts qui, mieux armés que Bismarck, échappent aux atteintes de l'estime et de l'amour. Il parlait de Christophe, en termes outrageants, et annonçait, pour la quinzaine suivante, une suite à ses attaques. Christophe se mit à rire, et dit, en se recouchant :

« Il sera bien attrapé! Il ne me trouvera plus chez moi. »

On voulait qu'il prît une garde pour le soigner; il s'y refusa obstinément. Il disait qu'il avait vécu seul, que c'était bien le moins qu'il eût le bénéfice de sa solitude, en un pareil moment.

Il ne s'ennuyait pas. Dans ces dernières années, il était

constamment occupé à des dialogues avec lui-même, comme si son âme était double; et, depuis quelques mois, sa société intérieure s'était beaucoup accrue : non plus deux âmes, mais dix logeaient en lui. Elles conversaient; plus souvent, elles chantaient. Il prenait part à l'entretien, ou se taisait pour écouter. Il avait toujours sur son lit, sur sa table, à portée de sa main, du papier à musique sur lequel il notait leurs propos et les siens, en riant des reparties. Habitude machinale; les deux actes : penser et écrire, étaient devenus presque simultanés; chez lui, écrire était penser en pleine clarté. Tout ce qui le distrayait de la compagnie de ses âmes, le fatiguait, l'irritait. Même, à certains moments, les amis qu'il aimait le mieux. Il faisait effort pour ne pas trop le leur montrer; mais cette contrainte le mettait dans une lassitude extrême. Il était tout heureux de se retrouver ensuite : car il s'était perdu; impossible d'entendre les voix intérieures, au milieu des bavardages humains. Divin silence!...

Il permit seulement que le concierge, ou l'un de ses enfants vînt, deux ou trois fois par jour, voir ce dont il avait besoin. Il leur donnait aussi les billets, que, jusqu'au dernier jour, il continua d'échanger avec Emmanuel. Les deux amis étaient presque aussi malades l'un que l'autre; ils ne se faisaient pas d'illusion. Par des chemins différents, le libre génie religieux de Christophe et le libre génie sans religion d'Emmanuel étaient parvenus à la même sérénité fraternelle. De leur écriture tremblante, qu'ils avaient de plus en plus de peine à lire, ils causaient, non de leur maladie, mais de ce qui avait toujours fait l'objet de leurs entretiens : de leur art, de l'avenir de leurs idées.

Jusqu'au jour où, de sa main qui défaillait, Christophe traça le mot du roi de Suède, mourant, dans la bataille :

« *Ich habe genug, Bruder; rette dich*[1]*!* »

*

Comme une succession d'étages, il embrassait l'ensemble de sa vie... L'immense effort de sa jeunesse pour prendre possession de soi, les luttes acharnées pour conquérir sur les autres le simple droit de vivre, pour se conquérir sur les démons de sa race. Même après la victoire, l'obligation

1. « J'ai mon compte, frère, sauve-toi! »

de veiller, sans trêve, sur sa conquête, afin de la défendre contre la victoire même. La douceur, les épreuves de l'amitié, qui rouvre au cœur isolé par la lutte la grande famille humaine. La plénitude de l'art, le zénith de la vie. Régner orgueilleusement sur son esprit conquis. Se croire souverain de son destin. Et soudain, rencontrer, au détour du chemin, les cavaliers de l'Apocalypse, le Deuil, la Passion, la Honte, l'avant-garde du Maître. Renversé, piétiné par les sabots des chevaux, se traîner tout sanglant jusqu'aux sommets où flambe, au milieu des nuées, le feu sauvage qui purifie. Se trouver face à face avec Dieu. Lutter ensemble, comme Jacob avec l'ange. Sortir du combat brisé. Adorer sa défaite, comprendre ses limites, s'efforcer d'accomplir la volonté du Maître, dans le domaine qu'il nous a assigné. Afin, quand les labours, les semailles, la moisson, quand le dur et beau labeur sera achevé, d'avoir gagné le droit de se reposer au pied des monts ensoleillés et de leur dire :

« Bénis vous êtes! Je ne goûterai pas votre lumière. Mais votre ombre m'est douce... »

Alors, la bien-aimée lui était apparue; elle l'avait pris par la main; et la mort, en brisant les barrières de son corps, avait, dans l'âme de l'ami, fait couler l'âme de l'amie. Ensemble, ils étaient sortis de l'ombre des jours, et ils avaient atteint les bienheureux sommets, où, comme les trois Grâces, en une noble ronde, le passé, le présent, l'avenir se tiennent par la main, où le cœur apaisé regarde à la fois naître et finir les chagrins et les joies, où tout est Harmonie...

Il était trop pressé, il se croyait déjà arrivé. Et l'étau qui serrait sa poitrine haletante, et le délire tumultueux des images qui heurtaient sa tête brûlante, lui rappelaient qu'il restait la dernière étape, la plus dure à fournir... En avant!...

Il était cloué dans son lit, immobile. A l'étage au-dessus, une sotte petite femme pianotait, pendant des heures. Elle ne savait qu'un morceau; elle répétait inlassablement les mêmes phrases; elle y avait tant de plaisir! Elles lui étaient une joie et une émotion de toutes les couleurs. Et Christophe comprenait son bonheur; mais il en était agacé, à pleurer. Si du moins elle ne tapait pas si fort! Le bruit était aussi odieux à Christophe que le vice... Il finit par se résigner. C'était dur d'apprendre à ne plus entendre. Pourtant, il y eut moins de peine qu'il n'eût pensé. Il s'éloignait de son corps. Ce corps malade et grossier... Quelle indignité d'y avoir été enfermé, tant d'années! Il le regardait s'user, et il pensait :

« Il n'en a plus pour longtemps. »

Il se demanda, pour tâter le pouls à son égoïsme humain :

« Que préférerais-tu? Ou que le souvenir de Christophe, de sa personne et de son nom s'éternisât et que son œuvre disparût? Ou que son œuvre durât et qu'il ne restât aucune trace de ta personne et de ton nom? »

Sans hésiter, il répondit :

« Que je disparaisse, et que mon œuvre dure! J'y gagne doublement : car il ne restera de moi que le plus vrai, que le seul vrai. Périsse Christophe!... »

Mais, peu de temps après, il sentit qu'il devenait aussi étranger à son œuvre qu'à lui-même. L'enfantine illusion de croire à la durée de son art! Il avait la vision nette non seulement du peu qu'il avait fait, mais de la destruction qui guette toute la musique moderne. Plus vite que toute autre, la langue musicale se brûle; au bout d'un siècle ou deux, elle n'est plus comprise que de quelques initiés. Pour qui existent encore Monteverdi et Lully? Déjà, la mousse ronge les chênes de la forêt classique. Nos constructions sonores, où chantent nos passions, seront des temples vides, s'écrouleront dans l'oubli... Et Christophe s'étonnait de contempler ces ruines, et de n'en être pas troublé.

« Est-ce que j'aime moins la vie? » se demandait-il étonné.

Mais il comprit aussitôt qu'il l'aimait beaucoup plus... Pleurer sur les ruines de l'art? Elles n'en valent pas la peine. L'art est l'ombre de l'homme, jetée sur la nature. Qu'ils disparaissent ensemble, lampés par le soleil! Ils m'empêchent de le voir... L'immense trésor de la nature passe à travers nos doigts. L'intelligence humaine veut prendre l'eau qui coule, dans les mailles d'un filet. Notre musique est illusion. Notre échelle des sons, nos gammes sont invention. Elles ne correspondent à aucun son vivant. C'est un compromis de l'esprit entre les sons réels, une application du système métrique à l'infini mouvant. L'esprit avait besoin de ce mensonge, pour comprendre l'incompréhensible; et, comme il voulait y croire, il y a cru. Mais cela n'est pas vrai. Cela n'est pas vivant. Et la jouissance, que donne à l'esprit cet ordre créé par lui, n'a été obtenue qu'en faussant l'intuition directe de ce qui est. De temps en temps, un génie, en contact passager avec la terre, aperçoit brusquement le torrent du réel, qui déborde les cadres de l'art. Les digues craquent. La nature rentre par une fissure. Mais aussitôt après, la fente est bouchée. Sauvegarde nécessaire pour la raison humaine! Elle périrait, si ses yeux rencontraient les yeux de Jéhovah. Alors, elle recommence à cimenter sa cellule, où rien n'entre du dehors, qu'elle n'ait élaboré. Et cela est beau, peut-être, pour ceux qui ne veulent pas voir... Mais moi, je veux voir ton visage, Jéhovah! Dût-il m'anéantir, je veux entendre le tonnerre de ta voix. Le bruit de l'art me gêne. Que l'esprit se taise! Silence à l'homme!...

Mais quelques minutes après ces beaux discours, il chercha, en tâtonnant, une des feuilles de papier, éparses sur les draps, et il essaya encore d'y écrire quelques notes. Lorsqu'il s'aperçut de sa contradiction, il sourit, et il dit :

« O ma vieille compagne, ma musique, tu es meilleure que moi. Je suis un ingrat, je te congédie. Mais toi, tu ne me quittes point; tu ne te laisses pas rebuter par mes caprices. Pardon! tu le sais bien, ce sont des boutades. Je ne t'ai jamais trahie, tu ne m'as jamais trahi, nous sommes sûrs l'un de l'autre. Nous partirons ensemble, mon amie. Reste avec moi, jusqu'à la fin! »

Il venait de se réveiller d'une longue torpeur, lourde de fièvre et de rêves. D'étranges rêves, dont il était encore imprégné. Et maintenant, il se regardait, il se touchait, il se cherchait, il ne se retrouvait plus. Il lui semblait qu'il était « un autre ». Un autre, plus cher que lui-même... Qui donc?... Il lui semblait qu'en rêve, un autre s'était incarné en lui. Olivier? Grazia?... Son cœur, sa tête étaient si faibles! Il ne distinguait plus entre ses aimés. A quoi bon distinguer? Il les aimait tous autant.

Il restait ligoté, dans une sorte de béatitude accablante. Il ne voulait pas bouger. Il savait que la douleur, embusquée, le guettait, comme le chat et la souris. Il faisait le mort. Déjà!... Personne dans la chambre. Au-dessus de sa tête, le piano s'était tu. Solitude. Silence. Christophe soupira.

« Qu'il est bon de se dire, à la fin de sa vie, qu'on n'a jamais été seul, même quand on l'était le plus! Âmes que j'ai rencontrées sur ma route, frères qui m'avez, un instant, donné la main, esprits mystérieux éclos de ma pensée, morts et vivants — tous vivants —, ô tout ce que j'ai aimé, tout ce que j'ai créé! Vous m'entourez de votre chaude étreinte, vous me veillez, j'entends la musique de vos voix. Béni soit le destin, qui m'a fait don de vous! Je suis riche, je suis riche... Mon cœur est rempli!... »

Il regardait la fenêtre... Un de ces beaux jours sans soleil, qui, disait Balzac le vieux, ressemblent à une belle aveugle... Christophe s'absorbait dans la vue passionnée d'une branche d'arbre qui passait devant les carreaux. La branche se gonflait, les bourgeons humides éclataient, les petites fleurs blanches s'épanouissaient; il y avait, dans ces fleurs, dans ces feuilles, dans tout cet être qui ressuscitait, un tel abandon extasié à la force renaissante que Christophe ne sentait plus son oppression, son misérable corps qui mourait, pour revivre en la branche d'arbre. Le doux rayonnement de cette vie le baignait. C'était comme un baiser. Son cœur trop plein d'amour se donnait au bel arbre, qui souriait à ses derniers instants. Il songeait qu'à cette minute, des milliers d'êtres s'aimaient, que cette heure d'agonie pour lui, pour d'autres était une heure d'extase, qu'il en est toujours ainsi, que jamais ne tarit la joie puissante de vivre. Et, suffoquant, d'une voix qui n'obéissait plus à sa pensée, — (peut-être même aucun son ne sortait de sa gorge; mais il ne s'en apercevait pas) — il entonna un cantique à la vie.

Un orchestre invisible lui répondit. Christophe se disait :

« Comment font-ils, pour savoir? Nous n'avons pas répété. Pourvu qu'ils aillent jusqu'au bout, sans se tromper! »

Il tâcha de se mettre sur son séant, afin qu'on le vît bien de tout l'orchestre, marquant la mesure, avec ses grands bras. Mais l'orchestre ne se trompait pas; ils étaient sûrs d'eux-mêmes. Quelle merveilleuse musique! Voici qu'ils improvisaient maintenant les réponses! Christophe s'amusait :

« Attends un peu, mon gaillard! Je vais bien t'attraper. »

Et, donnant un coup de barre, il lançait capricieusement la barque, à droite, à gauche, dans des passes dangereuses.

« Comment te tireras-tu de celle-ci?... Et de celle-là? Attrape!... Et encore de cette autre? »

Ils s'en tiraient toujours; ils répondaient aux audaces par d'autres encore plus risquées.

« Qu'est-ce qu'ils vont inventer? Sacrés malins!... »

Christophe criait bravo, et riait aux éclats.

« Diable! C'est qu'il devient difficile de les suivre! Est-ce que je vais me laisser battre?... Vous savez, ce n'est pas de jeu! Je suis fourbu, aujourd'hui... N'importe! Il ne sera pas dit qu'ils auront le dernier mot... »

Mais l'orchestre déployait une fantaisie d'une telle abondance, d'une telle nouveauté qu'il n'y avait plus moyen de faire autre chose que de rester, à l'entendre, bouche bée. On en avait le souffle coupé... Christophe se prenait en pitié :

« Animal! se disait-il, tu es vidé. Tais-toi! L'instrument a donné tout ce qu'il pouvait. Assez de ce corps! Il m'en faut un autre. »

Mais le corps se vengeait. De violents accès de toux l'empêchaient d'écouter :

« Te tairas-tu! »

Il se prenait à la gorge, il se frappait la poitrine à coups de poing, comme un ennemi qu'il fallait vaincre. Il se revit, au milieu d'une mêlée. Une foule hurlait. Un homme l'étreignit, à bras-le-corps. Ils roulaient ensemble. L'autre pesait sur lui. Il étouffait.

« Lâche-moi, je veux entendre!... Je veux entendre! Ou je te tue! »

Il lui martelait la tête contre le mur. L'autre ne lâchait point...

« Mais qui est-ce, à présent? Avec qui est-ce que je lutte, enlacé? Quel est ce corps que je tiens, qui me brûle?... »

Mêlées hallucinées. Un chaos de passions. Fureur, luxure, soif de meurtre, morsures des étreintes charnelles, toute la bourbe de l'étang soulevée, une dernière fois...

« Ah! est-ce que cela ne sera pas bientôt la fin? Est-ce que je ne vous arracherai pas, sangsues collées à ma chair?... Tombe donc avec elles, ma charogne! »

Des épaules, des reins, des genoux, Christophe, arc-bouté, repousse l'invisible ennemi... Il est libre!... Là-bas, la musique joue toujours, s'éloignant. Christophe, ruisselant de sueur, tend les bras vers elle :

« Attends-moi! Attends-moi! »

Il court, pour la rejoindre. Il trébuche. Il bouscule tout... Il a couru si vite qu'il ne peut plus respirer. Son cœur bat, son sang bruit dans ses oreilles : un chemin de fer, qui roule sous un tunnel...

« Est-ce bête, bon Dieu! »

Il faisait à l'orchestre des signes désespérés, pour qu'on ne continuât pas sans lui... Enfin! sorti du tunnel!... Le silence revenait. Il entendit, de nouveau.

« Est-ce beau! Est-ce beau! Encore! Hardi, mes gars... Mais de qui cela peut-il être?... Vous dites? Vous dites que cette musique est de Jean-Christophe Krafft? Allons donc! Quelle sottise! Je l'ai connu, peut-être! Jamais il n'eût été capable d'en écrire dix mesures... Qui est-ce qui tousse encore? Ne faites pas de bruit! Quel est cet accord-là?... Et cet autre?... Pas si vite! Attendez!... »

Christophe poussait des cris inarticulés; sa main, sur le drap qu'elle serrait, faisait le geste d'écrire; et son cerveau épuisé, machinalement continuait à chercher de quels éléments étaient faits ces accords et ce qu'ils annonçaient. Il n'y parvenait point : l'émotion faisait lâcher prise. Il recommençait... Ah! cette fois, c'était trop...

« Arrêtez, arrêtez, je n'en puis plus... »

Sa volonté se desserra tout à fait. De douceur, Christophe ferma les yeux. Des larmes de bonheur coulaient de ses paupières closes. La petite fille qui le gardait, sans qu'il s'en aperçût, pieusement les essuya. Il ne sentait plus rien de ce qui se passait ici-bas. L'orchestre s'était tu, le laissant sur une harmonie vertigineuse, dont l'énigme n'était pas résolue. Le cerveau, obstiné, répétait :

« Mais quel est cet accord? Comment sortir de là? Je voudrais pourtant bien trouver l'issue, avant la fin... »

Des voix s'élevaient maintenant. Une voix passionnée. Les yeux tragiques d'Anna... Mais dans le même instant, ce n'était plus Anna. Ces yeux pleins de bonté...

« Grazia, est-ce toi?... Qui de vous? Qui de vous? Je ne vous vois plus bien... Pourquoi donc le soleil est-il si long à venir? »

Trois cloches tranquilles sonnèrent. Les moineaux, à la fenêtre, pépiaient pour lui rappeler l'heure où il leur donnait les miettes du déjeuner... Christophe revit en rêve sa petite chambre d'enfant... Les cloches, voici l'aube! Les belles ondes sonores coulent dans l'air léger. Elles viennent de très loin, des villages là-bas... Le grondement du fleuve monte derrière la maison... Christophe se retrouve accoudé, à la fenêtre de l'escalier. Toute sa vie coulait sous ses yeux, comme le Rhin. Toute sa vie, toutes ses vies, Louisa, Gottfried, Olivier, Sabine...

« Mère, amantes, amis... Comment est-ce qu'ils se nomment?... Amour, où êtes-vous? Où êtes-vous, mes âmes? Je sais que vous êtes là, et je ne puis vous saisir.

— Nous sommes avec toi. Paix, notre bien-aimé!

— Je ne veux plus vous perdre. Je vous ai tant cherchés!

— Ne te tourmente pas. Nous ne te quitterons plus.

— Hélas! le flot m'emporte.

— Le fleuve qui t'emporte, nous emporte avec toi.

— Où allons-nous?

— Au lieu où nous serons réunis.

— Sera-ce bientôt.

— Regarde! »

Et Christophe, faisant un suprême effort pour soulever la tête — (Dieu! qu'elle était pesante!) — vit le fleuve débordé, couvrant les champs, roulant auguste, lent, presque immobile. Et, comme une lueur d'acier, au bord de l'horizon, semblait courir vers lui une ligne de flots d'argent, qui tremblaient au soleil. Le bruit de l'Océan... Et son cœur, défaillant, demanda :

« Est-ce Lui? »

La voix de ses aimés lui répondit :

« C'est Lui. »

Tandis que le cerveau, qui mourait, se disait :

« La porte s'ouvre... Voici l'accord que je cherchais!...

Mais ce n'est pas la fin? Quels espaces nouveaux!... Nous continuerons demain. »

O joie, joie de se voir disparaître dans la paix souveraine du Dieu, qu'on s'est efforcé de servir, toute sa vie!...

« Seigneur, n'es-tu pas trop mécontent de ton serviteur? J'ai fait si peu! Je ne pouvais davantage... J'ai lutté, j'ai souffert, j'ai erré, j'ai créé. Laisse-moi prendre haleine dans tes bras paternels. Un jour, je renaîtrai, pour de nouveaux combats. »

Et le grondement du fleuve, et la mer bruissante chantèrent avec lui :

« Tu renaîtras. Repose! Tout n'est plus qu'un seul cœur. Sourire de la nuit et du jour enlacés. Harmonie, couple auguste de l'amour et de la haine! Je chanterai le Dieu aux deux puissantes ailes. Hosanna à la vie! Hosanna à la mort! »

*

Saint Christophe a traversé le fleuve. Toute la nuit, il a marché contre le courant. Comme un rocher, son corps aux membres athlétiques émerge au-dessus des eaux. Sur son épaule gauche est l'Enfant, frêle et lourd. Saint Christophe s'appuie sur un pin arraché, qui ploie. Son échine aussi ploie. Ceux qui l'ont vu partir ont dit qu'il n'arriverait point. Et l'ont suivi longtemps leurs railleries et leurs rires. Puis, la nuit est tombée, et ils se sont lassés. A présent, Christophe est trop loin pour que les cris l'atteignent de ceux restés là-bas. Dans le bruit du torrent, il n'entend que la voix tranquille de l'Enfant, qui tient de son petit poing une mèche crépue sur le front du géant, et qui répète : « Marche! » — Il marche, le dos courbé, les yeux, droit devant lui, fixés sur la rive obscure, dont les escarpements commencent à blanchir.

Soudain, l'angélus tinte, et le troupeau des cloches s'éveille en bondissant. Voici l'aurore nouvelle! Derrière la falaise, qui dresse sa noire façade, le soleil invisible monte dans un ciel d'or. Christophe, près de tomber, touche enfin à la rive. Et il dit à l'Enfant :

« Nous voici arrivés! Comme tu étais lourd! Enfant, qui donc es-tu? »

Et l'Enfant dit :

« Je suis le jour qui va naître. »

ADIEU
A
JEAN-CHRISTOPHE

J'ai écrit la tragédie d'une génération qui va disparaître. Je n'ai cherché à rien dissimuler de ses vices et de ses vertus, de sa tristesse pesante, de son orgueil chaotique, de ses efforts héroïques et de ses accablements sous l'écrasant fardeau d'une tâche surhumaine; toute une Somme *du monde, une morale, une esthétique, une foi, une humanité nouvelle à refaire. — Voilà ce que nous fûmes.*

Hommes d'aujourd'hui, jeunes hommes, à votre tour! Faites-vous de nos corps un marchepied, et allez de l'avant. Soyez plus grands et plus heureux que nous.

Moi-même, je dis adieu à mon âme passée; je la rejette derrière moi, comme une enveloppe vide. La vie est une suite de morts et de résurrections. Mourons, Christophe, pour renaître!

R. R.

Octobre 1912.

CHRISTOFORI FACIEM DIE QUACUMQUE TUERIS,
ILLA NEMPE DIE NON MORTE MALA MORIERIS.

AUX AMIS DE JEAN-CHRISTOPHE [1]

Depuis des années, j'ai si bien pris l'habitude de causer mentalement avec mes amis absents, connus et inconnus, que j'éprouve aujourd'hui le besoin de le faire à voix haute. Je serais un ingrat, si je ne les remerciais pour tout ce que je leur dois. Depuis que j'ai commencé d'écrire cette longue histoire de *Jean-Christophe*, c'est avec et pour eux que j'écris. Ils m'ont encouragé, suivi avec patience, réchauffé de leur sympathie. Si j'ai pu leur faire quelque bien, ils m'en ont fait beaucoup plus. Mon ouvrage est le fruit de nos pensées unies.

Lorsque j'ai débuté, je n'osais pas espérer que nous serions plus d'une poignée d'amis : mon ambition ne dépassait pas la maison de Socrate. Mais, d'année en année, j'ai senti davantage combien nous étions de frères à aimer les mêmes choses, à souffrir des mêmes choses, en province comme à Paris, hors de France comme en France. J'en ai eu la preuve, quand parut le volume où Christophe décharge sa conscience — et la mienne — en disant son mépris pour *La Foire sur la Place*. Aucun de mes livres n'a éveillé un écho plus immédiat. C'est qu'il n'était pas seulement ma voix, mais celle de mes amis. Ils savent bien que Christophe est à eux autant qu'à moi. Nous avons mis en lui beaucoup de notre âme commune.

*

Puisque Christophe leur appartient, je dois à ceux qui me lisent quelques explications sur le volume que je leur présente aujourd'hui. Pas plus que dans *La Foire sur la Place*, ils ne trouveront ici d'aventures de roman, et la vie du héros y semble interrompue.

1. Ce texte avait été écrit comme préface à *Dans la Maison*, pour l'édition des *Cahiers de la Quinzaine*. Il avait aussi figuré, sous une forme légèrement remaniée par Romain Rolland, en tête du même volume dans les éditions Ollendorff. Mais il n'avait pas été repris dans l'édition dite des « Œuvres Complètes » ou édition définitive, revue par Romain Rolland. Nous croyons utile de le donner ici en postface, dans sa seconde version.

Il me faut exposer les conditions où j'ai entrepris l'ensemble de mon œuvre.

J'étais isolé. J'étouffais, comme tant d'autres en France, dans un monde moral ennemi; je voulais respirer, je voulais réagir contre une civilisation malsaine, contre une pensée corrompue par une fausse élite, je voulais dire à cette élite : « Tu mens, tu ne représentes pas la France. »

Pour cela, il me fallait un héros aux yeux et au cœur purs, qui eût l'âme assez haute pour avoir le droit de parler, et la voix assez forte pour se faire entendre. J'ai bâti patiemment ce héros. Avant de me décider à écrire la première ligne de l'ouvrage, je l'ai porté en moi, dix ans; Christophe ne s'est mis en route que quand j'avais déjà reconnu pour lui la route jusqu'au bout; et tels chapitres de *La Foire sur la Place,* tels volumes de la fin de *Jean-Christophe* [1], ont été écrits avant *L'Aube,* ou en même temps. La vision de la France, qui se reflète en Christophe et en Olivier, avait, dès le début, sa place marquée dans ce livre. Il n'y faut donc pas voir une déviation de l'œuvre, mais une halte prévue, en cours de route, une de ces grandes terrasses de la vie, d'où l'on contemple la vallée que l'on vient de traverser et l'horizon lointain vers lequel on va se remettre en marche.

Il est clair que je n'ai jamais prétendu écrire un roman, dans ces derniers volumes (*La Foire sur la Place* et *Dans la Maison*), pas plus que dans le reste de l'ouvrage. Qu'est-ce donc que cette œuvre? Un poème? — Qu'avez-vous besoin d'un nom? Quand vous voyez un homme, lui demandez-vous s'il est un roman ou un poème? C'est un homme que j'ai créé. La vie d'un homme ne s'enferme point dans le cadre d'une forme littéraire. Sa loi est en elle; et chaque vie a sa loi. Son régime est celui d'une force de la nature. Certaines vies humaines sont des lacs tranquilles, d'autres de grands cieux clairs où voguent les nuages, d'autres des plaines fécondes, d'autres des cimes déchiquetées. *Jean-Christophe* m'est apparu comme un fleuve; je l'ai dit, dès les premières pages. Il est, dans le cours des fleuves, des zones où ils s'étendent, semblent dormir, reflétant la campagne qui les entoure, et le ciel. Ils n'en continuent pas moins de couler et changer; et parfois, cette immobilité feinte recouvre un courant rapide, dont la violence se fera sentir plus loin, au premier obstacle. Telle est l'image de ce volume de *Jean-Christophe.* Et maintenant que le fleuve s'est longuement amassé, absorbant les pensées de l'une et de l'autre rives, il va reprendre son cours vers la mer, — où nous allons tous.

R. R.

Janvier 1909.

1. Notamment, le livre d'Anna dans *Le Buisson ardent.*

BIBLIOGRAPHIE
CHRONOLOGIE

ESSAI DE BIBLIOGRAPHIE
DE JEAN-CHRISTOPHE

JEAN-CHRISTOPHE. Les Cahiers de la Quinzaine. Paris, 1904-1912. 17 cahiers in-18 grand Jésus. Br. couv. imp.
Edition originale.
Il a été tiré 14 *exemplaires sur Whatman.*

JEAN-CHRISTOPHE. Ollendorff, Paris, 1905-1912. 10 vol. in-18 jésus. Br. couv. imp.
Edition parue presque concurremment avec celle des Cahiers de la Quinzaine.

JEAN-CHRISTOPHE. Ollendorff, Paris. Nouvelle édition, 1921-1922. 4 vol. in-16 colombier. Br. couv. imp.
Il a été tiré 315 *exemplaires sur Hollande dont* 15 *exemplaires nominatifs.*

ANTOINETTE. Ollendorff, Paris, 1923. Collection des Grands Romans à 3 fr. In-8°. Br. couv. imp.

JEAN-CHRISTOPHE. Albin Michel, Paris, 1924-1925. 10 vol. in-18 jésus. Br. couv. imp.

JEAN-CHRISTOPHE. Albin Michel, Paris, 1924-1926. Nouvelle édition. 4 vol. in-16 colombier. Br. couv. imp.

JEAN-CHRISTOPHE. Albin Michel, Paris, 1925-1927. 5 vol. in-4° écu. Br. couv. imp. et rempliée.
Première édition illustrée et première édition à tirage limité : 10 *Japon,* 100 *Hollande,* 400 *Madagascar,* 1.500 *Marais.*
Bois gravés de Fr. Masereel.

JEAN-CHRISTOPHE. Albin Michel, Paris, 1931-1933. Edition définitive. 5 vol. in-8°. Br. couv. imp. et rempliée.
Collection des Œuvres Complètes de Romain Rolland.
Cette édition revue et corrigée par l'auteur établit la leçon ne varietur *de l'œuvre.*

CHRONOLOGIE

1866. — 29 Janvier. Naissance à Clamecy (Nièvre).
1880. — Installation à Paris.
1886-1889. — Ecole Normale Supérieure.
1889-1891. — Ecole Française de Rome.
1895. — Nomination à l'Ecole Normale. Cours sur l'Histoire de l'Art.
1895. — Thèse de doctorat : *Les origines de l'Opéra avant Lully et Scarlatti* (Th. principale).
1897. — Première œuvre publiée : *Saint Louis* (Revue de Paris). Premiers drames représentés : *Aërt* (Lugné-Poe). — *Les Loups.*
1898. — Première œuvre publiée par Charles Péguy : *Les Loups* (Paris, Librairie Georges Bellais).
1899. — *Le Triomphe de la Raison.*
1901. — Première œuvre publiée aux Cahiers de la Quinzaine : *Danton.*
1902. — *Le 14 Juillet.*
1903. — *Vie de Beethoven* (Paris, Cahiers de la Quinzaine). *Le Temps viendra.*
1904. — *L'Aube.* Premier volume de *Jean-Christophe* (Paris, Cahiers de la Quinzaine).
1905. — Prix Femina — *Vie heureuse,* pour les trois premiers volumes de *Jean-Christophe.*
1905. — La Librairie Ollendorff commence à publier l'œuvre, concurremment avec les Cahiers de la Quinzaine.
1906. — *Vie de Michel-Ange* (Paris, Cahiers de la Quinzaine).

1908. — *Musiciens d'Autrefois* et *Musiciens d'Aujourd'hui.*
1910. — *Haendel.*
1911. — *Vie de Tolstoy* (Revue de Paris).
1912. — Démission de la Sorbonne.
1912. — *La Nouvelle Journée.* Dernier volume de *Jean-Christophe* (Paris, Cahiers de la Quinzaine et Librairie Ollendorff).
1913. — Grand Prix de littérature de l'Académie Française.
1914-1919. — Séjour en Suisse.
1914-1916. — Travail à l'Agence Internationale des Prisonniers de guerre, à Genève.
1914. — *Au-dessus de la Mêlée* (Le Journal de Genève).
1915. — Publication du recueil d'articles : *Au-dessus de la Mêlée* (Paris, Ollendorff).
1916. — Prix Nobel de Littérature.
1917. — Abandon du montant du Prix à la Croix-Rouge Internationale et à d'autres œuvres.
1918. — *Empédocle d'Agrigente.*
1919-1922. — Séjour en France.
1919. — *Déclaration d'Indépendance de l'Esprit.*
1919. — *Colas Breugnon* (terminé depuis 1914).
1919. — *Voyage Musical au Pays du Passé.*
1919. — *Les Précurseurs.*
1919. — *Liluli.*
1920. — *Clerambault.*
1922-1937. — Séjour à Villeneuve (Suisse).
1922. — *Les Vaincus.*
1924. — *Mahatma Gandhi.*
1924-1926. — Composition du *Voyage intérieur.*
1925. — *Le Jeu de l'Amour et de la Mort.*
1926. — *Pâques-Fleuries.*
1928. — *Les Léonides.*
1928. — *Beethoven. Les Grandes Epoques Créatrices.* Premier volume : *De l'Héroïque à l'Appassionata.*
1929. — *Vie de Ramakrishna.*
1930. — *Vie de Vivekananda et l'Evangile universel.*
1930. — *Goethe et Beethoven.*
1922-1933. — Publication de *L'Ame enchantée.*

1933. — Refus de la médaille Goethe sous le régime hitlérien.
1935. — *Quinze Ans de Combat.*
1935. — *Par la Révolution, la Paix.*
1936. — *Compagnons de route.*
1937. — *Beethoven. Le Chant de la Résurrection* (*La Messe en ré et les Dernières Sonates*).
1938-1944. — Séjour à Vézelay.
1939. — *Robespierre.*
1939. — Représentation du *Jeu de l'Amour et de la Mort* au Théâtre-Français.
Composition des *Mémoires* parus comme œuvre posthume en 1956.
1942. — Publication du *Voyage intérieur.*
1943-1945. — Trois derniers volumes de *Beethoven. Les Grandes Epoques Créatrices : La Cathédrale interrompue.* 1. *La Neuvième Symphonie.* 2. *Les Derniers Quatuors.* 3. *Finita Comoedia.*
1944. — 30 décembre. Mort à Vézelay.
1945. — Publication posthume de *Péguy* écrit de 1942 à 1944.

TABLE

ŒUVRES DE ROMAIN ROLLAND

Grand Prix de Littérature de l'Académie française 1913
Prix Nobel de Littérature 1915

Éditions Albin Michel :

JEAN CHRISTOPHE.
COLAS BREUGNON.
L'ÂME ENCHANTÉE.
PIERRE ET LUCE.
CLERAMBAULT.
AU-DESSUS DE LA MÊLÉE.
LES PRÉCURSEURS.
LE VOYAGE INTÉRIEUR.
COMPAGNONS DE ROUTE.
MICHEL-ANGE.
PÉGUY.
HÆNDEL.
CAHIERS ROMAIN ROLLAND.
CHOIX DE LETTRES À MALWIDA VON MEYSENBUG.
CORRESPONDANCE ENTRE LOUIS GILLET ET ROMAIN ROLLAND
RICHARD STRAUSS ET ROMAIN ROLLAND.
LE CLOÎTRE DE LA RUE D'ULM.

Théâtre :

LE THÉÂTRE DU PEUPLE.
THÉÂTRE DE LA RÉVOLUTION.
I. Pâques fleuries. *Prologue.*
II. Le Quatorze Juillet.
III. Les Loups.
IV. Le Triomphe de la Raison.
V. Le Jeu de l'Amour et de la Mort.
VI. Danton.
VII. Robespierre.
VIII. Les Léonides. *Epilogue.*

LES TRAGÉDIES DE LA FOI :
SAINT LOUIS.
Aërt.
Le Temps viendra.
LILULI.

Librairie Hachette :

VIE DES HOMMES ILLUSTRES.
Vie de Beethoven.
Vie de Michel-Ange.
Vie de Tolstoï.
MUSICIENS D'AUTREFOIS.
MUSICIENS D'AUJOURD'HUI.
VOYAGE MUSICAL AU PAYS DU PASSÉ.

Autres éditeurs :

HISTOIRE DE L'OPÉRA AVANT.
LULLI ET SCARLATTI.
MAHATMA GANDHI.
LA VIE DE RAMAKRISHNA.
LA VIE DE VIVEKANANDA ET L'ÉVANGILE UNIVERSEL.
BEETHOVEN. Les Grandes Epoques créatrices.
I. De l'Héroïque à l'Appassionata.
II. Goethe et Beethoven.
III. Le Chant de la Résurrection (la Messe solennelle et les Dernières Sonates).
IV. La Cathédrale interrompue (1. La IXe Symphonie. — 2. Les Derniers Quatuors. — 3. Finita Comœdia).
EMPÉDOCLE D'AGRIGENTE.
L'ÉCLAIR DE SPINOZA.

IMPRIMÉ EN FRANCE PAR BRODARD ET TAUPIN
58, rue Jean Bleuzen - Vanves - Usine de La Flèche.
LIBRAIRIE GÉNÉRALE FRANÇAISE - 14, rue de l'Ancienne-Comédie - Paris.
ISBN : 2 - 253 - 00300 - X

Les classiques du Livre de Poche

La critique évolue, les connaissances se développent. Le Livre de Poche classique *renouvelle la présentation et l'étude des grands auteurs français et étrangers. Les préfaces sont rédigées par des écrivains ; l'appareil critique, les notes tiennent compte des plus récents travaux des spécialistes.*

Texte intégral

ALAIN-FOURNIER

▲ Le Grand Meaulnes 1000/6***
Préface et commentaires de Daniel Leuwers.

BALZAC

▲ La Rabouilleuse 543/6****
Préface, commentaires et notes de Roger Pierrot.

▲ Les Chouans 705/1***
Préface, commentaires et notes de René Guise.

▲ Le Père Goriot 757/2**
Préface de F. van Rossum-Guyon et Michel Butor. Commentaires et notes de Nicole Mozet.

▲ Illusions perdues 862/0*****
Préface, commentaires et notes de Maurice Ménard.

▲ La Cousine Bette 952/9***
Préface, commentaires et notes de Roger Pierrot.

▲ Le Cousin Pons 989/1***
Préface, commentaires et notes de Maurice Ménard.

▲ Le Lys dans la vallée 1461/0****
Préface, commentaires et notes de Roger Pierrot.

▲ César Birotteau 1605/2****
Préface, commentaires et notes de Pierre Barbéris.

▲ La Peau de chagrin 1701/9***
Préface, commentaires et notes de Pierre Barbéris.

▲ Eugénie Grandet 1414/9**
Préface et commentaires de Maurice Bardèche. Notes de Jean-Jacques Robrieux.

▲ Histoire des Treize
La duchesse de Langeais, *précédé de* Ferragus *et suivi de* La Fille aux yeux d'or 5874/0*****
Préface, commentaires et notes de Pierre Barbéris.

▲ Le Colonel Chabert
Le Contrat de mariage 5907/8***
Préface, commentaires et notes de Pierre Barbéris.

BARBEY d'AUREVILLY

▲ Les Diaboliques 6048/0****
Préface, commentaires et notes de Jean Decottignies.

Les titres précédés d'un ▲ ont déjà fait — ou feront, en 1985 — l'objet d'une présentation comportant « Préface », « Commentaires » et « Notes ».

BAUDELAIRE

▲ Les Fleurs du mal 677/2***
Préface de Marie-Jeanne Durry. Édition commentée et annotée par Yves Florenne.

▲ Le Spleen de Paris 1179/8**
Édition établie, présentée et commentée par Yves Florenne.

▲ Les Paradis artificiels 1326/5**
Préface, commentaires et notes d'Yves Florenne.

BEAUMARCHAIS

▲ Le Barbier de Séville 6125/6** (sept. 85)
Préface-programme de Michel Etchevery. Commentaires et notes de Gabriel Conessa.

BEECHER-STOWE (Harriet)

▲ La Case de l'oncle Tom (nov. 85)
Commentaires et notes de Jean Bessière.

BERNARDIN DE SAINT-PIERRE

▲ Paul et Virginie 4166/2****
Préface, commentaires et notes de J. Van den Heuvel.

BRONTË (Charlotte)

▲ Jane Eyre 1175/6*****
Préface et notes de Charlotte Maurat. Commentaires de R. Las Vergnas.

BRONTË (Emily)

▲ Les Hauts de Hurle-Vent 105/4*****
Préface inédite de Michel Mohrt. Commentaires de R. Las Vergnas.

•

CHATEAUBRIAND

▲ Mémoires d'Outre-Tombe
T. I 1327/3******
T. II 1353/9******
T. III 1356/2******
Préface, notes et commentaires de Pierre Clarac.

DAUDET

▲ Lettres de mon moulin 848/9**
Préface inédite de Nicole Ciravégna. Commentaires et notes de Louis Forestier.

▲ Le Petit Chose 925/5***
Préface inédite de Paul Guth. Commentaires et notes de Louis Forestier.

▲ Contes du lundi 1058/4***
Préface inédite de Louis Nucéra. Commentaires et notes de Louis Forestier.

Tartarin de Tarascon 5672/8**
Préface inédite d'Yves Berger. Commentaires et notes de Louis Forestier.

DESCARTES

▲ Discours de la méthode 2593/9**
Précédé de « Descartes inutile et incertain » par J.-F. Revel. Commentaires et notes de J.-M. Beyssade.

DIDEROT

▲ Jacques le fataliste 403/3***
Préface, commentaires et notes de Jacques et A.-M. Chouillet.

▲ La Religieuse 2077/3***
Préface d'Henry de Montherlant. Commentaires et notes de Jacques et A.-M. Chouillet.

▲ Le Neveu de Rameau, Satires, Contes et Entretiens 5925/0***
Préface, commentaires et notes de Jacques Chouillet.

▲ Le Rêve de d'Alembert, Lettre sur les aveugles et autres Écrits philosophiques 5949/0*****
Préface, commentaires et notes de Jacques Chouillet.

DOSTOIEVSKI

▲ Crime et Châtiment
T. I 1289/5***
T. II 1291/1***
Préface de Nicolas Berdiaeff. Commentaires de Georges Philippenko.

▲ L'Idiot
T. I 941/2***
T. II 943/8***
Introduction et commentaires de Louis Martinez.

▲ Les Possédés 695/4******
Préface et commentaires de Georges Philippenko.

▲ Le Joueur 388/6**
Préface de Pierre Sipriot. Commentaires de Georges Philippenko.

▲ L'Éternel Mari 353/0**
Préface de Dominique Arban. Commentaires de Georges Philippenko.

DUMAS (Alexandre)

Les Trois Mousquetaires 667/3*****

Le Comte de Monte-Cristo
T. I 1119/4****
T. II 1134/3****
T. III 1155/8****

DUMAS fils (Alexandre)

▲ La Dame aux camélias 2682/0****
Préface, commentaires et notes d'Antoine Livio.

ERCKMANN-CHATRIAN

L'Ami Fritz 4882/4**

FLAUBERT

▲ Madame Bovary 713/5***
Préface d'Henry de Montherlant. Présentation, commentaires et notes de Béatrice Didier.

▲ L'Éducation sentimentale 1499/0***
Préface de Pierre Sipriot. Commentaires et notes de Daniel Leuwers.

▲ Trois Contes 1958/5*
Préface, commentaires et notes de Maurice Bardèche.

GAUTIER (Théophile)

▲ Le Roman de la momie 6099/3
Préface, commentaires et notes de Marc Eigeldinger.

▲ Le Capitaine Fracasse (nov. 85)
Préface de François Nourissier. Commentaires et notes de Jean-Luc Steinmetz.

HOMÈRE

▲ L'Odyssée 602/0****
Préface de Fernand Robert. Édition traduite et présentée par Victor Bérard.

▲ L'Iliade 1063/4*****
Préface de Fernand Robert. Édition traduite et présentée par Mario Meunier. Index et notes de Luc Duret.

HUGO (Victor)

▲ Les Misérables
T. I 964/4*****
T. II 966/9*****
T. III 968/5*****
Préface de Vercors. Commentaires de Nicole Savy, notes de Guy Rosa.

▲ Les Châtiments 1378/6****
Préface, commentaires et notes de Jean-Marie Gleize et Guy Rosa.

▲ Les Contemplations 1444/6*****
Préface, commentaires et notes de Jean Gaudon.

Notre-Dame de Paris 1698/7****
Introduction de Jean Maurel.

IBSEN (Henrik)

Maison de poupée 1311/7***

IMBERT (Jacques)

Anthologie des poètes français 6064/7 (sept.)
Anthologie thématique avec notices sur les poètes, des origines à nos jours.

JARRY (Alfred)

▲ Tout Ubu 838/0*****
Édition établie par Maurice Saillet. Préface, commentaires et notes de Charles Grivel.

LA BRUYÈRE

▲ Les Caractères 1478/4****
Préface de Pierre Sipriot. Commentaires et notes de P. Ronzeaud.

LACLOS (Choderlos de)

Les Liaisons dangereuses 354/8****
Préface de Jean Mistler.

LA FAYETTE (Mme de)

▲ La Princesse de Clèves 374/6***
Préface de Michel Butor. Commentaires de Béatrice Didier.

LA FONTAINE

Fables 1198/8***
Préface et commentaires de Pierre Clarac.

LE ROY (Eugène) (sept. 85)

▲ Jacquou le Croquant 3165/5****
Préface de Pierre-Jakez Hélias. Commentaires et notes de Paul Vernois.

LONDON (Jack)

▲ Croc-Blanc 3918/7***
Préface de Paul-Émile Victor. Commentaires et notes de Pierre Coustillas.

MACHIAVEL

▲ Le Prince 879/4***
Préface de Raymond Aron. Édition traduite, commentée et annotée par Jean Anglade.

MALLARMÉ

▲ Poésies 4994/7***
Préface, commentaires et notes de Daniel Leuwers.

MARX et ENGELS

▲ Manifeste du Parti communiste, 1848, *suivi de* Critique du programme de Gotha, 1875 3462/6*
Introduction, notes et commentaires de François Châtelet.

MAUPASSANT

▲ Une vie 478/5**
Préface d'Henri Mitterand. Commentaires et notes d'Alain Buisine.

▲ Mademoiselle Fifi 583/2**
Édition présentée, commentée et annotée par Louis Forestier.

▲ Bel-Ami 619/4***
Préface de Jacques Laurent. Commentaires et notes de Philippe Bonnefis.

▲ Boule de Suif 650/9**
Édition présentée, commentée et annotée par Marie-Claire Bancquart.

▲ La Maison Tellier 760/6**
Édition présentée, commentée et annotée par Patrick Wald Lasowski.

▲ Le Horla 840/6**
Édition présentée, commentée et annotée par Philippe Bonnefis.

▲ Le Rosier de Madame Husson 955/2**
Édition présentée, commentée et annotée par Patrick Wald Lasowski.

▲ Contes de la Bécasse 1539/3**
Préface inédite de Jacques Chessex. Commentaires et notes de Louis Forestier.

▲ Miss Harriet 1962/7**
Édition présentée, commentée et annotée par Louis Forestier.

▲ Pierre et Jean 2402/3**
Édition présentée, commentée et annotée par Marie-Claire Ropars-Wuilleumier.

MÉRIMÉE

▲ Colomba et autres nouvelles 1217/6***
Édition établie par Jean Mistler.

▲ Carmen et autres nouvelles 1480/0****
Édition établie par Jean Mistler.

MOLIÈRE

▲ Le Tartuffe 6122/3** (sept.)
Préface-programme de Guy Dumur. Commentaires et notes de Jean-Pierre Collinet.

▲ Le Bourgeois gentilhomme 6126/4** (oct.)
Préface-programme de Jean Dasté. Commentaires et notes de Jacques Morel.

MONTAIGNE

▲ Essais
T. I 1393/5****
T. II 1395/0****
T. III 1397/6****
Édition en français moderne présentée, établie et annotée par Pierre Michel.

MONTESQUIEU

▲ Lettres persanes 1665/6***
Préface, commentaires et notes de Georges Gusdorf.

NERVAL

▲ Aurélia *suivi de* Lettres à Jenny Colon, *de* La Pandora *et de* Les Chimères 690/5**
Préface, commentaires et notes de Béatrice Didier.

▲ Les Filles du feu *suivi de* Petits Châteaux de Bohême 1226/7***
Préface de Claude Pichois. Commentaires de Gabrielle Malandain, notes de Caroline Gutmann.

NIETZSCHE

▲ Ainsi parlait Zarathoustra 987/5****
Édition traduite, présentée et annotée par G.-A. Goldschmidt.

PASCAL

Pensées 823/2***
Édition présentée par Léon Brunschvicg.

POE (Edgar)

▲ Histoires extraordinaires 604/6***
Édition présentée par M. Zéraffa.

Nouvelles histoires extraordinaires 1055/0***
Édition présentée par M. Zéraffa.

Histoires grotesques et sérieuses 2173/0***
Édition présentée par M. Zéraffa.

POMPIDOU (Georges)

Anthologie de la poésie française 2495/7*****

PRÉVOST (Abbé)

Manon Lescaut 460/3**
Introduction et chronologie par M.-H. Deloffre.

RABELAIS

▲ Pantagruel 1240/8****
Édition établie et annotée par Pierre Michel.

▲ Gargantua 1589/8***
Édition établie et annotée par Pierre Michel.

RACINE

▲ Phèdre 6127/2** (oct.)
Commentaires et notes d'Alain Viala.

RIMBAUD

▲ Poésies complètes 5924/3**
Édition établie, présentée et commentée par Daniel Leuwers.

ROSTAND (Edmond)

▲ Cyrano de Bergerac 873/7***
Édition présentée et commentée par Patrice Pavis.

ROUSSEAU

Les Confessions
T. I 1098/0***
T. II 1100/4***
Introduction et commentaires de Bernard Gagnebin.

▲ Les Rêveries du Promeneur solitaire 1516/1***
Édition établie, présentée, commentée et annotée par Bernard Gagnebin.

SADE

▲ Les Crimes de l'amour 3413/9**
Édition préfacée, commentée et annotée par Béatrice Didier.

▲ Justine 3714/0****
Édition préfacée, commentée et annotée par Béatrice Didier.

SAND (George)

▲ La Petite Fadette 3550/8**
Édition préfacée, commentée et annotée par Maurice Toesca.

▲ François le Champi 4771/9**
Édition préfacée, commentée et annotée par Maurice Toesca.

▲ La Mare au diable 3551/6*
Édition préfacée, commentée et annotée par Pierre de Boisdeffre.

▲ Un hiver à Majorque 5897/1***
Édition préfacée, commentée et annotée par Béatrice Didier.

▲ Le Meunier d'Angibault 6047/2
Édition préfacée, commentée et annotée par Béatrice Didier.

SENANCOUR

▲ Oberman 5939/1*****
Édition préfacée, commentée et annotée par Béatrice Didier.

SHAKESPEARE

▲ Roméo et Juliette, Le Songe d'une nuit d'été 1066/7***

▲ Hamlet, Othello, Macbeth 1265/5***
Éditions préfacées, commentées et annotées par Yves Florenne.

▲ Jules César 6124/9** (sept.)
Commentaires et notes de Jean Dubu.

STENDHAL

▲ Le Rouge et le Noir 357/1****

▲ La Chartreuse de Parme 851/3*****

▲ L'Abbesse de Castro et autres Chroniques italiennes 5861/7*****

▲ Lucien Leuwen 5057/2*****
Éditions préfacées, commentées et annotées par Victor Del Litto.

STEVENSON

▲ L'Ile au trésor 756/4***
Préface d'André Bay. Commentaires et notes de Daniel Leuwers.

TCHEKHOV

La Mouette 6123/1** (sept.)
Préface-programme d'Antoine Vitez. Commentaires et notes de Patrice Pavis.

TOLSTOÏ

Anna Karénine
T. I 636/8****
T. II 638/4****
Préface d'André Maurois. Commentaires de Marie Sémon.

Guerre et Paix,
T. I 1016/2*****
T. II 1019/6*****
Préface et commentaires de Jean Thieulin.

TOURGUENIEV

▲ Premier amour 497/5**
Préface de François Nourissier. Commentaires d'Edith Scherrer.

VALLÈS (Jules)

Jacques Vingtras

▲ 1. L'Enfant 1038/6****
Préface de P. Bonnefis. Commentaires et notes de Dolores Rogozinski.

▲ 2. Le Bachelier 1200/2****
Préface d'André Stil. Commentaires et notes de Pierre Pillu.

▲ 3. L'Insurgé 1244/0***
Préface, commentaires et notes de Roger Bellet.

VERLAINE

▲ Poèmes saturniens, Fêtes galantes 747/3*
Préface de Léo Ferré. Commentaires et notes de Claude Cuénot.

▲ La Bonne Chanson, Romances sans paroles, Sagesse 1116/0**
Préface d'Antoine Blondin. Commentaires et notes de Claude Cuénot.

VERNE (Jules)

Le Tour du monde en 80 jours 2025/2***

De la Terre à la Lune 2026/0***

Robur le Conquérant 2027/8**

Cinq semaines en ballon 2028/6***

Voyage au centre de la Terre 2029/4***

Les Tribulations d'un Chinois en Chine 2030/2****

Le Château des Carpathes 2031/0**

Les 500 millions de la Bégum 2032/8**

Vingt mille lieues sous les mers 2033/6*****

Michel Strogoff 2034/4****

Autour de la Lune 2035/1***

Les Enfants du capitaine Grant
T. I 2036/9***
T. II 2037/7***

L'Ile mystérieuse
T. I 2038/5***
T. II 2039/3***

Deux ans de vacances 2049/2*****

VILLIERS DE L'ISLE-ADAM

▲ Contes cruels 5847/6****
Préface de Jehanne Jean-Charles. Commentaires et notes de Daniel Leuwers.

VILLON

▲ Poésies complètes 1216/8***
Préfaces de Clément Marot et de Théophile Gautier. Édition présentée, établie et annotée par Pierre Michel.

VOLTAIRE

▲ **Candide et autres contes** 657/4****
Édition présentée, commentée et annotée par J. Van den Heuvel.

▲ **Zadig et autres contes** 658/2****
Édition présentée, commentée et annotée par J. Van den Heuvel.

WILDE (Oscar)

▲ **Le Portrait de Dorian Gray** 569/1***
Préface inédite de Dominique Fernandez.

ZOLA

Les Rougon-Macquart
Édition établie par A. Dezalay.

▲ **La Fortune des Rougon** 531/1****
Préface inédite, commentaires et notes d'Auguste Dezalay.

▲ **La Curée** 349/8***
Préface inédite d'Henri Mitterand. Commentaires et notes de Philippe Bonnefis.

▲ **Le Ventre de Paris** 277/1****
Préface inédite de Jean Ferniot. Commentaires et notes de Philippe Hamon.

▲ **La Conquête de Plassans** 384/5***
Préface inédite d'Henri Mitterand. Commentaires et notes de Pierre Marotte.

▲ **La Faute de l'abbé Mouret** 69/2***
Préface inédite de Michel de Certeau. Commentaires et notes de Philippe Hamon.

▲ **Son Excellence Eugène Rougon** 901/6***
Préface inédite de Pierre Barbéris. Commentaires et notes de Philippe Hamon.

▲ **L'Assommoir** 97/3****
Préface inédite de François Cavanna. Commentaires et notes d'Auguste Dezalay.

▲ **Une page d'amour** 681/4****
Préface inédite de Louis Nucéra. Commentaires et notes de Pierre Marotte.

▲ **Nana** 50/2****
Préface inédite de Jacques Chessex. Commentaires et notes d'Auguste Dezalay.

▲ **Pot-Bouille** 247/4****
Préface inédite de François Nourissier. Commentaires et notes de Pierre Marotte.

▲ **Au Bonheur des Dames** 228/4****
Préface d'Armand Lanoux. Commentaires et notes de M. et Mme Dezalay.

▲ **La Joie de vivre** 797/8***
Préface inédite d'Yves Berger. Commentaires et notes de Philippe Hamon.

▲ **Germinal** 145/0****
Préface inédite de Jacques Duquesne. Commentaires et notes d'Auguste Dezalay.

▲ **L'Œuvre** 429/8****
Préface inédite d'Yves Berger. Commentaires et notes de Thérèse Ioos.

▲ **La Terre** 178/1*****
Préface inédite de Pierre-Jakez Hélias. Commentaires et notes de Roger Ripoll.

▲ Le Rêve 87/4***
Préface inédite d'Alain Bosquet.
Commentaires et notes
de Roger Ripoll.

▲ La Bête humaine 7/2***
Préface inédite d'Henri Vincenot.
Commentaires et notes
de Roger Ripoll.

▲ L'Argent 584/0****
Préface inédite de Pierre Dehaye.
Commentaires et notes
de Thérèse Ioos.

▲ La Débâcle 316/7****
Préface inédite de Pierre Sipriot.
Commentaires et notes
de Roger Ripoll.

▲ Le Docteur Pascal 932/1****
Préface inédite du professeur
Jean Bernard. Commentaires
et notes de Pierre Marotte.

▲ Thérèse Raquin 34/6***
Préface inédite de Françoise Xénakis.
Commentaires et notes
d'Auguste Dezalay.

XXX

▲ Tristan et Iseult 1306/7***
Renouvelé en français
moderne, commenté et annoté
par René Louis.

▲ Les Fioretti de saint François d'Assise 5832/8***
Préface inédite du révérend père Carré.
Traduction nouvelle, commentaires et
notes de Jean Anglade.

LA BIBLE

Ancien Testament
T. I 5146/3 (D).

Ancien Testament
T. II 5147/1 (C).

Nouveau Testament
T. III 5148/9 (A).

30/0806/7